Olga Grushin

Suchanow verkauft seine Seele

Roman

Aus dem Amerikanischen
von Elfi Hartenstein

claassen

Die Originalausgabe erschien 2005 unter dem Titel *The Dream Life of Sukhanov*
bei Marion Wood Books im Verlag G.P. Putnam's and Sons,
Penguin Group (USA) Inc., New York

claassen ist ein Verlag
der Ullstein Buchverlage GmbH

ISBN 978-3-546-00411-4

Gesetzt aus der Granjon bei
Pinkuin Satz und Datentechnik, Berlin
Druck und Bindung: Clausen & Bosse, Leck
Printed in Germany

Für meine Eltern

Ich weiß ob deiner Werke, dass du weder kalt noch warm bist. Ach, dass du kalt oder warm wärest. Weil du aber lau bist und weder kalt noch warm, werde ich dich ausspeien aus meinem Munde. Du sprichst: Ich bin reich und bedarf nichts! Und weißt nicht, dass du bist elend und jämmerlich, arm, blind und bloß.

Die Offenbarung des Johannes, Kapitel 3, Vers 15–17

1

»Halten Sie hier an«, sagte Anatoli Pawlowitsch Suchanow vom Rücksitz zu den Lederhandschuhen am Steuerrad.

Draußen vor dem Fenster verlangsamten die weißgelben Säulen ihr ermüdendes Vorbeirasen, glitten immer gemächlicher vorüber und kamen schließlich zum Stillstand. Als der fahle, orangefarbene Strahl einer nahen Straßenlaterne hereinfiel, fuhr Nina, die während der ganzen Fahrt geschwiegen hatte, zusammen, als sei sie soeben aus dem Schlaf geschreckt.

»Schon?«, fragte sie und lugte zum Fenster hinaus.

Sie waren da. Wie immer, wenn sie irgendwo ankamen, griff Nina seufzend nach ihrer Handtasche und fing an, darin herumzukramen. Suchanow wartete geduldig, während sie eine kleine, schwarz schimmernde Puderdose öffnete, sie in der einen Hand balancierte, mit der anderen ihren pfirsichfarbenen Lippenstift aus seiner goldenen Hülle hervordrehte und dann, im Versuch, im Dunkeln ihr Spiegelbild zu erhaschen, das Gesicht mal zur einen, mal zur anderen Seite wandte. Unvermutet sah er in dem kleinen Spiegel ein sorgfältig geschminktes Auge auftauchen, doch dann bewegte Nina die Hand, und das Auge blinzelte und verschwand. Er blickte in die andere Richtung, summte tonlos vor sich hin. Auch nach achtundzwanzig Ehejahren machten ihn solche Momente noch immer so verlegen, als fühle er sich bei der Beobachtung eines intimen Rituals ertappt. Endlich gelang es Nina, den Kopf in den Lichtstrahl der Straßenlampe zu rücken und ihr Abbild im Spiegel einzufangen. Mit zwei flinken Strichen führte sie den Stift über ihre vollen Lippen, presste sie kurz aufeinander und ließ Puderdose und Stift wieder in die Tasche gleiten. Er hörte den Verschluss einschnappen, sah aus den Augenwinkeln ein kurzes, kaltes Funkeln, als Ninas Diamantohrring sich durch den Lichtstrahl bewegte, hörte leises Rascheln – und schon war sie ausgestiegen, behände und wie immer ohne darauf zu warten, dass jemand ihr die Tür von außen öffnete. Nur noch ihr Duft war da, der Duft ihres eleganten Abendparfums – welches auch immer es sein mochte –, und unter diesem die unzähligen, mit der Zeit schwächer gewordenen Düfte, die sich auf der Rückbank ihres Wolgas angesammelt hatten wie schöne, kaum mehr wahrnehmbare Geister ihrer früheren Ausfahrten.

Suchanow gab sich einen Ruck und stieg ebenfalls aus.

Samstagabends um diese Zeit wurde es ruhig auf dem Karl-Marx-Prospekt. Die Straßenlampen wirkten wie große orangefarbene, lautlos im Dunst schwebende Luftballons, und ihr Licht ließ die aus dem achtzehnten Jahrhundert stammende Fassade der alten Moskauer Universität hell erstrahlen, so dramatisch und wohlbekannt wie das Bühnenbild einer schal gewordenen staatlichen Inszenierung. Es war erst Anfang August, doch die Luft war bereits so sanft, spröde und zerbrechlich wie im Herbst, wenn alles ein wenig langsamer und nicht mehr ganz so gewiss erscheint, als würde man eine Welt hinter Glas betrachten. Nur wenige Autos waren unterwegs. Ihre vorbeihuschenden Scheinwerfer verliehen den nur undeutlich erkennbaren Passanten sekundenlang scharfe Konturen, gaben einem unbekümmert die Straße überquerenden, schäbig gekleideten Jungen vorübergehend Volumen und Farbe, ebenso einem alten Mann, der mit einer Zeitung unter dem Arm vorbeischlurfte, einigen alterslosen Frauen mit breiten Gesichtern, die sich mit prall gefüllten Taschen abschleppten, und – überraschend und ganz und gar nicht ins Straßenbild passend – einem Traumbild von einer Frau in einem tief ausgeschnittenen, grün schimmernden Seidenkleid, die groß, schlank und langbeinig am Bordstein stand.

»Es ist kühl«, sagte Nina leise.

Suchanow nickte, wandte sich noch einmal zum Wagen um und pochte ans Fenster. Die dunkle Scheibe glitt lautlos nach unten und gab den Blick frei auf zwei am Steuer ruhende Lederhandschuhe.

»Warten Sie dort drüben auf uns«, sagte er schroff. »Es wird wahrscheinlich ein wenig dauern.«

Während sie die wenigen Schritte zur Manege zurücklegten, hoben sie die Köpfe, um das über der großen Ausstellungshalle angebrachte Transparent ganz ins Auge fassen zu können. DAS GESICHT UNSERES VATERLANDES, stand da in riesigen Lettern und in der Zeile darunter: Pjotr Alexejewitsch Malinin, 1905–1985.

»Man könnte fast meinen, er sei schon tot«, stellte Suchanow ein wenig gereizt fest. »Sie hätten darauf hinweisen sollen, dass es sich um die Feier seines Geburtstages handelt – oder was meinst du?«

Sie hob die Schultern, antwortete jedoch nicht, sondern beschleunigte nur ihre Schritte, und der menschenleere Platz schien jedes Klicken ihrer hohen silberfarbenen Absätze gierig aufzunehmen. Neben dem Eingang stand ein breitschultriger Mann mit einer Zigarette in der Hand, der mit einer schnellen Drehung seines ganzen Körpers die Tür für sie aufriss, wobei ein gut ausgeleuchteter Schwall schwüler Luft und das gekünstelte Lachen einer Frau ins stille Dunkel entwichen. Suchanow bemerkte, wie der Mann Ninas seiden schimmernde Beine taxierte, als sie den Raum betrat. Man sieht ihr das Alter nicht an, dachte er zufrieden und geschmeichelt. Als er selbst auch eintreten wollte, ließ der Mann die Tür los, drehte sich zu ihm und präsentierte ihm den mickrigen Schnurrbart, der sein unverschämtes Gesicht schmückte.

»Einen Moment bitte«, sagte er in gelangweiltem Ton. »Diese Veranstaltung ist nur für geladene Gäste.«

Suchanow bedachte den albernen Schnurrbart mit einem verächtlichen Blick und griff ohne Eile in seine Jacketttasche.

Er war kaum über die Schwelle getreten, da flog eine beleibte Dame in einem engen karmesinroten Samtkleid auf ihn zu, umarmte ihn und kreischte ihm ins Ohr: »Anatoli Pawlowitsch! Ich konnte es kaum erwarten, Sie zu sehen! Wenn Sie wüssten, was für eine Geschichte ich für Sie habe!«

Sie war die Frau eines bekannten Theaterkritikers; erst letzte Woche hatte er mit ihnen zu Abend gegessen. Mit ihrem plumpen Zeigefinger tippte sie ihm auf die Brust, während sie eine verwickelte Geschichte vor ihm auszubreiten begann, die sie alle naselang kichernd unterbrach. Suchanow nickte mechanisch und ließ dabei den Blick über ihre bebenden Schultern hinweg durch den Raum gleiten. Er war lange nicht hier gewesen, genau genommen nicht mehr, seit … Ach, schob er schaudernd bei dem Gedanken, damals fast vom Weg abgekommen zu sein, hastig seine Erinnerungen beiseite, es besteht nun wirklich kein Grund, so genau zu sein. Es reichte zu wissen, dass es sehr, sehr lange her war und jetzt alles ganz anders aussah.

In der weiß getünchten Halle war es angenehm warm. Quer über den auf Hochglanz polierten Fußboden zog sich ein die Feierlichkeit des Tages betonender, schmaler roter Teppich – Suchanow war überzeugt davon, dass er extra für den heutigen Anlass ausgerollt worden war –, und das Geplauder der Gäste, die sich um lange, mit Horsd'œuvres beladene Tische drängten, klang wie ein einziges mächtiges Summen. Die Stimmung war festlich, und das Licht umspielte jede Bewegung, verwandelte ein erhobenes Champagnerglas in flüssiges Gold, ließ sprühende Funken auf einer ausgestreckten Hand tanzen und kleine Strahlenexplosionen sichtbar werden, wenn Frauen ihre Köpfe drehten. Suchanow bemerkte unzählige Würdenträger; in der Mitte des Raums erblickte er Wassili, der sich, ein Weinglas zwischen den Fingern drehend, mit dem gewohnten dünnen Lächeln höflich einer mit schweren Juwelen behangenen Matrone zugewandt hatte, in der Suchanow, leicht irritiert, die Gemahlin des Kulturministers wiedererkannte. Sieh mal an, dachte er anerkennend, der Junge wird es einmal weit bringen, sehr weit. Xenia hingegen war selbstverständlich noch nicht hier. Sie ließ keine Gelegenheit aus, ihm zu zeigen, dass sie nichts von seiner gesellschaftlichen Position hielt. Aber mit ihren achtzehn Jahren war sie noch jung, und Suchanow zweifelte nicht, dass sie bei ihrer Intelligenz zu gegebener Zeit …

Die Frau der Kritikers lehnte sich an ihn und gab einen vertraulichen Seufzer von sich.

»Und deshalb sage ich ihm also: ›Das ist ja alles sehr gut, Mark Abramowitsch, nur der Schluss, mein Lieber, der Schluss geht so einfach nicht.‹ Ich meine, wenn man andauernd auf irgendein schreckliches Geheimnis anspielt, sollte man es doch bitte im fünften Akt auch endlich enthüllen. Aber stellen Sie sich vor, was er dann zu mir sagt! Er sagt: ›Ich glaube, Sie verstehen gar nicht, worauf ich hinauswill. Ich will nämlich gerade dadurch versuchen, auf die Absurdität unserer Existenz hinzuweisen, indem ich für bestimmte Dinge keine Erklärung liefere.‹ Ist das nicht unglaublich? Die Absurdität unserer Existenz!«

Wieder schüttelte sich ihr Körper in hilflosem Lachen, und dabei tanzten ihre Brüste auf und ab wie zwei in Scharlachrot gezwängte Melonen; an ihren fleischigen Ohrläppchen blitzten walnussgroße Amethyste, und ihr Doppelkinn gebar noch einen dritten Wulst. Mit einer halbherzigen Entschuldigung entzog Suchanow sich ihrem Zugriff und steuerte schnellen Schrittes auf Wassili zu. Er hatte den Raum beinahe durchquert, als ihr schrilles Lachen ihn noch immer verfolgte: »Die Absurdität unserer Existenz, können Sie sich das vorstellen, Anatoli Pawlowitsch?«

Die Frau des Kulturministers fletschte freundlich die Zähne.

»Sie sind schön wie eh und je, Maria Nikolajewna«, sagte Suchanow und zog mit einer übertrieben höflichen Geste ihre Hand an seine Lippen.

»Vater und Sohn, einer wie der andere ein Charmeur.« Ihre Stimme klang träge.

Wassili lächelte weich. Er hatte sich wirklich zu einem überaus vorzeigbaren jungen Mann entwickelt.

Um sie herum begannen die lebhaften Gespräche allmählich abzuflauen und sich auf das eigentliche Ereignis des Abends zu richten. Die Crème de la Crème der Moskauer Kunstszene, die hier versammelt war, um den achtzigsten Geburtstag eines ihrer größten Stars zu feiern, beglückwünschte sich untereinander stillschweigend zum eigenen Erfolg.

Plötzlich entstand Bewegung; erst wurden hier die Gläser gehoben, dann dort, als ein aus vielen Mündern erschallendes »Wasche zdorowje« in einer großen Welle durch die Menge wogte. Das Herz der Versammlung hatte Suchanows geübtes Auge gleich beim Betreten der Halle erfasst: Zwei miteinander plaudernde Herren, die in einer der hinteren Ecken des Raumes, unauffällig von dunkel gekleideten jungen Männern mit diskret ausgebeulten Jackentaschen umgeben, einander freundschaftlich ins Wort fielen, sich lachend auf die Schultern klopften und köstlich zu amüsieren schienen, während Hunderte von Augen verstohlen jede ihrer Bewegungen verfolgten. Soeben hatten sie ihre Gläser erhoben und sich zugeprostet, der Künstler und Ehrengast Pjotr Alexejewitsch Malinin und der Kulturminister. Und weil sich am Grad der Nähe zu diesen beiden Fixpunkten für jeden Einzelnen der geladenen Gäste bemessen ließ, wie bedeutend oder unbedeutend er war, schoben sich nun in einer kaum wahrnehmbaren Bewegung alle Geladenen näher und näher, sodass eine respektvolle Woge aus dunklen Maßanzügen und Abendkleidern entstand, aus der weiße Hemden und tiefe Dekolletés wie Schaumkronen hervorleuchteten.

Suchanow kam diese Szene wie eine Parodie auf Malinins Frühwerk vor, auf eines dieser unschwer erkennbaren »Führer«-Gemälde mit Lenin (oder diesem anderen Schnauzbärtigen, dessen Namen heute niemand mehr in den Mund nahm), der von einem in der Ferne stehenden Podium gegen den Horizont wettert, und darunter die Fluten von Arbeitern und Bauern, die, perspektivisch gesehen, in seiner Nähe nur als Symbole für ihre Klasse und ihren Kampfgeist erkennbar sind, doch dann, je weiter sie im Bild nach vorn rücken, größer und größer werden, bis sie beinahe den Rahmen des Bildes zu sprengen scheinen, überlebensgroß, mit Begeisterung im Blick, halb geöffneten Mündern, geballten Fäusten, zerrissenen Kleidern. Verständlich, dass man taktvollerweise darauf verzichtet hatte, all diese militanten Werke in die Retrospektive des sowjetischen Großmeisters mit einzubeziehen. Andere, mildere Kreationen waren ins Licht gerückt worden, die dem Publikum das sogenannte menschliche Antlitz des Sozialismus – ein Slogan, der Suchanow vermutlich vertrauter war als jedem anderen – präsentierten. Er gestattete sich ein wissendes Lächeln, erklärte seiner bezaubernden Gesprächspartnerin, er bedaure, sich nun verabschieden zu müssen, und begab sich auf einen Rundgang durch die Ausstellung.

Birken im Sonnenschein, hellgrün und fast soldatisch aufgereiht, breite blau schimmernde Flüsse zwischen grünen Ufern mit weidenden Kühen und rauchenden Fabrikschloten. Kräftige junge Mädchen, die stolz Kartoffelsäcke über die Felder schleppten. Ein Grüppchen rußgeschwärzter Bergleute über einer Zeitung, die von der Öffnung neuer Schienenwege berichtete; und Reihen von goldgeränderten Fahnen, die vor Kindern mit glänzenden Augen geschwenkt wurden – Kinder, die, obgleich noch zu klein, um selbst mitzumarschieren, doch bereits in wortloser Dankbarkeit von ihrem künftigen Lebensglück ergriffen waren. Auch Porträts gab es, von Näherinnen, Seeleuten, Bauern – kurz, Menschen aus dem Volk – und farbenprächtige Volksmärchen-Illustrationen aus Malinins etwas humorvolleren Zeiten, darunter auch ein Bild des berühmten Feuervogels, dem man einen Ehrenplatz über dem Eingangsportal eingeräumt hatte.

Suchanow schritt an den Wänden entlang, ohne irgendwo länger zu verharren. All diese Werke zeichnet aus, dachte er, dass man sie sofort wieder vergessen hat, weil sie nichts Besonderes an sich haben, sondern aussehen wie Tausende anderer Gemälde auch. Malinins Genremalerei wirkte wie aus einem Lehrbuch, und die Gesichter, die er malte, waren so blutleer und ohne jede Tiefe, dass sie aussahen, als fehle ihnen jegliche räumliche Dimension. Trotzdem war der alte Herr keineswegs untalentiert, und es hingen auch drei oder vier Bilder hier, die sich wohltuend vom großen Rest abhoben. Wie dieses zum Beispiel:

Eine junge Frau mit blassblondem Haar, die verträumt aus dem Blau des Himmels oder eines Sees aufzutauchen schien, dessen Farbe mit dem Hellblau ihres Kleides verschmolz. Ihr sanfter Blick war nicht auf den Betrachter gerichtet, sondern ging durch ihn hindurch, richtete sich auf etwas hinter ihm, etwas wahrhaft Schönes, das nur sie sehen konnte, etwas, das ihr ein versonnenes Lächeln ins Gesicht zauberte. Es war ein Werk von völlig anderem Charakter, zweifellos ein sehr persönliches Gemälde. Suchanow bückte sich, um die unter dem Bild angebrachte Beschriftung zu lesen: »Werdende Mutter, 1965. Leihgabe aus Privatsammlung«, stand dort. Unwillkürlich zuckte er zusammen, obwohl er sehr wohl wusste, dass man das Bild gar nicht anders hätte betiteln können – schließlich hatte er selbst ja nicht unwesentlich dazu beigetragen, dass man über Porträts von Familienangehörigen die Nase rümpfte, weil sie als Relikte einer überholten bourgeoisen Denkweise galten. Da also der echte Titel des Bildes – »Tochter des Künstlers« – nicht mehr in Frage kam, hatte Pjotr Alexejewitsch ihnen die Wahl überlassen.

»Entweder ›Werdende Mutter‹ oder ›Russische Schönheit‹«, hatte er gesagt. »Ihr könnt selbst entscheiden.«

Wie beim Großteil sowjetischer Kunstwerke war auch in diesem Bild jedes nicht unbedingt nötige physiologische Detail ausgespart worden (instinktiv kam Suchanow der Begriff »schäbiger Naturalismus« in den Sinn), sodass das eigentliche Thema kaum Ausdruck fand – der weibliche Körper, der weder mager noch füllig wirkte, verschwamm diskret mit dem Hintergrund. Das Bild »Werdende Mutter« zu nennen, war Suchanow irgendwie grob und geschmacklos erschienen, doch dann hatte ausgerechnet Nina auf diesem Titel bestanden. »Davon abgesehen, dass es geschmacklos wäre, mein eigenes Porträt als ›Schönheit‹ zu bezeichnen, ist ›Schönheit‹ ja nun auch wirklich nicht das, was hier dargestellt werden soll«, hatte sie gesagt, als sie in Suchanows Arbeitszimmer darüber diskutierten.

Und damit hatte sie natürlich Recht, auch wenn die Frau auf der Leinwand selbstverständlich schön war – doch wurde Suchanow das Gefühl nicht los, dass das Gemälde einen sehr wichtigen Zug von Ninas Wesen nicht erfasste, etwas schwer Greifbares, aber durchaus Wesentliches, das ihr diese kühle, geheimnisvolle Ausstrahlung verlieh, die er so bewunderte. Es war diese Eigenheit, die ihr bereits als noch unbeholfenem jungen Mädchen den Spitznamen »Meerjungfrau« eingebracht hatte, die Farbe ihrer Augen so unvermittelt von Grau zu Grün und zu Blau wechseln und ihr Lächeln so unergründlich und rätselhaft erscheinen ließ – eine Eigenheit, die ihn sogar jetzt noch mitunter innehalten und darüber nachgrübeln ließ, was sie wohl gerade dachte. Die Gedanken der hier gemalten Nina dagegen waren unschwer zu erraten. Sie hatte nichts Hintergründiges, Unbestimmtes oder Geheimnisvolles an sich, so jung, gesund und zufrieden, wie sie dargestellt war, eine junge Frau, die sich mit all ihren Sinnen auf das neue Leben – Wassilis Leben – konzentrierte, das sich in ihrem Körper zu regen begonnen hatte. Ironischerweise war es gerade diese Einfachheit, diese Klarheit und diese für Malinin so typische mangelnde Tiefe, die Suchanow das Bild hatte ans Herz wachsen lassen. Er hatte es in seinem Arbeitszimmer seinem Schreibtisch gegenüber an die Wand gehängt und immer wieder angesehen, wenn er dort arbeitete, vor allem damals, in den ersten Jahren. Das Bild der unbestreitbar glücklichen Nina mit den blauen Augen hatte ihn ein ums andere Mal aufgemuntert, ihm gleichsam stets erneut bestätigt, dass alles seine Richtigkeit gehabt hatte, dass sein Leben planmäßig ablief und dass die Wahl, die er getroffen hatte, kein irreparabler, nicht wiedergutzumachender Fehlgriff gewesen war.

Suchanow schüttelte den Kopf, als wollte er eine lästige Fliege verscheuchen. Auf jeden Fall, das stand für ihn fest, würde sie ihm in den nächsten drei Monaten fehlen. Mit einem letzten langen Blick auf die junge, von Blau umgebene Frau machte er sich auf die Suche nach dem Original. Von Weitem sah er sie neben ihrem Vater stehen; sie lächelte vage über etwas, das der Minister gesagt hatte. Kurz blickte sie quer durch den Raum zu ihm herüber, doch kaum hatten sich ihre Blicke getroffen, wandte sie sich wieder ab. Er wollte zu ihr gehen, wurde jedoch ständig von aufdringlichen Bekannten aufgehalten, die ihn mit einem Netz von Anekdoten, guten Wünschen und Einladungen umstrickten und festhielten. Dann entstand plötzlich Bewegung unter den Gästen, die sich eilig neu formierten und in Position begaben, und kurz darauf erschien der Minister persönlich, ein Glas Wasser in der Hand, im hinteren Teil der Halle auf einem kleinen Podium.

Das wird dauern, dachte Suchanow nicht eben interessiert, während er mit den anderen Beifall klatschte.

»Liebe Genossinnen und Genossen, ich muss euch wohl nicht erklären, warum wir heute hier versammelt sind«, begann der Minister, sobald unter den Gästen Ruhe eingekehrt war. »Und ebenso wenig muss ich euch unseren geliebten Pjotr Alexejewitsch Malinin vorstellen, einen der größten Künstler dieses Jahrhunderts, seit 1947 Mitglied, also Gründungsmitglied der Sowjetischen Akademie der Künste, zweimal mit dem Lenin-Preis ausgezeichnet, dreimaliger Preisträger des …«

Während er sprach, überflog er wiederholt verschiedene Zettel. Gespannte Aufmerksamkeit vortäuschend, ließ Suchanow, der sich auf eine wunderbare Art rundherum wohlfühlte, seinen Gedanken freien Lauf. Alles in seinem Leben war bestens arrangiert, o ja, alles war perfekt gelaufen, ganz wie er es verdient hatte – und deshalb erschien es ihm eigentlich nur recht und billig, als sich der Minister, nachdem alles Wichtige gesagt worden war, aus der nun auseinanderstrebenden Menge löste und ihm, Suchanow, eine Hand auf die Schulter legte.

»Na, Tolja«, sagte er mit einem jovialen Lächeln, »wie stehen die Aktien? Doch sicher bestens, oder? Wer kann schon von sich sagen, mit der schönsten und wunderbarsten Frau ganz Moskaus verheiratet zu sein!«

Suchanow verscheuchte den plötzlichen Gedanken, dass der Minister ihn an irgendjemanden erinnerte, und verstieg sich seinerseits zu einer schmeichelhaften, wenn auch nicht sonderlich originellen Nettigkeit über die Gattin des Ministers. Der lachte, taxierte ihn mit einem wissenden Blick und fragte: »Rauchen Sie?«

Suchanow war Nichtraucher, doch es kostete ihn nicht den Bruchteil einer Sekunde, bestätigend zu nicken. »Selbstverständlich.«

Ohne sich weiter um die breitschädeligen jungen Kerle zu kümmern, die sich um sie scharten, gingen sie nach draußen, wo Suchanow urplötzlich eine Zigarette zwischen den Fingern hielt, noch ehe er sich dessen richtig bewusst war. Unmittelbar darauf flammte im Dunkel der Säulenvorhalle ein Streichholz auf, das sich wie von selbst auf sein Gesicht zuzubewegen begann, ehe schließlich die dazugehörige Hand sowie das unendlich unterwürfige Lächeln des Türstehers mit dem mickrigen Schnurrbart sichtbar wurde. Mit Genugtuung stellte Suchanow fest, dass der Bursche ihn ganz offensichtlich wiedererkannt hatte. Katzbuckel du nur, dachte er, während er sich bemühte, den Zigarettenrauch nicht zu inhalieren. Vielleicht überlegst du demnächst lieber zweimal, ob du wirklich einem Mann den Eintritt verwehren willst, der allerbeste Beziehungen zu den allerbesten Kreisen pflegt, noch dazu dem einzigen Schwiegersohn des gefeierten Jubilars – obendrein einem Mann, dessen Wort selbst einiges Gewicht in der Welt der Kunst hat. Immerhin bekleidete Anatoli Pawlowitsch seit zwölf Jahren die ebenso einflussreiche wie beneidenswerte Position des Herausgebers der führenden sowjetischen Kunstzeitschrift *Kunst und Welt*.

Der Minister hatte eine komische Art, die Wangen aufzublähen, wenn er den Rauch seiner Zigarette auspaffte.

»Mascha war ziemlich beeindruckt von Ihrem Sohn«, sagte er nach kurzem Schweigen. »Er scheint ein sehr netter junger Mann zu sein. Was macht er gleich noch?«

»Er ist an der Hochschule für Auswärtige Angelegenheiten und macht im nächsten Frühjahr seinen Abschluss«, antwortete Suchanow nicht ohne Stolz. »Er ist Jahrgangsbester. Er hat wirklich ein Händchen für Fremdsprachen.«

»Ach, tatsächlich?« Der Minister war sichtlich beeindruckt.

Er sah hundertprozentig jemandem ähnlich, den Suchanow kannte, vor allem, wenn er seine Wangen auf diese Art aufblähte. Weil er den anderen nicht allzu offensiv anstarren wollte, wandte Suchanow den Blick ab und ließ ihn über die Straße schwenken, und dabei bemerkte er etwas, was ihn ausgesprochen beunruhigte. Einen Augenblick lang senkte er den Blick, sah dann aber erneut hin. Nein, er hatte sich nicht getäuscht.

»Hören Sie, Tolja«, sagte der Minister im selben Moment, »ich lade diesen Dienstag zu einem kleinen geselligen Beisammensein auf meine Datscha ein. Nichts Großes, wissen Sie, nur Mascha und ich und ein paar gute Freunde. Meine Tochter wollte auch vorbeikommen – sehr hübsches Mädchen übrigens – und, also, ich habe gedacht, falls Sie und Wassili auch … Stimmt etwas nicht?«

Suchanow wandte den Kopf und starrte die Straße hinauf und hinunter.

»Ich … ich weiß nicht«, stotterte er verwundert. »Mein Wagen … er steht nicht da, wo er eigentlich stehen sollte. Ich habe dem Burschen doch gesagt, dass er da drüben auf uns warten soll …«

»Nun ja«, sagte der Minister gleichmütig, »alle Chauffeure trinken doch. Er wird schon wieder auftauchen, verlassen Sie sich drauf. Also, wegen Dienstag …«

Doch Suchanow starrte weiter mit zusammengekniffenen Augen in die Dunkelheit.

»Irgendetwas stimmt da nicht«, murmelte er. »Wolodja ist jetzt schon mehrere Jahre bei uns, und er ist noch kein einziges Mal … Ich kann mir auch überhaupt nicht vorstellen, aus welchem Grund …«

Er nahm die Brille ab und putzte die Gläser mit dem Futter seines Jacketts. Ohne Brille wirkten seine Augen seltsam nackt und verloren. Der Minister runzelte die Stirn, warf seine Zigarette auf den Boden und sagte: »Nun ja, wenn Sie momentan mit etwas anderem beschäftigt sind, setzen wir unser Gespräch eben ein andermal fort.« Seine Stimme war kalt. »Machen Sie's gut, Tolja.«

Einige Minuten lang blieb Suchanow noch wartend vor der Eingangstür stehen und starrte ins Leere, als wolle er den Wagen durch die bloße Kraft seines Willens in den dunklen Schatten unter die Bäume befördern, wo er eigentlich hätte stehen müssen. So etwas passierte ihm sonst nie, niemals, oder zumindest höchst selten – und wenn doch, dann brachte es ihn vollkommen aus der Fassung.

Währenddessen hatte es zu nieseln begonnen, und es dauerte nicht lang, bis die ganze Straße vor Nässe glänzte. Als Suchanow sich umwandte, um wieder in die Halle zu gehen, sprang der Türsteher eifrig herbei und riss die Tür auf, doch dieses Mal war es Suchanow, als sähe er die Lippen unter dem Schnurrbart zu einem spöttischen Lächeln verzogen. Zwar sagte er sich sogleich, dass er sich dieses Lächeln nur einbildete; dennoch löste der Gedanke in ihm eine plötzliche Welle von Befürchtungen aus, es könnte irgendein nicht wiedergutzumachender Schaden angerichtet worden sein – weil der Minister möglicherweise gerade in eben jenem Moment, als ihn seine verwirrende Entdeckung beschäftigte, begonnen hatte, von etwas Wichtigem, vielleicht sogar Lebenswichtigem zu sprechen, und er, in seine Verwirrung vertieft, hatte es verpasst, unverzeihlicherweise verpasst für immer …

Doch so sehr er sich auch bemühte, ihm fiel einfach nicht mehr ein, was der Minister gesagt hatte, und da ihn auch die Frage, an wen von seinen Bekannten er ihn denn nun erinnerte, einfach nicht loslassen wollte, legte sich allmählich auch wieder seine Angst, etwas falsch gemacht zu haben. Er sagte sich, dass er, selbst wenn er sich versehentlich ein wenig unhöflich benommen haben sollte, die Sache später wieder ins Reine bringen konnte. Im Moment hatte er andere Probleme. Wir werden den Fahrer, wenn er tatsächlich auf einen Drink fortgegangen ist, auf der Stelle entlassen, dachte er grimmig und machte sich auf die Suche nach Nina, wobei er darauf achtete, von niemandem mehr ins Gespräch verwickelt zu werden.

Nina hatte sich, als die Reden begannen, von der Seite ihres Vaters zurückgezogen, doch Pjotr Alexejewitsch, dem Suchanow nun eilig seine Glückwünsche aussprach, meinte, er habe sie gerade eben noch mit Xenia sprechen sehen. Von Unruhe getrieben, tauchte Suchanow wieder in die Menge ein.

Wenige Schritte weiter verstellte ihm ein Mädchen mit jungenhaft kurz geschorenem Haar den Weg.

»Guten Abend, Anatoli Pawlowitsch«, sagte sie feierlich mit dünner, kindlicher Stimme. »Mein Name ist Lina Gordon. Ich bin Journalistin und schreibe einen Artikel über die Malinin-Retrospektive. Wären Sie bereit, mir einige Fragen zu beantworten? Als Herausgeber von *Kunst und Welt* können Sie unseren Lesern sicher sehr wertvolle Einsichten vermitteln.«

Er musterte sie ungläubig. Ihr magerer Hals ragte aus einem billigen, knallgelben Kleid; ihre Lippen waren blass und rissig. In der Hand hielt sie ein offenes Notizbuch. »Welche … ich meine, für welche Zeitung arbeiten Sie denn?«, fragte er und musste unwillkürlich lächeln.

»Für eine Zeitschrift der Staatlichen Moskauer Universität«, sagte sie leichthin und nahm die Kappe von ihrem Kugelschreiber ab. »Also, Anatoli Pawlowitsch, mögen Sie Malinins Bilder? Halten Sie sie für hohe Kunst?«

Mit wachsendem Amüsement fasste er sie noch etwas genauer ins Auge. Ihr erdbeerroter Nagellack blätterte ab. Vermutlich kaute sie an den Fingernägeln – der Typ dazu war sie.

»Aha«, sagte er. »Sie meinen höchstwahrscheinlich eine Studentenzeitung, oder? Sie haben doch nichts dagegen, wenn ich frage, wie alt Sie sind? Achtzehn? Siebzehn?«

Die Ohrläppchen ihrer großen, hässlich abstehenden Jungenohren schienen heller zu glänzen.

»Mein Alter tut absolut nichts zur Sache«, sagte sie. »Ich habe einen Auftrag von der Zeitschrift. Könnten Sie mir nun sagen, was Sie von Malinins Werken halten?«

Sie war so ernst und so überzeugt von ihrer eigenen Wichtigkeit, dass er plötzlich Mitleid mit ihr bekam.

»Nun gut«, sagte er und räusperte sich. »Ich habe nur einen Moment Zeit, aber in Kurzform: Diese Gemälde zeigen das Beste, was Russland an Größe, Stil und Mut zu bieten hat. Pjotr Alexejewitsch hat ein unglaubliches Talent, den echten russischen Menschen, ganz wie er leibt und lebt, auf eine offene, gut durchdachte und direkte Art und Weise darzustellen, wie es am deutlichsten und klarsten …«

Ihre braunen Augen blieben vollkommen unbewegt. Es verwirrte ihn ein wenig, dass sie sich keine Notizen machte, und als er deshalb in seinen Ausführungen innehielt, schüttelte sie den Kopf und sagte:

»Dass Sie das wirklich glauben, nehme ich Ihnen nicht ab. Seine Bilder sind so unecht und falsch, dass es eigentlich jedem auffallen muss, nur traut sich niemand, es zuzugeben. Dieses banale

Porträt da drüben zum Beispiel – in dem steckt doch nicht ein einziges Körnchen Wahrheit – oder finden Sie das etwa nicht?«

Verblüfft über die Sicherheit in ihrer Stimme, blickte er in die Richtung, in die sie mit ausgestrecktem Zeigefinger deutete. Dann wurden seine Augen kalt. Von einem Moment zum anderen war ihm die Lust auf Scherze vergangen; er musste wieder an seinen versoffenen Fahrer denken, an den unbestimmten, doch zweifelsohne unglücklichen Zwischenfall mit dem Minister, den er in jedem Fall noch bereinigen musste.

»Junge Frau, meiner Meinung nach ist die einzige Frage, die sich hier stellt, wie Sie es geschafft haben, hier hereinzukommen«, beschied er ihr brüsk. »Zu dieser Vernissage sind nur akkreditierte Journalisten zugelassen. Ein Auftrag von der Hochschule gibt Ihnen noch lange nicht das Recht, hier irgendjemanden mit Fragen zu behelligen.«

Dieser Ton überraschte sie sichtlich. Ihre Augen verengten sich, und ihr Mund verzog sich zu einem gemeinen kleinen Lächeln, das bestens zu ihrer mageren Erscheinung passte. Sie zögerte einen Augenblick, dann sagte sie widerwillig: »Ihre Tochter hat mir eine Einladung gegeben. Wir sind in derselben Jahrgangsstufe.«

»Ach, meine Tochter! Das hätte ich mir denken können. Ich hatte ihr ja selbst noch eine zweite Einladung gegeben und gesagt, sie solle jemand Netten aus ihrem Fachbereich mitbringen.« Er betrachtete ihr eckiges Gesicht mit unverhohlener Ablehnung. »Nun denn … nett, Sie kennengelernt zu haben, Lida.«

»Lina«, verbesserte das Mädchen mürrisch. Ihr Notizbuch hatte sie mittlerweile zugeklappt.

»Falls ich Ihnen einen freundschaftlichen Rat geben darf«, sagte er trocken, »würde ich an Ihrer Stelle meine Ideen und Vorstellungen über Kunst nicht ganz so offen herausposaunen, wie Sie es tun. Man weiß schließlich nie, wer einem gerade zuhört. Und – letzte Frage: Sie haben nicht zufällig Xenia gesehen?«

Mit dem Kinn deutete sie Richtung Ausgang. Er wandte sich zum Gehen.

»Mir ist egal, wer mich reden hört«, maulte sie ihm hinterher. »Die Zeiten ändern sich nämlich.«

Als er ihr noch einen Blick über die Schulter zuwarf, kam er innerlich ein wenig ins Schwanken: Da stand sie, so jung und trotzig, ein unsäglich trauriger Anblick in diesem geschmacklosen, schlechtsitzenden gelben Kleid, und gleichzeitig so aufreizend in ihrer Selbstgerechtigkeit, so jämmerlich in ihrem Bemühen, immer das letzte Wort zu haben.

»Meine liebe Lida, die Zeiten ändern sich ständig«, sagte er ohne jeden unfreundlichen Unterton. »Aber es würde Ihnen bestimmt nicht schaden, sich gelegentlich vor Augen zu führen, dass bestimmte Dinge trotzdem immer bleiben, wie sie sind.«

Falls sie darauf noch antwortete, hörte er es nicht mehr, denn nun steuerte er gezielt auf die Stelle zu, wo er Xenia ausgemacht hatte, die – völlig unpassend zu diesem Anlass – eine einfache schwarze Hose trug und lässig, als ginge sie das Ganze nichts an, an der Wand lehnte. Damit war es um Suchanows gute Laune endgültig geschehen.

»Wie ich sehe, hast du deine zweite Einladung in beste Hände gegeben«, sagte er ein wenig außer Atem, als er vor ihr stand. »Ich habe eben mit deiner Freundin gesprochen. Wirklich allerliebst. Sie hat ja größte Hochachtung vor dem Werk deines Großvaters.«

»Du musst meine Freunde nicht mögen«, sagte Xenia schulterzuckend. »Die meisten von ihnen mögen dich ja auch nicht.«

Ihre leicht vorstehenden grauen Augen unter den schweren Augenlidern wirkten schläfrig. Aus irgendeinem Grund fand er ihre Antwort weder ärgerlich noch beleidigend, sondern viel eher verstörend, als habe er eine falsche Tür erwischt und stünde nun in einem fremden Zimmer voller kantiger Objekte und verwirrender Schatten.

»Über die Ansichten deiner Freunde können wir ein andermal reden«, sagte er in, wie er hoffte, ausreichend strengem Ton. »Im Moment suche ich deine Mutter. Hast du sie gesehen?«

»Sie ist gegangen.«

»Gegangen«, wiederholte er. »Wohin gegangen?«

»Sie hat wieder mal Kopfschmerzen bekommen und wollte nach Hause. Ungefähr vor einer halben Stunde war das. Sie meinte, die Veranstaltung sei ohnehin so gut wie vorbei. Außerdem hat sie mich gebeten, dir zu sagen, dass sie den Wagen genommen hat.«

Suchanow sah seine Tochter verständnislos an.

»Warum hat sie mir das denn nicht selbst gesagt?«, brachte er schließlich heraus.

Xenia hob wieder die Schultern. »Wahrscheinlich wollte sie dich nicht beim Gespräch mit dem Obermotz stören. War es gut, euer Gespräch von Mann zu Mann?«

Suchanow hätte sich am liebsten an den Kopf gefasst, besann sich dann aber und nickte nur trübselig. Der Minister und seine Frau hatten das Fest bereits verlassen.

Da ihm ein Pochen in seiner linken Schläfe ankündigte, dass nun auch er Kopfschmerzen bekam, machte er sich gemessenen Schrittes auf den Weg nach draußen und ließ Lärm, Licht und Wärme hinter sich.

2

Es regnete nun heftig. Das Licht der Straßenlaternen schwamm in Regenschleiern; die blassen Spiegelungen versanken kopfüber im überfluteten Asphalt. Der leere Platz vor der Manege schien in der dunklen Nässe zu beben, und das graue Ungetüm des Hotel Moskwa hatte sich in einem kaum mehr wahrnehmbaren Schimmer von Lichtern aufgelöst. Kurz verharrte Suchanow im Schutz der pseudo-dorischen Säulenvorhalle. Erleichtert stellte er fest, dass der schnurrbärtige Wachmann inzwischen durch einen anderen ersetzt worden war, einen seltsamen, etwas schlampig wirkenden älteren Mann in einem burgunderroten Cordsamtjackett. Der neue Türsteher beobachtete ihn durch das Dunkel. Vielleicht lacht er insgeheim über mich, dachte Suchanow missvergnügt, wie ich hier stehe in meinem eleganten Abendanzug, ohne Wagen, ohne Fahrer. Er wandte sich ab und starrte niedergeschlagen in den Regen.

Um diese Uhrzeit und bei diesem Wetter ein Taxi zu bekommen, war so gut wie ausgeschlossen. Mit einem resignierten Seufzer schickte sich Suchanow in das Unvermeidliche – wenigstens befand sich unweit eine Metro-Station.

Ohne die leiseste Ahnung zu haben, was eine Fahrkarte kostete, zog er seine Brieftasche heraus, fingerte zwischen einem Haufen Quittungen herum und ertastete endlich ein paar Münzen, die er trübsinnig in seine Jackentasche gleiten ließ. Die regnerische Nacht schlug ihm schwer aufs Gemüt; der Türsteher starrte immer noch in seine Richtung. Ärgerlich straffte Suchanow die Schultern und eilte die Treppenstufen hinunter.

»Bist das du, Anatoli?«, hörte er eine leise Stimme hinter sich.

Er erstarrte. Die Stimme war ihm alles andere als unbekannt. Regenwasser lief ihm in den Kragen und den Nacken herab. Langsam drehte er sich um und stieg die Stufen wieder hinauf. Der Türsteher im Cordsamtjackett trat aus der Dunkelheit ins Licht einer Laterne.

»Lew«, stellte Suchanow ausdruckslos fest.

Für den Bruchteil einer Sekunde sahen sie einander an. Dann schien ihnen gleichzeitig bewusst zu werden, dass nach so vielen Jahren irgendetwas zu geschehen hatte – ob nun eine Umarmung, ein freundschaftlicher Kuss oder eine andere Geste, die menschliche Wärme und Verbundenheit ausdrückte. Simultan bewegten sie sich aufeinander zu und stolperten in eine verlegene Umarmung hinein, ließen einander im selben Moment wieder los, griffen einer nach des anderen Hand und bekamen sich an den Ärmeln zu fassen. Dabei lief Suchanow ein eiskalter Wassertropfen vom Handgelenk den Arm hinunter.

»Du hast dich ziemlich verändert«, sagte der falsche Türsteher. »Du hast ganz schön zugenommen. Und dieser Smoking … und die Brille … Du hattest doch früher keine Brille.«

»Na ja, meine Augen«, sagte Suchanow vage und setzte nach einer kurzen Pause hinzu: »Wir werden schließlich alle nicht jünger.«

»Nein. Aber es ist nicht nur das Alter, sondern …«

Weiter kam er nicht. Wasser spritzte auf, als ein Wagen an ihnen vorbeifuhr und auf der nassen Fahrbahn rote Zickzack-Lichter hinter sich herzog. Sie sahen ihm hinterher. Als der Wagen verschwunden war, versank der Karl-Marx-Prospekt wieder in glänzender Dunkelheit. Suchanows anfänglicher Schock war einem dumpfen Unwohlsein gewichen.

»Und du hast dich überhaupt nicht verändert«, sagte er.

Auf seltsame Art und Weise meinte er es genau so, wie er es sagte, und keineswegs als Kompliment. Lew Belkin sah nämlich für seine dreiundfünfzig Jahre – oder war er erst zweiundfünfzig? – ziemlich mitgenommen aus, er wirkte ungekämmt und unbehaust, ganz wie jemand, der sein Leben lang nicht unbedingt auf der glücklichen Seite gestanden hatte. Außerdem war er angezogen wie ein alter Zirkusclown; sein schreckliches Cordsamtjackett hatte braune Lederflicken an den Ellbogen, und an seinem Hals prangte eine lächerliche kastanienbraune Fliege. Suchanow wusste sehr wohl, dass Nachlässigkeit und Schlamperei im Allgemeinen nur bei jungen Leuten hoch im Kurs standen und sich dieses Problem mit fortschreitendem Alter meist von selbst erledigte, doch Belkin hatte sich offenbar anders entschieden. In Suchanows Augen sah er noch genauso aus wie damals als junger Mann, nur abgenutzter, schäbiger und heruntergekommener …

»Ich habe mich nicht verändert«, sagte Belkin, »und trotzdem hast du mich nicht wiedererkannt.«

»Na ja, du kennst doch den alten Spruch: ›Wenn dich ein Bekannter nicht erkennt, bist du auf dem besten Weg, reich zu werden‹«, versuchte Suchanow sich mit einem nicht sonderlich witzigen Scherz herauszureden.

»Dafür ist es schon etwas spät, fürchte ich«, antwortete der andere. »Wir sind eben nicht alle dazu bestimmt, reich zu werden.«

»Ach du liebe Zeit«, sagte Suchanow abwehrend, doch im selben Moment wurde ihm bewusst, dass Belkin dies vielleicht gar nicht feindlich gemeint hatte, es also womöglich keinen Grund gab, ablehnend zu reagieren. Belkin antwortete nicht; eine Weile sahen beide wortlos in den Regen hinaus, und die ganze Zeit über suchte Suchanow nach freundlich-verbindlichen Worten – doch fiel ihm nichts ein, was er hätte sagen können. Es war schlicht zu lange her, und das, was nun noch gesagt werden konnte, hätte bereits vor vielen Jahren gesagt werden müssen.

Im selben Augenblick fiel ein helles Rechteck auf den Boden der Säulenvorhalle, und Suchanow konnte einen kurzen Blick auf den richtigen Türsteher im Vestibül werfen, der in der offenen Tür stand und sich höflich verbeugte. Aus der dem Foyer entströmenden Wärme tauchte jetzt ein bekannter Schauspieler auf, der im Begriff war, einen großen pinkfarbenen Regenschirm über seiner neunzehnjährigen Ehefrau aufzuspannen. Das Paar flötete ein »Gute Nacht« zu Anatoli Pawlowitsch hinüber, starrte Belkin mit unverhohlener Neugier an und rannte auf einen soeben vorfahrenden Wolga zu. Die junge Frau kicherte, und Suchanow meinte, dabei das Wort »Babuschka« herauszuhören – mit dem sowohl ein Schmetterling als auch eine zur Fliege gebundene Krawatte gemeint sein kann –, doch dann verschluckte die Nacht den Rest des Satzes, und Suchanow versuchte sich einzureden, die junge Frau habe wohl eher über Schmetterlinge gesprochen als über Belkins unglückseligen Halsschmuck. Trotzdem war es unangenehm, äußerst unangenehm, dieses Gekicher und Geglotze, und weiß Gott, was sie dabei gedacht hatten … Er musterte Belkin mit düsterem Blick, und in einem plötzlichen Anflug von Grausamkeit fragte er: »Sag mal, Lew, wieso habe ich dich da drinnen eigentlich nicht gesehen?«

»Bei der Vernissage?«, fragte Belkin zurück. »Weil ich gar nicht dort war. Ich war nicht eingeladen. Ich wollte nur gerade …«

Die Tür wurde erneut aufgestoßen und in dem sich öffnenden Spalt sah Suchanow nun den großen karmesinroten Busen der Frau des Theaterkritikers und dahinter ihren kleinen spindeldürren Gatten auftauchen und hatte es mit einem Mal sehr eilig, Belkin vom Eingang weg und die Stufen hinunter zu lotsen. Kalter Regen schlug ihm ins Gesicht, als er um die Ecke bog. Belkin trottete ergeben hinter ihm her. Ein kleines Stück nur noch, dann war es geschafft – endlich, Gott sei Dank, waren sie außer Sicht, als sie sich unter einem schmalen Dachgesims an eine Mauer pressten. Zum Glück hatte sie niemand gesehen, außer diesem Langhaarigen – wie hieß er gleich wieder? – mit dem pinkfarbenen Regenschirm und seiner jugendlichen Ehefrau, aber das war nicht so schlimm, er war nicht wichtig genug. Suchanow versuchte, einen Seufzer der Erleichterung zu unterdrücken, als er sich die Regentropfen von den Brillengläsern wischte.

»Ich werde mir die Ausstellung selbstverständlich ansehen, sobald sie fürs Publikum geöffnet wird«, sagte Belkin, dem nichts aufgefallen war. »Wie ist sie denn eigentlich?«

»Großartig. Wirklich interessante Arbeiten. Und sie hängen sehr gut – der Raum ist hervorragend dafür geeignet.«

»Hervorragend geeignet?«, wiederholte Belkin. »Früher warst du der Meinung, die Manege eigne sich besser als Reitschule – ihre Architektur passe zwar zu Pferden, aber nicht zu Gemälden.«

Urplötzlich erschien ein breites Lächeln auf Belkins Gesicht. Dieses Lächeln war seit jeher sein Markenzeichen gewesen, ein Lächeln, wie es nur ganz wenige Menschen zustande brachten. Es ließ Belkins normalerweise eher wehmütige Gesichtszüge von einem Moment auf den anderen aufleuchten und verlieh ihnen eine Menschlichkeit von seltener Intensität und Ausstrahlung. Lachend tippte er leicht gegen einen Knopf von Suchanows Anzugjacke.

»Und du hast auch gesagt, das sei ja irgendwie ganz in Ordnung so, weil die meisten Künstler mit ihren hier ausgestellten Werken sowieso besser in einen Stall als in eine Galerie passen würden. Du erinnerst dich doch noch daran, Tolja?«

Es war erstaunlich, wirklich schlicht und ergreifend erstaunlich, wie dieser Mann nach all der Zeit noch immer so lachen konnte – und als ebenso verwirrend empfand es Suchanow, wie wenig seine Augen sich verändert hatten, wie sie trotz der Fältchen, der Tränensäcke und der ein wenig schwerer gewordenen Augenlider so dunkel, feurig und geradezu ansteckend lebendig strahlen konnten.

»Nein«, sagte Suchanow steif. »Jedenfalls nicht wörtlich. Schon möglich, dass ich irgendwann mal etwas Ähnliches geäußert habe, aber inzwischen ist die Halle ja längst renoviert worden …« Er stockte und setzte dann hastig hinzu: »Da drinnen sieht es jetzt vollkommen anders aus.«

Belkin musterte Suchanow mit unverwandtem Blick und verzog leicht die Lippen. Das Feuer in seinen Augen erstarb, und die Falten um seinen Mund zeichneten sich stärker ab.

»Seltsam«, sagte er leichthin. »Ich finde, sie sieht immer noch genauso aus wie früher. Ich schaue mir fast jede Ausstellung an, die sie zeigen, weil ich auf dem Laufenden bleiben will, was neue Entwicklungen in der Malerei angeht. Nicht dass es welche gäbe, aber man will ja die Hoffnung nicht aufgeben.«

»So ist es«, sagte Suchanow, dem nicht einfiel, was er sonst hätte antworten sollen, und rückte seine Brille zurecht.

Das Ganze war unangenehm – unangenehm und überflüssig. Das Dachgesims, unter dem sie sich an die Wand drückten, war so schmal, dass sie bei jeder Bewegung mit den Schultern aneinander stießen; die vom Boden wieder aufspritzenden Tropfen gingen auf seine blank polierten Schuhe nieder. Er wünschte nichts sehnlicher, als von hier wegzukommen und endlich zu Hause zu sein, wo es hell war, warm und gemütlich und er jetzt seinen abendlichen Tee trinken könnte …

Ihr Zusammentreffen nahm allmählich albtraumhafte Formen an – er wusste, dass er es so schnell wie möglich beenden musste, am besten sofort, doch seltsamerweise unternahm er nichts dergleichen, weil er sich völlig hilflos fühlte, wie gefangen in einem Traum. Während sie einander anschwiegen, lief ein junges Mädchen mit kurzen Haaren an ihnen vorbei, und es war ihm, als sähe er unter ihrem flatternden dünnen Mantel ein gelbes Kleid hervorlugen, doch sie rannte so schnell, dass er keine Zeit hatte, sich zu vergewissern.

Auch Belkin blickte ihr hinterher. Als der Regen die Abdrücke ihrer Schuhe auf dem Boden wieder ausgewaschen hatte, fragte er: »Ist Nina auch da?«

»Sie war müde und ist zeitig nach Hause gefahren«, antwortete Suchanow und deutete mit der Hand über die Straße: »Sie hat den Wagen genommen.«

»Ach, schade. Ich hatte gehofft, sie zu sehen. Ich wette, sie hat sich kein bisschen verändert.«

»Wir verändern uns alle«, sagte Suchanow. »Schließlich wird keiner von uns jünger.«

Du liebe Zeit, dachte er missmutig, habe ich das nicht vorhin schon einmal gesagt?

»Und wie geht es Alla?«, fragte er, um nicht wieder in Schweigen zu verfallen.

»Alla? Weißt du das nicht? Alla hat mich schon vor Jahren verlassen. Sie ist jetzt mit einem Mathematiklehrer verheiratet und hat drei Kinder. Aber es geht ihr recht gut. Danke der Nachfrage.«

»Tut mir leid, das wusste ich nicht. Und wie kommst du sonst so zurecht?«

»Ach, es geht schon irgendwie. Ich male und so. Und du?«

»Kann mich nicht beklagen. Nein, wirklich nicht.« Er hüstelte, verlagerte sein Gewicht von einem Fuß auf den anderen und stieß dabei erneut an Belkins Schulter. »Sieht so aus, als hätte der Regen nachgelassen.«

Der Regen prasselte unvermindert herab.

»Ja, sieht so aus«, sagte Belkin. »Wo musst du hin? Ich will rüber zur Metro. Sollen wir zusammen gehen? Ich habe einen Schirm dabei.«

»Würde ich schon gern, aber … Ich muss in die andere Richtung«, sagte Suchanow.

»Selbstverständlich. Verstehe«, sagte Belkin leise. »Dann auf Wiedersehen, Anatoli. Viel Glück, und überhaupt …«

Er stellte den Kragen seiner weinroten Jacke hoch, zog einen etwas zerfledderten Taschenschirm aus der Tasche (wie lächerlich – welcher einigermaßen vernünftige Mensch steckte sich schon einen nassen Schirm in die Jackentasche!) und marschierte in die Dunkelheit, ohne sich noch einmal umzudrehen. Suchanow fiel auf, dass er sich ein wenig krumm hielt. Komisch, dachte er unwillkürlich, er ist doch früher immer so gerade gegangen – und dieser Gedanke schien plötzlich in ihm an eine Saite aus vergangenen Zeiten zu rühren, einen einzelnen zittrigen Ton anzuschlagen, der in seiner Brust lauter und lauter wurde, alte Sehnsüchte und einen davon untrennbaren, seltsam nagenden Schmerz wieder auferstehen ließ. Er sah Belkin hinterher, der sich unter seinem kaputten Regenschirm davonmachte, an dem eine der dünnen Stangen herausstach, und dachte bitter: Ja, wir zwei Spinner sind jetzt auch in die Jahre gekommen, und das Leben ist schon fast vorbei. Seine Kehle war wie zugeschnürt, und sekundenlang meinte er, keinen Ton hervorbringen zu können, doch dann riss er sich zusammen.

»Ljowa«, rief er, »warte!«

Zwar fürchtete er, Belkin würde ihn gar nicht mehr hören können, doch dann drehte sich der andere um. Er kämpfte mit seinem Regenschirm, der irgendwie außer Kontrolle geraten zu sein schien.

»Sag mal, Ljowa, warum bist du heute Abend eigentlich hier vorbeigekommen?«

»Ich war bloß zufällig da, als es anfing zu regnen, und da dachte ich, ich warte unter den Säulen, bis es vorbei ist!«, rief Belkin zurück.

Es war zu dunkel und Belkin auch schon zu weit weg, als dass Suchanow seine Augen hätte sehen können. »Aber du hast doch einen Schirm!«, rief er.

»Der hilft nicht sehr viel – das siehst du ja selbst!«

»Ja. Klar. Also, dann leb wohl. Und grüße ... Ich meine, pass auf dich auf!«

Belkin bewegte sich nicht. Der Regenschirm flatterte wie ein kranker Vogel über seinem Kopf. Endlos lange Sekunden stand er so da, dann murmelte er etwas vor sich hin und kam mit schweren Schritten, bei denen das Wasser hoch aufspritzte, wieder zurück.

»Na gut«, sagte er finster, »falls du es genau wissen willst: Es war nicht so. Ich bin vorbeigekommen, weil ich dich sehen wollte. Dich und Nina. Ich habe in der Zeitung von der Vernissage gelesen und gedacht, eine bessere Gelegenheit finde ich nicht.«

Er schüttelte seinen Schirm aus, ließ ihn fallen und begann in seiner ausgebeulten Jackentasche zu kramen. Ein goldfarbenes Bonbonpapier fiel heraus, trudelte im Wind davon und ging schließlich in einer Pfütze unter. Eine seltsame Spannung erfasste Suchanow, während er Belkin beobachtete. Endlich brachte er etwas zum Vorschein, das wie eine Hochglanzkarte aussah; schützend hielt er die Hand darüber.

»Das wollte ich dir eigentlich geben«, sagte er. »Nächsten Mittwoch findet es statt. Nein, natürlich keine große Sache, nichts, was in der Zeitung stehen wird … Na ja, aber jetzt ist mir klar, dass es dumm war von mir. Warum sollte dich das schon interessieren?«

Wortlos streckte Suchanow seine Hand aus. Sie zitterte ein wenig. Belkin zögerte, zuckte dann die Schultern und drückte ihm die Postkarte in die Hand. Ein Gewirr vielfarbiger Buchstaben, die auf neongrünem Untergrund wirr durcheinander tanzten. Suchanow nahm die Brille ab, wischte die Regentropfen ab und versuchte es erneut. Nun schienen die Buchstaben sich eines Besseren besonnen zu haben und fügten sich allmählich zu entzifferbaren Worten zusammen. »L. B. Belkin (1932). Moskau im Regenbogen.« Darunter Adresse, Ausstellungsdaten, Öffnungszeiten.

Während Suchanow schweigend die Karte betrachtete, wurde ihm bewusst, dass sich der Schmerz in seinem Inneren aufgelöst und einem neuen, noch namenlosen Gefühl Platz gemacht hatte, das langsam seine mächtigen schwarzen Flügel in seinem Herzen zu entfalten begann.

Belkin sprudelte jetzt los. »Meine erste, musst du wissen. Ich meine, ich hatte mich ja immer mal wieder mit dem einen oder anderen Bild an Ausstellungen beteiligt, aber diese hier – das ist meine eigene. Es ist nur eine kleine Galerie im Arbat, aber ich habe sie für mich allein zur Verfügung. Der Titel der Ausstellung ist nicht besonders gut, so klischeeartig, meine Idee war es jedenfalls nicht, aber ich habe mich dann doch damit einverstanden erklärt, weil meine Arbeiten ohnehin Farbstudien sind und ich dachte … Mein Gott, was rede ich denn da eigentlich?«

Er stockte und presste die Fingerspitzen an die Schläfen. Seine Stimme klang völlig verändert, ruhig und merkwürdig verzweifelt, als er weitersprach: »Hör zu, Tolja, ich weiß ja, dass wir schon lange nicht mehr miteinander befreundet sind, aber das ist jetzt alles fast ein Vierteljahrhundert her, und … Also, ich wäre wirklich sehr glücklich, wenn ihr zu meiner Vernissage kommen könntet, du und Nina. Am Mittwoch um 19 Uhr, steht alles auf der Karte, hier unten, in der Ecke.«

Suchanow war es, als würde er aus einem Trancezustand erwachen. Ein breites Lächeln lag auf seinem Gesicht, als er von der Karte in seinen Händen aufsah. »Ja, selbstverständlich kommen wir. Das heißt, ich muss erst in meinem Terminkalender nachsehen, aber es würde mich wirklich freuen, wenn es klappt, und Nina ganz sicher auch.« Er lächelte immer noch.

Belkin sah ihn prüfend an, dann senkte er den Blick.

»Es würde mir sehr viel bedeuten«, sagte er leise. »Aber ich würde es auch verstehen, wenn ihr etwas anderes vorhabt. Ich weiß ja, es ist sehr kurzfristig. Grüß Nina bitte von mir. Gute Nacht, Tolja.«

»Gute Nacht, Ljowa«, sagte Suchanow, immer noch lächelnd.

Belkin hob die Hand zu einem letzten Abschiedsgruß und ging, wieder im Kampf mit seinem absurden Regenschirm, davon. Suchanow blieb, wo er war, hielt die Postkarte nahezu krampfhaft in den Fingern und starrte ins Leere. Kurz darauf ließ der Regen nach, und es dauerte nicht lange, bis er wieder in jenes leichte Nieseln überging, mit dem er vor einer Stunde begonnen hatte – vor einer Stunde oder, je nachdem, wie man es betrachten wollte, auch vor einer Ewigkeit.

Suchanow kniff die Augen zusammen, schüttelte das Wasser von den Schuhen, vergrub die durchnässte Einladungskarte in seiner Jacketttasche und schlug dann schnellen Schrittes die entgegengesetzte Richtung ein.

Er war schon fast in der Mitte des Roten Platzes angelangt, als ihm bewusst wurde, dass er vergessen hatte, seinem ehemals besten Freund zu gratulieren.

3

Am Spasski-Turm schwebte das schwarze Zifferblatt der riesigen Uhr unheilverkündend in den von Scheinwerfern erhellten Wolken. Die vergoldeten Zeiger erzitterten, als sie einen Minutenschritt weiterrückten und das Schlagwerk laut tönend die Viertelstunde verkündete. Es war Jahre – wenn nicht Jahrzehnte – her, dass Suchanow sich nachts zu so später Stunde auf dem Roten Platz aufgehalten hatte, der jetzt menschenleer und hell erleuchtet vor ihm lag und so weitläufig wirkte, dass man sich in diesen Dimensionen automatisch winzig und unbedeutend fühlen musste. Grünlich-kalt schimmerte das durch den Regen schlüpfrig gewordene Kopfsteinpflaster; vor ihm ragte die Basiliuskathedrale in den Himmel wie ein vielköpfiger Drachen aus einem Märchen mit tragischem Ende. Wie aus dem Nichts tauchte plötzlich ein Junge in einer viel zu großen roten Jacke auf, lief ihm eine Weile mit laut und bedrohlich in der Stille hallenden Schritten hinterher und verschwand ebenso abrupt wieder. Suchanow griff nervös an die Innentasche seiner Jacke und beschleunigte seine Schritte. Als er den Platz beinahe überquert hatte, meinte er im Dunkeln jemanden kichern zu hören. Das letzte Stück bis zur Bolschoi-Moskworecki-Brücke legte er im Laufschritt zurück.

Dort angekommen, hielt er an, lehnte sich ans Geländer und versuchte, wieder zu Atem zu kommen. Seine Beine schmerzten. Unten zogen die braunen Wasser der Moskwa langsam vorbei, und aus ihren Tiefen erstand das nur nachts existierende Kopfüber-Bild der Stadt, hervorgerufen von ineinanderfließenden Straßenlampen, Autoscheinwerfern und anderen Lichtern. Mauern, Kirchen und Glockentürme der Unterwasserstadt zitterten voller Sehnsucht danach, sich befreien und mit der Flut fortschwimmen zu können, um das enge übervölkerte, gefährliche Moskau weit hinter sich zu lassen. Doch die Nacht hielt sie fest, und so blieben sie, umschlungen von unendlichen goldenen Lichterketten, für immer auf ihren Plätzen. Andere Dinge konnten entkommen: ein toter Ast, ein sich im Wind noch einmal wölbender weißer Schal, Zigarettenkippen, im Licht schimmernde Ölflecken ... Wie gebannt starrte Suchanow auf den regenbogenfarbenen Film auf dem Wasser. Die Einladung zu Belkins Ausstellung brannte ihm in der Tasche, und die schwarzen Flügel jenes namenlosen Gefühls flatterten in der Leere seines klopfenden Herzens.

Plötzlich waren auf dem Pflaster schnelle Schritte zu hören. Suchanow wirbelte herum. Hinter ihm stand, heftig atmend und grinsend, der Junge in der roten Jacke. Suchanow blickte sich verzweifelt um, doch auf der ganzen Brücke war keine Menschenseele zu sehen; er sah nur vereinzelte Autos, die aus dem Dunkel auftauchten und sofort wieder verschwanden, zu schnell, viel zu schnell ... Das Herz schlug ihm bis in den Hals.

»Schöne Krawatte haben Sie da«, eröffnete der Junge die Unterhaltung. »Was ist 'n das für 'ne Marke?«

Suchanow schluckte. »Wie, Marke?«

»Na, wer sie hergestellt hat. Muss doch irgendwo draufstehen, oder?«

Langsam, als bewege er sich unter Wasser, fasste Suchanow nach seiner weinroten Lieblingskrawatte, drehte sie um und las mit stockender Stimme und einem Gefühl, als würde er gleich in Ohnmacht fallen: »Christian, äh ... Christian Dior.«

»Schön für Sie«, sagte der Junge und schnalzte anerkennend mit der Zunge.

»Was willst du?«, fragte Suchanow heiser. »Also, falls es dir um die Krawatte geht – du kannst sie haben.«

»Nein, nein«, sagte der Junge, »bloß nicht. So was steht mir nicht. Aber falls Sie zwei Kopeken übrig haben ...?«

»Zwei Kopeken?«, fragte Suchanow, als hätte er nicht verstanden.

Als der Junge nickte, blitzten die Augen in seinem pickligen Gesicht merkwürdig auf. Suchanow war überzeugt, dass sich etwas Undenkbares über ihm zusammenbraute, und während er mit zittriger Hand in seiner Tasche kramte und endlich einige Münzen zum Vorschein brachte, umflatterte ihn, einer sterbenden Motte gleich, ein einziger Gedanke: Warum bin ich nicht mit der Metro gefahren, warum bin ich nicht mit der Metro gefahren, warum bin ich nicht ...

Die Brücke lag einsam und verlassen vor ihm, und Suchanow sah sich schon fliegen, stürzen, fallen und in die dunklen schwarzen Fluten tauchen, einem kalten Tod entgegen, und hier oben, über ihm, dieses lachende, grölende Ungeheuer ...

Der Junge beugte sich über seine Hand, kam ihm so nahe, dass Suchanow den kalten Zigarettenrauch in seinem Atem roch.

»Lassen Sie mal sehen. Fünf, zehn, noch mal fünf ... ah, da haben wir ja eine.« Mit Daumen und Zeigefinger griff er nach einer kleinen Kupfermünze. »Besten Dank. Ich muss nämlich unbedingt meine Mutter anrufen. Die macht sich immer Sorgen, wenn ich abends länger wegbleibe.«

Damit wandte er sich ab und lief wieder zum Roten Platz zurück. Augenblicke später schien die Brücke vor Menschen nur so zu wimmeln. Zwei betrunkene junge Mädchen, die ein ums andere Mal die Liedzeile »We wish you happiness« vor sich hin sangen, stolperten an ihm vorüber. Ein Mann und eine Frau mittleren Alters, die sich wegen eines verbrannten Topfes stritten, gingen vorbei; sechs oder sieben Asiaten in Anzügen, bewaffnet mit einem riesigen auseinandergefalteten Stadtplan, schossen eine Unzahl Fotos von Brücke und Fluss und schnatterten dabei miteinander in einer Art Vogelsprache. Suchanow stand staunend da, starrte vor sich hin und begriff nicht, was soeben geschehen war. Bis plötzlich der Groschen fiel und er erleichtert auflachte: Dieser Junge – dieser Hooligan mit dem irren Blick – hatte einfach nur Kleingeld für einen öffentlichen Fernsprechautomaten gebraucht.

Und dank dieser gloriosen Einsicht konnte Suchanow plötzlich die Trivialität sämtlicher anderer Missgeschicke des Abends erkennen, und sogar der Zwischenfall mit Belkin war nicht mehr von Bedeutung. Die schwarzen Flügel in seinem Herzen hielten inne. Ach, es war doch alles so offensichtlich und nicht wert, dass er auch nur einen weiteren Gedanken daran verschwendete. Belkin war doch einzig und allein aufgetaucht, um ihn zu demütigen – ihn, Suchanow, der so viel in seinem Leben erreicht hatte. Ja, er war gekommen, um ihm die Nachricht von seinem Erfolg ins Gesicht zu schleudern – doch in Wahrheit konnte ja von Erfolg gar keine Rede sein, weil es sich letztlich nur um eine schäbige kleine Ausstellung handelte, die ein halbes Leben zu spät kam und völlig bedeutungslos war. Kopfschüttelnd zog Suchanow die Einladung aus der Tasche. Das Glanzpapier war durch die Nässe hart geworden, doch nach kurzem Kampf gelang es ihm, es in der Mitte durchzureißen und dann noch einmal und noch einmal … Als er die Fetzen über das Geländer warf und zusah, wie sie durch die Luft und in die bleifarbene Flut hineintrudelten, fühlte er sich wieder vollkommen eins mit sich selbst. Ein Stückchen Papier wirbelte in die Höhe und landete auf der Brüstung, und Suchanow sah drei Buchstaben in Blau, Indigo und Violett aufschimmern – das Ende des Regenbogens, dachte er. Mit zusammengekniffenen Augen betrachtete er es, dann schnippte er schulterzuckend auch diesen letzten Fetzen in die düster schimmernde Leere unter sich.

Alles Weitere ergab sich so zauberhaft leicht wie in einem Traum.

Kaum hatte er sich umgedreht, tauchte auch schon ein Taxi auf, hinter dessen Windschutzscheibe das grüne Licht signalisierte, dass es frei war, und unglaublicherweise hielt es bereits, bevor er auch nur Zeit hatte, die Hand zu heben, vor ihm an, und ein paar Sekunden später saß er auf dem Rücksitz und nannte dem Fahrer seine Adresse.

Seit er dem Tod ins Auge geblickt hatte, erschien ihm alles

höchst amüsant – das schneller werdende Vorbeiflackern der Leuchtreklamen, das Taxi, in dem es aus unerfindlichen Gründen nach Veilchen roch, der Fahrer, den er zwar im Dunkeln nicht richtig sehen konnte, dessen komischer strohblonder Bart und die altmodische Brille jedoch im Rückspiegel auf und ab zu tanzen schienen, und insbesondere die sture Feierlichkeit, mit der der Mann ihm versicherte, dass es seine Straße gar nicht gab.

»Belinskistraße?«, rief er. »Glauben Sie mir, Genosse, ich kenne Moskau wie meine eigene Hand« – und jedes Mal, wenn er das beteuerte, nahm er seine zarte, fast kindliche Hand vom Steuerrad und spreizte die Finger –, »und eine solche Straße in der Nähe der Tretjakow-Galerie gibt es einfach nicht.«

»Aber ja doch«, versicherte Suchanow ihm immer wieder, »ich garantiere Ihnen, dass es sie gibt. Ich wohne jetzt zwölf Jahre dort, da sollte ich es doch wirklich wissen.«

Sein Argument brachte den Mann für ein paar Sekunden zum Schweigen, aber dann begann er wieder von Neuem auf Suchanow einzureden; sein Bart wippte im Spiegel erregt auf und ab, während die Lichter von draußen das Dunkel im Inneren des Taxis blitzschnell durchbrachen.

»Natürlich ist es Ihre eigene Sache, Genosse. Wenn Sie unbedingt an einen Ort gefahren werden wollen, den es gar nicht gibt, werde ich Sie nicht aufhalten. Ich fahre ständig irgendwelche Leute, von denen die Hälfte am Ende irgendwo landet, wo sie eigentlich gar nicht hinwollten, aber ich sage grundsätzlich nichts dagegen, sondern …«

»Hier nach links«, unterbrach ihn Suchanow. »Sehen Sie das graue Gebäude da drüben?«

»Das da?«, fragte der Fahrer triumphierend. »Ich wusste es! Das hier ist nicht die Belinskistraße, sondern die Woskresenski-Passage. Warten Sie, ich fahre zurück zum Straßenschild, dann zeige ich es Ihnen.«

Suchanow lächelte nachsichtig. Die Reifen quietschten. Auf dem Schild stand schwarz auf weiß »Belinskistraße«, wie er nur allzu genau wusste. Einen Augenblick lang herrschte Schweigen, dann zog sich ein langer bekümmerter Seufzer durch die Dunkelheit.

»Es ist ja einfach unglaublich«, jammerte der Mann leise. »Jetzt haben sie auch noch diese Straße umbenannt. Obwohl der alte Name doch viel hübscher war … Sehen Sie, ich habe alles auswendig gelernt, aber mein Stadtplan ist leider nicht mehr ganz aktuell. Er stammt noch aus der Zeit vor der Großen Revolution, und deshalb passiert so etwas eben ab und zu.«

»Passiert es denn oft?«, fragte Suchanow unschuldig.

Der Mann unterdrückte ein Schluchzen. »Dauernd«, gestand er flüsternd.

Blödmann, dachte Suchanow, während er seiner Brieftasche eine Zehn-Rubel-Note entnahm.

»Vielleicht kaufen Sie sich ja mit dem Rest einen neuen Stadtplan«, schlug er großzügig vor. Beim Aussteigen lachte er leise in sich hinein; als er einen Blick über die Schulter warf, sah er im Rückspiegel ein letztes Mal die Brillengläser aufblitzen – und den heftig über einem unsichtbaren Kinn auf und ab wippenden blonden Bart.

Nina stand mit blassem, müden Gesicht im hell erleuchteten Flur an der Eingangstür und trommelte mit den Fingern an den Türpfosten.

»Ich habe das Taxi vom Fenster aus gesehen. Ich habe mir nämlich allmählich Sorgen gemacht – Xenia und Wassili sind schon seit über einer Stunde wieder da … O Gott – dein Jackett ist ja ganz nass!«

»Im Vergleich dazu, dass ich beinahe umgebracht worden wäre, war der Regen gar nichts«, sagte Suchanow trocken.

Nina hielt sich ihren mit einer Goldborte eingefassten blauen Bademantel am Hals zu.

»Ich nehme an, das war mein Fehler. Ich hätte im Wagen auf dich warten sollen.«

Wenige Minuten später saß Suchanow in seinem roten Bademantel in der Küche unter einem tief hängenden orangefarbenen Lampenschirm, hatte eine Tasse Tee mit reichlich Cognac vor sich und löffelte hingebungsvoll eingemachte Erdbeeren. Um ihn herum war die ganze Familie versammelt.

»Und dann sagte ich zu dem Kerl: ›Meine Krawatte willst du? Daraus wird nichts, mein Lieber, ich hänge nämlich selbst ziemlich an ihr. Hier, zwei Kopeken kannst du haben, aber mehr ist nicht drin‹«, erzählte Suchanow vergnügt zwischen zwei Bissen.

»Aber Tolja, er hätte dich verletzen können«, sagte Nina. »Was wäre denn gewesen, wenn er ein Messer dabeigehabt hätte?«

»Wahrscheinlich hatte er eins.« Suchanow gab sich gleichmütig. »Reich mir doch bitte mal den Zucker, Xenia ... Tja, aber als er merkte, dass er bei mir kein leichtes Spiel haben würde, hat er eben die zwei Kopeken genommen und ist fortgerannt.«

»Nicht übel!« Wassili lachte anerkennend.

»O ja, ich würde niemanden beneiden, der ihm Auge in Auge in einer dunklen Ecke gegenübertreten muss«, sagte Xenia.

»Moment mal«, warf Suchanow lachend ein, »das klingt aber nicht unbedingt wie ein Kompliment ...«

Nach einer Weile zogen Wassili und Xenia sich wieder in ihre Zimmer zurück – Wassili schloss seine Zimmertür leise, Xenia die ihre mit lautem Knall. Nina und Suchanow blieben allein in der Küche sitzen. Er war bester Laune.

»Um ehrlich zu sein«, sagte er, »ich bin wirklich froh, dass Wolodja sich nichts hat zuschulden kommen lassen.«

Sie sah ihn an und bewegte die Lippen, sagte jedoch nichts.

»Er ist doch ein anständiger Mensch. Ich hätte ihn wirklich nur ungern gefeuert«, ergänzte er.

»Und ich bin froh, dass alles gut ausgegangen ist«, sagte Nina und schob ihm einen Teller mit Schokoladeneclairs über den Tisch zu. »Probier mal, die sind ganz frisch. Walja hat sie heute Abend gekauft.«

Eine Weile lang widmeten sie sich wortlos ihrem Tee. Nur gelegentlich war zu hören, wie ein Teelöffelchen an Porzellan stieß; das silbrige Klicken war wie ein Steinchen, das in klares ruhiges Wasser fällt und die Stille dadurch noch hörbarer und sanfter erscheinen lässt. Das milde Licht der Lampen wob einen goldenen Kokon aus Ruhe, vielleicht sogar Glück um sie herum, schirmte sie ab vor der Nacht, in deren finsteren Höfen und Sackgassen sich mit Sicherheit auch in diesem Moment unangenehme Dinge ereigneten – irgendwo in weiter Ferne, unendlich weit weg von der warmen, sauberen, bestens ausgestatteten Küche in Wohnung Nr. 15 auf der vorletzten Etage des neunstöckigen Wohngebäudes Belinskistraße Nummer 7 im Herzen der Moskauer Altstadt. Und tatsächlich existierte die vertraute, angenehme Welt von Anatoli Pawlowitsch Suchanow in diesem Moment – kurz nachdem der Regen über die Dächer der Stadt gefegt war, gegen ein Uhr morgens in einer kühlen Augustnacht des Jahres 1985 – ziemlich unabhängig von jeglicher Außenwelt. Auf seiner Zunge zerging feinstes Eclair, und sein Tee war genauso stark, wie er ihn liebte. In den Schränken um ihn herum standen reihenweise die in Gläsern gesammelten und konservierten Köstlichkeiten des sich seinem Ende zuneigenden Sommers, und der ganze Raum duftete nach Äpfeln und Zimt, denn erst gestern hatte Walja, ihre Haushaltshilfe, seinen Lieblingsapfelkuchen gebacken. Eine scheinbar endlose Zimmerflucht war es, die sich da in seinem Rücken befand, in deren behaglichem Dunkel er honigfarbene Parkettböden, Damasttapeten, Regale mit Büchern in wertvollen Goldschnitt-Ausgaben, sich wie Blumen an den hohen Zimmerdecken entfaltende Kristallleuchter, vielarmige silberne Kerzenleuchter und zahllose andere Kostbarkeiten wusste, die mitunter in den hier und da durch die schweren Samtvorhänge dringenden Lichtstrahlen verführerisch funkelten. Irgendwo in dieser weitläufigen Wohnung schliefen nun seine beiden Kinder, begabte junge Menschen – der eine ein künftiger Diplomat, die andere bald Journalistin. Und neben ihm in diesem angenehm warmen Lichtkreis saß Nina, blass, ein wenig zerzaust und wunderschön, Schokoladespuren auf den Lippen. Das war seine Welt, und hier war er sicher. Die Nacht draußen hatte versucht, mit ihm zu spielen, ihn in eine dunkle, gefährliche Leere hineinzuziehen, aber nun war er doch wohlbehalten zurückgekehrt, nun saß er in Hausschuhen und

Bademantel hier am Küchentisch, aß das dritte Stück Kuchen und war rundum zufrieden.

»Schatz, du hast Schokolade am Mundwinkel«, sagte er. »Übrigens, du glaubst ja nicht, was passiert ist, als ich … nein, etwas höher … ja, genau da … Also, stell dir vor, als ich die Feier verlassen habe, bin ich draußen vor der Manege direkt in Belkin hineingerannt.«

Nina stellte ihre Tasse abrupt ab, wobei sie die Untertasse verfehlte und der Tee auf den Tisch spritzte.

»Du hast Lew gesehen?«, fragte sie.

»Ja, Lew Borisowitsch höchstpersönlich, wie er leibt und lebt«, entgegnete er mit schiefem Lächeln.

Der braune Teefleck sickerte langsam zwischen ihnen in das Tischtuch.

»Was hat er denn dort gemacht?«, fragte Nina. Ihre strahlend grünen Augen waren mit einem fremden, fast hoffnungsvollen Blick auf sein Gesicht gerichtet. »Ist er gekommen, um …?«

»Es war purer Zufall, nichts weiter«, sagte Suchanow schnell. »Er ist zufällig vorbeigegangen, als es anfing zu regnen, und hat beschlossen, sich unterzustellen, bis es wieder aufhört. So etwas Praktisches wie einen Regenschirm hat jemand wie Lew doch nicht dabei.«

Ihr Gesicht wirkte plötzlich unnahbar. Sie senkte die Lider, bemerkte den Fleck auf der Tischdecke und begann im selben Moment auch schon, ihn eifrig mit einer feuchten Serviette einzudämmen. Suchanow redete weiter.

»Ist ziemlich unansehnlich geworden, unser guter Lew Borisowitsch. Alt, unrasiert und schlecht angezogen außerdem – trug irgend so eine unvorstellbare Kombination mit Fliege.

Ich glaube, er trinkt. Nun ja, das würde ich wohl auch tun, wenn in meinem Leben alles so schiefgelaufen wäre wie bei ihm. Obwohl es eigentlich vorauszusehen war. Sogar seine Frau ist …«

»Möchtest du noch irgendetwas?«, unterbrach sie ihn. »Wenn du fertig bist, räume ich die Sachen ab.«

»Bitte«, sagte er und legte sein letztes, noch nicht zu Ende ge-

gessenes Eclair beiseite. »Sogar seine Frau hat ihn verlassen. Du kannst dich doch sicher noch an Alla erinnern, oder? Weißt du, offen gestanden hat es mich ohnehin gewundert, dass sie so lange bei ihm geblieben ist.«

Während Nina leise Schranktüren öffnete und wieder schloss, lehnte sich Suchanow zurück, pickte noch einen Schokoladenkrümel von seiner Serviette und summte die Duell-Arie aus »Eugen Onegin« vor sich hin. Abwesend betrachtete er das hübsche Blumenmuster der Tischdecke. Schon fühlte er eine gewisse Schläfrigkeit von sich Besitz ergreifen, als Nina lautstark das Glas mit der Erdbeerkonfitüre ins Regal pfefferte. Verwundert hob er den Kopf. Ihre grauen Augen waren eiskalt.

»Er heißt übrigens Wadim.«

»Was meinst du, Schatz?«

»Unser Fahrer. Unser Fahrer heißt Wadim. Nicht Wolodja. Nicht Wladislaw. Nicht Wjatscheslaw. Sondern Wadim. Er arbeitet jetzt schon fast drei Jahre für uns – und all die Zeit hast du dir nicht die geringste Mühe gemacht, dir seinen Namen zu merken.«

Suchanow setzte sich gerade auf.

»Ich habe es also wieder verwechselt«, stellte er freundlich fest.

»Tja, er hat nun mal einen von diesen Namen, die ich ständig durcheinanderbringe.«

»Es geht nicht nur um die Namen, Tolja«, sagte sie und wandte sich um. »Es geht um alles. Du bist wirklich ein Meister im Verdrängen und Vergessen.«

Wieder herrschte betretenes Schweigen.

Stirnrunzelnd erhob Suchanow sich und wollte hinausgehen.

»Während wir fort waren, war ein Kurier hier«, sagte sie, ohne sich nach ihm umzudrehen, und stellte einen Berg Geschirr ins Spülbecken. »Ich habe das Kuvert auf deinen Schreibtisch gelegt.«

»Ich schaue es mir gleich an«, sagte er. Er zögerte ein wenig, bevor er mit besänftigendem Lächeln hinzufügte: »Ich weiß gar nicht, Schatz, wie ich überhaupt arbeiten soll, ohne dein Porträt vor Augen zu haben. Ich schaue es mir so gern an.«

»Ich bin froh, dass es fort ist«, sagte Nina trocken. »Mir kam es vor wie ein ständiger Tadel.«

»Wie meinst du das – ein ständiger Tadel?«, fragte er nach kurzem Nachdenken, doch sie gab keine Antwort. Geräuschvoll lief Wasser ins Spülbecken ein. Mit einem unterdrückten Seufzer verließ Suchanow die Küche.

Der große braune Umschlag enthielt drei Seiten. Zwei jeweils zweispaltig bedruckte Blätter zum Korrekturlesen und einen in ausladender Handschrift verfassten Brief. Er überflog ihn. »Lieber Anatoli Pawlowitsch«, stand da, »seien Sie bitte so freundlich und lesen Sie die beiliegenden Seiten daraufhin durch, ob Sie möglicherweise noch etwas ergänzen oder korrigieren wollen …«

Bei dem Text handelte es sich, wie er sofort sah, um seine eigene Biographie, die in eine für das kommende Frühjahr angekündigte aktualisierte Ausgabe der »Großen Sowjetischen Enzyklopädie« aufgenommen werden sollte. Eine seltsame Nervosität ergriff Besitz von ihm, als er die Schreibtischlampe heranrückte, deren Schirm auf einem in Form eines hochaufgerichteten Pegasus gegossenen Bronzefuß ruhte (ein Geschenk seines Schwiegervaters), einem Lederetui mit eingeprägter Widmung (»Dem verehrten Anatoli Pawlowitsch zum 50. Geburtstag von seinen treuen Kollegen«) eine Lupe mit silbernem Handgriff entnahm und sich über die vor ihm liegenden Absätze beugte.

»Geboren am 13. Januar 1929 in Moskau, zeigte er bereits in jungen Jahren Anlagen zu kritischem Denken. Besuchte von 1947 bis 1952 die Surikow-Kunsthochschule, wo er sich die praktischen Grundlagen für seine theoretischen Studien aneignete. Von 1952 bis 1967 Lehrtätigkeit am Moskauer Institut für Technik und Höhere Kunst; in dieser Zeit Beginn seiner Karriere als Kunstkritiker. Zu seinen ersten größeren Veröffentlichungen zählen seine Schrift ›Über Surrealismus und andere westliche ›Ismen‹ als Manifestationen kapitalistischer Bankrotterklärungen‹ (1963; wiederveröffentlicht als Monografie 1965), sowie 1964 der nicht weniger bedeutende Essay ›Moderne Implikationen des Sozialistischen Realismus bei Landschaften und Stillleben‹.

Seit 1964 Mitglied der Kommunistischen Partei, seit 1965 Mitglied des Sowjetischen Künstlerverbandes. 1967 Beendigung der Lehrtätigkeit zugunsten der Leitung der Abteilung Kunstkritik am …«

Beruhigt, dass über die Anfänge seiner beruflichen Laufbahn keine unnötigen, unter Umständen sogar schädlichen, Details preisgegeben wurden, atmete Suchanow befreit auf und überflog den Rest des Artikels nun schneller, wobei er jede weitere Stufe seiner steilen Karriere mit leichtem Nicken bestätigte: die vielen Artikel, die Auszeichnungen und die noch schwindelerregenderen Beförderungen; zwei wichtige Lehrbücher zur Geschichte und Theorie der Sowjetkunst (die, erstmals 1968 und 1970 veröffentlicht, mittlerweile in 4. bzw. 6. Auflage auf dem Markt waren); 1972 eine kritische Studie zu den Kunstströmungen der westlichen Welt; 1973 seine Berufung zum Herausgeber von *Kunst und Welt* …

In einem längeren Absatz ging es um eine zusammenfassende Würdigung seines Schaffens: »A.P. Suchanows Studien liefern eine brillante Synthese von Geschichte und Theorie … von unschätzbarem Wert wegen ihrer praktisch-anwendbaren Beispiele und Hinweise auf die aktuelle Entwicklung … überzeugende Darstellung von Impressionismus, Expressionismus und Surrealismus als Bewegungen im Dienste des Kapitalismus … versteht seine Position als Herausgeber von *Kunst und Welt* als verantwortliche Schlüsselposition, da es ihm zum einen um die Abgrenzung sowjetischen Kunstschaffens und sowjetischer Kunst von den Einflüssen korrupter westlicher Strömungen und zum anderen um die Förderung echter und wahrer künstlerischer Prinzipien geht …«

Ein Feuerwerk lobender Worte, das mit der schlichten Aussage »Lebt mit seiner Frau und zwei Kindern in Moskau« endete.

Ja, das war sein Leben – der rasante Aufstieg eines Mannes zu einer Persönlichkeit des öffentlichen Lebens, zusammengefasst in dreieinhalb kleingedruckten Spalten, an denen es nichts zu korrigieren gab –, eine Biographie, die in Kürze neben den Biographien anderer, noch berühmterer Größen stehen würde, die sich ebenfalls um die Sowjetunion verdient gemacht hatten, und der beste Beweis, dass er es geschafft hatte.

An jedem anderen Tag, zu jeder anderen Stunde hätte dieser Hauch von Unsterblichkeit Suchanow in Selbstzufriedenheit erglühen lassen wie nach einem Schluck besten französischen Cognacs, und normalerweise hätte er auf der Stelle Ninas Nähe gesucht in der Hoffnung, ihr eines ihrer seltenen Lächeln abringen zu können. Doch an diesem Abend hatte Nina so unnahbar gewirkt, dass er nicht einmal in Erwägung zog, seinen Triumph mit ihr zu teilen, weshalb sich seine Hochstimmung in Grenzen hielt, nicht zuletzt, weil es ihn immer noch ärgerte, dass sie ihm seine Vergesslichkeit vorgeworfen hatte. Zugegeben: Orte, Gesichter und Namen prägten sich ihm nur schwer ein, weil er sich um Alltagskram nun einmal nicht kümmerte und deshalb viele Menschen tatsächlich auch nur als Randerscheinungen bei zufällig gemeinsam verbrachten Anlässen wahrnahm, anonyme Gestalten, die für ein paar Stunden unter demselben Dach wie er auftauchten, eine gesichtslose Menge, die er schon an der nächsten Ampel hinter sich gelassen hatte, Studenten mit ausdruckslosen Augen in großen Hörsälen, die Zettelchen schrieben und Orangen schälten, während er, wie er es von Zeit zu Zeit tun musste, am Rednerpult stand. Natürlich war etwas dran an der Feststellung, dass er bestimmte Dinge sehr bewusst zu vergessen versucht hatte, aber das hing damit zusammen, dass er keinen Grund sah, warum er sein Gehirn mit Fakten und Ereignissen belasten sollte, die längst Geschichte waren. Allerdings war er davon überzeugt, dass jeder Mensch bestimmte Ereignisse seiner Vergangenheit verdrängt, um weiterleben zu können, und dass sein Gedächtnis, was die wichtigen Dinge des Lebens anging, keineswegs schlechter war als das anderer Leute.

Er musste sich nur die eigene Biographie vor Augen führen: Er war 1929 – also vor über einem halben Jahrhundert – geboren, und doch setzte seine erste Erinnerung schon kurz darauf ein, in einer Zeit, in der er nicht älter als zwei Jahre gewesen sein konnte. Ein schmutziger grauer Teppich, auf dem ein barfüßiges Kind sitzt und lustlos an den Fäden herumzupft. Draußen vor dem Fenster ist der Himmel gleichförmig grau, doch plötzlich bricht ein Sonnenstrahl durch die Wolken und fällt in den Raum, womit sich gleichzeitig zwei entscheidende Veränderungen vollziehen. Zum einen geht mir auf, dass dieser Fuß mit den abgespreizten Zehen mir gehört, ebenso wie diese Hand, die einen Kreis auf den Teppich zeichnet. Das spielende Kind, das bin ich. Und zum anderen, was fast noch wichtiger ist, zeigt der Teppich plötzlich seine wirkliche Farbe, und die ist keineswegs grau, sondern grün, ein Grün, so klar und rein und grün, dass es mich vor Glück schier überwältigt. Ja, daran erinnere ich mich am besten, an die sich verändernden Schattierungen, an bestimmte flüchtige Hell-Dunkel-Kombinationen. Und wenn ich mein Gesicht hebe und zum Fenster sehe, spielt die Sonne auf meiner Haut, warm und lebendig. Wenn ich die Augen schließe, ziehen hinter meinen Augenlidern leuchtend rote Kreise vorüber, und wenn ich die Augen wieder öffne …

Er öffnete die Augen und stellte erstaunt fest, dass es nicht hell war vor dem Fenster, sondern stockdunkel. Im Fensterglas erblickte er das Spiegelbild eines nicht sonderlich sympathisch wirkenden Gesichtes, das Gesicht eines Mannes mittleren Alters mit breiten Wangenknochen, hoher Stirn, zurückweichendem Haaransatz, schweren Unterkieferknochen, kleinen grauen Augen, die aus zwei Löchern mit silbernem Rahmen herausschauten, und einem dünnlippigen Mund, auf den die hell erleuchteten Fenster des Hauses auf der anderen Straßenseite ein hässliches Goldzahnlächeln zeichneten. Hastig nahm Anatoli Pawlowitsch die Brille ab. Unvermittelt fiel ihm ein, dass es schon spät sein musste, dass er einen ereignisreichen Tag hinter sich hatte und dass er müde war. Seufzend legte er die Papiere zusammen und schob sie an den Rand des Schreibtischs, zog an der zwischen den bronzenen Schwingen des Pegasus hängenden Kordel und tastete sich durch das vertraute Dunkel zum Schlafzimmer vor, wo Nina bereits schlafend im Bett lag und ihre ruhigen, so schmerzhaft tröstlichen Atemzüge ihn erwarteten.

Kaum hatte er sich der Nacht anvertraut, sah er Belkin wieder vor sich, doch dieses Mal gab es an seinem Aussehen nichts auszusetzen. Gekleidet in eine enge braune Livree, stand er unbeweglich wie ein Zinnsoldat in der Ecke einer großen Halle, die für eine Dinner-Party hergerichtet, jedoch amüsanterweise voller bunt geschmückter Pferde war. Die Pferde tänzelten herum und sprachen ruhig und würdevoll miteinander. Eines, das eine gestickte rote Decke mit kleinen goldenen Glöckchen auf dem Rücken trug, trabte auf Suchanow zu und wieherte feierlich: »Meine Tochter ist ein sehr hübsches Mädchen.« Gerade wollte er dem Pferd ins Gesicht lachen, als Belkin hervorsprang, die Tischdecke des längsten Tisches packte und herabriss, sodass Teller, Besteck und Gläser mit ohrenbetäubendem Lärm zu Boden fielen. Schockiert von solch ungehörigem Benehmen, fuhr Suchanow in die Höhe – und stellte fest, dass Ninas sanfte Atemzüge nicht mehr zu hören waren. Sie war ebenfalls erwacht und lauschte, auf ihren Ellbogen gestützt, in die Dunkelheit hinein. Von irgendwoher war immer noch Scherbengeklirr zu hören und nun auch der erstickte Schrei einer Frau, gefolgt von hektischem Füßegetrappel. Dann war alles wieder ruhig.

»Was war denn das?«, flüsterte er.

»Die Frau über uns hat einen kranken Vater«, flüsterte Nina zurück. »Er hat heute offensichtlich eine schlimme Nacht.«

Sie lauschten noch eine Weile, doch als sich nichts mehr rührte, legte Nina den Kopf auf ihr Kissen, und bald atmete sie wieder gleichmäßig und ruhig. Ein Blick auf das Leuchtzifferblatt des Weckers sagte ihm, dass es ein paar Minuten nach vier war. Zwar fühlte sich Suchanow etwas unbehaglich, als auch er die Augen wieder schloss, aber er wünschte sich, diesen seltsamen Traum mit den sprechenden Pferden weiterträumen zu können – und genau an dieser Stelle spielte ihm der Tag nun noch einen letzten Streich. Sein Gedächtnis begann zu arbeiten und spulte die Ereignisse noch einmal zurück, und plötzlich erinnerte sich Suchanow, dass der Kulturminister ihn zu einem Treffen auf seine Datscha hatte einladen wollen und dass er irgendetwas angedeutet hatte, was mit seiner Tochter und mit Wassili zu tun hatte. Suchanow ächzte. Dann aber, wie um ihn zu trösten, lieferte ihm sein Gedächtnis zuletzt gehorsam das Bild, nach dem er während der Veranstaltung so lange vergebens gesucht hatte – einen großen dicken Hamster aus einer beliebten Kinderserie, mit unglaublich dicken Pausbacken, in denen er all das gestohlene Getreide verbarg. Und die Ähnlichkeit war wirklich unheimlich.

4

Auf einem hell erleuchteten, von stuckverzierten Häusern mit roten Dächern und goldenen Fensterläden gesäumten Platz wirbelten Schwanhilde und ihre Gefährtinnen in weißen Spitzenröckchen ihre Beine durch die Luft. Suchanow war nicht ganz bei der Sache. Er saß so nah an der Bühne, dass er das Knarren der Bodendielen und das weiche Aufsetzen der Ballettschuhe darauf hören konnte; er sah auch, dass auf einem der Frauenköpfe die geflochtene Perücke verrutscht war und konnte sich beinahe die vielen kleinen Zahnräder in der Maschine hinter den Kulissen vorstellen, die jederzeit den Silberfolien-Mond auf dem gemalten Himmel in Bewegung setzen oder nette Rauchwölkchen aus den zweidimensionalen Kaminen aufsteigen lassen konnte. Zwar war es ein besonderes Privileg, in dieser mit rotem Samt verkleideten, fast über der Bühne hängenden Seitenloge zu sitzen, doch diese große Nähe ließ auch erkennen, wie viel Mühe und Schweiß das Tanzen erforderte, und raubte der Darbietung den illusionären Zauber, den er zu seinem Vergnügen brauchte – so sehr sogar, dass er sich dabei ertappte, wie er voller Neid zu den anonymen Unbekannten auf den obersten Rängen hinaufschielte, für die bei diesem Ballett Musik, Farbe und Licht mit Sicherheit perfekt miteinander verschmolzen.

In der zweiten Pause suchte Wassili den glitzernden Raum mit seinem Opernglas ab, erklärte, er habe eine Bekannte entdeckt und machte sich davon. Suchanow blieb allein mit seiner Mutter zurück. Eigentlich war dieser sonntägliche Theaterbesuch als Ausflug für die ganze Familie geplant gewesen, aber Nina hatte immer noch über Kopfschmerzen geklagt, und Xenia hatte erklärt, sie könne »Coppelia« nicht ausstehen. »Bei dem Stück wird einem klar, was die Franzosen von den Deutschen unterscheidet«, hatte sie erklärt. »Delibes nimmt diese unheimliche Geschichte über Liebe und Wahnsinn von E. T. A. Hoffmann und macht sie zu einer Mär über einen Don Juan vom Land, der gleichzeitig zwei Frauen den Hof macht. Lies es selbst nach, dann verstehst du, was ich meine.« Daraufhin hatte sie ihm ein dickes Buch auf seinen Schreibtisch geknallt, mitten auf seine Papiere und so heftig, dass einer der Druckbogen mit seiner Biographie zu Boden flatterte, doch bevor er sie deswegen anfahren konnte, war Wassili aufgetaucht und wollte wissen, ob er sich seine Manschettenknöpfe ausleihen könne, hatte Walja an die Tür geklopft und eine Einladung zum Tee überbracht und der Fahrer von unten Bescheid gegeben, dass der Wagen bereitstehe – und jetzt saß er hier in dieser nach Mottenkugeln riechenden Plüsch-Loge neben seiner Mutter und versuchte höflich ein wenig Konversation zu machen.

»Ich finde die Kostüme und das Bühnenbild sehr hübsch«, antwortete sie auf seine Frage, wobei sie ihm in ihrer üblichen verschüchterten Art einen schnellen Blick zuwarf. »Ich weiß bloß nicht … Ich meine, wenn Coppelia doch mit dem jungen Mann verlobt ist, wer ist denn dann das andere Mädchen?«

»Nein, Mutter, Schwanhilde ist mit ihm verlobt.« Er unterdrückte ein Seufzen. »Schwanhilde ist das Mädchen aus dem Dorf, und Coppelia …« Er blätterte im Programm und las ihr noch einmal die ein wenig lächerliche Zusammenfassung des Stücks vor. »Und am Ende«, erklärte er geduldig, »feiert das ganze Dorf, weil es eine neue Kirchturmglocke hat, und Franz und Dr. Coppelius erhalten beide einen Sack Gold.«

Nadeschda Sergejewna nestelte nervös an ihrem schlecht sitzenden roten Kleid herum.

»Aber ich dachte, dieser Dr. Coppelius sei eine negative Figur«, sagte sie mit einem weiteren ängstlichen Blick auf ihren Sohn.

Bevor er antworten konnte, verdunkelten sich die Lichter wieder, und die gelben Quasten am Bühnenvorhang kamen in Bewegung, als er langsam aufgezogen wurde. Die Musik setzte ein; Wassili tauchte wieder auf und schlich sich auf Zehenspitzen an seinen Platz zurück, trat dabei allen auf die Füße und murmelte lautstark Entschuldigungen. Suchanow schickte sich in eine weitere Phase musikalisch untermalter Langeweile. Direkt hinter ihm wickelte ein kleines Mädchen – die Tochter irgendeines hohen Tiers aus der Verwaltung des Bolschoi-Theaters – einen Lutscher aus seinem Stanniolpapier; es raschelte endlos lang, und ihre Mutter flehte sie an, es doch bitte zu unterlassen. Immer waren in Matineen zu viele Kinder. Zum Glück dauerte die Vorstellung nicht allzu lang.

Als sie alle drei – Nadeschda Sergejewna schwer auf den Arm ihres Sohnes gestützt – aus dem Halbdunkel des säulenbestandenen Theaterfoyers ins Freie traten, blendeten Suchanow einen Augenblick lang die Sonnenstrahlen, die wie Feuer in den nach dem nächtlichen Regen noch nicht wieder getrockneten Pfützen brannten. Noch auf der Treppe verkündete Wassili, er müsse nun zu einer Verabredung mit Freunden. Wassilis Augen, so schien es Suchanow, waren kalt und sein Abschied abrupt, aber möglicherweise war seine Wahrnehmung auch getrübt, seit ihm heute Nacht plötzlich aufgegangen war, dass er seinen Sohn durch sein ungeschicktes Verhalten versehentlich um eine potentiell glänzende Wende in seinem Lebenslauf gebracht hatte. Er hatte mit aller Kraft versucht, diese Erkenntnis aus seinem Gedächtnis zu tilgen, doch schleppte er immer noch ein ziemlich widerwärtiges Gefühl, das nahe an Schuldgefühle grenzte, mit sich herum, und so war er jetzt fast erleichtert zu sehen, dass Wassili die letzten Stufen hinuntersprang und alsbald in der Menge der Theaterbesucher verschwunden war. Und vermutlich war es dasselbe Schuldgefühl, das ihn im gleichen Atemzug veranlasste, die Einladung seiner Mutter zum Tee anzunehmen – denn genau genommen war es ihre Einladungskarte zu Malinins Vernissage gewesen, die er an Xenia weitergegeben hatte in der Überzeugung, dass mit Nadeschda Sergejewna bei einem derart bedeutenden Anlass kein Staat zu machen sei.

In Wahrheit lag ihm nicht sonderlich viel an ihrer Gesellschaft. Abgesehen von ihren schrecklichen Hemdblusenkleidern, ihrem stets zu einem dicken Knoten gebundenen, langen grauen Haar, ihrer ewig wachsamen Unsicherheit, den unterwürfigen Gesten und dem widerlich süßlichen Geruch von *Krasnyi Oktjabr*, einem Parfum, das sie ihr ganzes Leben lang schon benutzte, schien sie nichts Bemerkenswertes an sich zu haben. Früher hatte sie für eine jener allgegenwärtigen patriotischen Organisationen mit konspirativ abgekürztem Namen gearbeitet, die in der ersten Zeit nach der Revolution überall wie Pilze aus dem Boden geschossen waren, einer Organisation, die im Gegensatz zu den meisten ihrer Art im Auf und Ab der Geschichte nicht untergegangen war, sondern in irgendeinem verlassenen Winkel Moskaus noch immer existierte. Dreißig Jahre lang war sie dort Buchhalterin gewesen, obwohl sie weder die formale Ausbildung noch eine besondere Neigung zu Zahlen hatte. Suchanow hatte sich immer mit der Vorstellung schwer getan, wie sie stundenlang in einem düsteren Büroraum mit ein paar mickrigen Pflanzen auf dem Fensterbrett und Blick auf einen mit Müll übersäten Hinterhof an einem großen Schreibtisch saß und bedeutungslose Zahlenreihen zusammenschrieb. Doch wie öde dieser Job auch gewesen sein mochte, er hatte ihren Tagen, Wochen und Jahren Form gegeben. Seit sie vor zwanzig Jahren in Rente gegangen war, gab es nicht einmal mehr diese äußere Struktur in ihrem Leben. Er hatte sie niemals mit einem Buch in der Hand gesehen, und mit Kunst konnte sie nichts anfangen; dass sie ihn alle paar Monate schüchtern und ängstlich zu irgendeinem kulturellen Ereignis begleitete, geschah nur aus falsch verstandenem Pflichtgefühl, davon war er felsenfest überzeugt. Soweit er wusste, hatte sie keine Bekannten, und von ihren Familienangehörigen lebte außer ihm niemand mehr. Sie wohnte im Arbat in einem alten Haus ohne Lift, und Suchanow hatte in ihrer Zweizimmerwohnung ständig das Gefühl, dass ihre eigene Zeitrechnung schon vor vielen Jahren zum Stillstand gekommen war, als ob Vergangenheit und Zukunft für sie längst nicht mehr von Bedeutung wären. Immer war alles tadellos sauber und stand am gleichen

Platz, genau dort, wo es bei seinem letzten Besuch auch gewesen war, bei seinem vorletzten, bei all seinen Besuchen, seit sie 1964 in diese Wohnung gezogen war. Auf den Kommoden mit den gelblichen Spitzendeckchen standen rote Kunstblumensträuße in schwarzen Vasen, an der Wand über der graugrünen Couch mit ihren vielen steif arrangierten Kissen hing eine kleine Reproduktion von Shishkins Fichtenwald-Bild und oben auf dem alten Fernseher, den sie einfach nicht durch ein neueres Modell ersetzen wollte, stand seit eh und je dieselbe Uhr mit dem Aluminiumgehäuse und der roten Datumsanzeige im Sockel. Nicht einmal die Luft in der Wohnung schien in Bewegung geraten zu können, sondern lag drückend in allen Räumen, und sobald Suchanow den Fuß über die Schwelle gesetzt hatte, atmete er jedes Mal unwillkürlich tiefer und sprach mit lauterer Stimme, als wolle er ein allgegenwärtiges Gefühl von Trauer bekämpfen.

»Nimm doch wenigstens noch ein kleines Stück, Tolja«, bat sie und schob ihm die dick mit Zuckerguss überzogenen Plätzchen hin, die er nicht ausstehen konnte. »Nein? Bist du sicher? Aber dann nimm wenigstens ein paar für die Kinder mit. Ich habe wirklich reichlich davon. Komm mit in die Küche, ich packe dir welche ein.«

»Mutter, bitte«, protestierte er, »die Kinder sind doch längst keine Kinder mehr, sie brauchen keine …«

Doch schon klapperten ihre Absätze über den Flur. Seufzend folgte er ihr vom Wohnzimmer, wo sie ihm immer den Tee servierte, zu ihrer winzigen Küche. Sie war an der Tür stehen geblieben und erwartete ihn mit einem merkwürdig hintergründigen Lächeln.

»Komm nur«, sagte sie und winkte ihn heran, »ich möchte dir etwas zeigen.«

Überrascht über dieses Abweichen von ihrer Routine, trat er über die Schwelle, wobei er den Kopf unter dem niedrigen Türbogen ein wenig einziehen musste – und sah auf den ersten Blick, worum es sich handelte. Auf dem niedrigen Schränkchen beim Fenster stand neben den Büchsen mit ihren widerlichen Süßigkeiten ein runder Käfig. Auf einer winzigen Schaukel schwang ein kleiner gelber Vogel fröhlich hin und her, wippte mit seinem kurzen Schwanz auf und ab und ließ ein dickes weißes Tröpfchen auf die Unterlage aus Zeitungspapier fallen.

»Du hast dir einen Kanarienvogel zugelegt«, sagte Suchanow und bemühte sich, seine Stimme nicht allzu abfällig klingen zu lassen.

»Ja.« Nadeschda Sergejewna presste ihre Hände zusammen. »Es ist ein Weibchen. Ich habe es Malvina genannt.«

»Hübsch. Wo hast du es denn her?«

»Von einem Bekannten. Du findest doch auch, dass der Name passt, oder?«

»Welcher Bekannte?«, fragte er mit wachsender Verwunderung.

Sie murmelte etwas von einem Vetter von irgendjemandem, der bei Verwandten zu Besuch sei, und damit schien die Angelegenheit für sie offenbar ausreichend erklärt, denn nun kam sie ins Schwärmen und wollte unbedingt, dass er ganz genau hinsah, den niedlichen Schnabel betrachtete, die Farbe der Federn, die wachen Knopfäugelchen, so hübsch, so intelligent ... Gelangweilt starrte Suchanow zum Fenster hinaus. Unten auf dem Bürgersteig humpelte ein alter Mann vorbei, der sich ab und zu bückte und etwas – Zigarettenkippen? – vom Boden klaubte; ein herrenloser Hund streunte durch die Hinterhöfe, und drüben an der Ecke sah er – erneut meldete sich sein schlechtes Gewissen, wenn auch diesmal nicht so stark – hinter dem heruntergekurbelten Wagenfenster des Wolga Wadim über einer Zeitung dösen. Seine Mutter redete immer noch. Aus irgendeinem Grund sang der Vogel nicht, aber sie war ganz sicher, dass er es früher oder später tun würde, er müsse sich offenbar nur erst richtig eingewöhnen und wohlfühlen ...

Im vertrauten Duftgemisch von Plätzchen und Quark nahm Suchanow den säuerlich-herben Geruch des Vogelkots wahr. Er unterdrückte ein Gähnen und erklärte, er müsse nun gehen.

»Aber, Tolja, du magst den Vogel doch, oder?«, fragte Nadeschda Sergejewna mit einem ängstlichen Lächeln, als sie an der Wohnungstür standen.

»Solange er dich glücklich macht«, sagte Suchanow abwesend, während er wie üblich an der Wand nach einem Knopf für den Aufzug suchte, ehe ihm wie üblich wieder einfiel, dass es ja gar keinen Aufzug gab. »Ehrlich gesagt, mache ich mir ja nicht sehr viel aus Vögeln.«

»Das finde ich aber seltsam«, antwortete sie leicht gereizt. »Als Kind hast du dir durchaus etwas aus Vögeln gemacht.«

Plötzlich erwachte sein Interesse. Sie hatte ihm nie irgendwelche Geschichten aus seiner Kindheit erzählt, noch nicht einmal, wenn er sie darum gebeten hatte, ihm etwas von früher zu erzählen, irgendetwas, das helfen konnte, die wenigen Schwarzweißfotos aus der Vorkriegszeit, die sich zwischen den grauen Deckeln ihres Fotoalbums befanden, mit Leben zu erfüllen.

»Ich soll Vögel gemocht haben?«, fragte er amüsiert.

Ein Schatten ängstlicher Unsicherheit schien über ihr Gesicht zu huschen, als frage sie sich, ob sie vielleicht mehr verraten hatte, als sie hätte preisgeben sollen.

»Wie alle Kinder in diesem Alter eben«, murmelte sie und abermals nahmen ihre Züge diesen unsicheren Ausdruck an. »Einen schönen Abend noch, Tolja.«

»Dir auch, Mutter«, sagte er seufzend. »Dein Tee war ausgezeichnet.«

Er hielt das formlose Päckchen mit den Süßigkeiten fest gegen die Brust gepresst, als er die sechs Stockwerke hinunterstieg. Hinter sich hörte er, wie sie mit den Schlössern ihrer Wohnungstür kämpfte. Als er schließlich aus dem Haus trat, sah er, dass sich der Abend mit leuchtenden Farben ankündigte.

Es war warm, wärmer als am Tag zuvor, und die Sonne, die sich anschickte, hinter den Antennenwald der Nachbardächer zu gleiten, ließ Bäume und abbröckelnde Stuckfassaden golden aufleuchten und verlieh dem alten Moskauer Viertel dieselbe rosige Grundstimmung, wie sie schwach kolorierte Ansichtskarten aus dem neunzehnten Jahrhundert mitunter vermitteln. Suchanow ging an offenen Toreinfahrten vorbei, in deren Tiefen man kleine geheime Gärten ausmachen konnte, grün und dicht bewachsen mit Büschen und Bäumen, deren Blätter sich im

Abendwind wiegten. Einige Häuser weiter sah er eine behaarte Hand ein Fenster aufstoßen; als der Fensterflügel nach außen schwang, fing sich die Sonne wie ein orangefarbener Blitz in der Scheibe, und würziger Brathähnchenduft zog, begleitet von den schmalzigen Klängen eines bekannten Liebesliedes, auf die Straße heraus. Eine altmodische Tenorstimme sang zärtlich von einem einsamen Segelboot im blauen Meeresdunst.

Plötzlich spürte Anatoli Pawlowitsch, wie sein Herz heftig zu klopfen begann. Es kam ihm vor, als seien all diese Farben, Gerüche und Töne eines Moskauer Abends einzig und allein deshalb aufeinandergetroffen, um in dieser Kombination eine seit Langem in Vergessenheit geratene Szene wiederzubeleben – eine Szene, die zu einer anderen ruhigen Straße im Arbat-Viertel gehörte, wo sich ein anderer Sonnenuntergang ankündigte, den ein Kind am offenen Fenster einer engen Küche beobachtete, wo ein anderes Hähnchen, ein Urahn des heutigen, im Herd gebraten wurde, während irgendwo in einem der hinteren Zimmer der Plattenspieler mit genau demselben seelenvollen Liebeslied von Warlamow lief …

Er verlangsamte seine Schritte, sah sich noch einmal um und dachte, wie seltsam es doch eigentlich war, dass er nur so selten hierherkam, ein paar Mal im Jahr nur und eher widerwillig zu diesen etwas peinlichen Besuchen zum Teetrinken – obwohl er hier, nur ein paar verwinkelte, wunderschöne Straßen weiter, einen so großen Teil seines Lebens verbracht hatte. Und all diese Hinterhöfe, all diese mit Brettern vernagelten Kirchen, die Stuckverzierungen an den Fassaden, an denen er jetzt mit dem milden, verständnisvollen Blick eines Mannes in mittleren Jahren vorüberging, all das musste er einmal bestens aus eigener Erfahrung gekannt haben – aus der Erfahrung eines aufgeweckten, abenteuerlustigen, streitsüchtigen Jungen mit aufgeschlagenen Knien und zerkratzten Händen. Straßennamen aus früherer Zeit, die er von einem alten Nachbarn erfahren hatte, drängten sich ihm plötzlich wie eine wohlbekannte Melodie aus vergangenen Zeiten auf die Lippen: Filippowski-Weg, Kleine Afanasjewski, Große Afanasjewski … Als er die Straßenecke erreicht hatte, wo sein Chauffeur auf ihn wartete, hörte Suchanow sich zu seiner eigenen Verwunderung sagen:

»Fahren Sie den Boulevard bis zur Metrostation hinunter und warten Sie dort auf mich. Der Abend ist so schön, ich möchte noch ein wenig spazieren gehen.«

Während hinter ihm der Wolga auf die Fahrbahn schwenkte, lief er ganz gegen seine Gewohnheit unbekümmert bei gelber Ampel über die Straße und begab sich in den Schatten der um die Gogol-Statue herumstehenden Bäume. Der Autor von »Tote Seelen« marschierte wie immer steif und sarkastisch lächelnd vor sich hin. Suchanow blieb zögernd stehen, doch die sich rot färbende Sonne zeichnete so verführerische Muster auf den Boden und die Blätter raschelten so einladend, dass er einfach nicht anders konnte, als sich auf die nächste Bank zu setzen. Nur ein paar Minuten, sagte er sich, als er sich umsah und angenehm berührt feststellte, wie nah ihm seine frühen Jahre plötzlich wieder waren. Die anderen Bänke waren alle besetzt, in der Mehrzahl von eng umschlungenen Liebespaaren, aber hier und da saß auch eine Frau allein da. Eine davon verfütterte mit strengem Dorfschullehrerinnen-Gesicht Brot an einen Schwarm Tauben, der auf dem Boden um sie herum wogte. Ein Stück weiter kletterten Kinder mit viel Lärm auf einem großen hölzernen Pilz herum, rutschten ab, sprangen herunter, lachten und kreischten und kletterten wieder hinauf. Als ich klein war, habe ich vielleicht auch dort gespielt, dachte Suchanow in einem Anflug von Sentimentalität.

Ein Ächzen am anderen Bankende ließ ihn aus seinen Träumereien aufschrecken, und nun sah er dort ein männliches Wesen undefinierbaren Alters und von äußerst zweifelhafter Erscheinung sitzen, das ihn unbestimmt anlächelte.

»Wollen Sie raten, was ich in meinem Kopf habe?« Das Wesen beugte sich konspirativ flüsternd zu ihm herüber.

Suchanow musterte den Mann. Er hatte glänzende Augen, einen rasierten Schädel, leuchtend rote Wangen, ein breites gelbliches Grinsen und um den Hals ein fleckiges lachsrotes Halstuch. Mit demonstrativem Schweigen wandte sich Suchanow von ihm ab.

»Ach, wohl zu stolz, um mit mir zu sprechen?«, fragte der Mann anklagend und mit nun lauterer Stimme. »Warum antworten Sie mir nicht? Also, was habe ich in meinem Kopf?«

Ein in der Nähe sitzendes Pärchen blickte neugierig zu ihnen herüber. Suchanow zuckte zusammen und wandte sich wieder seinem Banknachbarn zu.

»Ich habe nicht die geringste Ahnung«, sagte er mit eisiger Stimme.

Der Mann röhrte triumphierend auf und bellte Suchanow ins Gesicht: »Da kommt niemand drauf!« Überraschenderweise roch sein Atem nicht nach Alkohol. »Aber weil ich Sie nett finde, werde ich es Ihnen verraten. Ich habe nämlich einen aufgeblasenen Ballon in meinem Kopf – ehrlich! –, und das fühlt sich super an. Na ja, wahrscheinlich sind Sie genauso undankbar wie die anderen, aber trotzdem habe ich irgendwie das Gefühl, dass wir uns ganz gut verstehen könnten, und deshalb sage ich Ihnen auch, wie ich das gemacht habe.«

Suchanow betrachtete den Mann voller Abscheu, doch plötzlich wusste er, wie er ihn wieder loswerden konnte, und es war so einfach und gemein, dass er Mühe hatte, nicht loszulachen wie ein Junge, der sich über einen bösen Streich freut.

»Warum gehen Sie nicht lieber zu der Dame da drüben?«, fragte er ruhig und wies mit einer Kopfbewegung auf die strenge Dorfschullehrerin, die immer noch ihre Tauben fütterte. »Ich glaube, die würde das brennend interessieren.«

Der Verrückte fuhr herum und nahm die Frau in Augenschein, wobei er gedankenverloren an einem Zipfel seines Halstuchs kaute. Nach einer endlos langen Weile brach er in ekstatisches Gelächter aus, rappelte sich auf und machte sich mit wackeligen Schritten auf den Weg. Als er die gurrende graue Taubenflut erreicht hatte, schien er kurzfristig etwas verwirrt, dann riss er die Arme hoch über den Kopf, stieß einen Schrei aus und stolperte auf die Bank zu. Die Frau schrie auf, während Hunderte Tauben aufflatterten, die Luft durchpflügten und Bäume und Dächer erstürmten. Und Suchanow saß da, vergaß alles um sich herum, sah nichts mehr als diese unendlich vielen flatternden Flügel.

Die Vögel zogen Kreise über seinem Kopf; das Flattern und Schlagen ihrer im Abendlicht glänzenden Flügel hörte sich an wie lautstark hämmerndes Stakkato. Als die Vögel sich nach einer kleinen Ewigkeit wieder zu nähern begannen und wie fallende Blätter auf dem Boden landeten, bemerkte er eine andere Statue, die ebenfalls Gogol darstellte, diesmal aber vornübergebeugt dasitzend, ein kranker, einsamer Mann mit gebrochenem Herzen – eben jener Gogol, dessen schwermütiger Anblick seinerzeit zur »entstellenden Darstellung der sowjetischen Realität« erklärt, dann, im Jahr 1952, durch einen anderen ersetzt und in eine verlassene Ecke der Stadt deportiert worden war. Und hier stehe ich, gerade drei Jahre alt, und schaue mit offenem Mund fasziniert dem Taubenschwarm nach, den ich soeben aufgescheucht habe und der jetzt über mir Kreise zieht. Ja, genau deshalb will ich Tag für Tag wieder hierhergebracht werden, und ich werde der Erregung nicht überdrüssig, die mich ergreift, wenn ich in diese Taubenschwärme hineinrenne und die überraschten Vögel mit ihren aufgeplusterten Brustkörben und den wundervoll glänzenden Hälsen heiser zeternd auseinanderstieben, werde nicht müde, sie immer und immer wieder aufzuschrecken und ihnen dann atemlos hinterherzustarren, und immer warte ich auf den Moment, wenn die Sonnenstrahlen golden zwischen ihren flatternden Flügeln hindurchleuchten. Bis eines Tages ein Gesicht, ein großes Gesicht, das Gesicht eines lachenden Riesen, dessen Augen dieselbe Farbe haben wie die Flügel der Tauben, aus diesem ganzen Geflatter vor mir auftaucht und näher und näher kommt, bis es auf einer Höhe mit meinem eigenen Gesicht ist, und plötzlich höre ich eine Stimme – eine Stimme, die ich von irgendwoher bereits kenne, die ich immer schon gekannt habe.

»Du magst also Vögel, Tolja? Dann komm mit, ich will dir etwas zeigen.«

Meine Hand tastet furchtsam nach der Hand des Riesen, und dann gehen wir zusammen fort, den von Bäumen gesäumten Gogolewski Boulevard entlang, vorbei an den Kiosks, wo man lauwarme Limonade kaufen kann, vorbei an lärmenden Kindern, die auf einem hölzernen Pilz herumklettern, vorbei an weißen und gelben Wohnhäusern, auf die die Sonne helle Flecken zeichnet, dann durch ein niedriges schmiedeeisernes Tor und ein imposantes Marmortreppenhaus – und endlich stehe ich in einer langen Halle mit düsteren Ecken, und hoch über mir, fast unter der Decke, sehe ich ein riesengroßes, majestätisches Wesen mit ausgebreiteten, im hellen Licht fast transparenten Schwingen, die von dunklen Metalladern durchzogen sind.

»Das hat ein Erfinder gebaut«, erklärt mir der Riese. »Das sind künstliche Flügel für Menschen, die man sich anschnallen und mit denen man fliegen kann. Möchtest du gern fliegen, Tolja?«

Ich stelle mir vor, wie ich fliege, wie ich mich zusammen mit den schönen Vögeln in die Lüfte erhebe und wir in spiralförmigen Kreisen immer höher in den strahlenden Himmel hinaufsteigen, und völlig überwältigt nicke ich, einmal und noch einmal, und meine Augen müssen wohl leuchten, denn der Mann neben mir lächelt mich an – doch jetzt fällt mir auch auf, dass dieser fliegende Mensch unter der Decke plump und schwer und starr zu sein scheint und ganz und gar nicht aussieht wie die Vögel, die ich kenne.

»Aber den da mag ich nicht, der ist hässlich«, sage ich enttäuscht. Der Mann lacht, fährt mir durchs Haar und führt mich hinaus. Als wir wieder draußen sind, umgeben von Straßenlärm, Sonnenschein und dem Geruch frischer Backwaren, sagt er zu mir: »Diese Flugmaschine, Tolja, ist zwar ein wichtiger Schritt, um den Traum vom Fliegen zu verwirklichen, doch ist sie nicht der Traum selbst. Aber du hast schon Recht, der Mensch hofft, eines Tages ohne Maschinen fliegen, nur durch die Kraft seines Willens in die Luft steigen zu können und frei wie ein Vogel zu sein – und falls das eines Tages einmal wahr werden sollte, dann wird das der größte Triumph in der Geschichte der Menschheit sein.«

»Wenn ich einmal groß bin, will ich ohne Maschinen fliegen«, erkläre ich, und als ich zu ihm aufblicke, sehe ich, wie sich unter seinem Schnauzbart ein strahlendes Lächeln formt, Sekunden bevor die Straße, das Licht und auch der Mann selbst zu verblassen beginnen wie die letzte Szene in einem Stummfilm.

Mit geschlossenen Augen saß Anatoli Pawlowitsch auf der Bank, atmete flach und hatte das Gefühl, als sei soeben ein Schwarm Vögel laut singend durch seinen Kopf gezogen. In welcher dunklen Höhle des Unterbewusstseins hatten diese köstlichen Erinnerungen all die Jahre geschlummert, nur um sich bei der leichtesten Berührung in ihrer ganzen Farbenpracht zu entfalten? Obwohl es auch eine faktische Basis zu geben schien. Irgendwann einmal war er nämlich beim Lesen über einen interessanten Hinweis auf Wladimir Tatlin gestolpert, einen Künstler der Avantgarde, der später, besessen von der Idee zu fliegen, Flugmodelle gebaut hatte, und dessen Gleitflieger 1932 im Staatlichen Museum der Schönen Künste, dem jetzigen Puschkinmuseum, ausgestellt worden war. Suchanow hatte diese an sich unbedeutende Notiz jahrelang aufbewahrt, möglicherweise deshalb, weil ihm der Name des Fliegers, »Letatlin«, diese geniale Verschränkung von Erfinder und Idee, so gefallen hatte. Trotzdem war das Ganze für ihn mehr oder weniger Lehrbuchwissen geblieben – bis jetzt, da es einem glücklichen Zusammentreffen von Worten, Gestalten und Bewegungen gelungen war, ein Stückchen seiner Vergangenheit dem eisernen Griff des Vergessens zu entreißen und es in seinem Inneren wieder zum Leben zu erwecken.

Selbstverständlich zweifelte er keinen Moment daran, dass seine Vision stellenweise fehlerhaft sein konnte, weil sich sein späteres Wissen hier und da über seine Gedächtnislücken gelegt hatte. Zum Beispiel trug der Mann in seiner Erinnerung einen Schnauzbart und sah genauso aus wie der forsche Verehrer mit dem Rosenstrauß auf dem Schwarzweißfoto über Nadeschda Sergejewnas Bett; und obwohl seine Mutter ihm erzählt hatte, dass Pawel Suchanow seinen Schnauzbart an ihrem Hochzeitstag ein für alle Mal abrasiert hatte, weigerte sich der Mann, der sich über ihn beugte, beharrlich, sich von dem seinen zu trennen. Und selbstverständlich war wohl auch der Wortlaut dessen, was sein Vater gesagt hatte, anders als das, was ihm nun wieder eingefallen war, denn es klang doch verdächtig intellektuell, sodass ein Dreijähriger es wohl kaum verstanden, geschweige denn im Gedächtnis behalten hätte. Nichtsdestotrotz aber wusste er, dass er den Kern dessen erfasst hatte, was damals geschehen war. Tatlins Gleitflieger stand mit aller Deutlichkeit vor seinem inneren Auge, der Inhalt dessen, worüber sie gesprochen hatten, stimmte auch, und er war sich sicher, absolut sicher, dass dieses wunderbare Lächeln das Gesicht des Mannes hatte aufleuchten lassen, als der kleine Junge sagte: »Ich möchte fliegen können.«

Anatoli Pawlowitsch war zu klein gewesen, um von den wenigen Jahren, die er mit seinem Vater verbracht hatte, viel Verwertbares in Erinnerung zu behalten. In seinen spärlichen Kindheitserinnerungen, die kaum mehr als Schnappschüsse darstellten, trat dieser Mann immer nur kurz in Erscheinung und verschwand dann schnell wieder: Er ging durch einen Korridor, stürzte an einer Anrichte heißen Tee in sich hinein, bückte sich, um seine Schnürsenkel zuzubinden, ließ ein eiliges »Auf Wiedersehen« hören – immer war es, als würde er in die Mitte eines Bildes treten, nur um mit dem nächsten Schritt schon wieder auf der anderen Seite aus dem Rahmen zu steigen. Umso wertvoller war Suchanow das Geschenk, das ihm dieser Sommerabend gebracht hatte, denn es war nicht nur seine allererste, früheste Erinnerung an Pawel Suchanow, sondern auch eine der deutlichsten und lebendigsten.

Suchanow stand auf, klopfte Staub von seinen Hosenbeinen und schlenderte, ein abwesendes Lächeln auf den Lippen, den Boulevard hinunter, durch die jetzt im Dunkeln liegende Stadt. Schon nach wenigen Schritten stand er Wadim gegenüber, der fast im Laufschritt auf ihn zugeeilt kam. Wadims Fragen tat er mit einem Achselzucken ab – ja, natürlich war alles in Ordnung, er hatte sich ja gerade mal ein, zwei Minuten auf die Bank gesetzt, oder? Nicht weniger abwesend ließ er sich auf den Rücksitz des unvermutet am Straßenrand stehenden Wagens fallen und war, als sie kurz darauf abrupt anhielten, überrascht, das Haus, in dem er wohnte, neben sich aufragen zu sehen.

Er hatte bereits einige Schritte auf die Haustür zu gemacht, als ihm noch etwas einfiel. Er ging zurück, klopfte an die Windschutzscheibe und fragte: »Sagen Sie – wie alt ist eigentlich Ihre Tochter? Acht?«

»Letzte Woche ist sie elf geworden«, antwortete Wadim verwundert.

»Unglaublich, wie die Zeit vergeht«, murmelte Suchanow. »Aber Süßigkeiten mag sie bestimmt immer noch, oder? Da – bringen Sie ihr das doch mit. Die schmecken ihr bestimmt.«

Immer noch verträumt lächelnd, reichte er seinem überraschten Fahrer die zerdrückte Tüte mit den bröckligen Plätzchen durchs Fenster und verschwand.

5

Walja war gerade im Begriff zu gehen, als Suchanow oben ankam. Sie war die Frau des Hausmeisters, der mit seiner Familie irgendwo in den unteren Regionen des Gebäudes wohnte.

»Sie warten schon mit dem Abendessen, Anatoli Pawlowitsch«, sagte sie und lächelte ihn schüchtern an, wobei sie die Lücke zwischen ihren Schneidezähnen entblößte. »Ich habe meine Kirschen-Wareniki gemacht, die Sie so gern haben, weil heute Sonntag ist, und überhaupt.«

Walja war eine hervorragende Köchin, und der verführerische Duft ihrer Wareniki drang bis in den letzten Winkel der Wohnung. Suchanow aß schweigend. Er überlegte kurz, ob er seiner Familie von diesem kleinen mnemonischen Wunder auf dem Heimweg erzählen sollte, doch nahm er Abstand davon, weil Nina noch immer leidend wirkte und sich zwischendurch die Schläfen massierte, Xenia völlig abwesend ein Brotkügelchen auf ihrem Tellerrand hin und her schob und Wassili gerade mitten in einer Geschichte über einen ihm bekannten Diplomaten war. Nicht zum ersten Mal stellte Suchanow fest, dass sein Sohn viel älter aussah als andere Zwanzigjährige; seine hellblauen Augen wirkten seltsam leer wie die kalt schimmernden ovalen Flecken, die in Modiglianis Gesichtern die Augen ersetzten. Unvermittelt fragte er sich, was seine Kinder eigentlich wussten und was sie von ihm nach seinem Tod in Erinnerung behalten würden – ob mehr von ihm bleiben würde als ein trockener Artikel in einer

Enzyklopädie und ein paar Momentaufnahmen: Anatoli Pawlowitsch an einem Stehpult, das Ende der westlichen Kunst heraufbeschwörend; Anatoli Pawlowitsch am häuslichen Schreibtisch vor seiner klappernden Schreibmaschine, ein unsichtbares »Bitte nicht stören!«-Schild an der geschlossenen Tür; Anatoli Pawlowitsch auf dieser oder jener Party, wo er diese oder jene geschmackvolle Krawatte zur Schau trägt und sich mit dieser oder jener Berühmtheit unterhält …

Doch sofort verbannte er diesen Gedanken wieder. Es mochte ja zutreffen, dass er mit Xenia und Wassili nicht sehr oft über sein oder ihr Leben redete und es weiße Terra-incognita-Flecken im familiären Hintergrund gab, sogar ganze Regionen, die zu erkunden er weder für klug noch für notwendig gehalten hatte – aber hatten sie in diesen zwanzig Jahren nicht auch viel Angenehmes miteinander erlebt? Die vielen schönen Ferien am Schwarzen Meer, an der Ostsee, die vielen wunderbaren Theaterbesuche, die vielen gemütlichen Abende zu Hause, waren das nicht alles Momente der Wärme und des wortlosen Sich-Verstehens? Ja doch, nach so langer Zeit mussten sie einander doch erkannt haben mit den Augen der Liebe, die ein viel wahrhaftigeres, echteres und vollständigeres Bild liefern als jedes andere Wissen.

Suchanow unterdrückte ein Seufzen, ließ den letzten Bissen auf seinem Teller liegen und zog sich in sein Arbeitszimmer zurück – immerhin musste er bis Donnerstag einen wichtigen Artikel abgeliefert haben.

Kaum hatte er den Fuß über die Schwelle gesetzt, konnte er sich des Gefühls nicht erwehren, dass hier während seiner Abwesenheit etwas verändert worden war, doch erst als er das Licht andrehte, wurde ihm klar, was geschehen war: Der leere Platz an der Wand gegenüber seinem Schreibtisch, wo sonst Ninas sehnlichst zurückerwartetes Porträt gehangen hatte, war nicht mehr leer. Jetzt hing dort ein großes Ölgemälde. Eine seltsame Unruhe ergriff Besitz von ihm, während er es betrachtete.

Das Bild zeigte ein junges Mädchen mit rabenschwarzem Haar, das im Mondschein an einem See saß. Wie in einem Traum verschwammen die Linien ihres nackten Körpers; er schien transparent zu sein, sodass man bei genauerem Hinsehen durch das unwirklich-honigfarbene Fleisch hindurch sogar zartgeformte Wasserlilien erkennen konnte. Im Binsengestrüpp hinter ihr sah man – vage nur – die Umrisse eines jungen Mannes, von dem das Mädchen jedoch keine Notiz nahm. Ihr Blick schweifte übers Wasser in die Ferne, wo vom Horizont her ein herrlicher weißer Schwan langsam und majestätisch auf sie zugeschwommen kam. Zeus und Leda – Verführer und Verführte …

Das Gemälde war schön und grausam zugleich, allein deshalb, weil man Ledas Gesichtsausdruck nicht sehen konnte, da sie das Gesicht abgewendet hatte und dem Betrachter nur die Andeutung ihres Profils bot, die Krümmung des Wangenknochens, den bloßen Umriss ihrer vollen Lippen – nicht annähernd genug, um ermessen zu können, ob sie sich freute oder fürchtete, dass Zeus auf sie zukam. In der linken unteren Ecke stand ein Datum – »1957« – und daneben ein vertrauter, selbstsicherer Namenszug.

Suchanow nahm die Brille ab, zog ein Taschentuch aus der Tasche, wischte die Gläser sauber, faltete das Taschentuch zusammen und steckte es wieder ein, setzte die Brille wieder auf, räusperte sich und rief nach Nina. Sie blieb in der Tür stehen, hielt die nackten Arme vor dem Körper verschränkt. An ihren Handgelenken klirrten Türkis-Armreifen.

»Was ist denn das?«, fragte er, während er stirnrunzelnd mit dem Füllfederhalter auf die Korrekturbögen seiner Biographie pochte.

Nina hob die Schultern. »Wie, kennst du das nicht mehr? Das hat Lew uns doch zur Hochzeit geschenkt. Ich dachte, du wüsstest es noch.«

»Natürlich weiß ich das noch«, entgegnete er trocken. »Aber warum hängt es jetzt hier?«

»Weil mir die Wand so leer vorkam«, sagte sie. »Und weil wir doch gestern Abend über Lew gesprochen haben. Als du heute ins Theater gegangen bist und dir ›Schwanensee‹ angesehen hast, ist es mir wieder eingefallen. Es passt gut zu den Farben hier, findest du nicht?«

»Es war nicht ›Schwanensee‹«, gab er betont ruhig zurück. »Sondern ›Coppelia‹.«

»Tatsächlich? Ich hätte schwören können, es wäre ›Schwanensee‹. Nun ja, wie auch immer – du kannst es ja wieder abhängen, falls es dich stört«, sagte sie gleichmütig, trat ins Dämmerlicht des Flurs zurück und zog leise die Tür hinter sich zu.

Suchanow, der sich nicht eingestehen wollte, dass das Bild ihn verunsicherte, wandte sich entschlossen dem Artikel zu, an dem er arbeitete. Doch sein gespenstisches Spiegelbild im Fenster mit den funkelnden Brillengläsern in seinem totenschädelartigen Gesicht lenkte ihn immer wieder ab, der Schwan hörte nicht auf, ihn mit seinem böswilligen goldenen Auge anzusehen, und seine Gedanken weigerten sich, ihm in die richtige Richtung zu folgen, schwärmten stattdessen wie ein Taubenschwarm über das alte Moskau mit seinen verlassenen Häusern, den eingefallenen Kirchenkuppeln und all den in Vergessenheit geratenen Gesichtern von einst.

Von irgendwoher war ein Radio zu hören, das das Schlagen der Uhr auf dem Roten Platz übertrug; Suchanow zählte mit, und beim elften Glockenschlag stand er schwerfällig auf.

Als er auf dem vom vielen Bohnern rutschig gewordenen Parkettboden durch den langen Korridor lief, glaubte er hinter Xenias Tür leise, fast nicht wahrnehmbare Musikrhythmen zu hören, die wie ein endlos hinausgezögertes Stöhnen klangen, gleich darauf vernahm er hinter Wassilis Zimmertür die ungehaltene Stimme seines Sohnes, der gerade zu irgendjemandem sagte: »Ich verstehe einfach nicht, wie er das tun konnte.« Als er sein Schlafzimmer betrat, fand er Nina bereits im Bett vor, ein dickes Buch in der Hand; auf ihrem blassen Gesicht nahm er den silbrigen Hauch irgendeiner teuren Nachtcreme wahr.

»Was liest du da, Schatz?«, fragte er, wobei er sich vorkam wie jemand, der nach einem Streit um Versöhnung bittet.

»Van Goghs Briefe an seinen Bruder«, antwortete sie ohne aufzusehen.

»Vielleicht solltest du es lieber mal mit einem Krimi versuchen.« Er lächelte vorsichtig. »Ich könnte dir den einen oder anderen empfehlen.«

Da sie nicht reagierte, wühlte er sich in zunehmend missmutigerer Stimmung auf seiner Seite unter die Decke. Ein paar Minuten lang blätterte er in einem der auf seinem Nachttisch liegenden Romane herum, doch er verstand nicht, was er las; alle Figuren schienen denselben Namen zu haben, und die Stelle, an der er das letzte Mal aufgehört hatte zu lesen, konnte er auch nicht wiederfinden. Schließlich gab er auf, streckte sich aus, blickte in das von Ninas rosa Nachttischlämpchen halb ausgeleuchtete, halb dunkle Zimmer, hörte draußen einen Wagen hupen, unten im Hof einen Hund bellen, neben sich seine Frau die Seiten ihres Buches umblättern …

»Das Licht stört mich«, sagte er schließlich.

Sie nickte, legte ihr samtenes Lesezeichen zwischen die Seiten, schaltete die Lampe aus und zog sich, den Rücken ihm zugewandt, die Decke bis zum Hals. Er rührte sich nicht, wartete darauf, an ihrem Atmen zu hören, dass sie eingeschlafen war und schwerelose Träume sie umgaben, doch die Zeit verging, und nach wie vor hatte er das Gefühl, dass sie immer noch wach war.

»Mir ist heute etwas Unglaubliches passiert«, flüsterte er. »Ich habe mich an etwas sehr Schönes aus meiner Kindheit erinnert. Magst du es hören?«

Aber er erhielt keine Antwort; Nina musste also doch schon eingeschlafen sein. Lange kämpfte er darum, es ihr nachzutun, wenn auch vergebens, obwohl er sämtliche ihm bekannten Tricks einsetzte. Er konzentrierte sich auf seine Herzschläge, zählte rückwärts, zeichnete hinter geschlossenen Lidern komplizierte Figuren, zählte Schäfchen, Kamele, Elefanten, die bunte Bälle auf ihren Rüsseln jonglierten – nichts half, der Schlaf wollte sich einfach nicht einstellen. Nach einer Stunde Quälerei, unzählige komplizierte Figuren und Herden von Tieren im Kopf, setzte er sich auf, angelte mit den Füßen nach seinen Pantoffeln und ging wieder in sein Arbeitszimmer.

Ein rechteckiger gelber Lichtstreifen von einer Laterne an der Ecke der Belinskistraße fiel durchs Fenster und direkt auf

Belkins Gemälde, sodass es in der Dunkelheit in seltsamer, fast dreidimensionaler Intensität erglühte. Als Suchanow es unwillkürlich betrachtete, stellte er überrascht fest, dass Leda keine schwarzen langen Haare mehr hatte: Jetzt saß dort am See eine andere Frau, deren kurzes blondes Haar so perfekt geschnitten war, dass es wie eine Verlängerung ihrer Nackenlinie wirkte.

Beim Geräusch seiner Schritte wandte sie den Kopf, und nun stellte Suchanow schmerzhaft erstaunt fest, dass es Nina war, die dort saß, eingelullt vom süßlich sündhaften Lilienduft und dem leisen Plätschern der Wellen – Nina mit einem trotz ihrer zweiundfünfzig Jahre immer noch untadelig schönen, geschmeidigen Körper, eine makellos gereifte Leda, die ihren gefiederten Gott erwartete.

Ihr Blick sagte ihm, dass sie ihn erkannte, doch sie wandte sich sogleich wieder von ihm ab und blickte starr gegen den Horizont. Wie versteinert stand Suchanow da, fühlte sich plötzlich hilflos und uralt in seinem gepunkteten Altherrenpyjama, aber so sehr ihm auch vor der unausweichlichen Verführungskraft des Gottes graute, konnte er den Blick doch nicht abwenden. Dann aber geschah etwas anderes als das, was er erwartet hatte: Ein Zittern lief durch Ninas Körper, die Haut wurde noch heller, heller sogar als das Licht des Mondes, und aus ihrem Rücken wuchsen zwei mächtige Schwanenflügel. Alles schimmerte weiß, als sie sich nun zu ihrer vollen Größe aufrichtete – und plötzlich raschelte es hinter ihm am Fenster. Er fuhr herum; einen Augenblick lang wusste er nicht, wie ihm geschah, doch dann begriff er.

Das Gemälde an der Wand war überhaupt kein Gemälde, sondern nur ein Spiegel, in dem sich spiegelte, was am Fenster geschah – dort nämlich, nur wenige Schritte von ihm entfernt, stand die echte Nina mit ausgebreiteten Flügeln nackt auf dem Fensterbrett und streckte vorsichtig einen Fuß in den Nachthimmel hinaus, um mit der großen Zehe die Temperatur zu prüfen – eine Bewegung, die er gut an ihr kannte, da sie kaltes Wasser nicht mochte. Mit einem erstickten Schrei stürzte er los, um sie festzuhalten, aufzufangen, um zu verhindern, dass sie … Aber er kam zu spät. Schon glitt sie in ihrer typischen, zauberhaft graziösen Art in die dunkle Nacht hinaus, und zurück blieb nur eine langsam zu Boden schwebende Feder. Obwohl er rufen, protestieren, wehklagen wollte, fand er kein einziges Wort, und so konnte er ihr nur hinterherschauen, wie sie am Himmel kleiner und kleiner wurde, um in weiter Ferne endlich mit den kalten Sternen über dem verzauberten Moskau zu verschmelzen, wohl wissend, dass sie niemals zurückkommen würde.

Als sie verschwunden war, sank Suchanow voller Verzweiflung auf seinen Schreibtischstuhl. Der bronzene Pegasus unter dem Lampenschirm warf ihm aus den Augenwinkeln einen mitfühlenden Blick zu, riss plötzlich sein Maul weit auf und wieherte laut und vehement mit opernhafter Bassstimme: »Verflucht sei sie! Verflucht!« Verlegen murmelte Suchanow, »Na ja, so schlimm ist es nun auch wieder nicht«, und fummelte am Schalter herum, um ihn zum Schweigen zu bringen. Doch er wollte nicht verstummen – und nun sah er, dass im Schlafzimmer wieder das rosa Nachttischlämpchen brannte, Ninas Bettseite leer war und obendrein die Balkontür offenstand. Von draußen drang eine dröhnende Stimme an seine Ohren: »Verflucht sei sie! Verflucht! In alle Ewigkeit verflucht!«

Unglücklich kroch Suchanow aus dem Bett. Weil seine Pantoffeln unauffindbar zu sein schienen, ging er barfuß auf den Balkon, wobei er leise vor sich hin fluchte. Nina stand am Geländer; eine frühmorgendliche Brise hatte sich in ihrem Nachthemd verfangen und es sanft aufgebläht, sodass sie aussah, als stünde sie inmitten eines pfirsichfarbenen Luft-Kokons. Sie sah ihn kaum an, doch konnte er sehr wohl erkennen, dass sie beunruhigt war.

Der Gesang kam eindeutig aus der Wohnung direkt unter ihnen.

»Was, zum Teufel, ist denn das? Wer macht diesen Lärm?«, fragte er flüsternd.

»Iwan Swetschkin«, flüsterte Nina zurück. »Du weißt schon, dieser Komponist, der da unten wohnt. Er schreibt Kinderlieder. ›Der Tag im April, als Iljitsch zur Welt kam‹ ist auch von ihm.«

»Aber das hier klingt eher wie ein Kirchenlied«, stellte Suchanow gereizt fest. »Hmm, er traktiert seine Nachbarn ja wohl nicht grundlos mitten in der Nacht mit solchem liturgischen Kram, oder?«

Überall in den Häusern um den Hof herum waren die Bewohner inzwischen aus ihrer Nachtruhe hochgeschreckt – man sah es an den erleuchteten Fenstern, an den Schatten, die hinter Vorhängen hervorlugten.

»Soweit ich gehört habe, führt er eine sehr unglückliche Ehe«, sagte Nina ruhig. »Seine Frau ist zwanzig Jahre jünger als er, und offenbar zerreißt es ihn vor Eifersucht. Tja, anscheinend hat er jetzt die Nerven verloren.«

Sie verfielen in unsicheres Schweigen, lauschten der ununterbrochen sich wiederholenden rhythmischen Liturgie: »Verflucht sei sie! Verflucht! In alle Ewigkeit verflucht!« Und je länger es dauerte, desto mehr hatte Suchanow das Gefühl, der in vorsichtiger Erwartung verharrende Hof verwandle sich nach und nach in das Innere eines großen, nach oben hin offenen Kirchenschiffes. Am Himmel schwang der Große Bär wie ein Weihrauchgefäß hin und her und sprengte Sternenfunken wie Tropfen in die Nacht. Rundherum wurden die golden strahlenden Fenstervierecke zu reich verzierten Ikonen, um die auf den rußigen alten Steinmauern Kerzenflämmchen leuchteten – und einen Moment lang stellte Suchanow sich vor, der Geist eines gefallenen Engels sei tatsächlich durch diese öffentlichen Verwünschungen ins Nichts der kühlen Augustnacht vertrieben worden …

Dann ertönte ganz in der Nähe die Sirene eines sich nähernden Polizeiautos. Offenbar hatte sich jemand über die religiös angehauchte Ruhestörung beklagt. Damit verflüchtigte sich die Vorstellung von einer Kirche. Ein Fenster nach dem anderen wurde wieder dunkel, von allen Seiten hallte das Schließen von Tür- und Fensterflügeln über den Hof. Der Gesang kam ins Stocken, brach plötzlich ganz ab, und in den Tiefen der unter ihnen gelegenen Wohnung hörten sie eine Frau weinen. Nina schrak zusammen und ging wieder ins Zimmer zurück. Er folgte ihr und schloss die Balkontür hinter sich. Das Weinen war nun nur noch schwach zu hören.

»Ich hoffe, ich kann wieder einschlafen«, sagte er. »Wie viel Uhr ist es überhaupt?«

»Fünf nach vier«, antwortete sie, schlüpfte unter die Decke und setzte seufzend hinzu: »Wie traurig … Das arme Mädchen!«

»Das arme Mädchen betrügt ihn vielleicht nach Strich und Faden«, sagte er unfreundlich. »Wo Rauch ist, ist auch Feuer.«

Sie warf ihm einen tadelnden Blick zu und löschte das Licht.

Er wollte gerade selbst wieder zu Bett gehen, als ihm plötzlich einfiel, dass da noch etwas war, was er vorher aus der Welt schaffen sollte. Er murmelte leise, er sei gleich wieder zurück, und begab sich noch einmal in sein Arbeitszimmer (wobei er an der Tür über seine dort seltsamerweise auf dem Boden liegenden Pantoffeln stolperte). Das Bild an der Wand war nach wie vor vom gelben Lichtschein der Straßenlaterne beleuchtet, doch saß nun eine zitternde schwarzhaarige Leda da, die dem Schwan entgegenblickte, aber nicht die geringste Ähnlichkeit mit der heiteren blonden Nina hatte.

Mit beiden Händen griff Suchanow nach dem Rahmen und hob ihn vorsichtig ein wenig an, um das Bild vom Haken nehmen zu können. Sobald ihm dies gelungen war, schleppte er das schwere Gemälde in die Diele hinaus, schlich auf Zehenspitzen am Schlafzimmer vorbei, am Rundbogeneingang zum Wohnzimmer, am prunkvollen Esszimmer, an den Türen, hinter denen sich das geheimnisvolle Leben seiner Kinder abspielte, und weiter durch die Küche bis zu der dahinter liegenden Abstellkammer. Dort stellte er seine Last ab und lächelte zufrieden, als er sah, wie Leda sich an die Wand drücken musste, wie verloren sie sich ausnahm zwischen all den Besen und Schrubbern und Schuhen und ausrangierten Stofftieren und was hier sonst noch so auf engstem Raum zusammengepfercht und der Vergessenheit anheimgegeben worden war. Doch als sein Blick noch einmal über das Mädchen hinwegglitt, über die schlanke Taille, die schmalen Schultern, den langgestreckten Hals, die ganze langbeinige Figur, fühlte er ein Zittern in der Brust, als habe ein Teil seines Herzens in einem unbedachten Augenblick oder einem sorglosen Traum unvermutet eine gewisse, wenn auch nur flüchtige Ähnlichkeit erkannt – oder, wenn schon keine tatsächlich existierende Ähnlichkeit, dann doch eine Vertrautheit, eine bestimmte gefühlsmäßige Übereinstimmung, eine geistige Verwandtschaft …

Und auf einmal begann sich in seinem Innersten, in den tiefsten Tiefen seines Wesens etwas zu regen. Er fühlte, wie sich etwas Abstoßendes, Hässliches in ihm ausbreiten und ihn ganz erfassen wollte, wie es ihn innerlich bereits in Aufruhr versetzte und seine Gedanken zu fesseln begann, und er fürchtete, sobald er es sich bewusst machen würde, käme er nicht mehr umhin, sich mit der Möglichkeit auseinanderzusetzen, dass Lew Belkin damals, vor all diesen Jahren …

»Unsinn«, stieß Suchanow hervor – um einiges lauter, als es in dieser schlafenden Umgebung angebracht war – und schlug die Tür der Abstellkammer zu.

Seine entschlossenen Schritte hallten auf dem Fußboden, als er in sein Arbeitszimmer zurückging. Dort öffnete er einen Schrank und kramte so lange in ihm herum, bis er endlich ein kleines, bereits gerahmtes Stillleben zutage förderte. Die Duell-Arie aus »Eugen Onegin« vor sich hin summend, hängte er es an die verwaiste Wand und trat dann einen Schritt zurück, um es zu betrachten: von seinem Schwiegervater gemalte, vollkommene, runde rote Äpfel auf einem gelben Keramikteller. Es gefiel ihm, wie das Bild sich ins Zimmer einfügte – und noch wichtiger war, dass seine fröhliche Ausstrahlung sich positiv auf seine eigene Produktivität auswirkte, wie er am nächsten Morgen feststellen konnte, als er im Bademantel an seinem Schreibtisch saß, die Tasse mit seinem Morgenkaffee in der Hand, und zu einer Zeit, als die Stadt draußen vor dem Fenster noch in Wolken gehüllt und ruhig dalag, an seinem Artikel zu arbeiten begann, ohne weitere Gedanken an die Turbulenzen der vergangenen Nacht oder Ledas Verschwinden zu verschwenden.

6

Mit seinem Artikel hatte es allerdings eine besondere Bewandtnis.

Suchanow suchte in einem abgegriffenen Buch auf seinem Schreibtisch nach der von ihm mit einem Lesezeichen versehenen Seite, schlug sie auf und überflog die von ihm bereits unterstrichenen Zeilen der Kapitelzusammenfassung: »Der Surrealismus kann deshalb mit Recht als Betrug am Publikum bezeichnet werden, denn er befindet sich in absoluter Opposition zu allen humanistischen Werten und Traditionen. Er betet alles Verrückte an und kultiviert eine dekadente Indifferenz gegenüber allem, was von gesellschaftlichem Nutzen ist. Seine krankhaften Visionen versuchen den gesunden Menschen in ein Phantasiereich zu versetzen und ihn abzulenken von dem, was sein eigentliches Lebensziel sein sollte, nämlich dem Kampf gegen den Welt-Kapitalismus. Der Surrealismus als Bewegung hat daher dem sowjetischen Volk mit seiner reifen Kunstauffassung nichts von Wert zu bieten. Darüber hinaus sind seine schädlicheren Elemente – beispielsweise die Horror- und Pornographie-Besessenheit, wie sie sich in Salvador Dalís Werk äußert …«

Er klappte das Buch zu, betrachtete das vornehme Grau des Umschlags, auf dem der Name des Autors – sein eigener – in allmählich verblassenden Goldbuchstaben eingeprägt war und schob es stirnrunzelnd beiseite. Seit er 1965 – vor zwanzig Jahren – diese Monographie westlicher Kunst herausgebracht hatte, diente sie ihm als unerschöpfliche Quelle für Erklärungen und Behauptungen, die sich alle naselang wiederverwenden ließen, wenn auch hie und da ein wenig abgeändert oder umformuliert. Diesmal jedoch war er überzeugt davon, dass etwas anderes – etwas vollkommen anderes sogar – von ihm erwartet wurde.

In der Regel schrieb Suchanow seine Artikel mittlerweile nicht mehr selbst, denn bei seiner Position und Stellung spielte eigene Kreativität auf seiner Prioritätenliste zwangsläufig nur noch eine untergeordnete Rolle. Er begnügte sich damit, die Zügel in der Hand zu halten – das unterwürfig zügige Arbeiten seiner Angestellten zu überwachen, die monatliche Themenvorauswahl zu treffen, die einzelnen Gebiete zur Bearbeitung an eine Handvoll vertrauenswürdiger Kritiker weiterzugeben und später dann die von ihnen verfassten Texte noch einmal durchzugehen, um hier und da noch den einen oder anderen Namen zu eliminieren, der besser unerwähnt bleiben sollte, oder zwei oder drei sorglos mäandernde Sätze wieder in Reih und Glied zu bringen. Er bereitete jede Ausgabe seiner in Hochglanz erscheinenden *Kunst und Welt* nach demselben einfachen, aber nie versagenden Rezept vor: Man nehme einen zähen theoretischen Diskurs über Prinzipien und Methoden revolutionärer Kunst, fülle ihn mit zwei oder drei gut gewürzten Essays über Repin und Fedorow als Vorläufer des sozialistischen Realismus und Levitan als Feind des Zarentums, mische darunter eine mit viel Zuckerguss überzogene Biographie eines berühmten sowjetischen Meisters à la Malinin sowie eine pikante Wiederentdeckung irgendeines zu Unrecht übersehenen, schändlicherweise von der Kirche verfolgten Genies aus der Zeit der italienischen Renaissance, füge dem Ganzen durch ein Interview mit diesem oder jenem noch ungeschliffenen Diamanten aus einer fernen asiatischen Republik (der seine künstlerische Entwicklung selbstverständlich den Wundern sowjetischer Ausbildung zu verdanken hatte) noch eine exotische Note hinzu und pfeffere am Schluss alles reichlich mit Marx- und Lenin-Zitaten. Vor allem aber war Suchanow bekannt für seine geschickten Aussparungen. Während er gelegentlich einen vorsichtigen Bericht über einen der zeitgenössischen polnischen oder bulgarischen Maler zuließ (die einer wie der andere in ihren Bildern die wunderbare Freundschaft zwischen ihrem und dem sowjetischen Volk bejubelten), tauchte die westliche Moderne auf den Seiten seiner Zeitschrift stets nur in Gestalt peinlicher Halluzinationen auf – wie ein Gespenst, über das man Witze machte und das man mit allen Mitteln von der Bildfläche verbannte, ohne es jemals beim Namen zu nennen oder gar sichtbar werden zu lassen.

So hatte man es bei *Kunst und Welt* seit Jahren – seit jenem Tag, als Suchanow die Leitung der Redaktion übernommen hatte – praktiziert, bis zu jener routinemäßigen Mitarbeiterbesprechung vor einem Monat. Bei diesem Treffen hatte Sergej Nikolajewitsch Pugowitschkin – zweiter Chef vom Dienst und Suchanows Stellvertreter – von einem beunruhigenden Gerücht erzählt, das nun auch bis zu ihnen durchgesickert war. Seit der Amtsübernahme des neuen Parteivorsitzenden im März waren in den allerobersten Rängen anscheinend gewisse noch nicht durchschaubare Veränderungen in Gang gekommen, und in diesem Zuge hatte eine (selbstverständlich nicht namentlich genannte) äußerst bedeutende Persönlichkeit offenbar die Hoffnung ausgedrückt, *Kunst und Welt* werde künftig doch pro Nummer wenigstens einen Artikel einem »prominenten westlichen Künstler« widmen, wobei man etwa mit Salvador Dalí beginnen könne, denn, so habe jene nicht näher genannte Persönlichkeit bemerkt, Dalí sei so gut wie jeder andere, und irgendwo müsse man ja nun einmal anfangen. Suchanow hatte sich alle Mühe gegeben, sich nicht anmerken zu lassen, wie sehr ihn die Vorstellung schockierte, den Lesern seiner Zeitschrift Dalís zerfließende Uhren zu präsentieren, nur nonchalant die Schultern gehoben und erklärt, er könne dieses Thema ja selbst in Angriff nehmen. Immerhin war er auf diesem Gebiet allgemein als führender Experte bekannt.

Und genau um diesen Artikel ging es jetzt. Das Problem war nämlich, dass es ihm, je genauer er auf Dalís Leben einging, sich mit Ausstellungsdaten, Bildertiteln und Aufenthaltsorten auseinandersetzte, immer schwerer fiel, die abstrakte Ablehnung aufrechtzuerhalten, mit der er dem Surrealismus stets entgegengetreten war. Als Fachautorität war Anatoli Pawlowitsch Suchanow erbarmungslos, unerschütterlich und unnachgiebig – und außerordentlich vage. Da seine Aufgabe seiner Meinung nach mehr auf rituellem als auf erzieherischem Gebiet lag, weil es um eine Gegenüberstellung von Gut und Böse, Tag und Nacht, Ost und West ging, hatte er ganz in diesem Sinne jahrelang dafür gesorgt, das Gespenst des Surrealismus über dem Feuer rechtschaffener Klassenempörung zu rösten, wobei die Trommeln immer lauter und lauter wurden und der Tanz ums Feuer immer ausgelassener, während das Opfer selbst hinter den immer dicker werdenden Rauchwolken zunehmend aus dem Blickfeld geraten war. Und jetzt sollte er – kaum zu glauben – plötzlich über den kunstvoll gezwirbelten Bart dieses Opfers, über den Beruf seiner Eltern und die Farben auf seiner Palette schreiben. War es da ein Wunder, dass Suchanow sich seit Wochen unbehaglich fühlte, wenn er auch nur an dieses Thema dachte?

Nun aber, als er seine Monographie zuklappte, Zucker in seiner Tasse Kaffee verrührte und sein Blick dabei auf Malinins glänzende Äpfel an der Wand fiel, kam ihm eine amüsante Anekdote aus Dalís Leben in den Sinn, die ihm vielleicht den richtigen Blickwinkel liefern konnte. Guten Mutes hämmerte er auf seine sperrige Schreibmaschine ein und war schon beinahe am Ende der dritten Seite angelangt, als er Nina vor der Tür rufen hörte: »Tolja, hast du heute um zwölf nicht Mitarbeiterbesprechung? Wadim kommt dich in einer knappen halben Stunde abholen!«

Er warf einen Blick auf seine Schreibtischuhr und hämmerte wild in die Tasten, um den Satz zu beenden. Wieder und wieder ging er in Gedanken seinen Einfall durch, während er duschte, sich das Haar kämmte, das Hemd zuknöpfte, sich in die frisch gebügelte, noch etwas steife Hose zwängte und endlich, noch im Kampf mit dem Manschettenknopf an seinem rechten Ärmel und befasst mit der Frage, ob es klug sei, den Begriff »pathologisch« in die Diskussion zu werfen, den Kleiderschrank im Schlafzimmer mit dem Ellenbogen aufstieß – und abrupt aus seinen Überlegungen gerissen wurde.

Oben in den Regalen lagen seine ordentlich gefalteten blauen und beigefarbenen Schlafanzüge, und unten stapelten sich die hellen, mit blauen Monogrammen verzierten, schwach nach Parfum duftenden Baumwolltaschentücher und seine dunklen Socken mit den Rauten- und Zickzackmustern; darunter lugten aus den Tiefen der drei offenen Schubladen des Nussbaumschrankes die glänzenden Rollen seiner unzähligen Gürtel hervor. Doch die Innenseite der Schranktür war leer, unerwarteterweise leer, und die kleinen Metallhaken an der Krawattenstange, die jetzt nichts mehr zu tragen hatten, schienen sich verschwörerisch anzugrinsen.

Seine Krawatten waren fort, ebenso wie die drei oder vier Samtfliegen, die er besaß (äußerst respektable Fliegen in Schwarz, Weiß und Weinrot, die ausschließlich für Abende im Bolschoi-Theater reserviert waren). Nur zwei verwaiste Paar Hosenträger baumelten traurig vor ihm herab.

Suchanow stand regungslos da und betrachtete den Schrank. Als sein Ärger sich genügend gesetzt hatte, ging er ins Wohnzimmer hinüber. Nina saß zusammengerollt in einem Sessel am Fenster, aß Pfirsichscheiben von einem Tellerchen und sah gedankenverloren hinaus auf die Wolken, die über die Dächer hinwegzogen. Ein Buch lag unbeachtet neben ihr.

»Liebling, wenn du meine Krawatten nächstes Mal in die Reinigung gibst, lass mir doch freundlicherweise eine oder zwei übrig«, sagte er gereizt. »Ich muss nämlich gleich ins Büro.«

Sie wandte den Kopf und musterte ihn mit leerem Blick.

»Krawatten?«, fragte sie. »Ich habe keine Krawatten in die Reinigung gegeben.«

Kurz darauf standen sie zusammen vor der leeren Schrankinnentür.

»Wirklich merkwürdig«, sagte Nina. »Wann war das letzte Mal, dass du …?«

Zuletzt hatte er am Morgen zuvor eine Krawatte angelegt und seither den Schrank nicht mehr geöffnet. (Nach der Rückkehr aus dem Theater hatte er die Krawatte einfach über eine Stuhllehne geworfen, wo sie wie ein blaues Pendel einige Male hin und her geschwungen war und immer noch einsam hing.)

Das geheimnisvolle Verschwinden seines Hab und Guts musste sich also zwischen seiner und Wassilis Abfahrt zum Theater und dem Zeitpunkt seiner Rückkehr gegen sieben Uhr abends zugetragen haben. Nina schien nicht weniger überrascht als er, und Wassili bestritt kategorisch, irgendetwas von der Sache zu wissen. Xenia war schon aus dem Haus und bei der *Komsomolskaja Prawda*, wo sie ein Sommerpraktikum absolvierte, aber sie hatte, wie Nina erklärte, natürlich nicht den geringsten Grund, sich an seinem Schrank zu schaffen zu machen, und außerdem lag ihr diese Art von Scherzen nicht.

Allmählich wurde Suchanow stocksauer.

»Das macht doch sowieso keinen Sinn«, sagte er. »Zumal du ja ohnehin den ganzen Tag wegen deiner Kopfschmerzen im Bett warst und es bemerkt hättest, wenn hier jemand hereingekommen wäre.«

Fast schien es ihm, als flackerten ihre Augen kurz auf, doch vielleicht war daran auch nur der Lichteinfall schuld, denn in just diesem Moment stahl sich ein vorsichtiger Sonnenstrahl – der erste dieses Tages – ins Schlafzimmer, der sich spielerisch auf die bronzenen Türknäufe des Schranks legte und die Gürtelschnallen aufglänzen ließ. Nina ging noch einmal alles durch, kramte zwischen den Socken, den Schlafanzügen und den Taschentüchern.

»Wir finden sie bestimmt wieder«, sagte sie dabei. »Vielleicht hast du sie ja selbst irgendwo hingetan. Außer mir und Xenia war ja schließlich niemand hier, und …«

»Verdammt noch mal«, unterbrach Suchanow sie. »Es kann nur unsere Haushaltshilfe gewesen sein!«

Nina richtete sich auf und sah ihn verdutzt an.

»Oder war sie etwa nicht hier?«, fragte er. Ein harter Zug erschien um seinen Mund. »Wir hätten sie niemals in unsere Wohnung lassen dürfen, das habe ich schon immer gedacht. Sie ist mit diesem Alkoholiker verheiratet, und ich wette, dass sie hier und da mal etwas mitgehen lässt, was er dann auf dem Schwarzmarkt zu Geld macht.«

»Du redest doch wohl nicht allen Ernstes von Walja«, sagte Nina langsam.

Schwer atmend, doch mit unheilvoll gefasster Miene band er sich die einzige noch verbliebene Krawatte um, ging gemessenen Schrittes den Flur entlang, zwängte seine Füße in ein Paar Schuhe und entriegelte das Schloss an der Eingangstür. Nina lief hinter ihm her, rutschte auf dem glatten Parkettboden aus und verlor dabei einen Hausschuh. Suchanow war schon halb aus der Tür, als sie ihn noch am Arm packte und festhielt.

»Bitte, Tolja«, sagte sie hastig, »es muss eine Erklärung dafür geben. Tu's nicht, ich bitte dich! Sie arbeitet seit zehn Jahren bei uns, und ich wüsste keine ehrlichere …«

Im selben Moment schrillte das Telefon im Korridor und dazu fiel im Stockwerk über ihnen etwas Schweres auf den Boden. Nina fuhr verdutzt herum, und Suchanow, auf diese Art plötzlich von ihrem Griff befreit, trat auf den Treppenabsatz hinaus, warf die Tür hinter sich zu und eilte die Treppe hinunter, ohne auf den Lift zu warten, der gerade quietschend auf einer anderen Etage angehalten hatte.

Das Treppenhaus teilte das große graue Gebäude in zwei Hälften, ließ es aussehen wie eine in der Mitte auseinandergeschnittene riesige überreife Frucht; wie schwarze Fruchtkerne wirkten die je zwei ledergepolsterten und mit dicken Nägeln durchschlagenen Türen auf jeder Etage, hinter denen sich Wohlstand und Erfolg verbargen. Hier im siebten Stock etwa residierte eine korpulente Opernsängerin aus Tiflis, die zwar seit Jahren nicht mehr aufgetreten war, aber für ihre zahlreichen Gäste immer noch gerne Arien schmetterte, begleitet vom samtigen Bellen ihrer drei Bassets. Wann auch immer sie ihre Hauskonzerte gab, liefen geisterhafte Triller und Hundegebell in mysteriösen Rohrleitungen durch Wände und Böden, hallten in Suchanows Arbeitszimmer wider und brachten ihn jedes Mal schier zur Weißglut. Im sechsten Stock wohnte direkt unter der Sängerin ein hoher Parteifunktionär, ein gemütlicher Mensch mit warzenübersätem Kinn und einer molligen Frau, die aussah wie seine Schwester, und im fünften Stock spuckte der Lift ab und zu einen traurigen kleinen Mann mit Schildpattbrille aus, der einem armen Verwandten vom Land ähnelte, in Wirklichkeit aber, wie Suchanow wusste, einer der bekanntesten Schriftsteller der klassischen Sowjetliteratur war, nämlich der Autor der hochgepriesenen Trilogie »Wir Bergleute«.

Alles, was mehr als drei Stockwerke von seiner in der achten Etage liegenden Wohnung entfernt war, entzog sich Suchanows Kenntnis. Als er den vierten Stock erreichte, hörte er Kindergeschrei hinter einer Tür, und als er sich im dritten Stock ans Geländer lehnte, um seine zitternden Beine ein wenig ausruhen zu lassen, glaubte er hinter der Tür der Wohnung Nr. 5 den süßen Duft von Lilien und leises Klavierspiel wahrzunehmen. Diese Vermischung von Düften und Klängen erinnerte ihn daran, dass er einmal unten in der Eingangshalle am frühen Morgen nach einem Neujahrsfest einer aufreizend stummen, nach teurem Parfum duftenden Dame mit Nofretete-Gesicht begegnet war, auf die draußen ein Chauffeur gewartet hatte – aber dann war diese winterliche Erinnerung auch schon wieder seinem inneren Auge entglitten, doch als er versuchte, sie noch einmal heraufzubeschwören, hatte er eine Vision von einer anderen Frau, einem anderen Parfum und einem anderen Chauffeur.

Sofort war er in Gedanken wieder beim vergangenen Samstagabend und bei der Werk-Retrospektive für seinen Schwiegervater in der Manege. Und als hätten sie nur auf eine Chance gewartet, sich wieder breitmachen zu können, stürmten eine Unmenge unnötiger und unangenehmer Assoziationen auf ihn ein – der beleidigte Minister, das unerträgliche Zusammentreffen mit Belkin, die Schmach, dass er beinahe umgebracht worden wäre, der Verlust seiner blauäugigen Nina, die über seine Arbeit wachte, und nicht zuletzt die schamlos den Schwan liebende Nackte, die stattdessen in sein Heiligtum eingedrungen war und eine Unmenge verstörender Träume und völlig irrelevanter Verdächtigungen ausgelöst hatte … Egal, beruhigte er sich schnell, die Nackte war ja wieder weg, und überhaupt waren es letztlich doch absolut belanglose Ereignisse, an die spätestens morgen niemand mehr denken würde – jedenfalls bestand nicht der geringste Grund, völlig durcheinander auf diesem Treppenabsatz herumzustehen. Ärgerlich vor sich hin murmelnd (»Diese Frau hat wirklich Nerven, was für eine unfassbar dreiste Diebin!«), stieg er entschlossen die restlichen Treppen hinunter – war das ein Teller, der da in Wohnung Nr. 3 eben zu Bruch ging? – und kam schließlich in die Eingangshalle; die hinter den Wolken hervorgekommenen Sonnenstrahlen schimmerten auf dem Marmorfußboden.

Jetzt zögerte er, da er nicht wusste, wo der Hausmeister wohnte, doch weil der Portier sich bereits mit einem ebenso widerlichen wie ehrerbietigem Lächeln hinter seinem Pult erhoben hatte, nickte Suchanow nur kühl und hastete eine andere, deutlich schmalere Treppe hinab, die in die finstersten Sphären des Gebäudes führte. Bevor er sich dessen bewusst wurde, torkelte er auch schon durch die ihm fremden Kellergeschosse mit ihren kreuz und quer verlaufenden, niedrigen, engen und schlecht beleuchteten Fluren. Ein Geruchsgemisch aus Kohlsuppe und Waschmitteln haftete an den Wänden, die die Farbe von Erbrochenem hatten, eine ungesund aussehende Tigerkatze schlich mit hoch aufgerecktem Schwanz hinter ihm her, an jeder Ecke lagen irgendwelche Dinge, die an Teppiche, Eimer und Besen, ein zusammengerolltes Plakat, einen dreibeinigen Stuhl, eine einarmige Puppe erinnerten, Dinge, die sofort wieder vom Dämmer verschluckt wurden, kaum hatte er die nächsten Schritte getan. Nach der sonnenbeschienenen marmornen Eingangshalle brachte ihn das leicht verschmutzte Gewölbe völlig aus dem Gleichgewicht; die Umgebung schlug ihm aufs Gemüt, als würde das Gewicht sämtlicher neun Etagen auf ihm lasten.

Am Ende des Gangs sah er eine offenstehende Metalltür. Er klopfte an, erst zaghaft, dann lauter, und trat ein, als er aus einem der hinteren Räume ein Geräusch vernahm, das er als Antwort auf sein Klopfen deutete – und erstarrte augenblicklich, als ihm urplötzlich ein grauenerregender Gestank in die Nase stieg. Vor ihm im Halbdunkel türmte sich ein riesiger Haufen Müll auf. Als Suchanow unwillkürlich einen Schritt zurückwich, trat er mit dem einen Fuß auf etwas Weiches – ob es sich um eine Bananenschale handelte oder um etwas anderes, wollte er lieber nicht wissen –, und als ginge ein Beben durch den ganzen Haufen, rutschten ein Fischkopf mit fettigen Augen, eine schmutzgetränkte Papiertüte und Kartoffelschalen aus ihm heraus, direkt auf seine makellos glänzenden Schuhe zu, Zentimeter um Zentimeter, und einen Moment lang sah es so aus, als würde der Müllhaufen vollständig auseinanderfallen und ihn unter sich begraben.

Unendlich lange Sekunden stand er wie betäubt da, bis er in Panik zurückwich, die Tür hinter sich zuschlug und sich fassungslos fragte, wie so etwas sein konnte, wie es so etwas geben konnte in seinem eigenen Haus … Auf einmal schien ihm die Idee, Walja zur Rede stellen zu wollen, abstoßend, schäbig und unschicklich, als sei auch sie Teil dieser unterirdisch vor sich hin rottenden Abfälle, und er hatte nur noch das überwältigende Bedürfnis, diesen Ort so schnell wie möglich zu verlassen. Beinahe im Laufschritt bog er um die Ecke und stieß gegen die Wand, die seltsamerweise nachgab, ein Wimmern hören ließ und ins Dunkel zurückwich. Unwillkürlich fasste er sich ans Herz, während er ins Dunkel spähte. Als er lediglich die Katze entdeckte, die ihm bereits im Labyrinth der Gänge begegnet war, stieß er einen lauten Fluch aus und ging weiter, langsamer und vorsichtiger als zuvor, bis sich direkt vor ihm eine Tür öffnete und Walja mit nassen Händen ins Halbdunkel heraustrat und ihn mit ihren leicht schielenden Augen freundlich ansah.

»Sind das wirklich Sie, Anatoli Pawlowitsch?«, fragte sie überrascht. »Ich dachte, ich hätte Marisia miauen gehört. Das ist meine Katze.«

»Ich bin ihr schon begegnet«, sagte er, verblüfft über ihr plötzliches Auftauchen. »Und diesen ganzen Raum voller Müll habe ich auch gesehen.«

»Ach, das ist der Müllhaufen von unserer Müllschluckeranlage«, erklärte Walja. »Eigentlich sperrt Kolja die Tür immer ab, aber manchmal vergisst er es. Ich sage ihm Bescheid.«

»Ja, machen Sie das bitte. Es ist wirklich sehr … sehr unhygienisch.«

Einen Moment lang schwiegen sie sich an, dann lächelte Walja ihr scheues Grübchenlächeln.

»Ich wollte sowieso in einer halben Stunde zu Ihnen nach oben kommen«, sagte sie und wischte sich die Hände an ihrer Schürze ab, »aber ich fange natürlich gern auch früher an, falls Sie mich brauchen, Anatoli Pawlowitsch.«

Er sah sie an, diese einfache, groß gewachsene Frau mit dem zerzausten Haar und dem runden, arglosen Gesicht, und plötzlich war er nicht mehr ganz so überzeugt, dass sie wirklich die Schuldige war.

»Wenn Sie mir nur eine Minute Zeit geben, ich muss noch eben ein paar Dinge erledigen, aber dann komme ich sofort mit«, sagte sie und führte ihn in eine winzige Diele, in der sich Stapel frisch gewaschener Wäsche türmten. Von irgendwoher tauchte ein kleines, vielleicht sechsjähriges Mädchen auf, das so hellblond war, dass man weder Augenbrauen noch Wimpern in ihrem Gesicht erkennen konnte, betrachtete ihn mit ernster Miene und verschwand wieder. Ein Telefon läutete, und gleichzeitig zog der beißende Geruch von angebranntem Haferbrei durch die Wohnung. Walja rief nach einer Stepascha, die die Herdplatte abstellen, und nach Annetschka, die ans Telefon gehen sollte, dann drehte sie sich nervös lächelnd zu Suchanow um und sagte: »Einen Moment noch, bitte. Ach, diese Kinder.«

Unwillkürlich wanderte sein Blick zu ihren Händen, roten, fast männlich großen Händen, die wie zwei von ihr unabhängige Lebewesen zu beiden Seiten ihres Körpers herabhingen, als würden sie schlafen – und mit einem Mal hatte er die Vision, wie ebendiese Hände gierig nach seinen Krawatten griffen, nach seinen wunderschönen Seide-Exemplaren, die er wie seltene Schmetterlinge bei seinen spärlichen Europareisen gesammelt hatte.

»Machen Sie sich keine Mühe, Walentina Alexandrowna«, presste er hervor, »Sie brauchen heute nicht zu kommen. Und morgen auch nicht. Überhaupt nicht mehr. Ich wollte Ihnen nur sagen, dass Sie entlassen sind.«

Mit mühsam beherrschter Stimme eröffnete er ihr, dass die Schwarzmarktpreise, die sie für ihr Diebesgut erzielen konnte, mit Sicherheit zehnmal höher lägen als der Lohn, den er ihr noch für den Monat August schuldete, dass sie die Differenz aber gern einstecken dürfe, weil sie nicht vorhätten, sie anzuzeigen.

Walja stand da wie vom Donner gerührt, zerrte nur nervös an ihrer Schürze herum und blinzelte heftig.

»Was … was reden Sie denn da?«, brachte sie endlich beinahe schluchzend hervor. »Sie glauben doch nicht etwa, dass ich etwas bei Ihnen gestohlen habe? Großer Gott, als ob ich … ich würde doch niemals … Und überhaupt: dass Sie sich nicht schämen, hier herunterzukommen und mir so etwas ins Gesicht zu sagen … Und Sie wollen ein gebildeter Mensch sein?«

Das kleine Mädchen kam in die Diele und verkündete, den Blick unverwandt auf die schluchzende Mutter gerichtet, irgendeine Dame wolle sie unbedingt sofort am Telefon sprechen. Mit eingezogenen Schultern flüchtete Suchanow in den dunklen Keller hinaus – wobei ihn die ekelhafte Katze erneut um ein Haar zu Fall gebracht hätte –, rannte, jeweils zwei Stufen auf einmal nehmend, die Treppe hinauf und stürzte so abrupt in die Eingangshalle, dass er den vor sich hin dämmernden Pförtner aus seinem Nickerchen riss.

Als Wadim Stunden später Suchanow wieder vor dem Eingangsportal absetzte, hatte sich bereits die Abenddämmerung über die Belinskistraße gesenkt. Die Mitarbeiterbesprechung war ausgesprochen unerfreulich gewesen; immer wieder war das Gespräch aus ihm unerklärlichen Gründen ins Stocken geraten, immer wieder hatte er beobachtet, wie die Kollegen heimlich verlegene Blicke wechselten, und nun war er müde, angespannt und hungrig. Er sah zu seiner Wohnung hinauf und stellte beruhigt fest, dass die Küchenfenster ihn wie üblich hell erleuchtet willkommen hießen, weshalb er sich während der gesamten Zeit, die der ächzende Lift brauchte, um nach oben zu kriechen, in der Hoffnung wiegte, seine Krawatten hätten sich mittlerweile wieder eingefunden, Walja sei mit allen möglichen Entschuldigungen wieder zurückgeholt worden (Nina wusste solche Situationen bestens zu meistern), und nun stünde, dampfend heiß noch, eines ihrer köstlichen Abendessen auf dem Tisch, während seine so verständnisvolle, fürsorgliche Familie vor funkelnden Weingläsern bereits auf ihn wartete.

Doch als er die Wohnung betrat, ihm der Gestank von Angebranntem entgegenschlug und er hörte, wie Küchenschranktüren ärgerlich zugeschlagen wurden, wusste er, dass der Traum von einem gemütlichen Abend im Familienkreis bereits ausgeträumt war. Xenia warf ihm über ihren Teller mit angebranntem Reis wütende Blicke zu und erklärte, sie und ihre Mutter hätten den ganzen Nachmittag auf Walja eingeredet, sie möge doch bitte diesen Vorfall vergessen, aber Walja habe nur immer wieder weinend den Kopf geschüttelt, und nicht einmal ein ihr diskret angebotenes Kuvert mit einem dreifachen Monatslohn habe sie umstimmen können. Eine Zeit lang enthielt Suchanow sich wohlweislich jeglichen Kommentars; er sah nicht einmal auf, da er auch so wusste, dass Nina am anderen Ende des Tisches mit gesenktem Kopf vor sich hin schwieg und dabei weniger verbittert oder ärgerlich als vielmehr unendlich müde aussah. Doch als Xenia zum dritten Mal wiederholte, sie sei von Waljas Unschuld felsenfest überzeugt, konnte er sich nicht länger zurückhalten.

»Wenn du so überzeugt davon bist, dass sie es nicht getan hat, dann kannst du uns ja sicher darüber aufklären, wer es sonst war«, fuhr er sie an.

»Ich sage doch nur, dass du keine voreiligen Schlüsse ziehen solltest«, erwiderte sie ein wenig defensiver. »Du kannst nicht einfach irgendjemanden des Diebstahls beschuldigen, solange du nicht alle anderen Möglichkeiten in Betracht gezogen hast.«

»Was ich getan habe«, sagte Suchanow und gestattete sich ein kurzes trockenes Auflachen, »ich habe durchaus in Betracht gezogen, dass ein kleines grünes Männchen an unserem Fenster vorbeigeflogen sein könnte und sich dabei in meine Krawatten verguckt hat. Aber es kam mir ehrlich gesagt eher unwahrscheinlich vor.«

Xenia wollte zu einer Antwort ansetzen, doch nun schaltete Wassili sich ein.

»Du lieber Himmel«, sagte er, »ich finde, Vater hat sich vollkommen richtig verhalten, und jetzt stellen wir eben jemand anderen ein.« Er klang genervt. »Wir haben es doch nun wirklich nicht nötig, den ganzen Abend über eine Hausmeistersfrau zu reden.«

»Wassili!« Nina war schockiert.

Suchanow, der wünschte, sein Sohn hätte seine Solidarität auf andere Weise zum Ausdruck gebracht, senkte hastig den Blick, um sich mit vorgetäuschtem Interesse auf sein Rinderkotelett zu konzentrieren, das in der Mitte noch verdächtig rot aussah. Ninas kulinarische Fertigkeiten waren schon immer recht begrenzt gewesen, doch was es heute gab, übertraf seine schlimmsten Befürchtungen und erinnerte ihn stark an die klägliche Kost seiner frühen Kindheit – all diese kaum genießbaren Gerichte, die seine Mutter ihm tagaus, tagein in ihrer vollgestopften Küche im Arbat-Viertel aufgetischt hatte. Eigentlich war die Küche durchaus geräumig gewesen, doch durch eine unsichtbare Trennungslinie in zwei Teile aufgeteilt; auf jeder Seite stand ein wackeliger Tisch mit verschiedenen Stühlen, die nicht zusammenpassten. Die Suchanows teilten ihren Tisch mit Zoja Vladimirowna Wienberg, einer schlampigen Musiklehrerin undefinierbaren Alters, auf deren Oberlippe der Schatten eines kleinen Bärtchens lag, sowie mit einem freundlichen älteren Ehepaar, das immer strikt formell gekleidet zu den Mahlzeiten erschien, wie Vögelchen am Essen herumpickte und sich gegenseitig traurig anlächelte. Die Frau hatte ein faltiges, rosarotes Gesicht, das aussah wie ein Apfel, der im Frost vergessen worden war, und bläuliche Haare, und diese Farbe faszinierte mich so unendlich, dass ich die kleinen, blau schimmernden Löckchen mitunter minutenlang anstarrte, bis meine Mutter mich flüsternd für mein ungehobeltes Benehmen zu schelten begann.

Der andere Tisch, der sehr viel günstiger in der Nähe des Herds stand, gehörte der Familie Morozow, bestehend aus Vater, Mutter, einer unverheirateten Schwester des Vaters und zwei Söhnen – ziemlich dummen, interesselosen Jungen, drei und fünf Jahre älter als ich. Pelageja Morozowa, die Schwester, eine lässige, etwas übergewichtige junge Frau mit schläfrigen Augen, einem breiten roten Mund und einem verführerischen Muttermal über der Oberlippe (wenige Jahre später geisterte sie scheu lächelnd mit aufreizend wippenden dicken Brüsten durch meine Pubertätsphantasien), war für die Zubereitung der Morozow'schen Mahlzeiten zuständig und kochte um einiges besser als meine Mutter; nicht selten geschah es, dass mir deren Haferbreiklumpen oder klebrige Nudeln im Hals stecken blieben, wenn ich hörte, wie Pelagejas Hühnchen in der Pfanne brutzelten, oder ich mir beim qualvoll lauten Schmatzen der Morozow-Jungen vorstellte, welchen Geschmack sie jetzt auf der Zunge hatten.

Das Einzige, was diese kläglichen Mahlzeiten einigermaßen erträglich machte, war die mich nie verlassende Hoffnung, mein Vater würde heute Abend entgegen allen Erwartungen früher heimkommen. Sobald die Türklingel durch den Flur schrillte, wurde es nämlich am Tisch der ungehobelten Morozows sofort leiser, denn sogar ihnen flößte er Respekt ein. Mit lauten »Papa! Papa!«-Rufen kletterte ich dann von meinem Stuhl herunter und lief hinaus, um ihm die Tür zu öffnen. Gleich darauf kam er, meine Hand in der seinen, in die Küche, setzte sich breit lächelnd zu uns an den Tisch, fragte mich, wie es mir in der Schule ergangen war, neckte die arme unattraktive Musiklehrerin ein wenig, die in seiner Gegenwart immer puterrot anlief, sagte ein paar freundliche Worte zu dem alten Herrn und seiner Frau, nahm schnell in der ihm eigenen liebevollen Art Mutters Gesicht zwischen beide Hände – und seine Gegenwart, seine vertrauenerweckende Stärke ließen meine belanglosen, zerstückelten Tage mit einem Mal wieder sinnvoll erscheinen.

In diesem Jahr – 1936, dem ersten Jahr, an das ich mich genau erinnern kann – blieb mein Vater allerdings fast immer bis spätabends bei seiner geheimnisvollen Arbeit, und oft bekam ich tagelang von ihm nicht mehr zu sehen als seine hochgewachsene, breitschultrige Silhouette, die im spärlichen Schein der im Flur von der Decke baumelnden Glühbirne in der Tür zu unserem Zimmer auftauchte, und, sobald er eingetreten war, schon wieder im Dunkeln verschwand, während ich halb traumverloren dalag und durch alle Decken hindurch wahrnahm, wie Kleidungsstücke raschelnd abgelegt wurden, eine Sprungfedermatratze aufstöhnte und das unverständliche Flüstern meiner Eltern in der Dunkelheit erstarb. Trotzdem hoffte ich jeden Abend zur Essenszeit wieder von Neuem, und in meinem tiefsten Innern war ich überzeugt davon, dass es mir, wenn ich es nur fest genug wünschte, gelingen könnte, meinen Vater herbeizurufen, aus dem Nichts heraus den seine Heimkehr ankündigenden Ton heraufzubeschwören – mit geschlossenen Augen würde ich über dem angebrannten Reis und dem nicht durchgegarten Schnitzel auf meinem Teller die Türklingel wieder und wieder in meinem Kopf ertönen lassen, immer wieder, bis der Himmel davon widerhallen und das lang ersehnte Klingeln endlich auch in unserer Küche zu hören sein würde, während ich nur noch aufspringen und in den Flur laufen musste …

»Papa! Papa, soll ich aufmachen?«

Er öffnete die Augen. Es klingelte erneut.

»Soll ich aufmachen?«, wiederholte Xenia ungeduldig.

»Nein, ich … ich gehe selbst«, antwortete Anatoli Pawlowitsch heiser, ehe er zögernd aufstand.

7

Auf dem Treppenabsatz vor der Wohnungstür stand ein Fremder, ein Mann mittleren Alters mit freundlichem Gesicht, einem kleinen Bärtchen und kurzsichtigen, sanft und arglos dreinblickenden blauen Augen hinter einer Brille, die mit ihren runden Gläsern in der schmalen Metallfassung an einen Kneifer aus der Zeit um die Jahrhundertwende erinnerte. Diese Brille, der weiche braune Hut und ein großer verbeulter Koffer zu seinen Füßen vermittelten den Eindruck, als sei der Mann geradewegs einer Tschechow-Erzählung entsprungen, in der ein netter Kleinstadtapotheker auf Familienbesuch in die große Stadt kommt.

Bei Suchanows Anblick zog er eilig seinen Hut.

»Dobryi wetscher!«, sagte er mit bewegter Stimme und drehte den Hut in den Händen.

»Guten Abend«, antwortete Suchanow kühl. »Kann ich Ihnen irgendwie …?«

»Du lieber Gott, ich störe Sie wohl beim Essen, nicht wahr?«, rief der Mann und presste seinen Hut ans Herz. »Wie unangenehm! Ich hasse es, anderen Leuten im Weg zu sein. Aber machen Sie sich bitte meinetwegen keine Umstände, ich habe bereits gegessen – Ehrenwort. Himmel, wenn ich mir vorstelle, jetzt endlich, nach so vielen Jahren … Nein, nein, bemühen Sie sich nicht, ich mache das allein, wenn Sie gestatten …«

Damit drückte er sich den Hut wieder auf den Kopf, nahm seinen Koffer, hievte ihn ächzend hoch und versuchte ihn an Suchanow vorbeizumanövrieren, wobei er ihn ihm schmerzhaft ans Bein stieß. Schleppt er Ziegelsteine durch die Gegend, oder was, dachte Suchanow verärgert und machte einen Schritt seitwärts, um sich dem Fremden in den Weg zu stellen.

»Moment«, sagte er gebieterisch. »Ich fürchte, da liegt ein Irrtum vor.«

Der Mann ließ den Koffer los und hob erschrocken den Kopf.

»O nein – ich habe doch wohl nicht schon wieder die Tage durcheinandergebracht?«, stöhnte er. »Aber es muss wohl so sein … also ist heute noch gar nicht Montag, und ich stehe jetzt schon vor Ihrer Tür und bringe Sie in Verlegenheit. Ich kann Ihnen gar nicht sagen, wie leid mir das tut, und …«

»Sie haben nicht den Tag verwechselt, Genosse, sondern die Wohnung«, unterbrach Suchanow ihn ungehalten. »Dies hier ist Nummer 15. Und zu wem wollten Sie?«

Der Mann sah ihn erst erschrocken, dann erleichtert und schließlich verwirrt an.

»Nummer 15? Aber das stimmt doch. Ich verstehe nur nicht … Sie haben mich doch erwartet – oder etwa nicht?« Ängstlich sah er Suchanow in die Augen. »Sie haben doch sicher meinen Brief erhalten. Außer … Nein, nein, das ist unmöglich, ich habe ihn doch selbst zugeklebt und in die Tasche gesteckt … Aber habe ich ihn auch …?«

Suchanow, der des Gestammels allmählich müde wurde, legte dem Eindringling die Hand auf den Ellbogen und wollte ihn eben wieder ins Treppenhaus hinausschieben, als dieser niedergeschlagen flüsterte:

»Ich hätte nicht davon ausgehen dürfen, dass Sie mich wiedererkennen.«

Verunsichert betrachtete Suchanow das verstörte Gesicht des Fremden, die altmodische Brille, den blonden Bart. Dann schüttelte er erleichtert den Kopf.

Wie zu sich selbst flüsterte der Mann: »Ja, sicher, es ist natürlich viele Jahre her.« Und setzte dann lauter hinzu: »Ich verstehe das sehr gut, wirklich. Und ich bin auch überhaupt nicht beleidigt. Ich … ich bin Fjodor. Fjodor Dalewitsch.«

Suchanow war es, als habe er diesen Namen schon einmal irgendwo gehört, aber er konnte ihn mit nichts in Verbindung bringen.

»Tut mir leid, ich fürchte, ich …«, murmelte er und versuchte, den Mann anzulächeln.

Dieser musterte ihn mit prüfendem Blick. Plötzlich begann sein Bart zu zittern und die Brille rutschte ihm die Nase hinab, als er zu lachen begann, die Arme ausbreitete, einen Schritt auf Suchanow zu machte und ihn heftig an sich drückte.

»Ach, Tolja, Tolja, jetzt hättest du mich aber beinahe wirklich verunsichert!«

Was, zum Teufel, soll das denn?, fragte sich Suchanow und versuchte, sein Kinn aus der Umarmung zu befreien, als im selben Moment Nina mit einer Tasse Tee in der Hand in den Flur trat.

»War das jemand, den wir …«, begann sie, hielt dann aber abrupt inne.

Beim Klang ihrer Stimme ließ der Mann Suchanow los und stürzte auf Nina zu, wobei er wieder den Hut zog und rief: »Und das muss Nina Petrowna sein! Wie ich mich freue, Sie kennenzulernen! Nadeschda Sergejewna hat mir schon so viel von Ihnen erzählt.«

»Nadeschda Sergejewna«, echote Suchanow.

Als der Mann Nina freudig erregt die Hand reichen wollte, fiel ihm der Hut aus der Hand. Überrascht lächelnd wollte Nina ihm helfen, ihn aufzufangen, ließ dabei aber – wie in einer Slapstickszene – ihre Tasse fallen. Der Tee spritzte auf Suchanows Hose, während die Tasse in tausend weiße und goldene Scherben zersprang.

»Oh … bitte entschuldigt mich einen Moment«, stammelte Suchanow. »Ich bin sofort wieder da. Nina, möchtest du unserem Gast nicht etwas anbieten, Tee oder sonst etwas, ich muss nur eben …«

Und damit ließ er seine Frau und den sich überschwänglich entschuldigenden Besucher allein die Scherben aufsammeln und lief den Flur hinunter, der ihm seltsam fremd vorkam mit seinen grellroten Rosen, die aus der hässlichen Tapete herausschossen und ihm das Gesicht zerkratzen wollten. Als sei der Teufel persönlich hinter ihm her, lief er in sein Arbeitszimmer, warf die Tür hinter sich zu, presste sich die zitternde Hand auf die Stirn, atmete ein paar Mal tief durch, griff zum Telefon und wählte die Nummer seiner Mutter.

Er zählte mit: Nach dem siebten Klingeln hob sie ab.

»Hör zu, Mutter, hier ist gerade etwas völlig Absurdes …«

Die Verbindung war sehr schlecht; es knackte in der Leitung, und zwischendurch waren Gesprächsfetzen aus den Unterhaltungen anderer Teilnehmer zu hören.

»Tolja? Bist du das? Kannst du nicht lauter reden?«, forderte Nadeschda Sergejewna ihn auf. »Was ist? Wer? … Ach, Fjodor! Da bin ich aber froh, dass er sich endlich bei dir gemeldet hat. So ein netter junger Mann – er gefällt dir bestimmt. Ich werde ihm nie vergessen, dass er mir meine Malvina mitgebracht hat.«

»Deine Malvina? Diesen blöden Kanarienvogel?« Suchanow musste gegen den Lärm in der Leitung anbrüllen. »Von diesem Typen hast du den Vogel bekommen? Verdammt noch mal, wer ist das überhaupt?«

Die Stimme seiner Mutter wurde wieder von Störungsgeräuschen überlagert, und an ihrer Stelle sagte eine Baritonstimme: »Aber denk daran nachzuschauen, ob deine Stiefel dicht sind.« Dann war Nadeschda Sergejewna wieder zu hören, die missbilligend feststellte:

»… überhaupt kein Grund, so zu fluchen. Du solltest dich freuen, nach so langer Zeit deinen Vetter wiederzusehen!«

»Was soll das denn heißen? Meinen Vetter?«, brüllte Suchanow. »Ich habe doch gar keine Vettern!«

Mal mehr, mal weniger klar hörbar ratterte Nadeschda Sergejewna los:

»Aber das weißt du doch noch, oder etwa nicht? … Dass Iroshka, wie ich sie genannt habe, die einzige Tochter von Großmutters Kusine, also … Moskau lebte … und einmal sind wir doch sogar … Und du weißt doch sicher noch, wie … Aber dann sind sie ja umgezogen nach … paar Jahre später gestorben …

Mann auch, und Fjodor ist ihr einziger … sehr gebildet … im Museum dort, und jetzt schreibt er … wirklich interessant, was er mir davon erzählt hat … bin sicher, dass … näher kennenlernst, solange er bei euch ist … so ein netter Mensch …«

»Was war das da gerade?«, fragte Suchanow atemlos. »Hast du gesagt, dieser Dalewitsch gedenkt bei uns zu wohnen?«

In der Leitung krachte es. Eine unnatürliche Stille trat ein, und dann war da wieder der Bariton von vorher, der erregt beschied: »Nein, auf keinen Fall. Wir buddeln die Würmer erst aus, wenn wir da sind.«

»… ja wohl nicht so schlimm«, meldete sich die Stimme seiner Mutter wieder zurück. »Ist doch sowieso nur für eine oder zwei Wochen. Grüß Fjodor schön von mir, Tolja, und *spokoinoi notschi*! – Gute Nacht jetzt!«

»Eine oder zwei Wochen?«, fragte er ungläubig. »Mutter, bitte! Wie stellst du dir das vor? Was soll ich denn jetzt …«

Doch die Verbindung war längst unterbrochen. Wütend wählte Suchanow ihre Nummer von Neuem, bekam aber nur das Besetztzeichen zu hören.

Als er in die Küche zurückkam, saß der seltsame Vetter am Ende des Tisches, verschlang den Rest von Ninas dubiosen Rinderkoteletts und zeichnete beim Kauen und Schlucken merkwürdige Schlangenlinien auf eine Serviette. Nina und Xenia verfolgten gespannt seine Bewegungen, während Wassili mit dem Löffel gegen einen Teller tippte. »Die meisten Leute halten diese Schnitzereien an den Fenstern bloß für irgendwelche Verzierungen«, erklärte Dalewitsch, »aber tatsächlich ist es so, dass sich hinter vielen symbolische Zeichen aus heidnischen Zeiten verbergen. Dieses hier, zum Beispiel, bedeutet Glück und Reichtum, und dieses dort soll …«

Als er Suchanow in der Tür stehen sah, legte er hastig den Stift beiseite.

»Deine Familie ist ein wirklich geduldiges Publikum«, sagte er und lächelte verlegen. »Die Architektur des Nordens gehört nun mal zu meinen Steckenpferden, und ich könnte euch damit noch stundenlang langweilen, aber ich sollte jetzt wohl besser gehen. Tolja, ich kann dir gar nicht sagen, wie leid es mir tut, dass ich einfach so bei euch hereingeplatzt bin. Anscheinend ist mein Brief ja nie bei dir angekommen. Ich weiß zwar nicht, warum, aber wie auch immer, ich will euch jetzt wirklich nicht noch länger zur Last fallen. Nina Petrowna, verbindlichsten Dank für dieses köstliche Abendessen. Wo habe ich denn meinen Hut hingelegt?«

Um ein Haar hätte Suchanow vor Erleichterung laut aufgelacht.

»Oh, du bist uns keineswegs zur Last gefallen, Fjodor«, sagte er. »Es ist doch eine wahre Freude, wenn man jemanden aus der Familie wiedersieht. Und wenn du ohnehin die nächsten Tage noch in Moskau bist, dann komm doch einfach noch einmal bei uns vorbei.«

»Aber sag mal, Fjodor Michailowitsch, wo genau willst du jetzt eigentlich hin?«, fragte Xenia.

Dalewitsch war bereits aufgestanden und fummelte am Schloss seines Koffers herum.

»Macht euch um mich bitte keine Sorgen«, sagte er. »Ich habe ein oder zwei Bekannte hier in Moskau, die sicher ein Plätzchen für mich freiräumen können. Aber ehe ich es vergesse – hier, Tolja, das habe ich euch mitgebracht. Nichts Besonderes, nur ein kleines Andenken aus dem russischen Norden.«

Und damit zog er aus seinem Koffer eine kunstvoll gearbeitete Spitzentischdecke hervor.

»Die ist aber schön!«, rief Nina aus.

»Ja«, sagte Suchanow verlegen, »sehr hübsch. Das wäre wirklich nicht nötig gewesen. Falls ich dir irgendwie helfen kann, mit deinen Freunden Kontakt aufzunehmen … Ich meine, ich könnte vielleicht …«

»Du findest doch sicherlich auch«, unterbrach Nina ihn mit einem vernichtenden Blick, »dass wir ihn jetzt nicht einfach so fortgehen lassen können. Fjodor Michailowitsch, es ist immerhin schon nach neun Uhr. Ich schlage vor, Sie bleiben diese Nacht bei uns, und dann überlegen wir morgen weiter.«

»Das wäre wirklich sehr freundlich von Ihnen«, murmelte

Dalewitsch. »Ich … ich hätte nicht gewagt zu fragen. Die Sache mit dem Brief ist mir wirklich überaus peinlich. Aber falls Sie vielleicht irgendwo ein Sofa hätten …«

»Du kannst in meinem Zimmer schlafen«, bot Xenia spontan an.

Dalewitsch stotterte herum und beteuerte wortreich, wie dankbar er sei. Alle schwiegen. Bis Wassili mit Nachdruck seine Tasse auf den Tisch stellte, seinen Stuhl lautstark zurückschob und aufsprang.

»Wie rührend«, sagte er und lächelte verächtlich. »Seit langer Zeit vergessene Verwandtschaften wieder aufleben zu lassen. Ich nehme an, ich sollte jetzt ebenfalls mein Zimmer anbieten, dann könnten wir hier ja noch eine Stunde lang darüber streiten und uns gegenseitig an Familiengeist übertreffen.«

»Wassili!«, sagte Nina scharf.

Mit einem Mal hatte Suchanow das Gefühl, er drehe sich den ganzen Tag nur im Kreis. Wassilis spöttische Bemerkung, Ninas strafende Reaktion, das Leeregefühl in seinem Magen nach der unbefriedigenden Mahlzeit, der seltsame Fremde mit dem blonden Bart und seinen wortreichen Entschuldigungen, der immer noch in allen Räumen liegende Geruch des angebrannten Essens – irgendwie war ihm, als würde er all dies in einer lebenslangen Endlosschleife erleben, als sei er dazu verdammt, in diesem albtraumhaften Kreisel häuslicher Pannen ein für alle Mal eingeschlossen zu sein.

Mit düsterem Blick sah er seinem Sohn nach, als hoffe er, dass mit seinem Verschwinden der Teufelskreis irgendwie unterbrochen sei und das Leben wieder normal weiterlaufen würde. Als draußen im Flur eine Tür zuschlug, seufzte er, rappelte sich auf, murmelte eine Entschuldigung und verließ ebenfalls die Küche. Hinter sich hörte er, wie Dalewitsch Nina beschwor, sie solle nicht böse auf Wassili sein, solche Gefühle seien durchaus nachvollziehbar, und im Prinzip sei ja auch alles seine Schuld, er hätte sich nie so aufdrängen dürfen, und er könne ihr gar nicht sagen, wie sehr er all dies bedauere … Am liebsten hätte Suchanow in weitem Bogen ausgespuckt.

Vor Wassilis Zimmer blieb er stehen, besann sich dann jedoch eines Besseren und ging ins Esszimmer, wo er sich einen Cognac eingoss. Die angenehme Wärme des Brandys besänftigte ihn ein wenig, und als er hörte, wie Nina ins Schlafzimmer ging, beeilte er sich, ihr demütig zu folgen. Wie eine liebkosende Hand empfand er die vom Duft ihrer Cremes und Lotionen geschwängerte Dunkelheit auf seiner Haut, doch im selben Moment knipste Nina bereits das Licht an und musterte ihn im rosafarbenen Schein ihrer Nachttischlampe mit frostiger Miene.

»Nina, hör mir zu. Ich hatte wirklich nicht die geringste Ahnung von seinem Besuch«, sagte er und versuchte ihren Blick zu erhaschen. »Tatsache ist, dass ich nicht einmal genau weiß, wer er eigentlich ist, irgendein Vetter um drei oder vier Ecken eben, aber ich glaube nicht, dass ich ihn jemals persönlich getroffen habe.«

»Er erinnert sich aber sehr genau«, erklärte sie, während sie Bettwäsche aus einem Schrank nahm. »Er sagt, du hättest großen Eindruck auf ihn gemacht, als er noch ein Kind war.«

»Kann ich mir gut vorstellen, dass er das behauptet«, antwortete er schulterzuckend. »Das würde jeder andere auch sagen, wenn er dafür zu einem Bett und einem Frühstück käme. Aber sei's drum, es ist ja nur für eine Nacht, und morgen früh werden wir als Erstes … Sag mal, Schatz, was machst du da eigentlich – und warum denn?«

Nina hatte begonnen, das Bett abzuziehen.

»Wir geben Fjodor unser Schlafzimmer«, stellte sie nüchtern fest. »Das ist das Mindeste, was wir nach Wassilis unverzeihlichem Auftreten tun können, oder?«

Er sah ihr zu, wie sie das frische Laken an den Ecken unter die Matratze steckte. »Und wo sollen wir schlafen?«, fragte er.

»Ich dachte, ich schlafe auf der Couch im Wohnzimmer. Und du kannst das Sofa in deinem Arbeitszimmer nehmen, das ist doch bequem genug«, antwortete sie ungerührt. »Ich bringe dir gleich deine Bettwäsche. Nimm dir am besten noch eine Decke mit, es wird jetzt nachts bereits ziemlich kalt.«

»Habe ich auch gemerkt«, stellte er bitter fest und wandte sich zum Gehen. Auf der Schwelle warf er noch einen schnellen Blick zu ihr zurück. Heute trug sie weder Glitzerohrringe noch klimpernde Armreifen, und ihr ungeschminktes Gesicht wirkte weich und ein wenig verschwommen, als läge es hinter einem dünnen Regenschleier. Aus einem plötzlichen Impuls heraus schwor er sich, wenn sie jetzt den Kopf hob, und sei es nur für den Bruchteil einer Sekunde, würde er augenblicklich in die rosarote Schwüle des Zimmers zurückkehren, um mit ihr zu reden, richtig mit ihr zu reden, zum ersten Mal seit – einer kleinen Ewigkeit. Er würde ihr gestehen, mit welchem Gefühl er Belkins Abgang im Regen verfolgt hatte, er würde sie an der beglückenden Kindheitserinnerung an seinen Vater teilhaben lassen und auch an dem schlimmen Traum, in dem sie fortgeflogen war. Er würde sie in die Arme nehmen und ihr sagen, wie schön sie immer noch war, trotz der harten Linien um ihren Mund … Er stand da und wartete und wartete, doch sie sah nicht auf.

Da nickte er kurz und ging.

Mitten in der Nacht, als sein verspannter Rücken immer stärker zu schmerzen begann, stand er auf, um ins Badezimmer zu gehen. Im Halbschlaf tastete er sich durch die Dunkelheit, entleerte seine Blase, schlafwandelte zurück durch sein wohlvertrautes Reich und stieß gedankenlos die Schlafzimmertür auf. Dann blieb er wie angewurzelt stehen, zum einen, weil ihm unerwarteterweise Licht in die Augen stach, und zum anderen, weil ihn der Anblick seines leeren Ehebetts und der männlichen Person, die im Bademantel vornübergebeugt im Sessel in der Zimmerecke saß und auf den Knien irgendetwas zu schreiben schien, mehr als nur ein wenig befremdete. Für die Dauer eines Augenblicks, bevor der Mann schließlich seinen Kopf hob, fühlte Suchanow sich so schwindlig und orientierungslos, als sei er aus seinem halbwachen Zustand herausgerissen und völlig verschlafen in einen noch dunkleren, tieferen Wirbel von Träumen hineingeschleudert worden. Doch der Augenblick ging vorüber, und die Welt rückte sich wieder zurecht. Als Suchanow rückwärts aus dem Zimmer gehen wollte, stieß er an einen halb ausgepackt auf dem

Boden stehenden Koffer, was den Mann im Sessel aufblicken ließ, und nun erkannte Suchanow die altmodische Brille, den blonden Bart und das freundlich fragende Lächeln von Fjodor Dalewitsch; schlagartig wieder voll bei Bewusstsein, entschuldigte er sich mit rauer Stimme für sein Eindringen und dafür, dass ihn die Macht der Gewohnheit die falsche Tür hatte öffnen lassen.

Als Suchanow nach diesem an sich belanglosen Vorfall in sein Arbeitszimmer zurückkehrte, erschien ihm das Sofa nun noch unbequemer – zwar war es auch zu seinen besten Zeiten nicht sonderlich bequem gewesen, doch jetzt fühlte man Sprungfedern und allerlei Kanten, und der zufällige Anblick des mit einem Notizbuch auf dem Schoß dasitzenden Mannes quälte ihn mit der Beharrlichkeit eines Namens, der einem auf der Zunge liegt, ohne dass sich die Erinnerung einstellen will.

Und so wälzte er sich unruhig von einer Seite auf die andere, ohne Schlaf zu finden, bis er – offenbar aus demselben Radio wie in der Nacht zuvor – durch ein offenes Fenster den Klang der vier Mal schlagenden Turmuhr vom Roten Platz vernahm – und er erstaunlicherweise mit dem Gongschlag wusste, wonach er gesucht hatte. Als das fehlende Teil des Puzzles mit einem beruhigenden und befreienden Klicken auf seinem Platz in der Vergangenheit einrastete, tauchte vor seinem inneren Auge das freundliche Gesicht eines alten Mannes aus der Gemeinschaftswohnung im Arbat auf, dem ein unglücklicher kleiner Junge einst einen sinnlosen und grausamen Streich hatte spielen wollen.

Es war im Frühjahr 1937, etwa drei Monate, nachdem Pawel Suchanow Moskau verlassen hatte. Kurz nach seinem achten Geburtstag hatte sich für den kleinen Anatoli das Geheimnis gelüftet, das die Arbeit seines Vaters stets umgeben hatte. An jenem Januartag, als die ganze Welt besonders weiß und kalt war und jedes Wort, als sei es eingefroren, ein wenig länger in der Luft hängenzubleiben schien, hatte sich seine Mutter lächelnd, aber mit seltsam roten Augen zu ihm gesetzt und ihm erklärt, dass eine neue Fabrik in der Nähe von Gorki die Hilfe eines begabten Ingenieurs benötigte, der sich mit dem Bau von Flugzeugen auskannte. Es sei nur für kurze Zeit, sagte sie. Und auch wenn seine Augen feucht wurden, nickte Anatoli mit der Ernsthaftigkeit eines Erwachsenen und war sehr stolz auf seinen Vater, der so wichtig fürs Vaterland war.

Doch nachdem sein Vater fortgefahren war – seinen kräftigen Händedruck glaubte Anatoli noch Tage später in seinen Fingern zu spüren –, wurde alles anders. Nadeschda Suchanowa ging jetzt ohne Energie und Schwung durchs Leben; sie ließ schmutziges Geschirr im Spülbecken stehen und vergaß im Gemeinschaftsbadezimmer das Licht auszuschalten, und Anatolis Schultage wurden öde und gleichförmig, weil niemand mehr da war, der von ihm wissen wollte, was heute Besonderes geschehen war. Und als der Winter dem Frühling wich und an den Abenden die Hoffnung auf Vaters Heimkehr nach und nach erstarb, machten sich die Morozows in der übervollen Sechszimmerwohnung immer deutlicher bemerkbar. Anton Morozow, das Familienoberhaupt, ein stämmiger Dreiunddreißigjähriger mit behaarten Unterarmen und Boxergesicht, ließ seine scheußlichen Zigarettenkippen in die Teetassen der Musiklehrerin fallen, und eines Tages fragte er lautstark, wieso das alte Ehepaar am Tisch der Suchanows eigentlich zwei Zimmer beanspruchte, wo doch eines völlig ausreichen würde. Wenn Morozows Schwester Pelageja ihre Strümpfe und Unterwäsche zum Trocknen aufhängte, breitete sie sich damit unverfroren auch über die andere Küchenhälfte aus, und Galka, Morozows Frau, schimpfte verschiedene Male beim Abendessen über Zoja Wienberg wegen deren Gesangsstunden und drohte, sie werde sich bei den zuständigen Stellen über die Lärmbelästigung beklagen.

Ende März, als die Eiszapfen sich von den Dächern zu lösen begannen und mit explosionsartigem Krachen auf die Bürgersteige herabdonnerten, schienen die Morozow-Jungen zum ersten Mal von Anatolis Anwesenheit Notiz zu nehmen. Der Jüngere der beiden stellte ihm eines Tages im Flur ein Bein, sodass er hinfiel, und als Anatoli sich überrascht wieder aufsetzte und sich das schmerzende Knie hielt, lachte er ihn aus und meinte, er solle doch zu seiner Mutter laufen und sich bei ihr ausheulen.

Eine Woche darauf fiel dem Älteren das saubere rote Heft, in das Anatoli fleißig und sorgfältig seine Hausaufgaben eingetragen hatte, in die Hände. Breit grinsend riss er es auseinander und ließ es vor Anatolis Augen Seite für Seite im Müllschlucker verschwinden. Abends holte ihn ihr Gebrüll und Gelächter wieder aus dem Schlaf; in seinen Träumen verwandelten sie sich zu brutalen Kerlen mit roten Gesichtern, riesigen Mündern und dicken, starken Armen. Und als die beiden ihm eines Tages im Garten feixend von dem Manuskript des alten Mannes erzählten, schluckte Anatoli kurz und versicherte ihnen eilig, in der Hoffnung, sich auf diese Weise endlich seiner Albträume entledigen zu können: »Ich mache es.«

Obwohl ich den alten Mann und seine blauhaarige Frau Tag für Tag am Küchentisch traf, wusste ich fast nichts über ihn. Er hieß Gradski, schien Ende sechzig zu sein und hatte zarte, zerbrechliche Hände, die an gelbliches Pergament erinnerten. Anton Morozow nannte ihn immer höhnisch den »Professor«. Von den in seinen penibel gestutzten Bart gemurmelten Begrüßungen abgesehen, redete er nur sehr wenig, und ich kann mich nicht erinnern, ihn jemals über sich sprechen gehört zu haben; trotzdem behaupteten die Morozow-Jungen, sie hätten einiges über ihn herausgefunden – unter anderem die interessante Tatsache, dass man jeden Abend, nachdem sich seine Frau in das angrenzende Schlafzimmer zurückgezogen hatte, noch stundenlang unter der Tür zu seinem kleinen Arbeitszimmer Licht sehen konnte. Einmal, als die Tür für einen Augenblick offengestanden hatte, hätten sie ihn über einem dicken Stapel Papier an seinem Schreibtisch dösen gesehen. Sie sagten mir, er würde an einem Buch schreiben. Sie hätten gehört, dass er es als sein Lebenswerk bezeichnet habe. Wenn ich meine Mission erfüllt hatte, würden sie damit Schiffchen bauen und sie Seite für Seite im Aprilschmelzwasser die breitesten Moskauer Straßen hinabsegeln lassen. Sie lachten.

»Tolle Idee«, sagte ich. Mein Mund war trocken.

An diesem Abend bebte mein Herz vor Einsamkeit, als ich wach im Bett lag und versuchte, meine flachen Atemzüge den gleichmäßigen meiner Mutter anzupassen, und ich wartete, wartete ab, schob es auf, so lange wie nur eben möglich. Als frühmorgendliche Feuchtigkeit durch die gesprungenen Fensterscheiben kroch, kletterte ich aus dem Bett und schlich mich auf Zehenspitzen den knarrenden Korridor entlang. Die Stille erzitterte unter Anton Morozows lang gezogenen Schnarchtönen. Unter keiner Türschwelle war Licht zu sehen. Als ich die vorletzte Tür erreichte, machte ich zögernd Halt; vor meinem inneren Auge sah ich die boshaft glitzernden Blicke der Morozow-Jungen. Dann ertönte viermal die Kuckucksuhr in der Küche, und mit wild hämmerndem Herzen öffnete ich die Tür. Die Scharniere quietschten leise, als ich ins Zimmer schlüpfte.

Die Dunkelheit, hier und da aufgehellt von blassem grauen Licht, das durch das schmale Rechteck des einzigen Fensters fiel, schien an manchen Stellen beinahe undurchdringlich zu sein. Ich erspähte ein Bücherregal, einen Schreibtisch und die Umrisse einer Lampe. Ich stahl mich bis zum Schreibtisch, fasste nach der Lampenschnur und zog daran. Grünliches Licht erfüllte den Raum; ich blinzelte, doch dann konnte ich die Stapel sauber und ordentlich beschriebener Seiten auf der rissigen hölzernen Tischplatte erkennen – und einen Augenblick später auch noch etwas anderes, das mir das Herz bis zum Hals schlagen ließ. Ich hatte natürlich erwartet, dass sich niemand in dem Zimmer aufhalten würde, doch jetzt sah ich in der Ecke einen Mann, der zusammengesunken in einem Sessel saß. Er trug einen schweren Morgenmantel und hatte ein Notizbuch auf dem Schoß. Eine panische Sekunde lang stellte ich mir vor, ich würde die Seiten an mich reißen und, ohne auf die Protestschreie des Mannes zu achten, durch die schlafende Wohnung in die Sicherheit meines Zimmers zurückstürzen, um dort das Fenster aufzureißen und den ganzen Armvoll Papier einfach ins trübe Morgenlicht hinauszuwerfen und zuzusehen, wie Hunderte Blätter, weißen Vögeln gleich, erst in den Himmel hinaufstoben und dann nach unten flatterten, vom fünften Stock bis in den Garten hinunter und in die letzten schmelzenden Schneereste hinein, in denen endgültig alles Geschriebene verwischt und fortgetrieben werden würde …

Doch im nächsten Moment fiel mir ein, dass die Fenster ja noch rundherum mit dem dicken Klebeband, das während des Winters die kalte Zugluft fernhalten sollte, abgedichtet und verschlossen waren – und im selben Augenblick regte sich der alte Mann in seinem Sessel, hob den Kopf, und ich sah seinen sauber gestutzten silbrigen Bart und die funkelnden Brillengläser. Überrascht blinzelte er hinter seiner Brille und betrachtete mich schweigend, während ich ängstlich und verloren vor ihm stand. Doch dann lächelte er mich völlig unerwartet an.

»Ach, du bist es, Tolja«, sagte er. »Du kannst nicht schlafen, oder? Ich nämlich, ehrlich gesagt, auch nicht. Ich habe nur gerade meine Augen ein wenig ausruhen lassen. Nett von dir, dass du mich besuchen kommst.«

Jetzt fiel mir ein, welch respektvolle Worte mein Vater stets für ihn gefunden hatte, und ich schämte mich fürchterlich. Aber gleichzeitig hasste ich den alten Mann auch, weil er dieses Schamgefühl in mir aufsteigen ließ – und weil er so freundlich mit mir redete. Die Fremdartigkeit seines Zimmers, das ich nun zum ersten Mal genau sehen konnte, machte mich vollends unsicher. Das Zimmer war klein und muffig, roch nach Leder, Schimmel und Staub. Und auch wenn sich die schäbigen Möbel nicht von den Möbeln in den anderen Zimmern unterschieden, gab es doch viele fremde Dinge aus anderen Ländern, die mich unmittelbar in den Bann zogen. Auf dem Boden lagen Bücherstapel, braune, mit Kupferstichen verzierte Bände, wie ich sie in der Schulbibliothek noch nie gesehen hatte, und hinter den Glastüren des Bücherschranks standen weitere Bücher mit goldenen Rücken in Reih und Glied. Auf dem Schreibtisch lag eine Zeitschrift, deren von Goldbuchstaben geschmückter Umschlag eine langhaarige Frau mit fantastisch geschwungenem Fischschwanz zeigte, eine runde Lupe, deren konvexe Linse einige Worte auf der Seite, auf der sie lag, übergroß und aus dem Zusammenhang gerissen hervorhob, und daneben – das war das Seltsamste – stand eine kleine durchsichtige Kuppel, in deren Inneren winzige Blumen blühten, weiße, purpurrote, violette, kunstvolle zarte Blüten …

»Das ist ein Briefbeschwerer aus venezianischem Glas«, erklärte die freundliche Stimme hinter mir. Der alte Mann war aufgestanden, ohne dass ich es bemerkt hatte. »Ein kleines Andenken an eine Reise, die ich als junger Mann einmal gemacht habe. Du darfst ihn gern mitnehmen, wenn er dir gefällt.«

Der Briefbeschwerer fühlte sich kühl und glatt an, und als ich ihn hochhob und gegen das Licht der Lampe hielt, schien in seinem Inneren die Glut eines fernen Feuers zu schimmern. Dann aber kamen mir Saschka Morozows zusammengekniffene Augen in den Sinn, und mit einem hastigen Kopfschütteln stellte ich den Briefbeschwerer wieder zurück.

»Ist das hier das Buch, das Sie schreiben?«, fragte ich, nur um irgendetwas zu sagen. »Wovon handelt es?«

»Dann hast du also schon von meinem Buch gehört«, sagte er lächelnd. »Tja, weißt du, es geht dabei um die ästhetischen Prinzipien der italienischen Renaissance, aber das sagt dir wahrscheinlich nicht viel. Um es einfacher auszudrücken, es geht um Kunst – um Kunst und Schönheit. Magst du Kunst, Tolja?«

Ich musste daran denken, wie uns eine Lehrerin einmal ein rätselhaftes Gedicht von Majakowski vorgelesen hatte, in dem es um Ananas und Wachteln ging. Schließlich hatte uns die Lehrerin erklärt, dass die dicken Männer in den eleganten Anzügen die Massen ausgebeutet hatten, damit sie selbst solche Delikatessen essen und sich mit kostbaren Dingen umgeben konnten. Ich dachte auch an die Plakate in meiner Schule – die rot-schwarzen an den Flurwänden, auf denen kräftige junge Männer abgebildet waren, die riesige Hämmer in den Händen hielten und nicht viel anders aussahen als Anton Morozow, und die anderen in der Kantine, auf denen hässliche Bazillen zu sehen waren, die uns daran erinnern sollten, uns vor dem Essen die Hände zu waschen. Die Brillengläser des Professors funkelten, während er geduldig auf meine Antwort wartete.

»Schönheit ist etwas für die Bourgeoisie«, sagte ich verächtlich.

Er lächelte wieder, wenn auch diesmal ein wenig betrübt.

»Meinst du?«, fragte er. Dann nahm er die Zeitschrift mit den Goldbuchstaben in die Hände, blätterte darin herum, bis er fand, was er gesucht hatte, und begann mit nachdenklicher Stimme vorzulesen. »Wir glauben, dass es ein Leben ohne Schönheit nicht geben kann, dass wir für unsere Nachfahren eine freie und brillante Kunst schaffen müssen, eine Kunst, die von der Sonne beleuchtet und von unermüdlicher Suche geschaffen wird. Wir glauben, dass wir für unsere Nachkommen die ewigen, über Generationen tradierten Werke bewahren müssen. … Kunst ist ewig, denn sie gründet auf dem, was nicht verweigert werden kann; Kunst ist allumfassend, denn ihre einzige Quelle ist die Seele; Kunst ist frei, denn sie entsteht aus einem freien Impuls der Schöpfung …«

Ich verstand nicht, was er las und starrte ihn feindselig an. Als ich gähnen musste, versuchte ich nicht, es zu unterdrücken, wie meine Mutter es mir beigebracht hatte. Er sah mich an, als würde er erst jetzt wieder gewahr, dass ich vor ihm stand, lächelte verlegen und legte die Zeitschrift wieder beiseite.

»Ich muss mich bei dir entschuldigen«, sagte er hastig. »Es war nur, weil ich diese Worte einmal ausgesprochen hören wollte. Eine großartige Publikation war das, *Die Welt der Kunst* … Aber egal. Darf ich dir noch etwas zeigen, bevor du gehst, Tolja? Ich würde gern wissen, ob du es schön findest.«

Ich hätte nein sagen können, doch hatte er bereits ein großes Buch aus einem Regal genommen, ohne meine Antwort abzuwarten. Er schlug es an einer Stelle auf, die mit einem Lesezeichen markiert war, legte es auf seinen Schreibtisch und hob vorsichtig das transparente Schutzblatt an.

Im Leben jedes Menschen gibt es nur ganz wenige solche Augenblicke – Momente, wenn einem die Ohren klingeln, wenn die Welt wie verzaubert stillsteht und Gedanken und Gefühle in freiem Lauf innerhalb einer einzigen Minute Ewigkeiten durchwandern, sodass man sich, wenn die Zeit wieder einsetzt, verändert hat, unwiderruflich verändert hat und man ein vollkommen anderes Leben führt als zuvor, ob man es will oder nicht. Für mich war dies so ein Moment. Vielleicht wäre es nicht geschehen, wenn ich dreizehn oder vierzehn gewesen wäre – vielleicht hätte ich gehorsam angesehen, worauf der alte Mann nun deutete, und mit der unkritischen Begeisterung des Heranwachsenden nichts gesehen als eine nackte Frau, die, obgleich in ihr unvorstellbar langes Haar gehüllt, immer noch genug von sich zur Schau stellte, um lüsterne Blicke auf sich zu ziehen.

Doch ich war erst acht und sah keine nackte Frau, sondern zarte Abstufungen eines blassen Silbergraus und ein Grün, das, von goldenen Einsprengseln durchsetzt, so sehr schimmerte, dass es wirkte wie gefangene Sonnenstrahlen; ich sah leuchtende, transparente Weißtöne, hellsten Kupferglanz und ein Rosa, das eigentlich überhaupt kein Rosa war, sondern eine an das Innere einer Muschel erinnernde Farbe, für die es gar keinen Namen gab. Ja, ich sah all die leuchtend klaren, tiefen Farben, die mir schon in meinen Träumen erschienen waren, hier zum ersten Mal wirklich vor mir, sah sie auf perfekte Art und Weise umgesetzt. Verzückt und atemlos stand ich eine kleine Ewigkeit davor und betrachtete, wie die Schattierungen und Maserungen in vollendeter Harmonie und Schönheit ineinander übergingen.

Über meinen Kopf hinweg redete der alte Mann von jemandem, der Botticelli hieß, von einer Frau namens Venus und von einem Ort mit Namen Florenz. Ich hörte es, ohne es zu hören.

»Haben Sie noch mehr davon?«, fragte ich ihn, als ich die Sprache wiedergefunden hatte.

Er verstummte und betrachtete mich eingehender als zuvor.

»Aber ja«, sagte er dann. »Nur, heute Nacht ist vielleicht nicht … O Gott, diese Uhr geht doch wohl falsch, oder? Ist es wirklich schon nach vier Uhr morgens? Vielleicht kommst du lieber morgen wieder, Tolja, zu einem etwas früheren Zeitpunkt.«

Es war schon fast hell, als ich endlich einschlief. Die Morozow-Jungen drängten sich nicht ein einziges Mal in meine Träume hinein – stattdessen träumte ich von einer strahlenden, in himmlischem Farbenspiel geborenen Göttin mit leuchtenden Augen. Als ich am nächsten Morgen mit einem Lächeln auf den Lippen erwachte, wusste ich, dass ein neues, anderes Leben für mich begonnen hatte.

8

Als Suchanow am Dienstagmorgen spät aufwachte, stellte er verwundert fest, dass er lächelte – er musste einen außergewöhnlich angenehmen Traum geträumt haben. Angestrengt versuchte er, sich letzte verblassende Bruchstücke davon ins Gedächtnis zu rufen, während er gähnend in den Flur hinaustrat und die zweite, noch angenehmere Überraschung des Morgens erlebte: Die ganze Wohnung war erfüllt vom köstlichen Duft gebratener Zwiebeln. Ob das Leben vielleicht auch ohne Waljas kulinarische Großleistungen einigermaßen erträglich sein könnte? Noch schläfrig ließ er sich vom Zwiebelduft zur Küche leiten – aber als er beim Betreten der Küche Dalewitsch in Ninas Schürze und mit einem Kochlöffel in der Hand vor dem Herd vorfand, war er doch ein wenig schockiert.

»Das musst du unbedingt probieren«, begrüßte Xenia ihn mit vollem Mund. »Das beste Omelett, das ich je gegessen habe.«

In dem Bewusstsein, dass er eine ziemlich lächerliche Figur abgab in seinem gepunkteten Schlafanzug, der zudem seinen Bauch unvorteilhaft betonte, verkündete Suchanow, dass er eigentlich keinen Hunger habe (Ninas Augenbrauen wanderten dabei leicht in die Höhe), ganz davon abgesehen, dass er umgehend wieder an die Arbeit müsse – und ob Xenia denn so nett sein könne, ihm Kaffee in sein Zimmer zu bringen, sobald er fertig sei? Unverständliche Entschuldigungen in Richtung Dalewitsch murmelnd, marschierte er, vorbei an der noch demonstrativ geschlossenen Zimmertür seines Sohnes, wieder in sein Arbeitszimmer zurück. Als er dann schließlich an seinem Schreibtisch Platz genommen hatte, hatten sich auch die letzten Spuren seiner vergnügten Morgenstimmung wieder in Nichts aufgelöst wie eine Fata Morgana in der Wüste. Seine Gedanken eilten zu dem Zimmer, das für diesen unsäglichen Verwandten hatte hergerichtet werden müssen, zu Wassili, dessen gerissene Blicke und spöttische Bemerkungen ihn doch ernsthaft in Besorgnis zu versetzen begannen, und nicht zuletzt zu dem Problem, mit dem er sich momentan herumschlagen musste, diesem leidigen Artikel über Dalí, der ihm aus heiterem Himmel aufgehalst worden war.

Dass sich zumindest das Problem mit dem Artikel von allein lösen würde, war ihm allerdings schnell klar, als er noch einmal überflog, was er tags zuvor zu Papier gebracht hatte. Er hatte seine Erzählung mit einer Anekdote begonnen, die ihm glücklicherweise wieder eingefallen war und die ihn, weil sie nicht nur amüsant, sondern auch unleugbar metaphorisch war, davor bewahrte, auf so unerfreulich harte Kategorisierungen wie »anormal« zurückgreifen zu müssen. Während eines Frühstücks mit einem bekannten sowjetischen Dichter hatte Dalí einst nebenher eine Bemerkung über die verblüffende Schönheit eines dunkelrot in den Himmel aufsteigenden Atompilzes eingeflochten. Berechtigterweise erzürnt über diesen Mangel an Menschlichkeit, hatte sein sowjetischer Gesprächspartner ihm daraufhin umgehend in seinen Kaffee gespuckt, weil ihm keine passende schlagfertige Antwort einfiel. Dalí reagierte gelassen. »Ich habe schon Kaffee mit Sahne und Zucker, mit Milch und verschiedenen Likören probiert«, meinte er nachdenklich, »aber noch nie mit Speichel« – und damit hatte Dalí gemächlich die Tasse unter seinem hochgezwirbelten Schnurrbart an die Lippen geführt.

Suchanow trank seinen Kaffee aus, stellte die Tasse zurück aufs Tablett und spannte eine neue Seite in die Schreibmaschine. Merkwürdigerweise fühlte er sich trotz des vielversprechenden Anfangs keineswegs inspiriert und saß eine Weile einfach nur da, ohne etwas zu schreiben, tippte mit dem Zeigefinger leicht auf die Leertaste und ließ den Blick über die Regale wandern. Er kannte seine Handbibliothek in- und auswendig. Beginnend mit einem gedämpften – wenngleich sehr vielversprechenden – Trommelwirbel aus einer kleinen Essaysammlung von Marx und Engels, ging sie über zu den zittrigen Flötentönen von Plechanow und Lunartscharskij, um mit mächtigem Schwung in das braun eingekleidete Blasorchester Lenins Gesammelter Werke zu münden, und verlief sich schließlich, nach dem unerschütterlichen Chor der sowjetischen Kritiker der vergangenen sechzig Jahre (in den seine eigenen Bücher stolz mit sämtlichen Neuauflagen eingereiht waren) in ein etwas zusammenhangloses, eher zufällig zustande gekommenes Konglomerat von Kunstbüchern mit dem chaotischen Schnaufen und Rasseln von surrealistischen Kastagnetten, Gongs und Zimbeln, die beinahe die Violinen der Renaissancezeit übertönten. (Zu den Veröffentlichungen über den Surrealismus gehörten eine merkwürdige, in New York erschienene Broschüre mit dem verwirrenden Titel »Sichere surrealistische Spiele für zu Hause«, sowie ein Katalog, auf dessen Umschlag ein Mann mit Vogelgesicht und einer Melone auf dem Kopf abgebildet war.)

Lange Minuten verstrichen, während er den Blick über seine Bücher schweifen ließ und sich oberflächlich mit der Frage beschäftigte, ob er der Dalí-Episode ein passendes Zitat voranstellen sollte; schließlich begab er sich seufzend zum Regal und nahm einen stark abgegriffenen, vielfach eingestrichenen Band Lenins Gesammelter Werke mit zum Schreibtisch. Das Buch öffnete sich wie von selbst genau an der Stelle, die Suchanow im Kopf gehabt hatte; die angestrichenen Passagen hatte er schon des Öfteren zitiert. Er überflog die Zeilen und begann auf die Tasten einzuhämmern: »Wie Wladimir Iljitsch Lenin es 1920 in seiner berühmten Rede auf dem Dritten Gesamtrussischen Kongress des Kommunistischen Jugendverbandes Russlands ausdrückte: ›Für uns gibt es keine Sittlichkeit außerhalb der menschlichen Gesellschaft, das ist Betrug. Für uns ist die Sittlichkeit den Interessen des proletarischen Klassenkampfs untergeordnet. Sittlichkeit dient der menschlichen Gesellschaft zur Weiterentwicklung und zur Befreiung von der Ausbeutung der Arbeitskraft.‹« Er hielt inne, überlegte und schrieb dann, nicht mehr ganz so flüssig, weiter: »Zweifelsohne gilt diese Wahrheit auch für die Kunst. Eine Kunst, die sich nicht auf menschliche Prinzipien gründet, kann nur zu moralischem Chaos führen und …« Die Wörter schleppten sich nun nur noch mit äußerster Anstrengung vorwärts, wie ein halbtoter Gefangener mit Bleigewichten an den Füßen; die ganze Welt schien sich gegen Suchanow verschworen zu haben, um ihn abzulenken und zu ärgern. Die Sonne, die draußen am Himmel höher stieg, tanzte fröhlich auf dem bronzenen Pegasus neben seinem Ellbogen herum und sprühte ihm lästige Funken in die Augen. Die Scheibe Toast, die Nina ihm wie üblich gegen elf Uhr brachte, schmeckte nach Fisch. Sein Morgenmantel fühlte sich steif und schmutzig an, aber trotzdem musste er hilflos darin weiterschwitzen, weil seine Kleider im Schlafzimmerschrank eingeschlossen waren und er kein weiteres peinliches Zusammentreffen mit Dalewitsch riskieren wollte. Das Telefon, das irgendwo im anderen Teil der Wohnung pausenlos klingelte, ließ seine ohnehin schwache Konzentration weiter schwinden. Nach einer Stunde fruchtlosen Grübelns zog er die Seite aus der Maschine und beugte sich mit unwillig gerunzelter Stirn über den einzigen Absatz, den er zustandegebracht hatte. Einen Augenblick lang hing sein Federhalter über den Zeilen wie ein Raubvogel, der bereit war, sich auf seine Beute zu stürzen, dann kam er geschwind herunter und flog so heftig übers Papier, dass auf dem Text deutliche Tränen entstanden.

Die neue Version war beträchtlich kürzer.

»W. I. Lenin sagte bekanntlich: ›Für uns gibt es keine Sittlichkeit außerhalb der menschlichen Gesellschaft (Träne) … Sittlichkeit dient der menschlichen Gesellschaft zur Weiterentwicklung (größere Träne) …‹ In gewissem Sinne gelten diese Worte auch für die Kunst.«

Hier endete der Absatz, ohne auch nur andeutungsweise irgendwohin zu führen. Nach kurzem Überlegen knüllte Suchanow das Blatt zusammen, warf es weg und schickte ihm gleich auch noch die drei Seiten vom Vortag hinterher. Den Papierkorb verfehlte er dabei jedes Mal. Dann spannte er ein neues Blatt in die Schreibmaschine und hämmerte ärgerlich herunter: »Salvador Dalí wurde 1904 in einer kleinen spanischen Stadt geboren. Der Vater des Künstlers war …« An diesem Punkt stoppte er und starrte ins Leere.

Als sich nach einer weiteren vertanen Stunde ein schüchternes Klopfen an der Tür hören ließ, war er heilfroh über die Unterbrechung. Es war sein Vetter, der ihn zum Mittagessen bitten wollte.

»Ich habe mir die Freiheit genommen, ein Hähnchen zu braten«, sagte Fjodor Michailowitsch, wobei er wie entschuldigend die Schultern hob und mehr denn je wie ein freundlicher Bürger der Jahrhundertwende aussah.

Wieder fehlte Wassili bei Tisch. Offenbar war er kurz zuvor aus dem Haus gegangen, um den Tag auf der Datscha eines Freundes zu verbringen. »Ach ja, diese letzten Annehmlichkeiten des Sommers«, sagte Suchanow vage und lächelte in die Runde. Da ein Gast da war, hatte Nina eigentlich den Tisch im Speisezimmer decken wollen, aber Dalewitsch hatte sie angefleht, doch bitte seinetwegen keine Umstände zu machen. »Bitte, schenken Sie meiner Anwesenheit gar keine Beachtung.« Er meinte es aufrichtig, doch tatsächlich fiel es eher schwer, seine Anwesenheit nicht zur Kenntnis zu nehmen, da er jedes Gespräch dominierte.

Als Kurator eines Volkskundemuseums im Norden war er offenbar nach Moskau gekommen, um ein bestimmtes Buch über Ikonen ausfindig zu machen, und redete nun mit ermüdendem Enthusiasmus, wippendem Bärtchen und funkelnden Brillengläsern über Eigelb und Zinnober und darüber, was es für einen Künstler bedeutet haben musste, die Farben für seine Meisterstücke eigenhändig aus seiner Umwelt zu extrahieren, sie dem Boden, auf dem er stand, zu entreißen …

Suchanow unterbrach ihn unruhig. »Sag doch mal, Fjodor« – er lächelte dünn –, »glaubst du eigentlich, dass Rubljow wirklich gelebt hat, oder ist er nur ein Mythos der Kunstgeschichte?«

Dalewitsch schien überrascht. Dann lachte er.

»Der einzige Grund, warum manche Leute die Existenz von Rubljow – oder auch die von Shakespeare – bezweifeln, besteht doch wohl darin, dass wir Durchschnittsmenschen uns solche Genies einfach nicht vorstellen können«, sagte er und wedelte zur Bekräftigung mit einem abgenagten Hühnerbein herum. »Meinst du nicht auch, dass wir uns sicherer fühlen, wenn wir einen solchen Giganten in mehrere weniger überragende Figuren aufspalten können? Aber so zwergenhaft sie uns aussehen lassen mögen, ich bin mir sicher, dass diese Genies tatsächlich gelebt haben.« Er unterbrach sich kurz, nagte an seinem Hühnerbein und fuhr dann mit sanfter Stimme fort: »Wie ich höre, Tolja, schreibst du auch an einem Buch?«

Suchanows Lächeln erstarb.

»An einem Artikel«, sagte er steif. »Über Dalí. Den Surrealisten.«

»Das ist ja faszinierend!«, rief Fjodor Michailowitsch freudig aus. »Darf ich fragen, was du von ihm hältst?«

Ohne in irgendeiner Weise Kapitalismus oder Sozialismus ins Feld zu führen, erläuterte Suchanow ernsthaft die schädliche Irrationalität surrealistischer Werke, die den allerheiligsten Sinn und Zweck von Kunst ad absurdum führten, der nun einmal darin bestehe, die Menschheit zu neuen Triumphen und zur ruhmreichen Verwirklichung ihrer Potentiale zu leiten. Fjodor Michailowitsch nickte höflich.

»Selbstverständlich muss dein Artikel den offiziellen Standpunkt deiner Zeitschrift zum Ausdruck bringen«, sagte er, als Suchanow geendet hatte. »Aber mich hätte eigentlich mehr interessiert, was du selbst von Dalí hältst, Tolja. Gefallen dir seine Bilder? Hältst du sie für große Kunst?«

Xenia versuchte vergebens ein Kichern zu unterdrücken – während Suchanow erneut das seltsame Gefühl beschlich, seine Welt würde sich permanent im Kreis drehen, da ihm diese Fragen irgendwie bekannt vorkamen.

Mit kaum verhohlener Feindseligkeit sah er seinen Vetter an.

»Wäre es so unvorstellbar, dass mein eigener Standpunkt sich mit dem der Zeitschrift deckt?«, fragte er schroff. »Was hältst du selbst denn von Dalí? Du magst ihn sicherlich, nehme ich an?«

»Nein, das würde ich so nicht sagen«, meinte Fjodor Michailowitsch nachdenklich. »Obwohl er zweifellos großes Talent hatte. Seine frühen Visionen sind beklemmend, findest du nicht auch? Diese matschigen, tröpfelnden Uhren, diese brennenden Giraffen, die Venus von Milo mit den Schubladen in ihrem Körper, das sind großartige, dunkle Metaphern für unser albtraumhaftes Jahrhundert. Nun ja, leider hat er nach diesen ersten hervorragenden Schritten aufgehört zu kämpfen und angefangen, sich selbst zu wiederholen. Noch mehr Uhren, noch mehr Giraffen, noch mehr Schubladen, all diese glatten Aneinanderreihungen beliebiger Objekte, die im ersten Moment verblüffen, aber keine wirkliche Bedeutung haben, all diese amüsanten Tricks fürs Auge – die Madonna von Raffael zum Beispiel, die in ein Ohr eingepasst ist, du kennst sie doch, oder? Es ist ihm gelungen, sich selbst vollkommen zu trivialisieren. Echte Kunst muss, meiner bescheidenen Meinung nach, ein harmonisches Gleichgewicht zwischen Form und Inhalt aufrechterhalten, und am Ende sind ihm die Inhalte abhanden gekommen. Heute ist er bloß noch ein Scharlatan. Wirklich schade. Er hat sich von der surrealistischen Form, die er einmal erfunden hat, überrollen lassen und es deshalb nicht geschafft, seiner eigenen Begabung gerecht zu werden, und übriggeblieben ist eigentlich nur ein mit großem Talent geschlagener Kunsthandwerker … Nina Petrowna, ist alles in Ordnung?«

Nina wandte langsam ihre Augen vom Gesicht ihres Mannes ab.

»Tut mir leid«, sagte sie leise, »ich musste nur gerade an etwas denken. Möchte jemand noch etwas Huhn?«

Am späten Abend machte Suchanow sich zu einem Spaziergang auf. Spaziergänge gehörten nicht zu seinen Gewohnheiten, doch als der Tag so träge zwischen Arbeit und Mittagessen, Arbeit und Abendessen vorübergegangen war, hatte er plötzlich das dringende Bedürfnis, diesen immer gleichen Ablauf zu durchbrechen, und sei es nur, indem er schnell einmal um den Block ging. Zum ersten Mal seit Jahren vermittelten ihm die vier Wände seines Heims nicht das Gefühl von gut betuchter Sicherheit, sondern zwängten ihn ein, als sei er eine Figur in einem minimalistischen Roman, die von einem grausamen, gleichgültigen Autor auf immer und ewig zwischen Küche und Arbeitszimmer hin und her geschickt wurde, während er selbst, unfähig, sich diesem verhassten Artikel zu entziehen, eher davon träumte, auf irgendeine magische Art und Weise aus der gähnenden Langeweile in ein kleines Ruderboot auf einem Teich im Park katapultiert zu werden, wo erste Sommersonnenstrahlen sein Gesicht wärmten und ein lachendes junges Mädchen mit wehendem grünen Schal bei ihm saß, an einem Eis leckte und ihm in die Augen sah … Das Boot und das Mädchen gehören schon lange der Vergangenheit an, dachte Suchanow in einem merkwürdigen Anflug von Bedauern, als er stehen blieb und einem durch die Luft flatternden Blatt hinterherblickte. Die Frau, zu der sie inzwischen geworden war, trug ab und zu immer noch wehende Schals, aber sie lachte nicht mehr oft und sah ihm nur noch höchst selten in die Augen. Doch vielleicht musste es ja so sein, wenn man nicht mehr jung war, und vielleicht war ja auch nur der nahende Herbst daran schuld, dass er sich in solch melancholischen Gedanken verlor.

Das Blatt fiel zu Boden. Suchanow hob die Schultern und ging weiter.

Abends um zehn waren die Straßen des Samoskworjetschje-Viertels ruhig und dunkel, und nur hier und da entriss eine Straßenlampe der Nacht eine Hausfassade, von der die Farbe abblätterte, glühte ein Ast in den Tiefen eines unsichtbaren Baumes auf. Von der Bolschaja-Poljanka-Straße her drang über einen Hinterhof hinweg das dünne Sirren eines Trolleybusses an sein Ohr, und aus einem offenen Fenster irgendwo über seinem Kopf ertönte Gitarrengeklimper. Er bog in eine andere spärlich beleuchtete Straße ein und gelangte schließlich zur Tretjakow-Galerie, die sich in ihrem beleuchteten Garten ausnahm wie ein mehrstöckiger Kuchen auf einer Kuchenplatte. Die hier tagsüber anzutreffenden ausländischen Besuchermassen waren verschwunden; übriggeblieben waren nur fremdartig aussehende Limonadenflaschen, zerknüllte Eintrittskarten und Zigarettenkippen. Jetzt schlenderten nur Liebespaare eng umschlungen durch die Nacht, manche kichernd, manche streitend, gewiss aber ohne einen Gedanken daran zu verschwenden, dass sich, nur durch wenige Mauern von ihnen getrennt, das vollendetste Werk befand, das die russische Kunst je hervorgebracht hatte – die »Dreieinigkeit« von Andrej Rubljow, dem legendären Ikonenmaler aus dem fünfzehnten Jahrhundert, den es vielleicht gar nicht wirklich gegeben hatte.

Auch Suchanow ging weiter, ohne zu verharren. Seit zwölf langen Jahren wohnte er nur wenige Minuten von hier entfernt, und doch hatte er das Museum nur zwei, drei Mal mit seinen damals noch kleinen Kindern besucht. Zwar hatte Xenia Vrubels Satan mit großen Augen angestarrt und Wassili sich ein wenig über die Kleidung von Höflingen im achtzehnten Jahrhundert gewundert, doch alles in allem hatten die Kinder kein sonderlich großes Interesse gezeigt. »Wieso hängen sie denn alles hinter Glas?«, hatte Xenia in beinahe jedem Raum gemäkelt. »Ich sehe immer bloß mein Spiegelbild.«

Unter dieser eher belanglosen Schicht vereinzelter Erinnerungspartikel gab es eine ältere Reminiszenz aus jener Zeit, als er und Nina, noch jung und kinderlos, auf der anderen Seite des Flusses gelebt hatten und Nina Tag für Tag als eine der vielen namenlosen Kuratorinnen durch die Tretjakow-Galerie gewandelt war. Suchanow fragte sich, ob Nina wohl noch gelegentlich hierherkam; falls ja, hatte sie jedenfalls nie etwas davon erwähnt. Doch weil er nicht länger in diesem dunklen Kapitel herumblättern wollte, als fürchte er, dabei Fledermäuse aufzustöbern, die ihm aus heiterem Himmel kreischend ins Gesicht flattern könnten, zwang er seine Gedanken in eine andere Richtung.

Hinter dem Museum wurde er in die übel riechenden Schatten einer kurzen krummen Gasse hineingesogen und gleich darauf wieder am anderen Ende ausgespuckt, mitten hinein in die Lichter eines Platzes, auf dem ein großes rotes »M« in rötlichem Dunst schwamm, hinter dem zwei oder drei Neonschriften flackerten, deren Buchstaben teils ausgebrannt waren und jetzt schwarze Lücken bildeten. Der Eis-Kiosk hatte offenbar erst vor wenigen Minuten geschlossen, denn er sah ein kurzhaariges Mädchen in einem gelben Kleid, das von dem Eis am Stiel in ihrer Hand gerade das Papier entfernte, während sie auf die Metrostation zueilte. Suchanow blickte ihr abwesend hinterher. Als sie auf der Treppe zur Metro verschwunden war, machte er kehrt, um wieder heimzugehen.

Er war schon fast zu Hause, als einige Schritte vor ihm ein Taxi anhielt. Die Tür schwang auf, und heraus sprang ein großer junger Mann in einem gut sitzenden Blazer, dem die verärgerte Stimme des Fahrers etwas in die Dunkelheit nachrief, das in der stillen Belinskistraße schrill widerhallte und sich anhörte wie: »He, Sie Wunderknabe, und was passiert jetzt mit den Rotweinflecken auf meinem Sitz?« Achselzuckend wandte der Fahrgast sich um und schob lässig einen Geldschein durchs Seitenfenster.

»Kaufen Sie sich vom Rest doch ein neues Auto«, sagte er und ging davon.

Der junge Mann war Wassili.

Suchanow war verstimmt stehen geblieben und beobachtete ihn, wie er auf unsicheren Beinen zwischen Licht- und Schattenstreifen hin und her pendelte – doch als er ihm zusah, musste er lächeln, und als er lächelte, merkte er, wie sich seine ursprüngliche Stimmung zu verändern begann, wie sie sich aufhellte und sich seine anfängliche Missbilligung in großzügige väterliche Toleranz verwandelte. Zu seiner eigenen Überraschung hörte er sich Wassilis Namen rufen, und Wassili drehte sich zu ihm um und schwankte auf ihn zu, wobei er sorgsam darauf achtete, nicht auf die dunklen Stellen auf dem Boden zu treten.

»Macht eigentlich niemand mehr die Straßen sauber?«, fragte er. »Ich möchte schwören, dieser Hausmeister hockt den ganzen Tag nur da und säuft … Papa, bist du das?«

Suchanow gluckste amüsiert vor sich hin, als er seinen Sohn zu einer keine fünf Schritte von ihnen entfernten Bank führte, sich neben ihn setzte und, einer Unterhaltung zunehmend geneigter, einen Schluck aus der bereits halb geleerten Flasche nahm, die

Wassili nach einigem Gezerre aus einer Innentasche seines Blazers zutage gefördert hatte. Sukanow war auf irgendeinen billigen Fusel gefasst, stellte jedoch augenblicklich fest, dass es sich um einen exzellenten Wein handelte, der sich voll und samtig auf seiner Zunge entfaltete. Sanft entwand er Wassili die Flasche und versuchte neugierig, in der Dunkelheit das Etikett zu entziffern, indem er sie so lange drehte, bis er die in Rot und Gold gehaltenen Buchstaben auf dem vornehmen schwarzen Grund vor sich hatte.

»Aber das ist ja Kindsmarauli«, sagte er überrascht. »Muss ja ein tolles Fest gewesen sein!«

Er nahm noch einen Schluck, kostete ihn genüsslich aus, während seine Gedanken in seine eigene Jugendzeit zurückschweiften, zu jener unvergesslichen Reise ans Meer, die er mit Nina im Sommer nach ihrer Hochzeit gemacht hatte, er erinnerte sich an Nächte voller überreifer Pfirsiche, unzählige Sternschnuppen und den billigen georgischen Wein, den man in den kleinen Bergdörfern fassweise zu kaufen bekam – selbstverständlich nicht zu vergleichen mit diesem hier, aber doch unter derselben Sonne und in derselben Luft gereift, genug, um tausenderlei Kleinigkeiten wieder wachzurufen, die ihn sich früher hatten so lebendig fühlen lassen.

Plötzlich übermannte ihn der Wunsch, in seinen Erinnerungen zu schwelgen. Er legte Wassili den Arm um die Schultern und stellte sich vor, er könnte über all diese Dinge reden, könnte seinem Sohn all die vielen Geschichten erzählen – von dem kleinen Jungen, der die Tauben aufscheuchte, von dem brillanten Ingenieur, der sein Vaterland so geliebt hatte, und von dem alten Mann, der Professor genannt wurde und, ohne sich dessen selbst bewusst zu sein, beinahe magische Kräfte besessen hatte –, all diese Begebenheiten, über die er aus Mangel an Zeit oder Gelegenheit nie mit seinen Kindern geredet hatte, all diese zutiefst persönlichen Dinge, die jenseits der bekannten biografischen Fakten existierten und so unendlich spannend, wertvoll und wichtig waren. Er dachte daran, wie viel er selbst dafür gegeben hätte, mit seinem eigenen Vater so reden zu können, dass dies ein einzigartiger Augenblick war, da sie hier nebeneinander saßen, der übrigen Welt in beredtem Schweigen und gegenseitigem Einverständnis entrückt, während ihnen die Augustnacht erwartungsvoll zu Füßen lag und die Stadt mit Hunderten beleuchteter Fenster über sie wachte. Noch in vielen Jahren würde Wassili sich wortwörtlich an das erinnern, was er ihm nun …

»Ja, war nicht übel«, sagte Wassili. »Du hättest mal seinen Schuppen dort sehen sollen!«

Es dauerte eine Weile, bis Suchanow sich wieder an seine zuvor gemachte Bemerkung erinnerte. Dann nickte er: »Ach so, ja, das Fest. Wessen Schuppen? Warst du denn nicht auf Olgas Datscha? Und überhaupt, was ich dich noch fragen wollte …«

Olga war das nette Mädchen, mit dem Wassili jetzt schon einige Jahre mehr oder weniger eng liiert war, und bei dem Gedanken an sie kam Suchanow plötzlich die Idee, hier die passende Einleitung für einen spontanen Diskurs über Jugend, Glück und einiges andere gefunden zu haben, was ihm seine Lebensweisheit gerade eingab.

»Nein, natürlich war ich nicht auf Olgas Datscha.« Wassili klang überrascht. »Wusstest du etwa nicht, wo ich hingefahren bin? Erinnerst du dich denn nicht an die Einladung des Kulturministers?«

»Des Kulturministers?«, wiederholte Suchanow verblüfft.

»Ja, er hatte doch uns beide für heute Abend auf seine Datscha eingeladen – du weißt schon«, sagte Wassili.

Ein paar Straßen weiter bellte ein Hund. Schweigend betrachtete Suchanow seinen Sohn, der die Augen zusammengekniffen hatte und nicht halb so betrunken schien wie zuvor.

»Du hast ja vergessen, es mir überhaupt zu sagen.« Wassili lächelte kalt. »Ist dir wohl entfallen? Aber zufällig habe ich bei der Matinee im Bolschoi-Theater die Frau des Ministers getroffen, und die hat mich angesprochen, weil sie nämlich sichergehen wollte, dass wir kommen. Ich habe ihr gesagt, dass du dieser Tage ziemlich viel zu tun hast, aber die Einladung dankend angenommen.«

»Wassili«, sagte Suchanow langsam, »versteh mich bitte nicht falsch, aber ich habe nicht absichtlich … Ich wusste nur einfach nicht sicher, ob wir wirklich eingeladen waren. Ich wünschte, du hättest es mir gesagt, ich wäre selbst gern … Ach, vergiss es. Gut, dass du seine Frau zufällig noch getroffen hast.«

»Na ja, zufällig würde ich es nicht unbedingt nennen«, sagte Wassili. »Ich hatte mitbekommen, dass sie ins Theater wollte. Glaubst du etwa, sonst hätte ich mir drei Stunden Langeweile pur angetan? Ich meine, nichts für ungut, aber Großmutter ist nicht gerade ein Ausbund an Fröhlichkeit und ›Coppelia‹ wird ja wohl total überschätzt.«

»Aha«, sagte Suchanow, »verstehe. Nun, dann bin ich ja froh, dass es geklappt hat. Es waren bestimmt interessante Leute dort … Hast du auch ihre Tochter kennengelernt? Soll ein hübsches Mädchen sein.«

»Hübsch würde ich sie nicht gerade nennen. Es sei denn, man betrachtet kleine Augen und einen praktisch nicht vorhandenen Hals als hübsch … Womit ich persönlich aber durchaus zu leben bereit bin, was die Tochter eines Ministers angeht. Ich glaube, wir sind ganz gut miteinander klargekommen. Jedenfalls führe ich sie demnächst zum Essen aus. Noch einen Schluck?«

»Nein, danke«, sagte Suchanow trübselig. Aus irgendeinem Grund konnte er sich nicht so richtig für seinen Sohn freuen. Stattdessen fand er ihr Gespräch leicht befremdlich. »Und was ist mit Olga?«

»Ach, ich glaube, ein Szenenwechsel tut uns beiden momentan ganz gut«, meinte Wassili schulterzuckend.

Es ging bereits auf Mitternacht zu. In den umliegenden Häusern verlosch ein Licht nach dem anderen, und allmählich wurde es kalt. Ein Blatt trudelte Suchanow auf den Schoß. Der Hund war mittlerweile nur noch eine Straße entfernt und hatte inzwischen Gesellschaft gefunden, denn das Gebell kam nun zweistimmig. Suchanow war nervös und gleichzeitig auch traurig, als sei ihm etwas sehr Wichtiges abhandengekommen.

»Hast du sie eigentlich je geliebt?«, fragte er leise.

Wassili schien die Frage zu amüsieren.

»Ich glaube nicht«, sagte er gedehnt. »Sag bloß, ausgerechnet du willst mir einen Vortrag über Liebe halten?«

»Was soll das denn nun wieder heißen?« Anatoli Pawlowitsch streckte den Rücken und richtete sich würdevoll auf. »Deine Mutter und ich haben aus Liebe geheiratet!«

»Aber es war sicher ganz angenehm, dass sie nicht die Tochter eines Busfahrers war«, gab Wassili lächelnd zurück. »Welch ein Glück aber auch, dass ihr berühmter Vater genau die richtige Person war, um deine wunderbare Karriere als Kunstkritiker anzuleiern. Hat sich doch gut getroffen, oder?!«

Und das war der Punkt, an dem Suchanow plötzlich nicht mehr seinen Sohn, sondern einen erwachsenen Mann vor sich sah, den er nicht wiedererkannte. Er hatte helle blaue Augen und dunkelblondes Haar, trug einen perfekt sitzenden Blazer und trank teuren Wein. Der Mann sah aus wie jemand, den er einmal gekannt hatte, aber er war ein Betrüger. Ja, er musste einem Betrüger aufgesessen sein.

Suchanow erhob sich von der Bank.

»Gehen wir heim«, sagte er ausdruckslos, »mir wird kalt. Übrigens, Fjodor bleibt diese Nacht noch einmal bei uns. Ich erwarte, dass du höflich zu ihm bist.«

»Weißt du, was dein Problem ist?«, fragte der Mann auf der Bank, der keine Anstalten machte aufzustehen. »Dass du alles immer nur halb machst. Du hast eingeheiratet, hast dich verkauft, hast ideologischen Unsinn geschrieben, an den du selbst nicht glaubst – schön und gut, aber was hast du dafür bekommen? Eine schöne große Wohnung in Samoskworetschije, eine hübsche Datscha und einen angenehmen Job bei einer Zeitschrift. Ehrlich, Vater, war das alles, was du erreichen wolltest – eine große Nummer in einer derart beschränkten, kleinen Welt zu sein? War das wirklich die ganzen Opfer wert? Ist dir eigentlich klar, wie weit du es mit Großvaters Beziehungen hättest bringen können? Aber vielleicht hattest du es einfach nicht in dir, vielleicht warst du einfach nicht …«

Als Anatoli Pawlowitsch sich abwandte und schweren Schrittes fortging, fühlte er in Schultern und Knien, wie alt er war. Einen Moment später rollte die leere Weinflasche unter die Bank, und Wassili folgte ihm, immer noch laut vor sich hin schwadronierend, nur dass er jetzt von seinen eigenen Plänen redete, von seinem einflussreichen Großvater, von einem Ort auf der Krim, vom Minister und dessen übergewichtiger Tochter … Suchanow hörte ihm nicht mehr zu. Als der Aufzug rumpelnd herunterkam und der Pförtner breit lächelnd die eiserne Tür für sie aufriss, ließ er seinen Sohn in den sargähnlichen Kasten mit den Spiegeln an den Wänden steigen und verkündete, er selbst werde zu Fuß nachkommen.

»Das ist gut für die Gesundheit«, erklärte er dem Pförtner.

»Genau das habe ich auch gehört«, stimmte der ihm zu. »Heißt es nicht, mit jeder Stufe verlängere sich das Leben um eine Sekunde?«

Einen Augenblick lang überlegte Suchanow, ob er diese zusätzlichen Sekunden wirklich haben wollte, diese winzig kleinen Lebenseinheiten, die sich nun zum späteren Gebrauch ansammeln würden. Dann nickte er und machte sich an den Aufstieg. Auf dem dritten Treppenabsatz hörte er, wie in der Wohnung der geheimnisvollen Frau mit dem Nofretete-Profil ein Teller auf dem Boden zerschellte. Als er seinen Weg nach oben fortsetzte, fragte er sich, ob in der Moskauer Belinskistraße Nummer 7 neuerdings nicht ungewöhnlich viel Porzellan zu Bruch ging.

9

Das die nächtliche Stille plötzlich erschütternde Hämmern an der Wohnungstür war genau so, wie er es sich immer vorgestellt hatte. Die erste Salve verschmolz noch mit seinem Traum, in dem es plötzlich laut und gewalttätig zuging – er rannte im Kugelhagel durch schmutzige Flure, verfolgt von Männern mit haarigen Armen und feisten roten Gesichtern –, aber als die nächste Salve von Schlägen seinen Albtraum sprengte, setzte Suchanow sich auf, lauschte gespannt und wollte nicht glauben, dass es wirklich wahr war. Um ihn herum war es still, doch in dieser Stille lag jene bedrohliche Leere, die immer auf ein durchdringend lautes Geräusch folgt.

Er stand auf, kämpfte mit seinem Morgenmantel, der – es war grotesk, lächerlich und beängstigend zugleich – einen dritten Ärmel bekommen hatte und sich ihm wieder und wieder entzog, und bewegte sich in Zeitlupe durch das nächtliche Dunkel. Das unstete Tappen seiner Hausschuhe war wie ein Widerhall seines unregelmäßig schlagenden Herzens. In der Diele stieß er gegen zwei wie Gespenster an der Wand lehnende Regenschirme, und als er fluchend nach dem Lichtschalter tasten wollte, brach das Hämmern und Klopfen erneut über ihn herein, dieses Mal unerträglich nah. Jetzt, da er sich nicht länger einreden konnte, es sei nur ein Traum, starrte er die Wohnungstür an, stand regungslos mit angehaltenem Atem da, fühlte sich plötzlich allein und verlassen, während ihm das Herz bis zum Hals schlug – es war nicht anders als vor achtundvierzig Jahren in jener Nacht, als jene hochpolierten schwarzen Schuhe zum dritten Mal in ihr Leben im Arbat einmarschiert waren, zum dritten und letzten Mal.

Beim ersten Mal hatte er es kaum bemerkt, so verloren kam er sich in seiner neuen Welt vor. Der tägliche Routineablauf von Schule–Freizeit–Essen in den Monaten nach seinem Versuch, Gradskijs Manuskript zu stehlen, war zur bloßen Hintergrundfolie geworden für die überirdisch strahlenden Entdeckungen, die ihn jetzt fast jeden Abend im vollgestopften, verstaubten Zimmer des Professors erwarteten, in das weder die Stimmen der im Garten herumtobenden Jungen noch die vertrauten Gerüche von Fleischstrudel oder heißem Asphalt vordrangen, jenem Zimmer, in dem die prächtig vergoldeten Bücher im grünlichen Schimmer der Lampe ihr unvergessliches Aroma verströmten, diesen Duft nach angestaubtem, brüchigem Papier, der für Anatoli für alle Zeiten der Duft einer für ihn bis dahin unvorstellbaren Schönheit sein würde. Wie von geheimer Erregung betäubt, erlebte er diesen Sommer des Jahres 1937, murmelte unhörbar die klangvollen Namen von Männern vor sich hin, die in vergangenen Jahrhunderten durch seltsame goldene Städte gewandelt waren und ihm doch so viel wirklicher erschienen als seine Mitbewohner aus Fleisch und Blut, die nur schattenhafte, keiner Logik folgende Gestalten waren, mit denen er schattenhafte Gespräche führte und die ihm gelegentlich nicht ganz so flüchtige Prügel verabreichten.

Im Nachhinein war alles, was er aus diesen letzten Wochen von der armen, reizlosen Zoja Wienberg im Gedächtnis behalten hatte, die Hektik, in der sie kurzsichtig und zitternd in den Tagen vor Beginn des neuen Schuljahres zwischen den Mahlzeiten auf dem Küchentisch ihre braunen Ordner, die bis zum Bersten mit Notenblättern vollgestopft waren, durchgegangen war, und der hysterische Unterton, der sich das eine oder andere Mal in ihre Stimme gestohlen hatte, wenn sie mit Galka Morozowa redete. Dann kam Anatoli eines Nachmittags im Oktober von der Schule nach Hause und sah, dass an Zoja Wienbergs Tür ein furchterregend großes Siegel angebracht war, und gleichzeitig fiel ihm auf, dass seine Mutter und die Gradskijs sich so merkwürdig um eine Antwort drückten, als Anton Morozow ungehalten verkündete, er sei keineswegs überrascht – nein, im Gegenteil, er habe so etwas eigentlich schon die ganze Zeit vermutet. Die Musiklehrerin kam nie mehr zurück, und einige Wochen später zog Morozows Schwester Pelageja in das nun freie und von niemandem mehr genutzte Zimmer ein.

Anfangs machte ich mir kaum Gedanken darüber, da nie über Zoja Wienbergs Verschwinden geredet wurde und unser Leben im Großen und Ganzen nicht anders als vorher verlief. Doch als der Herbst kühler wurde, hatte ich den Eindruck, dass das Glück meiner Abende beim Professor durch irgendetwas gestört wurde, und merkte, dass dieses Etwas sich langsam und schmerzvoll immer tiefer fraß. Der Professor wirkte zerstreut, interesselos und nicht bei der Sache, unterbrach sich mitunter mitten im Satz, vergaß umzublättern und schien intensiv auf etwas zu lauschen – ob auf den trockenen Husten seiner kränklichen Frau hinter der Wand oder auf etwas anderes, hätte ich nicht mit Sicherheit sagen können, und als die Kälte nach und nach durch die Risse unseres alten Hauses kroch, wurde mir immer unbehaglicher zumute. Dann wurde ich eines Nachts kurz vor meinem neunten Geburtstag im frostigen Dezemberdunkel von einer Stille geweckt, die auf einmal aufgehört hatte, eine Stille zu sein, weil sie plötzlich erfüllt wurde von den Lauten fest beschuhter Füße, die durch unsere Wohnung trampelten, durch unser Leben.

Am Morgen wirbelten Schneestürme vor den Fenstern; der Professor rannte ohne Hut aus dem Haus und blieb den ganzen Tag fort. Meine Mutter verbrachte den Nachmittag damit, am Telefon auf irgendwelche fernen Telefonistinnen einzureden, bis sie schließlich weinend zusammenbrach, mich an der Schulter fasste und mir mit bebender Stimme erklärte, dass mein Vater wohl noch länger in Gorki würde bleiben müssen und nur ich ihr geblieben war. Etwas später an jenem Tag hielt mich Anton Morozow im Flur fest, stand neben mir wie ein zottiger, sauer riechender Berg und fragte, ob ich gewusst hätte, dass Tatjana

Gradskajas gesamte Familie aus bösartigen Zaristen bestand und dass unsere Wohnung den beiden Gradskis gehört habe, ehe Lenin für Recht und Ordnung gesorgt hatte.

Ich hatte es nicht gewusst, und die Vorstellung, dass zwei Menschen einmal so viel Platz für sich allein besessen hatten, wo nun so viele Menschen ihr Leben fristeten, schockierte mich zutiefst. Ich musste an das zusammengedrehte Kabelknäuel an unserer Zimmerdecke denken, an dem früher wahrscheinlich einer dieser Kristallleuchter befestigt gewesen war, wie ich sie beim Professor in einem Buch gesehen hatte, und an den großen hellen Fleck an der Tapete der Morozows, und nun fiel mir wieder ein, dass der Professor mir einmal erklärt hatte, an dieser Stelle habe früher einmal ein Klavier gestanden. Ich stellte mir die stille, kleine, blauhaarige Frau und den freundlichen alten Mann mit der sanften Stimme vor, wie sie durch diese herrlichen weiten Räume tanzten, umgeben von Kristall und Silber, von tausend und abertausend wunderbaren, vornehmen, fremdländischen Dingen – und fühlte mich zutiefst betrogen.

Schönheit war eben doch nur etwas für die Bourgeoisie.

Am selben Abend, als er von draußen hereinkam und mit dem nicht wiederzuerkennenden Schritt eines alten Mannes in sein Zimmer schlurfte, folgte ich ihm und sagte, dass ich ihn nicht mehr besuchen kommen würde.

Der Kummer hatte das Gesicht des Professors fast unkenntlich gemacht; sein ganzes Zimmer war verwüstet.

»Ja«, sagte er kurz, ohne mir dabei in die Augen zu schauen, »ich glaube, das wird das Beste sein. Ich wollte es selbst auch schon vorschlagen …« Er nahm die Brille ab und fing an, die Gläser mit dem Futter seines Jacketts zu polieren, akribisch, unnötig, endlos. Als er wieder zu sprechen begann, war seine Stimme um Jahre gealtert. »Ja, Tolja, unsere Freundschaft hat mir gut gefallen. Und, weißt du, ich wollte dir ja eigentlich etwas zum Geburtstag schenken, nämlich das Botticelli-Album. Aber wenn du magst, darfst du es jetzt gleich mitnehmen. Ich hatte vor, dir eine Widmung hineinzuschreiben, aber jetzt bin ich mir nicht mehr sicher, ob …«

Es war seltsam, ihn so zu sehen, und ich brauchte lange, bis ich meine Sprache wiederfand.

»Ich möchte es mitnehmen«, sagte ich endlich. »Aber die Widmung brauche ich nicht.«

Er nickte. Als er das Buch im Chaos der auf dem Boden zerstreuten Bände gefunden hatte, wischte er leicht mit der Hand darüber und hielt es mir hin.

»Sie hat nichts Böses getan«, sagte er und versuchte mich anzulächeln. »Ich bin mir ganz sicher, dass das alles nur ein Irrtum ist, das wird sich aufklären, weißt du … Und vielleicht können wir ja unsere schönen Kunst-Abende wieder aufnehmen, wenn sie wieder zurück ist. Ich hoffe es doch sehr, Tolja … Also, bis dann. Und lass es dir gut gehen.«

Mit einem Mal war mir sehr unbehaglich zumute, und ich murmelte nur schnell ein »Dankeschön« und verließ das Zimmer, ohne mir anmerken zu lassen, dass ich seine ausgestreckte und peinlich zitternde Hand durchaus wahrgenommen hatte. Als ich die Tür zuziehen wollte, ließ mich der Kloß in meinem Hals noch einmal innehalten und einen Blick zurückwerfen. Mit ausdruckslosem Gesicht stand der Professor zwischen seinen misshandelten Büchern, die blicklosen Augen auf die leere Arbeitsplatte seines Schreibtisches gerichtet, wo noch tags zuvor sein fast vollendetes Manuskript, Kapitel für Kapitel ordentlich aufeinander gestapelt, gelegen hatte.

Sie holten ihn zwei Nächte später ab. Ich lag wach, hörte das Klopfen und Hämmern an der Tür und Morozows Stimme in der Diele, die eilig etwas erklärte, und noch mehr Stimmen und schwere Schritte. In einem Anfall von Wagemut kroch ich durchs dunkle Zimmer, öffnete unsere Tür einen Spalt und spähte hinaus – wenn auch nur einen kurzen Moment, da mich sofort das panische Flüstern meiner Mutter zurückrief und ich gehorsam wieder den Rückzug antrat.

Lange Zeit lagen wir eng aneinandergekuschelt, warteten und hörten zu, wie im hinteren Teil der Wohnung Papier zerrissen, lebenslange Arbeit vernichtet wurde, bis wir abermals Schritte vernahmen, Schritte von Schuhen mit harten Sohlen und leise schlurfende Schritte, ehe die Wohnungstür wieder zuschlug und sich eine argwöhnische Stille ausbreitete.

»Es ist vorbei«, flüsterte die brüchige Stimme meiner Mutter, doch ich fühlte keine Erleichterung, jetzt nicht, am nächsten Tag nicht und am übernächsten auch nicht, denn der kurze Blick, den ich auf die breiten Lederrücken und die glänzenden schwarzen Stiefel im Halbdunkel unseres Korridors hatte werfen können, reichte aus, um mich in einen Schrecken zu versetzen, der mich wochenlang nicht mehr losließ. Nacht für Nacht wachte ich auf und tastete nach dem Botticelli-Album unter meinem Kissen, und das Herz blieb mir beinahe stehen, wenn ich mir vorstellte, dass sie womöglich bald herausfinden würden, dass auch ich anders war, dass auch ich von Volksfeinden angesteckt und verdorben worden war … Endlich, es war im Februar, hielt ich die Qual dieser unausgesprochenen Schuld nicht mehr länger aus und stahl mich eines Abends mit dem unseligen Buch unter dem Mantel nach draußen, lief unsere Straße hinunter und schlüpfte einige Häuser weiter in einen Hof, wo ich meinen gefährlichen Schatz in einem riesigen Schneehaufen vergrub.

Mit dem Frühling schien sich auch in meinem Leben wieder so etwas wie Normalität einzustellen. Ein neuer Mieter – ein stets zu Scherzen aufgelegter Bauarbeiter, der erstaunliche Kartentricks kannte – zog ins Zimmer des Professors ein, meine Mutter redete wieder von der bevorstehenden Rückkehr meines Vaters und lächelte ihr mattes, ängstliches Lächeln, und die Morozow-Jungen wurden es müde, mich zu quälen.

»Willst du mal was Komisches sehen?«, fragte Saschka mich eines Tages. »In einem Hof da vorne bringt der Schnee nämlich alle möglichen Farben ans Licht.«

Und so ging ich mit ihm und lachte zusammen mit den anderen Kindern über die grüngoldenen, rosa schimmernden und kupferfarbenen Schmelzwasserflüsschen. Und während ich mit ihnen lachte, fielen die letzten Reste meiner geheimen Ängste von mir ab, da mir in jenem Moment klar wurde, dass ich jetzt endlich in Sicherheit war, dass ich jetzt einer von ihnen war, dass ich nun all die farbigen Offenbarungen in dem dunklen Zimmer des tückischen alten Mannes, der so viele staubige Wunderdinge besessen hatte, vergessen konnte. Trotzdem musste irgendwo tief, ganz tief in mir die Erinnerung an die regenbogenfarbenen Wunder überlebt haben – zusammen mit der Angst. Denn in den nächsten drei Jahren bis zum Kriegsausbruch schreckte ich nachts immer wieder schwer atmend aus einem Albtraum auf, in dem ich im Kugelhagel durch lange Flure hetzte, verfolgt von Männern in glänzenden Stiefeln, die allesamt aussahen wie Anton Morozow, und jedes Mal kletterte ich dann aus dem Bett, schlich mich auf Zehenspitzen zur Wohnungstür und blieb dort schlotternd stehen, lauschte in die tonlose Leere auf der anderen Seite hinein und stellte mir vor, dass jeden Moment schwere Schläge gegen die Tür hämmern konnten …

Erneut klopfte es laut an der Tür, noch ungeduldiger als vorher. In atemberaubendem Tempo wurde Suchanow achtundvierzig Jahre weiterkatapultiert und kehrte schlagartig in die Wirklichkeit zurück.

»Wer ist da?«, fragte er. Seine Stimme zitterte.

Die Antwort kam prompt:

»Polizei. Machen Sie die Tür auf!«

Obgleich weit entfernt von der unheimlichen, beinahe surrealen Bedrohung aus seinen Albträumen, verstörte ihn diese Antwort so außerordentlich, dass ihm kalter Angstschweiß auf die Stirn trat, während er sich daranmachte, die Schlösser zu entriegeln. Auf dem düsteren Treppenabsatz waberten dunkle Schatten, weil die Glühbirne über der Aufzugtür schon seit einigen Tagen nur noch flackerte. Vor ihm standen drei Gestalten – zwei uniformierte Milizbeamte und dahinter eine große, etwa fünfzig Jahre alte Frau mit einem Kranz rosaroter Lockenwickler auf dem Kopf, die einen unvorteilhaften orangefarbenen Kimono trug. Überrascht erkannte Suchanow in ihr Tamara Bubuladse, die gefeierte Diva vom unteren Stockwerk.

Ein Weile hing unsicheres Schweigen in der Luft, nur mitunter ließ sich im Treppenhaus ein gedämpftes, verschlafen klingendes Bellen von ihren Bassethunden vernehmen. Dann wandte sich der ältere der beiden Polizisten, der eine Nase wie eine Kartoffel hatte, zu der Sängerin um.

»Hier ist doch alles leise, Madame Bubuladse«, sagte er zweifelnd, »und dieser Mann wirkt nun auch nicht gerade … Sind Sie sicher, dass es sich um die richtige Wohnung handelt?«

»Selbstverständlich bin ich sicher!«, rief die Frau und starrte Suchanow an. »Ich habe alles genau mitbekommen. Eine bodenlose Unverschämtheit, und das in seinem Alter! … Aah – und das hier ist wohl eins von seinen Flittchen!«

Suchanow wandte den Kopf und sah im Flur hinter sich Xenias Nachthemd schimmern. »Dieses Flittchen«, sagte er, »ist meine Tochter. Und überhaupt, was ist hier eigentlich …«

»Ist sonst noch jemand hier?«, unterbrach ihn der jüngere Polizist mit tomatenrot glühenden Wangen.

»Meine Frau, mein Sohn und mein Vetter«, sagte Suchanow trocken. »Und möchte mir jetzt bitte jemand erklären, wieso ich aus dem Bett geholt werde um … wie spät ist es überhaupt?«

Überall in der Wohnung begann es sich nun zu regen: Hier quietschten Sprungfedern in einem Bett, dort gähnte jemand verärgert, irgendwo klickten Ninas Absätze über den Boden und eine Lampe wurde angeknipst.

»Kurz nach vier«, sagte die Kartoffelnase mit gedämpfter Stimme. »Offenbar handelt es sich um einen Irrtum. Diese Dame hat uns angerufen wegen … wegen einer zu lauten Party …«

»Einer *Orgie*«, fuhr ihm die Opernsängerin in die Parade. »Ich habe Sie wegen einer Orgie angerufen, da muss man gar nichts beschönigen. Genau das habe ich nämlich gehört: eine Orgie.«

»Nun ja«, versuchte der mit den Tomatenbäckchen zu beschwichtigen, »aber bei diesen Leuten hat sie ja ganz offensichtlich nicht stattgefunden – das sehen Sie doch, Madame Bubuladse, oder? Hier haben ja wohl alle tief und fest geschlafen. Vielleicht haben Sie nur schlecht geträumt. Sollen wir Sie jetzt nicht lieber in Ihre Wohnung zurückbringen?«

»Das war kein Traum«, sagte die Frau. »Ich bin doch nicht verrückt.«

»Wenn es Ihnen nichts ausmacht, Tamara Eduardowna«,

bemerkte Suchanow spitz, »würde ich gern irgendwann einmal wieder ins Bett gehen. Falls Ihre Genossen noch hereinkommen wollen, um sich zu vergewissern …«

Die Polizisten wechselten einen schnellen Blick.

»Nicht nötig«, sagte die Kartoffelnase müde. »Entschuldigen Sie die Störung.«

Beim Schließen der Tür warf Suchanow noch einen letzten Blick auf den wild auf und ab wogenden Busen der Diva und hörte ihre einstmals berühmte Mezzosopranstimme schrillen: »Und ich sage, ein solches Benehmen darf nicht …« An dieser Stelle rastete die schwere Tür ins Schloss und schnitt den Rest des Satzes ab, just als die Stimme den höchsten Punkt der Entrüstung erreichte.

Er wirkte äußerst verstimmt, als er der erstaunten Nina den Vorfall noch einmal schilderte, ehe er sich wieder auf sein Sofa zurückzog, doch in Wirklichkeit fand er die Sache eher amüsant – zumal der absurde Vorfall ihn vor einem weiteren Ansturm dunkler Erinnerungen bewahrt hatte –, und sein Lachen war keineswegs aufgesetzt, als er am nächsten Morgen am Frühstückstisch erschien. Allem Anschein nach ging seine Familie bereits ihren diversen Beschäftigungen nach, denn Dalewitsch saß allein in der Küche und futterte einen in Schnitze zerlegten Apfel.

»Was für eine Nacht!«, lächelte er Suchanow an. »Ist es hier immer so aufregend?«

»Ich würde sagen, die letzten paar Tage waren etwas ereignisreicher als sonst üblich«, erwiderte Suchanow. »Diese Frau hat wirklich eine Schraube locker. Hoffentlich konntest du wieder einschlafen.«

»Um ehrlich zu sein, ich habe es gar nicht erst versucht«, sagte Dalewitsch. »Ich habe den Rest der Nacht an meinem Buch weitergearbeitet. Ich schreibe ohnehin lieber nachts. Wenn es ruhig und dunkel ist, kommen mir meist die besten Ideen.«

»Ausgezeichnete Pfannkuchen«, bemerkte Suchanow. »Hat Nina die gemacht? Aha, wie ich vermutet habe … Übrigens, Fedja, ich habe noch einmal über dieses ›harmonische Gleichgewicht zwischen Form und Inhalt‹ nachgedacht, das deiner Meinung nach jede echte Kunst auszeichnet. Mich würde nämlich interessieren, wieso du unsere alten russischen Ikonen als große Kunst ansehen kannst, wo sie doch einigermaßen primitiv sind, was die Form angeht. All diese gestelzten Prozessionen von byzantinischen Heiligen mit unnatürlich kleinen Gesichtern, kurzen Armen, stilisierten goldenen Locken und riesigen Glotzaugen vor vollkommen flachen Hintergrundszenerien – von Vollkommenheit der Form kann ja wohl keine Rede sein, oder?«

»Mein lieber Tolja«, antwortete Dalewitsch, »ich fasse es nicht. Wie kann ein so erfahrener Kunstkritiker wie du in diese Falle tappen und die ›perfekte Form‹ mit einer Form gleichsetzen, die einfach nur tadellos ausgeführt wurde? Natürlich ist die bei der Ikonenmalerei verwendete Technik mittelalterlich und schon allein deswegen nicht fehlerlos. Trotzdem bestehe ich darauf, sie als ›perfekt‹ zu bezeichnen, und zwar deshalb, weil ich unter einer ›perfekten‹ Form diejenige verstehe, die am besten zu dem passt, was dargestellt werden soll. Und kann man das unirdische Trachten des Menschen besser darstellen, als über alles Fleischliche mit seinen Helldunkel-Tönen und Perspektiven hinwegzugehen und stattdessen diese fließenden, reinen Farben, diese substanzlosen Körper, diese leuchtenden Gesichter und riesigen traurigen Augen zu zeigen? Diese Werke vermitteln den Eindruck, als würde sich in unserem düsteren weltlichen Leben für einen Augenblick eine Tür auftun und den Blick auf das göttliche Paradies im Himmel freigeben. Die Wirkung nimmt sofort ab, wenn man diese steife Reinheit realistisch verwässert. Nimm zum Beispiel die ›Dreieinigkeit‹ von Rubljow und vergleiche sie mit der, die Simon Ushakow an der Schwelle zu einem neuen materiellen Zeitalter zweihundertfünfzig Jahre später gemalt hat. Anstelle des einen Kelches bei Rubljow stellt Ushakow sage und schreibe elf Objekte vor die Engel auf den Tisch und macht dadurch aus der Heiligen Dreifaltigkeit unfreiwillig eine Art Picknickgesellschaft. Realismus passt eben schwerlich in ein Werk mit spiritueller Aussage – oder siehst du das anders?«

»Spirituelle Aussage?«, fragte Suchanow höhnisch. »Nennst

du es etwa Spiritualität, wenn ein dunkles Gewirr abergläubischer Klischees in jahrhundertealte Symbole gekleidet und auf einem aufwändig verzierten Tablett der Landbevölkerung zum Fraß vorgeworfen wird?«

»Was, wenn ich fragen darf, nennst *du* denn Spiritualität, nachdem ihr jegliche Religion der Welt mit Stumpf und Stiel ausgerottet habt – und zwar, wenn es geht, in wenigen Worten?«, gab Dalewitsch lächelnd zurück.

»Das ewige Streben des Menschen nach neuen Höhen«, erwiderte Suchanow frei heraus.

»Unter dem du zweifellos die kulturellen Bestrebungen verstehst, mit denen größere Fabriken und glücklichere Familien geschaffen werden sollen?«, entgegnete Dalewitsch liebenswürdig. »Predigt ihr das nicht so – nützliche Kunst im Dienst einer glorreichen Zukunft? Hast du dir übrigens je darüber Gedanken gemacht, dass dein sozialistischer Realismus und meine religiöse Malerei einiges gemeinsam haben? Weil man euren Realismus nämlich sehr gut als logische, wenn auch traurig heruntergekommene Weiterführung der religiösen Malerei betrachten kann. Beide haben tief im Volk verankerte Wurzeln, und beide verfolgen ein hehres Ziel: Sie propagieren das Gute für das Volk – oder auch die Rettung der Menschheit, je nachdem. In beiden Fällen ist der Maler so etwas wie ein anonymer Lehrer, ein einfühlsamer Mensch mit der heiligen Mission, andere zu erziehen und aufzuklären, ihnen den richtigen Weg zu weisen – eine sehr russische Vorstellung vom Künstler, findest du nicht auch, so ganz anders als der westliche Typ des verträumten Einzelgängers, der ganz in seinem privaten Spiel der Selbstverherrlichung aufgeht. Und natürlich sind sowohl der sozialistische Realismus als auch die Ikonenmalerei auf eine ideale, visionäre Zukunft ausgerichtet, nur dass die deine streng materiell ist, ein Paradies auf Erden nach euren eigenen Vorstellungen sozusagen, während …«

»Was zum Teufel hat der sozialistische Realismus denn damit zu tun?«, unterbrach ihn Suchanow. »Ich spreche über *Kunst*! Und Kunst dreht sich nicht um ein gemeinsames Ziel oder um eine hehre Mission. Kunst drückt die Seele eines Künstlers aus, seinen individuellen, titanischen Kampf, sich über das Gemeine zu erheben, etwas bislang Unerhörtes auszusprechen, den dunklen Schichten unserer Existenz ein kleines Körnchen Schönheit abzuringen und im Alltagstrott eine flüchtige Ahnung des Unendlichen aufkommen zu lassen. Große Kunst erreicht uns wie eine Offenbarung, sie reißt uns mit, beflügelt uns! Deine mittelalterlichen Wand-Bemaler hingegen sind reine Praktiker der angewandten Kunst, gehorsame Illustratoren von abgestandenen Gemeinplätzen über die Ewigkeit des kleinen Mannes. Das Gewicht ihres eigenen Credos – ›Selig sind die geistig Armen‹ – hat sie selbst zermalmt. Nie haben sie etwas riskiert, nie haben sie ihre eigenen Grenzen überschritten, nie haben sie versucht, in uns neue, noch nie zuvor berührte Saiten zum Klingen zu bringen …«

Er unterbrach sich, rang nach Atem, wunderte sich selbst über die Leidenschaft, die ihn plötzlich die Stimme hatte erheben und alle Vorsicht über Bord werfen lassen, weil er mit einem Mal von dem übermächtigen Wunsch beherrscht war, endlich das Schweigen dieser vielen Jahre zu brechen und seinen innersten Gedanken über das, was einmal seinem Herzen am nächsten gestanden hatte, Luft zu machen. Sein Vetter sah ihn mit einem an Verwunderung grenzenden Ausdruck im Gesicht an; seine Hand, die gerade ein Apfelstück zum Mund hatte führen wollen, war in der Bewegung erstarrt. Wie ein Fleck, der sich langsam auf einer Tischdecke ausbreitet, dehnte sich ein jähes Schweigen zwischen ihnen aus. Endlich zwinkerte Dalewitsch ein- oder zweimal, legte das Apfelstück zurück auf den Teller und klatschte theatralisch in die Hände.

»Bravo, Tolja!«, rief er dabei. »Gesprochen wie ein Künstler war das, nicht wie ein Kritiker – und schon gar nicht wie ein Kritiker von *Kunst und Welt*! Trotzdem: Und wenn du es noch so eloquent darstellst, nie könnte ich deine Verachtung für die von dir so genannten ›Grenzen‹ teilen. Ich stimme dir durchaus darin zu, dass Kunst für etwas kämpfen muss, aber ich glaube fest daran, dass sie ihre höchsten Gipfel nur dann erreicht, wenn sie diesen Kampf innerhalb ihrer eigenen Grenzen führt. Ein echter Künstler ist nicht derjenige, der alle Traditionen über Bord wirft und uns kopfüber in ein unbekanntes, labiles und unter Umständen sogar bedeutungsloses Paradigma stürzt, sondern vielmehr derjenige, der es innerhalb eines vorgegebenen Rahmens fertigbringt, unsere Scheuklappen Zentimeter um Zentimeter zu verschieben, damit wir unsere Gesichter in einer Art Zerrspiegel betrachten können, in vollkommen vertrauten Dingen eine zweite Ebene entdecken oder lernen, wohlbekannte Worte und Sätze nach ihrem möglichen Hintersinn zu hinterfragen – kurz, um den Staub fortzuwischen, der sich überall festgesetzt hat. Genau deshalb wird Chagall mit seinem angeblich so unkomplizierten, kindlichen Universum von fliegenden Geigern, grüngesichtigen Liebespaaren und geheimnisvoll lächelnden Kühen immer größer sein als Kandinsky mit seinen eisigen Strudeln von Farben und eleganten abstrakten Kompositionen, trotz all seiner herausragenden Innovationen.«

»Eine äußerst zweifelhafte Argumentation«, gab Suchanow nachdenklich zurück. »Oder ist es etwa nicht paradox zu behaupten, Künstler, die kleine Schritte machen, seien größer als Künstler, die mit Riesenschritten vorwärtsdrängen?«

»Was mich angeht, ich halte Widersprüche für erfrischend, vor allem wenn … Himmel, ist es wirklich schon zehn Uhr? Tolja, ich fürchte, wir müssen unser Gespräch ein andermal fortsetzen – ich muss jetzt zu einem Bekannten, der mir bei meinen Recherchen hilft … Aber warum kommst du nicht einfach mit? Oleg hat eine wunderbare Ikonensammlung, und ihr könntet nach Herzenslust über mittelalterliche Kunst diskutieren. Na, was hältst du davon?«

Eigentlich hatte Suchanow vorgehabt, den ganzen Tag am Schreibtisch zu verbringen, da der unglückselige Dalí-Artikel am nächsten Vormittag fällig war und er immer noch nicht über den ersten Satz hinausgekommen war.

»Gut«, sagte er nun und wischte ein paar Krümel von den Hosenbeinen. »Warum nicht? Ich habe gerade ein wenig Zeit.«

Der Sommer schien Moskau den Rücken gekehrt zu haben. Im diffusen grauen Licht des trüben Herbsttages wirkten die Straßen des Samoskworjetschje freudlos und schäbig. Auf den Bürgersteigen fegte der Wind gelblich verfärbte Blätter, Eis- und Bonbonpapiere und mitunter auch eine Zeitungsseite vor sich her.

Dalewitsch trabte neben Suchanow her und redete mit seiner sanften Stimme auf ihn ein. »Man könnte sogar noch weitergehen«, erklärte er, »und behaupten, Repression tue den Künsten letztlich gut. Dein Dalí war übrigens ein Musterbeispiel dafür. Stell dir einfach nur mal einen Mann mit einem Schnurrbart vor – unter normalen Umständen ist das ja nichts Besonderes, oder?«

»Hmm, nein«, sagte Suchanow, ohne genau zuzuhören. Der Wind hatte ihm eine weggeworfene Eintrittskarte an die Beine geweht, die nun an seiner Hose festzukleben schien. Er pflückte das Stück Papier von seinem Oberschenkel, warf einen Blick darauf (*Tote Seelen* im Malyi-Theater an einem längst vergangenen Abend der letzten Theatersaison) und ließ es wieder fallen. Der Wind erfasste es und wirbelte es über die Straße.

»Ja, aber wenn irgendein Tyrann plötzlich jeglichen Bartschmuck verbietet, wird eine einfallsreiche Person sich vielleicht einen geheimen Schnurrbart wachsen lassen, irgendwo am Körper, meinetwegen um die Knöchel herum – und das wäre dann doch durchaus interessant, oder? Das heißt also, wenn der Kreativität Grenzen gesetzt werden, kann das sehr wohl stimulierend wirken. Selbstverständlich waren diese Grenzen in Russland – egal, ob sie von der Kirche, vom Zar oder von der Partei gesetzt wurden – immer ein integraler Bestandteil jeder künstlerischen Bestrebung, und das erklärt vielleicht …«

»Sind wir bald da?«, unterbrach ihn Suchanow. In den letzten Minuten hatte er sich wiederholt und mit wachsender Verwunderung gefragt, warum um alles in der Welt er sich darauf eingelassen hatte, an diesem für ihn ohnehin so arbeitsreichen Tag einen völlig fremden Menschen besuchen zu gehen, einen Ikonensammler noch dazu.

»Sofort«, sagte Dalewitsch fröhlich. »Nur noch dort durch die

Einfahrt und dann über den Hof. Jedenfalls mag das mit dazu beigetragen haben, dass unser Land mit erstaunlicher Regelmäßigkeit Genies hervorgebracht hat. Obwohl, wenn ich mir die letzten fünf oder sechs Jahrzehnte ...«

Sie gingen an einer Mauer entlang bis zu einem niedrigen Torbogen, durch den sie von der geschäftigen Bolschaja Ordynka auf einen schmalen Pfad gelangten. Vögel zwitscherten. Rechts von ihnen stand, kaum besser als ein Schuppen, ein einstöckiges Haus, an dem der Putz abbröckelte, links von ihnen ein Kirchlein, klein wie aus einem Spielzeugbaukasten und halb verdeckt von hohen, sich im Wind wiegenden, rot blühenden Wiesenblumen. Suchanow blieb überrascht stehen. Unzählige Male war er im Strom der Menschen auf der anderen Seite der Mauer hier vorübergelaufen, ohne auch nur im Entferntesten zu ahnen, dass sich dahinter dieser stille Winkel verbarg, dieses schattige, feuchte, melancholische Plätzchen, so anrührend und sanft wie ein Aquarell von Levitan – aber natürlich war Moskau ja voll solcher vergessenen, verfallenen Ecken, in die Verbannung geschickten Zeugen eines anderen Lebens.

Die Kirche hatte nur eine einzige, dunkel verfärbte Kuppel ohne ein Kreuz darauf.

»Sie muss alt sein«, sagte Suchanow, als er die in die einst weißen Wände eingemeißelten fremdartigen Lebewesen betrachtete. »Vierzehntes Jahrhundert vielleicht?«

Dalewitsch fasste nach seinem Ellbogen und geleitete ihn auf dem Pfad zu einem verwahrlosten Gärtchen, das von anderen niedrigen, schon lange nicht mehr getünchten Gebäuden umstanden war.

»Nein«, sagte er, »sie ist eher ziemlich neu. Ein gewisser Alexej Tschusew hat sie um die Jahrhundertwende im pseudorussischen Stil entworfen. Hier war einmal ein Kloster, das 1908 von der Großherzogin Elisaweta Fjodorowna gegründet wurde, wenn ich mich nicht ganz irre. Kurz nach der Revolution wurde es selbstverständlich gleich wieder geschlossen, und die adelige Wohltäterin musste sich lebendigen Leibes in einen Bergwerkschacht werfen lassen – während Tschusew eine 180-Grad-Wendung vollzog und sich an den Bau des Lenin-Mausoleums machte. Die Geschichte der Architektur ist ja prallvoll von solchen kleinen Schlenkern – nun ja, wie wohl jede andere Geschichte auch. Da drüben ist übrigens Olegs Haus, er hat ein … Tolja?«

Suchanow war einige Schritte von ihm entfernt stehen geblieben. Die Verwunderung stand ihm ins Gesicht geschrieben.

»Es ist so friedlich hier.« Er lächelte entschuldigend. »Ich wollte nur … ganz kurz mal hören.«

Rundherum war es still, doch in der Stille ließen sich durchaus Geräusche wahrnehmen: das Tschilpen der erdfarbenen Sperlinge im Gestrüpp, die beinahe ängstlichen Geräusche, die eine eilig durch den Innenhof gehende junge Frau mit dunklem Kopftuch erzeugte – ein losgetretenes, weiterrollendes Steinchen, eine in den Angeln quietschende Tür, aufspritzendes Wasser, als ihr Fuß versehentlich in eine Pfütze trat. Wenn man sich anstrengte, konnte man sogar fast hören, wie es raschelte, wenn die roten Blumen vom Wind gegen die Mauern des Kirchleins gedrückt wurden. In den duftgeschwängerten Frühsommertagen gab es hier bestimmt viele Schmetterlinge, gelbe, weiße, orangefarbene, die wie Sonnenflecken über die den Boden wild überwuchernden Pflanzen tanzten, Pflanzen, die *Iwantschai* hießen, Iwans Tee, ein seltsam poetischer Name, der aus einer längst vergangenen Unterrichtsstunde zu ihm herüberwehte und mit dem sich nun auch andere Erinnerungen wieder einstellten, Erinnerungen aus der Zeit, als er vierzehn oder fünfzehn Jahre alt gewesen sein musste, die Blumen, die er für seine Naturkundestunden mit großer Geduld zwischen Buchseiten gepresst hatte, die Vögel, die hoch oben in den Bäumen miteinander zu sprechen schienen, während er unten mit weit in den Nacken zurückgelegtem Kopf, um die sonnendurchtränkten Himmelsfarben ganz in sich aufnehmen zu können, seine einsamen Läufe absolvierte, der tröstliche, leicht faulige Erdgeruch, wenn er sich erschöpft und schwer ins Gras hatte fallen lassen … Ja, genau so roch es in diesem Garten hier, nach verwelkten Blumen, nach Regen und vergangenen Sommern, und es war eine merkwürdige Vorstellung, dass sich nur einen Steinwurf entfernt eine riesige Stadt mit hektischen Straßen auftat, auf der Busse entlangdonnerten, sich Menschenmassen drängten und der Wind Bonbonpapiere, abgerissene Fahrkarten und alle möglichen anderen Überbleibsel kurzlebiger Vergnügungen vor sich her trieb – umso seltsamer, als sich um ihn herum nicht die Geräusche, Gerüche und Farben der Hauptstadt, sondern eines kleinen, weit entlegenen Provinzstädtchens entfalteten, eines tristen, heruntergekommenen und doch einnehmenden Städtchens … eines Städtchens wie Insa in der Uljanowsker Region, wohin meine Mutter und ich während des Kriegs für zwei Jahre evakuiert worden waren, von Moskau drei Tagesreisen mit dem überfüllten, stinkenden, Furcht einflößenden Zug entfernt.

Wir lebten in einem zugigen einstöckigen Haus am Stadtrand, in das uns die wortkarge Tante eines Bekannten unserer Familie aufgenommen hatte. Ich hatte ein Eckchen im Zimmer ihrer beiden Söhne, mit denen ich morgens gemeinsam durch Schnee und Dunkelheit zu unserer am anderen Ende der Stadt gelegenen Schule marschierte. Dort lernte ich zu Beginn des Winters 1942 Oleg Romanow kennen, der einmal Schüler von Marc Chagall gewesen war und nun bescheiden als Zeichenlehrer arbeitete – und in einer seiner Stunden, während meine gelangweilten Klassenkameraden Briefchen und selbstgedrehte Zigaretten durch das eiskalte Klassenzimmer schickten, erhaschte ich unvermutet einen Blick auf die Wahrheit.

Ich war bereits vor langer Zeit zu dem Schluss gekommen, dass Kunst ein gefährliches und schändliches Geheimnis meiner schon halb vergessenen Kinderzeit war, ein Geheimnis, das sich aus dekadenten Träumen und den verführerischen Liedern von Halbgöttern aus magischen, weit entfernten Ländern zusammensetzte und mir vorübergehend von Vaterlandsverrätern anvertraut worden war, bis die Schneeschmelze im Arbat-Viertel es auf ewig fortgeschwemmt hatte. Nun aber wurde mir bewusst, dass ich mich geirrt hatte. Kunst war weder eine private Peinlichkeit noch ein böser ausländischer Zauber. Und sie war – was ich noch erstaunlicher fand – keineswegs tot. Sie lebte hier und heute, in diesem traurigen kleinen Städtchen mit seinen vielleicht zweihundert Häusern und keiner einzigen Teerstraße, und sie wurde an jedem beliebigen Tag wieder zum Leben erweckt von einem kurzsichtigen, lispelnden Mann namens Oleg Romanow, der sich kaum von anderen mir bekannten Menschen unterschied und es dennoch irgendwie fertigbrachte, der kalten, ernsten, in Stücke gegangenen Welt um uns herum durch seinen einzigartigen Blick Leben einzuhauchen.

Einige Nächte lang ließ mich diese Erkenntnis kaum Schlaf finden. Und schließlich, zwei oder drei Wochen später, nachdem ich mich eine Stunde lang damit herumgequält hatte, eine mir zunehmend immer komplizierter erscheinende Tasse zu zeichnen, rief Romanow mich während des Unterrichts zu sich.

»Du lässt Talent erkennen, Suchanow«, sagte er fast widerstrebend. »Kein uninteressanter Versuch, in einem einzigen Bild sowohl das Äußere als auch das Innere der Tasse zu zeichnen. Wenn du Lust dazu hast, gebe ich dir Privatstunden.«

Das war noch eine weitere neue Entdeckung: Kunst, dieses schwer fassbare, leuchtende Wunder, konnte man lehren und die hässliche Skizze einer Teetasse konnte zum Sesam-öffne-dich für kostenlos gewährte Unterweisung werden. Es würde natürlich sehr viel Arbeit bedeuten, meinte Romanow streng. Ich müsse anfangen, die Welt um mich herum zur Kenntnis zu nehmen, müsse ihre Gerüche, Farben, Töne wahrnehmen, die Gestalt und Textur ihrer Kreaturen, vom scheinbar einfach zu erfassenden Sperling oder dem bekannten gelben Schmetterling bis hin zur Krönung der Schöpfung, dem Menschen. Ich müsse mir die Schattierungen eines Sonnenaufgangs und die des Regens einprägen, lernen, die vielen verschiedenen Weißtöne zu unterscheiden und den Regenbogen wie ein Gedicht zu lesen – und dann würde ich eines Tages nach vielen Mühen, vielen schlaflosen Nächten, Bergen abgebrochener Bleistiftminen und kaputtgestrichener Pinsel, endlich dort angelangt sein, wo …

»Ich fürchte, wir werden uns verspäten«, drang Dalewitschs sanfte Stimme an seine Ohren.

Als Suchanow aus seinem unglaublich lebendigen Tagtraum aufschreckte und dem höflich fragenden Blick seines Vetters begegnete, fühlte er, wie sich etwas Neues, Dunkles in ihm zu regen begann. Angst stieg in ihm auf, eine grauenhafte, alles überwältigende Angst – denn während er dem Echo seiner tief in ihm schlummernden Erinnerungen nachgelauscht hatte, war ihm überdeutlich bewusst geworden, auf welchen Abgrund ihn die Vergangenheit zuschob, gnadenlos und unerbittlich …

»Hast du irgendwas vergessen?«, fragte Dalewitsch.

»Im Gegenteil«, stotterte Suchanow, »mir ist gerade eingefallen, dass ich … Ich muss etwas erledigen. Entschuldige mich bitte bei deinem Freund – sag ihm, ich komme vielleicht ein andermal …«

Er machte kehrt und entfernte sich eilends.

»Ich verstehe ja«, rief Dalewitsch hinter ihm her. »Obwohl ich gehofft hatte, wir könnten unsere Diskussion noch zu Ende führen. Außerdem wollte ich dir doch von dem Artikel erzählen, den ich geschrieben habe …«

Suchanow warf noch einmal einen Blick über die Schulter, zurück auf den stillen, verwilderten Garten, auf die verdunkelten Fenster und die abblätternde Farbe an den niedrigen Gebäuden, in denen irgendwo ein Mann namens Oleg seine Ankunft erwartete.

»Ein andermal vielleicht«, erwiderte er schroff.

Und ohne sich noch einmal umzusehen, marschierte er wieder in die Gegenwart hinein.

10

Die Zeiger auf Suchanows Schreibtischuhr zeigten zehn Minuten nach sechs an, als Nina abrupt die Tür aufriss und ihm kurz und knapp eröffnete, sie sei mit einer Freundin zu einem Theaterbesuch verabredet.

»Ihr braucht nicht mit dem Essen auf mich zu warten«, sagte sie, während sie an dem immer wieder aufspringenden Schloss ihres Armbands herumfummelte.

Er stellte fest, dass er die Ohrringe, die sie heute trug, nicht kannte – feine Silberspiralen, die sanft an ihrem Hals hin und her schwangen und ihr Gesicht schmaler und jünger aussehen ließen. Auch ihr Lippenstift schien neu zu sein – ein mädchenhaftes Pink anstelle des gedämpften Pfirsichrosa, das sie sonst bevorzugte.

»Ins Theater?«, fragte er. »Davon wusste ich ja gar nichts.«

»Sie spielen den ›Kirschgarten‹ im Malyi«, erklärte sie hastig. Das Armband ließ sich einfach nicht schließen. »Liusja hat mich gestern angerufen, weil sie eine Karte übrighatte.«

Sogleich hatte er wieder die Eintrittskarte vor Augen, die der Wind ihm auf der Straße zugetrieben hatte.

»Es soll regnen heute Abend«, sagte er. »Du nimmst doch sicher den Wagen?«

»Nein. Wir haben Wadim diesen Abend freigegeben. Aber mach dir keine Sorgen, ich komme schon zurecht.«

»Auf dem Heimweg solltest du dir aber auf jeden Fall ein Taxi nehmen«, sagte er und setzte nach kurzem Zögern hinzu: »Habe ich diese Ohrringe schon einmal gesehen?«

»Hundertmal«, antwortete sie ungeduldig. »Ich muss jetzt los, sonst komme ich zu spät.«

Dann sah Suchanow nur noch weiße und graue Seide aufschimmern; in der Luft hing schwacher Maiglöckchenduft, und er hörte, wie ihre hohen Absätze durch den Flur eilten, bis schließlich die Wohnungstür hinter ihr zuschlug. Einen Augenblick lang überlegte er, ob er vom Balkon aus verfolgen sollte, wie sich das Klappern ihrer Absätze auf der dunkler werdenden Straße verlor, doch weil die lähmende Angst, die ihn im Garten des verfallenen Klosters gepackt hatte, noch immer nicht vollends von ihm abgefallen war und ihm jede Bewegung widerstrebte, wandte er sich lieber wieder seiner Arbeit zu.

Es war beinahe elf Uhr, als er unter den missbilligenden Blicken des bronzenen Pegasus den letzten Satz seines nicht sehr überzeugenden Fazits zu Papier brachte und das Blatt, nachdem er es den Klauen seiner altmodischen Schreibmaschine entrissen hatte, zu den anderen Seiten legte und sich nachdenklich in seinem Schreibtischstuhl zurücklehnte. Der Artikel, so viel war ihm klar, war schmählich dünn geraten und ging kaum über eine oberflächliche Betrachtung der Fakten hinaus. *Salvador Dalí wurde 1904 in einer kleinen spanischen Stadt geboren. Sein Vater war …* Als ihn plötzlich das Bedürfnis nach frischer Luft überkam, löschte er mit einer schnellen Drehung des Handgelenks das Licht, stieß die Balkontür auf und trat in die kühle Nacht hinaus.

Es hatte bereits vor Längerem zu nieseln begonnen. Die Dächer und Kuppeln der Kirche glitzerten feucht, und die ganze Stadt schien in einen sanften herbstlichen Rhythmus verfallen zu sein. Von irgendwo über ihm wehte Zigarettenrauch in seine Richtung und vermischte sich mit den von unten heraufschwebenden Fetzen einer leise geführten Unterhaltung. Suchanow hörte eine traurige Frauenstimme sagen: »Wir werden dieses Jahr so viele Äpfel haben, und niemand ist da, der sie isst …« Und wie er dort so stand, seinen Blick schweifen ließ, lauschte und tief ein- und ausatmete, erschien ihm die Nacht plötzlich voll versteckter Bewegung, so aufreizend lebendig, so völlig anders als die behäbige Ruhe in seinem Arbeitszimmer, dass er richtiggehend bestürzt war, fast so, als hätte er beim Blättern in der sechsten Auflage seines Lehrbuches über die sowjetische Kunsttheorie entdeckt, dass sich zwischen zwei maßgebliche Absätze heimlich, still und leise ein Gedicht eingeschlichen hatte – Verse ohne wirkliche Bedeutung, aber doch anmutig schwungvoll und gleichzeitig grau und sanft wie der Regen …

Und in diesem kurzen, lichten Moment kam ihm eine Erkenntnis, die bereits seit Tagen in den dunklen Tiefen seines Unterbewusstseins geschlummert und sich nun ihren Weg an die Oberfläche gebahnt hatte: Etwas war in ihm in Bewegung geraten, etwas Seltsames, etwas Beunruhigendes, Verstörendes – etwas, das er nicht erklären, geschweige denn kontrollieren konnte.

Es war seine Vergangenheit, die ihn einzuholen begann.

Anatoli Pawlowitsch hatte sich angewöhnt, im Buch seiner Jahre die Vergangenheit fest verschlossen zu halten und nur wenige kurze Absätze mit Grundlageninformationen sowie einige stark redigierte Stellen zur sentimentalen Erbauung preiszugeben. Doch seit Kurzem quollen ungebeten und erbarmungslos alte Erinnerungen wieder hervor – und hatte er diese auch anfangs noch als angenehm nostalgische Ausflüge in die pastellfarbenen Landschaften seiner frühen Kindheit betrachtet, so wurden sie nun zunehmend düsterer, rauer, verstörender, weil sie ihn näher und näher an den verbotenen Rand seines persönlichen Geheimnisses brachten, über den er sich schon jahrzehntelang nicht mehr gebeugt hatte. Am Morgen in jenem Garten hatte er sich dabei ertappt, dass er nahe daran war, den Schrecken jenes Novembertags im Jahr 1943 wieder aufleben zu lassen – diesen unvergessenen Augenblick verlorenen Glaubens und den ungeheuren Schmerz, der anschließend Besitz von ihm ergriffen hatte. Die bloße Möglichkeit, wieder in diese Erinnerungen hineingezogen zu werden, erzeugte ein Gefühl der Betäubung in seinem Hinterkopf; nein, er konnte sich davon nicht foltern lassen, nicht nach all diesen Jahren …

Wieder zwang er seine Gedanken in eine andere Richtung, während er in die regennass schimmernde Nacht hinaussah. Er fuhr sich mit der Hand über die Stirn, unterdrückte den Schauder, der ihn überkommen wollte, und wandte sich um, um wieder hineinzugehen, als neuerlich Zigarettenrauch zu ihm herunterzog und unvermittelt etwas Hartes, Großes ihn am Hinterkopf traf, dann aufs Geländer aufschlug und von dort ins Gebüsch hinunterfiel. Ungläubig starrte er hinterher: Es war ein Laib Brot. Er verrenkte sich den Hals, blickte nach oben und sah sich einem ihm unbekannten alten Mann mit einer roten Skifahrermütze auf dem Kopf gegenüber, der im neunten – dem obersten – Stock über dem Balkongeländer hing. Mehr als den Kopf des Mannes konnte er aus diesem Blickwinkel nicht sehen, aber mit seinem kleinen runden Gesicht, den schwarzen Knopfaugen, der zerknitterten gelblichen Haut und der Stupsnase hatte er erstaunliche Ähnlichkeit mit einem alten Krallenäffchen. Suchanow war, als schwebe in den Rauchwolken über seinem Kopf ein verschrumpelter Luftballon mit einem aufgemalten Affengesicht und einer angeklebten Zigarette.

Der Mann zwinkerte ihm zu, und das Bild erwachte zum Leben.

»Gute Nachrichten, Genosse«, flüsterte er verschwörerisch. »Ich habe gerade mit Lenin gesprochen, und er bat mich, dir zu sagen, dass alles nach Plan läuft. Punkt vier Uhr morgens geht es los. Halte dich bereit.«

»Wie bitte?«, fragte Suchanow eisig. »Sprechen Sie mit mir?«

Der Mann lächelte ihn wohlwollend-listig an. »Du brauchst nur den Anweisungen zu folgen. Und«, flüsterte er, »hüte dich vor unseren Feinden. Sie sind überall. Achte immer darauf, was hinter dir vor sich geht.«

In diesem Moment erbebte die Decke von Suchanows Arbeitszimmer unter eilig herbeistürmenden Schritten, und der schrille Ausruf einer Frau drang durch die Nacht: »Papa, wieso bist du denn nicht in deinem Bett? Hast du deine Medizin nicht genommen?«

Das Affengespenst warf einen flüchtigen Blick über seine

Schulter, wandte sich dann wieder Suchanow zu, lächelte ihn zahnlos an, ließ die Zigarette fallen und verschwand so abrupt, als hätte jemand an einer Schnur gezogen. Sekunden später schlug die Balkontür zu und ließ nichts mehr von dem sich nun im Inneren der Wohnung abspielenden Kampf nach draußen dringen.

Acht Stockwerke weiter unten flackerte das rote Pünktchen des Zigarettenstummels noch einmal auf, bevor es verlosch.

Suchanow wischte sich Regentropfen aus dem Gesicht, ging ins Zimmer zurück und murmelte, während er mit flatternden Händen die Balkontür hinter sich verriegelte: »Also wirklich – sind in diesem Haus denn alle verrückt geworden?« Plötzlich war ihm das undurchdringliche Dunkel des Zimmers unangenehm. Er beeilte sich, Licht anzuknipsen, und auf der Stelle fielen die Schatten wie ganze Herden unförmiger, verängstigter Tiere von ihm ab. Einen Moment lang, bevor seine Augen sich wieder an das helle Licht gewöhnt hatten, sah er sie vor sich wie echte Lebewesen, die körperlos, farblos und leicht wie Staubflocken in verborgenen Ecken hockten und ihn heimlich beobachteten – unter dem Sofa, hinter der Tür, über den Rand des Papierkorbs hinweg …

Er blinzelte, rieb sich die Schläfen. Es war unverkennbar, dass er nicht genug geschlafen hatte und dass die Geschehnisse der letzten Tage ihm die Gedanken vernebelt und verwischt hatten wie im Regen vergessene Aquarellfarben. Plötzlich hatte er nur noch den Wunsch, sich mit einem leichten Buch in sein Bett zurückzuziehen, um sich von den belanglos plätschernden Schilderungen eines Schriftstellers einlullen zu lassen und dabei in einen traumlosen Schlaf zu fallen. Es gelang ihm nicht auf Anhieb, sich den Roman, den er gerade las, ins Gedächtnis zu rufen – es handelte sich um ein schlecht übersetztes Buch aus dem Westen, das in einer nur durch Subskription erhältlichen Science-Fiction-Reihe erschienen war, mit einem paranoiden, unsympathischen Helden, der ständig in fremde Körper schlüpfen musste; alles in allem genau die Sorte seichte Literatur, die er nach einem langen anstrengenden Tag schätzte. Allerdings fiel ihm gleichzeitig auch ein, dass das Buch noch dort lag, wo er es vor Tagen hatte liegen lassen – auf seinem Nachtkästchen im Schlafzimmer.

Unentschlossen blieb er vor dem schmalen Lichtstreifen stehen, der unter der Schlafzimmertür hervorlugte. Er war zu beschäftigt gewesen, um nach ihrem fehlgeschlagenen gemeinsamen Morgenspaziergang noch einmal mit Dalewitsch zu reden, und zu dieser Stunde erschien ihm die Vorstellung eher abschreckend, diesen überhöflichen Mann zu stören, den er kaum kannte und vermutlich im Schlafanzug antreffen würde. Seufzend schlich er auf Zehenspitzen wieder zurück, vorbei an der halbdunklen Höhle des unbeleuchteten Wohnzimmers, durch dessen offene Tür er einen Blick auf Ninas ordentlich zusammengefaltetes Bettzeug am Fußende der Couch werfen konnte. Theaterstücke dauerten heutzutage offenbar ziemlich lange … Er schloss die Tür seines Zimmers etwas lauter, als eigentlich beabsichtigt, und als er stirnrunzelnd seine Regale betrachtete, blieben seine Augen auf einem dicken roten Buch mit goldenen Buchstaben auf dem Rücken hängen, das halb von Papieren verdeckt auf seinem Schreibtisch lag.

Es waren E. T. A. Hoffmanns gesammelte Erzählungen, die Xenia ihm am Morgen der Aufführung im Bolschoi hingeworfen hatte. Er hatte seither keinen Gedanken mehr daran verschwendet. Xenia hatte gesagt, das Ballett »Coppelia« basiere auf Hoffmanns Erzählung »Der Sandmann«, und er solle lieber das Original lesen. Für ihr Alter war Xenia außerordentlich belesen und eigensinnig, mitunter sogar unangenehm überheblich. In letzter Zeit hatte er aufgrund ihrer intellektuellen Arroganz zunehmend größere Schwierigkeiten, mit ihr zu reden, zumal sie auch mit ihrer Verachtung für seine Arbeit nicht hinter dem Berg hielt. Vor einigen Jahren, als sie eine Zeit lang von griechischer Mythologie fasziniert gewesen war, hatte sie aus irgendeiner Anmerkung einen Spitznamen für ihn ausgegraben, der sich ärgerlicherweise über sämtliche weiteren Umbrüche ihrer Jugendjahre gehalten hatte: Zerberus. So nannte sie ihn bis heute. Der echte Zerberus, hatte sie einmal erklärt, dieser monströse Hund mit drei Köpfen, der das Reich der Toten bewachte, verschlang nicht nur die Geister der Toten, die den Versuch unternahmen, wieder ins Licht der Welt zu entfliehen, sondern auch die der Lebenden, die versuchten, in die Unterwelt einzudringen.

»Findest du nicht auch, dass das eine ausgesprochen passende Metapher für die Sowjetkunst ist, für das traurige Schicksal jedes Künstlers, der noch irgendwelche Lebensgeister in sich trägt, und für die Rolle des Kritikers, der dieses Schicksal über ihn verhängt?«, hatte sie ihn gefragt, todernst und ohne den kleinsten Anflug eines Lächelns – seine eigene Tochter, damals kaum fünfzehn Jahre alt. Eine Ironie des Schicksals, dachte er und lachte bitter auf, es war eine Ironie des Schicksals, dass von seinen zwei Kindern das eine sein Tun und Lassen so vollständig ablehnte, während das andere eine Kompromissbereitschaft an den Tag legte, die ihm selbst schon unmoralisch erschien. Nachdenklich nahm er die Hoffmann'schen Erzählungen und wog sie in der Hand. Wenn er die Geschichte las, hatte er wenigstens etwas, worüber er beim Frühstück mit Xenia reden konnte.

Schon bei den ersten Sätzen empfand er die Sprache als pompös und überladen; und der Held lamentierte andauernd, wie es sich für einen echten humorlosen Romantiker gehörte, über »dunkle Ahnungen eines grässlichen Geschicks«, die sich »wie dunkle Wolkenschatten« über ihm ausbreiteten. Doch nach und nach vertiefte sich Suchanow immer weiter in die Geschichte dieses jungen Mannes, der seit frühester Kindheit vom Bild eines geheimnisvollen Sandmanns verfolgt wurde. Die Mutter hatte dem Kind vor dem Einschlafen vom Sandmann erzählt, der den Kindern Sand in die Augen streute, damit diese schwer wurden und zufielen, aber in Nathanaels Fantasie wurde der Sandmann zu einem Augen stehlenden Ungeheuer aus einem alten Ammenmärchen – ein Ungeheuer, das der Junge in Coppelius, dem unheimlichen Notar der Stadt, verkörpert sah. Als Nathanael Jahre später einem ausländischen Brillenverkäufer begegnete, der dem Coppelius seiner kindlichen Albträume verblüffend ähnelte, erschütterten plötzlich alle möglichen furchtbaren Anzeichen und Ahnungen sein bislang ruhiges Leben und verwirrten seinen gefolterten Geist immer mehr.

Was Suchanow an dieser Erzählung besonders interessierte, war die Frage, ob die seltsamen Begebenheiten eine Folge des unausgeglichenen Geisteszustands des Helden waren, also seine ganz persönlichen Halluzinationen, oder ob der Zustand des Helden eine Folge der merkwürdigen Ereignisse war, die sich tatsächlich abspielten, aber dank einer außergewöhnlichen hellseherischen Begabung – ähnlich der Intuition des genialen Künstlers – nur von ihm selbst wahrgenommen werden konnten. Leider schien diese Frage nicht beantwortet zu werden, denn Hoffmann hatte im Kampf gegen die Mittelmäßigkeit klein beigegeben und sich in einem Anflug von Feigheit einen glücklichen Ausgang für seine Leserschaft einfallen lassen. Dank der Fürsorge seiner Lieben wurde Nathanael schließlich von seinen Heimsuchungen geheilt, und als er dann unglaubwürdigerweise auch noch eine beträchtliche Erbschaft machte, wollte er mit seiner langjährigen Angebeteten in ein Haus auf dem Lande ziehen. Um einen letzten Blick auf den Ort zu werfen, an dem sie so lange gelebt, geliebt und gelitten hatten, kletterte das Liebespaar auf den Rathausturm und so weiter, und so fort … Suchanow war plötzlich so müde, als habe ihm der Sandmann höchstpersönlich Sand in die Augen gestreut. Gähnend blätterte er um und tastete mit der anderen Hand gleichzeitig nach dem Schalter der Lampe neben dem Sofa, um sofort das Licht zu löschen, sobald er den letzten Satz gelesen hatte.

Bis zum letzten Satz kam er nicht mehr.

Oben auf dem Turm erlitt Nathanael einen letzten Ausbruch seiner Geistesverwirrtheit. Als er in der unten um den Turm versammelten Menschenmenge den Notar Coppelius erblickte, rief er: »Schöne Augen! Schöne Augen!«, und sprang über das Geländer. »Als Nathanael mit zerschmettertem Kopf auf dem Steinpflaster lag«, las Suchanow noch, dann ließ er das Buch sinken und zu Boden gleiten. Dieses Ende hatte er nicht vorausgesehen, und es traf ihn mit widerlicher Präzision an seinem schwächsten Punkt.

Eine lange Weile lag er da, ohne sich zu bewegen. Dann löschte er das Licht und ließ Augen, Geist und Seele im Dunkeln zur

Ruhe kommen. »Als Nathanael mit zerschmettertem Kopf auf dem Steinpflaster lag« – sein eigenes entsetzliches Schicksal hatte ihn nun doch eingeholt, wie er es immer befürchtet hatte.

Sie hatten damit gerechnet, dass sein Vater im Laufe des Sommers 1938 aus Gorki zurückkommen würde, doch er kam nicht. Seine Anwesenheit würde in der Fabrik noch benötigt, erklärte Nadeschda Suchanowa immer wieder, doch als der Herbst kam und dann der Winter und schließlich auch dieser zur Neige ging, klang ihre Stimme immer weniger überzeugend, und Anatoli bemerkte, wie sich dieser gehetzte, unterwürfige Blick in ihre Augen stahl, der ihr später zur Gewohnheit werden sollte. Gelegentlich – und grundsätzlich zu Geburtstagen – konnte er seinem Vater über die Störungen im Telefonnetz hinweg etwas zubrüllen. Wenn sie über die Entfernung von vierhundertneununddreißig Kilometern auf die Ohren des Jungen traf, klang Pawel Shukhanows Stimme gedämpft und ein wenig verwirrt, als sei sie unterwegs angestaubt, aber immer noch recht fröhlich, und manchmal klang sogar eine Art ungeduldiger Stolz durch.

Eines der Gespräche war Anatoli besonders gut im Gedächtnis geblieben.

»Ich bin einer Entdeckung auf der Spur, die die gesamte Luftfahrt grundlegend verändern wird«, hatte Pawel Suchanow seinem Sohn anvertraut, ohne sich jedoch über nähere Einzelheiten auszulassen. »Am besten, wir halten die Sache erst einmal geheim«, hatte er ihm nur zugeraunt, und Anatoli meinte, ein Lächeln aus seiner rauen Stimme herauszuhören. Das war im Sommer 1939 gewesen. Im Herbst klingelte das Telefon in der Arbat-Wohnung eines Tages unangenehm früh; seine Mutter eilte barfuß über den Flur, und dabei verursachten ihre bloßen Füße auf dem Boden ein merkwürdiges, sehr einsam klingendes Geräusch. Sie hatte die Zimmertür hinter sich offengelassen und ich, den Kopf noch voller Traumbilder, sah ihr nach und beobachtete, wie sie den Hörer abnahm. Das Licht war an jenem Morgen wie Milchschaum, weiß und flockig, und die Konturen ihres langen weißen Nachthemds schienen sich vor meinen schlaftrunkenen Augen in der Luft aufzulösen. Sie fragte etwas, atemlos und kurz, lauschte dann schweigend und hielt sich eine Hand vor den Mund, als versuchte sie ein Gähnen zu unterdrücken. Nach dem Telefonat kam sie langsam ins Zimmer zurück, ließ sich auf meine Matratze sinken und sah mich mit reglosem Blick an.

»Es gibt schlechte Nachrichten«, sagte sie. Ihre Hand schwebte über meiner Stirn wie ein aufgeregter kleiner Vogel. »Dein Vater ist plötzlich krank geworden und sie müssen ihn für einige Zeit im Krankenhaus behalten.« Die Krankheit, fuhr sie fort, sei nicht wirklich gefährlich, aber sehr langwierig, etwa so wie eine schwere Grippe. In einigen Monaten würde er wohl wiederhergestellt sein. »Wir werden eine Zeit lang nicht mit ihm sprechen können, aber das macht ja nichts – dann schreiben wir ihm eben, oder?«, sagte sie gezwungen fröhlich, ohne mir dabei in die Augen zu schauen. Ich war erst zehn Jahre alt und noch zu jung, um hinter ihren Worten eine Lüge zu vermuten.

In den folgenden zwei Jahren wurde die Entlassung meines Vaters aus dem nicht näher bezeichneten Krankenhaus ein ums andere Mal hinausgeschoben, obwohl seine völlige Genesung meiner Mutter zufolge immer kurz bevorstand. Natürlich schrieb er uns regelmäßig, doch all seine Briefe gingen unterwegs verloren. Kurz nach Kriegsbeginn verließen wir Moskau, ohne wieder von ihm gehört zu haben, und begaben uns mit Tausenden von Menschen auf den Exodus nach Osten.

Irgendwann im Frühjahr 1942 erfuhr ich, dass er endlich geheilt und nach Hause zurückgekehrt war, um in der Nähe von Moskau in einer wichtigen Abwehr-Einrichtung zu arbeiten. Wieder wanderten Briefe zwischen uns hin und her; sie kamen in unregelmäßigen und nie vorherzusagenden Abständen, wie es bei Kriegskorrespondenz nun einmal der Fall war, aber sie kamen, und sie waren echt, echte Briefe nach diesen verzweifelt langen Jahren des Schweigens. Meine Mutter las jedes dieser kostbaren Schreiben laut vor, hielt jedes so fest in der Hand, als könne sie gar nicht glauben, dass es wirklich existierte, und unterbrach sich des Öfteren, um mit ihren rotgeränderten, verwunderten Augen eine oder zwei Zeilen zu überspringen. Diese Briefe ließen neue Hoffnung in mir aufkeimen. Nun wusste ich, dass unser Wiedersehen endlich bevorstand, und verbrachte, inspiriert von meiner erst kürzlich entdeckten Begabung, viele Stunden damit, mir auf Fetzen von rauem braunen Papier, Rändern von Zeitungsseiten oder weggeworfenen Briefumschlägen ins Gedächtnis zu rufen, was ich noch von ihm wusste, sein Lachen, seine Gesten, seinen Gang, seine Art, sich beim Zuhören ans Kinn zu fassen … Seinen letzten Brief erhielten wir im Oktober 1943, als wir gerade dabei waren, uns für die Rückkehr nach Hause zu rüsten. Er wusste, dass wir kommen würden, und schrieb, er habe eine wunderbare Überraschung für uns vorbereitet – er habe endlich die Entdeckung seines Lebens gemacht.

Meine Mutter wirkte skeptisch. Elend.

Graupelschauer und Regen hatten einen glitschigen Schleier über die Stadt gelegt, als wir am sechzehnten November um zwei Uhr nachmittags aus dem überfüllten Zug stiegen und den Bahnsteig entlangstolperten. Während wir nachts stundenlang an einem namenlosen, unbeleuchteten Bahnhof gewartet hatten, hatte ich mit dem Finger den Namen meines Vaters auf die beschlagene Scheibe unseres Waggonfensters geschrieben, doch morgens hatte jemand das Fenster geöffnet, und als der Regen von draußen hereinspritzte, verliefen die Buchstaben zu schmutzigen kleinen Bächen und ließen sich nicht mehr entziffern.

Er war nicht erschienen, um uns abzuholen.

»Das ist in Ordnung, wir kommen schon zurecht«, wiederholte meine Mutter ein ums andere Mal mit gepresster Stimme. Wir hatten nicht viel dabei: eine Tasche mit Kleidern, eine mit Küchenutensilien, einen sperrigen Lampenschirm, den sie nicht hatte zurücklassen wollen, und einen Ordner mit meinen Zeichnungen und Aquarellen, mein einziges Hab und Gut, das ich nah an meinem Herzen unter dem Mantel trug. Die ganze lange Fahrt über hatte ich mir vorgestellt, wie ich den Inhalt des Ordners vor den Augen meines Vaters auf dem Tisch ausbreiten und wortlos, mit vor Furcht und Freude wild klopfendem Herzen, auf sein Urteil warten würde. Unser Weg durch die Stadt schien sich endlos hinzuziehen, aber dann waren wir schließlich doch in unserer wohlvertrauten Arbater Straße; der Bürgersteig war so schlüpfrig, dass wir immer wieder unter dem Gewicht unserer Taschen ausrutschten.

Die Straße ist verlassen und so still, dass ich fast hören kann, wie sich der Klang unserer Schritte auf dem nassen Boden verflüssigt. Die meisten Fenster in den umstehenden Häusern sind dunkel, manche sogar verrammelt – aber ich sehe schon, dass in dem Haus vor uns, unserem Haus, die Fenster im fünften Stock erleuchtet sind, dass sie hell leuchten, unerschrocken überströmen von einem nahenden, schon beinahe greifbaren Glück … Ist das wirklich möglich? Ja, die Gestalt eines großen breitschultrigen Mannes ist jetzt an einem der Fenster zu erkennen, und als wir näherkommen, so nah, dass ich bereits den Kopf in den Nacken legen muss, sehe ich, dass er es ist, es ist wirklich er, der da steht und auf uns wartet, und er lächelt und das Ganze kommt mir vor wie der Traum, den ich all die Jahre über immer wieder geträumt habe, sodass ich jetzt sogar ein wenig Angst vor dem Aufwachen habe. Und genau in dem Moment hebt der Mann im Fenster, mein Vater, die Hand zum Gruß, bevor er das regennasse Fenster aufstößt und mit einer blitzschnellen Bewegung auf das Fensterbrett steigt – und für den Bruchteil einer Sekunde versuche ich mir vorzustellen, was er zu uns herunterrufen wird, wie er sich wohl anhört nach so vielen Jahren.

Doch mein Vater ruft gar nichts. Im nächsten Moment macht er, immer noch lächelnd, einen Schritt vorwärts, tritt über das Fensterbrett hinaus, mitten ins Leere.

Hohl und ohrenbetäubend laut schlägt mein Herz, es rast wie ein gewaltiger Wasserfall, und alles, was ich liebe, alles, woran ich glaube, hängt in einer unglaublich grotesken Balance vor mir in der Luft. Dann stöhnt meine Mutter laut auf, greift mit den Händen nach meinem Kopf und drückt mein Gesicht heftig in ihren Mantel hinein. Ein Knopf bohrt sich schmerzhaft in meine Wange, während ich die Augen zusammenkneife und mir der beißende Geruch von feuchten Kleidern, kaltem Rauch und getrocknetem Fleisch in die Nase steigt – der klamme Atem des Regens, der sich mit den Gerüchen aus unserem Eisenbahnwaggon vermischt. Und während ich dastehe, ohne mich zu bewegen, fallen mein Gefühl für die Gegenwart, meine Wahrnehmung der Wirklichkeit und die Erinnerung daran, wer ich bin, wie die Schalen von etwas Abgestorbenem von mir ab, und die Welt selbst kommt mir abhanden.

Dann verwandelte sich der Schnee in Regen, stach wie mit kleinen Nadeln auf Anatolis ungeschützten Nacken und seine Hände ein, und von irgendwoher kamen Leute herbeigelaufen, die irgendetwas riefen, und dann rannte er plötzlich selbst, schneller und schneller, umklammerte den Ordner mit seinen Zeichnungen; vor ihm lagen dämmrige Straßen, eine alte Frau an einer Ecke schrie erschreckt auf und schickte ihm einen Fluch hinterher, ein räudiger Hund lief ihm leise winselnd eine Zeit lang nach, und dann war da ein Hof, in dem man nichts hörte außer träge tropfendem Wasser, es tropfte von den nackten Ästen der Bäume, von den Giebeln und von den Fensterbrettern, es tropfte und tropfte – und von Neuem schien die Welt sich aufzulösen, schien sanft zu entgleiten wie das Papierschiffchen eines Kindes auf strömendem Wasser …

In diesem Hof fand ihn Saschka Morozow Stunden später; reglos saß er da und sah zu, wie kleine Papierfetzen vom Regenwasser aufgeweicht und weggespült wurden. Saschka fasste ihn an den Schultern und redete ohne Unterlass auf ihn ein, während er ihn wegführte, irgendwohin, wo Menschen waren, von denen er einige kannte, andere nicht, und abends setzten sie seine Mutter und ihn in einen Wagen und brachten sie auf die andere Seite des Flusses, in ein Haus mit vielen winzigen Zimmern, die ineinander übergingen wie eine Reihe von Mausefallen. Er erinnerte sich an drückend niedrige Zimmerdecken, an hässliche Tapeten mit braunen und roten Zickzackmustern in der Diele und eine riesige rostige Badewanne auf seltsamen klauenartigen Füßen. Eine magere Frau mit einer spitzen Nase nahm ihn sichtlich verlegen unter ihre Fittiche, nötigte ihm eine Tasse mit lauwarmer Suppe auf und nannte ihn »armer Kleiner«, und ein ernsthafter blonder Junge von höchstens zehn Jahren verfolgte ihn mit neugierig glänzenden Augen, wohin er auch ging, als ob er damit rechnete, dass Anatoli sich jeden Moment in irgendetwas Seltsames verwandeln könne.

Anatoli gab dem Jungen das, was von seinen Zeichnungen übriggeblieben war, zum Spielen; er wollte nichts mehr damit zu tun haben. Offenbar verbrachten sie einige Zeit bei diesen namenlosen nutzlosen Leuten, zumindest ein paar Tage, womöglich sogar eine ganze Woche, weil er immer noch dort war, als dieser zähe, alles betäubende Schmerz, der ihn so sehr gelähmt hatte, dass ihm jedes Zeitbewusstsein abhanden gekommen war, langsam, ganz langsam von ihm abfiel, bis er eines Abends endlich wieder allein aufrecht sitzen konnte, mit trockenen Augen und seltsam gefühllos, und während er nur immer wieder »Da, da« vor sich hin stammelte, weinte seine Mutter vor Erleichterung hemmungslos an seiner Schulter. An jenem Abend zogen sie durch das im Schnee versinkende Moskau zurück in ihre Arbat-Wohnung.

Die Überraschung, die sein Vater für sie vorbereitet hatte, fand er nie. Und in den wenigen Dingen, die ihm gehört hatten, ließ sich nicht die geringste Spur irgendeiner großen Entdeckung ausmachen. Auf seinem Schreibtisch fanden sich verschiedene technische Handbücher, eine gerahmte Fotografie von Nadeschda Suchanowa, die sie als sehr junges, rührend hässliches Mädchen zeigte, und ein an mehreren Stellen mit Lesezeichen versehener Band aus Puschkins Werken mit zwei roten, ungeduldigen Ausrufezeichen neben dem Satz »Ein Wissenschaftler ohne Begabung ist nicht besser als der arme Mullah, der den Koran zerschneidet und aufisst, weil er glaubt, auf diese Weise würde er von Mohammeds Geist erfüllt werden«. Außerdem war da noch ein aus einer Kinderzeitschrift ausgerissenes und mit Reißzwecken an die Wand geheftetes Bild von einem bunten, rot-weiß-goldenen Heißluftballon, über den Pawel Suchanow in seiner schrägen, selbstsicheren Handschrift geschrieben hatte: »Lass dir von niemandem deine Flügel beschneiden.«

Dieser Satz beschäftigte Anatoli in den folgenden Monaten immer wieder, und jedes Mal fragte er sich, ob sein Vater ihn wohl nur einfach so hingeschrieben hatte oder ob er damit etwas Bestimmtes hatte aussagen wollen, ob es vielleicht sogar eine Art Leitsatz für ihn war, ein persönliches Motto, das Versprechen, mutig sein zu wollen, das er letztlich doch nicht hatte halten können – denn war nicht der freiwillige Rückzug aus dem Leben, noch dazu in einer Zeit, in der rundherum so viel gestorben wurde, ein Akt höchster Feigheit? Und dass er seinen Tod so bewusst vor ihren Augen inszeniert hatte, erschien Anatoli zusätzlich grausam und jenes Mannes, für den er seinen Vater gehalten hatte, nicht würdig, weshalb er sich an die seinem kindlichen Gemüt gar nicht so unwahrscheinlich erscheinende Möglichkeit klammerte, dass die ganze Sache keineswegs beabsichtigt, sondern ein tragischer, vollkommen unnötiger Unfall gewesen war – dass sein Vater einfach nur auf dem nassen Fensterbrett ausgerutscht war, als er sie auf eine clownesk-extravagante Art hatte begrüßen wollen. (Tatsächlich wurde er sein Leben lang eine gewisse Unsicherheit über den wahren Hergang des Geschehens nicht los, nicht einmal, als er später begriffen hatte, dass Pawel Suchanow nie in irgendeinem Krankenhaus gewesen, sondern wie die arme Musiklehrerin, wie Gradski und seine Frau, wie hunderttausend andere als »Volksfeind« festgenommen und eingesperrt worden war, bis man ihn begnadigt hatte, als das Land – mitten im Krieg– dringend Offiziere und militärische Spezialisten, darunter auch Luftfahrttechniker, benötigte. Offenbar war in diesen Jahren des Schreckens etwas mit seinem Verstand passiert, was sich nie wieder rückgängig machen ließ.

Seine Mutter, die vermutlich genauer wusste, was tatsächlich passiert war, brach jedes Mal nur vorwurfsvoll in Tränen aus, sobald Anatoli auch nur andeutungsweise zu erkennen gab, dass er mehr wissen wollte, und so verzichtete er bald darauf, ihr weitere Fragen zu stellen. Schon im ersten Nachkriegsjahr beobachtete er, dass sie ihre anfangs etwas nervöse Erklärung »Mein Mann ist während des Kriegs gestorben« in ein würdevolles »Mein Mann ist im Krieg umgekommen« veränderte, womit sie den Anschein erweckte, ihr eigener, sehr privater Schmerz sei Teil jenes anderen großen, vornehmen Schmerzes, den Millionen von Menschen auf sich genommen hatten. Er beließ es dabei – es war einfacher so.

Dann, eines Nachts im Mai 1947, nur wenige Wochen vor seinem Schulabschluss, lag er im dunklen Zimmer, hörte seine Mutter hinter dem Wandschirm im Schlaf seufzen und starrte an die Zimmerdecke, die in unregelmäßigen Abständen im Widerschein des Feuerwerks zum zweiten Jahrestag des Sieges immer wieder hell aufleuchtete – und plötzlich, just in dem Moment, als ein besonders starkes rotes Glühen über den Lüster sprang, wurde ihm klar, was die Worte seines Vaters, die er als seine persönlich an ihn gerichtete Abschiedsbotschaft verstanden hatte, eigentlich bedeuteten. »Lass dir von niemandem deine Flügel beschneiden«, hatte Pawel Suchanow geschrieben, und, anders als Anatoli bislang geglaubt hatte, war dieser Satz, wie ihm nun aufging, keineswegs ein Ausdruck von Mut und Trotz, sondern als Warnung gedacht, als warnender Hinweis darauf, dass das einzig lohnende Leben ein Leben ohne Erniedrigung, ein freies, ein sicheres Leben war – wer nicht wollte, dass ihm die Flügel beschnitten wurden, ließ sich am besten gar nicht erst Flügel wachsen.

In jener Nacht, als die strahlenden Leuchtspuren der Siegesfeier über den Himmel zogen, sah Anatoli zum ersten Mal mit aller Deutlichkeit vor sich, welche Wahl er hatte und wie er sich entscheiden würde. Er wollte ohne die ständige Furcht leben können, jemand würde vor Morgengrauen an seine Tür hämmern, er wollte seine Mutter beschützen, die einen weiteren Verlust nicht überstehen würde; er hoffte, eines Tages selbst ein Kind haben und es aufwachsen sehen zu können; er wollte in einem geachteten und einigermaßen nützlichen Beruf ein bescheidenes Auskommen finden. Er sehnte sich nach dem Leben eines Durchschnittsmenschen, der nicht nach den Sternen greift, sondern der Weisheit des einfachen Alltagslebens den Vorzug gibt. Und eingedenk der schmerzvollen Erfahrungen der vergangenen Jahre schwor er, sich in dieser Welt sein eigenes kleines Glück zu zimmern. Bis der Morgen nahte, hatte er sich all seine Fähigkeiten und Fertigkeiten im Kopf aufgelistet und war zu dem Schluss gekommen, dass sein einziges wirkliches Talent im Zeichnen lag und dass er deshalb versuchen musste, an die Surikow-Kunsthochschule zu kommen, um dort zu studieren.

Ein roter Lichtstrahl riss ihn aus seinen Gedanken. Sekundenlang unsicher, wo er sich befand – war das noch das Feuerwerk der Siegesfeier? –, kniff Anatoli Pawlowitsch die Augen zu und starrte dann wieder in die ihn umgebende Dunkelheit. Es dauerte ein wenig, bis er sich vergegenwärtigt hatte, dass er sich im Jahr 1985 befand, sechsundfünfzig Jahre alt war, im Moment auf dem unbequemen Sofa in seinem Arbeitszimmer lag und gerade wieder einmal in die Vergangenheit abgedriftet war. Ihm war kalt, aber dann merkte er, dass ihm wohl die Decke vom Bett gerutscht sein musste. Er beugte sich nach vorn und tastete mit einem unglücklichen Seufzer nach den auf dem Boden liegenden Wolldecken – und im selben Augenblick segelte ein rot-orangefarbener Feuerball vor dem Balkon vorbei, und noch einer und noch einer und noch einer.

Der Moskauer Himmel spuckte Feuer.

Ungläubig starrte er einige Sekunden lang vor sich hin, dann wickelte er sich aus dem Lakengewirr, eilte zur Balkontür und trat ins Freie. Auf dem Balkon über ihm war der affengesichtige Verrückte unüberhörbar damit beschäftigt, Zeitungen auseinanderzureißen, die Seiten zu Papierkugeln zusammenzuknüllen, diese anzuzünden und eine nach der anderen als Feuerball in die Luft zu werfen. Suchanow hörte genau, wie er heftig Streichhölzer anriss und dabei sein sorgloses Zahnlückenpfeifen von sich gab.

Den Kopf weit in den Nacken gelegt, brüllte er ärgerlich nach oben: »He! Hören Sie sofort auf damit!«

Tatsächlich hörte die Kanonade auf. Über dem Balkongeländer erschien das Gesicht des Alten; mit rußverschmierten Wangen und strahlenden Augen sah er Suchanow an.

»Zu spät«, krähte er vergnügt. »Fünf Minuten zu spät für unsere Revolution! Ich habe Ihnen doch gesagt, Punkt vier Uhr … Jetzt müssen Sie auf die nächste warten!«

Und bevor Suchanow sich auch nur eine einigermaßen passende Antwort ausdenken konnte, war der Alte schon wieder abgetaucht, und Sekunden später trudelte eine ebenfalls brennende, diesmal aber nicht zusammengeknüllte Zeitungsseite an Suchanow vorbei. Suchanow konnte Worte aufflammen sehen – »Veränderung«, »entscheidend«, »Jugend« –, ganz kurz nur, schwarz auf schmelzendem Goldgrund, bevor die Seite sich in kleine, dunkelglühende Flocken auflöste, die auf einen der weiter unten liegenden Balkone zutrudelten. Eigentlich war es nur eine Frage der Zeit, bis irgendwo etwas Feuer fing.

Anatoli Pawlowitsch fluchte leise vor sich hin, als er zum Telefon eilte, um die Feuerwehr zu benachrichtigen.

11

»Eine einzige Nacht, ohne dass man von irgendetwas aus dem Schlaf gerissen wird«, sagte Wassili, »ist das wirklich zu viel verlangt?«

Heute war die ganze Familie wieder einmal gemeinsam am Frühstückstisch versammelt, und Fjodor Dalewitsch stand in seiner mittlerweile schon gewohnten Rolle am Herd. Als Suchanow in die Küche hereingewankt war, hatte er sofort festgestellt, dass Dalewitsch heute besonders energisch und fröhlich wirkte, ganz im Gegensatz zu ihm selbst, wie ihm der Badezimmerspiegel verraten hatte; ja, man sah ihm die Höllenqualen deutlich an, die er des Nachts ausgestanden hatte. Immerhin war es beruhigend zu wissen, dachte Suchanow bitter, als er sich vor einer Tasse inzwischen kalten Kaffees niederließ und versuchte, möglichst nicht in Richtung seines Vetters zu schauen, dass wenigstens einer hier gut schlafen konnte – ganz davon abgesehen, dass ihm dazu ein importiertes, erst kürzlich erworbenes, wundervoll weiches Bett zur Verfügung stand.

Im selben Moment drang in sein Bewusstsein vor, was Nina gerade gefragt hatte.

»Brauchst du Hilfe beim Packen?«

Er begriff, was das zu bedeuten hatte; auf der Stelle fühlte er sich leicht und befreit, so, als könne er jeden Moment abheben.

»Du willst uns verlassen?«, sagte er in bedauerndem Tonfall und konnte im letzten Moment noch ein »endlich« hinunterschlucken. Seltsamerweise reagierte Dalewitsch nicht auf seine Frage, sondern fuhr seelenruhig fort, in der Pfanne auf dem Herd herumzustochern, während Wassili seine Tasse unnötig laut auf die Untertasse zurücksetzte und ungnädig erwiderte: »Wie oft muss ich es dir denn noch sagen, Vater? Ehrlich, hörst du eigentlich überhaupt jemals zu, wenn man dir etwas erzählt?«

»Also, wenn das keine rhetorische Frage war«, sagte Xenia.

Suchanow wandte langsam den Kopf und warf seinem Sohn einen finsteren Blick zu.

Zwei Stunden später stand er mit seiner Aktentasche vor dem Haus, blinzelte ins Sonnenlicht und sah zu, wie der Chauffeur einen mächtigen Koffer in den Kofferraum seines Wagens hob. Wassili, der es sich bereits auf dem Rücksitz inmitten seiner anderen Habseligkeiten bequemgemacht hatte, zog an einer Zigarette und starrte gelangweilt ins Leere. Er hatte vor, die letzten beiden Augustwochen mit seinem Großvater in einem exklusiven Urlaubsressort auf der Krim zu verbringen, wo es sicher jede Menge nach Zypressen duftende Spazierwege und reichlich wichtige Leute gab, die man unbedingt treffen musste – ein offenbar bereits seit Monaten geplantes Vorhaben, von dem alle wussten, mit dem kleinen Unterschied, dass sich Suchanow beim besten Willen nicht erinnern konnte, jemals darüber informiert worden zu sein.

Wassili kurbelte das Fenster herunter.

»Ach, du bist noch hier«, sagte er herablassend. »Sollen wir dich irgendwohin mitnehmen?«

Er tat so, als habe er ihr peinliches Gespräch von vor zwei Tagen völlig vergessen – und wahrscheinlich konnte er sich, betrunken wie er gewesen war, tatsächlich nicht mehr an Einzelheiten erinnern; vielleicht fand er die Sache auch einfach nicht wichtig genug, um noch einmal darauf zurückzukommen. Suchanow seinerseits waren Vergeben und Vergessen nicht leichtgefallen. Nachdem er anfangs irgendwie leicht gekränkt gewesen war, hatte ihn die Aussicht, dass sein Sohn in nächster Zeit nicht daheim sein würde, richtiggehend erleichtert, und schließlich hatte er ihm erlaubt, den Wolga zu benutzen.

»Ich muss ins Büro, um ein Manuskript abzuliefern«, erklärte er schroff. »Es gibt dort keine Haltestelle in der Nähe.«

»Wir müssen erst Großvater abholen«, sagte Wassili, warf seine brennende Zigarette nach draußen und kurbelte das Fenster wieder nach oben. »Aber von mir aus kannst du gern mitfahren.«

Suchanows Schwiegervater wohnte in einem palastartigen Wohnblock mit Blick auf die Gorki-Straße, nur wenige baumbestandene Straßen und Blocks von der *Kunst und Welt*-Redaktion entfernt. Suchanow überlegte noch, doch Wadim, der den Kofferraum mittlerweile geschlossen hatte, hielt ihm bereits die Beifahrertür auf und ermunterte ihn: »Steigen Sie hier ein, Anatoli Pawlowitsch, hinten ist kein Platz mehr. Aber passen Sie auf wegen der Hundehaare.«

Verdrossen quetschte Suchanow seinen massigen Körper auf den Beifahrersitz, während er sich fragte, von welchem Hund die Rede war.

Da er normalerweise den Rücksitz für sich hatte, fühlte er sich unwohl hier vorn, wo sich der Geruch irgendeines haarigen Wesens mit dem Duft eines süßlichen Parfums mischte – Nina benutzte solch aufdringliche Düfte jedenfalls nicht. Wassili schien im selben Moment, als der Motor angelassen wurde, eingeschlafen zu sein. Suchanow seufzte, hustete, fummelte an seinem Trauring herum, zupfte ein paar braune Haare von seiner Hose und starrte durch die Windschutzscheibe. Dabei fiel ihm zum ersten Mal die Plastikkugel auf, die am Rückspiegel baumelte. In ihrem Inneren befand sich, umgeben von Tannenbäumen, ein winziges Häuschen mit einem blauen Dach. Als sie am Ende der Straße durch ein Schlagloch fuhren, löste der Stoß in der Kugel einen Miniaturschneesturm aus weißen Flöckchen aus, die einen Augenblick lang dicht und chaotisch durcheinanderwirbelten und dann aufs Dach des Häuschens fielen. Das Ding wirkte peinlich sentimental und fehl am Platz – die meisten Fahrer hatten eine Vorliebe für vollkommen andere Dinge, Schlüsselanhänger oder halbnackte Frauenfiguren –, und er fragte sich verwundert, ob Wadim sich dieses geschmacklose Stück selbst ausgesucht oder ob er es von jemandem geschenkt bekommen hatte.

Dabei wurde ihm bewusst, dass er tatsächlich kaum etwas von diesem Mann wusste, mit dem er beinahe täglich zu tun hatte. Wadim war ein guter Autofahrer, vielleicht etwas aggressiv, aber im Großen und Ganzen zuverlässig; er sah aus wie jemand, der regelmäßig Sport trieb; er lebte mit seiner Frau – ob sie Swetlana oder Galina oder Tatjana hieß, war Suchanow entfallen – und seiner Tochter irgendwo in einem der trostlosen Stadtrandgebiete und besaß anscheinend auch einen großen langhaarigen Hund, doch über alles Weitere konnte er nur Vermutungen anstellen. Unwillkürlich kam ihm Ninas erst kürzlich geäußerter Tadel – »Er arbeitet jetzt schon fast drei Jahre für uns und all die Zeit hast du dir nicht die geringste Mühe gemacht …« – in den Sinn. Er zuckte zusammen und warf einen Seitenblick auf seinen Chauffeur. Vadims Profil war unbewegt, doch seine behandschuhten Finger trommelten beim Fahren auf das Steuerrad, als folge er einem nervösen inneren Rhythmus. Vielleicht hatte er sich über etwas geärgert. Suchanow räusperte sich.

»Ich wollte Sie schon immer mal fragen, was das eigentlich ist«, sagte er und deutete auf die Plastikkugel, in der gerade ein neuer Schneesturm niederging. »Ein Kinderspielzeug?«

Wadim hob die Schultern. »Nur ein Andenken«, sagte er.

»Hübsch«, sagte Suchanow freundlich. »Ist nett anzusehen.«

Wadim nickte, ohne die Augen von der Straße abzuwenden. Schweigen breitete sich zwischen ihnen aus. Sie näherten sich bereits ihrem Ziel, als Wassili erwachte und sich eine neue Zigarette ansteckte.

»Haben Sie sich gut amüsiert gestern Abend?« Suchanow bemühte sich, leutselig und munter zu klingen.

Wadim sah ihn erstaunt an.

»Es war doch Ihr freier Abend. Haben Sie irgendwas Nettes unternommen?«

»Mein freier Abend …«, wiederholte Wadim und zog die

Augenbrauen in die Höhe, aber im selben Moment scherte vor ihnen ein blauer Shiguli mit eingedrückter Tür aus. Wadim hupte und riss das Steuer so heftig herum, dass Wassili nach vorn geschleudert wurde, die Asche seiner Zigarette auf seinen Schuhen landete und Suchanow die Brille von der Nase fiel. Sekunden später schaltete die letzte Ampel vor ihnen auf Grün und Wadim steuerte auf den Hof von Malinins Wohnhaus, während er irgendetwas über die verrückten Autofahrer auf der Gorki-Straße vor sich hinmurmelte.

»Kann sein, dass es eine Weile dauert«, sagte Wassili gähnend. »Wenn du willst, kann er dich ja eben ins Büro fahren und dann hierher zurückkommen, wir haben noch genug …«

»Nein, nicht nötig«, unterbrach Suchanow ihn, während er den Boden nach seiner Brille abtastete. »Ich kann ja auch mit hochkommen und kurz guten Tag sagen … Ah, da ist sie ja … Also, Wadim, danke erst einmal … Ich gehe mit hinauf zu Pjotr Alexejewitsch …«

Und damit setzte er sich die Brille wieder auf die Nase und stieg aus.

Dass Wassili die Wohnungstür mit einem eigenen Schlüssel öffnete, überraschte Suchanow; in seinen Augen war sein Schwiegervater ein äußerst unnahbarer Mensch, dem derartige Vertrauensbeweise nicht sehr ähnlich sahen. Wassili ging voraus. Suchanow kam es vor, als habe sich die weitläufige Diele seit seinem letzten Besuch vor etwa einem halben Jahr noch tiefer in die beiden links und rechts von der Eingangstür angebrachten, deckenhohen Spiegel hineingeschoben und plötzlich drückten ihm die in den Spiegeln vervielfältigten Symbole einer gutsituierten Existenz – ein Hutständer aus Eichenholz, ein bronzener Schirmständer, ein geschnitzter Beistelltisch, ein prächtig gerahmtes Porträt eines mürrisch dreinschauenden polnischen Offiziers mit breitem Schnauzbart (Ninas Großvater mütterlicherseits) – erheblich aufs Gemüt. Als er Luft holte, stieg ihm ein Geruchsgemisch aus Schuhcreme, nach Veilchen duftender Seife, Butterplätzchen und einem unverkennbaren Altherrenduft in die Nase, sodass er am liebsten eine Entschuldigung gemurmelt und stante pede die Flucht ergriffen hätte – doch schon waren Pjotr Alexejewitschs Schritte auf dem Parkettboden zu hören.

Im nächsten Moment öffnete sich auch schon eine der vielen Türen, und der alte Herr kam auf sie zu, imposant und mit kerzengeradem Rücken, und umarmte Wassili mit einer Herzlichkeit, die Suchanow sowohl übertrieben als auch etwas peinlich fand. Dann streckte er seinem Schwiegersohn die Hand hin.

»Was für eine Überraschung, Tolja«, sagte er. »Wie komme ich denn zu dieser Ehre?«

Verdrossen betrachtete Suchanow Malinins immer noch attraktives Gesicht mit jenem vornehm reservierten Ausdruck, wie ihn wohl nur ein aberdutzendfach ausgezeichneter Künstler entwickeln konnte – doch anstelle der üblichen gereizten Unterwürfigkeit fühlte er so etwas wie Belustigung in sich aufsteigen, leise und unsicher erst, bis sie mit Macht über ihn hereinbrach. Vor seinem inneren Auge sah er das Gesicht seines Schwiegervaters – mit lächerlichen struppigen Barthaaren, buschigen Augenbrauen und elegant geschwungenem Geweih, mal übersät mit giftigen Warzen, aus denen Haare hervorsprossen, mal mit Giraffenhals und gierig geöffneten Lippen, die nach einem sternförmigen Blatt schnappten … Selbstverständlich hatte er längst sämtliche Notizbücher entsorgt, in denen er während unzähliger langweiliger Vorlesungen Malinins dutzendweise derartige Karikaturen an den Rand gekritzelt hatte, weil er sonst schlicht eingeschlafen wäre. Dass ihm nun die besten seiner damaligen Zeichnungen wieder einfielen, schien Rache genug – oder jedenfalls beinahe genug – für all diese unaussprechlich langweiligen Stunden.

Ohnehin hatte er sich die meiste Zeit seines Studentendaseins gelangweilt, doch der Kurs über sowjetische Kunsttheorie – 1952, in seinem letzten Jahr an der Surikow-Hochschule – bei dem sechsundvierzigjährigen, mit Staatspreisen überhäuften Pjotr Alexejewitsch Malinin stellte seine Geduld ganz besonders auf die Probe. Im Lauf seines Studiums hatte Anatoli herausgefunden, dass ohne Geduld überhaupt nichts ging; außerdem musste man stets Vorsicht walten lassen. In seinem ersten Semester hatte er, als er gemeinsam mit anderen eifrigen jungen Leuten einfache anatomische Skizzen oder nette Heimatlandschaften anfertigen sollte, zu seiner Beunruhigung entdeckt, dass etwas bei ihm nicht stimmte. Irgendwann einmal, vermutlich damals während des Kriegs, als er zeitweilig von Chagalls ehemaligem Schüler Oleg Romanow unterrichtet worden war, hatte er sich eine gefährliche Eigenheit angewöhnt, die er besser wieder vergaß, nämlich seinen eigenen, individuellen Stil, und vielleicht auch noch etwas anderes – denn wie sich sehr schnell zeigte, unterschieden sich seine Arbeiten beträchtlich von denen seiner Kommilitonen. So sehr er sich auch mühte, die vorgeschriebene Form einzuhalten, immer schlich sich in seine Darstellung der sowjetischen Wirklichkeit etwas ein, was nicht so richtig dazugehören wollte, sei es, dass über einer Industrielandschaft eine Wolke hing, die in der Form an einen großen himmelhohen Kirchturm erinnerte, neben dem Fuß eines Arbeiters, der gerade strahlend einen Orden in Empfang nahm, völlig unpassend eine überdimensionale Fischgräte lag oder sich bei einer idyllischen Ernteszene die wildesten Farben zusammenballten. All diese Absurditäten schienen ganz ohne sein Zutun zu entstehen; seine Pinsel malten sie wie von selbst, und er brauchte Monate, um sich diese Marotten abzugewöhnen, sie aus seinem Denken und innersten Wesen zu löschen.

Doch allmählich machten sich seine Anstrengungen bezahlt. Sein Name tauchte immer öfter auf, wenn die Rede von der jungen Generation vielversprechender Künstler war, und nur heimlich träumte er noch ab und zu davon, riesige durchsichtige Glocken zu malen, aus denen Musik vom Himmel regnete, Frühlingshaine mit Bäumen, deren Blüten sich in zwitschernde Vögel verwandelten, oder Frauengesichter, die so makellos schön waren, dass sie zu schmelzen begannen, wenn man sie nur ansah …

»Ich möchte nicht unhöflich sein«, sagte Pjotr Alexejewitsch Malinin zu seinem Schwiegersohn, »aber ich muss noch fertigpacken. Wolltest du mir irgendetwas Bestimmtes erzählen?«

Suchanow sah den aufgeblasenen alten Herrn vor sich stehen

und wusste plötzlich, dass er ihm eine ganze Menge zu erzählen hatte, nicht zuletzt auch von der Geschichte seines Wiedersehens mit Lew Belkin. O ja, einen kurzen rebellischen Augenblick lang fühlte er in sich den Wunsch aufsteigen, damit die Ruhe und Selbstsicherheit im Gesicht des Alten auslöschen zu können – mit diesem Namen aus der Vergangenheit, den sie in stillschweigendem Übereinkommen nie wieder hatten erwähnen wollen.

Lange zögerte er, dann sagte er:

»Eigentlich wollte ich mir eine oder zwei von deinen Krawatten ausleihen. Falls du nichts dagegen hast.«

12

Die Redaktionsräume von *Kunst und Welt* befanden sich in den beiden oberen Etagen einer dreistöckigen, aus dem achtzehnten Jahrhundert stammenden Villa mit einer einst prächtigen türkisfarbenen Fassade, die mittlerweile ziemlich verblichen war, und einer Unmenge verspielter Stuckverzierungen über den Fenstern, deren tatsächliche Formen sich wegen des jahrelang auf ihnen abgelagerten Taubenkots jedoch nur noch erahnen ließen. Das Erdgeschoss bestand hauptsächlich aus einem Labyrinth geheimnisvoller Flure mit vielen Türen, die alle einigermaßen enttäuschend an einer gläsernen Trennwand mit der Aufschrift »Buchhaltung« endeten, hinter der sich eine sauertöpfisch wirkende Frau ihrem Strickzeug widmete. Außerdem gab es in einer Ecke des Gebäudes eine Tierhandlung, wo man verschlafene Meerschweinchen und träge weißäugige Fische in dickwandigen Aquarien unter angestaubten Topfpflanzen bewundern konnte. Diese unmittelbare Nähe war wohl der Grund, warum immer wieder alle möglichen unnützen Kreaturen ihren Weg nach oben zu den weichherzigeren von Suchanows Sekretärinnen und Redaktionsassistentinnen fanden. Anatoli Pawlowitsch, der seit jeher eine tiefe Abneigung gegen alles hegte, was krabbelte oder Schuppen und Kiemen besaß, durchmaß die langen Gänge seines Reiches mit energischen Schritten und vermied dabei tunlichst, allzu genaue Blicke auf die Schreibtische seiner Mitarbeiter zu werfen, da er fürchtete, womöglich einmal mehr ein nasskaltes

Ungeheuer zu entdecken, das in einem Mayonnaiseglas oder einer Vase untergebracht worden war.

Es ging auf Mittag zu, und die jungen Damen im ersten Stock puderten sich bereits heimlich die Nasen, um jeden Moment in die umliegenden Cafeterias auszuschwärmen. Ihre leise vor sich hin plätschernden Gespräche füllten den Raum und ebbten bei seinem Auftauchen ab, wenngleich er trotzdem noch den einen oder anderen Dialogfetzen wahrnahm. »Italienische Lederstiefel im Laden direkt hier um die Ecke!«, hörte er jemanden aufgeregt feststellen. Als er die Treppe erklomm, verklangen die Stimmen hinter ihm.

Die zweite Etage mit ihrem gelbgestrichenen Flur und den Türen links und rechts, deren Namensschilder sich wie das Impressum von *Kunst und Welt* lasen, lag ruhig und – wie ihm erst Augenblicke später bewusst wurde – merkwürdig verlassen da. Alle Türen standen offen: Die Büros seiner Mitarbeiter waren verwaist. Suchanow eilte zu seinem Vorzimmer, in dem seine Sekretärin Liubov Markowna das Regiment führte, eine bewundernswert tüchtige Frau undefinierbaren Alters mit einer Vorliebe für scharf gespitzte Bleistifte. Sie saß an ihrem Platz und flüsterte ins Telefon. Als sie ihn erblickte, legte sie den Hörer abrupt beiseite, streckte beide Arme aus, als wolle sie etwas, was auf sie zugeflogen kam, abwehren und stotterte erregt, »Anatoli Pawlowitsch, so warten Sie doch!«, doch im selben Moment hatte er die Tür zu seinem Zimmer bereits aufgerissen.

Wie angewurzelt blieb er auf der Schwelle stehen.

In seinem ledernen Schreibtischsessel saß Owsejew, der Geschäftsführer, ein großer, magerer, an eine Gottesanbeterin erinnernder Kahlkopf und las mit erstaunlicher Autorität etwas von einem Schreibblock ab, während seine großäugige Sekretärin Anastasia Lisitskaja, die gerüchteweise auch seine Geliebte war, nervös auf ihren zwölf Zentimeter hohen Absätzen um ihn herumtrippelte und sich Notizen machte. Pugowitschkin, der stellvertretende Chefredakteur, war auch da und mit den ebenfalls anwesenden Ressortleitern ins Gespräch vertieft; außerdem standen noch einige andere Herren im Zimmer. Im Prinzip war all dies nicht außergewöhnlich, da die Redaktionssitzungen immer in Suchanows Büro abgehalten wurden – abgesehen davon, dass für die nächsten drei Wochen keine Sitzung vorgesehen war und noch nie eine Sitzung in seiner Abwesenheit stattgefunden hatte.

»Was hat denn das zu bedeuten?«, fragte Suchanow vorsichtig.

Überrascht hoben die Redakteure die Köpfe; Schweigen senkte sich über den Raum.

»Anatoli Pawlowitsch«, sagte Owsejew und erhob sich abrupt von Suchanows Schreibtischstuhl.

»Darf ich erfahren, was ihr hier tut?«

»Anatoli Pawlowitsch, wir mussten dringend eine Besprechung ansetzen, um die letzten Änderungen für die aktuelle Ausgabe zu diskutieren, und weil es ja hieß, dass du nicht in der Stadt bist …«

Die Absätze der Lisitskaja klapperten über den Boden, als sie versuchte, sich hinter Owsejew zu verstecken.

Suchanow ging zu seinem Schreibtisch, nahm seinen Schreibtischsessel in Beschlag und ließ die Verschlüsse an seiner Aktentasche laut aufschnappen, als wolle er demonstrieren, dass er nun wieder das Kommando hatte.

»Unsinn, ich war doch überhaupt nicht verreist«, sagte er schroff. »Wie sollte ich denn verreisen, mit dieser Dalí-Sache im Nacken? Der Artikel muss übrigens dringend in die Druckerei.«

»Aber«, sagte Owsejew, »du weißt doch sicher …« Er führte den Satz nicht zu Ende.

»Augenblick. Hier ist er … Was hast du gesagt?« Aus den Augenwinkeln bemerkte er, wie einige Kollegen sich auf Zehenspitzen aus dem Raum schlichen, während Pugowitschkin an seinen Schreibtisch trat und sich zu ihm beugte. Sein gutmütiges Pfannkuchengesicht legte sich in übertrieben besorgte Falten.

»Anatoli Pawlowitsch, ich kann es nicht fassen!«, jammerte er. »Solltest du wirklich nichts davon gehört haben?«

Suchanow starrte ihn schweigend an.

Pugowitschkin hob hilflos die Hände. »Ich fürchte, wir müssen den Dalí-Artikel zurückstellen.«

»Er hat dir doch hoffentlich keine allzu große Mühe bereitet …«, setzte Owsejew schleimig lächelnd hinzu. »Wir bringen ihn natürlich so bald wie möglich, wenn nicht in der nächsten Nummer, dann auf jeden Fall in der übernächsten.«

»Wer hat das entschieden, ohne mich zu fragen?«, platzte Suchanow ungläubig heraus. »Seit wann kann hier überhaupt irgendetwas ohne mich entschieden werden?«

Die Absätze der Lisitskaja hämmerten einen Trommelwirbel, als sie zur Tür ging.

»Na ja, weißt du«, begann Pugowitschkin hastig, »wir haben doch vorgestern diesen Anruf bekommen.« Sein Blick wanderte bedeutungsvoll an die Zimmerdecke, um auf eine weit entfernte, himmlische Einflusszone hinzuweisen, womit, wie unschwer zu erraten, die Partei gemeint war. »Wie es aussieht, ist jemandem ein etwas … nun ja, ein etwas aktuelleres Thema eingefallen, und deshalb bekamen wir nachmittags einen anderen Artikel zugesandt. Über Chagall. Du weißt ja, er ist letzten März gestorben, und weil du doch weggefahren bist …«

»Chagall«, wiederholte Suchanow in unheilvoll ruhigem Ton. »Man verlangt, dass *Kunst und Welt* einen Artikel über Chagall bringt, und ihr habt euch damit einverstanden erklärt? Sag mir bitte, dass ich mich verhört habe, Sergej Nikolajewitsch. Oder seid ihr wirklich von allen guten Geistern verlassen?«

Nun schlichen auch die wenigen noch im Raum anwesenden Kollegen nach draußen, sodass Suchanow mit seinem Stellvertreter alleinblieb. Pugowitschkin ergriff das Wort; er redete schnell und monoton, kam immer mehr in Fahrt, wobei er offenbar versuchte, Suchanow von irgendetwas zu überzeugen, doch der hörte gar nicht mehr zu, sondern saß minutenlang einfach nur da und starrte in die Staubpartikel, die vor ihm durch den sonnendurchfluteten Raum trieben. Nun gut, er hatte seine Autorität untergraben lassen, als der Zeitschrift der fragliche Dalí-Artikel aufgedrückt worden war, doch ein Artikel über Chagall hob die Sache auf eine völlig andere Stufe. Der Unterschied zwischen Dalí, der allein wegen seiner ausländischen Herkunft ein Ärgernis war und deshalb als bloße Kuriosität abgetan werden konnte wie eine zweiköpfige Ziege in einem kaum beachteten Kunstkabinett, und Chagall, der Russlands Hinterhöfen entstammte und nach der Revolution mit dem Kommissariat der Bildenden Künste betraut gewesen war, ehe er Russland schließlich freiwillig verlassen hatte, war ebenso groß und unüberwindbar wie der Unterschied zwischen einem armen Wilden aus dem Urwald, der nichts kennt außer dem grausamen und absurden Aberglauben seines Stammes, und einem Mann mit zivilisiertem religiösen Glauben, der sich entschließt, diesen aufzugeben und fürderhin nur noch Zaubersprüche zu murmeln und Hühnerblut zu verspritzen. Ein Artikel über Chagall würde allgemein als Akt der Rebellion aufgefasst werden, als totaler Bruch mit der jahrzehntelangen Tradition linientreuer sowjetischer Kunstkritik, die er selbst mitentwickelt und etabliert hatte, und höchstwahrscheinlich einem beruflichen Selbstmord gleichkommen, was seine Karriere und nicht zuletzt die seiner Mitarbeiter anging.

Ein solcher Artikel durfte einfach nicht veröffentlicht werden.

»Sie haben mir bestätigt, sie wären sehr angetan davon«, erklärte Pugowitschkin, der nun schon eine ganze Weile unruhig durch das Büro getigert war. »Übrigens denkt man im Ministerium offenbar daran, in ein oder zwei Jahren eine Chagall-Retrospektive zu organisieren. Das wäre doch was, oder?«

Suchanow hob den Kopf. Er war jetzt nicht mehr wütend, nur noch müde, sehr müde.

»Sei doch nicht so naiv, Serjoscha«, sagte er leise. »Du klingst genauso wie diese aufgeregte Achtzehnjährige, die mir kürzlich über den Weg gelaufen ist: Veränderung, alles wird anders, Frühling liegt in der Luft, Sowjetkunst taugt nichts mehr, wir sagen jetzt alle, was wir wirklich denken … Na schön, die hat wenigstens die Entschuldigung, dass sie jung ist, aber du und ich, wir sollten es eigentlich besser wissen, wir haben das doch schon einmal durchgemacht – oder etwa nicht? Im Ernst, siehst du denn nicht, dass diese ganze Chagall-Affäre eine reine Provokation ist, oder, falls dir das besser gefällt, eine Art Loyalitätstest? Im Ministerium haben sie doch gar nicht vor, irgendeine Retrospektive auf die Beine zu stellen! Die hoffen doch nur, dass sie damit ein paar enthusiastische Dummköpfe aussondern können, die alles glauben, was man ihnen erzählt, sich mitreißen lassen und unkluge Dinge von sich geben, mündlich und schriftlich, und im Handumdrehen sind sie ihre Jobs los und hocken irgendwo in einem Provinznest oder noch ganz woanders – ersetzt von neuen Leuten, die wieder sagen und schreiben, was schon immer gesagt und geschrieben worden ist.«

Pugowitschkin blieb stehen und baute sich vor Suchanows Schreibtisch auf.

»Ich verstehe deine Befürchtungen«, sagte er ernst, »aber ich glaube, du unterschätzt, was sich diesmal draußen im Land tut. Tolja, seit dem Führungswechsel im März ist noch kein halbes Jahr vergangen, und schon hat dieser Mensch da oben einige ganz radikale Dinge von sich gegeben. Seine Leningrader Rede mit den Spitzen gegen die alte Garde …«

Suchanow schnitt ihm mit einer Handbewegung das Wort ab. »Du weißt genausowenig wie ich, was passieren wird«, sagte er, »aber ich bin fest davon überzeugt, dass gar nichts passieren wird. Da ist viel Rauch, aber kein Feuer. Chagall – stell dir das doch nur vor! Und wer kommt dann? Trotzki vielleicht? Überhaupt, wer ist eigentlich der Verfasser dieses Artikels?«

»Jemand mit einem sehr russischen Namen, Petrow oder Wassiliew … nie gehört von ihm. Irgendein Kurator von werweißwoher, aber auf jeden Fall jemand mit Freunden an den richtigen Stellen. Und zwar Freunde, die wir lieber nicht allzu sehr verärgern sollten.«

»Na gut«, sagte Suchanow und zog die Stirn in Falten. »Wenn der Artikel eine bestimmte kritische Position einnimmt, können wir ihn ja mit der nötigen Überarbeitung durchaus …«

»Das Ganze ist schon im Druck«, murmelte Pugowitschkin und senkte den Blick.

Suchanow betrachtete den Mann, der als seine rechte Hand

galt; und das Schweigen, das sich zwischen ihnen auftat, lag ihm wie ein bitterer Geschmack im Mund.

Als Pugowitschkin wieder das Wort ergriff, klang seine Stimme beinahe feindselig. »Was hättest du denn an meiner Stelle getan? Mich haben sie doch festgenagelt! Mir wurde unmissverständlich bedeutet, diesen verdammten Text zu veröffentlichen. Bis Montag muss alles gesetzt sein, und soweit wir wussten, wolltest du verreisen. Was hätte ich denn …?«

»Wieso glauben hier eigentlich alle, dass ich verreisen wollte?«, unterbrach Suchanow ihn erregt.

»Das war doch ganz offensichtlich. Ich habe Dienstagvormittag bei dir angerufen, und da du nicht zu Hause warst …«

»Dienstag, sagst du? Natürlich war ich den ganzen Tag zu Hause.«

»Nein, warst du nicht. Wassili hat mir gesagt, du wärst nicht da. Ich habe ihm die Situation erklärt und eine entsprechende Nachricht für dich hinterlassen. Mir hat er gesagt, er würde mit dir auf die Krim fahren.«

Suchanow lehnte sich in seinem Schreibtischstuhl zurück.

»Das hat Wassili gesagt?«, fragte er.

Pugowitschkin hob die Schultern. »Wörtlich sagte er ›mit dem alten Herrn‹. Ehrlich gesagt war ich ziemlich perplex, weil du uns gegenüber kein Wort darüber verloren hattest. Aber manchmal entscheidet man sich eben aus dem Bauch heraus, oder? Nun ja, und da du dich nicht mehr gemeldet hast, sind wir davon ausgegangen, dass du mit allem einverstanden warst und mit deinem Sohn ans Meer gefahren bist. Oder hat er dir etwa nichts ausgerichtet?«

Bei allem, was ihm durch den Kopf schoss, fiel es Suchanow nicht leicht, sich ins Gedächtnis zu rufen, was an jenem unerträglichen Dienstagmorgen im Einzelnen geschehen war. Er hatte an seinem Schreibtisch über dem Artikel gebrütet, Wassili war beleidigt in seinem Zimmer abgetaucht und in diesen quälend langsam verstreichenden Stunden hatte im hinteren Teil der Wohnung immer wieder das Telefon geklingelt. Er wusste auch noch, dass sein Sohn sich über ihn geärgert hatte, weil er ihm die

Einladung des Ministers irgendwie verpatzt hatte. Doch all das schien plötzlich Jahre her zu sein.

»Der Artikel geht nicht in Druck, ohne dass er von mir abgesegnet worden ist, und damit basta«, erklärte er mit aller ihm zur Verfügung stehenden Autorität. »Lass die Maschinen anhalten und sorge dafür, dass mir jemand diesen Artikel bringt. Wenn er mir nicht gefällt, wird mein Dalí-Text gedruckt. Vorläufig bin immer noch ich derjenige, der hier die Verantwortung trägt, zumindest solange mir nichts anderes mitgeteilt wird – und damit meine ich, solange mir nicht *persönlich* etwas anderes mitgeteilt wird. Hast du mich verstanden, Sergej Nikolajewitsch?«

Pugowitschkin starrte ihn trübe an.

»Ich habe dich sehr wohl verstanden, Anatoli Pawlowitsch«, sagte er nach kurzem Überlegen. »Aber wenn du beschließt, den Artikel nicht zu bringen, wirst du auch derjenige sein, der hinterher dafür geradestehen muss, da einige sehr wichtige Leute darüber nicht glücklich sein werden. Nun ja, auf jeden Fall musst du mir bis allerspätestens Samstagnachmittag Bescheid geben. Die Leute in der Setzerei maulen nämlich jetzt schon.«

»Selbstverständlich«, nickte Suchanow.

Pugowitschkin zögerte noch einige Augenblicke, ehe er den Raum verließ und die Tür sorgfältig hinter sich ins Schloss zog. Suchanow blieb an seinem Schreibtisch sitzen und trommelte mit den Fingern auf den Rand der lackierten Tischplatte.

Zuerst fiel es ihm schwer, überhaupt einen klaren Gedanken zu fassen; sein ganzer Körper war taub und schmerzte, und in den Rhythmus seines Atems mischten sich wortlose, ungläubig über diesen Verrat klagende Rufe – über den Verrat, den Sergej Nikolajewitsch zusammen mit den anderen Kollegen an ihm begangen hatte, über den Verrat durch seinen eigenen Sohn und nicht zuletzt über den Verrat jenes nebulösen einflussreichen Individuums, dem er zwar wahrscheinlich niemals persönlich begegnet war, das es aber ganz unbestreitbar darauf abgesehen hatte, ihn zu kompromittieren, indem es ihm diese unmögliche Entscheidung aufdrückte …

Wie ein langsam vorrückender Schatten ergriff allmählich eine

Angst Besitz von ihm, die alle anderen Gedanken und Gefühle verdrängte, doch erst, als es zaghaft an der Tür klopfte, so zaghaft, dass es fast klang, als kratze jemand lediglich sachte über das Holz, und Ljubow Markowna sich mit tief eingezogenem Kopf und einem Stapel Papier in der ausgestreckten Hand ins Zimmer stahl, ging ihm auf, woher dieses absurde Angstgefühl rührte; er fürchtete sich vor der Bestätigung, dass genau der Name, den er bereits voraussagen zu können glaubte, ihm nun von der Titelseite des Artikels entgegenspringen würde, um ihm seinen eigenen bevorstehenden Niedergang anzukündigen. Was, wie er in einem Anflug bitterer Ironie dachte, zu seinen beunruhigenden Ausflügen in die Vergangenheit wie die Faust aufs Auge passte. »Jemand mit einem sehr russischen Namen«, hatte Pugowitschkin gesagt. Gab es einen russischeren Namen als den einer dreihundert Jahre alten Dynastie russischer Herrscher – und wer war wohl besser geeignet, über Chagall zu schreiben, als einer seiner eigenen Schüler? Er war es mit Sicherheit, er musste es sein: Oleg Romanow, der mutige, strenge Außenseiter, dieser Maler, der vor fast einem halben Jahrhundert einem kleinen Jungen den Blick geschärft hatte für das, was um ihn her geschah, für die Fülle dieser Welt.

Damals, als Anatoli nach Moskau zurückgekehrt war, hatte Romanow ihm noch einige Jahre lang immer wieder Briefe geschrieben, Briefe, in denen zwischen den Zeilen allerlei Libellen oder sittsame Meerjungfrauen herumflatterten, doch Anatoli, den der Tod seines Vaters immer noch lähmte, hatte sie ungerührt in einer Schublade verschwinden lassen, um sie zu beantworten, wenn ihm wieder leichter ums Herz sein würde, doch irgendwann war die einseitige Korrespondenz dann von selbst eingeschlafen. Später, als er bereits am Surikow-Institut studierte, hatte er zwar seine Lebensfreude und Neugier wiedergefunden, doch nie genug Zeit, um einen Brief zu schreiben, in dem er die wahren Gründe für sein jahrelanges Schweigen offenlegen wollte. Allerdings musste er der Ehrlichkeit halber zugeben, dass er durchaus genug Zeit besaß, aber dass der Weg, für den er sich entschieden hatte, sein Entschluss, sich mit flinkem Pinsel ein angenehmes Leben zu sichern, sein ständiger Kampf, sich die letzten Spuren von Romanows unorthodoxem Unterricht wieder abzugewöhnen, dazu führte, dass er sich unbehaglich fühlte, unehrlich und schmutzig – und auch wenn es sich dabei nicht um eine besonders starke Beeinträchtigung handelte, war sie doch stark genug, um ihn während seines gesamten Studiums davon abzuhalten, Romanow zu schreiben. Nach seinem Examen entwickelte er regelrechte Schuldgefühle, als ihm und einigen anderen vielversprechenden jungen Künstlern Dozenturen an der Moskauer Hochschule für Kunst und Technik übertragen wurden, genau der Hochschule, von der Romanow zwanzig Jahre zuvor nach Insa strafversetzt worden war, weil man ihm vorgeworfen hatte, in seinen Werken einen »ungebührlichen Impressionismus« zu propagieren.

Doch im Lauf der Zeit verblassten Anatolis Schuldgefühle ebenso wie die Erinnerung an seinen einstigen Lehrer, und ganz dunkel fühlte er, dass das Vergessen, dem er seine ersten künstlerischen Entdeckungen anheimgegeben hatte, ein wichtiger Bestandteil, wenn nicht sogar die Grundlage für die Aufrechterhaltung seines inneren Friedens war. Seine Tage verliefen gleichförmig und ruhig; pflichtschuldig pendelte er zwischen der jetzt stiller gewordenen Arbat-Wohnung (Morozow, sein Sohn Saschka sowie der fröhliche Bauarbeiter waren nicht aus dem Krieg zurückgekehrt, und so war Anatoli eines Tages mit seinen wenigen Habseligkeiten in eines der leeren Zimmer gezogen), dem Hörsaal, in dem er nun unbeirrt dieselben Sätze und Phrasen vorbetete, die ihn als Student dazu gebracht hatten, Hefte und Notizbücher mit bösen Karikaturen der Dozenten zu füllen, und einem institutseigenen Atelier hin und her, wo er seine Leinwände mit erdverschmutzten fleißigen Bauern und grimmig entschlossenen Soldaten vollpinselte, hinter deren breiten Rücken sich seelenvolle Landschaften entfalteten. Als Stalin 1953 starb, fertigte er für eine Schule ein kleines Erinnerungsbild von ihm an. Nadeschda Suchanowa war stolz auf ihn und schien zufrieden zu sein. Sie kamen auf eine Warteliste für eine eigene

Wohnung und zogen Ende 1954 ins Ljubljanka-Viertel auf der anderen Seite der Stadt. Ab und zu verkaufte er eins seiner Bilder an eine Textilfabrik oder ein Clubhaus der Jungen Pioniere. Engere Freunde hatte er nicht, aber seine Tage waren auch so ausgefüllt genug. Er nahm ernst, was er tat, machte sich über nichts und niemanden lustig – zumal er es für wichtig hielt, die unter großen Opfern erkämpften Errungenschaften des Volkes zu feiern –, war dabei jedoch irgendwie gleichgültig und ohne Schwung, hatte sich angewöhnt, sich an seine jeweilige Umgebung anzupassen, und aufgehört, Kunst und Kunsthandwerk voneinander unterscheiden zu wollen – was, wie er fand, letztlich bloß Haarspalterei war. Mit sechsundzwanzig war er fest davon überzeugt, seinen Weg gefunden zu haben und irgendwann mit einer netten Frau und zwei oder drei Kindern ein beschauliches, angenehmes und durchaus nützliches Leben führen zu können.

Dann kam das Jahr 1956 und schwemmte alles fort, was er einmal für wahr gehalten hatte, all die bequemen Vorstellungen, Überzeugungen und Lebensentwürfe. Und je mehr die früheren Selbstverständlichkeiten in sich zusammenbrachen, desto mehr taten sich an ihrer Stelle schwindelerregende Untiefen und bislang verborgene Abgründe auf – und in dem nun folgenden Wirbelsturm kam meine Seele, die die Jahre zwischen Kindheit und Erwachsenwerden nur deshalb überstanden hatte, weil sie sich in ihre eigene regenbogenfarbene Welt zurückgezogen und geheime, flüchtig schillernde Träume von Vögeln und Blumen und Sternen und Engeln geträumt hatte, wieder zum Vorschein, lebendig und fordernd wie eh und je.

Und als ich abrupt erwachte und statt Wärme und Freundschaft nur Leere sah, machte ich mich auf, jenseits sämtlicher Verwüstungen von Raum und Zeit Oleg Romanow wiederzufinden. Doch meine wiederholt an die Schule in Insa gerichteten Briefe brachten mich ebenso wenig weiter wie beharrliche Nachforschungen im Kollegenkreis – er war umgezogen, er war verschwunden, er war vielleicht tot ... Und dreißig Jahre später saß Anatoli Suchanow in seinem hellen, sonnigen Büro im obersten Stockwerk einer aus dem achtzehnten Jahrhundert stammenden

Moskauer Innenstadt-Villa, versuchte auszurechnen, wie alt sein ehemaliger Lehrer inzwischen wohl war (einige Jahre älter als sein Schwiegervater – es war also durchaus möglich), und sah mit unruhig klopfendem Herzen, wie Ljubow Markowna sich reumütig auf ihn zubewegte.

»Entschuldigen Sie, dass es so lange gedauert hat«, sagte sie beinahe flüsternd, als sie ihm das Manuskript über den Tisch zuschob. Eigentlich wollte er warten, bis sie den Raum wieder verlassen hatte, doch er konnte sich einfach nicht zurückhalten und richtete den Blick sofort auf die Titelseite. »Chagall: Das Universum eines Einzelgängers« stand dort in Großbuchstaben, und darunter der Name: D. M. Fjodorow.

Aufatmend nahm er den Artikel und ließ ihn gleichgültig in seine Aktentasche gleiten.

Dem unbarmherzigen Vormarsch der Vergangenheit war endlich ein Ende gesetzt.

»Ich gehe jetzt nach Hause«, verkündete er munter. »Richten Sie Segej Nikolajewitsch doch bitte aus, dass ich ihm so bald wie möglich Bescheid gebe.«

»Ja, Anatoli Pawlowitsch«, flüsterte Ljubow Markowna. »Selbstverständlich, Anatoli Pawlowitsch. Sofort, Anatoli Pawlowitsch.«

Er hatte gehofft, während der Fahrt mit der Metro einen Blick auf den Text werfen zu können, musste die wenigen Minuten aber in qualvoller Enge zubringen; vor ihm stand eine Frau mit einer Unmenge Tragetaschen und Tüten (aus einer tröpfelte unübersehbar weiße Eiscreme auf den Boden), und von hinten drückte ihm ein pickliger junger Bursche sein Kinn in den Nacken. Er war so geistesabwesend, dass er auf dem Weg nach draußen versehentlich auf eine Glastür zusteuerte, auf der er in Spiegelschrift »EINGANG« lesen konnte, worauf eine große unförmige Gestalt in taubengrauer Uniform ihn mit einer Wachtmeisterstimme andonnerte: »Wo, zum Teufel, willst du hin, Alter? Bist du blind?«

Auf wackligen Beinen wankte er auf die Straße hinaus und

drückte seine Aktentasche so fest an sich, als fürchte er, jemand könne sie ihm entreißen. Als er endlich vor seinem Haus ankam, war er nahe daran, sich vor Erleichterung einfach auf die Stufen fallen zu lassen. Als er die kühle Eingangshalle betrat, schlurfte der alte Pförtner sofort los, um den Aufzug herbeizuholen. Schweigend standen sie Seite an Seite da und lauschten auf das Ächzen und Stöhnen über ihren Köpfen. Es dauerte fast eine ganze Minute, bis der schwere Lift unten war und man zwischen den Ritzen der Türen Licht schimmern sah.

»Dass ich es nicht vergesse, Anatoli Pawlowitsch«, sagte der Pförtner mit seiner trocken krächzenden Stimme, die an raschelndes Herbstlaub erinnerte. »Mit dem Lift hat es Probleme gegeben, und deshalb soll ich allen Bewohnern aus den oberen Stockwerken ausrichten, sie möchten ein wenig vorsichtiger sein.«

»Und das heißt?«, fragte Suchanow gleichgültig, während er die Kabine betrat.

»Nichts Besonderes.« Der Pförtner lächelte zweideutig. »Es wäre nur einfach gut, wenn Sie sich beim Einsteigen oben vergewissern würden, dass der Lift wirklich da ist. Wir wollen doch nicht, dass jemand zu Tode stürzt, oder? Wäre beinahe schon einmal schiefgegangen – vor zwei Tagen, als Iwan Martinowitsch … Sie kennen ihn doch, den Sänger, der unter Ihnen wohnt …«

Der Rest des Satzes ging im Rattern der sich schließenden Aufzugtüren unter.

Suchanow war außergewöhnlich erleichtert, als er den Fuß endlich wieder über die eigene Türschwelle setzen konnte.

»Hallo, ich bin wieder da!«, rief er, aber er erhielt keine Antwort, nichts regte sich, nur im Esszimmerschrank schienen ein paar Löffel zu klirren. Die Luft in der Diele war feucht, da die Fenster trotz des Regens die ganze Nacht über offen gestanden hatten. Aus Xenias Zimmer meinte er kaum wahrnehmbare Musikfetzen zu vernehmen. Er klopfte an ihre Tür, und als von drinnen keine Antwort kam, klopfte er noch ein zweites Mal. Auch jetzt erhielt er keine Antwort.

Ohne länger zu warten, trat er ein.

Die schweren grünen Vorhänge waren zugezogen; im Halbdunkel hörte er Musik, leise wie ein Flüstern. Seine Tochter lag vollständig bekleidet auf dem Bett, Kopfhörer über den Ohren, und hatte die Augen geschlossen; auf ihren Lippen lag ein fremdes, versunkenes Lächeln. Als er sich zu ihr beugte, hörte er die Musik laut genug, um eine Männerstimme wahrnehmen zu können, die etwas sang, das aber nach wie vor nur als sanftes elektronisches Gewaber bei ihm ankam.

»Diese jungen Leute«, murmelte er, nicht zuletzt um die Unsicherheit zu vertreiben, die ihn plötzlich beschlichen hatte, wie so oft in Xenias Gegenwart. Nach kurzem Zögern legte er ihr eine Hand auf die Schulter. Sie schrie auf und fuhr so heftig in die Höhe, dass sie beide um ein Haar mit den Köpfen zusammenstießen, und einen Moment lang sprach reinstes Chaos aus ihren dunkel verschleierten Augen. Wie zwei langsam ausschwingende Pendel kamen ihre Pupillen zum Stillstand.

Sie atmete tief aus und riss sich die Kopfhörer von den Ohren.

»Willst du mich zu Tode erschrecken?«, fragte sie. »Ich habe überhaupt nicht gehört, dass du hereingekommen bist.«

Er verzog den Mund zu einem Lächeln. »Ja, ganz im Bann deiner Musik. Was hörst du denn da?«

»Kennst du sowieso nicht.«

»Frag mich doch erst einmal, ob …«

»Er heißt Boris Tumanow.« Sie hob die Schultern. »Siehst du, ich hab's dir ja gleich gesagt. Er ist einer von den neuen Underground-Musikern.«

»Verstehe«, sagte er vage. »Du weißt nicht zufällig, wo deine Mutter ist?«

»Doch. Sie ist mit Fjodor Michajlowitsch zur Tretjakowka gegangen, weil er ihr seine Lieblingsbilder zeigen wollte.«

»Verstehe«, sagte er wieder. »Das heißt also, wir sind allein hier. Na gut.«

Er wandte sich zum Gehen, blieb jedoch, die Hand schon auf der Türklinke, noch einmal stehen.

»Xenia, vielleicht …« Er stockte. »Könnten wir vielleicht ein wenig miteinander reden?«

Sie wirkte alles andere als begeistert.

»Lass mich raten«, sagte sie. »Willst du mir eine Vorlesung darüber halten, was eine gute Tochter auszeichnet …? Oder geht es um eine väterliche Unterweisung über die Tatsachen des Lebens an und für sich, so nach dem Motto ›Meine Liebe, du bist jetzt achtzehn, und da solltest du auf jeden Fall wissen, dass junge Männer auch Hintergedanken haben können‹? Falls ja, mach dir keine Sorgen, ich weiß Bescheid. Immerhin war ich in der Schule, wie du dich vielleicht erinnerst, und da hatten wir auch Sexualkundeunterricht.«

Einen Augenblick lang herrschte Schweigen zwischen ihnen. Dann sagte er sanft: »Nein, nicht was du denkst. Ich … ich dachte nur, wir könnten einfach mal miteinander reden. Wir sehen uns ja kaum noch, seit du so viel mit deiner Arbeit zu tun hast … Ich habe nämlich diese Erzählung von E. T. A. Hoffmann gelesen, die du mir letztens ans Herz gelegt hast. Ich fand sie ausgesprochen interessant, und du hast Recht, sie hat wirklich nicht sehr viel zu tun mit …«

Ihre Züge entspannten sich, und ihre Augen blickten träumerisch durch ihn hindurch.

»Hör mal, Papa«, sagte sie, »falls es nicht wirklich dringend ist … Tut mir leid, aber im Augenblick ist es wirklich nicht besonders günstig. Ich habe fast die ganze Nacht gearbeitet, und ich wollte mich gerade hinlegen und ein wenig schlafen, als du gekommen bist.«

»Ach so«, sagte er. Und setzte sofort hinzu: »Ja, natürlich – dann machen wir das eben ein andermal, ja?«

»Ein andermal«, wiederholte sie.

Und hatte den Blick bereits wieder von ihm abgewandt, um Ausschau nach ihren Kopfhörern zu halten.

Anschließend saß er eine Stunde lang über dem Artikel, ohne jedoch über das Epigraph hinauszukommen – Zeilen aus einem unbeholfenen und doch so treffenden Gedicht Chagalls, die ihm wie Mücken vor den Augen tanzten und ihn um alles in der Welt nicht weiterlesen lassen wollten, weil sie wieder und wieder neue Assoziationen in ihm wachriefen.

Der Himmel wimmelt von ehemaligen Erdenbewohnern.
Wo leben sie jetzt?
In meiner zerrissenen Seele.

Unablässig wirbelten ihm diese Worte im Kopf herum, bis er das Manuskript schließlich beiseitelegte, um sich auf sein Sofa zurückzuziehen, wo er, lang hingestreckt, den Blick über die Unregelmäßigkeiten in der Zimmerdecke wandern ließ. Es dauerte nicht lange, bis sich der Schlafmangel aus den vergangenen Nächten bemerkbar machte. Seine Glieder wurden schwer wie Blei und die Gedanken in seinem Kopf immer mehr zu Watte, sodass ihm die Vorstellung, jetzt auf der Stelle einzuschlafen, wie der Gipfel aller Wünsche erschien, denn eigentlich war er müde genug, um problemlos mehrere Tage am Stück durchschlafen zu können.

Dann aber klingelte es, kurz bevor er tatsächlich einschlief, weshalb er noch einmal aufstand und zur Wohnungstür ging. Er sah niemanden, was natürlich nicht sein konnte, weshalb er zum Aufzug ging, um sich zu vergewissern, dass sich dort niemand versteckte – allerdings war der Lift nicht da, und als er die Türen aufzog und sich in den Schacht hineinbeugte, verlor er das Gleichgewicht und fiel in die Tiefe. Anfangs war es schrecklich, in diesem engen, nur schwach erleuchteten Schacht voller dicker Kabel und seltsamer Schatten nach unten zu sausen, vorbei an völlig fehl am Platz angebrachten Eintritt-verboten-Schildern und altertümlichen Landkarten, doch dann wurde es dunkler und immer dunkler, und er wurde leichter und immer leichter, und schließlich schwebte er, ein glückliches Lächeln auf den Lippen, durch schwarzes, angenehmstes Vergessen – weshalb er es äußerst bedauerlich fand, dass es plötzlich von Neuem schellte und sein Flug deswegen ein vorzeitiges Ende nahm.

Offensichtlich hatte er mehrere Stunden geschlafen, denn es schien bereits Abend zu sein. Als er am Esszimmer vorbeiging, leuchtete ein heller Mond durch die Fenster, und Nina und Dalewitsch, die soeben lachend und scherzend wie alte Freunde die Wohnung betraten, erklärten ihm zu seiner Überraschung, dass er zum Abendessen nicht mit ihnen rechnen sollte, da sie bereits in irgendeiner Kneipe gegessen hatten, in der sie nach dem Museumsbesuch gelandet waren. Was ihn kaum scherte, da er ohnehin keinen Hunger hatte, sein Körper ausschließlich nach Schlaf verlangte. So nickte er nur zustimmend, ohne eigentlich zuzuhören (Dalewitsch wollte ihm wie üblich von einem Artikel erzählen, den er geschrieben hatte), und entschwebte wieder in Richtung seines Arbeitszimmers, wo er sich auszog, unter die Decke schlüpfte und sofort weiterschlief.

Wieder versank er in seltsame, nachgerade verstörende Träume. Mitten in der Nacht hörte er Hundegebell auf der Straße, ein lang anhaltendes, unaufhörliches Bellen, so heiser und wütend, dass er aufstand und sich mit einer für einen Traum ungewöhnlichen Geistesgegenwart einen Mantel über den Schlafanzug zog, ehe er mit dem Lift (diesmal war er da) nach unten fuhr, die verlassene, im Mondlicht ruhende Eingangshalle durchquerte und in Erwartung des Unerwarteten vor die Tür trat. In der Kühle der Augustnacht sah er die geheimnisvolle Frau mit dem Nofretete-Gesicht in einem durchsichtigen Hochzeitskleid ziellos die Belinskistraße entlangtaumeln, eine Meute spielender, heimatloser Hunde im Schlepptau. Als er auf sie zutrat, hob sie ihr hübsches, tränenüberströmtes Gesicht und erklärte ihm traurig: »Ich weiß es jetzt. Er wird mich niemals heiraten. Er sagt zwar, dass er es will, aber er wird es nicht tun. Ich hab's begriffen. Er hat eine Frau und eine Tochter. Er ist ein sehr bedeutender Mann. Ja, ich habe verstanden.«

Eine schmale Ader pulsierte an ihrer Kehle, ihr Mund war blass und schmerzverzerrt wie ein welkendes Blumenblatt, und ihre Augen glänzten wie regennasse Edelsteine. Er sah sie mit einer Direktheit an, die man sich nur im Traum erlauben kann. Hinter ihm hörten die Hunde nacheinander auf zu bellen, verharrten wie gebannt mit gefletschten Zähnen und langen Speichelfäden an den Lefzen, die auf die Schleppe ihres Kleides tropften. Sie schwieg jetzt, stand einfach nur da. Ihre Klavierspielerinnenhände schienen in einer Geste trauernder Unterwerfung in der Luft zu schweben; die ganze Welt lag still da wie das Spiegelbild des

Sternenhimmels im dunklen Wasser eines einsamen Teiches, wie ein für alle Ewigkeit in einem wundervollen Gemälde erstarrtes Zeit-Fragment, und es war gleichermaßen furchterregend, herzerweichend und schön, dieses seltsame Aufeinandertreffen im mondbeschienenen, flüchtigen Gewebe der Nacht …

Wie es sich für einen Traum gehört, endete das Ganze in überstürzter Absurdität. Suchanow zerrte einen karierten Wollschal aus dem Ärmel seines Mantels und schleuderte ihn in Richtung der Hunde; augenblicklich wandte die Meute die Aufmerksamkeit von ihnen ab und stürzte sich knurrend und raufend auf den Schal. Suchanow zog die Frau am Ellbogen ins Haus und führte sie durch die Eingangshalle und über die Treppen nach oben, bis sie schließlich vor der weit offenstehenden Tür zur Wohnung Nr. 5 angekommen waren.

»Er heiratet Sie bestimmt«, sagte er großmütig, wenn auch nicht sehr aufrichtig, als er sie sanft über die Schwelle schob. »Machen Sie sich keine Sorgen – er wäre ja wirklich dumm, wenn er es nicht täte.«

Danach kehrte Suchanows Traum-Ich nach erfüllter Pflicht beruhigt zu seinem Sofa zurück und hängte den Mantel wieder an den Haken; dann fiel er in noch tieferen Schlaf als zuvor. Kurz bevor es hell wurde, hatte er noch einen anderen Traum, dieses Mal keinen voller melancholischer Wunder, sondern einen ganz einfachen in vertrauter Umgebung, der ein Glücksversprechen in sich trug wie warme Erde ein Samenkorn. Nina kam auf Zehenspitzen in sein Zimmer; sie trug eine alte Hose und einen ausgebleichten Pullover mit dickem Kragen, der sie so alt aussehen ließ, wie sie tatsächlich war. Sie beugte sich über ihn und küsste ihn leicht auf die Wange.

»Ich hätte gestern Abend gern noch mit dir geredet«, flüsterte sie, »aber du warst schon so früh im Bett, und jetzt muss ich den Zug um sieben Uhr dreißig erwischen.«

»Wo willst du denn hin?«, fragte er zärtlich, ein traumversunkenes Lächeln auf den Lippen.

»Zur Datscha«, sagte sie. »Kann sein, dass es dort nicht geregnet hat. Ich muss nach den Rosen sehen.«

»Ja, die Rosen, natürlich, die Beete und die Teppiche und die Felder«, sagte der Traum-Suchanow. »Aber du kommst doch wieder, mein Schatz?«

»Ich komme wieder«, versprach die Traum-Nina leise. »In einigen Tagen.«

»Die Rosen«, wiederholte er. Er nickte erfreut, während er für den Bruchteil einer Sekunde die Augen öffnete, um einen Blick auf Ninas Hand zu erhaschen, die im Begriff war, ihm sanft über die Stirn zu streichen – doch im selben Moment war er schon wieder zu neuen unbekannten Ufern unterwegs.

13

»Hat sie dir denn nichts davon erzählt?«, fragte Dalewitsch und sah Suchanow gespannt an.

Es war ein ruhiger, sonniger Morgen. In einem Baum in der Nähe des Hauses saß ein Vogel, der ununterbrochen seine etwas unglaubwürdigen Glücksbotschaften in die Luft schmetterte.

»Aber es handelt sich doch nur um ein paar Tage«, setzte Dalewitsch tröstend nach. »Sie muss ja bloß die Pflanzen gießen. Spätestens Dienstag sollte sie wieder zurück sein.«

Suchanow fuhr fort, seine Brille mit einem Zipfel des Tischtuchs zu putzen, während er daran dachte, dass er nun heute Abend allein zu der wichtigen Party gehen musste, zu der er und Nina eingeladen waren. »Natürlich«, murmelte er schließlich und erhob sich.

»Hör zu, Tolja«, sagte Dalewitsch schnell, »wir haben damals unser Gespräch nicht zu Ende geführt, und es gibt etwas, das ich dir auf jeden Fall ...«

»Natürlich«, sagte Suchanow noch einmal. »Ich muss bloß unbedingt diesen Artikel durchsehen. Es ist dringend, das verstehst du doch sicher.«

»Selbstredend«, sagte Dalewitsch. »Und deshalb wollte ich dir sagen ...«

»Lass uns beim Essen darüber reden«, sagte Suchanow. »Einverstanden?«

Der Vogel sang immer noch aus voller Kehle. Suchanow spürte den Blick seinen Vetters im Rücken, als er den langen Flur zu seinem Arbeitszimmer entlangschlurfte.

Den restlichen Vormittag verbrachte er hinter geschlossener Tür bei fest zugezogenen Vorhängen im Halbdunkel, vermied standhaft jeden Gedanken daran, dass Nina ihn im Stich gelassen hatte, und vertiefte sich in den Chagall-Artikel, der, wie er zugeben musste, hervorragend geschrieben war. Anstatt einfach nur eine gewissenhafte Aneinanderreihung biografischer Fakten zu liefern, hatte D.M. Fjodorow (wer immer das war) sich entschieden, die Entwicklung des Künstlers anhand verschiedener wichtiger Begegnungen zu verdeutlichen: ein erstes befangenes Zusammentreffen des wohlbehüteten Jungen mit einem freundlichen Herrn namens Judel Pan, einem nüchternen, aber liebenswürdigen Witebsker Maler, der Chagalls erster Lehrer wurde und in dessen Atelier der Junge sich abmühte, Gipsbüsten zu zeichnen, dabei jedoch von Zeit zu Zeit in unerwünschte Lilatöne verfiel; die zufällige Begegnung mit Bella, der Tochter eines örtlichen Juweliers, in deren strahlend dunklem Blick sein Herz ein für alle Mal ein Zuhause fand; dann, bereits in der Hauptstadt, ein ängstlich aufgeregtes Vorsprechen bei Léon Bakst, dem gefeierten Begründer der berühmten St. Petersburger Kunstschule, Führer der einflussreichen »Mir-Iskusstwa«-Bewegung und stolzen Verkünder einer l'art pour l'art, die dem jungen Chagall zunächst wie eine glorreiche Verkörperung sämtlicher europäischer Traditionen, doch schon nach wenigen Monaten als zu stilisiert, zu raffiniert und letztlich auch zu kalt erschien; und zuletzt, seinen künstlerischen Werdegang abrundend, die folgenschwere Begegnung mit Anatolij Wassiljewitsch Lunatscharski – Lenins späterem Sprachrohr hinsichtlich der Rolle der Kunst im Dienste der Revolution und Baksts ideologischer Gegenpol –, dem Chagall höflich seine Werke zeigte und, als er dessen Verwirrung bemerkte, fröhlich erklärte: »Fragen Sie mich bitte nicht, warum in meinen Bildern alles blau oder grün ist oder warum man im Bauch einer Kuh ein Kalb sehen kann. Lassen Sie Ihren Marx, wenn er wirklich so klug ist, doch von den Toten auferstehen – dann kann er Ihnen ja alles erklären.«

Diese Position eines Genies, dessen Kunst sowohl für eine ästhetisierende Objektivität als auch für eine politische Parteinahme zu universal geworden war, hatte es Chagall im vorrevolutionären Russland schwer gemacht, Anerkennung zu finden, und im nachrevolutionären unmöglich, dort noch länger zu bleiben, aber D. M. Fjodorow hatte einfühlsamerweise davon abgesehen, Chagalls Weg ins Exil und seine vielfältigen Ortswechsel näher zu beschreiben. Stattdessen huldigte er jenen Themen, die den roten Faden im lebenslangen Schaffen des Meisters darstellten – seiner »scharf gezeichneten, ewigwährenden Welt, die wie ein Fenster aus dem Dunkel unserer Seelen zum blauen Himmel hinaus führt, vor uns erstrahlt mit fliegenden Geigern, grüngesichtigen Liebespaaren und geheimnisvoll lächelnden Kühen, einer Welt, die kindlich und einfach zu sein scheint und doch biblische Ausmaße annimmt, da sie an den Kern unseres Daseins rührt«.

Stirnrunzelnd klopfte Suchanow mit seinem Federhalter auf die vor ihm liegenden Papiere. Unter normalen Umständen hätte er diesen Text niemals in seiner Zeitschrift gedruckt, doch Pugowitschkin hatte vermutlich Recht – es war klüger, Leuten, die mehr Einfluss besaßen als man selbst, nicht in die Quere zu kommen. Im Übrigen hätte es durchaus schlimmer sein können; ein philosophischer Diskurs über das Wesen der Kunst war alle Mal besser als ein subversives Manifest. Nichtsdestotrotz war unübersehbar, dass der Text nicht ohne Änderungen übernommen werden konnte, da er keine eigene kritische Position bezog, und, noch problematischer, ganz unverhüllt eine gewisse Religiosität offenbarte, mit seinen ständigen Anspielungen auf die Bibel, der Herausstellung der Liebe als einigendem Prinzip von Chagalls Universum, vom Vergleich mit der traditionellen Ikonenmalerei gar nicht zu reden …

Einen unangenehmen Augenblick lang überkam Suchanow wieder dieses mittlerweile schon bekannte Déjà-vu-Gefühl, dieses Gefühl einer nicht enden wollenden Reflexion in einem Spiegelkabinett, doch in einem plötzlichen Anflug von Entschlossenheit schüttelte er es ab und zückte seinen Federhalter. Die Lunatscharski-Szene musste gestrichen werden – oder besser, er ließ sie stehen, um sie, selbstverständlich nach Streichung von Chagalls skandalöser Bemerkung über Marx, als Aufhänger für eine strenge Beurteilung von Chagalls Werken zu benutzen. In etwa: »Obgleich der Maler durchaus in der Lage war, die Unzulänglichkeit der bourgeoisen Kunst von Bakst und seiner Schule zu erkennen, fehlte ihm die Reife, um die wahre Größe von Lunatscharskijs Position zu begreifen, weshalb er auch den echten Sinn und Zweck von Kunst als Waffe im Kampf gegen die Unterdrückung des Volkes nicht verstand.« Ja, so ging es. Damit hatte er eine hervorragende Einleitung, um Chagalls Themen kritisch ins Visier zu nehmen: die kindlichen, märchenhaften Wesen, die Weltfremdheit, das blinde Vertrauen auf religiöse Motive … Während Suchanow seinen Stift über die Seiten fliegen ließ, um überall die Worte »biblisch« und »ewig« zu streichen und jede Erwähnung von »Liebe« mit einem dicken Fragezeichen zu versehen, fragte er sich, ob es nicht vielleicht doch möglich war, die Wölfe satt zu bekommen, ohne die Schafe opfern zu müssen. In Gedanken versunken, überhörte er das sanfte Klopfen an der Tür, und zuckte jäh zusammen, als die Stimme seines Vetters direkt neben seinem Ohr erklang: »Das Essen ist fertig.« Fjodor Michailowitsch stand vor ihm, hob entschuldigend die Hände und sagte bedauernd: »Du meine Güte, ständig reiße ich dich aus der Arbeit.«

Ein Haufen dampfender Klöße lag vor ihnen, garniert mit saurer Sahne, die am Schüsselrand herabtropfte. Xenia nahm sich eine große Portion. Trotz der frühen Nachmittagsstunde brannte die Lampe über dem Tisch; das grelle orangefarbene Licht tat Suchanow in den Augen weh. Immer wieder wanderte sein Blick zu Ninas leerem Platz am anderen Ende des Tischs.

»Wollen wir jetzt unser Gespräch fortsetzen?«, fragte Dalewitsch.

»Na gut«, antwortete Suchanow ohne großes Interesse. »Wo waren wir stehen geblieben?«

»Innovation contra Tradition. Oder, um mein Beispiel wieder

aufzugreifen, das Universum Kandinskys gegen das Universum Chagalls. Was mich zu dem Punkt bringt, den ich ohnehin …«

Suchanow ließ die Gabel sinken.

»Das Universum Chagalls?«, wiederholte er zerstreut. »Also, das ist ja ein merkwürdiger …«

»Zufall« wollte er sagen, aber er verschluckte das Wort, denn im selben Moment rief ihm sein Gedächtnis mit geradezu perverser Genauigkeit in Erinnerung, was Dalewitsch zwei Tage zuvor von sich gegeben hatte. Der Vetter hatte von Chagalls »kindlichem Universum von fliegenden Geigern, grüngesichtigen Liebespaaren und geheimnisvoll lächelnden Kühen« gesprochen – Worte, die auf nachgerade unheimliche Art und Weise dem Satz entsprachen, den er vor nicht einmal einer Stunde im Artikel jenes unbekannten Fjodorow gelesen hatte. Nun ja, offenbar hatte ihm sein Verstand einen Streich gespielt, außer … es sei denn …

Über einen langen Augenblick hin starrte er ungläubig den Mann an, der ihm am Tisch gegenübersaß. Er starrte den blonden Bart an, die funkelnden, seltsam geformten Brillengläser, die sich bewegenden Lippen – er starrte, ohne auch nur ein Wort von dem zu hören, was sein Gegenüber sagte. Dann überwältigte ihn die Erkenntnis. Seine Augenlider fühlten sich heiß und schwer an, als läge Sand auf ihnen, und er musste die Augen schließen.

»Ich hatte den Punkt ja ohnehin ansprechen wollen«, sagte Dalewitsch gerade. »Weißt du, vor einigen Jahren habe ich eine Reihe von Artikeln geschrieben, in denen es um den Einfluss der russischen Ikonenmalerei auf zeitgenössische Künstler ging, und natürlich befasste sich eine meiner ersten Untersuchungen mit … Tolja, ist alles in Ordnung?«

Zögernd öffnete Suchanow die Augen. Dalewitschs Eröffnung hätte ihn nicht derart schockieren dürfen – immerhin hatte es genügend Warnzeichen gegeben. »Irgendein Kurator von werweißwoher«, hatte Pugowitschkin gesagt, und ihm war Fjodorows Argumentation ja selbst beängstigend bekannt vorgekommen, ganz abgesehen davon, dass die nun völlig offensichtliche Umkehrung der Namensreihenfolge kinderleicht zu durchschauen gewesen wäre … Und trotzdem war er zutiefst schockiert.

Suchanow befeuchtete seine trockenen Lippen, bevor er das Wort ergriff.

»Also«, sagte er und betonte jede Silbe dabei, »Fjodor Michailowitsch Dalewitsch – oder sollte ich lieber D. M. Fjodorow sagen? Allem Anschein nach habt ihr euch alle beide auf meine Kosten amüsiert.«

Xenias Gabel fiel mit lautem Scheppern auf ihren Teller.

Dalewitsch lächelte beschwichtigend. »Tolja, ich habe ja versucht zu erklären …«

»Erklären?«, unterbrach Suchanow ihn. »Was gibt es da bitte zu erklären? Du schläfst in meinem Haus, du isst von meinem Tisch – und dann rammst du mir hinterrücks das Messer in den Leib! Daran gibt es ja wohl nichts zu deuteln! Oder war dir etwa nicht klar, was die Publikation eines solchen Artikels in meiner Zeitschrift für meinen Ruf bedeutet?«

Stammelnd richtete Dalewitsch das Wort an Suchanow. Er presste die Hände gegen die Brust und versicherte dem »lieben Tolja«, wie viel ihm dessen Wohlwollen bedeutete, dass die ganze Sache einfach nur unglücklich gelaufen sei, denn auch wenn er die Vorstellung, in *Kunst und Welt* veröffentlicht zu werden, schon immer als verlockend empfunden habe (»Ich gebe ja zu, nicht zuletzt auch wegen deiner Person, Tolja«), hätte er doch niemals bewusst etwas hinter Suchanows Rücken angezettelt. Er hatte den Chagall-Artikel lediglich einem Freund gezeigt, der ihn wiederum an einen anderen Freund weitergereicht hatte, der zufällig ziemlich hoch oben im Kulturministerium saß, und dann war alles so schnell gegangen und fast ohne seine Einwilligung, doch davon abgesehen, habe er nie vorgehabt, seine Autorschaft zu verschweigen: »Fjodorow« war schon seit Jahren sein Pseudonym, und außerdem hätte er ja auch immer wieder versucht, mit Suchanow darüber zu sprechen, nur war dieser jedes Mal zu beschäftigt gewesen, um ihm Gehör zu schenken …

Minutenlang war Suchanow unfähig, mehr wahrzunehmen als das auf- und abschwellende Summen in seinen Ohren, doch nun wurde ihm schlagartig die Absurdität dieser letzten Bemerkung bewusst.

»Ach, das ist also das Problem«, sagte er bissig. »Ich war zu beschäftigt, um dir zuzuhören! Es kommt mir fast so vor, als sei ich in letzter Zeit für einiges zu beschäftigt gewesen – zu beschäftigt, um meine Zeitschrift zu leiten, zu beschäftigt, um meine Frau in die Museen zu führen, sogar zu beschäftigt, um in meinem eigenen Bett zu schlafen! Was für ein Glück für mich, dass du aufgetaucht bist und diese traurige Lage erfasst hast, um kurzentschlossen für mich einzuspringen – nicht wahr?«

Bestürzt wollte Dalewitsch etwas einwenden, doch Xenia kam ihm zuvor.

»Wie kannst du nur so mit Fjodor Michailowitsch sprechen?«, fragte sie entrüstet.

»Oh, dich hat er also auch eingewickelt, Xenia? Natürlich, so ein netter, interessanter Onkel, der keine Hemmungen hat, seine unkonventionellen Meinungen über Kunst verlauten zu lassen – und obendrein so wunderbare Frühstücke auf den Tisch zaubern kann!« Er unterbrach sich abrupt und sagte heiser: »Mein Gott, du hast das mit Absicht getan, oder? Du hast meine Familie gegen mich aufgehetzt!«

»Tolja, bitte«, murmelte Dalewitsch, »du bist verärgert, du weißt gar nicht, was du sagst, du kannst doch unmöglich ...«

»Ganz im Gegenteil! Ich weiß sehr genau, was ich sage. Ein lange verloren geglaubter Vetter vom Land, der eine Übernachtungsmöglichkeit für ein oder zwei Tage sucht – Himmel, ich muss blind gewesen sein! Nicht dass ich je besonders glücklich über deine Anwesenheit war, aber ich dachte eben, es sei eine zeitlich beschränkte, unbedeutende Verpflichtung. Aber jetzt ist mir einiges klar. Zuerst vertreibst du mich aus meinem Zimmer, dann ziehst du meine Mutter, meine Tochter und meine Frau auf deine Seite – nur mein Sohn lässt sich nicht von dir vereinnahmen, aber den hast du ja in aller Ruhe ausgesessen – und jetzt versuchst du auch noch, mich um meine Stellung zu bringen!«

»Tolja, komm zu dir«, sagte Dalewitsch leise. »Warum sollte ich so etwas tun?«

»Ja, genau, warum wohl? Das würde ich gern von dir wissen. Bist du eingeschnappt und neidisch auf das, was andere erreicht haben, weil du selbst eine Niete bist? Hast du einen pathologischen Hass auf Kunstkritiker? Willst du meinen Posten haben?« Stocksauer hatte er Dalewitsch das an den Kopf geknallt; nun gefror er zu Eis, starrte ihn an und machte eine Handbewegung, als wolle er eine unsichtbare Fliege vor seinem Kopf verscheuchen. »Ich fasse es nicht! Das ist es! Nicht wahr? Das gehört alles zu deinem Plan! Du glaubst, du bekommst meine Stelle! Dein Artikel wird unter Pseudonym veröffentlicht, ich werde wegen des Skandals gefeuert, und sobald sich die Wogen wieder geglättet haben, schlägt dein einflussreicher Gönner dich für meinen Posten vor – und kein Mensch wird je herausfinden, dass du selbst diesen Artikel geschrieben hast. Ein wirklich ausgeklügelter Plan, das muss man dir lassen, Vetter!«

»Tolja, ich versichere dir …«

»Und überhaupt«, fuhr Suchanow mit noch lauterer Stimme fort, »bist du eigentlich wirklich mein Vetter? Ich meine, ist es nicht ziemlich seltsam, dass ich mich nicht daran erinnern kann, dich je gesehen oder jemals zuvor von dir gehört zu haben? Nein, wenn ich es mir recht überlege, dann bin ich wahrscheinlich eher verwandt mit Salvador Dalí als mit dir!«

Er brüllte jetzt, und sein Gesicht war dunkelrot angelaufen. »Vermutlich hast du irgendwo in irgendeinem kakerlakenverseuchten Loch am Ende der Welt gesessen und mich im Fernsehen bei einer Sendung über eine Künstler-Retrospektive oder in einer Universitäts-Vortragsreihe gesehen und da hast du dir diesen Plan ausgedacht, hier als angeblicher Verwandter aufzutauchen, dich bei meiner Familie lieb Kind zu machen und *in mein Leben einzusteigen*!«

Dalewitsch unternahm keinen Versuch mehr, etwas zu sagen. Er und Xenia blickten Suchanow einfach nur noch an, und ihre Gesichter schienen seltsam fremd: hölzern, schmallippig, großäugig. Eine entsetzliche Stille senkte sich über die hell erleuchtete Küche. Einzig und allein Suchanows schwere Atemzüge waren zu hören.

»Und weißt du, es hätte sogar funktioniert«, sagte er voller Verachtung. »Wenn dir da nicht ein winziger Fehler unterlaufen wäre. Deine ›geheimnisvoll lächelnden Kühe‹ waren es. Die Formulierung hat mich aufhorchen lassen. Tja, Vetter, siehst du, ich wollte den Artikel schon annehmen, vorbehaltlich einiger weniger Änderungen, aber da ich jetzt weiß, wer sich hinter diesem Autor verbirgt und was damit beabsichtigt war, kannst du dir den Traum einer Veröffentlichung an den Hut stecken. Du hast verloren, Fedja. Stell dir vor, deine ganzen Machenschaften waren für die Katz!«

Er stützte sich mit einer Hand auf den Tisch, stand auf und stieß seinen Stuhl so heftig zurück, dass dieser bedenklich auf zwei Beinen tanzte und dann umfiel. In der Tür blieb Suchanow noch einmal stehen.

»Ich sollte dich anzeigen«, sagte er, ohne Dalewitsch direkt anzusehen, »aber es ist den Aufwand nicht wert. Ich gebe dir eine halbe Stunde Zeit, um deine Sachen zu packen und zu verschwinden. Ich bin sicher, dein wichtiger Freund nimmt dich liebend gern bei sich auf. Vielleicht kannst du ihn ja jetzt mit deinen Tricks einseifen, damit du nicht aus der Übung kommst. Und vielleicht ist ja seine Stelle noch attraktiver als meine.«

Er knallte die Tür hinter sich zu. Als er den Flur entlangging, klang ihm die Stille in den Ohren, die sich hinter seinem Rücken ausbreitete.

Stunden später beobachtete Suchanow vom Rücksitz seines Wolgas aus, wie die beleuchteten Erdgeschossfenster in den abendlichen Schatten gemächlich an ihm vorüberglitten, eine schier endlose Zurschaustellung häuslicher Wärme. Sein eigenes ungemütliches Zuhause hatte er kurz vor sieben Uhr verlassen. Xenia war ihm in die Diele gefolgt, um die Tür hinter ihm abzusperren. Im Dämmerlicht wirkte ihr Gesicht unbeweglich und ausdruckslos.

»Bei den Burykins kommt der Hauptgang nie vor zehn Uhr auf den Tisch«, hatte er gesagt. »Vor Mitternacht bin ich wohl kaum zurück.« Und, bereits auf der Schwelle, vorsichtig lächelnd hinzugefügt: »Bist du sicher, dass du nicht mitkommen willst? Wenn deine Mutter schon nicht da ist, wäre es doch nett ... Und das Essen dort ist immer gut.« Sie hatte nicht geantwortet, nur den Kopf geschüttelt und die Tür hinter ihm zugemacht.

Die Burykins – Michail, ein hoher Beamter im Kulturministerium, und Ljudmila, seine bezaubernde dritte Frau – wohnten gegenüber der amerikanischen Botschaft und waren berühmt für ihre Abendeinladungen, bei denen sich zu aus dem Ausland importierten Spirituosen alles traf, was Rang und Namen hatte. Auf dem Weg ließ Suchanow Wadim vor einer Metrohaltestelle bei einer wohlbeleibten aserbaidschanischen Blumenverkäuferin anhalten, um noch einen Blumenstrauß für die Gastgeberin zu kaufen. Es roch nach Benzin, frühem Herbst und welken Pflanzen. Er sah verblasste rote Blüten, schleimige Blätter und Bruchstücke des aufgehenden Mondes auf dem schmutzigen Wasser in den Blumenkübeln der Frau treiben.

»Rosen für die Dame Ihres Herzens?«, fragte sie eifrig, wobei sie einen Goldzahn entblößte.

»Vielleicht lieber den Nelkenstrauß dort«, gab er eilig zurück.

Die Eingangshalle im Wohngebäude der Burykins war noch eindrucksvoller als seine eigene, mit dem glatten gemaserten Marmorboden, den vornehm weich verspiegelten Wänden und dem Portier, der einer Bulldogge verwirrend ähnlich sah. Eine Augenbraue gleichgültig in die Höhe gezogen, fragte er Suchanow nach seinem Namen, ging mit einem dicken Finger die Liste der Hausbewohner durch, wählte eine Nummer und sprach dann mit gedämpfter Stimme eine Weile in den Hörer, während Suchanow dumm vor ihm stand und mit aller Macht den Blick auf das hundertfache Abbild des alternden Mannes mit der geborgten Krawatte und dem leicht zerknitterten Anzug zu vermeiden versuchte, der ihn aus den Spiegeln zu beobachten schien.

Endlich nickte ihm der Pförtner knapp zu, und Suchanow glitt über den Marmorboden, während er sich eine verwickelte Geschichte über einen etwas unklaren Notfall überlegte, mit dem er erklären wollte, warum Nina nicht mitgekommen war.

Als Hell und Dunkel abwechselnd durch die Ritzen des Aufzugs drangen, stellte er zu seiner eigenen Überraschung fest, dass er dem Abend mit einiger Vorfreude entgegensah. Tatsächlich hatte sich seine Niedergeschlagenheit bereits kurz nach seinem völlig berechtigten nachmittäglichen Wutausbruch wieder gelegt – und zwar just in dem Moment, als sich die Wohnungstür hinter einem gewissen Fjodor Michailowitsch Dalewitsch, dem Pseudo-Vetter und Schurken, geschlossen hatte. Dieser war wortlos und ohne großes Gezeter gegangen, und als Suchanow sich aus dem Fenster gebeugt hatte, um zu sehen, wie die einsame Figur mit dem lächerlich altmodischen Hut auf dem Kopf den ausgebeulten Koffer zur Metro schleppte, hatte er Dalewitschs schmachvollen Abgang als Beginn der längst fälligen Wiederherstellung des familiären Gleichgewichts begriffen. Denn zweifellos mussten sich nun, da die falsche Schlange von seinem Herd verbannt war, die ärgerlichen Defekte im Familiengetriebe wieder einrenken, und über kurz oder lang würden dann alle zu ihrer Alltagsroutine zurückkehren. Trotzdem gab es immer noch einige lose Enden, die ihn verunsicherten. Der verfluchte Chagall-Artikel musste sofort zurückgezogen werden, doch im Büro war niemand ans Telefon gegangen, und als er bei Pugowitschkin zu Hause angerufen hatte, hatte ihm die Frau seines Stellvertreters nur mit phlegmatischer Stimme mitgeteilt, dass ihr Mann zum Angeln gefahren sei – als sei das an einem Werktag die normalste Sache der Welt. Doch sosehr ihn all dies auch in Rage versetzte, blieb ihm noch Zeit bis zum nächsten Nachmittag, um die Sache ins Lot zu bringen, und bereits jetzt hatte er das untrügliche Gefühl, dass sein Leben wieder in gewohnte, behagliche Bahnen zurückkehrte. Als er an Burykins Tür klingelte, freute er sich auf einen Abend mit exquisitem Essen und scherzhaftem Geplänkel in bester Gesellschaft, der sein Siegesgefühl noch bestärken würde.

Nach dem ersten Läuten geschah erst einmal gar nichts. Er drückte erneut auf den Klingelknopf, diesmal ein wenig fester, und dann hörte er drinnen schnelle Schritte. Die Tür schwang auf, und Ljudmila Burykina stand auf der Schwelle.

»Anatoli Pawlowitsch! Wie nett von Ihnen – das wäre doch nicht nötig gewesen«, sagte sie mit seltsam unbestimmtem Lächeln, als sie die Blumen entgegennahm, und fügte dann unnötigerweise noch hinzu: »Der Pförtner hat gerade angerufen und gemeldet, dass Sie auf dem Weg sind. Bitte, treten Sie doch ein.«

Die abgedunkelten Räume waren vollkommen still – keine aneinanderklirrenden Gläser, keine Musik, keine Stimmen von einander begrüßenden Menschen. Suchanow warf einen Blick auf seine Uhr.

»Oh«, sagte er, »ich bin offensichtlich der Erste. Bin ich zu früh dran?«

Ljudmila Burykina, eine sonst ausgesprochen elegante Frau, trug heute einen überraschend einfachen Kittel, der sie aussehen ließ wie eine Kaufmannsfrau aus einem Ostrowskij-Stück – dieser mütterliche Typ, der den ganzen Sommer mit Einwecken von Obst und Gemüse verbringt und aus der gut gefüllten Vorratskammer nur zwei- oder dreimal auftauchen darf, um alle zum Lachen zu bringen. Ihre schwarzen Augen flackerten unsicher, als sie ihm ins Gesicht sah.

»Anatoli Pawlowitsch, ich fürchte …«

»Ein hübsches Bild haben Sie da«, unterbrach er sie und zeigte auf ein mittelmäßiges Seestück. »Ist das etwa ein Aiwasowskij?« Die Stille in der Wohnung machte ihn nervös. Ohne ihre Antwort abzuwarten, hakte er nach: »Ist Mischa noch im Büro?«

Wie ihm nun auffiel, war ihr Haar auf einer Seite platt gedrückt, als hätte sie ein Schläfchen gehalten.

»Mischa ist in der Sauna, Anatoli Pawlowitsch. Vor zehn Uhr wird er nicht zurück sein«, sagte sie.

»In der Sauna?«, wiederholte er ungläubig. »Heute?«

Sie wandte sich um. Erstaunt folgte er ihr in die Wohnung, trat dabei auf zu Boden gefallene Blumenblätter und fühlte sich zunehmend unwohler. Im dämmrigen Esszimmer schimmerte ganz offensichtlich benutztes Geschirr auf dem großen Tisch. Erneut warf er einen Blick auf seine Uhr.

»Ich hole nur eben eine Vase«, sagte sie. »Kommen Sie bitte

hier herein, Anatoli Pawlowitsch. Entschuldigen Sie die Unordnung, aber meine Hilfe hat heute frei … Ach, übrigens, möchten Sie etwas essen? Ich kann Ihnen allerdings leider nur Reste von gestern anbieten.«

Sprachlos sah er zu, wie ihre drallen Hände die aufgeweichten Stiele der Blumen geschickt mit der Schere zurechtstutzten.

»Zu schade, dass Nina und Sie nicht … Sollte ich sie vielleicht besser in eine Glasvase stellen?«

Sie hatte die zerrupften Nelken in eine Keramikvase gestellt und sah ihn halb lächelnd, halb fragend an – und plötzlich wurde ihm klar, dass sie nur deshalb so schnell redete, weil auch ihr die Stille peinlich war. Ganz offensichtlich hatte sie die Party vorverlegt und vergessen, ihm Bescheid zu geben, und nun stand sie da, die perfekte Gastgeberin, die ein Mal nicht perfekt gewesen war, konnte ihrem Gast nur noch die vom Fest übriggebliebenen Krumen anbieten, war aber aus lauter sturem Hausfrauenstolz trotzdem nicht bereit, die Situation als solche zu akzeptieren, sondern offenbar darauf aus, dass sie beide so taten, als sei er nur eben zu einem unangekündigten Besuch hereingeplatzt.

Obgleich ihm diese Wendung der Dinge absolut nicht gefiel, beschloss er gnädig zu sein.

»Mein Gott, Ljudmila Burykina«, sagte er scherzhaft und schlug sich mit der Hand an die Stirn, »Sie sind wirklich zu höflich, aber ich fürchte, ich habe Ihr Fest versäumt, oder? Ich hätte schwören können, dass es am Freitag stattfindet. Wie schrecklich zerstreut ich doch bin, dass ich den Tag verwechselt habe!«

Sie wandte den Blick ab und nahm die Blumen wieder aus der Vase.

»Es war tatsächlich am Freitag, Anatoli Pawlowitsch«, sagte sie voller Unbehagen. »Und Nina hat Sie beide entschuldigt. Nun ja, ich sollte Ihnen das vielleicht nicht erzählen, weil es hier anscheinend ein Missverständnis gibt, aber sie meinte, Sie stünden unter großem Stress und bräuchten Ruhe.«

»Aber Ihr Fest kann nicht am Freitag gewesen sein«, sagte er immer noch lächelnd, obwohl sich in seinem Magen ein seltsames Leeregefühl auszubreiten begann. »Heute *ist* Freitag.«

»Nein, Anatoli Pawlowitsch, Freitag war gestern«, sagte Ljudmila Burykina und sah ihm erneut unverwandt ins Gesicht. »Heute ist Samstag. Aber es ist ja auch vollkommen gleichgültig. Sie sind jetzt hier, also vergessen wir das Ganze, und ich hole Ihnen erst mal einen Drink, einverstanden? Möchten Sie einen Whiskey? Oder lieber einen Cognac?«

Er sah sie immer noch verständnislos an.

»Aber das kann doch nicht sein«, brachte er schließlich hervor. »Ich habe doch gestern meinen Artikel ins Büro gebracht, das weiß ich ganz genau! Weil er am Donnerstag abgegeben werden musste, und Pugowitschkin sagte mir, ich hätte jetzt noch Zeit bis Samstagnachmittag, und ...«

»Oder vielleicht lieber einen Tee?«, fragte sie freundlich und legte ihm eine Hand auf den Arm.

Einen Augenblick lang starrte er sie nur leer an, ehe ihn ein Anflug von Panik erfasste. Er musste unbedingt einen Blick in einen Kalender werfen, musste herausfinden, was es mit diesen Gedächtnislücken auf sich hatte und wie weit er sich noch in der Realität befand ...

Er wollte sie gerade bitten, einen Blick in ihren Kalender werfen zu dürfen, doch dann fiel ihm ein, dass diese Frau möglicherweise nur ein grausames Spiel mit ihm spielte, und dass ihr Mann, Michail Burikin, unter Umständen genau jene graue Eminenz war, die die Verantwortung dafür trug, dass seiner Zeitschrift dieser Chagall-Artikel aufgedrückt worden war – schließlich war jemand aus dem Ministerium in die Sache verwickelt gewesen, nicht wahr? Er stellte sich vor, wie Dalewitsch, diese Schlange, sich irgendwo in diesen stillen Räumen herumtrieb, um sich an seinem gegenwärtigen Missgeschick zu delektieren, und plötzlich tat ihm jeder Atemzug weh.

»Ich würde liebend gern noch bleiben, Ljudmila Iwanowna«, sagte er vage, »aber ich fürchte, gerade jetzt ... Grüßen Sie Mischa bitte von mir und verzeihen Sie, dass ich das durcheinandergebracht habe ...«

Und während er weiter Entschuldigungen vor sich hin murmelte und entschlossen auf die Vase mit den Nelken starrte, um nur ja nicht Ljudmilas seltsam mitleidigem Blick begegnen zu müssen, trat er den Rückzug an.

Wadim saß im Wagen und notierte sich im matten Licht der Innenraumbeleuchtung etwas auf dem Armaturenbrett.

»Fahren Sie mich nach Hause«, sagte Suchanow leise und zog an der Krawatte seines Schwiegervaters, als würde sie ihn erdrosseln. »Bitte.«

14

Zu Hause angekommen, musste Suchanow sich den Lift mit einem unappetitlichen Typen teilen. Da sein Kopf von der ständig sinnloser werdenden Abgleichung von Daten zu schmerzen begonnen hatte, vermied er es, den Mann genauer anzusehen, und nahm nur aus den Augenwinkeln eine schmutzige Jeansjacke wahr, einen rasierten Schädel und ein um einen kräftigen Nacken geschlungenes lachsfarbenes Halstuch. Der Mann stieg wortlos aus – Suchanow machte sich nicht die Mühe, darauf zu achten, in welcher Etage –, und als die Türflügel wieder zuglitten, sah er, dass diagonal darüber das Wort »Aquarium« frisch eingeritzt worden war, der Name einer Underground-Band, soweit er sich erinnern konnte. Er schüttelte den Kopf über diesen beispiellosen Akt von Vandalismus in seiner unmittelbaren Nähe, warf einen Blick auf die Uhr (es war kurz vor neun) und betrachtete einen Moment lang die zerdrückte Zigarettenkippe in der Ecke. Dabei bemerkte er, dass sich der schmale grünliche Lichtstreifen unter der Aufzugstür nicht bewegt hatte und der Aufzug noch immer da stand, wo er angehalten hatte. Ungeduldig drückte er den Knopf mit der ausgeblichenen Acht und stellte überrascht fest, dass die Türflügel augenblicklich wieder aufschwangen. Er war also auf seinem Stockwerk. Stirnrunzelnd trat er hinaus, während er sich fragte, wie die seriösen Pentrenkos von nebenan zu einem solch zwielichtigen Besucher kommen mochten, und sah gerade noch einen Zipfel des lachsfarbenen Halstuchs hinter seiner eigenen Wohnungstür verschwinden, die von einer unbekannten jungen Dame geöffnet worden war, die er kurz mit einer Zigarette in der Hand im düsteren Schatten der Diele hatte stehen sehen.

Einige Herzschläge lang stand er da wie angewachsen. Als das junge Mädchen die Tür wieder schließen wollte, schüttelte er seine Betäubung ab, ging zögernd auf sie zu und hatte schon die Frage nach einer Erklärung auf den Lippen, als eine Kakophonie von Stimmen, Gelächter und Gitarrengeklimper (Letzteres von einem offenbar geübten, jedoch momentan nicht konzentrierten Spieler) auf sein Ohr traf, die unüberhörbar aus seinem Wohnzimmer kam. Er ging an dem Mädchen vorbei, das ihn nur gleichgültig ansah, und bemerkte im dunstigen Halbdunkel des langen Flurs eine große Anzahl lebhaft ins Gespräch verstrickter Menschen, mit Gläsern in der Hand, die meisten auch mit Zigaretten, die im flackernden Kerzenlicht riesige groteske Schatten an die Wände warfen. Zahllose Kerzen standen herum, große und kleine, irre flackernde, tropfende Kerzen auf den Tischen, den Regalen und sogar auf dem Boden.

Reglos stand er da, ehe der lächerliche Gedanke in seinem verwirrten Kopf aufzuckte, dass sich die Party bei den Burykins aus irgendeinem Grund hierherverlegt hatte, einschließlich der teuren alten Weine, der in die Jahre gekommenen Würdenträger und allem Drum und Dran. Doch dann sah er, dass diese Leute hier jung waren und er keinen von ihnen kannte. Die Kerzen schufen eine eigentümliche Atmosphäre, die Schwaden von Räucherstäbchen und exotischen Gewürzen ließen einen schwindlig werden und seine gewöhnliche Moskauer Wohnung hatte sich in eine fremdartige dunkle Höhle verwandelt. Doch beim nächsten Atemzug sagte er sich, dass dies hier nie und nimmer seine Wohnung sein konnte, sondern dass der Lift ihn in ein anderes Stockwerk gebracht haben musste – zumal der Pförtner ihn ja wegen der kürzlich aufgetretenen Störungen gewarnt hatte.

Er versuchte ruhig und gleichmäßig zu atmen, trat wieder nach draußen und überprüfte die Wohnungsnummer über dem Spion.

Nummer Fünfzehn – seine Wohnung.

Er versuchte, seine Gedanken zu sammeln: Er hatte seiner Tochter erzählt, dass er nicht vor Mitternacht zurück sein würde. Xenia – Xenia – Xenia hämmerte ihr Name in seinen Schläfen wie eine beginnende Migräne.

»Kommst du nun rein oder nicht?«, fragte das Mädchen an der Tür gedehnt. »Sie fangen gleich an.« Mit geübter Nonchalance zog sie an ihrer Zigarette und setzte unerklärlicherweise hinzu: »Gut, dass du selbst eine Krawatte mitgebracht hast. Ich habe gehört, sie sind ausgegangen.«

Sekundenlang erwog er, dieses unverschämte Wesen vor die Tür zu setzen – und mit ihr alle anderen Leute –, alle Lichter einzuschalten, alle Kerzen auszublasen und sämtliche Fenster aufzureißen, um diesen ekligen Geruch auszulüften und diesem ärgerlichen Gesang ein Ende zu bereiten, der sich jetzt über die disparaten Gitarrenakkorde gelegt hatte – eine quäkende Männerstimme, die abgedroschene Verse blökte (irgendetwas von großen Dichtern, die tragisch sterben mussten, bevor ihre Zeit gekommen war) …

Doch dann fiel ihm ein, er sollte Xenia zuerst zur Rede stellen, sie vielleicht vor ihren Freunden beschämen, und wenn sie reumütig mit dem Rücken an der Wand stand, vielleicht endlich dieses Gespräch mit ihr führen, das er seit Monaten – wenn nicht gar seit Jahren – immer wieder aufschob; seitdem sie begonnen hatte, sich ihm zu entziehen und sich hinter ihrer Schreiberei, ihrer Musik, ihren Büchern und weiß der Himmel wohinter sonst noch zu verstecken … Mit einem Nicken schob er sich entschlossen an dem verdrossenen Mädchen vorbei, ein anonymer, harmloser Gast, einer von vielen, der durch seine beschlagene Brille ins Dunkel schaute.

Seitdem der Gesang eingesetzt hatte, waren die Gäste leise geworden und näher in Richtung Musik getreten. Nur ein einziges Paar stand noch flüsternd im flackernden Zwielicht der Diele: ein schlankes Mädchen mit melancholischem Gesicht und ein langhaariger Mann in einer Lederjacke und mit einer Krawatte, die aussah, als teile sie seine Brust exakt in zwei Hälften.

Wenige Meter weiter stieß Suchanow auf eine Ansammlung schlecht gekleideter Jugendlicher. Die einen standen herum, die anderen saßen im Schneidersitz auf dem blanken Fußboden und alle wippten wie chinesische Puppen rhythmisch mit den Köpfen und formten mit den Lippen tonlos den Text des Liedes. Hier war es noch dunkler und stickiger, und als er versuchte, sich ins Zimmer hineinzudrängeln, trat er mehrmals auf einen Fuß oder eine Hand. Als er schließlich irgendwo eingeklemmt am Rand des Raums zu stehen kam, drückte sein Gesicht unangenehm gegen den breiten Rücken einer stämmigen Frau, deren langes, ungepflegtes Haar nach Bittermandeln roch, doch noch immer konnte er nicht über die nickenden Köpfe hinweg ins Zimmer sehen, wo eine aggressive junge Stimme geborgte Worte in die verrauchte Runde schleuderte:

»Christus war dreiunddreißig und ein Dichter und er sagte:
›Du sollst nicht töten! Und wenn du tötest, werde ich dich überall finden!‹
Doch sie schlugen ihm Nägel durch seine Hände, damit er nichts anpacken konnte,
Und in seine Stirn, damit er nichts schreiben und nicht so viel denken konnte.«

»Gut, nicht?«, flüsterte jemand begeistert Suchanow ins Ohr.

Vorsichtig wandte Suchanow den Kopf und erkannte das Grinsen des Mannes aus dem Aufzug.

»Nicht allzu originell«, erwiderte er trocken. »Das ist von Wisotskij, wenn ich mich nicht irre, oder?«

»Das macht er nur zum Warmwerden«, flüsterte der Mann aus dem Aufzug, scheinbar ohne sich von Suchanows Ton gekränkt zu fühlen. »Er fängt immer mit einem oder zwei Texten von Wisotskij an, als Tribut an die Gefallenen sozusagen. Gleich singt er auch seine eigenen Stücke. Welches Lied magst du am liebsten?«

Sein Gesicht kam Suchanow unangenehm bekannt vor, doch er lernte allmählich, dieses Gefühl zu ignorieren.

»Noch nie etwas von ihm gehört«, sagte er abweisend. »Wie heißt er überhaupt?«

Die Stimme des unsichtbaren Sängers drang wie aus weiter Ferne an sein Ohr:

»Aber die heutigen Dichter sind nicht rechtzeitig angetreten,
Ihr Duell fand nicht statt – man hat es verschoben.
Und mit dreiunddreißig werden sie gekreuzigt – wenn auch nicht allzu grausam …«

»Ach«, sagte der Mann aus dem Lift, »wohl nur zufällig reingekommen?« Seine Augen glitzerten irre. »Dann mach dich darauf gefasst, dass dein Weltbild gleich in die Brüche geht. Dies hier ist der große Boris Tumanow höchstpersönlich. Den Namen hast du doch sicher schon gehört, oder?«

Suchanow dachte an die vorgezogenen Vorhänge, den Widerhall der Musik und an Xenia, die mit geschlossenen Augen auf dem Bett lag – gestern oder vorgestern oder auch vor Jahren, wann auch immer.

»Meine Tochter mag ihn«, sagte er mit brüchiger Stimme.

Das Lied war zu Ende und alle klatschten.

»Na ja, die Mädchen. Alle Mädchen mögen ihn, und wieso auch nicht?«, flüsterte der Mann zutraulich, sodass sein heißer Atem Suchanows Ohr streifte. »Er ist natürlich längst vergeben, zweimal sogar. Verheiratet und eine Freundin. Seine Frau … war wohl eher eine Jugendsünde. Sie kommt nicht mal zu seinen Konzerten, aber Xjuscha … Xjuscha ist ein anderes Kaliber – das hier ist übrigens ihre Bude. Eine Superfrau, wenn du mich fragst, die es sich gern gutgehen lässt, auch wenn ihre Eltern echte –«

»Ich …«, begann Suchanow und unterdrückte einen Aufschrei in seiner Kehle, »ich glaube, ich habe Kopfschmerzen.«

Der Mann nickte und begann, seine Taschen nach etwas abzusuchen, aber Anatoli Pawlowitsch sah ihn nicht mehr. Er sah nur noch tiefstes Dunkel.

Vielleicht war ja … alles vergebens gewesen. Vielleicht hatte sie sich schon so weit von Ninas und seinem Leben entfernt, dass sie ihr nichts mehr geben konnten, und nun bewegte sie sich unerbittlich, stolz und selbständig auf diesem undurchsichtigen Weg weiter; mit diesen in ihrem Kopf widerhallenden Traumgedichten, mit einem verheirateten Underground-Idol als Geliebten und abgrundtiefer Verachtung für seine Welt, eine Welt, die der Vergangenheit angehörte und in der man nachgeben und sich anpassen musste, wenn man überleben wollte. Und wer sollte entscheiden, wer von ihnen beiden Recht hatte? Was musste geschehen, damit sie einander wieder verstehen konnten? *Ich habe sie verloren, ich habe sie verloren, für immer verloren*, hämmerte sein Herz in verzweifeltem Rhythmus. Eine solche Qual, dass er ohne zu überlegen die zwei merkwürdigen bläulichen Pillen, die der Mann aus dem Lift ihm grinsend hinhielt, nahm und hinunterwürgte – sein Mund war so trocken, dass das Schlucken ihm schwerfiel. Danach stand er mit geschlossenen Augen da, um die wogenden, begeisterten Gesichter nicht sehen zu müssen, und wartete darauf, dass der Schmerz nachließ und dieser Albtraum ein Ende fand …

Doch während er wartete, erhob sich aus dem Durcheinander und dem Chaos seiner Gedanken eine Stimme, Boris Tumanows Stimme, die Stimme, die seine Tochter liebte, zu lieben glaubte oder hoffte. Und ob er wollte oder nicht, er hörte ihr aufmerksam zu. Diese brüchige, einfühlsam geschmeidige Stimme war zu anderen Liedern übergegangen, ungewöhnlichen Liedern, ohne wirkliche Melodie, in denen Vers auf Vers aufeinanderfolgte, die Wörter sich mitten in der Silbe verwandelten, sich vom lautstarken Gitarrenspiel verschlucken ließen, sich über die Stille einer Pause legten; Lieder, die mal zusammenhanglos waren, mal schrill, mal poetisch, mal furchterregend, aber immer packend und mit einer stets ergreifenden Aussage; Lieder über die wahre Farbe von Seelen, die im Rahmen eines geheimen Regierungsprojekts auf dem Labortisch seziert werden; oder über einen Engel mit nur einem Flügel, der gefangen und im Moskauer Zoo ausgestellt wurde, bis ein betrunkener Wächter ihn wieder freiließ; oder über ein verzweifeltes Genie, das über Glasscherben läuft, um das Gold am Ende des Regenbogens zu erreichen, wo es jedoch nur einen anderen unglücklichen Verlorenen mit blutenden Füßen vorfindet; oder über einen Heiligen, der sich sein Leben lang darauf vorbereitet hat, in den Himmel zu kommen und auf seinem Totenbett erkennen muss, dass der Himmel nicht diese blaue Weite voller Engelsmusik und opalisierender Wolken ist, sondern eine alle Ewigkeit überdauernde Wiederholung der glücklichsten Momente des Lebens, er sich aber an keinen einzigen Glücksmoment erinnern kann; oder über einen alten Mann, der all seine Talente vergeudet hat und nun, am Ende seines langen, freudlosen, angepassten Lebens endlich den Mut findet zu fliegen – aber nicht mehr aufhören kann zu kriechen …

Und je länger Suchanow zuhörte, desto mehr drehte sich alles in seinem Kopf und desto klarer wurde ihm, dass er zwar nie zuvor irgendetwas gehört hatte, was diesen Liedern gleichkam, dass sie aber in ihrer überspannten Mischung aus Hoffnung und Wut und Traurigkeit und Sehnsucht danach, die Welt zu verändern und schöner zu machen, jenen Gesprächen ähnelten, die ihn bei den glücklichen Zusammenkünften in seiner eigenen Jugend zwanzig Stunden lang auf den Beinen gehalten hatten, in seiner etwas verspäteten zweiten Jugend im Jahr 1956. Die angespannten, erwartungsvollen Gesichter rings um ihn waren die fieberhaft ernsten Gesichter seiner früheren Genossen, seiner Lehrer, seiner Freunde und vielleicht auch Brüder auf dem zu erwartenden Leidensweg. Und sogar die Luft in diesem plötzlich nicht mehr wiederzuerkennenden Ort, der dank Räucherstäbchen und tanzendem Kerzenlicht seltsamerweise an eine Kirche erinnerte, erbebte wieder im alten Glauben. Diesem Glauben, dem er selbst für einige kurze, inspirierte, herrliche Jahre – möglicherweise sogar die besten Jahre seines ganzen Lebens – angehangen hatte und den er verloren hatte, als er im Jahre des Herrn 1962 mit dreiunddreißig Jahren, dem selben Alter wie Christus, an seine persönliche Wegkreuzung gelangt war und sich entscheiden musste zwischen Kreuzigung und … und …

Als er bemerkte, dass er sich dem Rand seiner privaten Hölle zu nähern begann, zu der er sich vor langer Zeit jeglichen Zugang untersagt hatte, schlug er hastig die Augen auf – nur um festzustellen, dass sie die ganze Zeit offen gewesen waren. Die körperlose Stimme, die so glückliche und qualvolle Echos in ihm ausgelöst hatte, war verklungen und Applaus setzte ein. Er klatschte ebenfalls, während er versuchte, einen Blick auf seine Armbanduhr zu werfen, doch die Zeiger schienen abgebrochen zu sein und drehten sich hierhin und dahin. Dennoch wusste er, dass Stunden vergangen waren, denn er hatte sein Herz verloren. Gerade als der unsichtbare Sänger ankündigte, er würde zum Abschluss die versprochene Performance aufführen, und absurderweise sämtliche Anwesenden bat, ihre Krawatten anzulegen, bahnte Suchanow sich einen Weg zwischen den dicht gedrängten Körpern hindurch zurück in den mittlerweile leeren Flur.

Hier war inzwischen so manches nicht mehr so, wie es sein sollte. Kerzen standen unbeaufsichtigt herum, einige Bilder hingen kopfüber an der Wand und ließen Dörfer, Wälder und Seen in kleinen Aquarell-Rinnsalen über den Himmel laufen; daneben galoppierte eine Horde Pferde mit den Hufen nach oben über die Unterseite eines Regalbretts. Noch schlimmer aber war, dass die meisten Dinge von einem verschwommenen Licht umgeben waren, das ihn argwöhnen ließ, sie würden, sowie er ihnen den Rücken zukehrte, nicht länger sein, was sie zu sein vorgaben, und sich in etwas völlig anderes verwandeln – ein Schuh in einen Regenschirm, ein Regenschirm in einen Kobold, ein Kobold in eine Wolke – oder sogar vollständig in eine andere, vierte Dimension schlüpfen und für immer in den Labyrinthen des Seins verschmelzen. Irgendwie schien es ganz passend, dass alles so seltsam und unsicher sein sollte, doch sein Kopf schmerzte stärker denn je zuvor, sein Herz klopfte unangenehm laut und er verspürte das dringende Bedürfnis, sich in die Stille hineinfallen zu lassen und eine Weile zu schlafen oder die Farben zu betrachten, die wie Libellen unter seinen Augenlidern hin und her zuckten.

Schwankend bewegte er sich weiter und immer weiter, sammelte bei jedem Schritt die großen feuchten Rosen ein, die von den Tapeten in seine geöffneten Handflächen fielen, um sie als üppigen, duftenden Strauß einem kurzhaarigen Mädchen in einem gelben Kleid zu überreichen, das in diesem Moment auf ihn zukam. Er erkannte ihren halb offenen, zu einem Lachen verzogenen Mund in ihrem kleinen jungenhaften Gesicht, das ihm genauso vertraut war wie alle anderen (denn natürlich hatte er sie alle schon einmal gesehen). Das Mädchen sah ihn mit weit aufgerissenen Augen an, ließ die Blumen fallen und rannte davon, wobei sie einen Namen rief, den er schon einmal gehört haben musste: »Xjuscha! Xjuscha!«

Er folgte ihr, zertrat die zarten Rosenblüten, bog in einen Durchgang, öffnete eine unter den Graffiti kaum sichtbare Eingangstür, erklomm eine muffig riechende Treppe in den dritten Stock, überflog noch einmal die auf einer Straßenbahnfahrkarte notierte Adresse und klopfte an eine der Türen, an denen bereits die Farbe abblätterte. Ein grimmiger, spitzbärtiger Kerl ließ ihn ein. Leise nach rechts und links grüßend, bahnte Anatoli sich einen Weg in dem verrauchten, sparsam möblierten Zimmer durch die vielen Menschen auf eine alte Couch im hinteren Teil des Raums zu, auf die er sich fallen ließ. Zwar konnte er von hier aus nicht viel sehen, und er war ein wenig verlegen, weil er nur wenige der Anwesenden mit Namen kannte und keinen Einzigen von ihnen näher, und der Bekannte, der ihn hierher eingeladen hatte, war noch nicht eingetroffen. Beinahe eine Stunde lang saß er reglos da, hielt ein Glas Wodka in der Hand und lauschte mit wachsendem Interesse den Worten des alten Mannes mit den lebhaften Gesichtszügen, dem diese Wohnung zu gehören schien und der leise seine Theorie vom Tod der Kunst erläuterte.

»Seit ihrer Geburt in den Anfängen der Menschheit«, sagte der Mann mit einer milden, in Generationen von Intellektuellen ausgebildeten Stimme, »hatte die bildende Kunst zwei Funktionen: eine rituelle und eine dekorative. In ihren primitiven Stadien bedeutete dies einerseits, dass die Menschen Bilder von erlegten Tieren an Höhlenwände malten, um sich die Hilfe guter Geister bei der Jagd zu sichern, und andererseits, dass sie Halsketten aus Muscheln fertigten, um ihre Frauen ein wenig ansehnlicher zu machen.

Mit der Entwicklung des Menschen verdichteten sich diese beiden Funktionen – die Kommunikation mit der spirituellen

Welt und der Versuch, die reale Welt angenehmer zu gestalten – zu dem, was ich für die beiden *raisons d'être* der Kunst halte: die Suche nach dem Göttlichen und jene nach der Schönheit. In den dunklen Zeiten, als Aberglaube die Menschen niederdrückte, überwog das Göttliche auf Kosten der Schönheit, doch auf dem Gipfel der künstlerischen Entwicklung – den das Zeitalter der Renaissance darstellt – verflocht sich das Streben beider Richtungen immer mehr, bis sie schließlich eins wurden. Und für einen kurzen Augenblick war Gott die Schönheit und die Natur war Gott, und die Vereinigung des Göttlichen und des Schönen waren ebenso in Tizians üppigen Nackten zu sehen wie in Mantegnas ausgemergelten Heiligen. Obwohl dieses wunderbare Gleichgewicht kaum länger als ein Jahrhundert anhielt, brachte es eine so außergewöhnliche Geistesblüte hervor, dass wir noch heute davon zehren. Doch unvermeidlicherweise gewann das Leben, als die Welt sich weiterentwickelte, die Oberhand über die Kunst, und das siebzehnte und achtzehnte Jahrhundert läuteten mit den neuen Zauberworten *Aufklärung* und *Vernunft* den Anfang vom Ende ein. Als die zwei Funktionen der Kunst erneut auseinanderdrifteten, wurde die Kreativität in zunehmend kleinere Schubladen gezwungen: Porträt-, Historien-, Genre-, Kirchen-, Landschaftsmalerei, Stillleben … Und als mit der Entwicklung unseres eigenen grässlichen Zeitalters der Maschinen und Säkularisation die Schönheit von der Industrialisierung getötet und Gott von sogenannten progressiven Denkern zur *persona non grata* erklärt wurde, verloren beide künstlerischen Zielsetzungen von einem Augenblick zum nächsten ihre Bedeutung. Was ist uns noch geblieben? Ein trauriges Häufchen von Etikettierungen und gelegentliche klägliche Versuche, zumindest ein wenig von der früheren Pracht der Kunst wiederzuerlangen, entweder durch die verzweifelten Verkünder einer *l'art pour l'art*, die die Schönheit wiederherstellen wollen, aber ausnahmslos mit dem Malen von Hündchen, Schäferinnen oder deren ästhetischen Äquivalenten enden, oder durch die eifrigen Revolutionäre, die das Göttliche in der roten Fahne der Humanität suchen und hoffen, die Kunst für das Gemeinwohl einsetzen zu können, als wäre sie ein Laib Brot oder ein Paar Stiefel – unnötig zu sagen, vergeblich, denn ein Zweck wird nicht dadurch geheiligt, dass er einfach nur edel und gut ist.«

»Aber wenn die Kunst ohnehin tot ist, warum soll man dann überhaupt noch malen?«, fragte der Bärtige finster.

»Christus war auch einmal tot«, erwiderte der andere streng. »Und genau die Wiederauferstehung der Kunst ist es, die wir heutigen Künstler uns zur Aufgabe machen müssen.«

Alle lachten und hoben ihre Gläser auf die Gesundheit, die Farben und die Pinsel. Sie tranken, ließen die Flasche kreisen und tranken erneut, und irgendjemand holte eine Jazz-Schallplatte, die ein Freund kürzlich aus Prag mitgebracht hatte, während ein anderer von einem Buch mit Reproduktionen von Bildern eines verrückten spanischen Künstlers erzählte, der ihm gut gefiel, doch inmitten dieses allgemeinen Überschwangs stellte niemand die wichtigste Frage – die einzige Frage, die es meiner Meinung nach zu stellen gab.

»Wie?«, fragte ich leise, und als niemand mich hörte, wiederholte ich meine Frage, lauter diesmal. »Wie können wir die Kunst wieder auferstehen lassen? Was müssen wir machen?«

Augenblicklich verstummten sie, drehten sich zu mir um und versuchten vielleicht, sich ins Gedächtnis zu rufen, wer ich war und wer mich mitgebracht hatte. Doch genau in diesem Moment ging die Tür auf und mein lang erwarteter Bekannter kam herein. Als er sah, dass alle Blicke auf mich gerichtet waren, sagte er mit seinem typischen strahlenden Lächeln: »Ah, wie schön, ihr habt Tolja schon kennengelernt.«

Und in den nun von allen Seiten ertönenden Rufen »Endlich!«, »Komm her, Ljowka!« und »Lew Borisowitsch, gib uns die Ehre und trink ein Glas von diesem fürchterlichen Selbstgebrannten!« ging meine Frage wieder unter.

Besser gesagt, sie ging nicht endgültig unter, sondern wurde nur vorläufig zurückgestellt, denn nach dieser fröhlichen, berauschenden Nacht war ich ein regelmäßiger Besucher bei Jastrebow. Das ganze Frühjahr 1956 trafen wir uns mindestens einmal die Woche, manchmal auch öfter, und redeten über Geschichte und über Russland, über das Leben und den Tod und vor allem über die Kunst – das Thema, das uns allen am meisten am Herzen lag. Wir waren ausgelassen und berauscht von unserer eigenen Verwegenheit und redeten bis zur Erschöpfung, bis die durch das trübe Fenster am Himmel sichtbaren Sterne sich im Morgennebel des anbrechenden Tages verloren hatten. Und wenn wir uns heiser geredet hatten, hörten wir Jazz, die Musik unserer eigenen Revolution, ließen Saxophon- und Trompetenklänge unsere engen Quartiere ausfüllen und Klaviermusik wie kühlende Fingerspitzen sämtliche Kopfschmerzen fortmassieren. Oder wir betrachteten erregt Reproduktionen von Werken westlicher Künstler, die betuchte Gönner in ihren ledernen Diplomatenkoffern aus dem Ausland mitgebracht hatten oder die wir selbst heimlich aus den prächtigen, in der Lenin-Bibliothek entleihbaren Kunstbänden herausgerissen hatten. Oder wir diskutierten halblaut die wertvollen Bruchstücke vergangener Wahrheiten, die wir aus alten Zeitungsartikeln oder unserer eigenen, häufig falsch verstandenen und falsch in Erinnerung behaltenen Kindheit ans Licht holten, verglichen die Geschichten der Festnahmen von Vätern und Großvätern. Irgendwann einmal im Lauf dieses atemberaubend schnell verfliegenden Jahres wurde ich mit dem großartigen Geschenk von Wiktor Jastrebows Traum konfrontiert.

Jastrebow war schon immer der Eloquenteste von uns allen gewesen; er war unser Lehrer, unser Anführer, unser Gastgeber, doch eines Frühsommerabends schien sein Geist nie erreichte Höhen zu erklimmen, und er sprach von der Wiedergeburt der Kunst, davon, dass sie wie ein Phoenix aus ihrer eigenen Asche auferstehen würde. Auferstehen in sublimer Harmonie von Weltlichem und Göttlichem, einer Harmonie, die nur hier, im einzig wirklich mystischen Land, und nur jetzt, da dieses die Grenzen seiner dunklen, spirituell verarmten Vergangenheit durchbrach, möglich war. Er sprach von unserer Pflicht als Künstler, Schönheit ohne Vorbild und Gott in uns zu finden und dann unsere Vision in der Welt zu verbreiten. »Denn Russland soll das neue Italien werden, und die nächste Renaissance wird unsere sein!«, sagte er, und seine Worte brachten unser Blut zum Kochen und ließen unsere Herzen entflammen. Nur Lew saß ganz ruhig da in jenen Stunden, die mir wie ein einziger, herrlicher Flug erschienen. Er stieß mit uns an, nickte, war aber sichtlich ungerührt.

An diesem Abend gingen wir früher als sonst nach Hause, weil wir alle spürten, dass jedes Wort, jede Geste nach Jastrebows Ausbruch die Macht dieser großmütigen Botschaft nur schmälern würde. Lew und ich stiegen zufällig gleichzeitig die Stufen hinab und setzten unseren Weg durch die leergefegten Straßen nebeneinander fort.

»Du kamst mir heute Abend gelangweilt vor«, sagte ich beinahe widerwillig zu ihm. »Bist du nicht einverstanden mit dem, was Jastrebow gesagt hat?«

Ich war Lew Belkin vor gut fünf Jahren zum ersten Mal begegnet. Er war drei Jahre jünger als ich und ebenfalls Student am Surikow-Institut, und auch wenn wir einander nicht vorgestellt worden waren, erinnerte ich mich doch im Laufe unserer späteren Bekanntschaft vage daran, ihn zwischen den Vorlesungen in den Gängen gesehen zu haben – ich war im letzten, er im zweiten Studienjahr. 1955, nachdem Belkin sein Examen mit Auszeichnung bestanden hatte, wurde er als Lehrer an meinem Institut angestellt, wo wir uns, nun offiziell miteinander bekannt, wie früher Tag für Tag auf den Korridoren über den Weg liefen. In seiner ersten Woche am Institut kam er in mein Atelier, betrachtete meine Bilder und verschwand wieder, ohne ein Wort zu sagen. Ich empfand sein Verhalten als hochmütig und zahlte es ihm mit gleicher Münze heim. Ich wusste nicht, was ihn veranlasste, mich eines Tages im folgenden Frühjahr zu einer Zusammenkunft seiner Freunde einzuladen. Vielleicht war es etwas, was er in meinen Bildern entdeckt zu haben glaubte, oder eher diese Atmosphäre widerhallender Offenbarung, die ganz Russland erfasst und uns elektrisiert hatte. Doch obwohl ich ihm meine Aufnahme in Jastrebows Zirkel verdankte, waren wir uns bislang nicht nähergekommen und hatten kaum jemals allein miteinander gesprochen.

»Es ist weniger, dass ich nicht damit einverstanden wäre«, antwortete er nachdenklich, »sondern vielmehr … Wiktor ist ein brillanter Unterhalter, natürlich, aber … Er sagt, wir könnten nicht ehrlich malen, bevor wir nicht Gott in uns gefunden hätten. Aber was bedeutet das genau? Was ist, wenn ich jedes Mal, sobald ich zu tief in mich hineinschaue, den Teufel statt Gott sehe? Und selbst wenn ich Gott fände, woher weiß ich dann mit Sicherheit, dass es der richtige Gott ist? Folgt daraus etwa, ich soll nicht malen, bevor ich das nicht herausgefunden habe?«

»Aber sind diese Fragen denn nicht wichtig?«, fragte ich bestürzt.

»Wichtig? Ja, natürlich«, erwiderte er langsam, »aber nur für mich als Mensch und Mann, nicht als Künstler. Als Mann musst du deinen Geist und deinen Magen und deinen Schwanz befriedigen, doch als Künstler hast du nur Augen, mit denen du die Welt siehst, eine Seele, mit der du sie verstehst, und Hände, mit denen du sie wiedergeben kannst – sonst nichts. Manchmal habe ich bei all den Worten, die wir uns zuwerfen, ein Gefühl … ich weiß nicht … als müsste ich ersticken. Ich denke immer, wir sind doch keine Philosophen, sondern Maler, und statt so viel Energie darauf zu verwenden, irgendwelche nebulösen Theorien über Gott und die Schönheit aufzustellen, sollten wir lieber aus vollem Herzen malen und es den Massen und der Zukunft überlassen, was sie aus uns und unserem Werk machen wollen, oder?«

Es schien, als wären wir allein in der Stadt. Die Straßenlampen auf den Boulevards verströmten kaltes lavendelfarbenes Licht, und aus den finsteren Inseln der Parks drangen die unruhig stöhnenden Schlafgeräusche der Betrunkenen, die das Chaos der Moskauer Straßen jede Nacht auf den mutwillig zerstörten Parkbänken enden ließ. Und genau da geschah es – nicht dank der gemeinschaftlich erlebten Offenbarungen bei unseren Zusammenkünften wurde es wieder zum Leben erweckt, sondern durch Levs einfachen Protest: Ich verspürte wieder das Bedürfnis zu malen, ehrlich zu malen, frei, so wie ich es vor vielen Jahren zum letzten Mal getan hatte.

In der nächsten halben Stunde, als wir beide in kameradschaftlichem Schweigen durch die schlafenden Straßen wanderten, vorbei an den blassen Geistern blühender Fliederbüsche und den dunklen Gespenstern der Lindenbäume, fühlte ich dicht hinter mir in dieser von Blütenduft geschwängerten Dunkelheit andere geräuschlose Geister, deren flüchtiges Lächeln und Leben darum baten, auf Leinwand gebannt zu werden – ein alter Professor aus dem Arbat mit seiner Liebe zu Italien, ein schüchterner Lehrer aus der Provinz, der von Chagalls schwermütiger Seele gekostet hatte, ein gebrochener Mann, dessen ganze Leidenschaft einmal der Fliegerei gehört hatte, sein vierzehnjähriger Sohn, der davon geträumt hatte, seine eigenen, niemals zuvor erblickten Farben zu entdecken … Und in dieser halben Stunde begriff ich mit höchster Klarheit, dass mein Leben ab sofort nicht länger aus der ewigen Rechtfertigung unbekannter Fehltritte meines Vaters bestehen konnte, und dass ich mich nicht mehr damit zufriedengeben wollte, tagsüber ein williges Rädchen in einem wirren Mechanismus zu sein und nachts die überirdischen Träume anderer Menschen zu träumen. Ich erkannte, dass nichts mehr zählte als ein leeres Blatt, ein Pinsel und Ölfarben in allen Schattierungen. Und noch in dieser Nacht, als Lew, der zu weit entfernt wohnte, um noch zu Fuß nach Hause zu gehen, auf meinem Bett eingeschlafen war, riss ich ein Blatt aus einem alten Sammelalbum und versuchte, mit den paar eingetrockneten Wasserfarben die Stunde vor Sonnenaufgang zu malen, wie ich sie durch mein weit offenes Fenster sah: den feinen Dunst über den schwärzlichen Dächern, die bald wieder einsetzende Wärme in der stillen Luft, eine streunende Katze, die auf dem Fensterbrett balancierte, und ein glückseliger Betrunkener, der in der unteren rechten Ecke des verblassenden Himmels den roten Rand der Sonne malt …

In diesem Sommer kam ich nicht mehr so häufig zu den Treffen bei Jastrebow, da ich zu sehr mit meiner Arbeit beschäftigt war. Auch Lew erschien seltener, weniger wegen irgendwelcher Meinungsverschiedenheiten, sondern weil ihn ein nicht näher bestimmbarer Flirt in Atem hielt, wie es immer wieder scherzhaft hieß. Nach unserem Gespräch in jener Juninacht trafen er und ich uns häufiger allein, doch ich fragte nie nach diesem Mädchen und er sprach nie über sie, sodass ich, als er sie Anfang September zu einem unserer abendlichen Treffen mitbrachte, nicht darauf gefasst war, ihr gegenüberzutreten.

Sie betrat den Raum, und auch wenn ich gern behaupten möchte, meine Freunde seien verstummt oder es sei schlagartig hell geworden im Zimmer, war dies nicht der Fall. Nein, alle außer mir tranken und redeten lautstark weiter, und ohnehin wären jene vorgefertigten Sätze eines Trivialromanschreibers nicht geeignet, um zu erklären, wie ich mich fühlte, als ich so unvermittelt mit meiner Vision von perfekter Schönheit konfrontiert wurde. Sie stand da, groß, schlank, anmutig und noch so jung. Ein hauchdünner meerblauer Schal flatterte hinter ihr her, spiralförmige Ohrringe baumelten über ihren Schultern, und der stolze Lew folgte ihr mit einem Schritt Abstand. Nicht im Mindesten verwirrt von dem Lärm, den zerknitterten Zeitungen, den Schallplattenstapeln und den leeren Flaschen, ging sie durch den Raum, nickte, schüttelte Hände und lächelte, als sei sie seit Langem mit allen bekannt. In diesem Moment stand sie vor mir, streckte mir die Hand entgegen und blickte mich mit ihren grünen Seejungfrauenaugen an.

»Nina Malinina«, sagte sie fröhlich. Ihre Hand fühlte sich kühl an und in meinem Kopf tönten glockenklar Puschkins unsterbliche Verse an seine Geliebte: *Tschisteischej prelesti tschisteischi obrasec*. Das reinste Bild der reinsten Anmut …

»Malinina?«, wiederholte ich, und da ich spürte, dass sie gleich weitergehen würde und ich sie unbedingt festhalten wollte, versuchte ich eiligst, ein Gespräch in Gang zu bringen. »Aber doch bestimmt keine verwandtschaftliche Beziehung zu Pjotr Malinin«, sagte ich, ohne auf den wild hinter ihrem Rücken gestikulierenden Lew zu achten, »diesem aufgeblasenen Arschloch, dessen Vorlesungen am Surikow mir leider nicht erspart geblieben sind?«

Ihre Augen nahmen eine grauere Schattierung an, als sie mich anblickte.

»Dieses aufgeblasene Arschloch«, sagte sie leise, »ist mein Vater …«

»Verdammt«, sagte eine Stimme aus dem weit entfernten

Grund eines Brunnens, »er scheint ziemlich schlecht drauf zu sein.«

Und eine andere Stimme rief: »Hey, irgendjemand soll Borja holen. Sie sagt, der alte Knacker, den es hier umgehauen hat, ist ihr Vater!«

Darauf folgte ein Schlurfen und Rütteln und Stoßen, und Suchanow versuchte mit größter Anstrengung, seine schweren Augenlider zu heben. Zuerst glaubte er, in weißlicher, schwappender Milch zu ertrinken, doch nach einer Weile erschienen Gestalten, ehe ihm dämmerte, dass es sein Körper auf dem Teppich seines Arbeitszimmers war, über den sich ein paar neugierige Gesichter beugten. Eines davon gehörte erstaunlicherweise einer achtzehnjährigen Nina, die sorgenvoll die Lippen zusammenpresste, und dahinter stand, helläugig, schlampig und ewig jung, Lew Belkin mit einer Gitarre im Arm und einer weinroten Krawatte um den Hals. Suchanow starrte sie sekundenlang an, ehe er zu dem Schluss gelangte, die Augen lieber geschlossen zu halten, einfach dazuliegen und der vertrauten ängstlichen Stimme zu lauschen.

»Papa, Papa, geht es dir gut?«, fragte die Stimme. »Das war nicht so geplant. Sie sollten alle wieder fort sein, bevor du nach Hause kommst … O Gott, es tut mir so leid … Boris hatte dieses Konzert angekündigt, aber dann wurde in letzter Minute der Veranstaltungsraum abgesagt, und ich dachte … Papa, hörst du mich überhaupt? Soll ich einen Arzt rufen?«

Er öffnete die Augen erneut. Die Konturen seiner Umgebung waren schärfer geworden. Xenia, nicht Nina, beugte sich über ihn, und hinter ihr kauerte ein unbekannter Mann, immer noch mit der Krawatte um den Hals und, tatsächlich, einer leichten Ähnlichkeit mit dem jungen Belkin. Aber natürlich war er es nicht.

»Papa, sag doch bitte was!«, wiederholte Xenia.

Suchanow zwinkerte und schaute genauer hin.

»Ist das … meine … Krawatte?«, fragte er mühsam.

Sie schlug sich die Hand vor den Mund. »O nein! Die habe ich ganz vergessen!«

Der junge Mann machte sich hastig daran, die Krawatte zu lösen.

»Weißt du, Boris brauchte ein paar Krawatten, und – übrigens, das ist Boris, mein Freund. Er hat dieses Stück geschrieben, diese Performance, weißt du …«

»Das Bürokratenlied«, erklärte der Pseudo-Belkin zerknirscht.

»Sei bloß ruhig«, zischte Xenia wütend. »Er wollte nichts Böses, er hat sich nur … nur die Krawatten ausgeliehen, als er letzten Sonntag vorbeikam, und ich habe es selbst erst heute erfahren. Es sollte ein Scherz sein, verstehst du? Natürlich war er sehr bestürzt, als ich ihm das mit Walja erzählte, aber mach dir keine Sorgen, wir regeln das, und deine Krawatten sind auch alle wieder da. Es ist ihnen nichts passiert …«

»Auf meine ist Wein getropft«, sagte eine Stimme aus dem Hintergrund. »Tut mir leid.«

Mit einem Mal war ihm alles zu viel. Das Atmen fiel ihm schwer, worauf Pseudo-Belkin loslief und ein Fenster aufriss, während ihm ein junges Mädchen mit kurzem Haar – sie hieß Lina, wie er von irgendwoher wusste – ein Glas an die Lippen hielt und Xenia seine Hand drückte und mit dünner Stimme ein ums andere Mal wiederholte: »Es tut mir so leid, es ist alles meine Schuld, ich bin schuld, dass du jetzt krank bist …«

»Ich würde mir nicht so große Sorgen um ihn machen, es wird bald wieder besser«, meinte eine andere, muntere Stimme, und aus dem Nebel tauchte ein grinsendes, von einem lachsfarbenen Halstuch eingerahmtes Gesicht auf, ehe alles erneut verschwamm. Durch den Dunstschleier hindurch hörte er Xenia mit scharfer, vorwurfsvoller Stimme etwas fragen, was er nicht verstand, worauf der Mann aus dem Aufzug beleidigt protestierte. »Grischka, du Mistkerl, wie konntest du das nur tun!«, rief Xenia, bevor sich zahlreiche verschiedene Stimmen aus den Tiefen des Raums erhoben …

Doch all das interessierte ihn im Grunde nicht mehr, denn als er den Mann aus dem Aufzug betrachtete, bemerkte er, dass etwas Wunderbares vor sich ging – ganz langsam, aber stetig. Aus dem rasierten Kopf des Mannes stieg sachte ein riesiger Ballon empor. Seltsamerweise schien niemand sonst es wahrzunehmen, was ihn jedoch nicht im Geringsten beunruhigte – im Gegenteil, es machte den Moment nur umso wertvoller. Als der wunderbare gelbe Ballon zur Gänze sichtbar geworden war, schwebte er einen kurzen Augenblick lang bebend in der Luft, dann stieg er ruhig und würdevoll durch das offene Fenster und hinauf in den Himmel, wo er sich in einen goldenen, perfekten Vollmond verwandelte.

Ja, natürlich, dachte Anatoli Pawlowitsch und lächelte glücklich – und dann schwebte er selbst durchs Fenster hinter ihm her.

15

Eine Zeit lang lag er reglos da. Ein breiter Sonnenstrahl kroch über sein Gesicht, aus dessen Helligkeit er schloss, dass es schon spät war, mindestens zehn, vielleicht sogar elf Uhr. Trotzdem hatte er noch keine Lust, die Augen zu öffnen. Es war so gemütlich und er genoss das Gefühl, einfach so dazuliegen – an einem Samstagvormittag im Halbschlaf im Bett (bei diesem Gedanken spürte er, wie sich die Angst wie ein Nadelstich in sein Herz bohrte, doch eilig schob er sie beiseite). Er lag im Bett, in seinem frischgewaschenen Schlafanzug an einem Sommermorgen, was sein gutes Recht war, denn es gab nichts, was er tun oder wo er sein musste, und er hatte einen ganzen schönen Tag vor sich. Mittlerweile war er fast wach, nur in den äußersten Winkeln seiner Erinnerung huschten noch vage Gestalten aus einem Traum, ein schlecht rasierter Engel in einem Zoo-Käfig etwa, ein Mann, aus dessen Kopf ein großer Ballon in die Luft gestiegen war, und eine Horde anrüchiger Hippies und Rockmusiker, die in seinem Wohnzimmer unerlaubterweise ein Konzert veranstaltet hatten. Erschöpft und verwundert fragte er sich, wie sein normalerweise so kalkulierbares Gemüt dermaßen albtraumhafte Vorstellungen heraufbeschwören konnte.

Ein Telefon läutete laut und beharrlich. Nach jedem Klingelton entstand eine Pause, die gerade lang genug war, dass er zu hoffen begann, es sei das letzte Läuten gewesen, doch es fing immer wieder von Neuem an, anhaltend und qualvoll, sodass es in seinem schmerzenden Kopf widerhallte. Murrend streckte er die Hand nach dem Telefon auf dem Nachtkästchen aus, doch als er es nicht zu fassen bekam, öffnete er schwerfällig die Augen – und sah sich mit verschiedenen Tatsachen konfrontiert. Zum einen befand er sich nicht in seinem Schlafzimmer, sondern im Wohnzimmer, wo er schmerzhaft gekrümmt zwischen den Armlehnen einer dekorativen kleinen Couch lag. Zum anderen sah der Anzug, den er trug, mitleiderregend aus. Die Luft war von einem schalen, rauchigen Gestank erfüllt, und er hatte einen Geschmack im Mund, als habe er ein totes Tier verschluckt. Außerdem war es auch nicht mehr Vormittag, denn die Wanduhr gegenüber zeigte halb zwei. Durchaus möglich, dass es noch nicht einmal Samstag war. Auf dem Couchtisch neben dem schrillenden Telefon lag ein Haufen kläglicher Überreste, die sich bei näherer Betrachtung als seine Krawattensammlung entpuppten, auf die er einmal so stolz gewesen war.

Selbstverständlich hatte er es gewusst, schon seit seinem ersten halbwachen Augenblick. Er hatte es in seinem seekranken, schmerzenden Körper gefühlt, es mit seinem wehen Herzen erraten, trotzdem hatte er versucht, sich wie ein ängstliches Kind im sanften Vergessen des Schlafes davor zu verstecken, denn wenn er schlief, war wenigstens alles friedlich; wenn er schlief, wurde er nicht von diesen schrecklichen Träumen heimgesucht, die nun zu seinem Leben, seinem Alltag zu gehören schienen. Und jetzt hatte ihn das Leben wieder. Es lastete schwer auf ihm, verlangte, dass er aufstand, um den Anruf entgegenzunehmen, dass er zu Walja ging, die er so schwer beleidigt hatte, und sich bei ihr entschuldigte, und dass er seiner Tochter gegenübertrat, deren Freunde alle verrückt und drogenabhängig waren und sie selbst vielleicht auch …

Er hievte sich von der Couch hoch und riss den Hörer von der Gabel.

»Na endlich!«, hörte er Pugowitschkins fröhliche Stimme, »ich habe mich schon gewundert. Also, ich bin ja so froh, dass du dich entschlossen hast, den Chagall-Text unverändert zu übernehmen. Ich verspreche dir, das Heft wird dir gefallen. Gestern ist es fertig geworden, eine echte Schönheit – wir nehmen sein *Selbstporträt mit Muse* als Titelblatt, und innen –«

»Ach«, unterbrach Suchanow, »dann war also gestern Samstag.«

Einen Moment lang trat Schweigen ein. Er vergrub seine Hände in seinen fleckigen, zerknautschten, misshandelten Krawatten und wand sich ihre seidenen Formen um die Finger. Irgendwie hatte diese Chagall-Kontroverse ihre Dringlichkeit verloren, war überschattet von anderen, weitaus grundlegenderen Problemen. Er spürte, wie ihn der Kummer zu übermannen drohte beim Gedanken an all die Dinge, die er falsch gemacht, die er sich verscherzt oder vielleicht sogar für immer versäumt hatte – und wo solcher Kummer vorherrschte, war kein Platz für Nebensächlichkeiten.

»Anatoli Pawlowitsch, ist alles in Ordnung?«, fragte Pugowitschkin unsicher. »Du klingst ... seltsam.«

»Oh, ich bin nur gerade erst aufgewacht«, erklärte Suchanow. »Ich wurde gestern Abend ... betäubt.«

Seine Erinnerung an die Vorfälle der vergangenen Nacht lösten sich an jenem vagen Punkt auf, an dem er sich selbst sah, wie er in der feierlichen Stille einer Kathedrale eine tote Gottheit anbetete und seine Gegenwart und Vergangenheit verwirrend ineinander verschwammen, doch er erinnerte sich noch genau daran, wie der Teppich im Nacken gebrannt hatte, wie tief gedemütigt er sich gefühlt hatte und wie dicht Xenias Gesicht über ihm gewesen war, als sie ihn angebettelt hatte, ihr zu verzeihen ... Fragte sich nur, von welcher Seite sie sich heute zeigen würde, ob noch immer so lammfromm und reumütig, oder stur, distanziert und unnahbar wie immer.

»Von wem? Von wem wurdest du betäubt?«, wiederholte Pugowitschkin, dessen Stimme zunehmend schriller klang. »Und wo?«

»Hier, in meiner Wohnung«, erwiderte Suchanow. »Hier hat ein Underground-Konzert stattgefunden, und dann hat dieser Typ mit dem Ballon im Kopf –«

Sein Blick fiel auf ein zusammengefaltetes weißes Blatt Papier auf dem Tisch, auf dem »Für Papa« stand. Die Welt um ihn herum verblasste, als er danach griff und es sekundenlang in beiden Händen hielt, bevor er es auseinanderfaltete und zu lesen begann.

Lieber Papa, was gestern passiert ist, war hässlich und unnötig, und es tut mir sehr leid. Aber vielleicht ist es besser, Bescheid zu wissen, als ahnungslos zu bleiben, und jetzt hast du eine Vorstellung davon bekommen, wer ich wirklich bin, was mir wichtig ist und wer der Mann in meinem Leben ist. Ich sage dir auch, dass er verheiratet ist, aber das kümmert uns nicht …

Suchanow atmete lautstark ein, während er registrierte, dass am anderen Ende der Leitung bis auf ein Knacken Stille herrschte.

»Hör zu, Sergej Nikolajewitsch«, sagte er schwach, »es ist gerade kein sehr günstiger Zeitpunkt … oder gibt es etwas Besonderes, was du mir sagen wolltest?«

»So ist es, Anatoli Pawlowitsch.« Pugowitschkin klang zögernd. »Bitte, versteh mich nicht falsch, wir schätzen deine Arbeit wirklich außerordentlich, aber wir machen uns auch ein wenig Sorgen um dich, und, nun ja … wir meinen, ein bisschen Ruhe täte dir bestimmt gut.«

»Ruhe?«, wiederholte Suchanow, fuhr mit dem Finger die nächsten Zeilen des Briefes nach und versuchte verzweifelt, noch eine andere Bedeutung aus ihnen herauszulesen, irgendeine andere Bedeutung als jene, die ihn gerade wie ein Schlag ins Gesicht getroffen hatte.

Ich erwarte weder, dass dir das gefällt, noch dass du es verstehst. Du hast deine Prinzipien – welche auch immer – und ich habe meine. Nach gestern Abend wirst du mich wohl eine Weile nicht sehen wollen, deshalb ziehe ich aus. Ich glaube, das ist im Moment das Beste …

»Ja, nimm dir zwei oder drei Wochen frei«, fuhr Pugowitschkin fort, »oder auch einen Monat, wenn du möchtest. Erhol dich, fahr aufs Land, nimm dir ein wenig Zeit, um die alten Klassiker wieder zu lesen –«

»Und was ist, wenn ich mich nicht erholen will?«, fragte Suchanow brüsk. *Mach dir keine Sorgen um mich, ich wohne bei guten Freunden.* »Wer hat sich das denn ausgedacht? Du? Owsejew?«

»Ja, ich und Owsejew«, sagte Pugowitschkin schnell. »Na ja, eigentlich … Ich glaube zwar, dass ich nicht darüber reden soll, aber zum Teufel, ich bin es dir schließlich schuldig, Tolja. Michail Burykin hat mich heute Morgen angerufen, vertraulich – du weißt schon, das ist dieses hohe Tier im Kulturministerium – und … ich habe keine Ahnung, wer dieses Gerücht in die Welt gesetzt hat, und natürlich habe ich alles versucht, es ihm auszureden, aber er war überzeugt davon, du seiest irgendwie … hm … unpässlich. Etwas zu … angespannt, verstehst du? Er meinte, für *Kunst und Welt* wäre es besser, wenn du eine Weile nicht da wärst, und, ich sage es dir wirklich nur sehr ungern, aber wie es scheint, ist der Minister auch dieser Meinung. Aber es ist nur für kurze Zeit, verstehst du, und natürlich zwingt dich niemand dazu. Du machst das aus freien Stücken, nur bis sie deinen Fall überprüft haben –«

»Sie wollen mich fallen lassen«, sagte Suchanow langsam. »Im Grunde, ja, und wie es aussieht, haben sie es schon getan.«

»Burykin? Bist du früher schon einmal mit ihm aneinander geraten?«

»Nein, nicht Burykin. Burykin ist bloß ein Bauer im Spiel. Mein falscher Vetter steckt hinter all dem.« Er stieß geräuschvoll den Atem aus, ehe er gleich darauf mit zittriger Stimme fortfuhr: »Nicht dass es noch von Bedeutung wäre. Ich hasse diesen Job ohnehin, habe ihn immer gehasst. Die Texte von anderen durchsehen müssen, als wäre es schmutzige Wäsche, jede vermeidbare Anspielung auf Gott herausstreichen und alle nicht vermeidbaren herunterspielen, die Namen von Künstlern auf der schwarzen Liste heraussuchen, immer und überall diese Lenin-Zitate einflechten müssen. Es ist einfach widerlich! Und nicht unbedingt etwas, weswegen deine Kinder Achtung vor dir haben, verstehst du? Oder haben deine Kinder etwa noch Achtung vor dir, Serjoscha?«

Der Brief in seiner Hand zitterte.

Ich hoffe, es geht dir heute besser. Grischka ist so ein – Dieser Satz war durchgestrichen. *Es tut mir leid, wenn ich dir wehgetan habe, aber ich glaube, es musste auf die eine oder andere Art einfach so kommen. Das sind meine Freunde und das ist mein Leben und ich schäme mich nicht dafür, auch nicht, wenn du es tust. Du und ich, Papa, sind sehr verschieden. Ich nehme an, du weißt, dass ich dich liebhabe – aber wie ich kürzlich herausgefunden habe, löst Liebe keine Probleme, nicht im Geringsten. Sie schafft nur noch mehr. Xenia. P. S.: Mama weiß, wie ich zu erreichen bin.*

Nach einem langen verlegenen Schweigen ergriff Pugowitschkin wieder das Wort. Er murmelte irgendetwas, es sei doch alles nur vorübergehend, er zweifle nicht daran, dass sie ihn schon bald wieder zurückholen würden, natürlich würden sie das tun, sie konnten doch gar nicht anders, nach allem, was er, Suchanow, für sie getan hatte.

»Zerbrich dir nicht den Kopf darüber«, sagte Suchanow und faltete den Brief zusammen. Er wartete, bis der weinerliche Unterton aus seiner Stimme verschwunden war, ehe er fragte: »Wie war's beim Angeln? Hast du was gefangen?«

Den restlichen Nachmittag wanderte er in seinem verlassenen Reich umher wie ein Geist seines früheren Ichs. »Meine Stellung habe ich verloren, meinen Sohn habe ich verloren, meine Tochter habe ich verloren«, rief er verzweifelt. Seine berufliche Position interessierte ihn nicht mehr, seine Kinder waren es, seine verkannten, fehlgeleiteten Kinder – seine Verantwortlichkeit, seine Strafe … Allein der Gedanke, wie blind er all diese Jahre gewesen war – so stolz auf Wassili, den aalglatten Redner mit den kalten Augen, so ablehnend gegenüber Xenia und ihren widerborstigen Bemerkungen und entnervend düsteren Jungmädchengedichten –, war unerträglich und dabei war doch Wassili ein Spiegelbild seiner eigenen schlechtesten Seiten, Xenia dagegen das seiner besten. Und er hatte nichts getan, um dem einen Einhalt zu gebieten und die andere zu ermutigen, und nun war es zu spät, weil sie sich ihm für immer entzogen hatten. Er hatte versagt – bei beiden.

Und bereits Minuten später war er es leid, all diese Schuldgefühle, die alten wie die neuen, so sehr, dass er nur noch wünschte, er könnte sein Versagen auf verschiedenen Ebenen – als Kritiker, als Vater und als was sonst noch immer – nehmen und zu Nina bringen, es ihr zu Füßen legen und um Vergebung bitten, um Absolution. Er wollte, er *musste* Nina in seiner Nähe haben, er brauchte sie mehr als je zuvor. Mit zitternden Fingern wählte er die Nummer der Datscha, hörte das verhasste Besetztzeichen, wartete einige Minuten und wählte erneut. Dieses Mal lauschte er mit angehaltenem Atem dem leisen Läuten.

Niemand hob ab.

Seufzend stand er auf und streifte durch die stille Wohnung auf der Suche nach den allgegenwärtigen Beweisen ihrer Präsenz, die ihm so lieb waren: Auf den Sofas lagen ausländische Modezeitschriften, unter einem Stuhl lugte die rosa Seidenspitze eines Hausschuhs hervor, in einer Gesichtsmaske auf dem Badewannenrand waren noch schwache Spuren ihrer Züge erkennbar. Doch als er Ninas jüngste Aktivitäten rekonstruierte, stellte er zu seiner Überraschung fest, dass er keinen Trost daraus schöpfen konnte, sondern vielmehr auf der Jagd nach ihrem Schatten immer hektischer und atemloser wurde – unwillkürlich hatte er begonnen, hinter den abgelegten oder vergessenen Dingen Anzeichen einer für sie untypischen Zerstreutheit, vielleicht sogar einer heimlichen Unruhe, wahrzunehmen. Er stieß auf ein Paar achtlos auf einem Bücherregal abgelegte Rubinohrringe, auf einen auf dem Fensterbrett vor sich hin trocknenden Pfirsichkern – unerklärliche, peinliche Versehen, und da seine Aufmerksamkeit erregt war, fielen ihm plötzlich kleine Vorfälle der letzten Zeit wieder ein, eine ganze Reihe merkwürdiger Kleinigkeiten, die wie ein aufgeschreckter Bienenschwarm in seinem Kopf umherschwirrten. Er dachte an den vagen Ausdruck auf ihrem Gesicht, als sie aus dem Fenster geschaut hatte, während ihr der Saft des Pfirsichs unbemerkt übers Kinn lief. Er dachte an ihre Lustlosigkeit bei Tisch, an ihre häufigen Migräneanfälle und an jenen Sonntag, den sie im Bett verbracht und dabei so viele Armreifen getragen hatte, als wollte sie ausgehen – und schlagartig wurde ihm klar, dass das genau der Sonntag gewesen war, als Xenias Freund angeblich unbemerkt das Schlafzimmer betreten und seine Krawatten mitgenommen haben musste. Ein Schauer lief ihm über den Rücken. War sie vielleicht eingenickt gewesen und das Öffnen und Schließen der Schranktüren und das Geräusch, als er die Krawatten herausnahm, hatte sie nicht geweckt – sie, die doch einen so leichten Schlaf hatte wie niemand sonst?

Er unterbrach seine Wanderung, stand reglos da, während ihn eine dumpfe Angst überkam, auch sie zu verlieren. Was natürlich vollkommen irrational war, denn allein schon die achtundzwanzig Jahre ihrer Ehe zeigten doch, dass er sich ihrer sicher sein konnte. Dann war sie an jenem Sonntagnachmittag also nicht zu Hause gewesen – sie konnte durchaus auf einen Sprung das Haus verlassen haben, um Kuchen zum Nachmittagstee zu holen oder sich mit den Nachbarn zu unterhalten, oder nicht? Doch nach all den niederschmetternden Verlusten sollte er lieber vorsichtig sein und nicht mit ungehörigen Vermutungen und undankbarer Selbstzufriedenheit irgendeine neidische Gottheit noch weiter gegen sich aufbringen. Nein, er würde nie wieder wagen, etwas als selbstverständlich zu betrachten, weil er dummerweise glaubte, er habe es nicht anders verdient.

Aber wie sicher konnte er sich ihrer denn nun sein?, fragte eine kleine, heimtückische Stimme in seinem Kopf. Wie fest überzeugt war er von ihrer Nähe zueinander, wie gut kannte er eigentlich das Innenleben der Nina Sukhanova? Sie war nie leicht zu verstehen gewesen und er hatte schon vor langer Zeit gelernt, ihr ihre kleinen Geheimnisse zu lassen und ihr häufiges Schweigen nicht weiter zu hinterfragen, nicht für jede Miene oder Geste einen geheimen Grund aufspüren zu wollen, sondern hatte sich angewöhnt, diese geheimnisvollen Lücken als ein Zeichen ihrer weiblichen Rätselhaftigkeit zu betrachten. Jetzt war er zum ersten Mal verunsichert. Je mehr dieser Leerstellen zwischen ihnen entstanden waren, umso weniger durchschaubar war das, worum Ninas Leben sich drehte, für ihn geworden, bis er schließlich überhaupt nicht mehr nachvollziehen konnte, was sie dachte oder womit sie sich beschäftigte. Ja, natürlich wusste er von ihren Museumsbesuchen mit seinem falschen Vetter oder von ihren

Theaterabenden mit ihren eleganten Freundinnen, doch darüber hinaus … die Tage waren lang und ihr Terminkalender hatte genügend Lücken, die klein genug sein mochten, dass sie nicht ins Auge fielen, aber doch groß genug für … für …

Wieder erstarrte er, als seine Gedanken an einer anderen verstörenden Beobachtung hängen blieben, die er in den Aktenschränken seiner Vergangenheit abgelegt hatte. An dem Abend, als Nina sich das Stück im Malyi angesehen hatte – damals hatte sie das erste Mal ihren neuen Lippenstift aufgetragen –, hatte sie ihm erzählt, ihr Chauffeur wolle diesen Abend frei haben, doch als er dies später Wadim gegenüber erwähnt hatte, war dieser eher überrascht gewesen. Er ging im Flur auf und ab und zwang sich, ruhig zu bleiben. Und gerade als es ihm beinahe gelungen war, diesen Vorfall in dem großen Massengrab mit der Aufschrift »Missverständnisse« zu begraben, schob sich eine weitere ungebetene Erinnerung in den Vordergrund und er erkannte endlich die wahre Ursache für sein Unbehagen. Es war die Erinnerung an das zerrissene Theaterbillett aus der letzten Spielzeit im Malyi, das ihm der Augustwind geschickt vor die Füße geweht hatte, sodass er nun überdeutlich das vom Regen aufgeweichte Datum dieses Maitages erneut vor Augen hatte und zu einer verspäteten Erkenntnis gelangte: Sämtliche Theater der Stadt schlossen während des Sommers ihre Pforten und öffneten sie erst Anfang September wieder.

Nein, korrigierte er sich verzweifelt, die *meisten* Theater, nicht sämtliche, außerdem war es durchaus möglich, dass die neue Spielzeit im Malyi dieses Jahr schon früher begonnen hatte. Was hatte sie sich an jenem Mittwoch ansehen wollen? *»Drei Schwestern«?* Oder war es *»Onkel Wanja«* gewesen? Daran konnte er sich nicht mehr erinnern. Doch dann fiel ihm ein, dass in der Sonntagszeitung die Theaterpläne für die ganze Woche standen und die Antwort somit ganz nahe war, nur acht Stockwerke unter ihm, im Briefkasten von Wohnung Nr. 15 …

Angewidert von seinen Zweifeln, zwang er sich, an etwas anderes zu denken und etwas zu finden, womit er sich ablenken konnte. Wieder wanderte er durch die Wohnung, nahm wahllos das eine oder andere Buch in die Hand und legte es, nachdem er eine oder zwei Seiten gelesen hatte, beiseite, kaute Karotten aus einer Tüte, die er im Kühlschrank gefunden hatte, blätterte durch ein Familienadressbuch, ohne zu wissen, nach welcher Nummer er suchte. Als er zufällig den Buchstaben »V« aufschlug, fand er zu seiner Überraschung zwischen all den Varlamows und Vostrikows – von denen die meisten aus seinem Kollegenkreis (inzwischen seinem ehemaligen Kollegenkreis) stammten – einen Eintrag in Ninas zierlicher Handschrift. »Wiktor« stand da, und daneben die Nummer. Kein Nachname. Kein Hinweis darauf, von wann dieser Eintrag stammte ... Nachdenklich betrachtete er ihn, dann stand er wie in Trance auf, nahm seine Schlüssel und ging zum Aufzug hinaus.

Vielleicht zitterten seine Hände zu sehr oder man musste einen bestimmten Trick kennen, um den Briefkasten aufzubekommen – Walja hatte die Post immer mit nach oben gebracht, wohingegen er selbst sich über all die Jahre nicht darum gekümmert hatte. Aus welchem Grund auch immer, jedenfalls blieb der Schlüssel prompt im Schloss stecken, und als er frustriert daran herumzerrte, stellte er fest, dass er sich zu verbiegen begann. Leise fluchend hob er den Kopf und sah, dass ihn der alte Pförtner hinter seinem Pult mit feindseliger Neugier beobachtete.

»Gibt es ein Problem, Anatoli Pawlowitsch?«, wollte der zahnlose Alte wissen.

»Der Schlüssel ist stecken geblieben«, erwiderte Suchanow und zuckte gespielt gleichgültig die Achseln. »Egal, ich komme später wieder. Ich wollte nur die Zeitung durchblättern.«

»Zeitung lesen lohnt sich heutzutage sowieso nicht mehr«, bemerkte der Pförtner und erhob sich betont schwerfällig. »Ich kann mich noch an die Zeiten erinnern, als man morgens beim Aufwachen schon etwas über einen neuen Helden der Arbeit oder über eine Landwirtschaftskolchose lesen konnte, die das Plansoll übererfüllt hat. Damals konnte man immer stolz und froh über sein Land sein.« Im Schneckentempo schlurfte er durch die Halle auf Suchanow zu. »Aber was die heute für grässliches Zeug drucken …« Er verzog das Gesicht, als wolle er ausspucken, besann sich jedoch eines Besseren und winkte ab. »Hören Sie auf einen alten Mann, Anatoli Pawlowitsch, und lesen Sie diesen Blödsinn nicht.«

»Gut«, versprach Suchanow, »ich tu's nicht. Aber was den Schlüssel angeht … Sieht so aus, als könnte ich ihn nicht mehr herausziehen.«

»Gestatten Sie.« Der Pförtner beugte sich über das Schloss, worauf Suchanow ein leichter Fischgeruch aus der Strickjacke des Alten in die Nase stieg. »Wohnung Nr. 15, lassen Sie mich mal überlegen … Aha, nur ein winziger Ruck nach unten, so … und jetzt scharf nach rechts drehen. Da hätten wir's.«

Er ging mit erstaunlicher Behändigkeit zu Werke, drehte und wendete den Schlüssel in einem komplizierten und routinierten Ritual, während sich Suchanows anfängliches Erstaunen in Widerwillen verwandelte. Als das Briefkastentürchen aufschwang, spähte der Pförtner hinein.

»Komisch. Keine Zeitung da«, stellte er fest, und bevor Suchanow sich bewegen konnte, förderte er mit seinen gelblichen Fingern drei Postsendungen zutage.

»Was haben wir denn da? Aha, eine Telefonrechnung, dann etwas, was wie ein offizielles Schreiben an Sie aussieht, und einen privaten Brief. Für Nina Petrowna, wie mir scheint. Hier, bitte sehr, Anatoli Pawlowitsch.«

Auf dem weißen Kuvert klebte eine Briefmarke mit einem goldenen Hirsch und die Adresse war mit lavendelblauer Tinte in einer Handschrift geschrieben, die Suchanow noch nie gesehen hatte. Mit zitternden Händen nahm er den Brief entgegen, und die Gegenwart des Alten, der ihn mit einem boshaften Glitzern in den Augen ansah, löste ein eigentümlich schmutziges Gefühl in ihm aus, als hätten sie sich eines schweren Vertrauensbruchs schuldig gemacht und etwas Zartes, Zerbrechliches unwiderruflich zerstört. Schnell und ohne sie eines weiteren Blickes zu würdigen, ließ er die Post in seiner Tasche verschwinden und machte sich mit einem knappen »Danke« davon.

»Einen Moment, Anatoli Pawlowitsch«, rief ihm der Pförtner

nach, »ich habe noch etwas für Sie, was ich heute Morgen auf dem Bürgersteig gefunden habe.«

Er kramte aus der knarrenden Schublade seines Pults ein schmutziges kariertes Wolltuch hervor und hielt es Suchanow hin. »Ihr Halstuch, oder?«

Suchanow betrachtete es lange.

»Nein«, antwortete er schließlich, drehte sich um und drückte auf den Aufzugsknopf. »Das ist nicht von mir.«

»Seltsam. Ich hätte schwören können, dass ich Sie letzten Winter damit gesehen habe«, sagte der Pförtner mit einem zweideutigen Grinsen. »Aber jetzt hätten Sie es wohl sowieso nicht mehr haben wollen. Es sieht aus, als wären die Hunde darüber hergefallen. Trotzdem. Nina Petrowna könnte es vielleicht noch als Putzlappen benutzen. Ich meine, wo Walentina Alexandrowna doch nicht mehr bei Ihnen arbeitet.«

»Es gehört nicht mir«, wiederholte Suchanow. In dieser Sekunde kam glücklicherweise der Lift.

Zurück in seinem Arbeitszimmer, überflog er teilnahmslos ein unpersönliches Schreiben der Redaktion der *Großen Sowjet-Enzyklopädie*, in dem ihm mitgeteilt wurde, die geplante Ausgabe mit seiner Biographie werde bis auf Weiteres verschoben, warf einen Blick auf die Telefonrechnung, auf der ihm ein Gespräch nach Wologda auffiel, das er ganz bestimmt nicht geführt hatte, und legte beides zusammen mit dem Brief für Nina beiseite. Dass keine Zeitung im Briefkasten gelegen hatte, war zwar ärgerlich, aber nicht weiter ungewöhnlich; manchmal stellte der Postbote sie falsch zu, manchmal wurde sie auch gestohlen – möglicherweise sogar von genau diesem Pförtner, der so geschickt im Umgang mit Schlössern war. Jedenfalls hatte ihn sein kurzer Ausflug nach unten überzeugt, dass er seine argwöhnischen Nachforschungen besser einstellen sollte, denn ihm war klar geworden, dass sich dahinter der Geist einer anderen Welt verbarg, einer Unterwelt aus bösartigen alten Männern und beleidigten Hausangestellten, die in anderer Leute Post herumschnüffelten und sich auf der Suche nach den kleinen schmutzigen Geheimnissen ihrer Herrschaft das Maul zerrissen. Verlegen über diese Erkenntnis, verließ er mit einem letzten Blick auf den Brief – der in eigentümlicher Vertraulichkeit an »N. S.« adressiert war – sein Arbeitszimmer, um noch einmal in der Datscha anzurufen. Noch immer hob niemand ab.

Als er das Zimmer später erneut betrat, hatte sich schon die abendliche Dunkelheit ausgebreitet. Im Schein seiner Pegasuslampe sah er, dass sich auf den Manuskripten, die er in einer Ecke seines Schreibtischs gestapelt hatte, bereits Staub zu sammeln begann. Es handelte sich um Material für spätere Ausgaben der Zeitschrift, die nun für immer seiner berühmten strengen Überprüfung entkommen waren. Mit einem freudlosen Lächeln fegte er sie mit einer einzigen Handbewegung vom Tisch, sodass auch andere Blätter durch den Luftzug in Bewegung gerieten, die seine Aufmerksamkeit erregten – da war er wieder, jener seltsame Brief.

Der Hirsch auf der Briefmarke trug sein Geweih stolz zur Schau. Ein Absender war nirgendwo zu sehen. Das abgekürzte »N. S.« löste einen Anflug von Unbehagen in ihm aus, da es den Eindruck entstehen ließ, jemand habe den Brief in fieberhafter Eile loswerden wollen – oder als sei dieser Jemand sehr vertraut mit der Empfängerin …

Nach kurzem Zögern bückte er sich, um den Brief aufzuheben und ihn im Schlafzimmer auf Ninas Nachtkästchen zu legen. Als er sich vornüberbeugte, rutschte ihm die Brille von der Nase. Eilig hob er die Hand, in der er den Brief hielt, damit sie nicht herunterfiel. Dabei fiel das Licht der Lampe von hinten auf den Brief und Suchanow erkannte die Umrisse des Inhalts. Es waren zwei oder drei zusammengefaltete Blätter, dicht beschrieben und natürlich nicht entzifferbar, nur an den Rändern traten einzelne Wörter wie Wasserzeichen hervor. Das Ganze geschah ohne böse Absicht und nur, weil das Papier zu transparent war und es sich damit nicht hatte verhindern lassen, dass er die Satzbruchstücke unwillkürlich las, sagte er sich. Er ließ die Hand sinken, schaltete die Lampe aus und starrte eine Weile schweigend ins Leere.

Die Wörter, die er entziffert hatte, lauteten: »nicht meine

Art« – »Ehe …« – »weiß« (unterstrichen) – »nur wir beide« – und, als Letztes, » …eiden«. Meiden? Leiden? Scheiden?

Anatoli Pawlowitsch saß im Dunkel, strich mit dem Finger über die Kante des Briefumschlags, hin und her, hin und her und grübelte. Dass man mitunter aus heiterem Himmel, ohne jede Vorwarnung, gezwungen war, sich rein instinktiv für etwas zu entscheiden, was das ganze weitere Leben veränderte … Er konnte den Brief einfach hinlegen und liegen lassen, konnte sich aus dem dunklen Zimmer tasten, die Tür hinter seinem gemeinen Argwohn zuziehen und in ein, zwei Tagen, wenn Nina von der Datscha zurückkehrte, beiläufig erwähnen, dass auf seinem Schreibtisch ein Brief für sie liege. Danach und für die restlichen Jahre ihres gemeinsamen Lebens könnte er versuchen, sich nicht jedes Mal, wenn er ihrem kalten, schönen, unergründlichen Blick begegnete, damit zu quälen, dass er die Wahrheit nicht kannte, auch wenn er es noch so gern täte … Und genauso gut konnte er das Licht anschalten, auf der Stelle diesen Umschlag aufreißen und die Herausgabe aller mit lavendelblauer Tinte festgehaltenen Geheimnisse erzwingen – um sich augenblicklich und in alle Ewigkeit dafür schämen zu müssen, zutiefst sogar, sobald er in Ninas liebes, müdes Gesicht schaute, in dem das Alter bereits erste Spuren hinterlassen hatte. Er würde stets an diesen Spätsommerabend zurückdenken müssen, als sein Herz ins Schwanken geraten war und er sich als ihrer und ihrer gemeinsamen Vergangenheit nicht würdig erwiesen hatte – und all das vielleicht nur wegen irgendwelchem belanglosen Weibergeplapper, irgendwelchen geschwätzigen Geständnissen einer Studienfreundin.

Denn in den tiefsten Tiefen seines Herzens war er eigentlich überzeugt davon, dass es genau das war – ein Brief von Liusja, in dem sie ihr womöglich nach ihrem gemeinsamen Theaterbesuch ihre Schwärmerei gestand, als wäre sie ein junges Mädchen. *Liebste Ninusja*, würde er lesen, wenn er schwach geworden wäre und seinen Zweifeln nachgegeben hätte, *es war nun wirklich nicht meine Art, so kurzfristig bei dir vorstellig zu werden, aber so ist das nun einmal, wenn du mit einem Journalisten verheiratet bist, der mit Vorliebe immer dann berufliche Termine wahrnimmt, wenn du*

Theaterkarten für dein Lieblingsstück hast. Aber ich weiß ja, dass ich immer auf dich zählen kann. Und war es nicht ein bisschen wie in alten Zeiten: gerade noch rechtzeitig ins Theater zu stürzen, bevor sich der Vorhang hebt, wir beide, Tschechows göttliche Sätze aufzusaugen, in der Pause über die aufgetakelten Provinzler herzuziehen und diese kleinen Kaviarbrötchen zu essen. Das Glas Champagner am Ende war das reinste Vergnügen, und ich hoffe nur –

O ja, er war sich ganz sicher, hundertprozentig sogar, dass nicht mehr darinstehen würde – und der Sonntagnachmittag oder Vadims freier Abend oder die Theaterspielzeit oder dieser unbekannte Wiktor im Adressbuch hatten nichts zu bedeuten.

Suchanow schaltete das Licht ein und riss das Kuvert auf.

Meine Liebste, begann der zweiseitige, eng beschriebene Brief, *Briefe sind gefährlich, doch du willst ja nicht, dass ich dich anrufe und ich würde ohnehin nicht zu sagen wagen, was ich jetzt schreiben werde. Als ich dich an unserem letzten Abend so traurig und still gesehen habe, ist mir klar geworden, dass es nicht mehr lange so weitergehen kann. Zwar habe ich dir schwören müssen, dass ich niemals etwas über unser »Doppelleben« verlauten lassen werde, und es ist nicht meine Art, ein Versprechen zu brechen – aber du musst einsehen, dass es ein kleineres Vergehen ist, ein Versprechen nicht zu halten, als etwas, was so perfekt ist wie das, was wir beide teilen, zu verlieren. Ich habe lange Zeit versucht zu tun, was du von mir verlangst: zufrieden zu sein mit heimlichen Treffen, Geflüster am Telefon, armseligen zufälligen Brocken deiner Gegenwart. Aber meine Nerven werden allmählich dünn, Liebste, und der unaussprechliche Schatten deiner Ehe wird schwärzer, wann immer ich deine Stimme nicht hören darf, weil du glaubst, in der Diele ein Geräusch vernommen zu haben, jedes Mal, wenn du aus dem Haus trittst und aus Angst, jemand könnte dich vom Fenster aus beobachten, so tust, als sähest du mich nicht ein Stück weiter die Straße hinunter auf dich warten, jedes Mal, wenn wir uns heimlich in irgendeiner dunklen Einfahrt küssen.*

Das Herz ist mir schon so oft gebrochen, dass mir inzwischen sogar unsere liebsten Erinnerungen nichts als Schmerzen bereiten. Kannst du dich an jenen Dezemberabend erinnern, als du, zauberhaft in deinem pelzbesetzten kurzen Mantel, an mein Wagenfenster geklopft und hochmütig verlangt hast, durch die Stadt gefahren zu werden, und dann, als ich den Wagen langsam durch den Schneesturm gelenkt habe, weinend zusammengebrochen bist? Es schneite und schneite, und als ich den Wagen in einer Gasse zum Stehen brachte, wurde der Schnee zu einem einzigen großen glitzernd weißen Käfig … Und jedes Mal, wenn ich an diesen Schneefall zurückdenke, ohne dass du bei mir bist, wird mir schwarz vor Augen und ich fühle mich entsetzlich hilflos.

Und diesen Mittwoch, als ich dir zugesehen habe, wie du deinen Lippenstift wieder aufgetragen hast und dann niedergeschlagen davongegangen bist, als ich dich um die Ecke verschwinden sah, ohne zu wissen, wann du dich zum nächsten Mal würdest fortstehlen können – habe ich endlich die Wahrheit erkannt. Liebste, ich ertrage diese ständigen Abschiede nicht mehr. Ich schaffe es nicht mehr, mich damit zufriedenzugeben, dass du nur in der Gegenwart und der Vergangenheit bei mir bist: Ich muss dich auch in meiner Zukunft bei mir haben. Obwohl ich es dir nie gesagt habe, weißt du doch – musst du es wissen –, dass ich, seit wir uns damals im Schnee zum ersten Mal geküsst haben, Swetlana verlassen will. Ich habe nur darauf gewartet, dass du mich darum bittest. Seit beinahe einem Jahr warte ich jetzt. Wovor hast du Angst, mein Liebes? Glaub mir, die angenehme Routine, die sich einstellt, wenn man Zeit und Raum miteinander teilt, ersetzt nie und nimmer die Liebe, die sich uns beiden so unvermutet und zauberhaft erschlossen hat – eine Liebe, die einem die Kehle zuschnürt, in den Adern pulsiert und jeden miteinander verbrachten Augenblick fraglos rechtfertigt und unendlich wertvoll macht. Und es ist im Namen dieser Liebe, dass ich dich jetzt bitten muss: Lass uns frei und selbstsüchtig sein wie die Götter, lass uns unsere Gewohnheiten und Lügen zurücklassen und noch einmal neu beginnen, nur du und ich, frei von dieser endlosen Folter unseres Doppellebens – und lass es uns bald tun, bevor diese ständige Demütigung der Geheimnistuerei, die Schuld, die mich jedes Mal überfällt, wenn ich meine Tochter ansehe, das Mitleid, das du für deinen Mann empfindest, die Freude in unseren Herzen allmählich erstickt. Wir wissen beide, dass das, was wir haben, jedes Opfer wert ist, das wir bringen können. Vor langer Zeit einmal hast du mir erzählt, dein Mann sei nett zu dir.

Tatsache ist, dass er nie lieben konnte. Du und ich, wir können lieben. Bitte vergiss nie, was für eine seltene Gabe das ist.

Ich muss bald von dir hören – oder möchtest du, dass ich bei dir vor der Tür stehe? Dein W.

Und das war es also.

Und es gab keine Freunde oder eine Geliebte, denen er sein Herz ausschütten konnte, keine Erinnerungen, die er wie einen besänftigenden Balsam entkorken und einatmen konnte, keine Mächte im Himmel oder in der Hölle, die er anrufen oder verfluchen oder zu denen er beten konnte, keine gütigen Götter, keine barmherzigen Schutzengel, keine dunklen Höllengeister … Nichts auf der Welt, außer diesen beiden zerknitterten Seiten in seiner Hand, dem schwarzen Augusthimmel über ihm und einem bebenden Loch an der Stelle, wo sich einmal sein Herz befunden hatte. Denn als es geschah, erkannte er, dass er vollkommen allein war, allein, um verloren durch die Ruinen seines bisherigen Lebens zu stolpern und die übriggebliebenen Stücke aufzusammeln, allein, um mit dieser gähnenden Leere in seinem Innern durch die bevorstehende Trostlosigkeit zu wandern, und allein, wenn es an der Zeit war zu sterben.

Systematisch strich Anatoli Pawlowitsch Suchanow die Seiten glatt und steckte sie wieder in den Umschlag, den er auf seinen Schreibtisch legte und schweigend betrachtete. Nach einer langen Weile, als sich sein Herzschlag wieder ein wenig beruhigt hatte, war ihm klar, was ihm den größten Schmerz bereitete: Nicht dass er Nina verloren hatte, war das Schlimmste – viel trauriger war er darüber, dass er sein Bild von ihr verloren hatte, jenes »reinste Bild der reinsten Anmut«, in das er sich verliebt und das er so viele Jahre lang im hintersten Winkel seines Bewusstseins gehegt und gepflegt hatte. Denn die Frau aus dem Brief war nicht die zurückhaltende, leise und würdevolle Schönheit, mit der er zu leben geglaubt hatte, sondern eine unanständige Femme fatale mittleren Alters, die in einem modisch kurzen Pelzmantel, bewaffnet mit ihrem kleinen glänzenden Lippenstift, durch die

Stadt lief und in eine hemmungslose Affäre verstrickt war, die sie in einem parkenden Auto begonnen und in stinkenden Toreinfahrten fortgesetzt hatte, mit einem Mann, der so vulgär war, dass er von einer in den Adern pulsierenden Liebe und davon schreiben konnte, frei und selbstsüchtig wie die Götter sein zu wollen. Wie konnten so abgedroschene Bilder, die nach billigstem Lebensparfum rochen, eine Antwort auf das Geheimnis von Ninas verträumtem Schweigen sein? Wie ließen sich seine in Jahrzehnten angesammelten Erinnerungen mit diesem erbärmlichen Gekritzel, das vom peinlich-schwülstigen Inhalt bis zum theatralischen »N. S.« auf dem Umschlag einem Briefroman aus dem neunzehnten Jahrhundert abgekupfert war, in Einklang bringen? Wie konnte er weiterleben in dem Wissen, dass – dass –

Der Umschlag.

Mein Gott, der Umschlag!

Suchanow starrte ihn an, so intensiv, dass das weiße Rechteck vor seinen Augen zu verschwimmen begann und sich in ein Gewimmel glitzernder Einzelteilchen aufzulösen schien, ehe sie sich, als ihm eine Minute später endlich eine Träne über die Wange lief, zu einem Wesen von völlig anderen Ausmaßen wieder zusammensetzten. Die Nummer – die Nummer in der Zeile mit der Adresse, die er bislang kaum angesehen hatte, weil sie für ihn ebenso selbstverständlich gewesen war wie zuvor für den Briefträger – war das wirklich möglich? … Er fuhr mit der Hand über das Papier, versuchte die optische Täuschung fortzuwischen, aber er blieb da, dieser kleine horizontale Strich, der sich statt nach rechts ein wenig nach links zog und ihm praktisch mit Haaresbreite sein Leben wieder zurückgab.

Die Dinge rückten wieder an ihren Platz, wie die Einzelteile eines Puzzles, das vor wenigen Augenblicken noch an eine surrealistische Scheußlichkeit erinnert hatte, sich aber nun als unwirklich schön blühender Garten an einem sonnigen Spätsommertag mit dunkelroten Kletterrosen an einer weiß getünchten Wand entpuppte. Die Wohnungsnummer war dreizehn und nicht fünfzehn. Das war die Wohnung direkt unter ihm, jener Wohnung, in der der Mann vor einer Woche um vier Uhr früh seinen Nachbarn das klangvolle Kirchenlied vorgesungen hatte. Die Wohnung des Komponisten Swetschkin, der das Pech gehabt hatte, eine wesentlich jüngere Frau geheiratet zu haben.

Aber fing der Name von Swetschkins Frau tatsächlich mit einem »N« an?

Nun, da er so abrupt aus der tiefsten Verzweiflung gerissen und in einen Zustand neuer Hoffnung versetzt worden war, hatte er keine Kraft mehr, sich mit den letzten verbleibenden Zweifeln herumzuschlagen. Er musste die Antwort wissen, auf der Stelle, um sich ein für alle Mal aus diesem Dunkel zu befreien. Der Pförtner wäre gewiss in der Lage, es ihm zu sagen, aber die Vorstellung, sich erneut der anzüglichen Fragerei des Alten auszusetzen (»Ah, ja, eine hübsche Frau, nicht wahr, Anatoli Pawlowitsch? Nina Petrowna ist also immer noch auf dem Land?«), erschien ihm ein zu unerträglicher Abschluss für einen unerträglich widerwärtigen Tag.

Nach kurzem Zögern steckte Suchanow den Brief in die Tasche, verließ die Wohnung, ging die Treppe hinunter und klingelte bei Wohnung Nr. 13.

Praktisch in derselben Sekunde ging die Tür auf, sodass die donnernden Akkorde von Beethovens Fünfter und ein schwacher Medizingeruch ins Treppenhaus hinausschwebten. Auf der Schwelle stand ein plumper kleiner Mann in Gabardinejacke, der in Suchanows Alter sein musste. Seine Augen, in denen sich stumme Qual spiegelte, starrten durch Suchanow hindurch, und als Suchanow sich anschickte, in nachbarschaftlicher Manier um irgendein Küchengerät zu bitten (weil er auf ein gebrülltes »Natasha!« oder »Nadja!« hoffte), massierte sich der Mann die Schläfen, als habe er Kopfschmerzen. »Haben wir es also wieder geschafft, ja? Tut mir schrecklich leid, das kommt, weil sie andauernd badet … Ich werde ihr sagen, sie soll rauskommen«, erklärte er tonlos. Er machte kehrt und ging den unbeleuchteten Flur hinunter, ohne Anstalten zu machen, die Wohnungstür zu schließen.

Suchanow wartete verblüfft. Die Wohnung – zumindest das, was er davon sehen konnte – wirkte beinahe unbewohnt. Eingang, Diele und ein durch eine kaputte Tür sichtbarer Zimmerausschnitt ließen ahnen, dass sie denselben Schnitt besaß wie seine eigene, auch wenn sie das Flair einer Bahnhofshalle verströmte, weil alles so flüchtig und lieblos hingestellt zu sein schien, als hätten sich die Dinge rein zufällig angesammelt – ein Badehandtuch, das über einen leeren gelben Koffer geworfen war, ein breitrandiger Damenhut, ein Teeglas, halbvoll mit kaltem Tee. Ein großer brauner Hund löste sich aus dem Dunkel und kam mit hängendem Kopf auf ihn zugetrottet, ehe er abbog und verschwand. In die Musik, die weiterhin auf den Flur quoll, mischten sich atmosphärische Störungen. Mit einem Mal hatte Suchanow das sichere Gefühl, dass hier sehr unglückliche Menschen leben mussten, und als kurz darauf eine Frau mit einem Gesicht wie eine kaputte Porzellanpuppe in einem Bademantel, die nach Wasserdampf, Sünde und einem aufdringlich süßen Parfum roch, lässig auf ihn zugeschlendert kam, wusste er, dass er unverzüglich und ohne auch nur ihren Namen gehört zu haben, wieder gehen konnte.

»Tut mir leid, dass wir Sie wieder einmal unter Wasser gesetzt haben, Semjon Semjonowitsch«, erklärte sie mit teilnahmsloser Stimme, »aber Sie wissen ja, dass wir ein wenig unkonzentriert sind, seit Vanja seinen kleinen Zusammenbruch hatte.« Doch er hatte das aufgerissene Kuvert bereits aus der Tasche gezogen und hielt es ihr wortlos hin.

Mit zusammengekniffenen Augen starrte sie den Umschlag an.

»Was ist das?«, fragte sie, dann fuhr sie herum und rief mit überraschend schriller Stimme: »Kannst du diesen Höllenlärm etwas leiser stellen? Ich kann nicht einmal verstehen, was Semjon Semjonowitsch sagt!« Suchanow bemerkte ihre haarfeinen Brauen.

»Ich glaube, der gehört Ihnen«, sagte Suchanow sanft. »Er ist versehentlich bei mir eingeworfen worden. Ich habe ihn dummerweise geöffnet, aber ich versichere Ihnen, dass ich –«

Ohne ihn aussprechen zu lassen, riss sie ihm den Brief aus der Hand und hielt ihn sich dicht vor die Augen. Er sah, wie ihre geschminkten Lippen zu zittern begannen. Er nickte verlegen, drehte sich wortlos um und ging. In einem der hinteren Zimmer schaltete Iwan Martinowitsch Swetschkin die Musik aus, und in die plötzliche Stille in Suchanows Rücken tönte seine bekümmerte Stimme: »Tut mir schrecklich leid, Nellitschka, falls es zu laut war, aber du weißt doch, wie sehr ich Beethoven liebe.«

Langsam stieg Suchanow die Treppen nach oben. Der Gedanke an den demütigen kleinen Fremden, dessen Leben in die Brüche gehen würde, erfüllte ihn mit unsäglicher Traurigkeit.

16

In dieser Nacht zog er wieder in sein Schlafzimmer ein, schlief jedoch unruhig. Das scheinbar grenzenlose Bett umgab ihn wie ein großes dunkles Leichentuch, und er streifte stundenlang leise weinend zwischen den riesigen Tannen eines majestätischen Waldes umher, deren dichten Äste kaum Licht durchließen und wo die Luft nach Einsamkeit, Unterdrückung und aus irgendeinem unerfindlichen Grund nach Veilchen roch – ein Duft, der überraschenderweise auch noch im Raum hing, als Suchanow kurz nach vier Uhr morgens keuchend hochfuhr, die Decken zurückwarf und in die Dunkelheit starrte.

Nach einer Weile gelangte er zu dem Schluss, dass es sich um Dalewitschs Aftershave handeln musste. Eine Zeit lang versuchte er, wieder einzuschlafen, doch die Stille klang ihm in den Ohren, während der Veilchenduft in seine Lungen drang. Irgendwann gab er auf, verließ das Bett und ging auf den Balkon hinaus. Es war, als schwebte er zwischen der öden, leeren Stadt unter dem tristen Herbsthimmel und lauschte auf die leisen Geräusche der Nacht. In der Ferne zerriss Motorenlärm die nächtliche Stille, ein Windstoß fuhr durch die Bäume, eine Krähe flog auf der Suche nach dem Sonnenaufgang krächzend über das Samoskworetschje-Viertel und von irgendwo war ein sanftes Flüstern zu hören, das in der Luft zu schweben schien.

»Meine verstorbene Frau tanzt so gern Walzer«, sagte eine traurige Stimme aus den Wolken.

Suchanow, der bei diesen Worten den Verrückten von oben wiedererkannte, blickte vorsichtig nach oben, halb in der Erwartung, eine brennende Zeitung ins Gesicht geworfen zu bekommen, doch auf dem Balkon im neunten Stock rührte sich nichts. Gerade als er leicht beunruhigt wieder hineingehen wollte, hob die traurige Stimme von Neuem an.

»Sie ist vor siebenundvierzig Jahren gestorben. Walzer tanzen hat sie in Paris gelernt. Ihre Eltern sind mit ihr dorthin gefahren, als sie ein junges Mädchen war, vor der Revolution. Wir haben uns dort kennengelernt. Sie spricht immer noch ein engelreines Französisch, und wenn sie Champagner trinkt, spitzt sie die Lippen wie zum Kuss. Wir feiern heute ihren Geburtstag – sie wird neunzig.«

Die Worte flatterten herab, gemächlich und vertrocknet wie die toten Blätter eines unsichtbaren himmlischen Baumes. Suchanow verspürte einen seltsamen Anflug von Ergriffenheit.

»Hallo!«, rief er freundlich. »Sprechen Sie mit mir?«

»Ich spreche mit niemandem«, erwiderte die leise Stimme nach einer kurzen Pause, »aber Sie dürfen gern zuhören. Vielleicht sind Sie ja auch so ein Niemand wie die meisten. Die denken alle, ich sei verrückt, dabei bin ich der einzig normale Mensch. Ihr Leben ist langweilig und grau, aber in meinem Leben geschehen andauernd die wunderbarsten Dinge. Ah, welche Abenteuer! Kürzlich sind meine Frau und ich abends an der Seine spazieren gegangen. Der Vollmond stand über Notre Dame, und sie sagte –«

Seine Stimme brach ab, als habe ein Schluchzen sie erstickt. Suchanow stellte sich den affengesichtigen Alten vor, der nur wenige Zentimeter über seinem Kopf im Dunkeln hockte, die Augen wahrscheinlich geschlossen, um seine wirren Träume besser sehen zu können. Doch vielleicht waren sie auch auf die russische Nacht gerichtet, auf die düsteren Häuser, die flackernden Straßenlampen, die verlassenen Kirchen, die eiskalten Sterne und all die sinnlos vergeudeten Leben, die ebenso wie sein eigenes in diesem Moment unter den mondbeschienenen Dächern durch zahllose Albträume geisterten. Sein Herz zog sich vor unaussprechlichem Mitleid zusammen.

»Vergessen Sie Paris«, flüsterte die Stimme. »Ich kann Ihnen noch viel schönere Geschichten erzählen.«

Und der alte Mann begann. Er erzählte von Dingen, die lange zurücklagen oder auch gar nie stattgefunden hatten, und er sprach mit der gleichmäßigen, gebrochenen Stimme jener Menschen, denen längst niemand mehr zuhört. Er erzählte von Ausritten in den ausgedehnten Hügeln Andalusiens, von Vergil-Gedichten unterm Sternenhimmel in den Ruinen des Kolosseums und vom Tanzen zu herrlichen Strauß-Melodien an Deck einer Yacht, die zu irgendeiner vergessenen kleinen Insel der Götter durch das sich purpurn färbende Mittelmeer kreuzte – immer sie beide, er und seine verstorbene Frau, und stets im illusorischen Schein elysischer Glückseligkeit. Und in dem über die schlafende Stadt hinwegschwebenden Geflüster des Alten versank Suchanow allmählich im Strom seiner eigenen Gedanken. Der Schmerz über den Beinahe-Verlust von Nina und die Freude darüber, dass sie ihm auf so wundersame Weise wiedergeschenkt worden war, hallten noch immer in seinem Innern nach, und die Worte aus dem Brief – *Tatsache ist, dass dein Mann nie lieben konnte* – zogen sein Herz mit einem Anflug von Trauer zusammen, bis ihm klar wurde, dass er sie nicht einfach beiseiteschieben konnte, nur weil sie sich zufällig auf jemand anderen bezogen.

Blasses Licht verscheuchte die Dunkelheit, als die traurige Stimme aus dem Himmel endlich verstummte und erschöpften, wortlosen Träumereien wich. Anatoli Pawlowitsch kehrte ins Zimmer zurück, nahm eine Tasche aus dem Schrank und suchte Hemden und Socken zusammen. Kurz nach Mittag machte er sich auf den Weg zu seiner Datscha.

Die Fahrt dauerte fast zwei Stunden. Wann immer Suchanow den Kopf hob, begegnete sein Blick im Rückspiegel Vadims ungewöhnlich blutunterlaufenen, grüblerischen Augen. Außer der einen oder anderen Frage, ob sie sich noch immer auf dem richtigen Weg befänden – sein letzter Besuch auf der Datscha lag schon so lange zurück, dass Wadim die Route vergessen hatte –, sprachen sie nicht miteinander. Nachdem sie die Altstadt mit ihren staubigen Boulevards, den blinden Schaufensterscheiben und den Wohnhäusern mit dem bröckelnden Putz hinter sich gelassen hatten, fuhren sie an anonymen Vierteln mit grauen, trostlos auf ungepflegten Grundstücken aufragenden Wohnblocks vorbei. Als sie sich immer weiter von Moskau entfernten, wurden die Abstände zwischen den Wohnblocks zunehmend größer, bis sie nahezu unvermittelt in Felder übergingen, durchsetzt von feuerroten Vogelbeerbäumen, einem Glockenturm und verfallenen Blockhäusern. Die gesamte endlose Fahrt über kreisten Suchanows Gedanken um Nina, um das Mädchen, das sie einst gewesen war, und um die Frau, die er heute kannte, bis sie von der ungepflasterten Ortsstraße abbogen und unvermittelt vor seinem Landhaus standen.

Suchanow lockerte die Schultern, holte tief Luft, stieg aus und wies Wadim an, am nächsten Nachmittag zwischen drei und vier Uhr wieder hier zu sein. Als der Wolga zur Straße zurückholperte, stieß er die Tür des hohen Holzzauns auf und ging, begleitet von dem Gebell Cocos, dem fetten, asthmatischen Pudel des Nachbarn, den gewundenen Pfad entlang.

Hier auf dem Land dauerte der Sommer mit unverminderter Intensität an. Die Luft war geschwängert vom Duft frisch gemähten Grases und dem verschlafenen mittäglichen Zirpen von Grillen. Dicke Hummeln brummten zufrieden unter einem wie glasiert wirkenden hellblauen Himmel dahin. Eine leichte Brise gab den Blick auf die hellgrünen Antonowka-Äpfel im Dunkelgrün der rauschenden Blätter frei. Zu beiden Seiten des Pfades regnete es rote und weiße Blütenblätter von wilden Rosen auf seine Schuhe und ihr süßer schwerer Duft beschwor unvermittelt die Erinnerung an einen köstlichen Tee herauf, den Walja gelegentlich aus Rosenblättern bereitet hatte. Nach einigen weiteren Schritten schimmerten die weißen Steinmauern des Hauses durch die sonnengefleckten Zweige einer jungen Eiche wie eine impressionistische Farb- und Lichtstudie. Er sprang die Treppe hinauf und schwenkte seine Tasche wie ein kleiner Junge.

Die Haustür stand offen, sodass er sie auf der Stelle sah, als er eintrat. Sie saß auf der verglasten Veranda am offenen Fenster, blätterte in einem Kunstbuch und aß Pflaumen aus einer Keramikschüssel vor ihr, deren glänzende Kerne sich auf einem Teller neben ihrem Ellbogen türmten. Das milde Nachmittagslicht, das durch den sacht im Wind zitternden Efeu in den Raum fiel, verlieh ihrer Haut den goldenen Glanz eines Vermeer-Porträts.

Beim Klang seiner eiligen Schritte schaute sie auf, sodass er für den Bruchteil einer Sekunde die Falte zwischen ihren Augenbrauen sah, die beinahe ebenso schnell wieder verschwand.

»Tolja«, sagte sie und stand auf. Sie hatte ein loses Hemd über einem alten, knöchellangen schwarzen Rock mit hellroten Kirschen an, den sie nur trug, wenn sie in ihrem kleinen Gemüsegarten hinter dem Haus herumwerkelte.

»Du siehst krank aus«, sagte sie und trat zu ihm. »Ist alles in Ordnung mit dir?«

Sie lächelte nicht, doch alles an ihr – ihre Worte, ihre Bewegungen, ihr Tonfall – war tröstlich, zärtlich, sanft, und er hatte alle Mühe, nicht vor Erleichterung in Tränen auszubrechen.

»Ich … ich weiß nicht«, sagte er. »Ich glaube, ich habe Kopfschmerzen. Es ist nicht so wichtig.«

Sie legte ihm ihre kühle Hand auf die Stirn; ihre Fingerspitzen rochen nach Früchten und Erde.

»Nein, heiß fühlst du dich nicht an«, erklärte sie und nahm die Hand weg. »Komm, ich wollte gerade Tee kochen. Ich habe einen herrlichen Apfelkuchen, den Katja heute Morgen vorbeigebracht hat. Und es gibt auch noch Reste vom gestrigen Essen, falls du hungrig bist.«

Als er ihr ins Innere des sonnendurchfluteten Hauses folgte, merkte er, dass er in der Tat ausgehungert war. Während sie Tee tranken, erzählte sie entspannt und mit für sie untypischer Munterkeit von der überraschend guten Pflaumenernte, dem späten Aufblühen der Rosen und von einer zahmen Bachstelze, die sie jeden Morgen auf der Terrasse besuchte. Schweigend beobachtete er, wie ihre Lippen die Worte formten. Er hatte ihr von seinem Bruch mit Dalewitsch erzählen wollen, vom Verlust seiner Stellung, vom Ärger mit Xenia. Den Großteil des Vormittags hatte er damit zugebracht, sich die halb empörten, halb gequälten Wendungen einzuprägen, mit denen er seine Qualen darlegen wollte. Doch als er nun ihren eingehenden Schilderungen lauschte, die einer so ganz anderen Wirklichkeit als seiner eigenen entstammten und so leicht und fast liebevoll die friedliche Nachmittagsstimmung erhellten, bemerkte er, wie sein Wunsch, von ihr bemitleidet zu werden, sich ebenso verflüchtigte wie die letzten Reste seines Hungergefühls. Und mit einem Mal löste seine Anwesenheit, die er selbst so zwanglos genießen konnte und die Nina mit einer solchen Selbstverständlichkeit hinnahm, ein herrliches Gefühl der Befreiung – des Gerettetseins – von seinem gesamten bisherigen Leben in ihm aus. Es erstaunte ihn, dass diese grüne, warme, ländliche Welt keine hundert Kilometer von seinem dunklen, qualvollen Moskauer Dasein entfernt existierte, und vorsichtig und zugleich voller Dankbarkeit gestattete er sich, in dieses andere, neue Leben, das Nina ihm beschrieb, einzutreten. In ein Leben, dessen Sinn in der herrlichen Melodie eines singenden Vogels auf einem Baum bestand, dem kurzen Verweilen eines Schmetterlings auf dem Fensterbrett, der seine samtbraunen Flügel im Rhythmus eines tiefen, schläfrigen Atemzugs auf- und zuklappte, und dem gesprenkelten Schatten auf dem Gesicht einer schönen Frau.

Später führte sie ihn in den Garten hinaus. Sie schlenderten über die Pfade zwischen Blumen- und Gemüsebeeten und Stachelbeerbüschen, wo sie ihm ihre leuchtend gelb und orangefarben blühenden Ringelblumen zeigte, ein Häufchen Zweige in einer Höhle hinter dem Geräteschuppen, wo sie vor zwei Tagen einen alten Igel gesehen hatte, und die wie lackiert wirkenden Blätter einer seltenen Teerose, die demnächst aufblühen würde. Er ging einen Schritt hinter ihr, nickte bei den fremden Namen von Pflanzen und Sträuchern und fühlte sich ganz in Einklang mit den kleinen Regungen der Natur – dem allmählichen Abkühlen der Gräser, einem frühen Anzeichen der beginnenden Abendfeuchtigkeit, dem gemächlichen Voranschreiten der Zeit selbst, und den Farben, die sich vom leuchtenden Goldgrün der in der Nachmittagsbrise vibrierenden Blätter in das silbrige Lavendelblau des feucht-kühlen Abends verwandelten. Ein paar

Häuser weiter hatte jemand ein Feuer angezündet. Ein dünner Rauchfaden stieg über einem der Nachbardächer auf, und die Luft war erfüllt vom beißenden Geruch verbrennenden Laubs.

Er blieb stehen und atmete tief durch.

»Wollen wir nicht ein paar Äste sammeln und auch ein Feuer machen?«, schlug er vor. »Es wird wahrscheinlich kalt genug, um sich an den Kamin zu setzen.«

»Klingt gut«, antwortete sie. »Ich glaube, in der Speisekammer steht noch eine Flasche Rotwein.«

Die wohltuend kühle Nacht war bereits angebrochen, als es ihm endlich gelang, mithilfe einer drei Jahre alten *Ogonjok*-Ausgabe das Feuer in Gang zu bringen. Die Umrisse des Raums verschwanden in zitternden Schatten, während der schwache Widerschein der in glühenden Fetzen verbrennenden Seiten in Ninas hellen Augen tanzte. Sie saß da, ohne den Wein in ihrem Glas zu beachten, und schaute reglos ins Feuer.

Er betrachtete sie über den Rand seines Glases hinweg und fragte schließlich: »Woran denkst du, Liebste?«

Ohne die Augen vom Feuer zu wenden, hob sie die Schultern.

»Es gibt da eine Künstlerin«, sagte sie, »ich weiß nicht mehr, wie sie heißt, aber sie macht diese Würfel. Sie sehen aus wie Spielzeugbausteine für Kinder, sind aber mit Stoff überzogen und es stehen Texte darauf, kurze Gedichte oder irgendwelche rätselhaften Sprüche oder solche Dinge. Manchmal befindet sich in einem größeren Würfel auch ein kleinerer, auf dem ebenfalls etwas steht, zum Beispiel eine Antwort auf das, was außen gefragt wurde.«

»Wo hast du das gesehen?«, fragte er ein wenig überrascht.

»In einer Ausstellung, die ich mir kürzlich angeschaut habe. Da gab es einen Würfel mit einem wirklich hässlichen Stoff, schwarz mit violetten Blumen, der wie das Kleid einer alten Frau oder eine Trauerschleife an einem Kranz ausgesehen hat. *Eine Seele* hat darauf gestanden und darunter als Warnung *Nicht öffnen, sonst fliegt sie fort.*«

»Und?«, fragte Suchanow nach kurzer Pause.

»Nichts. Der Deckel ließ sich nicht öffnen. Er war zugeklebt. Aber ich muss die ganze Zeit darüber nachdenken, was wohl drin gewesen sein könnte. Vielleicht ein zweiter dunkler Würfel, auf dem *Zu spät – jetzt ist sie fort. Man sollte doch nicht aufmachen!* steht? Oder ein roter Würfel oder ein blauer oder einer in Goldfolie mit der Aufschrift *Dem Mutigen gehört die Welt. Nimm deine Seele, gehe und vollbringe große Taten* oder etwas in dieser Art?«

»Wahrscheinlich war überhaupt nichts drin«, meinte er und schenkte sich Wein nach. »Warum soll sich jemand die Mühe machen, etwas zu schaffen, wenn es doch keiner sehen will? Solche Spielereien sind sowieso keine echte Kunst.«

»Trotzdem kann ich einfach nicht aufhören, daran zu denken«, erwiderte sie.

Sie schwiegen eine Weile. Der Wein schmeckte nach Jugend und Sonne, im Kamin zischte die in den dünnen Espenzweigen verborgene Feuchtigkeit und in der Küche rief der Kuckuck aus der alten Wanduhr achtmal. Suchanow stellte sich vor, draußen vor dem Fenster die Sterne am Himmel glitzern sehen zu können.

»Komisch, ich war nie besonders gern auf dem Land«, stellte er nachdenklich fest, während er den letzten Rest Wein eingoss, »aber jetzt kann ich mir beinahe vorstellen, hier zu leben.«

Nina fuhr zusammen, als sei sie aus ihren Gedanken gerissen worden.

»Ich habe dich noch gar nicht gefragt, wie lange du vorhattest, hierzubleiben.«

»Wadim kommt uns morgen Nachmittag abholen. Aber ich denke, wir sollten bald wieder herfahren, meinst du nicht auch? Für ein paar Tage oder auch eine ganze Woche.«

»Ich glaube nicht, dass ich morgen schon wegkann«, sagte Nina so leise, als redete sie mit sich selbst.

»Noch mehr Gartenarbeit?«, fragte er lächelnd. »Hast du nicht gesagt, du wärst bis Dienstag damit fertig? Aber wir können die Rückfahrt natürlich auch ein, zwei Tage aufschieben. Ich brauche Wadim nur anzurufen.«

»Nein«, sagte sie, »ich meine damit, dass ich eine Weile hierbleiben möchte.«

»Wie lange?«

»Vielleicht bis zum ersten Schnee. Vielleicht auch länger.«

Auf diese Neuigkeit war er nicht vorbereitet gewesen. »Aber … aber das sind doch noch mindestens zwei Monate. Ich weiß, ich habe gerade gesagt, dass ich mir vorstellen könnte, hier zu leben, aber ehrlich gesagt bezweifle ich, dass ich es so lange aushalte, und selbst wenn es so wäre, würde meine Anwesenheit in Moskau doch –«

Nina stellte ihr halbleeres Glas mit einem Klirren auf den Boden. »Tolja«, sagte sie, »du hast mich nicht richtig verstanden. Ich habe nicht gemeint, dass du bei mir bleiben sollst. *Ich* möchte hierbleiben, und zwar allein.«

Aus der Ferne drang das Pfeifen eines Zuges herüber, durchdringend und einsam wie der Schrei eines verirrten Vogels. Sie wartete, bis es verklungen war, bevor sie weitersprach. Alles ging unerträglich langsam vor sich.

»Ich hatte gehofft, wir könnten einfach einen schönen Tag miteinander verbringen und morgen über alles reden, aber … Du hast noch nichts von Wassili gehört, nehme ich an?«

»Nein. Ist irgendetwas passiert? Ist dein Vater krank geworden? Oder Wassili –«

Seine Ungläubigkeit und das unstete Hämmern seines Herzens machten jeden Atemzug zur Qual.

»Es geht ihnen gut, allen beiden«, sagte sie. »Sogar so gut, dass Papa Wassili gefragt hat, ob er nicht zu ihm ziehen will, wenn sie wieder in Moskau sind. Wassili hat mich gestern Abend angerufen.«

»Und was hat er … was hast du …?«

»Er findet die Idee gut«, erklärte sie ausdruckslos. »Papas Wohnung ist viel praktischer für ihn, weil sie erheblich zentraler liegt. Und für Papa wäre es nett, jemanden um sich zu haben. Ich glaube, er vereinsamt ein wenig, auch wenn er es niemals zugeben würde. Und da beide es offenbar wollen, wüsste ich nicht, warum ich –«

Sie beugte sich vor, um das Holz im Kamin zusammenzuschieben, während er die aufstiebenden Fünkchen beobachtete. Aus irgendeinem Grund löste diese Neuigkeit weniger Überraschung, sondern vielmehr Bitterkeit und einen gewissen Abscheu in ihm aus – eine Empfindung, die sich durchaus mit diesem Unbehagen vergleichen ließ, das ihn vor wenigen Tagen in der Wohnung seines Schwiegervaters beschlichen hatte, als er in den goldgerahmten Dielenspiegeln unzählige überschwängliche alte Herren unzählige respektvolle junge Männer umarmen gesehen hatte. In diesem Moment dämmerte ihm endlich der Grund für seine ablehnende Haltung: Pjotr Alexejewitsch und Wassili sahen einander so verblüffend ähnlich, dass man das Gefühl hatte, einen alten Mann zu sehen, der einer jungen Version seiner selbst auf die Schulter klopft. Wie merkwürdig, dass ihm diese Ähnlichkeit bisher noch nie aufgefallen war – und wie seltsam, dass Wassili und Xenia genau zum gleichen Zeitpunkt das Weite suchten …

Als er Ninas Blick auf sich ruhen spürte, wurde ihm klar, dass er jenen letzten Gedanken laut ausgesprochen haben musste.

»Mach dir keine Sorgen, Tolja«, sagte sie und seufzte. »Ich weiß Bescheid über Xenia. Ich habe gestern mit ihr gesprochen.«

Er ließ ihre Worte auf sich wirken, ganz langsam und so lange, bis er merkte, dass sie irgendwo in dem Chaos seiner wirren Gedanken ihren Platz gefunden hatten und er einen Punkt erreichte, an dem sich seine Verwirrung auflöste und er wieder klar denken konnte. Er spürte Ärger in sich aufsteigen, einen Ärger, der möglicherweise von viel tiefer sitzenden Schuldgefühlen getragen war.

»Aha«, sagte er kalt, »jetzt verstehe ich. Du willst mich für den Bruch mit unseren Kindern bestrafen, an dem natürlich ich ganz allein schuld bin. Weil ich als Vater ein solcher Versager bin. Ich hätte für sie da sein müssen, hätte ihnen ein Leitbild sein und all das verhindern sollen. Ich hätte es wissen müssen, aber du, du warst ja immer so feinfühlig und liebevoll und –«

»Ich gebe niemandem die Schuld, Tolja«, widersprach sie. »Außerdem wissen wir beide, dass Wassili bei meinem Vater ohnehin besser aufgehoben ist als bei uns. Und was Xenia angeht, denke ich, dass sie schon zurechtkommen wird. Sie wird bei einem sehr netten Mädchen, ihrer Freundin Lina, wohnen. Ich mag auch Boris sehr gern. Und natürlich mache ich mir Sorgen, aber ich habe das Gefühl, dass es an der Zeit ist, sie ihre eigenen Erfahrungen machen zu lassen. Sie ist so viel schneller erwachsen geworden, als ich es je für möglich gehalten hätte. Das ist nicht der Grund, warum ich –«

»Du hast diesen nichtsnutzigen Kerl kennengelernt und bist der Meinung, dass sie erwachsen geworden ist?«, warf er ungläubig ein. »Wo sind deine erzieherischen Fähigkeiten geblieben? Oder hat unsere liebe Tochter etwa vergessen zu erwähnen, dass der junge Mann verheiratet ist, dass er völlig gestörte Lieder über Engel und Selbstmörder schreibt, ein Gefolge aus verrückten Hippies um sich schart und derjenige ist, der meine –«

»Ich habe ›*erwachsen* geworden‹ gesagt, nicht ›*alt* geworden‹«, unterbrach sie ihn. »Natürlich macht sie Fehler. Sie ist noch jung und Boris auch. Sie sind beide jung und begabt und verliebt und …«

Wie von einer unsichtbaren Macht zur Ordnung gerufen, stockte sie. Als sie fortfuhr, war ihre Stimme so leise, dass er Mühe hatte, sie zu verstehen. Ihre Worte klangen merkwürdig zerbrechlich und dennoch so kühn, als balanciere sie auf einem über einen Abgrund gespannten Seil, den nur sie beide sehen konnten.

»Mein Gott, Tolja, hast du denn vergessen, wie sich das anfühlt?« Ihre Stimme war kaum mehr als ein Flüstern. »Wenn man so begierig darauf ist zu leben, wenn man davon träumt, alle Konventionen niederzureißen, wenn man hofft, der Welt etwas Wunderschönes, etwas Bleibendes schenken zu können? Hast du das wirklich vergessen, Tolja? Tolja?«

Einen flüchtigen Augenblick lang, als sie einander im nächtlichen Dunkel ansahen – sie, die unruhig und hoffnungsvoll in seinem Gesicht zu lesen versuchte, während er darum rang, die einzige richtige Antwort zu finden, die ihre gemeinsamen Jahre, ihre miteinander gelebte Vergangenheit verdienten –, einen herrlichen Augenblick lang schien alles im Fluss zu sein und alles so wunderbar möglich. Und er wusste, wenn es ihm nur gelänge, diesem entsetzlichen Durcheinander seiner Gedanken die richtigen Worte zu entreißen, würde sich die Erde weiterdrehen, Vergangenheit und Gegenwart auf wundersame Weise verschmelzen, Nina ihm wieder lächelnd in die Augen blicken und das Leben aufs Neue überraschend und erfüllt werden, wertvoll und … und …

»Ich hätte es wissen müssen«, sagte Nina erschöpft und wandte den Blick ab. »Du mit deiner Art, unerwünschte Erinnerungen wegzuschieben. Ich bete nur darum, dass die Kinder eines Tages anders sind als wir und nicht ihre Träume zusammen mit ihrem sonstigen Ballast über Bord werfen.«

Er spürte, wie sich die Gegenwart wieder in sein Bewusstsein schob – das stille, hier und da von einem erleuchteten Fenster eines Nachbarhauses durchbrochene Dunkel der Nacht, die mit kalter Präzision über den Bäumen tanzenden Sterne, der Geruch von Pflaumen und Asche, das leise Scharren der Pappelzweige auf dem Dach – nur dass ihm all das nun seltsam unwirklich vorkam, wie ein geschmackloses Bühnenbild für eine tragische und etwas lächerliche Provinzposse. Er versuchte, den Ausdruck in Ninas Augen zu erkennen, konnte jedoch nur die Linien ihres Profils ausmachen, blass und gnadenlos wie das einer heidnischen Rachegöttin. Dann fiel ihm auf, dass ihre Lippen sich bewegten und sie wieder zu sprechen begonnen hatte.

»Entschuldige, das war unfair«, sagte sie. »Wir haben uns damals alle beide entschieden, und ich gebe ehrlich zu, dass meine Wahl viel weniger bewundernswert war als die deine.«

Es klang kleinlaut, aber was sie sagte, ergab keinen Sinn.

»Deine Wahl?«, fragte er. »Was für eine Wahl? Dass du mit allem, was ich getan habe, einverstanden warst? Entschuldige, aber das war wohl kaum –«

Sie senkte den Kopf, sodass ihr Gesicht vollends mit der Dunkelheit verschmolz.

»Das spielt jetzt keine Rolle mehr«, erklärte sie brüsk. »Die Zeit der Entscheidungen ist vorbei. Jetzt geht es darum, dass wir uns den Konsequenzen stellen. Dass die Kinder aus dem Haus gehen, mag eine davon sein, eine andere ist vermutlich mein Bedürfnis, allein zu sein.«

»Im Grunde heißt das, dass du mich wegen etwas verlässt, was sich vor fast fünfundzwanzig Jahren abgespielt hat«, sagte er nach einer Weile.

»Ich verlasse dich nicht, Tolja«, sagte sie. »Ich will nur eine Zeit lang allein sein. Ich habe mir schon so lange gewünscht, einmal sehr viel Zeit für mich zu haben, und jetzt, wo Wassili und Xenia nicht mehr da sind, kann ich sie mir nehmen. Verstehst du das nicht? Mein ganzes Leben war ich immer nur für andere da. Zuerst habe ich mich um Papa gekümmert, dann um dich, dann um die Kinder, aber nie mit dem Ergebnis, das ich mir vorgestellt habe. Und jetzt muss ich einmal an der Reihe sein. Mir gefällt es hier. Es ist so ruhig hier, ganz besonders frühmorgens und spät am Abend. Es ist so ruhig, dass ich beinahe die Pflanzen wachsen höre. Ich liebe es, wenn ich Pflanzen wachsen lassen kann, es gibt mir das Gefühl, lebendig zu sein, ein Teil von etwas Größerem, etwas Wirklichem ...«

Ihre Worte klangen einstudiert. Sie musste sich ihre Sätze sehr sorgfältig zurechtgelegt haben, in der Annahme, dass dieses Gespräch irgendwann kommen würde. Trotzdem hatte er Mühe, ihr zu folgen. Der Wein verursachte ein dumpfes Pochen in seinen Schläfen.

»Mein Gott«, sagte er, »bist du so unglücklich mit mir gewesen?«

Sie lächelte dünn. »Glücklich, unglücklich, das sind Worte, die auf uns nie wirklich zugetroffen haben, oder? Ich habe dich doch nicht geheiratet, um glücklich zu werden.«

Er wagte nicht, die Frage zu stellen, die ihm am meisten am Herzen lag, weil er sich zum ersten Mal in seinem Leben über die Antwort nicht mehr sicher war – eine bedrohliche Wahrheit, die sein Herz erneut in Trostlosigkeit versinken ließ.

»Nein, ich habe von einer heiligen Mission geträumt.« Wieder klangen ihre Worte einstudiert und emotionslos. »In nächster Nähe der Kunst zu leben, andächtig über ihr Entstehen zu wachen, ihr Geburtshilfe zu leisten mit tausend kleinen Dingen, die zwar von dieser Welt waren, sich aber zu etwas Großem, etwas Heiligem addieren würden, zu einer kleinen Anmerkung bei meinem Namen für alle Ewigkeit. ›*Nina Suchanowa, geborene Malinina, Tochter eines Auftragsmalers, Ehefrau eines Genies*‹. Zum Weinen, oder? All diese jungen russischen Mädchen, die, weil sie mit Romanen aus dem neunzehnten Jahrhundert aufgewachsen sind, nach einem Idol suchen, dem sie die eigenen Sehnsüchte als Opfer vor die Gipsfüße legen können, nur um Jahrzehnte später alt und verbittert festzustellen, dass ihre Visionen von stellvertretend gelebter Größe zerbrochen und ihre Ehemänner nur durchschnittliche, untalentierte Niemande sind. Ganz so verhält es sich bei uns nicht, aber, Tolja, ich sage dir ehrlich, manchmal denke ich, ein banales, unzweideutiges Ende wäre mir lieber als … als …«

»Bitte, Nina«, unterbrach er leise, »lass uns bitte nicht …«

Sie sah ihn schweigend an. Es folgte eine lange Stille, die sich so eisig, steif und komplex anfühlte, als sei die Zeit selbst zu Kristallen gefroren. Anatoli Pawlowitsch sah das Zimmer mit erstaunlicher Klarheit. Alles, vom dunkel getäfelten Raum bis zur schwachen Reflexion des verglimmenden Feuers auf seinem Weinglas. Er sah Ninas Gesicht, auf dessen linker Seite Schatten tanzten, während die rechte von hellem Licht erleuchtet war. Er sah den Schimmer der Flammen in ihren fast transparenten Augen. Unvermittelt überlegte er, welche Farben er benutzen würde, wenn er jetzt ihr Porträt malen sollte – weiche Grautöne, zurückhaltendes Rot, hier und da einen auffälligen Hauch helles Gold – und fragte sich, ob sich wohl eine Schattierung finden ließe, die zart genug war, ihre Fingernägel wiederzugeben, die wie durchscheinende Halbmonde schimmerten, wann immer Nina die Hände nach dem Feuer ausstreckte. Er dachte auch daran, wie lange es her war, dass sie ihm zum letzten Mal erlaubt hatte, sie in den Armen zu halten; eine deprimierende monatelange Ewigkeit, Tag für Tag voller Verpflichtungen, Ablenkungen und Kopfschmerzen, die nun noch weiter andauern würde, endlos in einer prächtigen, hallenden Moskauer Wohnung, in der zu leben er fortan verdammt war, verbannt von seiner Arbeit, seiner Familie, seinem eigentlichen Leben, und wochenlang ohne jemanden, mit dem er reden konnte, außer mit seinem eigenen Spiegelbild oder dem Verrückten aus dem neunten Stock.

Die Absurdität dieser Vorstellung ließ ihn laut auflachen, ein bitteres kleines Lachen, das ihn aus seinem tranceähnlichen Zustand riss. Mit einem Mal hatte er Angst, sich noch länger an diesem verführerisch warmen, täuschend gemütlichen und fast unmerklich vergifteten Ort aufzuhalten, der nicht mehr länger ihm gehörte. Unsicher erhob er sich und verließ das Zimmer.

Im düsteren Flur, der an der unbeleuchteten Küche vorbei zur Haustür führte, war die Luft viel kälter. Hinter sich hörte er Nina fragen, wo er hinwollte.

»Nach Moskau zurück«, erwiderte er, ohne stehen zu bleiben. Der Wein – eine halbe, wenn nicht gar eine dreiviertel Flasche war es mit Sicherheit gewesen – machte seine Schritte schwerfällig, und er ärgerte sich über sich selbst, weil er verdrängt hatte, dass er nicht mehr jung war. Wie aus weiter Ferne hörte er Ninas Füße über den Boden tappen. »Aber das ist doch verrückt! Ich mache jetzt Abendessen, dann gehen wir früh schlafen und morgen können wir in Ruhe darüber reden. Bitte, Tolja, es ist doch noch nichts endgültig entschieden, wir können noch immer –«

Mittlerweile hatte er die Veranda erreicht, fischte seine Stadtschuhe aus einer dunklen Ecke und tastete auf dem Boden nach seiner Tasche, die er vor Stunden irgendwo dort abgestellt hatte. Sie war unnötigerweise lächerlich schwer.

Nina stand neben ihm und hielt ihn am Ärmel fest.

»Bitte«, keuchte sie, »du kannst doch nicht einfach so fortgehen. Es ist schon nach neun. Wie willst du denn nach Hause kommen? Du weißt doch nicht einmal, wann ein Zug geht, bitte …«

Er sah sie vor sich stehen, grünäugig, mit geröteten Wangen und atemlos wie ein junges Mädchen, und sein Herz blutete, als er begriff, dass er auch bei ihr zu spät gekommen war. Und gleichzeitig wurde ihm klar, wie lächerlich es gewesen war, noch tags zuvor zu glauben, der Verlust seines romantisierten Bildes einer gelassenen Madonna, die jahrelang seine Vorstellung von einem perfekten Heim mit ihrer geheimnisvoll eleganten Anwesenheit geschmückt hatte, sei auf irgendeine Weise vergleichbar mit dem Verlust dieser Frau aus Fleisch und Blut vor ihm – dieser Frau, die einmal bereit gewesen war, ihm zu jedem neuen Horizont zu folgen, den er ihr eröffnen würde, diese Frau, die noch immer die Kraft fand, ihm zuzuhören, wenn er traurig war, und ihm Tee kochte, wenn er müde war, diese Frau, deren Fingerspitzen nach Früchten und Erde rochen …

Und einen Augenblick lang ertappte er sich bei der Aussicht auf die öde Monotonie seines künftigen Lebens dabei, lieber diese Nina von gestern, die zwar heimlichtuerisch und untreu sein mochte, aber wenigstens bei ihm war, haben zu können, als diese neue Nina, die, zwar rein wie immer, aber weit von ihm entfernt war, so weit fort, getrennt von ihm durch siebenundneunzig Kilometer Einsamkeit und Gleichgültigkeit und enttäuschte Hoffnungen – für weiß Gott wie lange.

Und warum stand er eigentlich hier, still und sprachlos? Sollte er nicht lieber auf sie einreden, sie tadeln, sie daran erinnern, wie viel er für sie getan hatte – wie bequem ihr Leben mit ihm gewesen war, wie erfolgreich er geworden war für sie, wie viele schöne Dinge sie hatte haben können, ohne auch nur einen Finger zu rühren? Sollte er ihr nicht ihre Undankbarkeit vor Augen halten, sie zwingen, an das ärmliche, verfehlte Leben von Lew Belkin zu denken, sie an den Schultern packen und anschreien: »Ist das etwa das Leben, das du dir für uns gewünscht hättest?« Oder sollte er ihr lieber gestehen, wie sehr er sie brauchte? Sollte er …

Nina redete immer noch von Zügen und Fahrplänen und versuchte, ihm seine Tasche zu entwinden. »Versteh doch bitte, Tolja«, sagte sie hastig, »es gibt keinen Grund für eine solche Reaktion, ich möchte doch nur eine Weile … kurz wenigstens –«

Er wusste durchaus, dass es nicht zu begründen war, wenn er jetzt ohne ein weiteres Wort ging, ohne noch einen Versuch zu unternehmen, ihr Leben wieder zurechtzubiegen, gleichzeitig sah er sich außerstande, sich aus seiner Erstarrung zu lösen. Und tief in seinem Inneren spürte er, dass diese Passivität daher rührte, dass er letztlich sein Unglück akzeptiert hatte, vielleicht sogar eine Art perverser Befriedigung bei dem Gedanken empfand, dass ihm ganz recht geschah.

Denn im Grunde seines Herzens wusste er, dass er es so verdient hatte.

Suchanow schüttelte Ninas Hände ab, drehte sich um und ging hinaus. Die Verandastufen waren glatt vom Tau. Er blieb kurz stehen und lauschte. Sie war ihm nicht gefolgt. Seinem weiteren Geschick leise lächelnd entgegensehend, ging er weiter, stieß das Gartentor auf und verschwand in der Nacht.

17

Der Bahnhof befand sich im nahe gelegenen Dorf Bogoljubowka. Suchanow war vor einigen Jahren mit Nina dort gewesen, um Freunde abzuholen. Hinter der eingefriedeten Siedlung mit den gut ausgestatteten Privilegierten-Häusern hatten sie im rosigen Licht der Morgensonne ein hübsches Birkenwäldchen durchquert, und auf dem Weg durch das Dorf hatte Nina verstohlen von den über die Zäune hängenden Sträuchern saftige Himbeeren gepflückt. Es war ein müheloser kleiner Spaziergang in einer wohlvertraut russisch-ländlichen, gelegentlich etwas zu idyllischen Umgebung gewesen.

Jetzt im Dunkeln schien die Gegend dramatisch verändert. In der eigentlich recht ebenen Straße taten sich plötzlich heimtückische Schlaglöcher auf; hinter seinem Rücken knurrten ihm bösartige geisterhafte Kettenhunde nach; dicke haarige Nachtfalter hämmerten rhythmisch gegen Straßenlampen, und in den erleuchteten Fenstern der benachbarten Datschas waren vielarmige, trollähnliche Silhouetten fieberhaft in undurchsichtige Machenschaften verstrickt. Er achtete nicht weiter auf die seltsamen Erscheinungen, doch als das letzte der imposanten Häuser im Dunkel versunken war und ein Nachtwächter das Tor der Siedlung hinter Suchanow zugezogen hatte, stellte er erstaunt fest, dass der Waldweg komplett von der Finsternis verschluckt worden war.

Er zögerte ein wenig, bevor er den Fuß in den Wald hineinsetzte.

Die Nacht war hier noch tiefer, die Stille vollkommen; in der Luft hing der modrige Geruch von feuchtem Moos, vor sich hin rottenden Blättern und giftigen Pilzen. Nach einer Weile fühlte er einen ersten Anflug von Unruhe. Von seinem früheren Spaziergang erinnerte er sich an eine Reihe von Lichtungen, die sich plötzlich zwischen den Birken auftaten, doch jetzt schienen die Bäume mit jedem Moment dichter zusammenzurücken, ihn mit ihrer bewegungslosen Präsenz regelrecht einzukreisen, und das unendliche Schweigen schallte wie eine riesige Glocke in seinem Kopf. Während er atemlos voranschritt, kam es ihm vor, als verändere sich das Dunkel allmählich, als würde es mit jedem Schritt bedrohlicher und fremder. Verschwommen nahmen seine Augen seltsam gewundene Gestalten wahr – abgestorbene Baumstämme oder knorrige Äste, vielleicht auch unförmige, furchteinflößende Lebewesen –, die auf dem Boden hinter ihm her krochen oder über ihm in den Bäumen hingen, und nach einiger Zeit füllte sich das tiefe Schweigen um ihn herum mit einer Vielzahl geheimnisvoll tückischer Geräusche – hier drang ein unerwartet einsetzendes und ebenso abrupt wieder verstummendes Blätterrascheln an seine Ohren, dort erklang das hohle Aufstöhnen eines Vogels oder eines anderen unruhigen Geistes. Schlagartig wurde ihm klar, dass das sonnendurchflutete Sommerwäldchen aus seiner Erinnerung längst den kathedralenartigen Wäldern seiner Albträume gewichen war, und allmählich befürchtete er, sich auf diesem finsteren Weg zu verlaufen und für immer in einem quälenden Labyrinth böser Träume verloren zu gehen.

Er ging schneller und schneller, bis er in Laufschritt verfiel, kopflos durch das kühle Nachtdunkel rannte, ohne auf Wurzeln und Geister zu achten. Sein nicht mehr ganz junges Herz pochte schmerzhaft, und die leichte Trunkenheit, die immer noch anhielt, ließ ihn mehrfach beinahe straucheln. Als die Bäume endlich wieder auseinanderrückten und blasse Streifen des Nachthimmels zwischen ihnen sichtbar wurden, zitterten ihm die Knie, und seine rechte Schulter war taub vom Gewicht der Tasche, die er sich umgehängt hatte. Sobald er im Freien war, blieb er stehen, um Atem zu schöpfen – und während er so dastand, bemerkte er, dass er sich in einer Gegend befand, die ihm völlig unbekannt war. Er hatte erwartet, auf der anderen Seite des Waldes die Lichter von Bogoljubowka auftauchen zu sehen, doch stattdessen erblickte er im bläulichen Licht des untergehenden Mondes eine große Wiese. Erneut schulterte er seine Tasche und marschierte weiter; zuerst war er einfach nur froh, dem dunklen Albtraum entkommen zu sein, doch dann wurde er zunehmend unsicherer. Hohes Gras schlug ihm schwer und feucht gegen die Beine; unter seinen Füßen wich die Erde bei jedem Schritt leicht zurück; Sterne rollten wie Regentropfen über den Himmel, während vom Boden Nebelschwaden aufstiegen und wie eine Prozession gesichts- und gliederloser Geister hinter ihm her zogen.

Ein Dorf war weit und breit nicht zu sehen.

Seine Schritte wurden zögernder; angespannt blickte er sich um. Die Wiese fiel in eine mit wilden Haselbüschen bestandene Schlucht ab. Auf dem Weg abwärts stolperte er und schlug mit dem Knie gegen einen Felsblock. In der Annahme, dass er irgendwo im Wald falsch abgebogen sein musste, blieb er längere Zeit stehen, rieb sich das schmerzende Knie und sah zum Nachthimmel auf. Doch als er sich schließlich auf der anderen Seite wieder nach oben tastete, wurde er mit dem Anblick einer auf einem weiter entfernten Hügel stehenden Straßenlaterne belohnt, die ihr spärliches violettes Licht auf ein nur verschwommen erkennbares Gebäude warf, das nur der Bahnhof von Bogoljubowka sein konnte.

Er humpelte darauf zu – wobei der vermeintliche Bahnhof, unbestimmt schimmernd, nach und nach eine Transformation vollzog, in der Länge schrumpfte und in der Höhe wuchs, bis er vor seinen Augen erst zum Spasski-Turm des Kreml wurde (welch ein Unsinn, dachte er müde), dann zu einem bezwungenen Märchen-Ungetüm (Suchanow kniff die Augen zusammen) und endlich zu einer kleinen Kirche. Halb in Erwartung einer weiteren Metamorphose trat er näher. Es war eine armselige Ruine; die vier seitlichen Kuppeln waren abgedeckt und die mittlere hatte kein Kreuz mehr, dafür aber einen dunklen Riss. Verdrossen betrachtete Suchanow das Gebäude; er zweifelte nun nicht länger daran, dass er sich verlaufen hatte, diese Gegend war ihm völlig unbekannt. Dann entdeckte er einen grasüberwucherten Pfad, der an der Kirche vorbei ins Dunkel führte.

Bei der Ruine angelangt, warf er im Vorbeigehen einen Blick durch das offenstehende Portal in den spärlich vom kalten Licht der Straßenlaterne erleuchteten Innenraum. Auf dem Fußboden lag Schotter, in den Ecken türmten sich alle möglichen Geräte … Plötzlich sprang ihm an der Peripherie seines Blickwinkels ein rätselhaftes Grün in die Augen. Überrascht blieb er stehen, spähte angestrengt in das modrige Halbdunkel und wartete darauf, dass seine Augen sich den Lichtverhältnissen anpassten. Und dann sah er die Wände. Bröckelig geworden unter dem Gewicht der Jahrhunderte, nachgedunkelt in zahllosen Regensommern und verblasst in unzähligen Schneewintern, waren sie über und über mit Fresken bedeckt.

Nach einem kurzen Moment des Zögerns setzte Suchanow seine Tasche ab und trat vorsichtig ein. Der Himmel streute Sternenlicht durch die vielen Löcher im Dach, und unter der einzigen noch erhaltenen Kuppel raschelten leise die Flügel unsichtbarer Vögel. In der Luft lag der schwere Geruch von Alter, Vergessen und Vogelkot, und bei jedem seiner zögernden Schritte trat er auf verrottendes Holz oder herabgefallenen feuchten Gips, vielleicht sogar, wie es ihm jäh durch den Kopf fuhr, auf unbezahlbare Meisterstücke mittelalterlicher Kunst.

Das diffuse Licht von draußen reichte nicht aus, um ihn alles deutlich sehen zu lassen, doch als er die Augen zusammenkniff, gelang es ihm allmählich Farben und Figuren zu erkennen. Hier hielt ein Mönch mit großen Eulenaugen und missbilligend gespitztem Mund ein ziegelsteinartiges Buch in der Hand, dort tanzte eine schlecht proportionierte kopflose Bestie in einem nicht sehr überzeugenden Höllenfeuer. Über einem zusammengebrochenen Säulenbogen streckte sich eine Hand in steifem Segensspruch in die Höhe, der restliche Körper war längst vom Regen fortgewaschen, und daneben flatterte ein Engel mit spitzen, ungewöhnlich orangefarbenen Flügelchen. Über eine weiter entfernte Wand marschierte mit müdem Schritt ein besser erhaltener Prozessionszug betagter Heiliger, deren Gewänder noch gespenstisch grün, blau und karmesinrot schimmerten, während ihre Gesichter fast gänzlich verblichen waren. Suchanow hob die Schultern und wandte bedauernd den Blick ab. Die Fresken, die er in der Dunkelheit hatte ausmachen können, waren nur Darstellungen religiöser Allgemeinplätze, verblassende Bruchstücke eines längst vergessenen künstlerischen Werks, mittelmäßige, aus dem siebzehnten Jahrhundert stammende Imitationen, wie sie zurzeit in zahllosen ehemaligen Kirchen in ganz Russland zu Staub zerfielen.

Doch als er sich zum Gehen wandte und die Schatten mit seiner Bewegung ebenfalls in Bewegung gerieten, fiel sein Blick auf eine seltsame Figur in der hintersten Ecke des Raumes. Ungläubig starrte er in die nur schwach erhellten Tiefen der Kirche und fragte sich, ob er wirklich nüchtern war. Neben ein paar mattfarbenen Heiligen blickte die erstaunlich lebensechte Abbildung eines großen, vornüber gebeugten bärtigen Mannes mit erregt ausgestreckten Armen von der Wand. Auch er war ein Heiliger, doch sein Gesicht war von einer dunklen Leidenschaft verzehrt, sein Blick wild und fiebrig, der hagere Körper in raue Tücher gehüllt. Suchanow kam es vor, als glitzerten seine Augen unter den schweren Lidern mit einer stechenden, überirdischen Intensität, hundertmal kraftvoller als alles, was je von der unsterblichen Hand eines Goya oder Rembrandt geschaffen worden war.

Lange Zeit stand Suchanow reglos da und betrachtete blinzelnd das sich ihm darbietende Wunder. Und während er so dastand, kam er zu der Erkenntnis, dass sein Leben mit all seinen fragwürdigen Entscheidungen, allen Zweifeln und Schuldgefühlen durchaus gerechtfertigt werden konnte – oder etwa nicht? Denn hier, in dieser allertiefsten Provinz, in einer Kirche, die nun dümmlichen Datschabesitzern als Lagerhalle diente, blühte an einer von Zeit, Sonne und Frost verwüsteten Wand ein Meisterwerk, erschaffen von einem Künstler, den niemand brauchte, den niemand zur Kenntnis nahm – und doch glaubte Suchanow, felsenfest davon überzeugt, dass er hier wie durch ein Wunder mit dem originellsten und erstaunlichsten Geist konfrontiert worden war, den die russische Kunst je hervorgebracht hatte. Denn in einer Welt erstickender Traditionen und kriecherischer Heldenverehrung konnte nur ein Genie, das seiner Zeit weit voraus war, den Mut finden, eine solch beängstigende Wahrheit zu malen, um den glückseligen pastellfarbenen Toren einer vorschriftsmäßigen Heiligkeit ein lebendiges, leidendes menschliches Wesen gegenüberzustellen, einen Mann, für den sein Glaube unübersehbar ein Kampf war, ein Kreuz, möglicherweise sogar ein Fluch … Dieses Wandbild war ein unvergleichliches, überaus kostbares Geschenk für die Menschheit, und trotzdem wurde es übergangen, übersehen, Wind und Wetter ausgesetzt, auf ein bloßes Andenken an seine frühere leuchtende Pracht reduziert, und bald würden auch noch seine letzten Spuren in dem riesigen Gemeinschaftsgrab aller großen Talente in diesem verdammten Land verloren gehen – in diesem Land, das Suchanow mit jenem auf ewig unbekannten Künstler teilte, diesem Land, das sich über Jahrhunderte so wenig verändert hatte.

Sein kurzes Lachen klang in der Stille der maroden Wände wie ein Bellen.

»Seht!«, rief er, »das Geschick des wahren Genies in Russland! All diese Schönheit, all diese Enthüllungen, alles für die Katz! Hätte ich etwa auf dieses Schicksal hoffen sollen? Mein Gott, wie recht hatte ich doch, mich davon fernzuhalten!«

Ein paar aufgeschreckte Krähen flogen heiser krächzend in der Dunkelheit auf, ließen die Kirche in panischen Echos widerhallen; immer noch lachend, verfolgte er ihren Flug durch die zerstörten Kuppeln ans Firmament. Als die Lawine flatternder Flügel am Sternenhimmel verklungen war, glaubte er hinter sich ein anderes, leiseres Geräusch wahrzunehmen – das Rascheln von Kleidern, Atemzüge … Er wandte sich um und erstarrte, stand da mit bleischweren Beinen, während ihm das Herz bis zum Hals schlug. Der zerzauste dunkle Heilige war von der Wand herabgestiegen, stand wenige Schritte von ihm entfernt und musterte ihn mit brennendem Blick.

Für die grauenhafte Ewigkeit eines Augenblicks geschah gar nichts. Anatoli Pawlowitsch war sich nur schwach bewusst, dass er auf die Knie gefallen war und die Augen geschlossen hatte. Er dachte an nichts – und gleichzeitig dachte er vielleicht, dass er jetzt sterben würde, dass er verrückt gewesen war, in dieser schrecklichen zerfallenen Zufluchtsstätte seine Verwünschungen gen Himmel zu schreien, und dass trotz allem, was er je erlebt hatte, Gott doch existierte – auch wenn er höchstwahrscheinlich nicht sonderlich angetan war von der Art und Weise, wie er, Suchanow, gelebt und sein Leben vergeudet hatte …

Und dann begann der Heilige zu sprechen.

»Zu Tode erschreckt hast du mich, Mann«, sagte er vorwurfsvoll. »Ich bin hier, ohne jemanden zu stören, und denke über ein Leben in Ruhe und Frieden nach, und plötzlich stampfst und krakeelst du hier herum … Hat dir deine Mama nicht beigebracht, dass du Gottes Haus nicht betreten darfst, wenn du sternhagelvoll bist? Schau dich nur an, du kannst dich ja nicht einmal auf die Füße stellen!«

Als alles um ihn herum wieder klarer wurde, hörte Suchanow ein Knirschen auf den Schottersteinen, als der unmögliche dreidimensionale Heilige sein Gewicht von einem Fuß auf den anderen verlagerte, und durch die Luft zog ein schaler Geruch von ungewaschenen Kleidern und Schweiß; und als er schließlich wagte, die Augen ein wenig zu öffnen, erblickte er ein Paar kaputter Schuhe ohne Schuhbänder und den Saum eines schmutzstarrenden grauen Mantels. In ängstlichem Schweigen hob er den Blick, und nun sah er den seit Monaten nicht gestutzten Bart des Heiligen, den Ausschlag auf den eingesunkenen Wangen, die entzündeten Augenlider, das ungesunde Flackern in den trüben, blutunterlaufenen Augen …

Nein, der Heilige hatte wahrhaftig kein Heiligengesicht. Er hatte das Gesicht eines Vagabunden, eines Säufers, eines Irren.

Der Vagabund schien beunruhigt zu sein.

»Hör zu«, sagte er ängstlich, »ich wollte deine Gefühle nicht verletzen. Ist ja nicht weiter schlimm, wenn man betrunken ist. Eigentlich bin ich sogar ziemlich froh, dass du hier aufgekreuzt bist. Langsam habe ich mich ein bisschen einsam gefühlt. Es ist schon eine Ewigkeit her, dass hier jemand …«

Schwerfällig stand Suchanow auf und klopfte sich den Staub von der Hose. Natürlich, dachte er trübsinnig, bei diesem tückischen Licht, den aufflatternden Vögeln und all den anderen nächtlichen Täuschungen war es ganz und gar nicht überraschend, wenn man einen sonderbar gekleideten, seltsam aussehenden Mann, der sich in der dunkelsten Ecke eines dunklen Gebäudes an die Mauer drückte, für ein lebloses Wandgemälde hielt – insbesondere, wenn man schlecht sah und außerdem drei oder vielleicht sogar vier Gläser Wein intus hatte. Nein, es war keineswegs überraschend, und doch war da etwas Seltsames, etwas Beunruhigendes an der Erscheinung des falschen Heiligen … Er richtete sich ganz auf, sah verwundert in das bärtige Gesicht des Fremden und hatte plötzlich das sichere Gefühl, dass er, wenn er mit diesem geheimnisvollen Mann noch eine Weile in dieser verlassenen Kirche bliebe, mit der Zeit in der Lage sein würde, die Natur der Dinge zu verstehen, ihre ewigen Rätsel zu entschlüsseln und schließlich auch den Sinn dieses Tages, dieser Woche, dieses Lebens zu begreifen, klarer zu sehen als jemals zuvor.

Im selben Moment ergriff ein namenloses Grauen Besitz von ihm. Er hatte nur noch den Wunsch, so schnell wie möglich aus dieser entsetzlichen Ruine von einer Kirche zu fliehen, fort von dieser entsetzlichen Ruine von einem Menschen.

Er bemühte sich, dem Blick des anderen nicht zu begegnen, als er auf den Ausgang zu schlich.

»Es tut mir sehr leid, dass ich Sie gestört habe«, flüsterte er heiser, »aber ich muss jetzt wirklich …«

Der Mann sah ihn nur traurig an.

»Und ich hatte gehofft, du würdest mir Gesellschaft leisten«, sagte er. »Die Nächte sind schon wieder so lang geworden, und ich weiß nicht, wo ich sonst hingehen soll. Ich lebe nämlich hier. Willst du nicht doch noch ein wenig bleiben? Wenn du willst, kann ich dir sogar meine Lebensgeschichte erzählen – oh, bitte, geh doch nicht schon wieder …«

Plötzlich schoss Suchanow durch den Kopf, dass der Mann womöglich gefährlich war. Er murmelte etwas von einem Zug, den er unbedingt erwischen musste, und schlich langsam weiter, bis er die modrige Tür erreichte. Den frischen Luftzug im Nacken, fühlte er sich wieder ein wenig mutiger, ja, schöpfte sogar leise Hoffnung.

»Hören Sie«, sagte er und bemühte sich, nicht allzu flehend zu klingen, »wenn Sie hier wohnen, dann können Sie mir doch sicher auch sagen, wie ich nach Bogoljubowka komme? Ich wollte eigentlich zum Bahnhof, aber irgendwie habe ich mich verirrt.«

Das Lächeln des Fremden kam ihm beunruhigend bekannt vor.

»Ich wünschte, wir wären alle so verirrt wie du«, sagte er. »Du *bist* in Bogoljubowka. Der Bahnhof liegt direkt unten am Hügel, keine zwei Minuten von hier. Es hat bloß keinen Sinn, jetzt noch dorthin zu gehen, weil vor morgen sowieso kein Zug mehr geht. Es gibt genügend Platz hier … Also, was meinst du?«

Aber Suchanow lief bereits den Pfad hinunter.

»Tolja, ich heiße Tolja!«, rief ihm eine geisterhafte Stimme aus dem hallenden Dunkel hinterher. »Vielleicht magst du ja mal wieder vorbeikommen? Ich bin immer …«

Den Rest seiner Worte verschluckte die Nacht. Ohne auch nur eine Sekunde innezuhalten, murmelte Anatoli Pawlowitsch atemlos: »Kein Geringerer also als mein ganz persönlicher Schutzpatron … Na, wenn das keine himmlische Intervention war!«

Er versuchte sogar über seinen kleinen Scherz zu lachen, doch als er auf die nun verstreut vor ihm liegenden Lichter des Dorfes zu lief, bemühte er sich mit aller Macht, nicht darüber nachzudenken, wie es kam, dass er sie zuvor nicht wahrgenommen hatte. Ebenso vermied er es, über die kleinen, wie Stückchen aus den Fresken aussehenden Gipsklümpchen im Bart seines verrückten Namensvetters nachzudenken, der ganz alleine in dem verlassenen Gotteshaus lebte.

18

Die Zeiger auf Suchanows Uhr waren bei dreizehn Minuten nach zehn stehen geblieben, doch er konnte spüren, dass die Nacht bereits in diesen kühlen, beinahe unwirklichen Bereich vorübergehender Gewichtslosigkeit vorgerückt war, der zwischen der noch in tiefster Stille liegenden Dunkelheit und dem ersten ängstlichen Vordringen des Lichts lag. Wie viel Uhr es war, spielte keine große Rolle; es reichte, dass der Zug schließlich gekommen war.

Eingeklemmt zwischen einem mit offenem Mund schlafenden alten Mann und einer korpulenten Frau, die geräuschvoll etwas übel Riechendes aus einem Fetzen Zeitungspapier wickelte, saß Suchanow auf einer harten Bank; sein Kopf nickte im Rhythmus der Räder, und die Augen fielen ihm immer wieder zu. Sobald er sie schloss, sah er den ärmlichen Bahnhof vor sich, der sich ihm während des stundenlangen Wartens unauslöschlich eingeprägt hatte: die unter einer blinkenden Lampe schimmernden Schienen; den mit Abfall übersäten Bahnsteig, auf dem ein paar versprengte Gestalten zwischen Körben und Ballen hockten; den verrammelten Fahrkartenschalter, an dem eine handgeschriebene Notiz angebracht war, die er lange Zeit angestarrt hatte, ohne dass er mehr als »Außer dienstags« entziffern konnte.

Die erste halbe Stunde war er rastlos auf dem Bahnsteig hin und her gewandert. Dann blieb er stehen, betrachtete aufmerksam die Gleise und versuchte das Bild eines aus dem Dunkeln auftauchenden Zuges heraufzubeschwören, als könne er ihn auf diese Weise herbeizaubern. Nach einer weiteren halben Stunde kauerte er sich auf seine Tasche und gestattete sich ein Nickerchen.

Er hatte einen frappierend intensiven Traum. Darin stellte er fest, dass der Zug niemals kommen würde, gab seine nutzlose Nachtwache auf und stolperte durch die Nacht zurück zu der verfallenen Kirche. Diese war jetzt leer und auch heller; die blassen Fresken zogen sich sanft über die Wände. Er fühlte sich wunderbar unbeschwert, beinahe glücklich, fegte in einer Ecke den Schotter beiseite, wickelte sich in seinen Mantel ein und sank in einen barmherzigen, ruhigen Schlaf, bis ihm jemand urplötzlich auf die Schulter tippte. Widerwillig blickte er auf – und sah den schmutzigen Bahnsteig vor sich, die blinkende Lampe über den Schienen, die undeutlichen Gestalten, die sich erhoben hatten. Seine Hände waren steif vor Kälte; er musste eine ganze Weile geschlafen haben. Ein Mann mit einem Filzhut, trüb schimmernden Brillengläsern und einem flatternden sandfarbenen Bart, dessen Gesicht im schwachen Licht kaum zu erkennen war, hatte sich über ihn gebeugt.

»Nur noch fünf Minuten«, sagte er. »Aber ohne Fahrkarte können Sie nicht mitfahren!«

Suchanow setzte sich auf und kniff verwirrt die Augen zusammen. Der Mann zeigte auf ein kleines Gebäude jenseits der Schienen und wiederholte aufgeregt noch einmal, dass es keinen weiteren Zug mehr geben würde, dass Suchanow unbedingt noch schnell seine Fahrkarte kaufen sollte und er gern solange auf seine Tasche aufpassen würde … Plötzlich begriff Suchanow, rappelte sich mühsam auf, murmelte dem freundlichen Fremden ein Dankeschön zu und humpelte mit noch schweren Beinen eilig davon. Die folgenden Minuten vergingen so schnell und erwiesen sich als so verblüffend, dass er fast glaubte, sie seien die Fortsetzung seines Traumes. Die Schienen griffen mit Glasscherben und Drahtgewirr nach seinen Schuhen, das Dorf entpuppte sich als eine hässliche Ansammlung von Schuppen, Wäscheleinen und kaputten Zäunen; er stolperte über einen großen Sack, der mitten auf der Straße lag, und hätte fast aufgeschrien, als der Sack einen trunkenen Fluch ausstieß. Als er endlich die Tür des Gebäudes aufstieß, das der Mann mit dem Filzhut ihm gezeigt hatte, erwartete ihn allerdings kein beleuchteter Raum mit einem Schalter und einer Frau hinter dem Fenster, die mürrisch sagte, »Moskau einfach, vier Rubel, drei Kopeken«, sondern nur schwarzes Dunkel, abgestandene Wärme, Düngergeruch und seltsame Laute. Etwas Weiches flog gackernd unter seinem Fuß auf, über seinem Kopf begannen unzählige Flügel frenetisch zu flattern, und noch bevor er seine desorientierten Sinne wieder beisammen hatte, zerriss hinter ihm das scharfe Pfeifen eines schnell nahenden Zuges die Nacht.

Fluchend wandte er sich um und rannte, verfolgt vom verärgerten Gackern der Hühner, zum Bahnhof zurück. Er hastete noch über die Gleise, den Donner des nahenden Zuges in den Ohren, als ihm zwei blendend helle Scheinwerfer die Sicht nahmen. Einen Augenblick lang stand er wie erstarrt, beinahe überzeugt, dass diese Nacht nur ein zusammenhangloser Albtraum war und der auf ihn zu rasende leuchtende Donner das Versprechen eines glückseligen Erwachens mit sich brachte. Doch dann war auch dieser kurze Augenblick vorbei; er hastete über die letzten Schienen, lief ein paar Stufen hinauf und erreichte mit wild pochendem Herzen den Bahnsteig, wo sich die wenigen körperlosen Schatten in einen vorwärts drängenden, puffenden, stoßenden Haufen verwandelt hatten. Erst wollte er sich durch die Menge hindurch kämpfen, um den Mann zu suchen, der ihm versprochen hatte, auf seine Tasche aufzupassen, doch dann wurde er von einer Welle aus Körpern, Körben, Ballen und Eimern erfasst und davongetragen. Im nächsten Moment ertönte eine Trillerpfeife, und er fand sich in einem stinkenden engen Waggon wieder.

Der Zug hatte den Bahnhof verlassen.

Trotz der unwirklich frühen Stunde war das Abteil gerammelt voll. Sobald er sein Gleichgewicht wiedergefunden hatte, bahnte er sich mit den Ellbogen einen Weg und hielt Ausschau nach dem altmodischen Filzhut und dem blonden Bart. Doch der Fremde war nirgends zu sehen, und allmählich kamen Suchanow Zweifel, ob um diese Uhrzeit tatsächlich ein Bahnhofsschalter geöffnet hatte, ganz abgesehen davon, dass scheinbar niemand eine Fahrkarte von ihm sehen wollte. Und als ihm endlich die Wahrheit dämmerte, war sie ganz simpel wie fast alle Wahrheiten. Ein Betrüger hatte ihn um seine Tasche gebracht.

Er war zu kaputt, um sich darüber aufzuregen, selbst als ihm sein teurer Mantel einfiel. Resigniert drehte er sich um, kämpfte sich durch den überfüllten Mittelgang zwischen Füßen und Gepäck hindurch und suchte ohne große Hoffnung nach einem Sitzplatz. Dabei nahm er zum ersten Mal die anderen Reisenden wirklich wahr, und seine Schritte wurden immer unsicherer und schwankender. Was sich da im unsteten Licht einiger nackter Glühbirnen um ihn herum drängte, waren freudlos gekleidete Menschen mit harten, frühzeitig gealterten Gesichtern, dumpf im Rhythmus der Räder nickenden Köpfen, leer vor sich hin starrenden Augen, eingesunkenen Mündern, gebrochenen Nasenbeinen, unförmig große Warzen und klaffenden Zahnlücken.

Es war nicht gerade der Menschenschlag, dem man in den belebten Straßen des alten Moskau begegnete – diese Kreaturen schienen nachgerade aus Boschs qualvollen Höllenlandschaften zu stammen. Er sah sich um, erst verstohlen, dann beinahe wütend, auf der Suche nach irgendeiner angenehmen Miene, einem lebendigen Gesichtsausdruck, einem natürlichen Lächeln, doch die verbitterten, wortlosen, ungestalten Massen umschlossen ihn von allen Seiten wie ein graues Meer. Eine unbestimmte Angst ergriff Besitz von ihm. Er fragte sich, welches Ziel diese entstellten menschlichen Wesen zu dieser nachtschlafenden Stunde wohl ansteuerten, und glaubte bei näherem Hinsehen seltsam geformte Dinge in ihren Körben und offenstehenden Taschen zu erkennen – den Huf eines abgetrennten Rinderfußes, einen schlaff herabhängenden Vogelhals, ein rostiges Friedhofskreuz, an dem noch rötliche Erdklumpen hafteten. Plötzlich kam es ihm vor, als sei er ohne sein Zutun in eine geheime Welt geraten, in die unsichtbaren Eingeweide Russlands, zu denen Außenseiter keinen Zutritt hatten, dass sich bereits die ersten anderen Passagiere nach ihm umwandten, ihn mit ihren leeren, furchteinflößenden Augen gleichsam verschlucken wollten …

Im nächsten Moment erspähte er ein wundersamerweise noch freies Eckchen zwischen einem verhutzelten alten, mit weit offenem Mund schlafenden Mann und einer dicken Frau, die in zerknittertem Zeitungspapier herumkramte. Unhörbare Entschuldigungen vor sich hin murmelnd, drängte er sich durch die schweigende Mauer menschlicher Ungeheuer, ließ sich auf den Rand der Bank sinken und schloss die Augen. Kurz darauf waberten wieder seine Angstträume in seinem Kopf herum; erneut lief er auf dem Bahnsteig von Bogoljubowka auf und ab, und die Bilder der blinkenden Lampe und der schimmernden Gleise waren so realistisch, dass er sich ab und zu mit einem verstohlenen Blick auf den rosigen Babygaumen des alten Mannes zu seiner Linken und auf den ekelerregend riechenden Stockfisch, den die Frau zu seiner Rechten nun aus ihrer *Prawda* ausgewickelt hatte und schmatzend verspeiste, vergewissern musste, dass er sich tatsächlich in einem Zug befand, der mit jedem Augenblick näher an Moskau heranrückte.

Nach einiger Zeit – es mochten zwanzig Minuten oder vielleicht sogar schon eine ganze Stunde vergangen sein – begann er sich jedoch zu fragen, wieso sie immer weiterholperten, ohne dass irgendwelche Durchsagen kamen oder der Zug irgendwo anhielt. Er wollte aus dem Fenster sehen, doch der alte Mann versperrte ihm die Sicht. Als er sich zu der Nachbarin auf seiner anderen Seite umwandte, blickte er geradewegs in die fettschimmernden Augen des halb gegessenen Fisches. Die Frau stocherte in ihren Zähnen herum. Nun fiel ihm auf, dass sie der Frau eines gewissen Theaterkritikers in seinem Bekanntenkreis erstaunlich ähnlich sah.

»Verzeihen Sie«, sagte er, »aber wissen Sie vielleicht, ob wir bald in Moskau sind?«

Der Mann auf seiner anderen Seite regte sich.

»Moskau? Mein Freund, wir fahren nicht nach Moskau«, sagte er lispelnd, ohne die Augen zu öffnen. »Wir fahren nach Osten – Murom, Saransk, Insa …«

Suchanow fuhr herum und starrte den Mann entsetzt an.

»Hören Sie nicht auf ihn, der hat sie nicht alle«, schimpfte die Frau. »Das kommt vom Alter. Ich schätze, bis Moskau ist es keine Stunde mehr.«

»Oh«, sagte Suchanow schwach. »Oh.«

Der alte Mann schlief wieder ein, ohne noch etwas dazu zu sagen, doch um seine Lippen spielte ein stilles, wissendes Lächeln. Mit großen Augen sah Suchanow zu, wie die Frau, an deren fleischigen Ohrläppchen walnussgroße falsche Amethysten glitzerten, gemächlich die Überreste des Fisches auf den Boden fegte. Mit einem Mal erschien ihm seine Anwesenheit zwischen diesen fremden Menschen in diesem surrealistischen Zug, der weiß der Himmel wo hinfuhr, so unerträglich, dass er nicht mehr ruhig sitzen bleiben konnte. Mechanisch nickte er dem alten Mann zu, stand auf und trat zitternd wieder auf den Gang hinaus.

Hier war der Druck der vielen Körper noch stärker geworden. Er zwängte sich zwischen ihnen hindurch, um sich am nächsten Fenster einen Stehplatz zu sichern, als ihm plötzlich der Anblick all dieser auf und ab nickenden Köpfe wie die unerwartet vertraute Wiederholung einer anderen, weit zurückliegenden Szene erschien. Einen Moment blieb er stehen, versuchte dieses unvermutete Déjà-vu einzuordnen; dann gab er es auf und drängte sich weiter zum Fenster vor.

Die Leute standen in Dreier- und Viererreihen, sprachen mit gedämpften Stimmen und versuchten einen besseren Blick auf das Bild zu erhaschen. Er hatte ebenfalls stundenlang angestanden, und nun hatte er sie endlich vor sich, ohne dass ihm jemand den Blick versperrte: die mit flüchtigem Strich gemalte, auf einem Ball balancierende Akrobatin vor dem Hintergrund einer dunstigen Wüste, während im Vordergrund der muskulöse Rücken eines ruhenden Mannes zu sehen war, alles in weichen Rosa-, Blau- und Grautönen – ein treffendes poetisches Bild der Menschheit als Zirkustruppe aus Darstellern und Gauklern, ein überraschendes Nebeneinander von Kraft und Zerbrechlichkeit,

Ungeschliffenheit und Weichheit, Unbeweglichkeit und Bewegung. Ein Meisterstück aus Picassos Frühwerk.

Gemeinsam mit den vielen anderen Besuchern stand Anatoli da und betrachtete das Bild, das auf so wundersame Weise aus dem schrecklichen Käfig eines abgeschlossenen Lagerraums befreit worden war, in dem es muffige, dunkle Jahrzehnte geschmachtet hatte. Nach einiger Zeit erschien ihm das Bild wie ein geheimnisvolles Fenster in eine neue, verlockende fremde Welt, in der es unendlich viele Möglichkeiten und vielfältige Wahrheiten gab und eine vollkommen andere künstlerische Sprache gesprochen wurde – eine Sprache, die ich bislang nicht beherrschte und bislang auch noch nicht verstand, aber das ganze Jahr über – 1956 – mit großer Begeisterung zu erlernen versucht hatte. Trotzdem hatten mich die körnigen Zeitschriften-Reproduktionen, die während der Treffen bei Jastrebow zirkulierten, nicht auf den Schock vorbereitet, den mir die direkte Konfrontation mit einer aktuellen Pinselzeichnung von Picasso versetzte. Picasso, der Riese der westlichen Kunst, wurde – kaum zu glauben – zum ersten Mal hier in Moskau in ebenjenem Puschkin-Museum der Schönen Künste ausgestellt, wo ich als kleiner Junge Tatlins Flugmaschine gesehen hatte und wo über viele lange Jahre nichts anderes zu finden gewesen war als die Lampen, Flaggen und Teppiche, die Stalin zu seinem Geburtstag präsentiert wurden. Und auch wenn mich der Großteil der anderen gezeigten Picasso-Bilder eher verwirrte oder enttäuschte, ergriff mich beim Anblick des Bildes »Junges Mädchen auf einem Ball« eine geradezu heilige Erschütterung, die mir mein ganzes Leben lang erhalten blieb. Als ich an jenem Abend durch die schnell dunkel gewordenen herbstlichen Straßen nach Hause lief, versuchte ich mit allen Kräften, mir die revolutionäre Freiheit der Moderne zu vergegenwärtigen, und meine Hände sehnten sich danach, diese neuen Farben und Formen auszuprobieren …

Ohne Vorwarnung kam der Zug kreischend zum Stehen. Als Suchanow nach vorn gerissen wurde, fiel ihm die Brille von der Nase und versank augenblicklich zwischen den vielen anderen, ebenfalls in Bewegung geratenen Füßen. Sofort verschwamm alles vor seinen Augen im Nebel: die Gesichter um ihn herum, der geisterhafte Bahnhof draußen, dessen in schwarzen Buchstaben geschriebenen Namen er beim besten Willen nicht entziffern konnte, das Schimmern des Himmels über einer fernen Stadt. Schließlich bückte er sich und tastete mit der Hand über den dreckigen Boden, über schmutzige Schuhe und ausgebeulte Taschen, bis seine Finger das kühle Metallgestell entgegen aller Wahrscheinlichkeit doch noch ertasteten, just in dem Moment, als sich der Zug wieder in Bewegung setzte.

Unendlich erleichtert setzte er die Brille wieder auf, wobei er allerdings feststellen musste, dass die Hälfte seiner Welt nun hinter einem glitzernden, zitternden Spinnennetz verschwand; das linke Glas war sternförmig gesprungen. Die Sprünge zerlegten das Lampenlicht in viele kleine kubistische Einzelteile, verliehen der einen Seite seines Blickwinkels regenbogenfarbenen Glanz, legten Heiligenscheine um die Köpfe einer in orangefarbene Latzhosen gekleideten weiblichen Nachtbrigade, die im flackernden Lichtschein ihrer Taschenlampen auf dem Nebengleis sichtbar wurde, gaben seinem eigenen Spiegelbild im Fenster das Facettenauge eines Insekts und sandten silbrige Wellen über das Antlitz eines erstaunlich hübschen jungen Mädchens, das soeben hinter ihm vorbeigegangen war.

Gierig betrachtete er die erneut veränderte Umgebung, sog die Farben in sich auf und speicherte seine Eindrücke, um sie am Tagesende auf Leinwand bannen zu können. Noch Monate nach jener Picasso-Ausstellung im Oktober 1956 lebte er wie in einem Experimentierlaboratorium für Kunst, ständig damit beschäftigt, auf der Suche nach neuen Kompositionen alles in seiner Umgebung zu zergliedern; ständig hatte er Ölfarbe an den Händen, ständig stand sein Herz in Flammen. Es gab auch andere Ausstellungen, weil immer mehr Gemälde die nicht mehr ganz so drastisch abgeriegelten Grenzen überschreiten oder den muffigen Mauern sowjetischer Gefängnisse für verbotene Kunstschöpfungen entkommen konnten – darunter französische Impressionisten, deren sonnengefleckte Gärten, verspielte Sonnenschirme und Bootsausflüge er einfach, aber liebenswert fand, oder zeitgenössische amerikanische Maler, die ihn mit ihrem abstrakten Expressionismus und ihrem Anti-Kunst-Kult belustigten. Er verschlang alles, was ihm begegnete; in seinen eigenen Bildern spielte er eine Unzahl von Techniken und Stilen durch, kopierte sie, verwarf sie wieder. Und die ganze Zeit sehnte sich mein Herz danach, die vorgeschriebene Lehrzeit hinter sich zu lassen und eine eigene Sprache finden zu können.

Für den Moment allerdings blieb meine Suche eine rein private und beschränkte sich auf einen geheimen Bereich, der parallel zu meinem offiziellen, scheinbar unveränderten Leben existierte. Obgleich ich bei Jastrebows Abenden ganz offen mit meinen Freunden redete, waren die Erinnerungen an die vergangenen Jahre noch so frisch, dass ich lieber Vorsicht walten ließ. In meinen Stunden am Institut proklamierte ich noch die Tugenden des sozialistischen Realismus, produzierte ab und zu Auftrags-Porträts für die Büros irgendwelcher Fabrikdirektoren, und als während einer Diskussion in der Klasse ein Mädchen aufsprang und Picasso mit schriller Stimme als ein Produkt des Kapitalismus schmähte, hielt ich es für klüger, nichts dagegen zu sagen. Aus demselben Grund hatte ich beschlossen, meine eigentlichen Werke zu Hause zu malen und mein Atelier, das von Studenten und Vorgesetzten gleichermaßen besucht wurde, ausschließlich meinen starren öffentlichen Produktionen vorzubehalten. Und so kam es, dass ich nichts hatte, was ich ihr zeigen konnte, als sie eines strahlend blauen, wunderbar duftenden, quälend peinlichen Nachmittags im Institut auftauchte.

Es war im März 1957. Seit unserem unglücklichen Treffen im vergangenen September, als ich ihren Vater so grob beleidigt hatte, hatte ich sie nur ein paar Mal gesehen, stets in Gesellschaft von Belkin und nur von weitem. Mittlerweile waren Lew und ich einander so nahegekommen, dass ich ihn für meinen besten Freund hielt, doch bei unseren beinahe täglichen Zusammentreffen drehte sich alles ausschließlich um Kunst, und in unseren Gesprächen tauchte der Name Nina Malinina niemals auf. Ich nahm an, dass er in sie verliebt war, und schrieb sein diesbezügliches Schweigen seinem Wesen zu, oder jedenfalls seinem Taktgefühl, denn der Eindruck, den sie an jenem unglückseligen Abend auf mich gemacht hatte, musste jedem aufgefallen sein. Ich selbst hatte sie weiterhin für mein unerreichbares Ideal gehalten und brachte deshalb nur einige halb gestotterte Worte hervor, als sie, nach einem flüchtigen Klopfen mit einem Duft von schmelzendem Schnee in mein Leben trat.

»Ich wollte eigentlich Lew besuchen, aber er ist noch mit seinen Studenten beschäftigt, und da dachte ich, ich komme mal hier vorbei«, sagte sie. »Ich möchte doch gern mal die Arbeiten des Mannes sehen, der meint, dass er so viel besser ist als mein Vater.«

An jenem Tag stand das Porträt eines hochdekorierten Generals mit buschigem Schnauzbart zum Trocknen an der Wand, und auf meiner Staffelei präsentierte eine Frau mit ungewöhnlich rosigen Wangen stolz einen Eimer voller Gurken. Als Nina im Raum hin und her ging, sprach sie kein Wort, aber ich sah, wie sie ihre Augenbrauen in die Höhe zog, und fühlte mich zutiefst gedemütigt. Gleichzeitig aber spürte ich, dass es gefährlich sein konnte, ihr von meinen anderen, experimentellen Bildern zu erzählen, denn sie war die Tochter von Pjotr Malinin, einer ehernen Säule der Bürokratie, und ich wusste nicht das Geringste von ihr – nichts, außer dass sie schön war, geradezu leuchtend schön in ihrem perlgrauen Mantel und den kurzen schwarzen Stiefeln, die so hochmütig über den Boden klapperten, mit ihrem kurzen honigfarbenen Haar, von dem zwei oder drei Locken unter einer roten Baskenmütze hervorlugten, ihren unnahbaren, fast spöttischen Augen und ihren Lippen, die …

»Das ist nicht das, was ich eigentlich male«, hörte ich mich leichtsinnigerweise sagen. »Daheim habe ich andere Sachen. Ich … ich kann sie dir gern zeigen, wenn du magst. Ich wohne ganz in der Nähe. Bei meiner Mutter.«

Ich war mir sicher, sie würde sofort ablehnen, aber sie schien zu überlegen.

»Ich frage Lew, ob er mitkommen möchte«, setzte ich hastig hinzu.

Schweigend zog sie an den Fingern ihres Handschuhs, dann sah sie auf. »Einverstanden.«

Erstaunt, verlegen und erfreut lief ich den Flur entlang und um die Ecke zu Levs Tür, die kaputt war und offenstand. Ich sah ihn am offenen Fenster stehen; seine Studenten mussten bereits gegangen sein. Er hörte mich nicht hereinkommen, und ich wollte ihm etwas zurufen, doch meine Lippen brachten keinen Ton hervor. Einen Augenblick lang stand ich so im Flur und betrachtete seine große, breitschultrige Silhouette, die sich gegen den hellblauen Himmel abzeichnete; dann hatte ich meinen Entschluss gefasst und schlich mich auf Zehenspitzen wieder fort.

Sie wartete auf mich und spielte mit dem Handschuh in ihrer Hand.

»Er ist zu beschäftigt«, sagte ich. »Ich verstehe natürlich, wenn du dann …«

Ich konnte ihren Gesichtsausdruck nicht deuten. Dann lachte sie plötzlich auf.

»Nein, gehen wir«, sagte sie fröhlich. »Nimm einen Schal mit, es ist kälter, als es aussieht.«

Die Stadt um uns herum strömte, tropfte und spritzte, als tanze sie auf einer Welle des beginnenden Frühlings. Nina durchschritt sie achtlos, als bemerke sie weder die Sturzbäche, die von den Dächern heruntertropften, noch die Pfützen zu ihren Füßen, und mir schien ihre Gegenwart an meiner Seite so unwirklich, dass ich beinahe erwartete, dass sie sich jeden Moment in glänzende Luft auflösen würde. Dann jedoch, nachdem wir den demütigenden Anblick des mit Müll übersäten Hauseingangs hinter uns gelassen hatten, sie die unbeleuchtete Haustreppe hinaufgestolpert und ich vor ihr in mein Zimmer gestürzt war, um eine Decke über ein Gemälde zu werfen, das sie nicht sehen sollte – dann jedoch stand sie mitten in meinem unaufgeräumten Zimmer und spielte unsicher mit ihren Handschuhen.

Ich schaltete das Licht an.

In jenem Jahr hatten es mir Züge angetan. Ich malte das Durcheinander in Bahnhöfen, Abschiedsschmerz und Wiedersehensfreude – pure Emotion. Ich malte den mechanischen Maschinenrhythmus der Ungetüme aus Eisen und Stahl, dazwischen vereinzelt ein lebendiges, fühlendes menschliches Wesen, das sich durch einen Schrei von der gesichtslosen Masse abhob; ich malte fremde, mitunter beklemmend liebliche Landschaften, flüchtig durch schmutzige Fensterscheiben gesehen, ein ärmliches Mahl auf Zeitungspapier, Menschen, die aneinandergepresst in engen, überfüllten Waggons saßen, Raum und Zeit miteinander teilten, dieselbe Luft atmeten und auf tragische Art und Weise doch einsam und allein blieben.

Nina Malinina betrachtete schweigend die an der Wand lehnenden und auf dem Boden gestapelten Bilder, und als sie schließlich zu sprechen begann, klang sie ein wenig überrascht.

»Dunkel«, sagte sie langsam. »Die meisten sind sehr dunkel und überhaupt nicht so, wie ich erwartet hatte. Das hier mag ich besonders. Seltsam, aber … so schön.«

Sie deutete auf ein kleines Bild, auf dem im tiefblauen Widerschein des nächtlichen Mondes eine Brigade melancholischer übergewichtiger Engel mit orangefarbenen Flügeln Eisenbahnschienen reparierte. Dann trat sie, bevor ich sie daran hindern konnte, vor meine Staffelei und zog mit einer einzigen schnellen Bewegung die Decke fort, die ich über mein jüngstes Werk geworfen hatte.

Mit diesem Bild, das von seiner Komposition her etwas schwieriger war, hatte ich mich einem neuen Thema zugewandt, das mich in letzter Zeit mehr und mehr interessierte. Es ging um Reflexionen: Häuser in Regenwasserpfützen, sich rasierende Männer in Badezimmerspiegeln, Frauen in den Brillengläsern ihrer Männer. Das Bild zeigte eine Menschenmenge in Braun und Grau, zusammengedrängt im Gang eines Zugabteils, alle von hinten gesehen. Der gut angezogene stämmige Mann im Vordergrund spiegelte sich schwach in einem Fenster. Er war mittleren Alters, hatte ein Doppelkinn und Insektenaugen, die klein und verstohlen durch eine Brille mit Metallfassung lugten. Es war das Gesicht eines Mannes, der ein bequemes, berechenbares, inkonsequentes Leben geführt hatte; in diesem Moment lag auf seinen kühl widergespiegelten Zügen allerdings ein Ausdruck schockierter Erkenntnis, als habe er soeben einen verlorenen Traum seiner Jugend wiederentdeckt und für die Dauer eines Herzschlags die Bedeutungslosigkeit seines ganzen Lebens erkannt. Seine Augen starrten auf den silbrigen Streifen einer anderen, weniger genau wiedergegebenen Spiegelung – den Geist eines aufregend schönen Mädchens, das hinter ihm durch die Luft zu schweben schien, jedoch wahrscheinlich einfach nur den Gang herunter kam, positioniert außerhalb des imaginären Rahmens an eben der Stelle, wo jemand stehen würde, der das Bild betrachtete. Das Gesicht des Mädchens zu malen, war das Schwierigste gewesen, und ich hatte beinahe einen ganzen Monat lang mit seiner Komplexität gekämpft, denn es sollte gleichzeitig realistisch und ätherisch wirken.

»Aber«, sagte Nina Malinina zögernd, »aber ... das bin ja ich.«

In ungewohnter Lautstärke redete ich über verallgemeinerte klassische Gesichtszüge, über zufällige Ähnlichkeiten, vom Künstler unbewusst herangezogenes vertrautes Material ... Und dann geschah etwas Seltsames: Sie begann zu weinen. Anders als die meisten weinenden Mädchen aber sah sie keineswegs so aus, als wolle sie getröstet werden. Ihr Gesicht wirkte ärgerlich, und es waren nur wenige Tränen, die ihr leise die Wangen hinabliefen.

Verwirrt wandte ich mich ab, um zu warten, bis sie sich wieder gefasst hatte.

»Jetzt verstehe ich«, sagte sie nach einer Weile. »Er ist wirklich kein besonders guter Maler. Ich muss jetzt gehen.«

Unsere Blicke trafen sich, und plötzlich hatte ich das Gefühl, dass sie mich nicht ausstehen konnte. Umso überraschter war ich, als sie mir gestattete, sie nach Hause zu bringen. Sie lebte mit ihrem Vater in der Gorki-Straße, eine Viertelstunde von uns entfernt. Bevor wir gingen, schrieb sie ihre Telefonnummer auf die Rückseite eines meiner Bilder.

Am nächsten Tag musste ich mit Lew sprechen. Ich hatte Schuldgefühle wegen des Treffens mit Nina und wollte nicht, dass er von ihr davon erfuhr. Ich sagte ihm, ich hätte ihn gern mitnehmen, aber nicht stören wollen, da hinter seiner Tür eine angeregte Diskussion im Gang gewesen sei. Er warf mir einen sonderbaren Blick zu und zuckte dann die Schultern.

»Du musst dich nicht so verdammt schuldbewusst geben«, sagte er. »Sie gehört mir nicht, und ihre Zeit auch nicht.«

»Aber ich habe gedacht, du bist … Seid ihr nicht, du und Nina …«

»Falsch gedacht«, sagte er schroff. »Wir sind Freunde. Alte Freunde. Wir waren auf derselben Schule. Als wir zum ersten Mal miteinander gesprochen haben, waren wir vierzehn. Sie hatte ein Pausenbrot mit Kaviar dabei und ich eins mit Butter und Zucker – das Einzige, was meine Mutter sich leisten konnte. Nina war so fasziniert davon, dass sie mich fragte, ob wir nicht tauschen könnten. Viel Glück mit ihr, Tolja. Und was dieses letzte Bild von dir angeht, ich habe noch einmal darüber nachgedacht, aber ich bin mir nicht sicher, ob die Komposition stimmt. Vielleicht wäre es besser, wenn …«

Ich war erleichtert, dass Lew keine Probleme machte, und ganz benommen ob der sich eröffnenden Möglichkeiten. Danach sahen wir uns häufig. Natürlich hatte sie zahllose Verehrer, viele aus den besten gesellschaftlichen Kreisen, in denen sie wegen der Position ihres Vaters verkehrte, und ich wagte nicht zu hoffen, sie mit meinen kleinen beruflichen Erfolgen beeindrucken zu können. Auch hatte ich mir noch nicht jene gewisse glatte Verbindlichkeit im Umgang mit Frauen angeeignet, denn trotz meiner achtundzwanzig Jahre konnte ich allenfalls mit drei oder vier kurzen Liebeleien aufwarten. Aber wie ich bald herausfand, liebte sie Kunst – und zwar mit einer Leidenschaft, die ich von Malinins Tochter nie erwartet hätte. Da sie – wie sie unumwunden zugab – selbst kein Talent besaß, hatte sie Kunstgeschichte an der Staatlichen Universität von Moskau studiert und arbeitete nun als Kuratorin in der Tretjakow-Galerie. Bald wurde es uns zur Gewohnheit, unsere freie Zeit gemeinsam beim Besuch dieses Museums oder jener Ausstellung zu verbringen, und wenn ich sie in eine hitzige Diskussion über Fra Angelicos Farben oder van Goghs Pinselstrich verwickeln konnte, fühlte ich mich bestärkt und ermutigt von der zögernden Bewunderung, die ich mitunter in ihren wundervollen Seejungfrau-Augen wahrzunehmen glaubte.

Eines Abends Ende Mai ging ich mit ihr auf die Bolschoi-Moskworecki-Brücke, um ihr zu zeigen, wie sich die Lichterketten im Fluss spiegelten, und ihr von einem Bild zu erzählen, das ich malen wollte, mit einer geheimnisvollen Stadt, deren goldene Kirchen und Türme verschwommen unter dem stillen dunklen Wasser eines Sees hervorglommen, zu strahlend um echt zu sein, zu magisch für eine Reflexion, zu greifbar für einen Traum. Als ich den Kopf hob und sah, wie sie dastand in ihrem schmal geschnittenen weißen Kleid, abwesend kleine Blütenblätter von einem Fliederzweig pflückte und ihnen nachschaute, wie sie ins Wasser hinabschwebten, konnte ich mich nicht mehr zurückhalten. Ich sagte ihr, dass ich sie liebte, dass ich sie schon vom ersten Augenblick an geliebt hatte. Einen Moment lang schwieg sie, dann sagte sie ausdruckslos, es würde jetzt kühl und ob ich sie bitte nach Hause bringen könnte – doch irgendetwas in ihrem Gesicht ließ mein Herz flattern wie einen verrückt gewordenen Schmetterling, und einige Wochen später küsste sie mich.

Es war der erste richtige Sommertag, hell und grün und heiß, und wir gingen im Gorki-Park spazieren. Lew war auch dabei, mit Alla, einer kichernden Neunzehnjährigen mit Stupsnase und Augen, die so blau und leer waren, als seien sie aus Glas; Lew behauptete, Alla vor einer Woche in der Warteschlange vor einem Eiswagen kennengelernt zu haben. Wir mieteten uns ein Boot, doch wie sich herausstellte, war es zu klein für uns vier, weshalb Lew und ich uns damit abwechselten, die Mädchen im See herumzurudern. Als ich, abgelenkt von den glitzernden Wellen und der blendenden Sonne, das Boot in die tiefhängenden Zweige einer Weide hineinsteuerte, begann Nina zu lachen. Lew und Alla winkten und riefen vom Ufer zu uns herüber, und als ich versuchte, uns wieder aus dem blättrigen Hinterhalt freizubekommen, beugte Nina sich plötzlich zu mir herüber und küsste mich.

Als wir uns abends voneinander verabschiedet hatten, ging ich nicht heim. Betrunken vor Glück lief ich durch die Moskauer Straßen, beobachtete, wie es immer dunkler wurde, wie die Lichter in den Fenstern nach und nach erstrahlten und nach und nach wieder erloschen, wie der Himmel sich hob. Als der erste graue Schimmer auf den Dächern lag, rauschte über der Stadt unvermutet ein warmer Sommerregen herab, und ich lief lachend zu einer nahegelegenen Bushaltestelle, um im Schutz der gläsernen Wände zu warten. Nach einer halben Stunde hatte der Regen noch immer nicht nachgelassen. Da mir einfiel, dass ich ganz in der Nähe des Instituts war, lief ich los und stürmte schon wenige Minuten später durch die Tür.

In meinem Atelier angekommen, erlag ich umgehend der Versuchung, sofort ein neues Gemälde zu beginnen, denn die ganze Nacht über hatte mir ein Bild im Kopf herumgespukt, ein See, ein Boot und darin eine Frau – eine spröde strahlende Nackte, aus deren Brüsten, Armen und Beinen Blumen sprossen, Hunderte, Tausende, Abermillionen blauer und weißer Blumen, deren frische, duftende Fülle sich allmählich in das sonnengesprenkelte Blau des Wassers verwandelte, auf dem das Boot trieb. Ich malte und nahm nichts mehr wahr – nicht das Stimmengewirr draußen im Flur, nicht das Prasseln des Regens auf dem Fensterbrett, nicht das energische Klopfen an der Tür, nicht die schweren Schritte und nicht die Stimme, die mit Nachdruck sagte: »Ich habe etwas mit Ihnen zu besprechen, Anatoli Pawlowitsch …«

Erst da sah ich auf; vor mir stand ein fast kahlköpfiger Mann mit versteinertem, geröteten Gesicht, die Daumen in die Jackettaschen gehakt. Es dauerte einige Herzschläge lang, bis ich in ihm Leonid Penkin erkannte, den Direktor des Instituts – und im selben Augenblick wurde ich mir meines unrasierten Kinns bewusst, meiner regennassen Kleidung, der Ringe unter meinen Augen, einer möglicherweise versäumten Vorlesung am Morgen, und, noch schlimmer, der nackten Brust, die mein Pinsel gut sichtbar in eine Flut von Glockenblumen gesetzt hatte. Der Direktor begann im Raum auf und ab zu gehen, wobei er majestätisch irgendetwas über meinem Kopf anvisierte und redete. Er sagte, ihm seien gewisse Gerüchte zu Ohren gekommen, Gerüchte über gewisse künstlerische Zusammenkünfte in einer gewissen zweifelhaften Wohnung, die ich sicherlich kannte, und dass er es sehr bedauern würde, im Falle eines Falles gewisse Schritte unternehmen zu müssen. Da ich gleichzeitig betete, er möge bitte mein Bild nicht wahrnehmen, bekam ich kaum etwas von dem mit, das er so lautstark von sich gab.

»Aus meiner Sicht«, sagte er, »ist die sozialistische Kunst ein Schnellzug in die Zukunft, und mir persönlich würde es ausgesprochen leid tun, jemanden mit Ihrem Potential aussteigen zu sehen, weil es nämlich nur diesen einen Zug gibt, lassen Sie sich das gesagt sein, junger Mann. Allerdings fürchte ich, dass Sie aussteigen *müssen*, wenn … Hören Sie mir überhaupt zu? Sie müssen aussteigen, wenn Sie nicht augenblicklich eine Fahrkarte vorzeigen können!«

»Eine Fahrkarte?«, wiederholte Suchanow verwirrt. »Was für eine Fahrkarte?«

»Hab ich's mir doch gedacht«, sagte der Mann und rückte sein rotes Gesicht näher an Suchanows Gesicht heran. »Ein Schwarzfahrer! Dann ist es jetzt wohl an der Zeit für einen Spaziergang. Es sei denn, Sie bezahlen. Geld oder Aussteigen.«

Um sie herum war aufgeregtes Gemurmel zu hören. Durch seine kaputte Brille sah Suchanow zum Fenster hinaus, direkt auf einen schlecht beleuchteten, namenlosen Bahnsteig, der beunruhigenderweise ganz ähnlich aussah wie jener, den sie vor vielen langen Träumen in Bogoljubowka hinter sich gelassen hatten. Ihn schauderte. »Schon gut, schon gut«, sagte er. »Was kostet es denn?« Hastig langte er in seine Jackentasche. Einige kleine Münzen konnte er fühlen, aber seine Brieftasche war nicht da. Sie steckte, wie er sich jetzt mit sinkendem Mut ins Gedächtnis rief, in einem Seitenfach seiner Reisetasche, und die Reisetasche war ihm gestohlen worden.

Mit zitternder Stimme versuchte er dem Schaffner seine Lage zu erklären, streckte ihm hin, was er an Münzen hatte, und schwor, den restlichen Betrag per Post zu schicken, wobei er sich sogar so weit erniedrigte, ihm mitzuteilen, dass er, Anatoli

Pawlowitsch Suchanow, Chefredakteur der Zeitschrift *Kunst und Welt* und also ein einflussreicher Mann war.

»Und ich bin Chefredakteur bei der *Prawda*«, wieherte jemand in der Menge, »aber *ich* bezahle meine Fahrkarte trotzdem.« Der ganze Waggon brüllte vor Lachen, hässlich, bösartig, und der Schaffner packte Suchanow bei den Schultern und stieß ihn unsanft in Richtung Tür. In der schnell hinter ihm verschwimmenden Menge glaubte er den alten Mann zu sehen, neben dem er zuvor gesessen hatte, der nun auf der Bank stand und verzweifelt etwas über die Köpfe hinweg schrie, doch seine Worte gingen im vielstimmigen Gebrüll der Meute unter, und im nächsten Moment wurde Suchanow bereits grob auf den leeren Bahnsteig hinausgeschoben. Mit einem Abschiedspfiff fuhr der Zug fort, während triumphierende Dämonen durch die Fenster zu Suchanow hinausgrinsten.

Eine Zeit lang stolperte er über endlose Treppenfluchten und trottete durch hallende Passagen, bis er endlich auf eine breite Straße mit gleichförmig aussehenden Wohnblocks und einem vis-à-vis gelegenen Park gelangte. Es sah nach Großstadt aus. Einige Zeit verharrte er in einem Unterstand mit Glaswänden. (Hatte er das nicht erst kürzlich schon einmal gemacht? Er wusste nur nicht mehr, wann.) Irgendwann zerriss Reifenquietschen die Dunkelheit, und ein Rechteck aus gelbem Licht ruckte mit neuen teuflischen Gesichtern an den Fenstern näher, bevor sich die Türen öffneten. Suchanow steckte den Kopf hinein und erkundigte sich schwach, ohne jemanden direkt anzusprechen, in welcher Stadt er sich befände, erhielt als Antwort jedoch nur höhnisches Gejohle und irgendeine hingeworfene Bemerkung über Trunkenheit in der Öffentlichkeit. Er wollte schon den Rückzug antreten, als ihn ein vorn im Wagen alleinsitzender Mann genauer ansah und fragte, wo er hin wollte.

»Moskau«, sagte Suchanow. Die Dämonen grinsten ihn schadenfroh an, aber der Mann lachte nicht. Sein Gesicht sah anders aus als das der anderen, und er hatte alte, traurige Augen.

»Wohin in Moskau?«, fragte er, nachdem die Dämonen hinter ihm sich wieder beruhigt hatten. Offensichtlich war Suchanow in einer westlichen Vorstadt von Moskau aus dem Zug geworfen worden; und der Mann sagte, Suchanow müsse nur den Nachtbus Nr. 403 nach Krilatskoje nehmen und dort in die Nr. 13 umsteigen, die direkt zum Tretjakowskaja-Platz fuhr. »Warten Sie einfach hier«, sagte er mit einem Blick auf seine Armbanduhr. »Der 403er muss jeden Moment kommen.«

»Das ist sehr freundlich von Ihnen«, sagte Suchanow demütig.

»Ach, woher«, sagte der Mann schulterzuckend. »Ich habe so was auch schon mal erlebt.«

Die Türen schlossen sich wieder, und bald darauf war das Lichterrechteck wieder im Dunkel verschwunden.

Es musste bereits auf sechs Uhr zugehen, als Suchanow endlich in der beruhigend vertrauten Samoskworetschjer Umgebung ankam. Noch war die Stadt in nicht endenwollende Nacht gehüllt. Hohl widerhallten seine Schritte von den alten Mauern, als er halb ohnmächtig den Bolschoi-Tolmatschewski-Weg entlangging. Durch ein offenes Fenster drang leise Radiomusik auf die Straße – gedämpfte Stimmen sangen die Sowjethymne und verkündeten die unzerstörbare Einheit der freien Republiken. Als er um die Ecke bog, kam der weitläufige Bau der Tretjakow-Galerie in Sicht. Er beschleunigte seine Schritte, lief am Haupteingang vorbei zu einer Seitentür mit der Aufschrift: »Nur für Personal. Unbefugten Zutritt verboten.« Als er die Klinke herabdrückte, öffnete sich die Tür lautlos, genau wie sie es versprochen hatte. Er trat ein und hatte kaum Zeit, den typischen Museumsgeruch aus Staub, Parkettreinigungsmittel und altem Papier wahrzunehmen, als er auch schon eine Hand an seinem Ellbogen fühlte und Ninas angespanntes Gesicht aus dem Dämmerlicht auftauchte.

»Hat dich jemand hereinkommen sehen?«, flüsterte sie, während sie die Tür hinter ihm abschloss.

Er schüttelte den Kopf und versuchte sie an sich zu ziehen.

»Nicht jetzt«, sagte sie. »Es ist schon fast sechs Uhr, wir müssen uns beeilen. Komm, hier entlang.«

Auf Zehenspitzen schlichen wir durch Labyrinthe von endlosen Fluren; durch die einen zogen sich feuchte schwarze Röhren, in den anderen gab es unerwartete Nischen und Winkel mit Bücherschränken. Einmal zeigte ein rotweißer St. Georg mit seiner Lanze direkt auf meine Brust – von einem scheinbar in der Luft hängenden Poster herab, das vermutlich an einer Säule hing. Kurz darauf schrie ich fast auf, als aus dem Dunkel plötzlich eine wahrhaft unheimliche Gestalt auf uns zugehumpelt kam; aber es war nur ein grinsender Wächter, der einen Schrubber hinter sich herzog. »Habe die Ehre, Nina Petrowna«, sagte das Museumsgespenst, nachdem Nina ihm etwas in die ausgestreckte Hand gedrückt hatte, und schlurfte wieder zurück in die Rumpelkammer, aus der es gekommen war. Unsicher sah ich ihm nach.

»Keine Angst«, sagte Nina. »Anton Iwanitsch verrät uns nicht. Er mag mich.«

»Ich glaube trotzdem, dass es zu riskant ist«, sagte ich. »Was, wenn sie es herausfinden und du die Stelle verlierst? Es ist doch schon schlimm genug, dass ich …«

»Was?«, fragte sie scharf und blieb stehen.

Ich hatte mir vorgenommen, ihr nichts von meinem Zusammentreffen mit Penkin zu erzählen, das jetzt schon zwei Monate zurücklag, doch sie fragte so hartnäckig, und ich wollte nicht hier mit ihr streiten, denn eigentlich war es gegen die Vorschriften, dass wir uns im Inneren der Tretjakow-Galerie aufhielten, ganz abgesehen davon, dass es auf diesen Fluren ohnehin unheimlich genug war und man nicht wissen konnte, was alles hinter diesen versperrten und verrammelten Türen lauerte. Eilig erzählte ich ihr von der Ermahnung, von dem Bild mit der Nackten, von den hervortretenden Augen des Direktors … Sie hörte aufmerksam zu, und ihr Gesichtsausdruck wurde immer entschlossener.

»Wir reden nachher darüber«, flüsterte sie. »Lass uns jetzt erst mal das hier durchziehen.«

Wenige Minuten später, nachdem wir behutsam eine Reihe von Räumen voller kitschiger Sowjetmalerei durchquert hatten, waren wir an Ort und Stelle. Ninas Hände zitterten leicht, als sie mit dem riesigen Schloss kämpfte. Sie trat vor mir ein und knipste das Licht an. Ich hörte einen erstickten Schrei, eilte klopfenden Herzens hinter ihr her – und blieb wie gebannt stehen, überwältigt von all dem Genie, das sich meinen Augen bot.

In diesem vollgestopften Lagerraum, nur durch eine dünne Wand getrennt von nichtswürdigen Monstrositäten, lehnten wild durcheinander Dutzende geächteter Bilder an der Wand. Bilder von Malewitsch, Filonow, Kandinsky, Chagall – all den legendären russischen Künstlern, deren Werke ich niemals gesehen hatte, jenen Künstlern, deren Namen nur selten laut ausgesprochen wurden, und wenn, dann stets nur mit einem selbstgerecht anklagenden Unterton. Einen Moment lang fühlte ich blinde Wut in mir aufsteigen – Wut auf dieses Land, das es gewagt hatte, seine größten Meister zu verstoßen und zu vergessen, Wut auf die Leute, die so ignorant waren, Geschenke von derartiger Schönheit abzulehnen, Wut auf diese Zeiten, die sich scheinbar änderten, aber trotzdem die gleichen blieben, weil sie uns immer noch unser wertvollstes Erbe vorenthielten, uns nach wie vor zwangen, uns unsere Offenbarungen in aller Heimlichkeit mit nervösen Blicken Bröckchen für Bröckchen zusammenzustehlen. Doch dann blickte ich in diese helle, magische Welt, die mich sanft in ihren Bann zog, und stellte fest, dass in meinem Herzen gar kein Platz mehr war für Wut – so voll war es.

Hell leuchtende Feuerwerke erglühten, strahlende Himmel verschmolzen mit roten Sonnenaufgängen und grünen Sonnenuntergängen, rote und goldene Verliebte schwebten auf den Flügeln der Musik über die Dächer ihrer schwermütig-blauen Städte, heimatlose Dichter überfluteten die Nächte mit Versen und Sternen, die üppige Erde erblühte mit regenbogenfarbenen Blumen und wilden Pferden – und als ich sah, wie das Leben selbst sich in tausenderlei nie gesehene Farben und Formen auflöste, verlor ich mich für immer in der Leidenschaft für reine Farben, den frommen Harmonien des Pinsels, den tiefsten Träumen der Seele …

Und als ich irgendwann wieder aus diesem schimmernden singenden Paradies auftauchte, weil ich fühlte, dass jemand an meinem Ärmel zupfte, wurde mir unmittelbar klar, dass etwas

Erstaunliches geschehen war – dass ich jetzt ein anderer war, dass ich in diesem farbenprächtigen Moment der Ewigkeit eine absolute Wesensverwandtheit gespürt, dass ich meine eigene Kraft, meine eigene Stimme, meine eigene Vision erblickt hatte. In diesem Moment wusste ich endlich, welche Größe ich mir selbst abverlangen konnte. Trunken von dieser Erkenntnis wandte ich mich um und sah sie, die Frau, die ich liebte, die Frau, der ich dieses Geschenk verdankte. Mit großen glänzenden Augen sah sie mich an.

»Ich wette, du hast gerade gedacht, dass du einer von ihnen sein könntest«, sagte sie.

»Und was denkst du?«, fragte ich und lachte, um meine plötzliche Nervosität zu kaschieren.

»Ja«, sagte sie ernst. »Ich denke, du könntest das sein. Du bist es vielleicht jetzt schon.«

Mit einem Mal pochte mein Herz überall – in meiner Kehle, in meinen Handgelenken, in meinen Kniekehlen.

»Nina«, sagte ich, »lass uns heiraten.«

Nun lächelte sie und sagte: »Tja, jetzt warst du an der Reihe mit Gedankenlesen.«

Die Nacht verflüchtigte sich bereits, als wir wieder ins Freie traten. Hand in Hand gingen wir den Bolschoi-Tolmatschewski-Weg hinunter, spazierten zusammen mit einem Wasser versprühenden Sprengwagen und einer von ihrer nächtlichen Tour heimkehrenden Katze in einen blassen, pflaumenblauen Sonnenaufgang hinein. Über unseren Köpfen wurde es mit jedem Schritt heller.

»Gehen wir zu mir«, sagte ich, »und erzählen es meiner Mutter. Sie ist morgens schon früh auf den Beinen.«

Nina nickte wortlos. Lachend liefen wir die Straße hinunter, quer durch die Eingangshalle und hinauf in den achten Stock.

Auf dem Treppenabsatz suchte ich nach meinen Schlüsseln.

»Wenn du Lust hast, lade ich heute Abend ein paar Freunde ein, dann feiern wir richtig stilvoll mit Torte und Champagner«, sagte ich leichthin. In meiner rechten Tasche waren die Schlüssel nicht. Ich suchte in der linken. »Nina?«

Als sie nicht antwortete, wandte ich mich um, sah aber nur den leeren Treppenabsatz hinter mir. »Nina?«, rief ich lauter, noch immer unbesorgt. »Hast du dich versteckt?«

Auch in meiner linken Tasche waren keine Schlüssel. Stirnrunzelnd überlegte ich, wo ich sie zuletzt hingesteckt hatte. Dann fiel es mir ein. Die Schlüssel waren im Seitenfach meiner Reisetasche, wo auch meine Brieftasche war, und die Reisetasche – die Reisetasche war mir gestohlen worden.

Und während ich mich nun wieder an alles erinnerte, glitt ich vor der verschlossenen Tür von Wohnung Nr. 15, Belinskij-Straße 7, zu Boden und weinte.

19

»Anatoli Pawlowitsch! Anatoli Pawlowitsch!«

Er zögerte, die Augen zu öffnen. Jeder Knochen im Leib tat ihm weh, seine Haut schien voller Sand zu sein, er hatte Kopfschmerzen und sein rechter Mundwinkel zuckte unaufhörlich. Der Boden unter ihm war kalt, und irgendwo über ihm sagte eine besorgte Stimme: »Anatoli Pawlowitsch, was ist denn passiert? Warum liegen Sie hier? Sind Sie krank?«

Viel länger ließ es sich nicht mehr hinauszögern. Unglücklich sah Suchanow auf und erblickte ein Aufzuggitter, einen Streifen mattes Sonnenlicht, der durch ein schmutziges Treppenhausfenster fiel, und einen kräftigen Mittdreißiger mit ausgeprägten Wangenknochen, kräftigem Kinn und muskulösen Armen, der sich über ihn gebeugt hatte.

»Oh – Sie sind das«, sagte Suchanow vage. Er kannte den Mann, sogar ziemlich gut, aber irgendwie war ihm sein Name entfallen.

»Sind Sie krank, Anatoli Pawlowitsch?«, wiederholte der Mann. »Soll ich einen Krankenwagen rufen?«

Suchanow schüttelte den Kopf – und legte sich sofort die Fingerspitzen an die Schläfen, um den Schmerz zu beruhigen.

»Alles in Ordnung«, sagte er mürrisch. »Ich habe nur geschlafen. Lächerliche Situation, das hier. Mir sind meine Schlüssel gestohlen worden, und niemand ist daheim. Ich habe stundenlang vor der Tür gesessen. Ich … ich musste wegen einer dringenden Sache noch mal in die Stadt.«

Der Mann – Wolodja vielleicht, oder Wjatscheslaw – warf einen Blick auf seine Uhr. »Tut mir wirklich leid«, sagte er. »Und wo ist Nina Petrowna? Kommen Sie, lassen Sie mich Ihnen aufhelfen.«

Ohne von der ausgestreckten Hand Notiz zu nehmen, rappelte Suchanow sich allein auf.

»Meine Frau hat beschlossen, noch ein paar Tage länger auf dem Land zu bleiben«, sagte er steif. »Um im Garten zu arbeiten oder so.«

Der Mann schien erleichtert zu sein.

»Noch ein paar Tage länger?«, fragte er. »Das trifft sich gut. Weil ich sie heute Nachmittag nämlich wahrscheinlich nicht abholen könnte. Eigentlich bin ich nur hier, weil ich Ihnen einen Zettel hinterlassen wollte – ich hatte sowieso in der Nähe zu tun, und da ich Sie telefonisch nicht erreichen konnte, dachte ich …« Er knüllte ein Blatt Papier in seiner Hand zusammen und sah unangenehm berührt zur Seite. »Es ist nämlich so, Anatoli Pawlowitsch … Es sieht so aus, als würde ich nicht länger für Sie fahren. Der Wagen soll jetzt anders verwendet werden – mir haben sie gesagt, es habe mit der Neuorganisation der Abteilung im Ministerium zu tun.«

»Aha«, sagte Suchanow. Es überraschte ihn nicht. Vermutlich hieß er Wladislaw – auf jeden Fall fing der Name mit »V« an.

»Hoffentlich fühlen Sie sich jetzt nicht von mir im Stich gelassen«, sagte der Mann mit einem ängstlichen Blick auf seine Uhr. »In ein paar Tagen bekommen Sie bestimmt einen neuen Fahrer, aber falls Sie in der Zwischenzeit irgendwohin müssen und ich zufällig frei sein sollte, können wir ja unter uns etwas arrangieren – privat sozusagen.«

Suchanow lehnte sich an die Wand und schloss die Augen. Das Dunkel unter seinen Augenlidern tat gut, aber er sehnte sich danach, noch einmal in die lebhaften Farben eines nicht allzu fernen Traums einzutauchen, der ihm noch schwach im Kopf herumspukte – irgendetwas mit einem leeren Museum in vorgerückter Morgenstunde, einem über die Dächer einer Jahrhundertwendestadt fliegenden Geigenspieler, einer Vorahnung von

Erfolg und Größe … Doch das verirrte Bild von Ratten, die in einem trübseligen Prozessionszug ein sinkendes Schiff verlassen, drängte sich immer wieder in den Vordergrund, und die zunehmend ungeduldiger klingende Stimme des Mannes fraß sich ihm ins Gehör, lenkte ihn ab, erinnerte ihn an eine Unmenge unwichtiger, unangenehmer Dinge, die in Angriff genommen werden mussten. »Also, das wäre dann abgemacht«, drang die Stimme des Mannes wie aus weiter Ferne an seine Ohren, und dann hörte Suchanow Leder rascheln und Schritte auf dem Treppenabsatz; erst klangen sie wie kurzes wütendes Hundebellen, dann immer hohler, je weiter sie sich entfernten, bis sie schließlich in der Stille des Vormittags verhallt waren. Er sank wieder zu Boden, um erneut einzuschlafen.

Er war nahe daran, den letzten Zipfel seines wundervollen Traums wieder zu erhaschen, als die zur Ruhe gekommenen Hunde erneut zu bellen begannen und die Schritte abermals durchs Treppenhaus dröhnten. Halb im Schlaf überlegte er, ob die Zeit ihm vielleicht wieder einen Streich spielen wollte, indem sie die letzten paar Minuten noch einmal rückwärts laufen ließ, und ob er auf diese schrecklich amüsante Weise womöglich tiefer und tiefer in die Vergangenheit zurückgleiten würde, bis er wieder als aufgewecktes Kleinkind auf einem hellgrünen Teppich saß … Doch schon wurde er in die Höhe gezogen und wachgerüttelt, und der Mann mit dem ausladenden Kinn hielt ihn fest und sagte beinahe streitlustig: »Nein, Anatoli Pawlowitsch, ich kann Sie doch hier nicht einfach so liegen lassen, Sie machen nicht den Eindruck, als würde es Ihnen gut gehen. Kommen Sie, der Wagen steht unten, sagen Sie mir bloß, wo Sie hinwollen. Hat Nadeschda Sergejewna vielleicht einen Zweitschlüssel für Ihre Wohnung? Nein? Und Ihr Schwiegervater? … In Ordnung, Gorki-Straße war das, oder?«

Todmüde ließ Suchanow sich in den Aufzug verfrachten, durch die Eingangshalle und auf die Straße führen. Der vertraute schwarze Wolga stand gegenüber am Bürgersteig, doch es saßen schon zwei Personen darin, eine auf dem Beifahrersitz, eine auf der Rückbank; wegen der sich dunkel in den Scheiben spiegelnden, unaufhörlich hin und her schwingenden Zweige konnte er sie nur undeutlich erkennen. Der Mann bat ihn zu warten, lief über die Straße und klopfte ans Fenster. Als die Scheibe nach unten glitt, sah Suchanow eine junge Frau mit dem gereizten Porzellangesicht einer kaputten Puppe – höchstwahrscheinlich die Ehefrau des Mannes. Eine Weile schienen die beiden heftig miteinander zu streiten. Dann sagte die Frau hysterisch, »Na gut, wenn es unbedingt sein muss!«, und kurbelte das Fenster nach oben.

Der Mann drehte sich um und winkte. Suchanow schwankte zu ihm hin.

»Vor Prinz brauchen Sie keine Angst zu haben«, sagte der Mann rätselhafterweise, als er die hintere Tür öffnete, »er tut nichts.« Als Suchanow in den Wagen spähte, stellte er überrascht fest, dass die Person auf dem Rücksitz kein Mensch war, sondern ein riesiger Hund mit braunem Fell und einem verbitterten Ausdruck um die maulkorblose Schnauze.

Bevor er irgendetwas einwenden konnte, wurde er auch schon auf die Rückbank gequetscht, und der Wagen fuhr an, was einen Miniaturschneesturm in der kleinen, unter dem Rückspiegel baumelnden Plastikkugel auslöste und einen gelben Koffer, der neben Suchanow auf dem Sitz stand, schmerzvoll gegen sein Knie prallen ließ. Die folgenden Minuten waren äußerst unangenehm, da der Fahrer weder die Frau noch Suchanow vorgestellt hatte und keiner ein Wort sagte. Der Wagen stank unerträglich nach süßlichem Parfüm; dem Hund tropfte Sabber aus dem Maul, während er Suchanow schief von der Seite fixierte. Nach einiger Zeit hörte er die Frau leise vor sich hin schniefen, und plötzlich wurde ihm klar, dass sie weinte. Er hatte jedoch keine Zeit, um sich darüber zu wundern, denn im selben Moment hielt der Fahrer mit quietschenden Bremsen und verkündete, sie seien da.

Suchanow murmelte eilig »Danke« und kletterte aus dem Wagen.

Nach einigen Schritten wandte er sich noch einmal um. Der namenlose Mann und die Frau mit dem Porzellanpuppengesicht küssten sich – küssten einander mit dem peinlichen Heißhunger von Jugendlichen, und als er hastig die Augen abwandte, fiel ihm ein, dass er die Frau schon einmal gesehen hatte, dass sie keineswegs mit diesem Mann verheiratet war, dass all das ganz einfach war, irgendwie schäbig, auch wenn vielleicht ein wenig Glück im Spiel war, aber hauptsächlich doch nur traurig, ganz entsetzlich traurig. Dann stand er im Dunkel des prächtigen Innenhofs, und die Notwendigkeit, in wenigen Augenblicken Pjotr Alexejewitsch Malinin gegenübertreten zu müssen, verdrängte erst einmal alles andere aus seinen Gedanken.

Der Pförtner winkte ihn durch, als er ihm seinen Namen nannte; er wurde erwartet. Zu ungeduldig, um auf den Aufzug zu warten, lief er die Treppen hinauf in den fünften Stock, hielt nur einmal kurz an, um seine Krawatte zurechtzurücken und sich Mut zu machen. Einen Augenblick später, bevor er auch nur die Hand gehoben hatte, um auf den Klingelknopf zu drücken, öffnete sich die imposante Tür vor ihm, und Nina stand auf der Schwelle. Sie lächelte, aber er konnte ihr ansehen, dass auch sie nervös war.

»Hast du an den Wein gedacht?«, flüsterte sie und schob ihn in die Diele. »Gut. Wir essen jetzt gleich, dann ist es leichter, und du kannst es ihm später sagen, vor der Nachspeise. Mach dir keine Gedanken, ihr werdet euch sicher mögen, zu Hause ist er ganz anders als in der Öffentlichkeit. Aber bitte keine Diskussionen über Kunst – das hast du mir versprochen.«

Ich nickte, ohne ihr richtig zuzuhören, völlig desorientiert ob der Welt, die sich gerade hinter der Wohnungstür auftat – der auf Hochglanz polierte Parkettboden, die glitzernden Flächen riesiger Spiegel, ein auf Löwenfüßen stehender Tisch, ein Offizier mit stolzem Schnauzbart, der nachdenklich aus einem vergoldeten Rahmen blickte (»Mamas Vater«, erklärte Nina im Vorbeigehen), und jenseits der Diele schienen sich unendliche Zimmerfluchten zu erstrecken. Obgleich Nina mir erst kürzlich den Grundriss der Wohnung aufgezeichnet und erklärt hatte, wo unser Schlafzimmer sein würde und welchen Raum ich zu meinem Arbeitszimmer machen könnte, war ich nicht darauf vorbereitet gewesen, dass sich die schematische Skizze auf der Serviette in den Anblick solch fremder Pracht verwandeln würde; außerdem hatte ich nicht gewusst, dass es im Moskau des Jahres 1957 tatsächlich Menschen gab, die in derartig altmodischem Luxus lebten. Überwältigt folgte ich Nina durch die weitläufigen Räume, warf hier einen Blick auf einen Schrank voller Rosendekor-Porzellan (»Mama hat Porzellan gesammelt«, erklärte Nina), betrachtete dort einen elegant geschwungenen, schwarz glänzenden Flügel (»Mama war die Einzige, die gespielt hat«); und als wir endlich in einem Saal mit hohen Wänden und einem aufwändig gedeckten Tisch ankamen, wo sich ein gutaussehender Mann mittleren Alters in einem Samtjackett dünn lächelnd aus einem Sessel erhob und mir die Hand entgegenstreckte, war ich kaum fähig zu sprechen, denn in diesen wenigen Minuten war mir zum ersten Mal wirklich klar geworden, wie sehr sich mein Leben von dem ihren unterschied, wie groß die Kluft war, die zwischen uns lag, und wie unebenbürtig unsere Verbindung sein würde.

Das Abendessen war kein Erfolg: Nina hatte das Hauptgericht anbrennen lassen; Malinin erinnerte sich nicht, meine Person je in seinen Vorlesungen am Surikow-Institut gesehen zu haben, der mitgebrachte Wein (der mich einen Wochenlohn gekostet hatte) schmeckte ihm ganz offensichtlich nicht, und er hielt es anscheinend für unter seiner Würde, sich dies rücksichtsvollerweise nicht anmerken zu lassen; ich geriet völlig aus dem Konzept und ließ mich stockend darüber aus, wie beeindruckend Moskau seit Kriegsende gewachsen war und welche Leistungen sowjetische Komponisten erbracht hatten. Nach dem Essen, als Nina unsere Gläser von Neuem gefüllt hatte und es auffallend eilig hatte, in die Küche zu verschwinden, wo sie »nach dem Kuchen sehen« wollte, mühte ich mich ab, meinem selbstzufriedenen Gegenüber auseinanderzusetzen, wie wahnsinnig ich seine Tochter liebte, dass wir heiraten wollten und die Hochzeit tatsächlich auch bereits für den 22. September angesetzt hatten, sie also in weniger als vier Wochen stattfinden sollte … Ich hatte gehofft, ernste und bedeutungsvolle Worte für mein Anliegen zu finden, aber letztlich spuckte ich einfach alles bloß aus. Er hörte schweigend zu, presste die Fingerspitzen aneinander und vermied es, mir in die Augen zu sehen. Als ich fertig war, schob er demonstrativ sein Weinglas zur Seite und räusperte sich. »Wissen Sie, junger Mann«, sagte er, »ich habe schon einiges von Ihnen gehört. Leonid Penkin, Ihr Chef, ist ein alter Freund von mir. Er sagt, er sei ziemlich enttäuscht von Ihnen. Offensichtlich haben Sie, wie soll ich sagen, nicht ganz das Zeug zu einem erfolgreichen Künstler. Und ehrlich gesagt überrascht mich das nicht besonders – meine Tochter war nie besonders wählerisch in Bezug auf ihre Bekannten. Obwohl sie jetzt wenigstens diesem furchtbaren jüdischen Knaben den Laufpass gegeben hat, wie hieß er noch gleich?«

Seine Stimme war leise – offenbar wollte er nicht, dass Nina mithörte – und das, was er sagte, eindeutig. Während ich wie gelähmt dasaß und schwieg, betrachtete ich mich selbst durch seine kühl berechnenden Augen, und was ich sah, war ein erbärmlicher kleiner Lehrer, der es darauf angelegt hatte, eine für ihn förderliche Allianz mit einer Kaste Halbgötter einzugehen. Beschämt und gedemütigt, wäre ich am liebsten auf der Stelle aufgestanden und gegangen, doch es war, als sei ich in einem Albtraum gefangen, ohne mich vom Fleck rühren zu können – in einem sich pervers langsam abspielenden Albtraum, in dem die Dunkelheit durch die schweren roten Vorhänge kroch, die Sekunden leise in der Großvateruhr in der Ecke verrannen, die Goldrand-Dessertteller leer auf dem Tisch glitzerten, der Kristallleuchter kalt funkelte und der Mann, dessen Gesicht so sehr dem Gesicht meiner Liebsten ähnelte, halblaut davon erzählte, welche Position er in meinem Alter bekleidet hatte, und mich darüber informierte, dass da ein junger Mann namens Mischa Buryschkin, Broschkin oder Burykin war, der Nina liebte und der es im Kulturministerium weit, sehr weit bringen würde, dass es bestimmte Annehmlichkeiten gäbe, die Nina in ihrem jugendlichen Stolz zwar für verzichtbar hielte, wenngleich sie ihr längst in Fleisch und Blut übergegangen seien …

Und während er sprach, stiegen in meiner Erinnerung unwillkürlich die tristen Farben und Gerüche meiner ärmlichen Kindheit wieder auf. Ich dachte an Professor Gradski, an den Stumpf der zusammengedrehten Lampendrähte an der Decke unseres Zimmers und an den Tag, an dem ich erfahren hatte, dass der alte Mann und seine Frau früher einmal allein in unserer großen Sechszimmerwohnung gelebt hatten – und plötzlich wich das Gefühl der Demütigung einem anderen, viel stärkeren Gefühl. Die alte Wut erwachte wieder in mir zum Leben, die Wut der Benachteiligten und Besitzlosen. Einen Augenblick lang versuchte ich, sie zu bezähmen, doch der eingebildete Fatzke im Samtjackett redete immer weiter mit dieser beleidigend reservierten Stimme, der Kristallleuchter funkelte in einem fort, und schließlich sprang ich so ungestüm auf, dass mein Stuhl umfiel. Mit der Freiheit des Träumers sagte ich ihm auf den Kopf zu, was ich von seinen sogenannten Annehmlichkeiten hielt, von seinem Schützling im Ministerium und von der unschmeichelhaften Meinung, die er über seine Tochter hatte … Meine Stimme begann sich zu überschlagen, und mir war überhaupt nicht mehr bewusst, was ich im Einzelnen sagte. Um mich herum wirbelte alles heiß durcheinander, und anfangs lächelte er mich noch spöttisch an, doch bald wurde sein Gesicht starr und weiß – möglicherweise, als ich ihn anbrüllte, sein Erfolg als Künstler sei reiner Schwindel, ein Treppenwitz der Geschichte, dass seine Bilder keinen Pfifferling wert seien und …

In diesem Moment sah ich Nina mit blassem Gesicht und schreckgeweiteten Augen in der Tür stehen; in der Hand hielt sie einen tropfenden Teller. Ich unterbrach mich mitten im Satz, sah erst sie, dann ihren Vater an, griff nach Malinins Glas und leerte es auf einen Zug.

»Tut mir leid«, sagte ich brüsk und ging hinaus, vorbei an der völlig erstarrten Nina, vorbei an dem Flügel und dem Porzellan im Schrank. Vorsichtig zog ich die Wohnungstür hinter mir ins Schloss und blieb eine Weile ruhig stehen, um mich wieder zu beruhigen. Doch während ich so dastand und versuchte, an nichts zu denken, weil ich genau wusste, dass ich sie verloren hatte, drang etwas an meine Ohren, das lauter und lauter wurde, ein anschwellendes Durcheinander unzusammenhängender Wortfetzen, gefolgt von einem lauten Klirren. Im nächsten Moment flog die Tür auf, und Nina stürzte sich schluchzend in meine Arme, während von drinnen die Stimme ihres Vaters ertönte: »Ich schwöre dir, wenn du jetzt gehst …«

Mit einer Gewalt, die die Wände erzittern ließ, warf Nina die Tür zu. Schockiert schweigend standen wir uns gegenüber.

Dann wurde auf der anderen Seite des Treppenabsatzes eine knarrende Tür geöffnet, und eine blonde Frau mittleren Alters mit einem spitzenbesetzten Schürzchen sah heraus.

»Was soll denn dieser Lärm?«, fragte sie ungehalten und blickte Suchanow an. »Sie brauchen gar nicht so laut zu klopfen. Pjotr Alexejewitsch ist nicht da. Er ist mit seinem Enkel auf die Krim gefahren.«

Suchanow starrte sie trübe an.

»Und er kommt frühestens in einer Woche zurück«, setzte die Frau beinahe fröhlich hinzu.

»Oh«, murmelte Suchanow. »Selbstverständlich. Wie konnte ich das nur vergessen?«

Und auf einmal hatte er es deutlich vor Augen: Jenseits der Wand verschwammen auf der glatten schwarzen Platte des Tischchens mit den Löwenfüßen die sich spiegelnden Umrisse einer Glasschüssel, in der inmitten eines Durcheinanders von zeitweilig nicht benötigten, aber potentiell nützlichen Dingen (ein Knopf unbekannter Herkunft, ein einzelner Manschettenknopf, eine geheimnisvolle Schraube) ein Schlüsselbund lag, ein scheinbar ganz gewöhnlicher Schlüsselbund, der aber doch die märchenhafte Zauberkraft besaß, ihm Einlass zu gewähren in eine eigene Welt mit heißen Bädern, sauberen Kleidern, dampfendem Tee, Erdbeermarmelade und vielleicht sogar hochprozentigem Alkohol – eine Welt, die jetzt doppelt weit von ihm entfernt war, weil ihn nicht nur eine, sondern sogar zwei verschlossene Türen von ihr trennten.

Als er sich umwandte und schleppenden Schrittes zum Aufzug ging, verfolgte ihn die Blondine auf der anderen Etagenseite mit so neugierigem Blick, dass er, den Finger schon auf dem Knopf für den Lift, am liebsten eine bissige Bemerkung gemacht hätte – ehe er im selben Moment einer letzten Chance gewahr wurde, seinem Geschick doch noch ein Schnippchen zu schlagen.

»Verzeihen Sie«, sagte er mit aller Würde, zu der er mit seiner zerbrochenen Brille und seiner verdreckten Hose fähig war, »aber Sie wissen nicht zufällig, ob hier jemand einen Schlüssel zu Pjotr Aleksejewitschs Wohnung hat? Vielleicht hat er ja einen bei einem Nachbarn hinterlegt.«

Die Vogelaugen der Frau verengten sich misstrauisch. Suchanow erklärte ihr eifrig, wer er war, und erzählte ihr mit flehender Stimme, dass er nicht in seine eigene Wohnung hereinkam, Hunger hatte und dringend Schlaf benötigte …

Das besänftigte sie merklich.

»Sie haben Glück«, sagte sie nach kurzem Zögern. »Ich habe seinen Zweitschlüssel. Warten Sie hier, ich rufe ihn in seinem Hotel an.«

Dass sich so einfach eine Lösung gefunden hatte, kam ihm fast vor wie in einem Traum.

Wenige Minuten später war die Frau wieder da. Pjotr Alexejewitsch, habe man ihr gesagt, befinde sich auf seinem üblichen Strandspaziergang. Sie würde später wieder versuchen, ihn zu erreichen, denn selbstverständlich würde sie nicht wagen, die Schlüssel ohne seine Erlaubnis herauszugeben, nicht einmal an seinen Schwiegersohn. Während sie redete, ging ihre Tür ein wenig weiter auf. Suchanow roch Champignonsuppe, erblickte einen Streifen weichen blauen Teppichbodens in der Diele, einen mädchenhaften pelzbesetzten Mantel und eine übergroße rote Jacke an der Wand; offenbar hatte die Frau einen Sohn und eine Tochter, die vielleicht gerade gemütlich in der Küche saßen. Plötzlich merkte er, dass er die Fremde um ihr ruhiges häusliches Leben beneidete – wie gern hätte er dazugehört, und sei es nur für einen Moment …

»Sie müssen also noch mal wiederkommen«, sagte die Frau. »In einer halben Stunde oder so. Ich würde Sie ja hereinbitten, aber ich habe gerade etwas auf dem Herd.«

»Ja, sicher«, sagte er. »Ich verstehe schon. Sehr nett von Ihnen.«

Er lächelte traurig und drückte auf den Aufzugknopf.

Auf der Straße, ging er ziellos den Bürgersteig entlang. Als er sich der Ecke beim Hotel National näherte, wo die Gorki-Straße auf den Platz einmündete, erblickte er das Säulenportal der Manege. Es war deutlich kälter geworden; auf seiner Wange schmolz sogar eine vereinzelte Schneeflocke. Er blieb stehen, um sich die Spiegelungen der Scheinwerfer im Straßenmatsch einzuprägen, den feinen Staub, der im pastellfarbenen Aufglühen der Laternen zu flimmern begann, die weißen Säulen, die schwarzen Bäume, die blauen Schatten und den schnell dunkler werdenden Himmel, der so farbenprächtig glänzte, wie es nur möglich war, wenn Schnee in der Luft lag. Plötzlich wurde ihm bewusst, dass ihm die Finger wehtaten; eilig überquerte er den Karl-Marx-Prospekt, setzte sein unförmiges Paket auf dem Boden ab und beschloss zu warten. Es dauerte nicht lang, als ich Lew Belkin erblickte, der ebenfalls ein Paket unter dem Arm trug, und selbst auf diese Entfernung war ich mir sicher, ihn breit lachen zu sehen.

»Freust du dich?«, rief Lew.

»Und wie!«, rief ich zurück.

»Aufgeregt?«, fragte er, als er nähergekommen war.

»Kein bisschen«, erwiderte ich und nahm meine Last wieder auf. »Ich habe es im Gefühl. Alles wird bestens laufen.«

Gemeinsam betraten wir die Manege.

Es war der letzte Tag im November 1962, und ich stellte mir bereits vor, dass dieses Datum in meine persönliche Geschichte eingehen würde als der Tag, an dem meine lange Lehrzeit endgültig enden sollte. Unter dem wohltönenden Klang öffentlichen Beifalls würde ich, Anatoli Suchanow, mit freudig zitterndem Herzen in den Gladiatorenring der Kunstgeschichte steigen und damit aus dem Dämmerschatten anonymer Plackerei ins lang ersehnte Rampenlicht treten.

Auf diesen Tag hatte ich lange gewartet. Das Tauwetter, dessen erste Auswirkungen wir schon 1956 miterlebt hatten, bahnte sich seinen Weg durch Geschichte und Literatur, hatte sich bislang jedoch kaum in der arktischen Trostlosigkeit der Sowjetkunst bemerkbar gemacht. Und auch wenn ich in den vergangenen Jahren so manchen persönlichen Triumph bei meiner schöpferischen Arbeit erlebt hatte, kam ich nicht an der Tatsache vorbei, dass ich meine Bilder außer einer Handvoll engen Freunden niemandem zeigen konnte. Dauernd musste ich darum kämpfen, meine zweifelhafte Stelle am Institut weiterhin zu behalten, ständig Vorkehrungen treffen, um mein wirkliches Ich vor Kollegen und flüchtigen Bekannten zu verbergen, und Dinge unterrichten, an die ich nicht mehr glaubte – kurz, mein ständiges Doppelleben hatte mir die Freude am Leben und an meiner Arbeit vergiftet. Mit stetig schwindender Hoffnung träumte ich von dem Tag, an dem ich den Schleier des falschen Spiels, der mir die Luft nahm, zerreißen würde, um ihnen allen, allen zu zeigen, was in diesen Jahren in mir herangereift war.

Und dann kam dieser Tag, unerwartet und wie durch ein Wunder, am Ende eines besonders anstrengenden Monats in einem anstrengenden Jahr, kurz nach Ninas dreißigstem Geburtstag.

Nina versuchte immer noch, sich und mir vorzumachen, dass sie noch dieselbe war, die eines Tages im Jahr 1957 ihr Zuhause verlassen, mit ihrem Vater gebrochen und ihr altes Leben aufgegeben hatte, dieselbe Nina, die neben mir gestanden hatte in ihrem weißen, schmal geschnittenen Kleid, das ich so liebte, mit stolzem Lächeln und glänzenden Augen, während eine diensteifrige Frau mit dicken Knöcheln monoton feierliche Phrasen aus einem abgegriffenen Buch mit sowjetischen Hochzeitsakten rezitierte und Levs Alla in einen Strauß welkender Gladiolen hineinkicherte; doch auch wenn Nina sich weiterhin als »Hohepriesterin« meiner Kunst verstand und klaglos in der Küche verschwand, um mich nicht beim Arbeiten zu stören, konnte ich doch fühlen, dass etwas in der Luft lag, dass sich die Atmosphäre zwischen uns heimlich und verstohlen zu verändern begann.

Am Abend des dritten November, ihrem dreißigsten Geburtstag, kam sie mit diesem etwas verhärmten Gesichtsausdruck, den ich neuerdings an ihr bemerkt hatte, von der Arbeit in der Tretjakow-Galerie nach Hause, und als ich ihr Geschenk enthüllte – ein Porträt von ihr als Seejungfrau, das ich, um sie zu überraschen, heimlich angefertigt hatte –, lächelte nur ihr Mund, und sie sagte mit tonloser Stimme: »Oh. Ein neues Bild.« Dann ging sie zu einer Abendeinladung ihres Vaters (nach Jahren sturen Grolls hatte er ihr eine Art Friedensangebot unterbreitet, das mich allerdings nicht mit einschloss). Ich war noch auf, als sie einige Zeit nach Mitternacht zurückkam. Ihr Gesicht blendete mich fast, so ungewohnt munter wirkte es. Schöner hatte ich sie seit Monaten nicht mehr gesehen: Ihre Wangen waren gerötet von – wie ich annahm – Komplimenten und exklusiven Getränken, und ihre Augen strahlten wie nur noch selten in letzter Zeit, vielleicht in goldener Erinnerung an ihre märchenhafte Kindheit. Doch mein Impuls, ihren Kopf zärtlich an mich zu ziehen, ihr tief in die Augen zu sehen und wenigstens noch etwas von unserem gemeinsamen Tag zu retten, erstarb auf der Stelle, als ich ein pfauenblaues Funkeln bemerkte, das sie durch unser vollgestopftes Zimmer begleitete. Sie trug Saphirohrringe, und genau diese waren es, die ihren grauen Augen das tiefblaue Leuchten verliehen und ihre blasse Haut so aufregend warm erscheinen ließen.

»Was ist das?«, fragte ich scharf, obwohl ich die Antwort ja kannte.

»Ein Geschenk von meinem Vater.«

»Solche Geschenke können wir von diesem Mann nicht annehmen.«

»Er ist mein Vater«, sagte sie. »Er liebt mich. Er wollte mir zum Geburtstag eine Freude machen. Und du …« Sie unterbrach sich, sah zur Seite. »Du weißt nichts von ihm.«

Mir kam es so vor, als ob sie eigentlich etwas anderes hatte sagen wollen, aber offenbar hatte sie sich in letzter Sekunde auf die Zunge gebissen.

»Ich weiß genug«, sagte ich. »Ich weiß, was er ist, und ich

weiß, was er tut. Er verhökert seine Würde Stück für Stück an den Meistbietenden, und er malt Kitsch, damit er sein bequemes Leben führen kann …«

»Du malst auch Kitsch«, unterbrach sie mich. »Dein Atelier im Institut …«

Mir stockte der Atem. »Ich male Kitsch, damit ich das hier machen kann«, sagte ich, ohne meine Stimme noch länger zu dämpfen, und deutete mit dem Kinn auf die staubigen Bilderstapel in den Ecken. »Was ich im Institut anfertige, hat nichts zu bedeuten – das hier zeigt, wer ich wirklich bin.«

»Und woher weißt du, wer mein Vater wirklich ist?«

»Ach, verstehe – nachdem er sich den ganzen Tag lang prostituiert hat, geht er nach Hause und spielt Geige, oder was?«

»Hast du jemals in Betracht gezogen, Tolja«, fragte Nina langsam, »dass dein Urteil über irgendetwas oder irgendjemanden vielleicht auch falsch sein könnte? Du glaubst, mein Vater sei unmoralisch und egoistisch, aber vielleicht …« Sie stockte. »Vielleicht wollte er einfach nur mich und meine Mutter glücklich machen.«

Wieder hatte ich das Gefühl, eigentlich habe sie mir ungleich härtere Worte an den Kopf werfen wollen – und genau diese unausgesprochenen Tadel und Anschuldigungen waren es, die meinen Zorn erregten und ihn wie eine Welle über mich hinwegschwappen ließen.

»Ach, wie nobel von ihm«, rief ich. »Dass er seine Seele an den Teufel verkauft hat, damit du deinen Schmuck haben konntest – und deine Mutter ihren Flügel und ihre vergoldeten Teetassen!«

Ich bereute meine Worte bereits im selben Augenblick, aber es war zu spät. Im gelben Licht der Nachttischlampe wirkte Ninas Gesicht plötzlich verhärmt und blass; sie ging zum Fenster, starrte hinaus ins trübe Licht der Laternen, nahm vorsichtig ihre Ohrringe ab, wog ihr winziges blaues Strahlen in der Hand, betrachtete sie kurz und legte sie dann aufs Fensterbrett. Als sie mich wieder ansah, sprach aus ihren Augen weder Liebe noch sonst irgendein Gefühl.

»Ja, meine Mutter hat Porzellan gesammelt und Musik geliebt«, sagte sie leise. »Ist es denn falsch, ein wenig Schönheit in seinem Leben haben zu wollen? Nicht jeder ist bereit, so zu leben wie wir. Und ist es wirklich so verachtenswert, jemandem etwas Schönes schenken zu wollen, wenn man ihn liebt?«

Ohne auf eine Antwort zu warten, drehte sie sich um und begann sich auszuziehen, als sei ich gar nicht da. Schweigend sah ich ihr zu, wie sie aus dem meerblauen Kleid schlüpfte, das ihr Vater ihr vor Jahren von einer Italienreise mitgebracht hatte und das sie immer noch zu jedem Geburtstag und jeder Silvesterfeier trug, wie sie es sanft glatt strich, bevor sie es in unseren Kleiderschrank hängte, wie sie ihre Strümpfe auszog und mit der Hand hineinfuhr, um sie gegen das Licht zu halten und nach neuen Laufmaschen abzusuchen. Als ich das seidig glänzende Gewebe zwischen ihren Fingern sah, musste ich unwillkürlich daran denken, dass Strümpfe heutzutage nur schwer zu bekommen waren, und in der Folge dieses Gedankens kam mir jener berühmte Satz von Tschechow in den Sinn: »Alles an einem Menschen sollte schön sein: sein Gesicht, seine Kleidung, sein Herz und seine Gedanken.« Und plötzlich bekam ich Angst – Angst davor, dass zwischen uns etwas passiert war, das nicht wieder gutzumachen war. Ich dachte an unsere verwahrloste, schmutzige Wohnung, in der es mehr Platz für Bilder als für uns selbst gab, an das Treppenhaus, in dem es stets nach Urin roch, an das ängstliche Getue meiner Mutter, die ständig Schritte vor der Tür und seltsame Geräusche in der Telefonleitung hörte, daran, dass sie Nina ohnehin nicht besonders mochte und sie dauernd als »deine feine Dame« bezeichnete; und nicht zuletzt dachte ich daran, dass sich an all dem wohl nichts ändern lassen würde.

Und dann glaubte ich einen Moment lang beinahe, dass alles, was ich in den letzten fünf Jahren geschaffen und getan hatte, dass all diese Höhenflüge meiner Fantasie, all diese schlaflosen Nächte, die Verzweiflungsattacken und die Glücksmomente, die eingeschmuggelten Offenbarungen, die Vollmondnächte, die Museumsgewölbe, die Träume, die gestohlenen Augenblicke der Liebe, dass all dies nichts weiter als leere Einbildung war,

Regenbogenstaub auf einem Schmetterlingsflügel; dass mein wahres Leben sich hier abspielte, jetzt, in diesem unbewohnbaren Zimmer mit seinen Gerüchen von alten Rohrleitungen, Staub und Farbe, mit dieser stillen Frau in meinem Bett, die mir nun den Rücken zukehrte und so tat, als ob sie schliefe. Und dieser Gedanke war so unerträglich, dass ich lange Zeit wie erstarrt dastand, während die Schatten in den Ecken tanzten und meine Mutter hinter der Wand in ihren nächtlichen Albträumen murmelte. Meine Werke – meine Talente, meine Kinder – bettelten darum, ans Licht befördert zu werden, und nach und nach nahm Ninas Atem einen anderen, ruhigeren Rhythmus an. Ich stand immer noch reglos im Dunkel, als sie nach vielleicht einer Stunde sagte, ohne sich nach mir umzudrehen: »Weißt du, Tolja, man kann seine Seele auf mehr als nur eine Art verlieren.«

Und dann, nach langen, meist schweigend verbrachten Wochen, klingelte das Telefon.

Lew stotterte vor Aufregung, und im Hintergrund stieß Alla einen spitzen Schrei nach dem anderen aus. Es dauerte Minuten, bis ich verstand, worum es eigentlich ging. »Kneif mich, damit ich begreife, dass das kein Traum ist«, sagte er ein ums andere Mal. Dann kam Nina in den Flur heraus, mit unnahbarem Gesicht und geschwollenen Augenlidern, und sagte ungehalten: »Schrei bitte nicht so, es ist erst halb acht.«

Meine Hände waren so unruhig, dass es mir nicht gelang, den Hörer auf Anhieb auf die Gabel zurückzulegen; dann zog ich Nina an mich. »Hör zu, du wirst es nicht glauben«, sagte ich und sah schon im Voraus, wie ihre Augen gleich glänzen würden.

Wenige Monate zuvor war in der Ausstellungshalle der Manege eine große Retrospektive – »Dreißig Jahre Kunst in Moskau« – eröffnet worden. Lew und ich waren hingegangen, und weil wir die ganze Sache bis auf einige Ausnahmen viel zu angepasst fanden, verkündeten wir laut, dass diese Ausstellung zu Recht in einem alten Stall stattfände. Doch dann geschah etwas, das an ein Wunder grenzte: Ein wohlwollender Beamter aus dem

Kulturministerium trat an einige offenkundig experimentelle Künstler heran – unter anderem an Ilja Beljutin und an dessen Schüler – und bot ihnen an, sich an der Ausstellung zu beteiligen. Und weil Beljutin ein alter Freund von Jastrebow war, wurde diese unverbindliche Aufforderung auch auf die Mitglieder von Wiktors Zirkel ausgedehnt – auf den bärtigen Roschtschin, auf Lew und mich. Zwar durften wir jeder nur ein Werk zeigen, aber trotzdem war es ein Anfang – und musste man sich denn nicht einfach freuen, sogar über …?

»Ach, Tolja«, fiel mir Nina ins Wort und klatschte in die Hände, »nur *ein* Bild – na und? Es ist die Manege, verstehst du? Millionen Menschen werden dein Bild sehen, und sie werden auf dich aufmerksam werden, da bin ich mir ganz sicher. Mein Gott, das ist wunderbar, einfach wunderbar … Wann geht es los?«

Alles geschah in Traumgeschwindigkeit. Man hatte uns aufgefordert, die Bilder abends vorbeizubringen. Lew und ich wollten uns am Abend an der Manege treffen, und schon am nächsten Tag sollte die Ausstellung dann für die Öffentlichkeit zugänglich sein.

Mutter und Nina gingen zur Arbeit, während ich einen imposanten Husten für die mitfühlende Sekretärin am anderen Ende der Leitung mimte und anschließend stundenlang meine Bilder durchging wie die Seiten im Buch meines Lebens. Bei jedem rief ich mir ins Gedächtnis, wie es entstanden war, hielt mir die einzelnen Stadien und mein Dasein als Künstler genau vor Augen: die frühen Studien von Eisenbahnen und Reflexionen; die mythischen und urbanen Landschaften, die mich das ganze Jahr 1958 über beschäftigt hatten; meine anschließende Begeisterung für den Surrealismus und die Versuche, die Lektionen von Dalí und Magritte in russische Erde zu verpflanzen; und in den letzten beiden Jahren hatte ich endlich das entwickelt, was ich für meinen ganz eigenen, einzigartigen Stil hielt. Und nun musste ich ein Bild auszuwählen, das am repräsentativsten für meine Auffassung von Kunst war, oder vielleicht das Originellste, oder das Schönste, oder vielleicht auch ganz einfach dasjenige, das mir selbst am meisten am Herzen lag. Am frühen Nachmittag, als die Luft vor dem Fenster sich bereits in ein weiches Blau zu verdichten begann, rief Nina an.

»Ich hab's mir überlegt, Tolja«, sagte sie, und ich konnte ihrer Stimme anhören, dass sie lächelte. »Was hältst du denn von diesem frühen Bild mit dem Frauengesicht, das sich im Zugfenster spiegelt – du weißt doch, welches ich meine? Es ist zwar nicht so komplex wie deine jüngeren Stücke, aber vielleicht ist es für die Leute leichter zu verstehen, und … na ja, *mir* jedenfalls ist bei diesem Bild klar geworden, wie gut du bist.«

»Oh«, sagte ich und lächelte auch. »Wenn du meinst …«

In der Halle wickelten wir unsere Pakete aus. Lew hatte sich für ein abstraktes Gemälde entschieden.

»Wie findest du das?«, fragte er unsicher und hielt es ins Licht.

»Es ist neu.«

Ich hatte nicht den Mut, ihm die Wahrheit zu sagen. Wir sahen zu, wie unsere Bilder an die Wand gehängt wurden; ich fand es amüsant und fast ein wenig beängstigend zu sehen, wie eine zutiefst persönliche Sichtweise von mir unter dem klinisch reinen Strahlen von Galerieleuchten an einer unpersönlichen weißen Wand befestigt und darunter ein rechteckiges Schildchen mit meinem Namen geklebt wurde. Roschtschin und einige andere Bekannte liefen auch herum, aber ich blieb nicht da, um mit ihnen zu reden. Ich wollte mir die klingende Fülle dieses Tages erhalten, sie nicht durch nervöse Hänseleien, unehrliche Komplimente oder übertriebene Kameraderie verwässern lassen, damit ich sie wie ein wertvolles Elixier langsam und vorsichtig durch die blau schimmernde Stadt, durch den leise rieselnden Schnee, durch die sanft beleuchteten Straßen und die dunklen Höfe tragen und meiner Nina überreichen konnte, ohne auch nur ein Tröpfchen verschüttet zu haben.

Sie empfing mich bereits vor der Wohnungstür und küsste mich schnell. Sie trug das weiße Kleid von unserem Hochzeitstag, hatte Gänsehaut auf den nackten Armen und leuchtende Augen; sie hatte eine Flasche Champagner gekauft, und es war wunderbar, sie später am Abend beim trockenen Knall des Korkens lachen zu hören. Meine Mutter trank ihr Glas nicht aus; mit fest aufeinandergepressten Lippen verließ sie den Tisch, und wir hörten sie hinter verschlossener Tür in ihrem Zimmer herumschlurfen und etwas von Vergeltung und Strafe murmeln, bis das Geräusch des Fernsehers ihre Stimme verschluckte.

»Die arme Frau«, flüsterte Nina, »sie kann einfach nicht aufhören, sich zu quälen.«

Dann saßen wir eine Weile schweigend in der behaglich hellen Küche. Ich sah zu, wie der Schnee draußen am Fenster vorbeiwirbelte, und Nina schälte eine Mandarine, die erste in diesem Winter. Und auf einmal vereinten sich der süße und doch eine winzige Spur bittere Mandarinenduft, der Geschmack des Champagners auf meiner Zunge, die im Himmel wie weiße Winterfalter tanzenden Schneeflocken und Ninas Profil im warmen Licht des grünen Lampenschirms mit meinem Wissen um die wundervolle Veränderung, die immer näherrückte – vereinten sich zu einem solch intensiven, erfüllten Gefühl, dass ich glaubte, dies sei der glücklichste Moment meines Lebens, glücklicher noch als dieser leuchtende, verrückt kolorierte Moment, als Nina mir vor Chagall und Kandinsky als Zeugen versprochen hatte, mich zu heiraten. Lächelnd hob Nina den Kopf.

»Hier«, sagte sie und hielt mir die Hälfte der Mandarine hin, »sie ist ein bisschen sauer, aber köstlich.«

In dieser Nacht schliefen wir nicht. Kurz nach Mitternacht hörte es auf zu schneien, und der Himmel wurde dunkel und tief wie Samt; dann kroch Grau in alle Winkel und Spalten, und irgendwann drückte Nina ihr Gesicht im blassen Licht der Morgendämmerung an meines und sagte: »Tolja, es tut mir leid wegen meines Geburtstags. Ich weiß, dass das nicht fair war. Es war nur, weil ich mir als kleines Mädchen immer vorgestellt hatte, wie mein Leben aussehen würde, wenn ich dreißig bin, und … na ja, es war eben härter, als ich erwartet hatte.«

Einen Augenblick lang hingen die Worte zwischen uns, die wir unausgesprochen ließen. Dann seufzte sie leise und sagte: »Aber ich habe nie aufgehört, an dein Talent zu glauben, nicht einen einzigen Moment, und was auch passiert wäre, ich hätte immer zu dir gehalten. Trotzdem bin ich unendlich erleichtert, dass endlich etwas passiert. Wir haben so lange darauf gewartet.«

»Ja«, sagte ich und gab ihr einen Kuss. »Sehr lange. Aber du wirst sehen, jetzt wird alles anders.«

Und dann ging an diesem 1. Dezember die Sonne über uns auf.

20

Als ich an jenem Morgen das Haus verließ, ging ich nicht direkt zur Manege. Mag sein, dass ich mich davor fürchtete, mit ansehen zu müssen, wie Menschen an meinem Bild vorbeischlenderten, ohne mehr als einen halben Blick darauf geworfen zu haben; oder vielleicht wollte ich einfach nur meine Vorfreude verlängern, weil sie mir um so vieles schöner erschien als jeder noch so lautstarke Beifall. Der Tag war rau und roch nach Winter, und die wenigen Fußgänger stapften verbissen schweigend durch die fahlen Straßen, hinterließen Girlanden schwarzer Fußabdrücke, weil der am Vortag gefallene Schnee zu schmelzen begonnen hatte. Während ich den nassen Bürgersteig entlangging, dachte ich nicht an die Ausstellung, die nur wenige Straßen und Plätze von mir entfernt gerade ihre Türen öffnete. Ein tiefes Glücksgefühl und eine Art stumm frohlockendes Summen beflügelten meine Schritte, meine Atemzüge, meine Herztöne; ließen mich weit und triumphierend ausschreiten.

Als ich um die nächste Ecke bog und unerwartet die Manege vor mir sah, wusste ich plötzlich, dass ich nun auch mein bislang anspruchsvollstes Projekt in Angriff nehmen konnte, eine Herausforderung, mit der ich insgeheim schon seit Jahren geliebäugelt hatte: eine aus sieben Bildern bestehende Serie, in der ich alle meine Gefühle für Russland, Geschichte, Kunst und Gott miteinander verschmelzen lassen und zum Ausdruck bringen wollte.

Als ich auf die Halle zu ging, fieberte ich bereits dem Zeitpunkt entgegen, da ich wieder zu Hause sein würde und erste Skizzen anfertigen konnte. Am Himmel kündigte sich neuer Schneefall an, und die alten Türme des Kreml schienen sich mürrisch unter den tiefhängenden Wolken zu ducken. Obwohl hier mehr Leute unterwegs waren, war es doch plötzlich so still, dass ich die Schritte eines Mannes widerhallen hören konnte, der vor seinem Schatten die Straße herabeilte. Ich hatte das Gefühl, dass mir meine Vision noch nie so klar gewesen war, fast so, als seien all meine künstlerischen Fähigkeiten auf einmal freigesetzt worden, und ich hätte abheben können vor Glück. Das erste Bild, so viel wusste ich bereits, würde »Der Garten Eden« heißen und vorwiegend in Grüntönen gehalten sein – in dem saftigen, sonnigen Grün eines Birkenwaldes, in dem feineren, geheimnisvolleren Grün von Ninas Augen und dem einfachen, fröhlichen Grün des Teppichs, auf dem ich als Kind gespielt hatte … Eine Schneeflocke kitzelte mich auf der Hand. Der Mann war nähergekommen; ich konnte sehen, dass er keinen Hut trug. Auf der entgegengesetzten Seite des Spektrums, außerhalb der Tore zum Paradies, würde es das dumpfe Grün eines Maschendrahtzauns geben, das Giftgrün von Neonlichtern, das bedrückende Grün von Krankenhausmauern, das … Der Mann war jetzt vor mir. Sein Gesicht war verstört, seine Augen blickten wild. Es war Lew Belkin.

»Alles aus«, keuchte er. »Wo warst du denn? Es ist aus und vorbei.«

»Was? Was ist los?«, fragte ich lachend, während ich auf den Witz wartete, der gleich kommen würde.

Er schüttelte meinen Arm ab.

»Chruschtschow und einige andere hohe Tiere waren heute früh in der Reithalle«, brachte er schweratmend heraus. »Ein offizieller Besuch, von dem wir nichts wussten. Es war … ich kann dir gar nicht sagen, wie es war. Wo warst du denn, zum Teufel?«

Es war also kein Witz. Er klang wütend und gleichzeitig verängstigt.

»Ich bin bloß spazieren gegangen«, sagte ich schnell. »Was ist denn passiert?«

»Das werde ich dir ganz genau sagen.« Er blickte über seine Schulter, als fürchte er, von jemandem verfolgt zu werden. »Chruschtschow fand alles fürchterlich. Vor allem die abstrakten Bilder, aber die anderen auch. Er wurde knallrot im Gesicht und schrie, unsere Werke taugten gerade mal als Klodeckel ... Echte Kunst solle das Individuum adeln und es zum Handeln ermutigen, aber diese Art von Bildern sei unmoralisch und antisowjetisch ... Sie hätten Geld für uns vergeudet, und wir sollten am besten weit fortgeschickt werden zum Bäumefällen, damit wir dem Staat das Papier, das wir besudelt hätten, wieder zurückzahlen könnten ...«

»Hat er ... hat er irgendwas über mein Bild gesagt?«, fragte ich zögernd.

Lew packte mich so heftig am Mantel, dass ich merkte, wie etwas riss. Sekundenlang glaubte ich, er wolle mich schlagen. Dann entspannte er sich langsam wieder.

»*Dein* Bild?«, fragte er und ließ mich wieder los. »Tolja, hörst du überhaupt zu? Es ist doch völlig egal, was er über dein Bild gesagt hat. Ich bin sicher, er hat es nicht einmal bemerkt – nichts von unseren Sachen hat er sich wirklich angesehen. Er hat nur bemerkt, dass unsere Bilder etwas transportieren, das anders ist, und sofort reagiert wie ein Stier bei einem roten Tuch. Roschtschin meint, die ganze Sache war eine Provokation – dass dieser Bastard aus dem Ministerium, der uns zu der Ausstellung eingeladen hat, schon lange von Chruschtschows Besuch wusste – und auf genau diese Reaktion aus war! Lieber Gott, Tolja, verstehst du denn nicht? Wir sind *fertig*, wir sind am Ende. Sie erklären uns jetzt den Krieg – mit Lagern und allem, was dazugehört.«

Eine Weile lang starrte ich das Ding an, das Lew in der Hand hielt. Es war rund und schwarz und hatte vier Löcher in der Mitte; aus einem der unteren Löcher hing ein fransiger schwarzer Faden heraus. Es sah merkwürdig aus, wie ein rätselhaftes Gerät aus einer uralten, vergessenen Kultur. Dann hatte ich plötzlich nur noch einen Gedanken.

»Nina kommt um zwei Uhr zur Manege«, sagte ich ausdruckslos. »Ich wollte sie herumführen. Ich wollte, dass sie wenigstens ein Mal mein Bild dort an der Wand hängen sieht.«

Lew sah zu Boden.

»Während wir reden, hängen sie gerade alles ab«, sagte er langsam. »Nina weiß es schon, ich habe sie angerufen. Ich habe über eine Stunde nach dir gesucht.« Nach einer kleinen Pause fügte er hinzu: »Tut mir leid – das da mit deinem Mantel.« Und dann drückte er mir den abgerissenen Knopf in die Hand.

Die darauffolgenden Tage waren deprimierend. Da waren die Räume der Manege mit ihren nun leeren Wänden, in denen der Wind, der von der Straße hereinblies, heimatlose Fetzen von Einwickelpapieren von einer Ecke in die andere fegte; ein paar junge Kerle mit breiten Schultern und eckigen Gesichtern zuckten nur kommentarlos die Schultern, als ein verzweifelter, zerzauster Roschtschin sie anflehte, ihm zu verraten, was mit unseren Arbeiten geschehen war. Da waren die bedeutungslosen Vorlesungen, die Lew und ich im Institut hielten, während hinter unserem Rücken das Getuschel über die Manegen-Affäre die Runde machte, und da war dieser wunderbar sonnige Vormittag, als Leonid Penkin seinen dicken Bauch zur Tür hereinschob und mich mit gelangweilter Stimme von meinen Aufgaben entband. Da war der traurige Abend bei Lew, als selbiger, dem ebenfalls gekündigt worden war, mit versteinertem Gesicht am Küchentisch saß und sich ein Glas Wodka nach dem anderen einschenkte, während Alla schrill über ihre vergeudete Jugend lamentierte. Und, noch schlimmer, da war die schweigende Missbilligung bei mir zu Hause, wo der Fernseher hinter Mutters geschlossener Tür lautstark die Siege der sozialistischen Arbeit verkündete und Nina in der Küche hin und her ging wie der Geist einer Hausfrau, der für alle Ewigkeit dazu verdammt ist, die Verrichtung einer Unzahl imaginärer Arbeiten zu mimen, während sie meinem Blick auswich, als gäbe sie mir die Schuld an all dem, was passiert war – doch vor allem war da eine Leere, eine weite, kalte, ständig präsente, alles durchdringende Leere, die mich nachts stundenlang nicht schlafen ließ und in der Dunkelheit gefangen hielt, allein mit den kaum sichtbaren Schatten meiner Bilder, die jetzt für immer verfemt waren.

Als die Woche sich ihrem Ende zuneigte, hatten sich zumindest unsere schlimmsten Befürchtungen nicht bestätigt: Obwohl einige von uns ihre Arbeitsstellen verloren und alle anderen offizielle Abmahnungen erhalten hatten, war niemand festgenommen worden, und sogar Roschtschin, der am Tag nach der schicksalhaften Vernissage auf geheimnisvolle Art und Weise verschwunden war, sodass seine Freundin völlig aufgelöst ihren ganzen Freundeskreis nach ihm abtelefoniert hatte, war tags darauf wieder aufgetaucht, zwar mit einem blauen Auge und nach Alkohol stinkend, aber ansonsten unverletzt. Trotzdem bedrückte uns das Gefühl eines über uns schwebenden Unheils auch weiterhin, und Lew schlug ein ums andere Mal vor, wir sollten für längere Zeit aufs Land fahren. »Wir sollten uns so lange verstecken«, erklärte er immer wieder, »bis sie uns vergessen haben.« Ich zuckte jedes Mal nur die Schultern. Unentschlossen und verzagt, wie ich war, wurde mir, je mehr Zeit verging, mein Geschick immer gleichgültiger, und so nahm ich es auch in apathischer Gelassenheit hin, als das Telefon zweimal hintereinander um vier Uhr morgens schrillte und mir beim Abheben jeweils nur vielsagendes Schweigen ins Ohr tönte, oder als es eines Abends, als ich und meine Mutter uns soeben zum Abendessen hingesetzt hatten – Nina lag mit Migräne im Bett –, herrisch an der Tür klopfte und ich plötzlich einem fremden Mann gegenüberstand, der sich einen speckigen Filzhut bis über die Augenbrauen ins Gesicht gedrückt hatte, in der Hand einen Strauß künstliche Nelken hielt und beharrlich über meine Schulter in unsere Wohnung hineinspähte, während er mit finsterem Lächeln verkündete, er müsse sich wohl in der Tür geirrt haben. Nina teilte meine Gleichgültigkeit nicht. Seit der Kerl vor unserer Tür aufgetaucht war, wurde sie nervös, sobald sie Schritte auf unserer Etage hörte, und ging auch nur noch ungern ans Telefon; und so geschah es, dass ich derjenige war, der abhob, als genau eine Woche nach der Katastrophe mein Schwiegervater bei uns anrief.

Er musste erst seinen Namen nennen: Wir hatten in den vergangenen fünf Jahren nur wenige atmosphärisch aufgeladene Sätze gewechselt, und ich erkannte seine Stimme nicht.

»Nina schläft schon«, sagte ich schroff – es war zwar erst neun Uhr, aber ich konnte kein Licht mehr unter der Tür zu unserem Zimmer sehen.

»Eigentlich wollte ich mit dir reden, Anatoli«, sagte er. »Aber nicht am Telefon. Sei doch so freundlich, bei mir vorbeizusehen. Hast du etwas zu schreiben? Dann gebe ich dir meine Adresse.«

»Ich weiß sie noch«, sagte ich und fügte dann spitz hinzu: »Ich habe ein sehr gutes Gedächtnis, Pjotr Alexejewitsch.«

»Wirklich?«, fragte er ausdruckslos. »Dann erwarte ich dich in einer halben Stunde.«

Nasser Schnee schlug mir ins Gesicht, als ich von einem Haus zum anderen durch die Nacht eilte. Obgleich ich mir vor Augen zu halten versuchte, dass ich es Nina schuldig war und nur ihr zuliebe hinging, wurde meine Laune von Minute zu Minute schlechter. In der Eingangshalle hatte ich eine längere Auseinandersetzung mit dem Pförtner, der mich zuerst nicht hereinlassen wollte, und kaum dass ich, immer noch erhitzt von diesem Streit, auf Malinins Etage angelangt war, wurde ich von einer älteren blonden Frau in einer Spitzenschürze aus der Nachbarwohnung aufgehalten, die unaufhörlich von einem Hotel auf der Krim redete und mir lächelnd einen Schlüsselbund in die Hand presste. Hinter ihrer Schulter erblickte ich einen pickeligen Jugendlichen, der mich mit unverhohlener Neugier anstarrte und dann absurderweise ausrief: »Ich kenne Sie doch! Sie sind der Herr mit der Krawatte von der Bolschoi-Moskworecki-Brücke – ich bin Ihnen noch zwei Kopeken schuldig!« Im selben Moment drang das Klicken von Malinins Schloss an meine Ohren, und schon stand Ninas Vater in einem bodenlangen Morgenmantel auf der Schwelle, vielfach widergespiegelt in den goldgerahmten Spiegeln.

»Komm herein«, sagte er und winkte mich mit einer majestätischen Armbewegung in die Diele.

Die Tür schloss sich hinter mir.

Schweigend führte Malinin mich durch den Flur. Nichts hatte sich in den fünf Jahren seit meinem ersten und einzigen Besuch verändert. Der polnische Offizier sah aus seinem schweren Rahmen auf den Mantel, den ich auf dem Tisch ablegte; der Flügel, seit Maria Malininas frühem Tod unberührt, glänzte in nutzloser Erhabenheit in den Tiefen des Salons, und durch eine halb geöffnete Tür sah ich den Kristallleuchter, die Großvateruhr aus Mahagoni, die roten Samtvorhänge – das bourgeoise Bühnenbild für die Szene, die ich Malinin seinerzeit gemacht hatte. Nein, es hatte sich nichts verändert, und doch schien die ganze Wohnung düsterer und staubiger ohne Ninas sanfte Anwesenheit. Als Malinin mich wortlos ins Wohnzimmer führte, mir bedeutete, wo ich mich hinsetzen sollte, einen Drink für mich einschenkte und sich mir gegenüber in einen Sessel sinken ließ, betrachtete ich ihn genau und zweifelte plötzlich daran, dass ich wirklich wusste, warum ich hier war. Ich war davon ausgegangen, dass er sich hämisch über mein Scheitern auslassen wollte, war mir aber nun nicht mehr so sicher. Einen Moment lang saßen wir da und nippten unsicher an unseren Drinks, dann räusperte er sich.

»Lass mich gleich zur Sache kommen«, sagte er. »Ich habe mit Direktor Penkin gesprochen. Er ist bereit, dich zurückzunehmen. Selbstverständlich unter gewissen Voraussetzungen.«

»Und die wären?« Ich war so überrascht, dass meine Stimme schärfer klang als beabsichtigt.

»Du verstehst sicher«, sagte Malinin kalt, »dass er es sich nicht leisten kann, seinen Ruf kaputtzumachen, indem er dubiose Elemente in den Reihen seiner Mitarbeiter deckt. Du müssest aufhören, in dieser Untergrundmanier herumzuklecksen, dich von skandalträchtigen Ausstellungen fernhalten und bei Erntebildern und dergleichen bleiben. Ein paar Traktoren im Kornfeld könnten durchaus einige Dinge geraderücken. Nicht ganz unvernünftig unter diesen Umständen, findest du nicht auch, Anatoli?«

Als ich den Cognac in meinem Glas schwenkte, glänzte er honigfarben auf, und ich dachte daran, wie gern ich versuchen würde, die richtige Schattierung für diesen üppigen Farbton herauszufinden. Im zweiten Bild meiner Serie wollte ich Gelbtöne vorherrschen lassen – das saftige Safrangelb von Orientteppichen, das Leuchten des Sonnenscheins auf einem Kindergesicht, das lichtdurchlässige Bernsteingelb von Teerosenblättern, das opulente Schimmern von Gold an der cremefarbenen Haut eines Frauenhalses, und vielleicht auch, wie mir in jenem Moment bewusst wurde, die berauschende Samtigkeit von Alkohol.

»Da ich deinetwegen einige Fäden ziehen musste«, tönte Malinins Stimme wie von weit her, »wäre ich dir sehr verbunden, wenn du mir wenigstens antworten würdest.«

»Ich habe aufgehört, solchen Schund zu malen«, sagte ich unbestimmt und fuhr fort, mein Glas zu betrachten.

»Oh, tatsächlich? Das kann aber noch nicht lange her sein«, sagte er.

Ich zuckte die Schultern.

»Schade. Nach allem, was ich gehört habe, warst du gar nicht so schlecht. Noch einen Schluck vielleicht? Nun gut, wie auch immer, es gibt ja noch andere Möglichkeiten, wie du dich bei deinem Direktor in besseres Licht rücken kannst.« Die Uhr im angrenzenden Zimmer wollte die Viertelstunde verkünden, doch ihr tapferes Rattern wurde sogleich von den Falten der Samtvorhänge aufgefangen und verschluckt.

»Was hältst du zum Beispiel von Kunstkritik?«, fragte Malinin. »Leicht, angesehen und gut bezahlt, ganz davon abgesehen, dass es jede Menge Aufstiegsmöglichkeiten gibt. Tatsache ist, dass ich … Ja, ich habe gerade einem guten Freund zugesagt, einen Artikel für ihn zu schreiben. Zufällig ist er der Herausgeber unserer führenden Kunstzeitschrift *Kunst und Welt* – ich bin sicher, du hast sie schon einmal gelesen. Ich könnte es wohl arrangieren, dass er dich als meinen Co-Autor mit dazunimmt; er ist mir noch einen Gefallen schuldig. Penkin würde es glücklich machen. Selbstverständlich wärst du derjenige, der den Text schreiben müsste, weil ich noch nie sehr viel übrig hatte für …«

»Worum geht es in dem Artikel?«, unterbrach ich ihn.

»Um ein Thema, mit dem du, wie ich von Nina gehört habe, recht vertraut bist – Surrealismus. Mein Arbeitstitel heißt: ›Surrealismus und andere westliche ›Ismen‹ als Symptome des kapitalistischen Bankrotts‹. Wie findest du das?«

»Ich finde, dass der Surrealismus die interessanteste Bewegung des zwanzigsten Jahrhunderts überhaupt ist«, sagte ich. »Ich habe selbst fast zwei Jahre lang in surrealistischer Manier gemalt, und auch jetzt kommt der Großteil meiner Inspiration noch immer …«

»Gut, gut«, sagte Malinin, stand auf und ging zu einem Bücherschrank. »Dann sollte es leicht für dich sein. Bedeutungslose Themen, amoralische Missachtung gemeinschaftlicher Werte, dekadentes Übergehen der Realität, Albträume, die einem jede Lebensfreude nehmen … Hier, du kannst dir diesen Band mit Reproduktionen gern ausleihen, das hilft dir sicher, so richtig vom Leder zu ziehen. Reicht dir ein Monat Zeit? Die Ausgabe soll im Januar in Druck gehen.«

Ich blätterte kurz in dem Buch, das er mir gereicht hatte. Es war ein Band in englischer Sprache; die Seiten glänzten und rochen noch druckfrisch. Ich sah eine Nackte, in deren Bauch Rosen blühten, einen Urwald, der sich in die Ruinen einer Stadt mit vielen Säulen verwandelte, eine klassische Büste, die blutete …

»Was du von mir verlangst«, sagte ich, »ist nichts weniger als Verrat – Verrat an mir selbst, an meinen Freunden, an allem, was mir lieb und wert ist.«

Er lächelte maliziös.

»Welch erhabenes Wort«, sagte er. »Wie alt bist du jetzt, Anatoli? Einunddreißig? Zweiunddreißig?«

»Dreiunddreißig«, sagte ich. »So alt, wie Christus war.«

Er war gerade dabei, sich einen weiteren Schluck einzugießen, hielt inne und musterte mich mit erstaunt hochgezogenen Augenbrauen; im selben Moment bedauerte ich bereits, was ich gerade gesagt hatte. Der Drink war stärker, als ich gedacht hatte. Leicht benebelt überlegte ich, ob ich tagsüber etwas gegessen hatte – ich konnte mich an nichts erinnern –, und sah ihm zu, wie er den Korken wieder in den Hals der Flasche drückte.

»Siehst du dich wirklich so?«, fragte er, als er sich wieder setzte und den Saum seines Morgenmantels in der Geste eines alten russischen Aristokraten vom Boden fegte. »Ein Märtyrer, der ein großes Opfer bringen wird? Mit dem kleinen Unterschied, dass Christus sich den Menschen selbst zum Opfer darbrachte. Wofür aber würdest du dich opfern – und, falls ich dich daran erinnern darf, nicht nur dich selbst, sondern auch deine Mutter und deine Frau? Für irgendeine vage Vorstellung von Kunst? Dann lass dir gesagt sein, dass das russische Volk dich und deine Kunst nicht braucht. Und wenn du tausendmal mit dem Kopf durch die Wand willst, so wie deine anderen erbärmlichen Freunde – niemand in diesem Land wird jemals auch nur ein einziges Werk von euch ausstellen wollen. *Meine* Art von Bildern ist das, was die Leute wollen. Sie mag vielleicht nicht so amüsant sein wie eine Chagall-Phantasie, aber wenn Millionen von müden, unglücklichen Männern und Frauen am Ende eines langen harten Tages ein wenig Licht, Hoffnung und Ermutigung finden wollen, dann schauen sie sich lieber ein Gemälde an, auf dem sie eine heldenhafte Vergangenheit oder eine harmonische Zukunft abgebildet sehen, als dass sie sich den Kopf über ein Porträt von einem Mann mit grünem Gesicht zerbrechen, dessen Haupt verkehrtherum auf seinem Hals sitzt. Weißt du, ich kann dir gar nicht sagen, wie oft …«

Und während ich meinen Cognac austrank, erzählte er von all den Briefen, die er von Soldaten erhalten hatte, die im Krieg ein aus einer Zeitschrift herausgerissenes Blatt mit einer seiner Landschaften mit sich geführt hatten, weil sie sich dadurch an ihr Heimatdorf erinnert fühlten. Er erzählte mir von Frauen, die ihm mit tränennassen Augen gedankt hatten, dass er ihre im Krieg gefallenen Väter und Söhne verewigt hatte, und dass ein Mann in seinem Alter, mit fünfundsechzig Jahren, wissen musste, ob sein Leben einen Sinn gehabt hatte oder nicht … Die Großvateruhr im Nebenzimmer schlug leise die volle Stunde. Als ich mein Glas auf den Tisch zurückstellte, fing sich das Licht in der umherwirbelnden Flüssigkeit, und mit einem Mal begann das ganze Zimmer einen Moment lang zu schwanken. Als sich die samtfarbenen Lampenschirme, die mit Goldbuchstaben verzierten Buchrücken und die schweren Ledersessel wieder eingependelt hatten, stand ich auf.

»Ich habe genug gehört«, sagte ich schroff. »Ich werde jetzt gehen.«

Malinin hörte auf zu sprechen und warf mir einen leicht beunruhigten Blick zu. Ich ging zur Tür. »Das kommt wohl alles etwas plötzlich«, sagte er und erhob sich ebenfalls. »Vor allem, da du und ich ja nicht unbedingt … Nun ja, mir geht es natürlich um Nina, und nach diesem Fiasko in der Manege … Warte, nimm das mit, bitte, blättere es durch und schlaf einfach mal darüber. Sprich mit Nina über die Sache, und dann nehmen wir unsere Unterhaltung zu einer etwas passenderen Tageszeit wieder auf, ja?«

Bereits auf der Schwelle, wandte ich mich zu ihm um und bemerkte zum ersten Mal unverkennbare Altersspuren in seinem Gesicht, die bitteren Linien um seinen Mund, das leichte Zittern seiner Hände, die mir den Kunstband entgegenstreckten, den ruhelosen, beinahe bittenden Blick seiner Augen … Unvermittelt rührte dieser Anblick an etwas oder jemanden aus meiner Vergangenheit, und während sich meine Finger um die Türklinke schlossen, zögerte ich plötzlich, ohne so recht zu wissen, warum, ehe ich ihm unvermittelt das Buch aus der Hand riss und das Zimmer verließ. Ich war bereits an der Wohnungstür, als mir einfiel, dass ich etwas Wichtiges vergessen hatte. Ich warf einen Blick zurück. Die Diele war voller ängstlicher Schatten, die in den Ecken warteten und sich sträubten, ihren nächtlichen Tanz aufzunehmen. Gefangen zwischen den Spiegeln, starrte der polnische Offizier mit strengem und irgendwie enttäuschtem Blick ins Leere, und die Schüssel auf dem Tisch mit den Löwenfüßen quoll beinahe über vor lauter heimatlosen Dingen – ein Manschettenknopf, ein schwarzer Knopf, ein Schlüsselbund …

Um ein Haar wäre mir eingefallen, was in meinem Hinterkopf herumspukte, doch dann kam mir die Erinnerung an den Knopf dazwischen, den Belkin mir von meinem Mantel abgerissen hatte, und vertrieb die Wahrnehmung, die mich sonst im nächsten Atemzug wahrscheinlich veranlasst hätte, mir an die Stirn zu tippen und ein erleichtertes »Na klar!« von mir zu geben. Schulterzuckend steckte ich den Doppelgänger meines Knopfes in die Tasche, damit meine Mutter ihn mir wieder annähen konnte, trat auf den Treppenabsatz hinaus, zog die Tür hinter mir zu und ging die Treppen hinunter, nachdem ich eine fremde Frau von vierzig oder mehr Jahren abgeschüttelt hatte, die an meinem Ärmel zerrte und mit penetranter Beharrlichkeit nach irgendwelchen Schlüsseln fragte, flankiert von einem pickeligen Jungen, der mich unverschämt anglotzte und meinte: »Sieht aus, als wäre da jemand in Pjotr Aleksejewitschs Courvoisier gefallen!«

Die Stadt war voll von mitternächtlichen Geistern; unvermindert fiel der Dezemberschnee. Der Besuch hatte mich völlig konfus gemacht. Auch wenn Malinins grotesker Vorschlag für mich keine Sekunde lang zur Debatte gestanden hatte, war ich doch zu einer Geste scheinbarer Komplizenschaft verleitet worden – verleitet durch meine vom Alkohol vernebelte Wahrnehmung und durch das Mitleid, das mich im unpassendsten Moment ergriffen hatte – und nun fühlte ich mich besudelt, als würde ich ein schmutziges Geheimnis mit jemandem teilen, wollte endlich die kompromittierende Last wieder loswerden. Am Ende des Blocks überquerte ich an einer roten Ampel eine verlassene Seitenstraße. Noch immer waren nirgends Mülltonnen zu sehen, und kurzzeitig erwog ich die Möglichkeit, das Buch in einen Schneehaufen zu schmeißen, verwarf diesen Gedanken aber sofort wieder, während mir gleichzeitig etwas in den Sinn kam, das mein Schwiegervater gesagt hatte, etwas, das sogar ein Körnchen Wahrheit zu enthalten schien … Dann erspähte ich auf der anderen Seite der Gorki-Straße ein Gebäude, das noch prunkvoller war als das, in dem Malinin wohnte – und davor ein großes rechteckiges Ding, in dem man Zigarettenkippen, Eispapiere und sein schlechtes Gewissen entsorgen konnte.

Als ich darauf zusteuerte, stieß ich um ein Haar mit einer Frau in einem langen Pelzmantel zusammen, die soeben aus einem am Randstein parkenden schwarzen Wagen ausgestiegen war. Es war ein Mädchen, einige Jahre jünger als Nina und ziemlich unscheinbar. Was mich erstaunte, war ihr Gesichtsausdruck, als sie auf dem Weg in ihr Haus an mir vorbeiging und ihr langer, glänzender Mantel hinter ihr her flatterte – das Lächeln auf ihren Lippen und in ihren Augen schien auf alles und nichts gerichtet zu sein. Ich verachtete sie auf der Stelle – verachtete ihre prächtige Kleidung, den Wolga hinter ihr, ihre offensichtliche und gedankenlose Zufriedenheit – und wandte mich, als ich die Wagentür noch einmal zuschlagen hörte, boshaft um, um zu sehen, welche Vergehen aus Gier, Gemeinheit oder Gleichgültigkeit ihrem Mann ins Gesicht geschrieben waren, denn ein Leben wie das Ihre musste doch wohl seinen Preis haben. Doch meine Verachtung verflog ebenso schnell, wie sie gekommen war, wich einem anderen, dunkleren Gefühl. Ein leicht gebeugter Mann in meinem Alter mit freundlichen Augen hinter einer dicken Brille ging, ein Kind an der Hand, an mir vorbei. Ich sah ein herzförmiges, nach oben gerichtetes Gesichtchen mit Augenwimpern, die im dichten Schneetreiben wie kleine Pelze wirkten, und hörte den Mann leise sagen: »Und so gingen die Prinzessin und die Maus also zum Nachmittagstee in das Schloss, und da …« Die junge Frau stand lächelnd in der Tür, und einen Moment lang erspähte ich den Marmorfußboden einer prächtigen Eingangshalle, bronzene Lampen, hohe Spiegel und die flüchtigen Reflexionen von silbrigen hohen Absätzen, polierten Lederschuhen und einem drei Jahre alten Wesen in einem Plüschmantel und roten Fäustlingen, das ein Spielzeugpferdchen hinter sich her zog …

Dann waren sie verschwunden, und ihr von einem Chauffeur gesteuerter Wagen glitt hinter meinem Rücken davon. Ich verharrte auf der verlassenen Straße, von einem Moment auf den anderen aus meinem gedankenleeren Schwebezustand der vergangenen Woche gerissen. In meinem Mund prickelte und brannte der Nachgeschmack vom Cognac meines Schwiegervaters, der Schnee kitzelte auf meinem Nacken und meinen bloßen Händen; hoch über mir schwebten einige beleuchtete Fenster, hinter denen sich wahrscheinlich Familien im Lichtkreis pastellfarbener Lampenschirme versammelt hatten, und unzählige schwarze Fenster, die sich kaum von den Wolken unterscheiden ließen, hinter denen andere Familien wohl den traumlosen Schlaf wohlhabender Menschen schliefen. Und während ich so dastand, den Blick nach oben gerichtet, begriff ich zum ersten Mal seit der Katastrophe in der Manege, worauf mein Leben hinauslaufen würde.

Jetzt brauchte ich nicht mehr zu hoffen, irgendwo eine feste Anstellung zu finden; ich würde mich verdingen müssen, im besten Fall als Nachtbusfahrer, vermutlich aber eher als Straßenkehrer. Meine lächerlich geringen Einkünfte würden noch nicht einmal einen Teil der Kosten für die überteuerten Leinwände und Farben decken, die ich künftig auf dem Schwarzmarkt besorgen musste (da ich nach dem Verlust meiner Stelle auch keinen Zugang mehr zu den subventionierten Läden für Künstlerbedarf hatte). Wir drei würden bis ans Ende unserer Tage in dieser erniedrigenden Enge zusammenleben und unsere Unterwäsche gemeinschaftlich auf den Rohrleitungen im Badezimmer trocknen, und in ein paar Jahren, wenn meine Mutter in Ruhestand ging, würde es Nina sein, Nina allein, auf der die Sorge für unseren Unterhalt lastete. Sie würde für meine geheime, gefährliche Berufung bezahlen, mit langen Tagen und noch längeren Nächten, mit dem Verzicht auf jene kleinen Vergnügungen, die sie sich jetzt noch gelegentlich leistete – einen Ballettbesuch mit Sitzplatz im obersten Rang, eine mit Schokoladenguss überzogene Kirsche zum abendlichen Tee –, und mit noch etwas anderem, das ihr vielleicht mehr am Herzen gelegen hatte als meine Kunst, etwas, worüber wir nie gesprochen hatten …

Die Leere in Ninas Augen an ihrem dreißigsten Geburtstag fiel mir ein, all die Worte, die ihr immer auf den Lippen lagen und die sie dennoch nie aussprach, und ihre wachsende Abneigung, sich mit ihren alten Freundinnen zu treffen. Ich dachte daran, dass sie Abend für Abend im Bett lag, mit dem Gesicht zur Wand, und ich nicht einmal wusste, ob sie die vom Straßenlampenlicht fleckig beleuchteten Blumen auf der Tapete zählte oder trüben Gedanken nachhing. Und dann widerhallten plötzlich Malinins

Worte in meinen Ohren, jene Worte, die ich krampfhaft zu vergessen versucht hatte: »Wofür aber würdest du dich opfern – und, falls ich dich daran erinnern darf, nicht nur dich selbst, sondern auch deine Mutter und deine Frau?« Und plötzlich erstarrte ich, weil mir dämmerte, dass ich alles falsch gemacht hatte, hoffnungslos falsch, dass mein heldenhaftes Vorhaben, mit meiner Außenseiterkunst weiterzumachen, keineswegs das Opfer war, für das ich es gehalten hatte, sondern dass ich damit bloß egoistisch meinen eigenen Wünschen nachgeben wollte – und dass das wirkliche Opfer eigentlich darin bestanden hätte, die scheinbar feige Entscheidung zu treffen, meine Kunst aufzugeben. Zwar war ich mir immer noch sicher, welchen Weg ich gehen würde, wenn es um die Wahl zwischen Komfort und Unsterblichkeit ginge, ja sogar zwischen Glück und Unsterblichkeit – aber hatte ich das Recht, diese Entscheidung auch für andere, für die Menschen, die ich liebte, zu treffen?

Und, vernahm ich eine leise, kalte Stimme in meinem Inneren, wie überzeugt war ich denn von diesem Ruhm, der mir posthum zuteil werden sollte? In meinen Tagträumen hatte ich mir einen sonnendurchfluteten Bereich in einem Museumstrakt vorgestellt, kleine Schilder mit genauen Daten und Titelangaben, ein großzügiges Kapitel in den Büchern der Kunstgeschichte, Hochglanzdruck, doch im Laufe einer Woche hatte sich meine Vision einer schmerzvollen Transformation unterziehen müssen; jetzt steckten meine Werke in einem vollgepfropften fensterlosen Kabuff, das höchstens mal von einem Hausmeister betreten wurde. Denn im Gegensatz zur Literatur war Malerei eine tragische Kunst: Sie ließ sich nicht vor Sonnenaufgang schnell auf einer alten Schreibmaschine vervielfältigen, konnte nicht eingenäht ins Mantelfutter Grenzen überschreiten oder auf ewig weiterleben in einer geschützten dunklen Ecke der Erinnerung. Malerei war für immer und ewig an das Irdische gebunden, an das Material – Leinwand, Staffelei, Farben, Pinsel, eine Wand – und letztlich auch an Ort und Zeit; und von diesem Ort und dieser Zeit hing es ab, ob sie überlebte oder zerstört wurde. Russland war mit seinen Künstlern nicht sehr sanft umgesprungen. Ich dachte an all die

Schätze, die in Kriegen und Revolutionen verbrannt waren, an die unbezahlbaren Fresken, die Regen und Schnee von Kirchenwänden gewaschen hatte, an Chagalls Meisterwerke, die in einem namenlosen Lagerraum der Tretjakow-Galerie eingekerkert waren. Ich dachte an den bedrückenden Geruch des Versagens, der sich so manches Mal klammheimlich in den Terpentingeruch gemischt hatte, und dann huschten mir ohne ersichtlichen Grund frühe Erinnerungen durch den Kopf: die schwarzen Schuhe, die durch die lautlose Moskauer Nacht herankamen; der Professor, der seine zitternde Hand ausstreckte; meine Mutter, die sich am Telefon eine Hand vor den Mund hielt, als wolle sie einen Schrei ersticken; der einsame, erschöpfte Flug meines Vaters von einer Dunkelheit in die andere …

Und in einer tiefen, dunklen Ecke meines Herzens regte sich bereits ein noch viel schrecklicherer Zweifel: War ich mir meiner Begabung wirklich so sicher, dass ich dafür alles aufs Spiel setzen wollte – in der vagen Hoffnung, ich würde eines Tages mitten in Elend und Enttäuschung etwas erschaffen, das so einzigartig, so schön und großartig war, dass es unser vergeudetes Leben rechtfertigte?

Die Tür des Gebäudes öffnete sich, und ein junger Mann mit einem hochmütigen Windhund an der Leine kam heraus. Hinter dem gewölbten Rücken des Hundes sah ich wieder den glänzenden Marmor, die Bronze, das in den Spiegeln tanzende Licht … Und plötzlich wusste ich, dass ich in den wenigen Minuten, die ich hier im Schneetreiben vor einem Abfalleimer gestanden hatte, eine schwindelerregende Strecke zurückgelegt hatte.

Ich betrachtete das Buch in meiner Hand. Wasser lief über den Umschlag. Ich wischte mit dem Ärmel darüber, steckte das Buch unter meinen Mantel und ging nach Hause.

Als ich die Treppen zu unserer Wohnung emporstieg, war ich bis auf die Knochen durchgefroren. Geräuschlos sperrte ich die Tür auf und trat ein. Stille und Elend sickerten unter der geschlossenen Tür unseres Zimmers hindurch, wo Nina vielleicht genauso wach, wie ich sie verlassen hatte, im Dunkeln lag, doch aus dem Zimmer meiner Mutter, die offenbar gerade die Abendnachrichten sah, fiel ein dünner Lichtstreifen in den Flur. Einen Moment zögerte ich, dann klopfte ich vorsichtig. Der Fernseher wurde leisergestellt, und die Stimme meiner Mutter fragte: »Ja, was gibt's denn?«

Die Deckenlampe war eingeschaltet, aber sie lag im Bett, angetan mit einem dicken lachsfarbenen Nachthemd; ihr Kopf war voller Lockenwickler. In der Luft lag ein abgestandener Duft von *Krasnya Oktjabr* – dem Parfum, das ich schon seit meiner Kindheit kannte.

»Was ist passiert, Tolja?«, fragte sie ängstlich und stützte sich auf den Ellbogen. »Deine Haare sind ganz nass!« Der Ton des Fernsehers war jetzt ganz abgestellt, doch die schwarzweißen Gestalten auf dem Bildschirm warfen Schatten auf ihr Gesicht.

»Nichts ist passiert«, sagte ich. »Ich war draußen, und da schneit es.« Behutsam setzte ich mich zu ihr auf die Bettkante. »Kann ich dich etwas fragen, Mama?« Sie sah mich erschrocken an. »Ich möchte gern wissen«, sagte ich verlegen, »ob dir meine Bilder gefallen.«

Sie presste die Lippen zusammen.

»Wie kannst du deine Mutter bloß so behandeln?«, sagte sie gereizt und beugte sich zum Lautstärkeregler des Fernsehers. »Es ist spät, meine Nerven sind nicht die besten, und du platzt einfach hier herein und stellst mir dumme Fragen! Nein, Tolja, das ist nicht nett von dir.«

»Mama, bitte«, sagte ich. »Es ist wichtig. Ich muss wirklich wissen, was du denkst.«

Sie musterte mich mit unsicherem Blick, als versuchte sie abzuwägen, ob ich es ernst meinte oder nicht.

»Und jetzt«, sagte die helle Stimme der Ansagerin im Hintergrund, »singt die Volksmusikgruppe Samotsweti ein Lied aus Wologda.« Eine Reihe Frauen in Trachtenkleidern begann klagend um einen jungen Mann herumzutanzen, der sich weigerte, seine Liebste gegen eine Kiste mit Gold einzutauschen. Meine Mutter stellte den Fernseher ab.

»Es ist wegen deiner Probleme bei der Arbeit, nicht wahr?«,

sagte sie seufzend. »Weißt du, Tolja, natürlich kannst du wunderschön zeichnen – Gesichter, Blumen, Häuser, alles wie auf einer Fotografie.« Sie tätschelte meine Hand. »Weißt du noch, wie du dieses eine Bild gemalt hast, das mit dem Soldaten, der auf einem Pferd in ein Dorf reitet? So ein wunderbares Bild – ich war richtig stolz auf dich. Aber ich wünschte wirklich, du würdest wieder in dieser Art zeichnen, Tolja – ganz ehrlich, deine neuen Bilder sind nicht annähernd so schön. Es ist kein Wunder, dass die Behörde eure Ausstellung geschlossen hat. Nein, schau nicht weg, du wolltest doch einen Rat von deiner Mutter, und deshalb sage ich dir, deine neuen Bilder sind wirklich unerfreulich. Ich kann mir nicht vorstellen, wie Nina in ihrer Gegenwart überhaupt schlafen kann – sie muss doch ständig Albträume haben.«

»Nina liebt meine Bilder«, sagte ich leise.

»Manchmal verstehe ich dich einfach nicht«, sagte meine Mutter kopfschüttelnd. »Du bist auf eine Hochschule gegangen, und trotzdem begreifst du die einfachsten Dinge nicht.«

Der Cognac, den ich getrunken hatte, weichte die Ränder meines Bewusstseins auf. »Was meinst du?«, fragte ich. Sie sah mich schweigend an. Ich fragte mich, ob Nina uns hinter der dünnen Wand zuhörte – und hoffte, dass es nicht so war.

»Ich weiß, dass du mich für alt und ungebildet hältst«, sagte meine Mutter traurig, »aber ich kann immer noch erkennen, ob eine Frau glücklich oder unglücklich ist. Und ich sage dir, Tolja, Nina ist unglücklich. Warum habt ihr beiden keine Kinder?«

»Mutter, ich …«

»Wegen deiner Bilder!«, unterbrach sie mich. »Weil du aus unserer Wohnung eine Art Untergrundlager gemacht hast. Weil du glaubst, dass dich ein Kind nur bei deiner Arbeit stören würde. Aber ich sage dir, Tolja, das Mädchen war vierundzwanzig, als du sie geheiratet hast, und letzten Monat ist sie dreißig geworden. Wie lange willst du denn noch warten? Vielleicht ist es schon zu spät für sie. Jeden Morgen hat sie rot verweinte Augen, aber du bist so beschäftigt beim Herumspielen mit deinen Farben, dass du es noch nicht einmal bemerkst. Du glaubst, dass sie deine Bilder liebt? Ich bin deine Mutter, und eines sage ich dir: Selbst wenn Nina jetzt so tut, als würde sie deine Bilder lieben – sie wird sie hassen, wenn sie vierzig ist und keine Kinder hat.«

Es war nicht die Antwort auf das, was ich sie gefragt hatte, aber es war eine Antwort. Einen Augenblick lang war es so still, dass ich die Sprungfedern des Betts nebenan unter Ninas Gewicht ächzen hörte. Dann wandte ich den Blick von Mutters gerötetem Gesicht ab, von den rosaroten und grünen Lockenwicklern, dem ein wenig angeschmutzten Spitzenkragen ihres Nachthemds, murmelte etwas von später Stunde, schlüpfte in den Flur hinaus und schloss die Tür, hinter der ich gleich wieder die Klagelaute der Volksmusikgruppe Samotsweti hören konnte.

Eine endlose Weile lang stand ich bewegungslos im Dunkeln, kämpfte gegen die Tränen an und versuchte, dem ungeheuren Entsetzen nicht nachzugeben, das mir wie eine sprungbereite Bestie im Nacken saß. Als ich wieder gleichmäßiger atmen konnte, nahm ich Malinins Buch und ging damit in die Küche. Im selben grünlichen Lichtkreis, in dem Nina und ich uns in jener wundervoll glücklichen Nacht vor der Vernissage in der Manege eine Mandarine geteilt hatten – eine Woche war das erst her und doch so lange vorbei –, brütete ich über violetten Wüsten voller bedrohlicher Statuen, schlaff herabhängenden Musikinstrumenten, mit hartem gelben Licht überfluteten leeren Plätzen in altertümlichen Städten, verzerrten Leibern, die in Schubladen aufgeteilt waren oder von Pfählen gehalten wurden, hell gefiederten Kanarienvögeln, die ihre Lieder in Brustkörben trillerten – und nach und nach erfüllte das leise, aber anhaltende Vogelgezwitscher die dunklen Windungen meines Gehirns, und in der Luft schimmerten seltsam leuchtende Phantomgestalten, schwer fassbar, schön und schrecklich wie Träume. Statt mir Gedanken zu machen über den Artikel, den ich für meinen Schwiegervater schreiben sollte, saß ich nur einfach still da und sah auf die Straße hinaus, während vor meinem inneren Auge Bilder tanzten – Dutzende, Hunderte, Tausende von Bildern, die tief in mir lebten und die ich jetzt wohl nie mehr malen würde …

Schlurfende Schritte näherten sich, und als ich mich umwandte, sah ich meine Mutter in der Tür stehen. Ich starrte sie an. Sie trug ein durchgeknöpftes Hauskleid; seit unserer Unterhaltung vor einer Stunde war ihr Gesicht um zwanzig Jahre gealtert.

»Tolja, bist du sicher, dass mit dir alles in Ordnung ist?«, fragte sie. »Du siehst etwas … Mein Gott, deine Brille ist ja kaputt! Ich hatte gleich den Eindruck, dass irgendetwas nicht stimmt.«

Verwirrt ließ ich meinen Blick durch die Küche schweifen, ohne etwas wiederzuerkennen. Auf dem Herd stand ein Wasserkessel, der gleich zu pfeifen beginnen würde, zwei Tassen standen zusammen mit diversen Plätzchen auf dem Tisch, die Küchenuhr zeigte fünf Uhr nachmittags, und in einem Käfig in der Ecke sang leise, aber ausdauernd ein bunt gefiederter Kanarienvogel. Vor dem Fenster raschelten die Bäume, die sich frühherbstlich zu verfärben begannen.

Plötzlich schmeckte ich Cognac auf der Zunge.

Meine Mutter beobachtete mich verwundert.

»Was liest du denn da?«, fragte sie.

Vorsichtig senkte ich den Blick. Das Buch mit den surrealistischen Reproduktionen war kein Traum im Traum gewesen, wie ich jetzt sah – es lag immer noch offen vor mir. Ich musste es bei meinem Besuch in Malinins Wohnung mitgenommen haben. Und von der aufgeschlagenen Seite sah mich ein Gesicht an – ein Gesicht, das ich nicht einordnen konnte, mir jedoch erschreckend bekannt vorkam. Ich blinzelte, rieb mir die Schläfen, blätterte eine Seite vor und wieder zurück, hoffte, ich hätte mich geirrt, hoffte inständig, es sei ein Irrtum – aber es war immer noch da.

Das Bild war von Salvador Dalí, aus dem Jahr 1936, und trug den Titel »Der Apotheker von Ampurdan auf der Suche nach dem absoluten Nichts«. Über die glänzende Reproduktion hinweg schritt ein kleiner dicklicher Mann mit rötlichblondem Haar und einem spitzen Bärtchen, der einen verschossenen braunen Anzug trug. Unglaublich – da war er wieder, auf der gegenüberliegenden Seite, und hob vorsichtig die weiche Ecke eines zerschmolzenen Klaviers in die Höhe; und zwei Seiten weiter lugte er hinter einem scheußlich verfallenen Körper in Dalís »Vorahnung des Bürgerkriegs« hervor, und wieder trug er denselben Anzug und denselben milden Gesichtsausdruck wie ein Apotheker aus der Provinz.

Doch der Mann auf Dalís Bildern war kein Apotheker aus der Provinz.

Der Mann auf den Bildern war mein Pseudovetter Fjodor Michailowitsch Dalewitsch.

21

Zuerst war nichts da außer einem betrunkenen Rauschen. Dann tauchten aus dem dunklen Chaos winzige Inseln auf, Gedankeninseln, die sich langsam vergrößerten und dann zu Ketten verbanden, zu Inselgruppen wurden, zu Kontinenten, bis der Nebel sich vollständig lüftete und er auf festem Boden stand. Natürlich – Dalewitschs Anwesenheit hatte er immer als etwas Bösartiges empfunden, doch erst jetzt wurde ihm klar, wie viel von diesem Puzzle bislang vor ihm versteckt worden war, dass sich das vollständige Bild völlig anders darstellte; er verspürte die erschrockene Heiterkeit eines Menschen, der sich eine Ewigkeit lang blind an den Wänden eines vertrauten Gefängnisses entlanggetastet hat, zufällig auf einen Lichtschalter stößt und dann feststellt, dass er sich nicht in seiner engen Zelle mit schalen Gerüchen und berechenbaren Gefahren befindet, sondern in einer kahlen Landschaft, gefangen im Schneetreiben unter schwarzem Himmel, wo seltsame Schatten sich in eisiger Ferne in unheimlichen Tänzen winden.

Mehr als zwanzig Jahre lang hatte er die Kunst, sein ehemaliges Ein und Alles, verleumdet, getreten, geschlagen, beschimpft und ans Kreuz geschlagen, insbesondere den Surrealismus; jetzt sah er, dass die Kunst sich schlicht und einfach rächte. Mit der allmächtigen Geduld einer verschmähten alten Gottheit hatte ihm eine unsichtbare Kraft des Universums gestattet, immer weiter aufzusteigen, um ihn dann umso härter abstürzen zu lassen. Der unfehlbare und unaufhaltsame Strafmechanismus war zweifellos an jenem großartigen Abend in der Manege in Gang gesetzt worden, bei Malinins Feier, und zwar genau in dem Moment, als der Kulturminister mit der Einladung zu seiner Privatparty an ihn herangetreten war. Ja, dachte er, während er blicklos auf das Dalí-Gemälde vor sich starrte, in diesem Moment war der Becher seines Erfolges endgültig übergelaufen, waren seine Mauern unter dem Druck ungebetener Synergien ins Wanken geraten, war er in die Vergangenheit zurückgestoßen worden – eine andere Vernissage in der Manege, ein anderes Bild von Nina, eine andere Begegnung mit Lew Belkin im Schatten der neoklassizistischen Säulen ... Und nach einer theatralischen Kunstpause von zwei Tagen war schließlich auch noch ein unsympathisches Gespenst namens Fjodor Michailowitsch Dalewitsch vor seiner Tür aufgetaucht, um sich erst einmal überschwänglich wegen der Störung beim Abendessen zu entschuldigen.

Der bescheidene Bote des Schicksals, der gewissenhafte Rächer der Kunst, von einem feindlichen Gott aus einem surrealistischen Gemälde gesandt, ausgestattet mit einem Körper mittleren Alters, einem Koffer, einem Hut (gemalt von Magritte), einem Kanarienvogel (Max Ernst lässt grüßen), den unterwürfigen Manieren eines Verwandten vom Land, einer Fülle provokanter künstlerischer Ideen und einem ehrlichen Nachnamen (und, wie Suchanow nun bewusst wurde, dem Vornamen von Dostojewski, dem Autor des Romans »Der Doppelgänger«, der die Geschichte eines Mannes erzählt, dessen Leben von seinem eigenen Geist weitergeführt wird). Dalís Dalewitsch war ganz eindeutig in Suchanows wohlgeordnetes Leben geschickt worden, um in der Gegenwart so viel wie möglich zu zerstören, während er gleichzeitig ein verstörendes Abgleiten in die Vergangenheit in die Wege leiten sollte – was ihm in beiderlei Hinsicht hervorragend gelungen war. Erst die Erinnerung an Suchanows Vater, die ausgelöst worden war, als seine Mutter ihm von Dalewitschs Mitbringsel, dem surrealistischen Vogel, erzählt hatte; dann die Erinnerung an das Essen an jenem Abend seiner Kindheit, als sein Vater zurückgekommen war, gekoppelt mit Dalewitschs plötzlicher Ankunft; der Anblick von Dalewitsch, wie er nachts im Sessel kauerte, der ihm die Morozow-Jungs, Professor Gradski und seine erste Begegnung mit der Kunst wieder ins Gedächtnis gerufen hatte; und der Spaziergang mit Dalewitsch, der ihn im Eiltempo in die Jahre der Evakuierung und zu den Stunden bei Oleg Romanow zurückversetzt hatte …

Nadeschda Sergejewna hüstelte hinter vorgehaltener Hand.

»Ich denke, du solltest nach Hause gehen und dich hinlegen«, sagte sie. »Ein Schläfchen wird dir guttun. Ich erwarte ohnehin noch jemanden zum Tee. Aber ich freue mich natürlich sehr, dass du vorbeigekommen bist.«

»Ja«, sagte Suchanow und stand auf. »Ich wollte nur eben vorbeischauen, weil ich gerade in der Nähe war und …«

Es läutete an der Tür.

»Oh«, sagte sie mit unruhigem Blick, »das muss mein Gast sein.«

»Keine Angst, ich gehe ja schon«, sagte er. Es läutete erneut. Sie schien verlegen. »Willst du nicht an die Tür gehen?« Er versuchte zu lächeln. »Nun geh schon. Ich warte einstweilen hier.«

Während sie durch den düsteren Korridor schlurfte, trat er ans Fenster und kämpfte mit dem nach wie vor mit Isolierstreifen vom Winter verklebten Fensterflügel, bis er ihn endlich aufbekam. Tief sog er die Luft des Augustabends ein, dessen Aroma ihn an so manchen Abend seiner Kindheit erinnerte, an Lindenbäume, Fleischstrudel und leise nahende Kälte. Als er in der Diele Stimmen hörte, ergriff er den Vogelkäfig – der schwerer als erwartet war – mit beiden Händen, hielt ihn, nachdem er die Verriegelung geöffnet hatte, aus dem Fenster und schüttelte ihn. Der Kanarienvogel plumpste auf das Fensterbrett und starrte ihn mit erstaunten schwarzen Augen an. »Los, du dummes Vieh, hau ab!«, flüsterte Suchanow, schlug das Fenster zu, stellte den Käfig eiligst wieder zurück und drehte sich mit leicht abwesendem Blick um – gerade rechtzeitig, um Fjodor Mikhailowitsch Dalewitsch eintreten zu sehen.

»Tolja«, sagte Dalewitsch leise. »Hallo. Tante Nadja hat mir gesagt, dass du da bist.«

Er wirkte sanft und zurückhaltend wie immer. Er trug Dalís Anzug und Magrittes Hut, hielt eine Schachtel mit Kuchen in der einen und eine dünne Mappe in der anderen Hand. Nadeschda Sergejewna kam einen Trippelschritt hinter ihm herein.

»Tja«, sagte Suchanow nach einer längeren Pause, während der ihn unsagbar gewalttätige Gedanken überkamen. »Ich muss sagen, du wirkst wunderbar überzeugend – wirklich ganz echt. ›Tante Nadja‹ klingt auch sehr charmant.«

Dalewitsch sah ihn traurig an. »Wie ich sehe, bist du immer noch böse auf mich«, sagte er, »aber ich hoffe, ich habe jetzt doch noch die Chance, dir die Sache zu erklären. Bitte, Tolja, deiner Mutter habe ich schon alles gesagt, und sie glaubt mir. Lass mich nur …«

»Ich bezweifle sehr, dass du ihr tatsächlich alles gesagt hast. Ich wette, über Dalí hast du sie nicht aufgeklärt.«

»Das mit deinem Artikel tut mir wirklich leid«, protestierte Dalewitsch sanft. »Die ganze Sache war ein Versehen, ich hatte nie die Absicht, dir beruflich ins Gehege zu kommen. Tatsache ist, dass ich, da ich meine Recherchen hier beendet habe, jetzt wieder nach Wologda zurückfahre, mein Urlaub ist ohnehin vorbei …«

»Du weißt verdammt gut, dass ich nicht von irgendeinem Artikel rede!«, zischte Suchanow und schlug mit der Hand auf den Tisch. »Und du kannst noch nicht einmal besonders gut lügen – ›Wologda‹ ist dir doch bloß eingefallen wegen diesem idiotischen Volksmusikstück, das sie letztens im Fernsehen gebracht haben!«

Dalewitsch sah ihn bass erstaunt an. Er spielte seine Rolle nicht schlecht.

»Tante Nadja«, sagte er zögernd, »ich glaube, ich gehe jetzt besser. Ich möchte niemanden verstimmen … Hier, ich stelle bloß den Kuchen noch auf den Tisch. Ach ja, Tolja, das hier wollte ich eigentlich bei Tante Nadja lassen, ich hatte schon lange vor …«

Er hielt ihm die Mappe hin und trat gleichzeitig zwei Schritte auf die Tür zu.

Mit exaltiert hoher Stimme, die nicht die seine war, rief Suchanow: »O nein, du verschwindest hier nicht, du surrealistischer Bastard!« Wie wild warf er sich vor die Tür. Weil seine Brille ihm dabei seitlich vom Gesicht rutschte, schien das ganze Zimmer umzukippen.

Er hatte erwartet, Dalewitsch würde bei dem Zusammenprall wie eine straff gespannte Leinwand zerreißen, doch die Schultern, die er festhielt und schüttelte, fühlten sich ganz normal und menschlich an. Dalewitsch, der in vorgetäuschtem Erstaunen die Augen weit aufgerissen hatte, hielt die Hände kraftlos vor sein Gesicht, wobei er die Mappe losließ, sodass die darin enthaltenen pastellfarbenen Blätter allesamt auf den Boden flatterten.

Es passierte so unerwartet, dass Suchanow automatisch zu Boden sah, wo gerade ein Blatt auf seinem Fuß landete, ein blasses Aquarell, das eine Birke zeigte, deren Blätter sich in durchsichtige grüne Schmetterlinge verwandelten, die zu ihrem ersten zittrigen Flug abhoben. Die Striche waren unbeholfen und die Farben kindlich, doch als er das Bild betrachtete, begann sein Herz in einem Gefühl des Wiedererkennens zu beben. Er ließ Dalewitsch los und bückte sich langsam, um das Blatt aufzuheben, hielt es sich dicht vors Gesicht, weil er glaubte, er sähe nicht richtig. Das konnte doch nicht wahr sein.

Trotzdem war es wahr – es handelte sich um eines seiner ersten Bilder, die er als Dreizehnjähriger in Oleg Romanows Obhut gemalt und später in den Wirren des Krieges verloren hatte. Ungläubig sammelte er die Blätter auf, während seine Mutter und Dalewitsch ihn nervös und gespannt beobachteten. Unter dem Tisch lag eine Tintenskizze, die er während der Schneeschmelze von einer Straße in Insa angefertigt hatte, gleich daneben die flüchtige Studie einer weinenden Frau mit derbem Bauerngesicht, die ein verwundetes Kind in den Armen hielt. Bei der Spüle lag das Bild einer öden Landschaft, eines Winterfelds, über dem sich Drähte spannten, auf denen aufgeplusterte Spatzen saßen (die, wie er sich plötzlich erinnerte, respektlos vor sich hin tschilpten, jeder Vogel auf seinem Draht eine andere Note, sodass sich die Refrainmelodie eines bekannten Vaterlandslieds ergab), und daneben lag ein Porträt seines Lehrers Romanow, eine kleine Figur in Schwarzweiß, die mit hocherhobenem Pinsel eine üppige Farbenwelt aufblühen ließ. Er beugte sich vor, um besser sehen zu können, und erblickte unter dem Fenster eine Zeichnung von einem großen Mann im Mantel, der mit strahlendem Lächeln in einer Tür stand – der Wachtraum, den er als Junge so oft geträumt hatte …

»Wie?«, stammelte er heiser. »Wie bist du an diese Bilder gekommen?«

»Aber du selbst hast sie ihm doch gegeben, Tolja, weißt du das nicht mehr?«, sagte seine Mutter. »Ach, ich wünschte, ihr beiden würdet aufhören zu streiten! Als Jungen habt ihr euch so gut verstanden, als wir bei Irotschka Dalewitsch gewohnt haben, nachdem … nachdem wir 1943 nach Moskau zurückgekommen waren.«

»Wer, zum Teufel, ist Irotschka Dalewitsch?«

»Irotschka Dalewitsch – eine meiner Cousinen zweiten Grades, Fedjas Mutter! Das weißt du doch wohl noch, oder?«

»Mama hat mir immer gesagt, dass ich dich nicht belästigen soll«, fügte Dalewitsch eilfertig hinzu. »Aber ich war so fasziniert von dir, dass ich dir überallhin nachgelaufen bin, bis du mir Bilder von dir geschenkt hast – um mich loszuwerden, nehme ich an. Ich war damals erst zehn, aber ich erinnere mich noch deutlich, dass ich gedacht habe, ich hätte noch nie im Leben etwas Schöneres gesehen. Tatsache ist, dass ich mein Interesse an Kunst voll und ganz dir und deinen Bildern zu verdanken habe. Ich weiß, dass du keine Karriere als Maler angestrebt hast, aber trotzdem, Tolja, hattest du eine wirkliche Begabung, das Leben von anderen nachhaltig zu verändern …«

In diesem besänftigenden Tonfall redete er weiter, und während Suchanow auf die halb durch den blonden Bart verdeckten Lippen starrte, wurde ihm eine Erinnerung bewusst, die sich bei den Worten seiner Mutter in den tiefsten Tiefen seines Gedächtnisses zu regen begonnen hatte und nun Gestalt annahm, bis in einer verschwommenen Sequenz die grässliche Tapete und die Badewanne auf den Löwenfüßen an ihm vorbeizogen, die niedrigen, in seinem von Albträumen geplagten Schlaf so bedrohlich näherrückenden Zimmerdecken, die magere spitznasige kleine Frau, wie sie ihre ärmlichen lauwarmen Abendessen auf den Tisch stellte, und mittendrin und immer dabei dieser stille blonde Junge, einige Jahre jünger als er selbst, der ihn mit seinen neugierigen wachsamen Augen ständig beobachtete, pausenlos …

Erneut ließ er den Blick über die auf dem Küchenfußboden verstreuten Blätter schweifen – der erste echte Beweis seit einem Vierteljahrhundert, dass er nicht alles nur geträumt hatte, dass er tatsächlich einmal ein anderes Leben geführt hatte –, womit alles andere bedeutungslos wurde, alles außer diesen Bildern eines Kindes, die so wundersam über die Zeiten hinweg gerettet und ihm nun zu Füßen gelegt worden waren. Vielleicht war Dalewitsch gar kein übelwollender Rächer, sondern bloß ein wichtigtuerischer, wohlmeinender Verwandter aus dem fernen russischen Norden. Vielleicht war nur er selbst und sonst niemand dafür verantwortlich, dass er seine Stellung, seine Familie, sein Selbstwertgefühl verloren hatte; vielleicht war der ganze Wahnsinn in seinem Leben nur die unvermeidliche logische Folge der Entscheidungen, die er über all die Jahre getroffen hatte … Doch auch wenn er diese Erkenntnisse vor nur einer Stunde noch als bestürzend empfunden hätte, waren sie ihm jetzt mehr oder minder unwichtig. Ohne auf das in der Küche herrschende Schweigen zu achten, sammelte er die Blätter vom Boden auf, strich sie auf dem Tisch sorgfältig glatt und nahm eins nach dem anderen genauestens in Augenschein – mit einem Blick, der vom jahrzehntelangen Betrachten flotter Produktionen des Sozialistischen Realismus getrübt war. Nicht mehr daran gewöhnt, den eigenen Strich, die eigenen Farben zu sehen, war er plötzlich darauf versessen, jedes einzelne Bild nach Spuren von Originalität abzusuchen, nach einem frühen Zeugnis seiner Begabung; er hielt das eine oder andere Bild gegen das Licht, als erwarte er, unter den Wasserfarben eine Art transparentes Wasserzeichen hervortreten zu sehen, und ein andermal fuhr er mit dem Finger eine gewundene Linie nach – wobei er sich plötzlich und unerwartet fragte, ob er sich möglicherweise nicht doch geirrt hatte in jener so lange zurückliegenden Dezembernacht, ob nicht Bilder trotz allem ihr eigenes geheimes, fröhliches Leben führten, in den verborgenen Winkeln menschlicher Erinnerung, in den hintersten Schubladenecken eines Hauses, in dunklen Museumskellern, ob es nicht tatsächlich möglich war, dass er wirklich einmal Talent besessen hatte … Und mit einem Mal verspürte er das dringende Bedürfnis, sich die Wahrheit vor Augen zu führen.

Ohne ein Wort trat er in den Flur, fasste mit der Hand nach dem Türknauf eines Dielenschrankes und stockte, wenn auch nicht, weil ihn der erschrockene Aufschrei seiner Mutter innehalten ließ, sondern weil er sich innerlich auf das einstellte, was er, wie er wusste, hinter dieser Tür vorfinden würde – die Fenster in seine Vergangenheit, die Fenster in sein Herz, ganze Stapel davon, die er hier vor zwanzig Jahren zurückgelassen, kreuz und quer eingelagert hatte, inzwischen sicher leicht angegraut, einige vielleicht sogar staubig oder verschimmelt, während ihn andere mit ihren wilden Farben und Formen anfallen würden wie ungezähmte, lange Zeit eingesperrte Raubtiere. Plötzlich kam es ihm fast unheimlich vor, dass dieser Schrank immer hier gewesen war – dieser Schrank, der seine Bilder beherbergte –, dass es zwischen seiner Gegenwart und jener anderen Welt, die einmal ganz die seine gewesen war und nun für ihn voll unbekannter und angsteinflößender Wunder steckte, stets nur diese dünne Trennwand gegeben hatte. Ja, er hatte davon gewusst, sich aber Jahre über Jahre im Vergessen geübt, damit er den stummen, sorgenvollen Ruf der Geister nicht hören musste, wenn er zuweilen im Wohnzimmer seiner Mutter saß und bei lauwarmem Tee und widerwärtigem Gebäck über eine neue Ausgabe seines Buchs schwadronierte, über die hervorragenden Schulleistungen seines Sohnes, über Ninas Herbstreise nach Paris …

Jetzt fiel ihm das alles in einem einzigen Augenblick wieder ein, während er dastand und die gewichtige Kühle des Türknaufs in seiner Hand fühlte – alles oder zumindest das, was ihm noch in Erinnerung geblieben war von einem Leben, das sich mit der Februarausgabe 1963 von *Kunst und Welt* in Richtung Sicherheit,

Beständigkeit und Ruhe zu entwickeln begonnen hatte. Auf seinen ersten Artikel folgten schnell aufeinander kürzere Texte und Anfang 1964 eine ausführliche Monographie zum Thema »Zeitgenössischer Einsatz der Methode des Sozialistischen Realismus bei Landschaften und Stillleben« gipfelte, deren laut bejubelte Veröffentlichung, zusammen mit seinem rechtzeitigen Parteieintritt, ihm im Jahr darauf zu der Zweizimmerwohnung für seine Mutter verhalf, just als Nina schwanger geworden war. Nach Nadeschda Sergejewnas Auszug richtete er sich in dem freigewordenen Zimmer ein Atelier ein, da er keineswegs vorhatte, die Malerei komplett an den Nagel zu hängen, doch zunächst kam er wegen ständig anstehender Vorlesungen und seiner Arbeit für die Zeitschrift ohnehin nicht zum Malen – er zog es vor, sich lieber keine Gedanken darüber zu machen, ob er zu müde war oder ob es andere, tiefere Beweggründe gab. Dann kam Wassili zur Welt und Nina brauchte Platz, um seine Laken zu trocknen und seine Wäsche zu bügeln, und Pjotr Alexejewitsch schenkte ihnen eine Krippe, die bezaubernd, wenn auch ziemlich sperrig war, und nach und nach wurden seine Leinwände und Farben in dunkle, unauffällige Ecken verbannt, bis nur noch das Porträt einer diskret schwangeren, träumerisch glücklichen Nina übrigblieb, das Malinin ihnen geschenkt hatte und bald darauf seinen Platz über Suchanows erst kürzlich erworbenem, prächtig geschnitzten Schreibtisch erhielt.

Danach schien etwas mit der Zeit geschehen zu sein: Sie wurde dünner und seidiger und rann ihm so leicht durch die Finger, dass er in ihrem weichen Fluss kaum mehr Farben und Muster wahrnehmen konnte. Ein weiteres Jahr verstrich, Nina war wieder schwanger, vor ihnen lag der Umzug in eine beträchtlich größere Wohnung, Xenia wurde geboren, Nina hörte auf zu arbeiten, Eingeweihte tuschelten etwas über seine bevorstehende Nominierung für eine leitende Position bei einem hoch angesehenen Institut, und eine Anzahl befreundeter Kollegen, allen voran Direktor Penkin höchstpersönlich, ließ es sich nicht nehmen, gelegentlich mit einer Cognacflasche in der Hand vor der Tür zu stehen, unter dem Vorwand, ein wenig plaudern und seine Kinder betätscheln zu wollen. Er kam zu dem Schluss, dass es klüger war, seine Untergrund-Kunst vorübergehend verschwinden zu lassen, zumindest so lange, bis er die ihm in Aussicht gestellte Position tatsächlich innehatte, und so packte er eines Abends all seine Bilder in seinen brandneuen Zhiguli, fuhr zu seiner Mutter (sie hatte ohnehin mehr Platz, als sie brauchte), versicherte ihr beschwichtigend, es sei nur vorübergehend, und stopfte die Bilder hastig in einen Dielenschrank, als könne er sich an ihnen die Finger verbrennen. Als er die Schranktür geschlossen hatte, stand er eine Weile da, ohne sich zu bewegen, vielleicht weil er sich die gewichtige Kühle des Türknaufs in seiner Hand einprägen wollte wie ein Versprechen, dass er demnächst zurückkommen würde – dann machte er kehrt und ging fort. Doch im Grunde wusste er schon damals, wusste er in den geheimsten, tiefsten Tiefen seines Herzens, dass er nie mehr zurückkommen würde, um diesen dunklen Schatz zu bergen – und in diesem Wissen versuchte er, den Chor der geisterhaften Stimmen zu überhören, die ihm flüsternd in den Ohren lagen, versuchte die seltsam kalte Gewissheit zu ignorieren, dass für ihn die Zeit plötzlich zum Stillstand gekommen, dass sein Leben ein für alle Mal vorbei war …

Aber natürlich war das letztlich lächerlich. Natürlich war die Zeit nicht stehen geblieben. Sein Leben war weitergegangen, und im Lauf der Jahre hatte es immer wieder Veränderungen gegeben, und immer zum Besseren. Er hatte die neue Wohnung und die neue Stellung erhalten, die Kinder waren groß geworden, sie hatten die Datscha gekauft, und schließlich war er zum Chef von *Kunst und Welt* befördert worden, was ihm umgehend die noch größere Wohnung im Samoskworjetschje und einen eigenen Chauffeur beschert hatte – und trotzdem kam es ihm jetzt so vor, als seien die letzten beiden Jahrzehnte seines Lebens völlig bedeutungslos gewesen, nichtig und leer, als hätten sie sich bereits wieder in Luft aufgelöst – und als habe er erst heute, nach all dieser vergeudeten Zeit, endlich die Kraft, die Zeit wieder voranschreiten zu lassen.

Er riss die Schranktür auf.

Der stechende Geruch von Mottenkugeln schlug ihm entgegen. In der einen Ecke hingen auf Metallkleiderbügeln zwei alte Mäntel, in der anderen lehnte ein riesiger Staubsauger mit eingesunkenem Staubbeutel an der Wand. Das Regalbrett darüber kannte er nicht. Ein Handschuh baumelte über den Rand. Suchanow betrachtete ihn eine Weile, als versuche er herauszufinden, wozu er gut sein könnte, dann schloss er langsam die Tür und ging in die Küche zurück. Seine Mutter war verstummt und starrte ihm mit weit aufgerissenen Augen entgegen.

»Möchtest du einen Tee?«, fragte ihn ein merkwürdig aussehender bärtiger Mann. »Ich hole noch eine Tasse. Bleib sitzen, Tante Nadja.«

Suchanow kannte den Mann gut. Es war irgendein Verwandter, vielleicht ein Spielkamerad aus seiner Kindheit; allem Anschein nach waren sie sich kürzlich in die Haare geraten. Aber das war jetzt nicht mehr wichtig.

»Mutter«, sagte er mit seltsam angespannter Stimme. »Mutter, wo sind sie?«

Eine Tasse und eine Untertasse klirrten aneinander, als der Verwandte sie ungeschickt auf den Tisch stellte.

»Mama, bitte, es ist wichtig«, sagte er, wobei er das Gefühl zu ignorieren versuchte, diese Worte erst vor Kurzem in anderem Kontext gebraucht zu haben. »Wo sind meine Bilder?«

Ihr Mund zuckte.

»Na ja, sie sind nicht da.« Ihre Stimme klang schrill.

»Hast du sie irgendwo anders hingebracht? Warum hast du mir nichts davon gesagt? Ich dachte ...«

»Ich weiß, was du dachtest! Du dachtest, wie praktisch, benutzen wir Mutters Wohnung doch einfach als Schuttabladeplatz! Ist dir nie die Idee gekommen, dass mir das vielleicht nicht gefallen könnte, dass ich auch meine Bedürfnisse habe, dass ich nicht einfach nur herumkommandiert werden will?«

»Mama, was redest du denn da? Niemand hat dich herumkommandiert. Ich wollte nur ...«

»Nein, die Idee ist ihm nie gekommen!« Jetzt zeterte sie. »Kommt einfach so hier hereingestürzt nach all der Zeit, wühlt ohne Erlaubnis in meinen Schränken, erwartet, dass alles noch genauso ist, wie er es vor zwanzig Jahren zurückgelassen hat – als ob ich gar nicht hier leben würde, als ob man auf mich keine Rücksicht nehmen müsste, als ob ich nicht das Recht hätte, in meiner eigenen Wohnung zu tun und zu lassen, was mir gefällt!«

Vielleicht bemerkte sie, wie sich sein Gesichtsausdruck veränderte, vielleicht ging ihr auch einfach die Luft aus; jedenfalls hielt sie plötzlich inne. Der Verwandte, der, ein gefrorenes Lächeln auf den Lippen, den Kuchen in ungleiche Stücke geschnitten hatte, legte das Messer hin, griff nach seinem Hut und schlich sich auf Zehenspitzen aus der Küche; irgendwo wurde eine Tür geöffnet und wieder geschlossen. Suchanow stand reglos da. Die Sonne war bereits hinter den Dächern verschwunden, aber noch lag ihr Leuchten in der Luft. Warme rote Strahlen ließen die kleine Küche erglühen, den zum Tee gedeckten Tisch, die alte Porzellanuhr an der Wand, die Sahneschnitten auf den Tellern, die Blätter, die draußen vor dem Fenster raschelten; alles schien wundervoll gemütlich, vertraut und beständig wie ein meisterhaftes Gemälde familiären Beisammenseins, ein idyllisches Traumbild …

»Du hast also meine Bilder weggeworfen«, sagte Anatoli Pawlowitsch ausdruckslos, ließ sich auf einen Stuhl sinken, vergrub das Gesicht in den Händen und weinte.

Eine Zeit lang herrschte Stille, eine Stille der vertanen Chancen und Fehlschläge, die so tief und endgültig war, als könne sie nie mehr rückgängig gemacht werden. Und doch begannen sich nach einiger Zeit in der tonlosen Leere unsichere, ängstliche Geräusche bemerkbar zu machen: das Flüstern der Bäume, fernes Hundegebell, das Tschilpen eines Kanarienvogels auf einem Fensterbrett, die zittrige Stimme einer alten Frau, die redete und seufzte und jemanden namens Tolenka anflehte, er möge doch bitte verstehen, ihr doch bitte verzeihen, sie habe gedacht, er würde die Bilder sowieso nie mehr brauchen, sie habe sich einfach so gefürchtet, mit diesen Ungeheuern leben zu müssen, aber trotzdem hätte sie es nie getan, wenn sie nicht geglaubt hätte, dass es auch für ihn das Beste sei, sie endlich loszuwerden, ja, sie hätte immer befürchtet, dass seine Bilder ihm Unglück bringen würden, und sei es denn nicht ihre Pflicht als Mutter, ihn zu beschützen, ihm zu helfen, das Beste aus seinem Leben zu machen, ihn davon abzuhalten, so zu enden wie sein Vater …

Er hob den Kopf und nahm die Anwesenheit seiner Mutter erst jetzt wieder bewusst wahr. Ihre Augen waren feucht; ihre Hand schwebte über der seinen, bereit, sich jeden Moment auf sie zu legen.

»Enden wie mein Vater?«, wiederholte er verdutzt. »Das war der Grund? Du hast mein ganzes Werk zerstört, weil du Angst hattest, ich könnte enden wie mein Vater?«

Schon während er sprach, merkte er, wie seine Ungläubigkeit sich in Wut verwandelte, eine brennend heiße, so nie zuvor empfundene Wut auf diese erbärmliche kleine Frau mit dem ängstlichen Gesicht, die ihm einmal das Leben geschenkt hatte.

»Du weißt ja nicht, Tolenka, was ich mit deinem Vater durchgemacht habe«, flüsterte sie.

»Was du durchgemacht hast, spielt keine Rolle. Die Zeiten haben sich geändert. Du glaubst doch nicht im Ernst, dass man heutzutage Leute wegen ihrer Bilder ins Gefängnis wirft?«

Sie zog ihre Hand fort. »So brauchst du nicht mit mir zu reden«, sagte sie. »Du weißt doch überhaupt nicht, was wirklich passiert ist, und …«

Und nun wurde ihm plötzlich klar, dass er sie gar nicht richtig kannte.

»Was soll schon passiert sein?«, fragte er, schob seinen Stuhl heftig zurück und stand auf. »Du und mein Vater, ihr hattet das Pech, in einer sehr dunklen Zeit zu leben. Er wurde eingesperrt, sie haben ihn gebrochen und schließlich hat er sich das Leben genommen. Solche tragischen Ereignisse gab es in den dreißiger Jahren zuhauf – aber ganz bestimmt nicht mehr in den sechziger und siebziger Jahren! Jedenfalls gibt dir das nicht das Recht, meine Bilder wegzuwerfen!«

»Darum ging es gar nicht, Tolja!«, weinte sie. »Sie haben deinen Vater nicht eingesperrt, ich habe nur …«

Sie unterbrach sich; ihr Blick irrte über den Tisch, ehe sie ihre Tasse mit dem kalt gewordenen Tee an die Lippen hob. Es klirrte laut, als sie die Tasse wieder absetzte.

Er starrte sie an.

»Das glaube ich nicht«, sagte er langsam. »Ich habe immer gedacht, du hättest diese Geschichte einem zehnjährigen Jungen zuliebe erfunden, aber du hast es wirklich geschafft, selbst daran zu glauben, stimmt's? Jahrelang in einem Krankenhaus eingesperrt! Wegen einer Grippe! Mein Gott, dass ich mir nie klargemacht habe, wie dic dreißiger Jahre dein Denken verbogen haben! In was für einer Welt lebst du denn, Mutter, in was für einer kranken, irrwitzigen …«

Sie hatte die Hände fest zusammengepresst, die Augen niedergeschlagen.

»Es war nicht die Grippe«, sagte sie mit leiser, seltsam brüchiger Stimme. Bestürzt verschluckte Suchanow die unfreundlichen Worte, die ihm auf der Zunge lagen, und beugte sich vor, um ihr genauer ins Gesicht sehen zu können. Die beginnende Dämmerung hatte ihr tiefe Schatten auf die Wangen und an die Mundwinkel gelegt, die ihr das starre, sorgenvolle Aussehen einer Heiligen aus dem fünfzehnten Jahrhundert verliehen. Verunsichert wollte er nach dem Lichtschalter greifen.

»Kein Licht, bitte«, sagte sie mit derselben, nicht wiederzuerkennenden Stimme. »So ist es … einfacher. Setz dich, Tolja. Ich wollte es dir eigentlich nicht sagen, ich hatte immer das Gefühl, ich muss das allein tragen. Es ist mir nur so herausgerutscht … aber ich glaube, es ist an der Zeit, dass du davon erfährst.«

»Wovon?«, fragte er. Sein Mund war trocken. Er blieb stehen.

»Es stimmt, dein Vater war nicht im Gefängnis. Er war … krank, sehr krank. Es begann in Gorki. Sie mussten ihn in ein Krankenhaus einliefern.« Sie schluckte hörbar. »In eine Nervenklinik. Sein Arzt hat mich angerufen, mir gesagt, wie die Krankheit heißt, und …«

»Aber Mama«, unterbrach er sie verzweifelt, »verstehst du denn nicht, dass sie das immer so gemacht haben – sie haben die Leute einfach verhaftet und ihre Familien angelogen! Der

Mann, der dich angerufen hat, war garantiert kein Arzt, sondern …«

»Ach, Tolja«, sagte sie, »glaubst du etwa, ich hätte mir das nicht auch überlegt? Aber es stimmte. Ich wusste, dass es wahr war. Ich hatte ja selbst bemerkt, dass er … dass er sich verändert hatte. Er hatte schon in Moskau angefangen, seltsames Zeug zu reden, aber ich dachte nur, er sei eben ein wenig wirklichkeitsfremd. Doch nachdem er nach Gorki gegangen war, wurde er völlig besessen von seiner verrückten Idee, nur dass er sie natürlich nicht für verrückt hielt – er redete immer von seiner ›großen Entdeckung‹, die die Welt verändern würde … Er meinte es wirklich ernst, arbeitete Nacht für Nacht daran, schlief kaum noch. Es machte mir Angst. Er zog sich immer mehr zurück, weil er sich ständig Sorgen machte, dass seine Kollegen alles herausfinden und ihm sein ›Projekt‹, wie er es nannte, stehlen könnten.«

Ohne von ihrem Teller aufzusehen, hackte sie mit dem Löffel auf den Kuchen ein, bis er in Schokoladenbrösel zerfallen war.

»Der Arzt sagte mir, es sei normal für … für Leute mit dieser Krankheit, dass sie irgendwelche fixen Ideen entwickeln. Sie würden sich um ihn kümmern, es sei eine gute Klinik, und er müsste nur einen richtig großen Schock erleiden, dann würde er von selbst wieder auf den Boden der Tatsachen zurückkommen …«

Eine Weile schwiegen sie sich an.

»Und wie lange war er dort?«, sagte Suchanow.

»Fast drei Jahre. Von Oktober 1939 bis Mai 1942. Dann haben sie ihn entlassen, und er hat in einer Rüstungsfabrik gearbeitet. Sie dachten, der Krieg hätte sich positiv auf seinen Zustand ausgewirkt – seine Phantastereien hätten sich verflüchtigt, als er gehört habe, dass sein Land ihn brauche. Ich habe das auch geglaubt, bis er mir diesen letzten Brief schickte, in dem er schrieb, er habe jetzt endlich sein großes Projekt beendet, aber ich solle noch nicht darüber reden, es solle eine große Überraschung werden … Ich habe den ganzen Tag geweint – und das Schlimmste war, dass ich mir nichts anmerken lassen durfte, weil du so glücklich warst, dass wir ihn in einigen Wochen wiedersehen würden. Ach, wie gern hätte ich geglaubt, dass alles wieder gut werden würde …«

Die Schatten auf dem Küchenboden wurden länger, und draußen schwang sich der nicht mehr ganz volle orangefarbene Mond schläfrig in den blassen Himmel hinein.

»Dieses Projekt«, sagte er leise. »Weißt du, worum es dabei ging?«

»Als sie ihn abholten, fanden sie Dutzende von Notizbüchern in seinem Schreibtisch, die von vorne bis hinten mit Schnörkeln, Zeichnungen von Vögeln und verrückten Zahlenreihen vollgekritzelt waren. Sie konnten sich keinen Reim darauf machen, aber ich wusste trotzdem Bescheid. Es hatte Anfang der dreißiger Jahre in Moskau begonnen. Damals gab es dort eine Ausstellung in einem Museum, wo sie Anzüge mit Flügeln für Menschen zeigten oder so etwas Ähnliches, genau weiß ich es nicht mehr. Dein Vater hat dich einmal sogar dorthin mitgenommen, glaube ich, aber du warst damals natürlich noch zu klein, um dich daran erinnern zu können. Jedenfalls muss ihn etwas in dieser Ausstellung sehr beeindruckt haben, weil er ab dem Moment dauernd darüber redete, ob und wie es möglich wäre, dass Menschen ohne Flugzeug oder Fallschirm fliegen könnten – wie Vögel eben. Das wäre dann, meinte er, die größte menschliche Leistung, der endgültige Sieg der eigenen Willenskraft und weitaus bedeutender als alles, was Kunst oder Wissenschaft je erfunden hätten. Nun ja, ich bin keine gebildete Frau, habe nicht viel verstanden und nur darüber gelacht, aber er hat es ernst gemeint.« Sie blickte auf und sah ihren Sohn forschend an.

»Nach seinem Tod war meine größte Angst, dass du ebenfalls … Nun ja, die Ärzte hatten mich gewarnt, weil diese Art von Krankheit erblich ist … Eine Zeit lang lief alles wirklich wunderbar, aber dann hast du angefangen, diese dunklen, merkwürdigen Bilder zu malen. Jedes Mal, wenn ich sie ansah, musste ich an den Tod deines Vaters denken. Ich bekam furchtbare Angst, wollte nur noch, dass du damit aufhörst, und deshalb habe ich … Sie waren schwer, ich musste sie allein die Stiegen hinuntertragen, und ich hatte Angst, dass die Nachbarn mich dabei sehen könnten. Tolja, es war richtig von dir, dass du die Malerei an den Nagel gehängt hast. Du hast es so weit gebracht, und wir sind alle stolz auf dich …«

Und so redete sie immer weiter, doch ihre Worte wurden leiser und leiser … Und während er in der dunkler werdenden Küche stand, sah er noch einmal einen Schwarm regenbogenfarbener Tauben über dem grauen Monument eines traurigen Genies in den Himmel aufsteigen und hörte einen dreijährigen Jungen begeistert sagen, »Wenn ich groß bin, will ich auch ohne eine Maschine fliegen«, ehe unvermittelt sein Vater in einem hellen, regennassen Fensterrahmen auftauchte, grüßend die Hand hob, die Arme ausbreitete und mit triumphierend strahlendem Lächeln ins Leere trat …

Jahrelang hatte er geglaubt, dass der Moment, in dem er seine Kindheit hinter sich gelassen hatte, in Selbstmord und Niederlage verwurzelt gewesen war – dabei waren es doch nur die Träume und Hoffnungen eines stolzen, verrückten, vielleicht auch einfach nur kühnen Mannes, der geglaubt hatte, eines Tages fliegen zu können, und der diese Gabe seiner Frau und seinem Sohn zum Geschenk machen wollte, den Menschen, die er am meisten liebte …

Und was hatte er, Anatoli Suchanow, aus dieser Gabe gemacht? Wie hatte er die letzten Worte seines Vaters – »Lass dir von niemandem deine Flügel beschneiden« – verstanden, er, der gehorsam die eigenen Flügel abgeworfen und dann jahrzehntelang apathisch zugesehen hatte, wie ihm an ihrer Stelle missgebildete Stummel gesprossen waren?

Wortlos beugte Suchanow sich zu seiner Mutter, küsste ihre tränenfeuchte Wange, wandte sich ab und verließ die Wohnung, ohne noch einen weiteren Blick auf die auf dem Tisch verstreuten Zeichnungen zu werfen. Sie versuchte nicht, ihn aufzuhalten. Das Treppenhaus war unbeleuchtet, die Stufen rutschig, und in seinen Schläfen pochte ein träger Schmerz. Draußen vor der Tür fasste ihn ein merkwürdig aussehender Mann mit hellblondem Bart am Ärmel und redete hastig auf ihn ein, schwor immerwährende Ergebenheit, lud ihn ein in ein Museum in Wologda … Im selben Moment wurde über ihnen ein Fenster aufgerissen, und eine erregte Stimme rief: »Meine Malvina! Sie ist weggeflogen! Meine Malvina ist fort!« Der merkwürdige Mann rief, »O mein Gott!«, reckte die Hände und sah durch seine altertümliche Brille nach oben.

Befreit von seinem Griff, machte Suchanow sich schnell davon.

22

Als die Konturen der Stadt zu verschwimmen begannen und trübe Laternen ihr Licht in die Dämmerung warfen, wanderte er durch die Straßen des alten Arbat-Viertels. Sein Kopf war so leer, als befände er sich allein in einem Raum ohne Worte; seine Schritte waren ziellos, nur von einem rastlosen Bedürfnis nach Bewegung gelenkt. Doch als er unvermutet vor dem übel riechenden Eingang eines Hofs ankam, der ihm auf unheimliche Weise bekannt vorkam, blieb er stehen und wurde sich augenblicklich bewusst, welchen Pfad seine Füße unwillkürlich beschritten hatten. Irgendwie war er, ohne darüber nachzudenken, den breiten, pastellfarbenen Straßen und baumüberschatteten Gassen gefolgt, auf denen er als glückliches Kind mit fünf, sechs, sieben Jahren gespielt hatte, und mit der Zeit zu der Stelle gelangt, die das Ende seines ersten Kindheitstraumes markierte.

Einem nur halb bewussten Impuls folgend, trat er unter dem düsteren niedrigen Torbogen hindurch in den Hof hinein. Aus einer der Wohnungen drangen Rock 'n' Roll-Klänge, doch in der Mitte war der Hof still und dunkel und nur am Rand in unregelmäßigen Abständen von den Rechtecken beleuchteter Fenster erhellt, genau wie vor beinahe fünfzig Jahren, als ein verängstigter Junge ein Album mit Botticelli-Reproduktionen in einen Schneehaufen geworfen hatte. In der Ecke, wo damals der Schneehaufen gelegen hatte, befand sich jetzt ein nagelneuer Sandkasten, doch als Suchanow näherkam, hatte er den Eindruck, als läge über dem Sand ein unheimlicher perlmuttartiger Schimmer … Atemlos starrte er auf das seltsame Phänomen, bis ihm klar wurde, dass es sich nur um den Lichtschein einer pinkfarbenen Lampe handelte, die hinter einem Fenster leuchtete. Ein Kind hatte sein Schäufelchen im Sand vergessen. Seine Vergangenheit lag nicht mehr da.

Er machte kehrt und ging eine verlassene Seitenstraße hinunter, wobei er den Blick auf den Boden gerichtet hielt, bis er fast am Ende der Straße angelangt war; als er nun den Kopf hob und genau hinsah, schlug sein Herz in einem neuen zitternden Rhythmus. Seit ihrem Umzug im Jahr 1954 war er nicht mehr hier gewesen. Das Gebäude war sichtlich gealtert; an der Fassade blätterte die gelbliche Farbe ab, und die verrosteten Balkone hingen durch. Im fünften Stock brannte Licht. Auf einem der Fensterbretter döste eine überfütterte Katze neben einem eingetopften Kaktus; die Vorhänge hatten ein fröhliches orangefarbenes Blumenmuster. Minutenlang stand Suchanow da und fragte sich, ob heute alles anders wäre, wenn er an jenem schrecklichen Tag die Wahrheit gewusst hätte – wenn er nicht geglaubt hätte, Pawel Suchanow sei ein Feigling gewesen, wenn er … wenn …

Mit einem vertrauten Quietschen öffnete sich die Haustür; eine alte Frau erschien und schleppte ihren übergewichtigen Körper zu einer in der Nähe stehenden Bank.

»Haben Sie sich verlaufen?« Sie musterte ihn mit müden Augen. »Das ist Lebedinow-Weg Nummer drei. Vor dem Krieg war es die Roshdestwenskij-Gasse.«

Er überlegte kurz, ob er ihr sagen sollte, dass er jahrelang in diesem Haus gewohnt hatte, dass er Anatoli Pawlowitsch war, Anatoli, Tolja, Tolik … Oben auf dem Fensterbrett im fünften Stock streckte sich die Katze und verschwand. Der Blick der alten Frau war stumpf und gleichgültig. Auf ihrer Oberlippe bemerkte er ein hässliches Muttermal, aus dem Haare sprossen.

»Danke«, sagte er nach kurzem Schweigen. »Ich bin ein wenig vom Weg abgekommen, aber nun weiß ich wieder, wo ich bin.«

Ohne einen Blick zurückzuwerfen, kehrte er seiner Kindheit den Rücken und ging in die Abenddämmerung hinein. Die Stadt wirkte verlassen. Er überquerte einen feuchten Hof, folgte einer düsteren Gasse, bis es nicht mehr weiterging, bog falsch ab, überquerte einen anderen Hof, in dem sich kaputte Möbelstücke türmten, kam bei einer schlecht beleuchteten, ruhigen Straße wieder heraus und ging eilig an einer verfallenen Kirche vorbei, durch einen kleinen Garten, vorbei an einem Untergeschoss, das eine Kunstgalerie beherbergte, an deren Fenstern Plakate klebten, die eine Ausstellung ankündigten … Er passierte die nebenan liegende Bäckerei, doch dann blieb er abrupt stehen und ging noch einmal zurück, obwohl er eigentlich sicher war, dass er sich geirrt hatte, im Vorübergehen einer Täuschung erlegen war – und doch wollte er sich mit einem zweiten Blick vergewissern.

Aber er hatte sich nicht getäuscht, so unglaublich es auch war. Auf den Plakaten in den Galeriefenstern hüpften bunte Buchstaben auf und ab und verkündeten: »L. B. Belkin. Moskau im Regenbogen«.

In kleinerer Schrift war darunter zu lesen, dass die Galerie von elf bis sechs Uhr geöffnet war. Suchanows Uhr war irgendwann um dreizehn Minuten nach zehn stehen geblieben, aber er erinnerte sich, in einer der Gassen von irgendwoher sieben Glockenschläge vernommen zu haben. Erleichtert, dass die Galerie schon geschlossen hatte, warf er einen Blick durch ein Fenster – und stellte überrascht fest, dass drinnen Licht brannte, in dessen Schein ihm nicht nur die Bilder an der Wand ins Auge stachen, sondern schockierenderweise auch Lew Belkin persönlich, der ein altes Samtjackett mit Fliege trug und mit jemandem sprach, den Suchanow aus seinem Blickwinkel nicht sehen konnte.

Erst zögerte er, dann beschloss er zu warten und ging auf die andere, im Dunkeln liegende Straßenseite hinüber. Er hatte keine Ahnung, wie viel Zeit vergangen war, bis sich die Tür der Galerie öffnete und Belkin heraustrat, flankiert von einem adrett gekleideten alten Herrn mit einem eingefallenen Gesicht, das Suchanow beklemmend bekannt vorkam. Die Tür fiel hinter ihnen ins Schloss.

»Sind Sie sicher, dass Sie nicht über Nacht bleiben wollen?«, fragte Belkin. Seine Stimme klang in der leeren Straße, als spräche ein Schauspieler auf einer Theaterbühne. »Meine Wohnung ist nicht groß, aber eine mottenzerfressene Couch kann ich Ihnen anbieten.«

»Nein, nein, vielen Dank«, antwortete der alte Mann. »Ich werde zu Hause erwartet.« Die Mauern verstärkten seine leisen Worte und trugen sie weiter, und plötzlich wusste Suchanow, wer der Alte war – der Fahrgast, der neben ihm in diesem albtraumhaften Zug gesessen hatte, in jener Nacht, als ihn die Reise von der Kirchenruine in die Museumskammer mit den verbannten Bildern geführt hatte. »Sie wissen ja, wie es ist, wenn einen die Arbeit ruft, und im Gegensatz zu euch jungen Leuten habe ich nicht mehr viel Zeit dazu. Ich bin Ihnen sehr verbunden für die Führung durch die Galerie, es war höchst aufschlussreich.«

Er tippte zum Gruß an einen nicht vorhandenen Hut, drehte sich um und schlurfte davon. Belkin rief ihm nach: »War mir eine Ehre, Sie kennengelernt zu haben! Die Metro befindet sich linker Hand!« Einen Moment lang sah er dem gebeugten Rücken des Alten hinterher, dann kramte er eine Handvoll Schlüssel aus seiner Tasche und bückte sich, um die Tür abzuschließen. Suchanow rührte sich nicht. Im nächsten Augenblick hatte Belkin die Schlüssel schon wieder in den Tiefen seiner Samtjacketttasche verborgen und sich auf den Weg gemacht, strebte die Straße hinunter, dem alten Mann hinterher, der bereits vom Dunkel verschluckt worden war.

Belkin war schon beinahe an der Ecke angelangt, als Suchanow, übermannt von einem unbestimmt herzlichen Gefühl, einen Schritt vortrat und leise »Ljowa« rief. Die Mauern fingen das Echo des Namens auf und warfen ihn einige Male mit immer hohler werdendem Klang zurück. Belkin erstarrte; er spähte ins Dunkel, während er langsam zurückkam.

»Tolja?«, fragte er unsicher. »Bist du das?«

Suchanow machte noch einen Schritt vorwärts; wie ein in Bernstein gefangener Käfer stand er im wässrigen Schein der einzigen Laterne, die ihr Licht auf den Asphalt warf. Dabei kam ihm unwillkürlich der Gedanke, dass er im Moment, nach den Phantasmagorien der vergangenen Tage, mit seinem kaputten

Brillenglas, den schmutzigen Schuhen und seinen nach allen möglichen Bahnhöfen, Zügen, Treppenhäusern und Hinterhöfen riechenden Kleidern unendlich viel erbärmlicher aussehen musste als Belkin, dessen abgetragene Jacke und braune Fliege ihm vor nicht allzu langer Zeit – auf der Treppe vor der Manege, über deren Säulenportal ein stolzes Banner die große Retrospektive seines Schwiegervaters angekündigt hatte – noch so komisch vorgekommen waren.

Er räusperte sich.

»Hallo, Ljowa. Ich war gerade hier in der Gegend, weil ich meine Mutter besucht habe«, sagte er. »Tja, und da habe ich gedacht, ich schaue mal vorbei.« Belkin war einige Schritte von ihm entfernt stehen geblieben und musterte ihn mit seltsamem Blick. Suchanow fiel ein, dass er möglicherweise noch Tränenspuren im Gesicht hatte. Er schluckte und fuhr dann mit lauter Stimme fort: »Und wie läuft deine Ausstellung?«

»Oh, gut, danke der Nachfrage.« Belkin lachte gekünstelt. »Nicht dass ich bislang irgendetwas verkauft hätte, aber ich sage mir, alles hat seine Zeit. Eigentlich bin ich sonst auch gar nicht hier, aber die Besitzerin der Galerie ist gerade von ihrem Mann verlassen worden – einer von diesen neuen Underground-Sängern, und weil sie gerade eine kleine Krise durchmacht, habe ich gedacht, ich springe ein paar Tage für sie ein. Ein gewisses Quantum an Realität tut jedem Künstler gut, und du kannst dir nicht vorstellen, wie demütigend es ist zu hören, was die Leute über deine Bilder sagen, wenn sie nicht wissen, dass du hinter ihnen stehst.«

»Nein«, sagte Suchanow leicht gequält, »nein, das kann ich mir wirklich nicht vorstellen.«

»Na ja, man gewöhnt sich daran«, sagte Belkin verlegen. Ein kurzes, unangenehmes Schweigen entstand, bevor er fortfuhr. »Aber ich habe gerade einen ganz außergewöhnlichen Mann kennengelernt. Ein Künstler der alten Schule, über achtzig Jahre alt, aber so eine Schaffenskraft erlebt man nur ganz selten. Er lebt irgendwo in einem kleinen Kaff und mischt sich all seine Farbtöne selbst zusammen, aus Gewürzen, Erde und allen möglichen anderen Sachen, kannst du dir das vorstellen? Er hat mir erzählt, letzten Monat hätte er endlich mit der besten Arbeit seines Lebens angefangen. ›Vergessen Sie nicht, junger Mann‹, hat er zu mir gesagt, ›man braucht ein ganzes Leben, bis man sein Handwerk wirklich beherrscht.‹ Faszinierend, was für eine Energie manche Leute haben.«

»Was hat er hier in Moskau vor?«, fragte Suchanow, nicht weil ihn die Antwort tatsächlich interessierte, sondern vielmehr, um eine weitere gefährlich rührselige Pause zu vermeiden.

»Darüber hat er sich nicht ganz klar geäußert. Er meinte, er sei gekommen, weil er einen seiner ehemaligen Schüler wiederfinden wollte. Er hatte die Telefonnummer und die Adresse, aber offenbar hat er niemanden angetroffen und sich dann stattdessen alle möglichen Ausstellungen angesehen, um, wie er sagte, ›in Kontakt mit den Jungen zu bleiben‹. Er behauptete, er habe bei Chagall malen gelernt, aber ehrlich gesagt habe ich ihm das nicht so recht abgekauft … Tolja, geht es dir nicht gut?«

»Nein, nein, ich bin nur müde«, sagte Suchanow matt. Am liebsten hätte er sich einfach auf die Straße gehockt und das Gesicht in den Händen vergraben. »Ich … ich hatte einfach bloß einen schlechten Tag. Ich bin gestürzt, und dabei habe ich auch noch meine Brille zerbrochen, wie du ja siehst … Aber ich will dich nicht aufhalten, du hast sicher noch etwas vor.«

»Nein, ich wollte nur nach Hause gehen, und das hat ja keine Eile«, sagte Belkin schulterzuckend. »Hör zu, ich habe eine Idee. Wenn du doch gerade Zeit hast – willst du dir nicht die Galerie ansehen? Wir könnten uns ein bisschen unterhalten und einen Tee trinken, wenn du magst.«

Einen Moment lang zögerte Suchanow, dann sagte er: »Ach ja, warum eigentlich nicht.«

Die Tür gab mit einem gequälten Stöhnen nach. Der Vorraum war dunkel und klein; überall lagen Hüte, Schuhe und Regenschirme. Es roch nach Allas süßlichem Parfüm und einem erst kürzlich zerlegten Trockenfisch.

»Willst du hier Wurzeln schlagen?«, fragte Lew barsch. »Jetzt komm endlich rein.«

»Bist du allein?«

Lew nickte. Er sah aus, als hätte er sich seit einer Woche nicht mehr rasiert.

»Gut.« Ich hielt die Seiten, die ich in der vergangenen Nacht auf Malinins Schreibmaschine getippt hatte, fest in der Hand und folgte dem Fischgeruch in die Küche; Lew folgte mir. Im bedrückend hellen Licht der über dem Tisch baumelnden Glühbirne glitzerte ein halb mit klarer Flüssigkeit gefülltes Glas; auf einer fettigen Zeitung lagen die Gräten und Überreste eines unappetitlichen Mahls.

»Ich arbeite an der Komposition eines Stilllebens mit dem Titel *›Mahlzeit eines gescheiterten Künstlers, dessen Frau nach eigener Aussage mit ihren Freundinnen unterwegs ist‹*«, sagte Lew ironisch. »Setz dich. Ist irgendwas passiert? Ich würde dir ein Glas anbieten, aber es schmeckt wirklich scheußlich, und da du ohnehin nie …«

»Ich trinke trotzdem einen mit«, sagte ich und schob das Manuskript über den Tisch. »Hier, schau dir das bitte an.«

Lew überflog den Titel.

»*›Surrealismus und andere westliche ›Ismen‹ als Symptome des kapitalistischen Bankrotts‹?*«, sagte er angewidert. »Du verlangst doch wohl nicht von mir, dass ich meine Zeit mit so etwas vergeude?«

»Lies es einfach, bitte.«

Er zuckte mit den Schultern, nahm gemächlich einen Schluck aus seinem Glas und griff nach dem Manuskript. Ich studierte die Muster, die der schmelzende Schnee zu meinen Füßen auf dem gelb-schwarz karierten Linoleumboden bildete, beobachtete eine Fliege, die benebelt und verschlafen auf dem Fensterbrett herumkroch, und trank den ungenießbaren Wodka. Aus den Augenwinkeln sah ich, wie Lew mir anfangs ein- oder zweimal einen Blick zuwarf; schließlich hob er den Kopf nicht mehr, saß nur noch stirnrunzelnd über die Seiten gebeugt da. Eine halbe Stunde verstrich, dann noch einmal zehn Minuten. Dann warf er die letzte Seite auf den Tisch.

»Was soll der Mist?«, fragte er. »Wer hat das geschrieben?«

Ich trank mein Glas in einem Zug leer. Meine Kehle brannte.

»Ich«, sagte ich. »Ich habe das geschrieben.«

Er kniff die Augen zusammen. »Tolja«, sagte er langsam. »Soll das ein Witz sein, oder was?«

»Das ist kein Witz. Es wird veröffentlicht werden. Ich wollte, dass du es vorher liest, damit ich erklären kann … Nein, sag jetzt nichts, hör mir bitte nur einen Moment zu.« Nun brannte auch mein Gesicht. »Ich habe mir nämlich ein paar Gedanken gemacht – über Chruschtschow, darüber, warum unsere Ausstellung geschlossen worden ist. Und weißt du, was mir klar geworden ist? Als er die Ausstellung verboten hat, hat er nicht als Repräsentant des Staates gehandelt, der gegen eine Handvoll freimütiger Künstler zu Felde zieht. Er hat gehandelt als Repräsentant des Volkes, unseres Volkes, das diese fremden Dinge, für die wir stehen, nicht versteht – nicht verstehen kann. Das russische Volk will unsere Kunst nicht, Ljowa. Es hat sie nie gewollt und wird sie nie wollen. Die Leute mögen Filonows gequälte Gesichter nicht, sie mögen Chagalls fliegende Ungeheuer ebenso wenig wie Malewitschs schwarze Rechtecke – sie haben in ihrem Alltag schon genug Tragödien, Surrealismus und Leere. Früher wollten sie Ikonen, die sie beruhigten, jetzt wollen sie die Pseudo-Kunst von Leuten wie meinem Schwiegervater, eine Kunst, die ihnen gleichsam den Kopf tätschelt und versichert, dass sie eine schöne Zukunft vor sich haben, oder sie mit einem Klaps auf den Hintern wissen lässt, dass sie Teil eines großen, wichtigen Ganzen sind …«

Müde summend flog die Fliege ans Fenster; im bläulichen Dunst zogen Schneeflocken vorbei. Lew musterte mich mit unverwandtem Blick. Ich redete lange, redete von den dunklen, bedrückenden Jahrhunderten, in denen die russische Kunst gegen die russische Geschichte hatte ankämpfen müssen, darüber, dass wir unsere Perlen vor die Säue warfen, dass wir dazu verurteilt waren, auf diesem undankbaren Boden auszuharren und keine andere Wahl hatten, als uns in die Anonymität zu begeben, uns in unser Privatleben zurückzuziehen …

Und dann ergriff Lew das Wort.

»Du hast jetzt so viele kluge Sachen gesagt«, sagte er ruhig,

»aber weißt du, was ich letztlich aus all deinen Worten herausgehört habe? Angst, nichts als Angst. Ich fürchte, ich weiß selbst nur allzu gut, was Angst ist …« Er schwieg einige Atemzüge lang. »Ich will dir etwas sagen, Tolja. Jeder hat mal eine unwürdige Phase, und du bist mein bester Freund. Wir gehen jetzt nach unten und werfen diesen Dreck Seite für Seite in den Müllschlucker, und dann kommen wir hierher zurück, besaufen uns mit dem Rest aus dieser Flasche, und ich verspreche dir, ich werde nie wieder etwas davon erwähnen. Einverstanden?«

Die Pfütze zu meinen Füßen war getrocknet. Draußen fiel immer noch Schnee vom Himmel. Die Fliege summte nicht mehr und war wieder in ihre Winterschlafstarre verfallen. Ich stand auf, sammelte die quer über den Tisch verstreuten Blätter ein und verließ die Küche. Lew lief hinter mir her, und als ich mich an der Wohnungstür umwandte, sah ich, dass auf seinem Gesicht dieses warme, strahlende Lächeln lag, das ich so sehr liebte. Schnell senkte ich den Blick, weil ich es nicht ertragen konnte, das Licht in seinen Augen verlöschen zu sehen. Schweigend tastete ich auf dem Garderobenschrank nach meinem Hut, zog meinen Mantel an, öffnete die Tür, trat über die Schwelle und zog die Tür hinter mir zu. Und dann blieb ich, obwohl er nichts unternahm, um mich aufzuhalten, eine ganze lange Minute mit schmerzhaft pochendem Herzen auf dem Treppenabsatz stehen, wohl wissend, dass der Artikel in drei Wochen erscheinen und Lew nie wieder auch nur ein Wort mit mir sprechen würde – und trotzdem stand ich da, als würde ich auf etwas warten, als hoffte ich, dass irgendwie noch ein Wunder geschah, dass die Tür jeden Moment wieder aufging und Lew sein wundervolles verzeihendes Lächeln lächelte und sagte: »Bitte, Tolja, komm herein.«

»Komm herein«, wiederholte Belkin. »Pass auf deinen Kopf auf, die Decke ist ziemlich niedrig.«

Suchanow quetschte sich in den winzigen Vorraum der Galerie. Es roch nach Klebstoff, Staub und Vergänglichkeit. In einer Ecke stapelten sich die Ankündigungsplakate früherer Ausstellungen auf dem Boden.

»Nicht allzu beeindruckend, fürchte ich«, sagte Belkin vergnügt, »aber es ist immerhin ein Anfang. Hier herein.«

Sie betraten den nächsten Raum. Dort hing eine Reihe von Bildern, meist kleinere Stadtansichten in freundlich-impressionistischer Manier: ein Blick auf eine abschüssige Straße mit grünen Balkongeländern und einem blühenden Fliederbusch; ein einzelnes gelbes Blatt auf einer glitzernden Bank, im Hintergrund Passanten mit purpurroten Regenschirmen; ein abendlicher Schlittschuhläufer, der über die blau glänzende Eisfläche eines Teichs flitzte, umrahmt von den orangefarben leuchtenden Fenstern der umliegenden Häuser. Suchanow ging langsam an den Wänden entlang, las hier und da, was auf den Schildchen unter den Bildern stand: *Herbst auf dem Gogolewski-Boulevard, Teiche in Pionierskje, Winterdächer in Samoskworjetschje* …

Hinter ihm sagte eine nervöse Stimme: »Wie du siehst, war meine abstrakte Phase nicht von Dauer, obwohl ich immer noch mit verschiedenen Stilen experimentiere.« Suchanow wurde bewusst, dass er etwas sagen, irgendeinen Kommentar abgeben musste.

»Sehr poetisch«, bemerkte er hastig, »vor allem der Schlittschuhläufer. Diese Nachtszene auch – das ist die Moskwa, oder? Wirklich, Ljowa, Glückwunsch, das ist großartig. Tut mir leid, dass Nina und ich nicht zur Vernissage kommen konnten, wir hatten es vor, aber du weißt ja, wie es manchmal ist …«

»Ja, natürlich, kein Problem«, sagte Belkin verlegen. »Also, das wäre alles. Sehr bescheiden, wie du siehst … Wie wär's jetzt mit einer Tasse Tee?«

»Gern«, sagte Suchanow.

Der enge fensterlose Raum im rückwärtigen Teil der Galerie war kaum größer als ein Schrank und vollgestopft mit einem Schreibtisch, zwei Stühlen und einer Unmenge von Bildern und Skulpturen aus früheren Ausstellungen, an deren Rahmen und Sockeln noch hier und da die Preisschildchen baumelten. Während Belkin damit beschäftigt war, am Spülbecken in der Ecke zwei gelbliche Gläser auszuwaschen und mit dem Tauchsieder Wasser zu erwärmen, räumte Suchanow ein paar Zeitungen von dem einen Stuhl, setzte sich und betrachtete die ausrangierten Kunstwerke – das Porträt eines Mannes in einem Matrosenanzug, auf dessen Schulter eine feixende Katze saß; ein Stillleben mit Streichholzschachtel und einem halbgegessenen Hering; mehrere bunte Würfel auf dem Tisch, die ihn dunkel an etwas erinnerten …

Mechanisch griff er nach einem der Würfel und drehte ihn zwischen den Fingern hin und her.

Der Würfel war in Schwarz und Rot gehalten. An der Seite hing ein Schild, auf dem stand: »Eine Seele. Nicht öffnen – sonst fliegt sie fort.«

Und urplötzlich war die Erinnerung wieder da – das ferne Pfeifen eines Zuges, die knisternden Holzscheite im Kamin, die in einem Rotweinglas tanzenden Lichtreflexe und Ninas leise Stimme im Dunkel: *Ich muss die ganze Zeit darüber nachdenken, was wohl darin gewesen sein könnte. Vielleicht noch einmal so ein dunkler Würfel, auf dem steht: ›Zu spät – jetzt ist sie fort. Man sollte doch nicht aufmachen!‹ Oder ein roter Würfel oder ein blauer oder einer in Goldfolie mit der Aufschrift: ›Dem Mutigen gehört die Welt. Nimm deine Seele, gehe und vollbringe große Taten‹* …

Einen Augenblick lang starrte Suchanow auf das kleine, leichte Objekt in seiner Hand und kämpfte gegen den Wunsch an, es zu zerdrücken. Dann aber legte er den Würfel wieder beiseite und ließ den Blick durch den Raum schweifen, bis er schließlich auf Belkin zu ruhen kam.

Belkin musste seinen Blick gespürt haben.

»Einen kleinen Moment noch«, sagte er. »Ich kann die Kekse nicht finden, aber das Wasser ist schon …«

Als er Suchanows Gesichtsausdruck bemerkte, unterbrach er sich unsicher.

»Nina …«, sagte Suchanow zögernd, »Nina ist hier gewesen, oder?«

Belkin zögerte kurz, dann nickte er.

»Ja. Sie kam letzten Mittwoch zur Vernissage.«

»Dabei habe ich ihr gar nichts davon erzählt«, sagte Suchanow mit versteinerter Miene.

Belkin stellte die Gläser mit dem Tee auf den Tisch, ließ ein

Stück Zucker in jedes hineinfallen und zog sich einen Stuhl heran.

»Ich weiß«, sagte er. »Aber du hast ihr erzählt, dass du mich zufällig getroffen hast, und am nächsten Tag hat sie mich angerufen – meine neue Telefonnummer hatte sie sich von Wiktor Jastrebow geben lassen. Wie sich herausstellte, haben wir ihn unabhängig voneinander besucht, da er doch jetzt so krank und ganz allein ist ... Jedenfalls haben wir uns am selben Sonntag dann zu einem Spaziergang getroffen, und dabei habe ich die Ausstellung erwähnt. Sie meinte, sie würde gern kommen, aber sie dachte, es würde dich verstimmen, wenn du davon erfahren würdest. Schau, Tolja, es tut mir wirklich leid, dass ich es nicht schon früher erzählt habe, ich war mir bloß nicht sicher, ob ...«

Er brach ab. Suchanow nahm einen Schluck Tee und starrte ins Leere. Und als ihm die heiße, süße Flüssigkeit durch die Kehle rann, fühlte er eine neue Art von Ruhe in sich aufsteigen – nicht die Ruhe der Distanz, sondern die Ruhe des Verstehens, als habe sich in den letzten Stunden insgeheim eine unsichtbare, aber doch gravierende Veränderung seines Wesens vollzogen, sodass er sein Leben ohne Bitterkeit betrachten konnte. Vielleicht war es eine aus Leere und Verzweiflung geborene Ruhe, aber er nahm an, dass es darauf wohl kaum ankam. Eine Weile saß er einfach nur da, ohne sich zu rühren und ohne ein Wort von sich zu geben. Als er schließlich aufsah, merkte er, dass Belkin ihn mit angespanntem Gesichtsausdruck beobachtete.

»Schon in Ordnung, Ljowa«, sagte er. »Wirklich. Auch wenn ich mich wahrscheinlich noch vor einigen Tagen darüber geärgert hätte.« Er lächelte freudlos. »Mir hat Nina gesagt, sie sei an jenem Sonntag den ganzen Tag mit Migräne zu Hause gewesen, und am Abend deiner Vernissage sagte sie, sie wolle mit einer Freundin ins Theater. Und von Wiktor hat sie auch nie gesprochen ... Aber ich freue mich, dass sie zu dir gekommen ist. Ich hätte auch hier sein sollen.«

Ein sich auflösendes Zuckerstück klirrte leise in einem Glas. Belkin blinzelte – ob erleichtert oder verlegen, konnte Suchanow nicht beurteilen.

»Hmm, jetzt bist du ja hier« sagte er, »und darauf kommt es doch an. Aber weißt du, ehrlich gesagt entwickelt sich diese ganze Ausstellungssache nicht ganz so, wie ich es mir vorgestellt hatte. Und am seltsamsten ist, dass Ninas Besuch bei der Vernissage alles nur noch … na ja, noch schlimmer gemacht hat. Ich meine, da war ich und habe mit ein paar Freunden, die meine Arbeiten schon kannten, über ihre Kinder und die Ferien geredet, nichts Besonderes, aber trotzdem habe ich mich die ganze Zeit in dem Gefühl gesonnt, irgendwie wichtig zu sein – der Held des Tages, verstehst du? Und plötzlich geht die Tür auf, und Nina kommt herein, so schön wie immer, mit diesen Silberohrringen, die sie schon als Studentin getragen hat, und dann sieht sie sich alles so ernsthaft an, so eindringlich – und nach einer Weile sehe ich, dass sich auf ihrem Gesicht ein leiser Hauch von Enttäuschung spiegelt … Natürlich war sie sehr nett und höflich, wir haben Tee getrunken und über Kunst geplaudert, und alles schien in Ordnung zu sein. Aber nachdem sie und die anderen gegangen waren, habe ich versucht, meine Bilder einmal mit ihren Augen zu betrachten, und da habe ich bloß noch eine Handvoll zweitklassiger Landschaftsbilder gesehen, die man in einem Keller aufgehängt hat.«

»Geh nicht so hart ins Gericht mit dir«, sagte Suchanow. »Du hast ja selbst gesagt, es sei ein Anfang …«

»Ich bitte dich, was für ein Anfang denn?«, winkte Belkin ab. »Das war doch nur so dahergesagt. Nein, ich bin einfach nicht fähig zu etwas wirklich Originellem. Ich habe es eigentlich schon lange gewusst, und Ninas Besuch hat es nur … irgendwie endgültig bestätigt. Komisch, wie das Leben so spielt. Es kommt mir vor, als seien die fünfziger Jahre erst gestern gewesen, als wir so stolz waren auf unsere Armut, tapfer in unserem gemeinsamen Kampf gegen das Althergebrachte, berauscht von unserem Talent … Du erinnerst dich doch daran, Tolja? Unsere Tage und Nächte flossen ineinander, die Nächte waren endlos, und jeder Windbeutel, der über Russland, Gott und die Kunst redete, war ein Bruder, jeder Künstler ein Genie, jedes Gemälde ein Wunder – zwar kannte die Welt uns noch nicht, aber wir waren brillant, dazu ausersehen, das Licht in die Welt zu tragen … Und dann schließt du einmal kurz die Augen, und auf einmal bist du schon fünfzig und immer noch arm, aber nicht mehr so ganz von all diesen ewigen Wahrheiten überzeugt, und obendrein allein, weil der Großteil deiner Freunde sich in seine eigenen armseligen Ecken und Winkel zurückgezogen hat und deine Frau dich verlassen hat, um mit einem anderen Mann Kinder zu haben. Und mitunter, wenn du deprimiert bist und in deiner Küche nichts mehr findest außer einem Weckglas mit Weißkohl, kommen dir sogar die Farben des Regenbogens schmutzig und freudlos vor – und in diesen Momenten geht dir plötzlich auf, dass du nach all den Jahren nichts anderes vorzeigen kannst als ein paar hart verdiente Schwielen an deinen Händen und eine Landschaft mit Fliederbüschen. Mit einem Mal weißt du, dass all die Dinge, die dir in der Vergangenheit so weltbewegend vorkamen – all diese Experimente mit Religion, Erotik, Surrealismus, Abstraktion, alle diese überschwänglichen Aufbrüche aus dem Gewöhnlichen –, bei Licht betrachtet nichts anderes sind als schwächliche Versuche, sich die Zeit zu vertreiben, erbärmliche Imitationen von Moden, die der Westen längst ausprobiert und schon seit Jahrzehnten wieder aufgegeben hat. Plötzlich wird dir klar, dass unsere Namen nichts weiter sind als eine winzige Fußnote der russischen Geschichte, die unter dem Stichwort ›Chruschtschows Tauwetter‹ angehängt wird, und … Warum schaust du mich so an? Weil ich sonst nicht so redselig war? Na ja, ich hatte in den letzten Jahren reichlich Zeit, mich in Selbstgesprächen zu üben.«

»Das ist es nicht«, sagte Suchanow zögernd. »Ich hatte nur nicht erwartet, dass du so etwas sagen würdest. Es scheint ja beinahe, als würdest du bereuen, welche Entscheidungen du in deinem Leben getroffen hast.«

»Ach, das wäre aber ziemlich paradox, wenn du in Betracht ziehst, wie sehr ich dich damals verachtet habe. Insbesondere am Anfang, als ich in jeder Zeitschrift über deine grauenhaften Artikel gestolpert bin und die früheren Kollegen erzählten, wie schwindelerregend schnell du die Erfolgsleiter hinaufkletterst –

während ich Lastwagen mit Gemüse be- und entladen musste, um überleben zu können. Ich weiß noch, wie Alla immer geklagt hat, dass meine Kleider nach faulen Kartoffeln stinken. Dann hat mich Jastrebow irgendwann einmal zu einem Bekannten mitgenommen, der Arzt war, und der hat mir für eine Flasche Brandy bescheinigt, dass ich geistesgestört bin. Danach habe ich von staatlicher Unterstützung gelebt und so getan, als sei ich verrückt. Es war natürlich nur sehr wenig Geld, aber so hatte ich wenigstens Zeit für mich und konnte malen, was ich wollte … tja, und dann hat Alla mich verlassen. Seltsam, ich hatte nie geglaubt, dass ich sie besonders lieben würde, aber nachdem sie fort war, fiel irgendwie alles in sich zusammen. Mag sein, dass ich einfach nur keine zwanzig mehr war, ich weiß es nicht … Jedenfalls hatte ich damals zum ersten Mal den Verdacht, dass meine sogenannte Begabung letztlich vielleicht nur Jugendlichkeit und Energie war. Ich musste immer wieder an mein letztes Gespräch mit dir und an deine Entscheidung denken, und – na ja, ich fing an, so manches in Zweifel zu ziehen. Und diese Zweifel, Tolja, ich habe sie immer noch, und sie sind womöglich noch stärker geworden, so stark, dass ich mir manchmal fast wünsche … Ich meine, schau uns beide doch mal an! Du hast wenigstens deine Familie, aber ich … ich …«

Sie sahen einander nicht an, während sie an dem schwachen Tee nippten.

»Ich glaube, mit Zitrone würde er besser schmecken«, sagte Belkin und hob sein Glas gegen das Licht. »Irgendwo hatte ich eine, aber sie ist nicht mehr da. Übrigens war ich letztens in Malinins Retrospektive. Und da habe ich auch das blaue Porträt von Nina gesehen. Schon faszinierend, dass er zumindest dieses eine Mal in der Lage war, wahre Schönheit festzuhalten. Ich nehme an, sie war eine wunderbare Muse.« Er lächelte, doch Suchanow meinte ein angespanntes Zittern an Belkins Mundwinkeln wahrzunehmen.

Suchanow nickte. »Sie hat mich zu meiner ersten wirklich originellen Arbeit angeregt«, sagte er. »Du erinnerst dich vielleicht noch an das Bild mit ihrem Spiegelbild im Zugfenster? Das dann während des Debakels in der Manege abhandengekommen ist?«

»Das Leben geht seltsame Wege. Gut möglich, dass dieses Bild jetzt irgendeinem Bürokraten das Büro verschönert.«

»Ah – so wie deine Leda meines.«

Belkin lächelte nicht mehr, als er sein Glas vorsichtig abstellte und sagte: »Das war das Beste, was ich in meinem Leben zustande gebracht habe. Und sie hängt wirklich in deinem Büro?«

»Sie hing dort … Also, um ehrlich zu sein, nur einen Tag lang. Nina hat das Bild aufgehängt, aber …«

»Verstehe«, sagte Belkin. Er wandte den Blick ab.

Der Lichteinfall veränderte sich wieder, und einen Augenblick lang sah Suchanow das Gesicht eines jungen Mannes mit schönen dunklen, traurigen Augen vor sich – das Gesicht, das er vor fünfundzwanzig Jahren gekannt hatte. Mit einem Mal unerklärlich traurig, saß er da, schwenkte die lauwarme Flüssigkeit in seinem Glas, an dessen Rand braune Spuren von unzähligen einsamen Teestunden kündeten, und dachte an das Bild, das Lew ihm und Nina zur Hochzeit geschenkt hatte, eine mystische nächtliche Landschaft mit Wasserlilien auf der Oberfläche eines stillen Sees, auf dem ein glänzender Schwan trieb, während am Ufer ein Hirte und eine nackte junge Frau zu sehen waren – eine junge Frau, die mit gestrafftem Rücken und abgewandtem Gesicht dasaß und deren honigfarbener Körper ihn merkwürdigerweise an jemanden erinnerte, den er kannte …

»Weißt du, Ljowa«, sagte er, »ich wollte dich schon immer etwas fragen. Na ja, eigentlich denke ich erst seit Kurzem darüber nach, aber das spielt ja keine Rolle.« Levs Blick lag jetzt auf ihm, still, dunkel und tief, und plötzlich schlug ihm das Herz bis zum Hals. Als er an sich herabsah, bemerkte er, dass seine Hände ein wenig zitterten. »Hattet ihr beide, du und Nina, ein Verhältnis, als ich sie kennenlernte?«

Belkin fuhr zurück, als hätte Suchanow ihm einen Schlag versetzt.

»Hör zu«, sagte Suchanow sanft, »ich bin weder beleidigt noch eifersüchtig, ich muss es einfach nur wissen. Ich erkläre dir auch, warum. Weißt du, jahrelang habe ich gedacht, ich hätte mein Leben bestens im Griff – alles lief wie am Schnürchen. Aber seit Kurzem passieren mir Dinge, die … Bitte, ich muss es wirklich wissen.«

Einen Moment lang herrschte nichts als Schweigen, ein Schweigen, das sich endlos hinzuziehen schien. Als Lew zu sprechen begann, klang seine Stimme rau. »Ich habe sie geliebt, Tolja. Und du hast es auch gewusst. Ich habe sie immer geliebt. Wir waren in der siebten Klasse, als wir uns kennenlernten, und von diesem Zeitpunkt an habe ich sie geliebt.«

»Und sie? Hat sie dich auch geliebt?«

Lew wandte sich ab. »Wir waren Kinder«, sagte er. »Aber ja, wir haben geglaubt, uns zu lieben. Regelmäßig getroffen haben wir uns seit dem Sommer nach dem Abitur, da waren wir achtzehn, und wir sind während unserer ganzen Studienzeit zusammengeblieben. Es war alles ganz unschuldig – Mondscheinspaziergänge, Küsse im Schatten blühender Jasminbüsche, geflüsterte Geständnisse, unbeholfene Gedichte –, du weißt ja selbst, wie es bei der ersten Liebe ist. Und als ich dann endlich diese Dozentenstelle bekam, habe ich sie gefragt, ob sie mich heiraten wolle, und damit begannen die Streitereien. Sie hatte diese romantische Vorstellung, ich könnte ein zweiter Chagall oder Kandinsky werden, aber ich war ihrer Meinung nach nicht ehrgeizig genug. Sie verlangte von mir, ich solle mehr aus mir herausgehen und mutiger auftreten, ich sollte ihr beweisen, was in mir steckte, vorher wollte sie mich nicht heiraten. Sie konnte manchmal sehr grausam sein – sie wusste genau, was sie tun musste, damit ich mich klein und unbedeutend fühlte. Natürlich tat sie das nur, weil sie hoffte, mich damit anzuspornen und zu inspirieren, aber … Nun gut, sie war jung damals. Schließlich hatten wir eine fürchterliche letzte Auseinandersetzung, und dann war es aus. Ich habe sie erst wiedergesehen, als wir im nächsten Sommer Boot fahren gingen, und da warst du bereits mit ihr zusammen.«

Sie schwiegen eine Weile. Plötzlich schlug Belkin sich mit der Hand an die Stirn.

»Na klar, da sind sie!«, rief er, zog eine Schublade auf, kramte darin herum und förderte eine Plastikdose mit altbackenen Honigkuchen zutage. »Noch einen Tee?«

»Bitte«, sagte Suchanow, ohne richtig zuzuhören. Er dachte an jenen Tag im März 1957, als Nina in seinem Atelier vorbeigekommen war, und er begriff zum ersten Mal, was tatsächlich geschehen war. Sie war nicht aus Interesse an ihm oder an seinen Arbeiten gekommen – sie war da gewesen, um sich wieder mit Lew zu versöhnen, aber zu stolz, direkt zu ihm zu gehen. Der einzige Grund, warum sie zugestimmt hatte, mit zu ihm nach Hause zu gehen, bestand darin, dass er vorgeschlagen hatte, Lew zu fragen, ob er mitkommen wolle; mitgegangen war sie am Ende nur, weil sie sich von Levs Ablehnung verletzt fühlte – einer Ablehnung, die er erfunden hatte. Und später, als sie in seinem schäbigen, vollgestopften Zimmer seine geheimen Bilder betrachtete, diese dunklen Fantasien, die er für sie, ausschließlich für sie gesponnen hatte, hatten ihre verärgerten Tränen, ihre gestammelten Worte – »Jetzt verstehe ich, er ist wirklich kein besonders guter Maler« – keineswegs ihrem Vater gegolten, ebenso wenig wie ihr erster Kuss, dieser wunderbare, von grünem Blattwerk und Sonne eingerahmte Kuss, ihm selbst gegolten hatte. Nein, alles hatte sich auf den Mann bezogen, den sie liebte, auf den Künstler, der sie enttäuscht hatte, den allgegenwärtigen unsichtbaren Schatten, der ihnen bei ihren Museumsbesuchen, bei ihren Unterhaltungen, bei allem, woran er sich erinnern konnte, auf den Fersen blieb – derselbe Mann, der ihm jetzt hier, dreißig Jahre später, über einer verrosteten Spüle nervös einen schrecklich schmeckenden Tee braute. Nach und nach tauchten immer mehr Erinnerungen auf, und all die zufällig aufgefangenen Blicke, die zu lauten, nicht ehrlich gemeinten Worte bekamen einen Sinn, alle Ungewissheiten wurden zu Gewissheiten, alle Lücken füllten sich – und als Belkin ihm das neue Glas mit farblosem Tee brachte, hatte er erkannt, wie es wirklich gewesen war. Alles, was er mit Nina erlebt hatte – die Streifzüge durch die Stadt in schlaflosen Nächten, die Höhenflüge des Glücks, die ekstatischen Träume – verschob sich, änderte seine Farbe, wurde matter, trauriger, transparenter und damit auch realistischer.

»Dieses Bild von dir«, sagte er leise, »das waren wir, nicht wahr? Nina war Leda, du warst der Hirtenjunge, ihre weltliche Jugendliebe – und ich war der Schwan, die geflügelte Gottheit, die näher und näherkam, um sie mit der Kraft meiner Kunst zu entführen. Und sie hat zwar meine Kunst geliebt, aber mich nie, oder? Sie hat dich geliebt. Und wenn ich daran denke, dass ich für sie die Malerei aufgegeben habe, weil ich sie glücklich machen wollte …«

Er musste an den Abend denken, an dem er Nina seinen Entschluss mitgeteilt und Nina daraufhin die ganze Nacht in ihrem dicken weißen Morgenmantel vor den Stapeln seiner Bilder in ihrem Zimmer gekniet hatte. Wie eine mittelalterliche Heilige in inbrünstigem Gebet hatte sie seine Bilder weinend im gelblichen Schein des Lampenlichts betrachtet und ihn angefleht, es nicht zu tun, ein ums andere Mal wiederholt, er habe kein Recht, seiner Bestimmung aus dem Weg zu gehen, er dürfe sein Talent nicht sehenden Auges …

»Tolja, was ist das denn für ein Unsinn?«, fragte Belkin. »Ja, natürlich hat sie deine Kunst geliebt. Sie war sehr aufgebracht über deine Entscheidung, damit aufzuhören, aber …«

»Du hast mit ihr darüber geredet? Davon hat sie nie etwas gesagt.«

Der Löffel in Belkins Glas klirrte.

»Am Tag, als dein Artikel veröffentlicht wurde, kam sie zu mir. Sie hatte die Zeitschrift dabei. Sie weinte, und sie brauchte jemanden, mit dem sie reden konnte.«

Eine unnatürliche Ruhe ergriff Besitz von Suchanow. Letztlich hatte jeder von ihnen doch sein eigenes Päckchen zu tragen.

Er stand auf. »Ich glaube«, sagte er, »das waren für einen Abend genug Reminiszenzen. Ich sollte jetzt lieber gehen. Danke für den Tee.«

»Warte«, sagte Belkin. Aus seinen Augen sprach Schuldbewusstsein. »Lass mich noch eines sagen. Nina hat eine Wahl getroffen – und Kunst hin oder her, sie hat sich für *dich* entschieden, verstehst du?«

Einen Moment lang überlegte Suchanow, ob er Belkin erzählen sollte, dass Nina ihn verlassen hatte, doch dann überlegte er es sich anders.

»Weißt du«, sagte er, als er bereits in der niedrigen Tür stand, »als ich eben gesagt habe, ich hätte das Malen wegen Nina aufgegeben ... Natürlich habe ich das damals geglaubt, aber ... mir sind in den letzten ein oder zwei Wochen einige Dinge klar geworden, und ich glaube, du hattest ganz Recht, Ljowa – im Grunde genommen hatte ich Angst, wenn auch gar nicht so sehr vor einem Gefängnis oder vor Armut oder Elend. Hauptsächlich hatte ich Angst zu versagen. Ich hatte eine Heidenangst davor, dass meine Wirklichkeit nicht an meine Träume heranreichen würde, dass ich Jahre später enden würde wie ...«

»Wie ich«, sagte Belkin. Er sah an Suchanow vorbei auf die Landschaftsbilder, die im angrenzenden Raum an den Wänden hingen. »Paradox, findest du nicht? Ich nehme an, wenn man in die Jahre kommt, entdeckt man einiges an Widersprüchen. Wenn einer von uns wirklich begabt war, dann warst das du, Tolja. Du warst talentiert, vielleicht sogar genial ...«

Irgendwo in Suchanows Hinterkopf meldete sich eine leise Stimme, die kühl und klar feststellte: »Genies lassen sich aber nicht kaufen.« Um sich seine hart erkämpfte Gelassenheit nicht zerstören zu lassen, befahl er dieser Stimme zu schweigen.

»Genies geben nicht auf«, sagte er laut.

»Genies sind auch Menschen. Und Menschen geben eben manchmal auf«, sagte Belkin. »Andrej Rubljow hat jahrzehntelang nicht mehr gemalt.«

»Neuerdings wird Rubljow für jede noch so hanebüchene Theorie herangezogen. Wozu er sich vorzüglich eignet, hat es ihn doch wahrscheinlich nie gegeben.«

»Ach, den historischen Rubljow meine ich gar nicht. Ich habe von Tarkowskis Rubljow gesprochen. Hervorragend, einfach hervorragend von der ersten Szene an. Stell dir vor, ein Erfinder aus dem fünfzehnten Jahrhundert, der davon träumt, fliegen zu können, springt mit seinen unförmigen künstlichen Flügeln von einem Kirchturm und stirbt dabei, aber irgendwie fühlt man seinen Triumph, auch wenn er nur Sekunden gedauert hat! Mein

Gott, wenn es je ein sicheres Anzeichen dafür gab, dass sich die Zeiten ändern, dann ist es die Tatsache, dass dieser Film in unseren Kinos gezeigt wird. Hast du ihn etwa nicht gesehen?«

Irgendetwas schien in Suchanows Kehle zu stecken. Stumm schüttelte er den Kopf.

»Das musst du unbedingt nachholen!«, rief Belkin aus. »Jeder muss ihn sehen! Ich habe ihn mir letzte Woche angeschaut, und seither spukt er mir ständig im Kopf herum. Es geht um zwei Genies. Rubljow, strahlend wie ein Gott, fähig, mit dem leichtesten Pinselstrich weiße Wände in Paradieslandschaften zu verwandeln, will nichts von seiner Berufung wissen, weil die Welt um ihn herum so gemein und grausam ist, weil die Leute sich gegenseitig umbringen, weil die Herrscher unwürdig sind und weil es nirgends unter der Sonne Platz für die Schönheit zu geben scheint. Also wandert er – der größte Künstler, den unsere Erde je hervorgebracht hat – jahrelang allein, schweigend und unerkannt durch das dunkle, schwachsinnige Russland, bis er eines Tages, schon vom Alter gezeichnet, einen jungen Mann trifft, einen ganz normalen jungen Mann, der sich abmüht, die schönste Kirchenglocke des Landes zu erschaffen. Diese Begegnung beeindruckt Rubljow so sehr, dass er sich nach all der Zeit nach Moskau aufmacht und die Malereien für den Kreml anfertigt … Und jetzt kommt das Faszinierendste, Tolja. Der Schwarzweißfilm endet mit dieser unglaublichen Farbenpracht – mit Rubljows Wandbildern und Ikonen, dem Gipfelpunkt seiner lebenslangen Suche –, und das sind die wichtigsten drei Minuten von diesen insgesamt drei Stunden. Aber weil es so aussieht, als sei schlicht die Geschichte zu Ende, sind die Leute nacheinander aus dem Kino getrottet, ohne einen weiteren Blick auf die Leinwand zu werfen. Am Ende saß ich allein dort, und als die Lichter angingen, zogen an mir immer noch verblassende Engel und Heilige vorbei, und in diesem Moment dachte ich, dass du Recht hattest damals, unsere Welt ist wirklich so dunkel und ignorant wie schon zu Rubljows Zeiten – aber du hattest auch Unrecht, weil die Schönheit trotz aller Ungerechtigkeit und Schrecken und Dummheit überlebt, stets überlebt, und der höchste Sinn des Lebens besteht nun einmal darin, die Welt reicher und reiner werden zu lassen, indem man ihr mehr Schönheit verleiht, und sei es nur, um einen einzigen Menschen im Alter von dreiundfünfzig wie ein Kind weinen zu lassen.«

Atemlos und mit glänzenden Augen brach er ab. Und in dem Moment, als sein ehemals bester Freund in Schweigen verfiel, war Suchanow endlich alles klar; sein Lebensplan lag wundersam deutlich vor ihm. Wie betäubt trat er durch die Tür und hinaus ins Leere. An den Wänden gab es nun keine Landschaften mit Fliederbäumen und keine Schlittschuhläufer mehr, andere Bilder hingen in diesem blendenden Raum – in ihrer sublimen Art überirdische und in ihrer Weisheit erschreckende Bilder. In jedem verschmolzen biblische Wahrheiten mit dem Wesen der russischen Seele, jedes war eine triumphale Wiedergeburt von Farbe und Gefühl.

Langsam drehte Anatoli Pawlowitsch sich um die eigene Achse. Er sah das herrliche Grün des Garten Eden, über das Adam gebot, ein nackter Adam, der nichts als eine Brille trug, abwesend einen noch nicht ganz reifen Apfel aß und seine Blöße mit einem dicken staubigen Buch bedeckte, während Eva, ätherisch wie ein Lufthauch, mit Schmetterlingen in ihrem smaragdgrünen Haar, allein in den Tiefen eines jungfräulichen Wäldchens sorglos und leichtfüßig vor sich hin tanzte. Er sah einen üppigen orientalischen Palast mit samt- und seidenhäutigen Besuchern, die sich auf sonnenüberfluteten Teppichen räkelten, und Salome, die als Marmorstatue mit andächtig gefalteten Händen, gesenktem Blick und dem Anflug eines schüchternen Lächelns einer Predigt lauschte, die vom Kopf Johannes des Täufers verkündet wurde, der auf einem goldenen Tablett auf dem Ehrenplatz thronte. Er sah die Arche Noah aus dem Blau des Meeres in das Blau des Himmels aufsteigen, beladen mit seltsam prächtigen Ungeheuern, Engeln mit azurfarbenen Flügeln und riesigen schuppigen Fischen. Er sah blutrote Höllenfeuer, in deren Flammen Sünder mit fröhlich geröteten Gesichtern saßen, Tee tranken, Karten spielten und Zeitschriften lasen, ohne zu merken, wo sie sich befanden. Er sah ein schwarzes Kreuz in den bleifarbenen Himmel aufragen, einen blassen Mann mit durchstochenen Händen auf den nächtlichen Horizont zugehen, eine in Dunkelheit gehüllte Madonna, die sich mit enttäuschtem Blick abwendete …

Viele, viele Bilder gab es da, und jedes war so reich und überwältigend, dass er das Gefühl hatte, in einen romantischen Wirbel von Freude und Schrecken zu stürzen – eine wilde, schwerelose Empfindung, die sich nicht in Worte fassen ließ. Und er wusste, dass alle Frauen auf diesen Bildern Ninas Gesicht hatten, dass alle Bilder, die er hier sah, all diese Visionen eines erstaunlichen Genies, seine eigenen Bilder waren – zum Leben erweckt nicht von dem Mann, der er einmal gewesen war, sondern von dem, der er jetzt war.

Und als die ekstatische Welle in seinem Inneren weiter und weiter anschwoll, war er überzeugt davon, dass er den Sinn seines Lebens, seiner Vergangenheit, Gegenwart und Zukunft, begriffen hatte. Er hatte Talent gehabt, war aber damals zu jung gewesen, um etwas wahrhaft Bedeutendes zu schaffen, denn wahre Weisheit entsteht erst als Folge durchlittener Qualen. Und erst nachdem er dreiundzwanzig Jahre lang stumm durch den Schmutz gekrochen war, erst nachdem er den sanften Geschmack des Verrats auf den Lippen und das kalte Gewicht von dreißig Silberlingen in der verschwitzten Hand gefühlt, den Schmerz über eine entgleitende Liebe und das angsteinflößende Abgleiten in den Tod erlebt hatte – ja, nun erst wurde ihm das Elixier des Lebens gewährt und seine Wiederauferstehung garantiert.

Das also war, wie er jetzt frohlockend feststellte, die wundersame Botschaft der letzten Tage, die er so lange nicht verstanden hatte – eine Botschaft, die ihm wieder und wieder in ihrer sublimen Schlichtheit vermittelt worden war, von einem freundlichen Professor, der ihn gelehrt hatte, dass Schönheit von ewiger Dauer ist; von einem alten Lehrer, der aus den düsteren Tiefen Russlands wieder aufgetaucht war, um ihm zu sagen, dass es nicht auf das Alter ankommt, weil man ein Leben lang braucht, bis man sein Handwerk beherrscht; von einem Vetter, dessen Welt er mit seinen jugendlichen Zeichnungen auf den Kopf gestellt hatte; von einem Vater, der ihm eine göttliche Verrücktheit und den

Mut zu fliegen vererbt hatte; von einer Mutter, die seine früheren Versuche, etwas Bedeutendes zu schaffen, so großherzig vernichtet hatte, dass nun der Weg frei war, neue, wunderbare Offenbarungen zuzulassen; von einer Frau, die für seine Malerei ihre einzige Liebe verlassen hatte … Immer wieder hatte die Wahrheit ihn sanft angestoßen, doch er hatte, gefangen in seiner Angst, die Hand eines zornigen Gottes der Künste schwebe rachebereit über seinem Kopf, Ohren und Augen davor verschlossen. Aber es hatte nie eine Rache gegeben – seine wiedererstarkende Schöpfungskraft hatte die Fesseln des Schlafes abgeschüttelt, alles im Leben Zufällige, Unwichtige abgestoßen, und die Kunst allein holte ihn jetzt zurück in ihren Schoß.

In diesem Moment vernahm er den Ruf, er sah und verstand. Und als seine in ihm schlummernde Begabung heranreifte und zu etwas anderem, etwas unendlich viel Wertvollerem und Größerem wurde, fühlte er, wie ihm unter der Haut Flügel zu wachsen begannen.

23

Eine ängstliche Stimme drang durch das Dunkel.

»Tolja, kannst du mich hören? Tolja? Tolja!«

Er öffnete die Augen, obgleich sie ja bereits offen waren. Die Perspektive war völlig verkehrt: Die Wände mit den fröhlichen kleinen Landschaftsbildern hingen in einem seltsamen Winkel über ihm; Lew Belkin kniete neben ihm und spritzte ihm kalten Tee ins Gesicht.

»Alles in Ordnung«, sagte Suchanow und musste an sich halten, um nicht laut loszulachen. »Ich muss ausgerutscht sein. Es ist nichts passiert.«

Er rappelte sich auf und ging zur Tür; der Linoleumboden war überwuchert von knorrigen Wurzeln, die sich um seine Beine winden wollten – vielleicht war es auch Lew, der ihn aufzuhalten versuchte. An der Tür wandte er sich noch einmal um, legte seine Hände auf Levs Schultern und sah ihm ins Gesicht.

»Ljowa«, sagte er mit eindringlicher Stimme, »was du getan hast, war richtig. Es ist besser, wenn man die Wahrheit kennt, egal, wie sie aussieht, als wenn man sich ewig fragen muss, was alles hätte sein können, wenn …«

Levs Gesicht ging rapide in die Flächen und Winkel eines kubistischen Porträts über, und seine Lippen öffneten und schlossen sich wie eine Schere. »Tolja, so hör doch endlich«, wiederholte er, »du bist krank. Du brauchst Hilfe, Tolja, verstehst du? Warte bitte, ich bin sofort wieder da, ich will nur eben telefonieren – bleib hier, bitte, es dauert nur einen Moment …«

Stolpernd drehte Lew sich um und verschwand in dem zweitklassigen Gemälde eines vollgestopften Zimmers.

Suchanow lachte in sich hinein, nickte und trat durch eine andere Tür ins Freie.

Noch immer schwerelos, tanzte er die Straße hinunter. Vom Himmel fielen riesige Auguststerne, aus offenen Fenstern tönten Violinkonzerte, und sein Herz hüpfte im Takt dazu. Nach einigen Blocks tauchte aus dem Nichts ein Taxi mit blinkendem grünen Licht auf dem Dach auf. Er nahm schwachen Veilchenduft wahr, und in der Dunkelheit konnte er im Rückspiegel eine altmodische Brille und einen komischen sandfarbenen Bart erkennen.

»Woskresenski-Passage, bitte«, sagte er, und der Wagen rauschte gehorsam in die Nacht, die Neonlichter und die Geräusche der Stadt hinein.

Als sie vor dem Haus anhielten, kramte er die noch verbliebenen Münzen aus seiner Tasche, ließ sie in die ihm aus dem Dunkeln entgegengestreckte Hand fallen, betrat das Gebäude und ging durch die blitzende Eingangshalle mit den Spiegeln direkt zum Lift. Dort stutzte er kurz, denn die Leiste mit den glänzenden Knopfreihen hatte zwar einen Knopf für die siebte Etage und auch einen für die neunte, aber keinen für die achte, auf der er wohnte. Er stieg also im siebten Stock aus und ging zu Fuß weiter nach oben. Dabei merkte er, dass tatsächlich das ganze Stockwerk fehlte und jetzt nach der Wohnung Nummer vierzehn direkt die Wohnung Nummer siebzehn kam. Da es ihm aber im Licht seiner neuen, unerschütterlichen Glückseligkeit auch nicht unbedingt wichtig erschien, zuckte er nur mit den Schultern und machte sich zu Fuß wieder auf den Weg nach unten. Er ging an den beeindruckenden, mit Leder gepolsterten Türen – zwei auf jedem Stockwerk – vorbei, hinter denen sich jeweils eigene Tragödien, eigener Wahnsinn und eigene Entscheidungen verbargen, stieg in den Keller hinunter, lief durch den unbeleuchteten Korridor, hielt vor der Tür und klopfte. Ein müdes kleines Mädchen ohne Augenbrauen ließ ihn ein und verschwand dann, ohne ihn zu begrüßen oder zu fragen, was er wollte, irgendwo in dem nach Kohl riechenden Flur. Er wartete geduldig, bis nach einer Weile Walja erschien, die sich eilig die Hände an ihrer Schürze abwischte. Als sie seiner ansichtig wurde, jammerte sie mit hoher klagender Stimme laut vor sich hin: »Anatoli Pawlowitsch, mein Lieber, was ist denn passiert? Bitte, bitte, kommen Sie herein. Ich kann Ihnen etwas zu essen machen, und während Sie essen, kann ich schnell Ihre Sachen waschen, und …«

Er nahm ihren Kopf zwischen seine Hände: Sie schwieg und sah ihn scheu aus ihren leicht schielenden Augen an.

»Sie sind eine echte Russin, Walentina Alexandrowna«, sagte er ernst. »Bitte verzeihen Sie mir.«

Dann zog er sie an sich, drückte ihr einen Kuss auf die Stirn und ging fort, wobei er den ganzen Weg durch den düsteren Keller bis zur Treppe ihre Augen in seinem Rücken spürte. Ein seltsam mitleidiger Ausdruck hatte zuletzt auf ihrem Gesicht gelegen, doch Suchanow hielt sich nicht lange damit auf, darüber nachzudenken. Zurück in der Eingangshalle, blieb er beim Pförtner stehen, um ihn zu informieren, dass das achte Stockwerk verschwunden war. Dann fiel ihm noch etwas anderes ein.

»Außerdem muss ich mir das da ausleihen, es gehört ohnehin zu meinem Traum«, sagte er, beugte sich über den merkwürdig stillen Pförtner, zog eine Schublade an seinem Tisch auf und entnahm ihr das zerrissene, früher einmal karierte Halstuch. »Dort, wo ich hingehe, könnte es nämlich kalt werden«, erklärte er freundlich; als er nach draußen schlenderte und leise seine liebste Tschaikowski-Arie vor sich hin sang, fragte er sich verwundert, warum ihm bislang nie aufgefallen war, dass der alte Mann aussah wie eine hölzerne Marionette.

Das Taxi stand immer noch wartend am Bordstein. Suchanow beugte sich zum Fenster.

»Ich habe kein Geld«, sagte er, »und mein Ziel ist ziemlich weit entfernt.«

»Kein Problem«, sagte der unsichtbare Fahrer mit dem blonden Bart, der sich im Dunkeln auf und ab bewegte, »ich fahre Sie kostenlos. Ich weiß, wo Sie hinwollen, ich war schon einmal da. Steigen Sie ein.«

Wieder fuhr der Wagen an, doch diesmal dauerte die Fahrt viel länger. Zuerst gab es noch Straßen und Lichter, dann hässliche Wohnblocks mitten im Nichts, zwischen denen sich Unkraut im Wind wiegte, dann schwarze Umrisse von Bäumen, die sich gegen den Himmel abhoben, dann endlose Felder und dann gar nichts mehr. Nach einer weiteren Stunde waren sie da. Die Luft war kalt, und dic Kirche zeichnete sich klar gegen den im anbrechenden Morgen heller werdenden Himmel ab.

»Halten Sie hier«, sagte Suchanow und lächelte. »Das ist BogoLjubowka.«

Er hätte schwören können, dass der unsichtbare Mann mit dem hellblonden Bart ebenfalls lächelte. Suchanow stieg aus; die Erde roch nach Narzissen und Schlaf.

»Werden Sie glücklich«, sagte der Fahrer und winkte. Als der Strahl einer einsamen Laterne auf das Gesicht des Mannes fiel, sah Suchanow sekundenlang die vertrauten Gesichtszüge des Apothekers aus Dalís Bildern, aber schon im nächsten Moment hatten sich der gemalte Mann und der Wagen mit seinen Lichtern in nichts aufgelöst. »Es hat Sinn«, flüsterte er fröhlich. »Alles hängt zusammen.«

Aufgeregt lief er den Hügel hinauf. Die Kirche war so, wie er sie in Erinnerung hatte; an den Wänden erblickte er die Prozessionszüge der Heiligen, von oben krächzten Krähen heiser im Schlaf, und durch die zerstörte Kuppel leuchtete das Firmament. Der Mann, den er einst hier getroffen hatte, war nicht mehr da, doch am Eingang stolperte er über etwas, das er angenehm überrascht als seine eigene Tasche identifizierte, die ihm, wie er sich erinnerte, vor langer Zeit von einem anderen Dalí-Double auf jenem geisterhaften Bahnhof gestohlen worden war. Jemand hatte bereits seinen grauen Lieblingsmantel ausgepackt, denn er lag einige Schritte vor ihm ausgebreitet auf dem Boden. Er hob ihn auf, schüttelte ihn aus und wickelte sich in ihn ein, denn es wurde bald Winter, und dann stieg er vorsichtig über die

Glasscherben und Gipsbrocken und begutachtete seine neuen Malflächen.

Alles war perfekt, absolut perfekt, genau so, wie er es sich vorgestellt hatte.

Hier, an diesen alten Wänden, würde er also die ganze Fülle seines Lebens ausbreiten, hier würde er seine eigenen Engel und Heiligen und Götter malen, vielleicht auch ein oder zwei Selbstporträts, hier würde er leben, vogelfrei und unbelastet von dem Gewirr langweiliger Verpflichtungen, den beschämenden Kompromissen des Alltags und dem Chaos des Lebens …

Er blieb in der Eingangstür stehen und sah in die stille, von keiner Menschenseele gestörte Nacht hinaus; nur sehr weit entfernt waren zwei oder drei zittrige Lichter aus dem ansonsten nicht sichtbaren Dorf zu sehen. Und während er so dastand, schien sich in den hintersten Winkeln seines Herzens eine erst kürzlich zugeschlagene Tür zu öffnen, und einen Augenblick lang brach ein Strom Erinnerungen über ihn herein. Es waren keine Erinnerungen an seine vereitelte Kindheit oder seine glänzende Jugend; es waren verdrängte Erinnerungen an andere, weniger schwungvolle, belanglose Zeiten – daran, wie er und seine Frau sich über eine Wiege beugten und in einer Mischung aus Stolz und Besorgnis das winzige rote Gesicht eines schreienden Säuglings betrachteten; daran, wie er beim Spazierengehen im Halbschatten eines Parks zu lachen begonnen hatte, als sein einjähriger Sohn auf unsicheren Beinchen von Baum zu Baum wackelte; daran, wie er seiner grippekranken sechsjährigen Tochter spät in der Nacht ein Märchenbuch vorlas und sie nicht einschlafen wollte, bevor er nicht auf der letzten Seite angekommen war; daran, wie sie alle vier an einem einsamen Strand am Feuer gesessen, den Atemzügen des Meeres und dem Zischen der Muscheln in den Flammen gelauscht hatten … Einen Augenblick lang, solange diese Tür in seinem Herzen offenstand, bereiteten ihm diese Erinnerungen unerträgliche Qualen – und sofort wollte ein tief sitzender, hässlicher Verdacht in ihm aufkeimen, und er fragte sich, ob er nicht doch alles falsch verstanden hatte, ob der wiedergefundene Sinn seines Lebens tatsächlich eine strahlende Offenbarung war, oder vielleicht nur ein … ein …

Doch dann war dieser Augenblick auch schon vorbei. Aufatmend schlug er die Tür zu, diesmal endgültig und genau in dem Moment, als unter ihm die letzten Lichter des Dorfes kurz flackerten und dann verloschen, als habe ein Riese schnell seine Hand über sie gelegt. Er sagte sich, dass alles perfekt war, absolut perfekt. Sein Weg lag klar und deutlich vor ihm, und er war nicht allein, er würde niemals allein sein – die ganze Welt würde bei ihm sein, ihm helfen, auf ihn aufpassen, ihm Zweige für Pinsel und warme Erde für Pigmente zur Verfügung stellen, und ab und zu zur Inspiration auch eine Sternschnuppe.

Er ging ins Freie, hob eine Handvoll Erde auf, zerrieb sie zwischen den Fingern, roch daran und lachte leise vor sich hin. Und als sein Lachen verklungen war, begann er, sich den herrlichen Regenbogen seiner neuen Farbpalette zusammenzumischen.

Danksagung

Ein ganz großer Dank geht an meinen Agenten Warren Frazier und an meine einzigartige Lektorin Marian Wood – ohne sie wäre nichts von alledem je geschehen. Ich danke auch meiner britischen Lektorin Mary Mount für ihre außergewöhnliche Arbeit; und meiner ebenso unermüdlichen wie erfahrenen Korrektorin Anna Jardine; und allen in der Penguin Group, die an dieses Buch geglaubt haben. Schließlich geht mein Dank auch an meine Eltern, Boris Grushin und Natalja Kartsewa, für ihre Liebe und Unterstützung und dafür, dass sie mir eine mit nichts zu bezahlende Quelle der Information über Suchanows Russland waren, sowie an meinen Mann Michael Klyce, der mir in so vielerlei Hinsicht geholfen hat, dass ich gar nicht alles benennen kann.